KB092620

고전시가와 호남한시의 미학

최한선 · 김학성

태학사

최한선
전남도립대 교수, 이수락, 홍우흠, 이백순 선생님 사사, 대구대학교 사범대학 국어교육학과 졸업, 성균관대학교 대학원에서 문학석사와 문학박사 받음. 동신대학교 국어국문학과 교수, 한국시가문화학회 회장 등 역임. 중국 절강대학 객좌교수이며 동아인문학회 부회장이다. 성균문학상, 박용철 문학상 등 수상.
번역서로 『면앙정이여 시심의 고향이여』, 『속세를 털어버린 식영정』, 『환벽당 서하당 그리고 독수정』 등 다수 있음.

김학성
성균관대 국문과 명예교수, 서울대 국문과를 졸업하고 같은 대학원에서 문학박사 받음. 성균관대 문과대학장과 번역 · 테솔 대학원장 및 한국시가학회 회장 역임. 한국시조학술상, 도남국문학상, 만해대상 학술부문 수상.
저서로 『한국고전시가의 연구』, 『한국고전시가의 정체성』, 『한국고전시가의 전통과 계승』 등 다수 있음.

고전시가와 호남한시의 미학

초판 1쇄 인쇄 | 2017년 12월 21일
초판 1쇄 발행 | 2017년 12월 30일

지은이 | 최한선 · 김학성
펴낸이 | 지현구
펴낸곳 | 태학사
등 록 | 제406-2006-00008호
주 소 | 경기도 파주시 광인사길 223
전 화 | 마케팅부 (031)955-7580~82 편집부 (031)955-7585~89
전 송 | (031)955-0910
전자우편 | thaehak4@chol.com
홈페이지 | www.thaehaksa.com

값은 뒤표지에 있습니다.

ISBN 978-89-5966-934-9 93810

머리말

우리의 고전시가는 우리말로 구조화된 국문시가와, 우리말과는 질적으로 언어구조를 달리하는 한문으로 구조화된 한시라는 두 부분으로 구성되어 있음은 주지하는 바와 같다. 그런데 우리는 고전시가 연구의 초창기부터 외래적인 한시 문학은 그 양식부터 형식에 이르기까지 중국 문학을 수용한 것이어서 그것이 아무리 한국인에 의해 한국적 삶을 반영한 것이라 하더라도 우리말의 아름다움을 살리는 감성적 결로 다듬어지지 않은 이상 우리 민족문학의 자산으로 받아들이기 어렵다는 한문학 배제론에 경사되어 있었다. 그래서 우리의 소중한 고급문화 자산인 한시에 담긴 민족적 삶과 정신, 그리고 미의식에 대한 탐구가 소홀해 왔던 것은 사실이다.

그러나 한국인에 의해 쓰여 지고 한국인의 삶과 정신, 그리고 미의식을 담은 한문학 작품이라면 그것도 우리의 소중한 자산일 뿐만 아니라, 그것과 관련체계에서 우리말로 된 국문시가도 온전히 그 위상을 잡아갈 수 있다는 자각이 생겨나면서, 국문시가와 한시는 대등한 비중으로 우리 시문학사에 자리 잡게 되었다. 그리하여 한시에 투영된 한국인의 미의식 또한 국문시가에 결코 뒤지지 않는 미적 가치로 인정받게 된 것이다. 그렇긴 하나 한시의 미학에 대한 탐구는 연구 인력이 극히 적은데다가 기존 연구 업적의 축적 또한 빈약한 편이어서 이 방면의 연구 성과가 늘 기대되어 오던 터였다. 거기다 국문시가의 미적 가치와 한시의 미학과는 서로 대비될 때 그 상호 보완적 의미 규명이 선명하게 드러나는 것이므로 이 두 분야의 연구 성과가 나란히 제출되는 것도 중요한 의미를 갖는다고 생각된다.

이러한 사정을 감안하여 우리 공동 저자 두 사람은 각자의 세부 전공 분야에 따라 그동안 국문시가의 미학 연구에 전력해온 김학성이 제출한 논문을 제 1부에 담고, 호남 한시의 미학 탐구에 열정을 쏟은 최한선이 축적한 연구 성과를 제 2부에 담아 하나의 책으로 묶어 세상에 내놓기로 의견을 모았다. 특히 조선 시대 사림들이 창작한 국문시가와 한시의 미학 탐구가 나란히 제시됨으로써 작가의 세계인식과 미의식이 어떻게 연결되고, 장르의 선택에 따라 세계상을 어떤 태도와 취향으로 포착하는지에 대해 보다 명백하게 인지할 수 있는 계기가 마련될 것으로 본다.

문학 작품은 '기호(記號)'이면서, '구조'이고 '가치'라고 한다. 그래서 우리 공동 저자는 문학작품의 이 세 가지 측면을 일정 정도 의식하면서 가능한 모든 논문에 충실히 반영하려고 애썼다. 다시 말해 문학작품은 일단 기호의 산물이므로 작품이 산생된 시대에 어떤 기호적 의미를 가지고 소통되었는지를 최우선으로 고려하고자 했다. 특히 고전시가 작품은 시인과 작품 그리고 독자의 소통관계가 현대보다 훨씬 더 긴밀히 결속되어 있어서, 당대의 상황이나 맥락을 떠나 오늘날의 심미적 가치와 독법(讀法)으로 작품을 안이(安易)하게 읽는다면 당대적 의미를 잘못 파악하는 오독(誤讀)을 범할 뿐 아니라 그 실상과는 거리가 먼 왜곡된 해석으로 나아가기 십상이다. 그래서 국문시가이든 한시이든 문학작품의 이해는 당대의 창작 상황이나 이념, 문화적 토대와 미적 가치를 감안하여 규명하고자 했다.

그렇다고 문학작품을 단순히 그 시대의 이념이나 윤리, 시인의 특정한 사상이나 관념, 혹은 미적 가치의 단순 반영물로 보고 그것과 작품 사이를 줄긋기 식으로 관계 짓기 하여서는 올바른 이해 태도라 하기 어렵다. 문학작품은 시대를 기록하는 문서에 지나지 않거나 해당 시인의 사상이나 관념, 문학적 기호를 전달하는 정보의 가공물이 아니라 세계의 의미나 이념적 내용을 감성적 맛과 결이 채색된 아름다움으로 구조화한 미적 상관물이기 때문이다. 따라서 우리 공동 저자는 고전 작품을 이념의 텍스트가 아니라 미적 텍스트로 읽고자 최대한 노력했다.

나아가 국문시가이든 한시이든 모든 문학 작품은 일정한 가치를 내재한 것으로 보고자 하는 태도를 견지하고 그 가치의 발견에 주력하고자 했다. 그러나 텍스트에 내장되어 있는 잠재적 가치를 발견해 내기란 결코 쉬운 일이 아님은 누구나 수긍할 것이다. 그러기에 가치의 발견이 어려운 만큼이나 그것을 찾아낸 희열 또한 클 것임은 말할 것도 없다. 그것을 찾는 방법은 우선 당대적 가치를 먼저 탐색하고 제대로 규명한 후 그것을 토대로 현대적 의의를 알아보고자 했다.

그러나 여기 실은 모든 논고가 이 세 가지 측면을 모두 충실히 고려한 바탕 위에서 수행되었다고 말하기는 어렵다. 솔직히 그것은 문학 작품을 접근하는 가장 이상적인 탐색 방법이고, 실제로는 그 작업상의 편의에 따라 세 가지 측면 가운데 어느 하나 혹은 둘에 중점을 두는 경우가 대부분이고, 드물게 이 셋을 대등한 비중으로 종합하는 투시력을 발휘하는 경우도 있을 수는 있다. 그 세 가지 측면 가운데 우리 공동 저자들이 가장 역점을 둔 것은 당대의 소통적 의미도 중요하겠지만 해당 작품이 갖는 미적 구조물로서의 미학적 가치 탐색에 특히 역점을 두었다고 말할 수 있다. 특히 송순이나 윤선도, 황진이 같은 걸출한 시인들이 내놓은 주옥같은 작품이 갖는 잠재된 미적 가치의 발견이나 임억령, 양대박, 나세찬 같은 탁월한 호남시인들의 한시 미학의 탐색, 양응정과 윤복 같은 장시를 내놓은 시인들의 서술미학을 규명해 낸 것은 하나의 작은 보람으로 삼지 않을 수 없다. 물론 여기 모은 논고들이 완벽한 이해에 도달했다고 말할 수는 없을 것이다. 때로는 관련 자료의 부실한 준비로, 때로는 저자들의 치밀하지 못한 논증으로, 때로는 자자들의 불민(不敏)함으로 인해 오류가 발견되거나, 왜곡된 이해를 보인 곳이 있다면 동학들의 가차 없는 질정을 바란다.

이런 어줍지 않은 논고들이 나오기까지 우리 공동 저자들을 아낌없이 후원해 주시고 격려와 용기를 갖도록 북돋아 주신 스승님과 학문적 선배들, 그리고 주위의 여러 분들에게 감사하는 마음으로 이 책을 바친다. 그리고 평소에 국문학 분야에 남다른 애정을 가지시고 이 책이 세상에 나올 수 있도록 적극 나서주신 태학사의 지현구 사장님을 비롯하여 뒤에서 편집의 궂은일을 맡아주신 편집자님께도 감사를 드린다.

2017년 11월

김학성, 최한선 근지

차례

제2부 호남한시의 미학적 탐색

제1부
고전시가의 미학적 탐색

송순 시조의 미적 성취

1. 머리말

오늘날 대중문화 혹은 상업주의 문화에 길들여진 우리는 문학작품의 가치를 **의미**보다는 **재미(자극성)** 혹은 **참신성(개성)**에 무게를 두는 경우가 흔하다. 이제는 낡디 낡은 古典이 되어버린 송순의 시조는 그런 면에서 참신하지도 않고 재미도 없다. 나라를 걱정하고 임금을 그리워하며, 江湖自然의 閑寂한 삶을 노래하고, 五倫의 이념적 당위성을 읊는 宋純의 시조에서 무슨 재미를 느끼고 참신한 개성이나 짜릿한 자극성을 맛볼 것인가? 그렇다면 송순의 시조는 오늘날에 별다른 가치가 없는 케케묵은 고시조에 불과할 뿐인가? 아니면 오늘날에도 여전히 중요한 가치를 갖는 고전 중의 고전인가? 이 문제에 대한 해답을 찾는 것이 본고의 목적이다.

송순의 시조를 비롯한 시가 작품에 대하여 일찍이 조윤제는 다음과 같은 가치 평가를 내린 바 있다.

> "요컨대 俛仰亭은 聾巖(李賢輔)과 마찬가지로 致仕歸鄕하여 자연에 안겨들어 자연의 美에 도취하여 老之將至를 잊으려 한 것은 사실이다. 그리하여 그는 세상사를 잊어버리고 오직 자연의 벗이 되어 자연을 응시하여 자연으로 더불어 相浮相沈하였고 그 생활을 시가에 읊어 문학상에 江湖의 歌道를 깊이 印하였다."[1]

---

1 趙潤濟, 『國文學史』, 東國文化社, 1954, 142면.

이렇게 이현보와 더불어 송순은 시가 작품을 통하여 自然美를 발견함으로써 강호가도를 우리 문학사에 깊이 각인한 중요한 인물로 평가했던 것이다. 그러나 그 자연미의 발견이라는 것이 구체적으로 어떤 것인지, 다시 말하면 자연을 어떻게 노래했기에 아름다운 것인지 그 실상을 밝히지 않아 그러한 평가를 실감나게 하거나 긍정하기가 쉽지 않다는 것이 못내 아쉬움으로 남는다. 김병국 또한 송순의 "십년을 경영하여 초려삼간 지어내니……"라는 시조 작품을 들어 "한국인의 심성이나 미의식의 세계를 가장 잘 드러내 주었다고 하겠다."[2]라고 긍정적인 평가를 했지만 추상적이긴 마찬가지다.

송순의 시조 작품을 두고 한 평가는 아니지만 그가 俛仰亭을 읊은 시에 次韻한 시나 題詠한 시를 두고 김동욱은 다음과 같은 상반된 평가를 내린 바 있다.

> "정자에서 九郡의 山光을 天外에 둘러두고 無事酒를 거후르며 江村의 太平烟을 바라다보며 鶴背에 앉은 仙人을 자처한 모습을 볼 수 있으니, 좋게 말하여 飄逸하기 仙人과 같다고 하겠고, 한편 이조 양반의 獨善 오만한 태도가 엿보이는 시라고도 볼 수 있다. 피나게 稼穡하여도 끼니를 겨우 잇는 농가의 지붕위에 태평연을 느끼고, 모든 侍婢僕을 等待시켜 놓고 仙人然 하는 송순의 모습에 이조 양반층의 현실과 너무나 유리한 병들은 자연애를 엿볼 수 있다."[3]

송순에 대한 이러한 부정적 평가는 면앙정이라는 자연을 소재로 한 漢詩 텍스트를 두고 나온 것이지만, 같은 소재를 두고 노래한 〈俛仰亭短歌〉 같은 시조 작품을 대상으로 했더라도 마찬가지의 평가가 나왔을 것

---

2 金炳國, 「한국시가의 특질」, 김학성 · 권두환 편, 『신편 한국고전시가론』, 새문사, 2002, 27면.

3 金東旭, 『한국시가의 연구, 續』, 선명문화사, 1975, 179~180면.

이다. 왜냐하면 그러한 평가가 정밀한 텍스트 분석에 근거한 책임 있는 귀납적 비평의 결과로 나온 것이라기보다 송순이 소속하고 있는 조선시대 양반계층을 싸잡아 마르크스주의 비평의 계급론적 시각으로 무책임하게 비판-폄하한 결과로 보이기 때문이다. 이렇게 송순의 시가작품을 놓고 한쪽에서는 자연에 몰입하여 자연의 아름다움을 발견함으로써 시가의 차원을 드높인 성과를 보였다거나 한국인의 心性과 미의식을 가장 잘 드러내었다고 추상적으로 추켜세우는가 하면, 다른 쪽에서는 계급의 한계성을 탈피하지 못하고 양반층 특유의 독선 오만한 태도로 일관하여 현실과는 너무나 동떨어진 병든 自然愛를 보일 뿐이라고 그 가치를 훼손하고 있다.

그러나 누구의 것이든 텍스트 자체는 사실 **가치중립적**이라 할 수 있다. 다만 그 가치에 대한 판단은 연구자에 따라 주관적-이데올로기적인 면이 작용하기 때문에 연구자가 잣대를 어떻게 설정하느냐에 따라 같은 텍스트를 놓고 다른 판단을 가져오게 되는 것이다. 즉 연구자가 어떤 주관적-이데올로기적 시각을 갖느냐에 따라 相反된 평가가 나올 수 있는 것이다. 이 지점에서 유념할 것은 텍스트 연구의 최종 귀결점은 그것에 숨겨진 **잠재된 가치**의 발견에 있다는 것이다. 잠재된 가치를 발견하려는 노력은 기울이지 않고 특정한 주관적 시각으로 텍스트를 무턱대고 훼손하거나 폄하하는 일은 무책임하다 하지 않을 수 없다.

본고에서는 이런 점을 특히 銘念하여 송순의 시조 텍스트에 내재된 미적 성취와 그 잠재된 가치를 텍스트 분석을 통해 구체적으로 탐색해 보고자 한다. 아울러 우리의 고시조를 총집대성함으로써 자료적 가치를 널리 공인 받고 있는 沈載完의 『校本 歷代時調全書』에 송순의 시조가 단 한 수도 작자로서 인정받지 못하고 있는 실정을 지적함으로써 이후의 모든 연구자에게 송순의 시조 자료로 확고하게 활용되어야 함을 喚起하고자 한다.

2. 송순의 단시조와 그 미적 성취

송순의 시조 작품이 정확하게 몇 수인지 알 길이 없으나 그가 국문시가에 대한 남다른 애착을 가진 것과 자신의 작품 가운데 散逸된 것은 수습하지 않았다는 발언으로 미루어 현존 작품보다는 상당히 많았을 것으로 추정된다.[4] 다행히 작품의 상당수가 후대에 편찬된 그의 문집 『면앙집』 가운데 黃胤錫이 써놓은 家狀에 그 목록이 드러나 있으며[5] 구체적인 작품의 모습은 송순 자신이 漢譯한 것에서 간접적으로 엿볼 수 있을 뿐[6] 그 정확한 실상은 알 길이 없다. 다만 그의 시조 가운데 일부가 현존 시조가집에 수록되어 있는데 이는 후대의 풍류방이나 歌壇에까지 널리 향유된 작품에 한정된 것이라 하겠다.

이제 황윤석이 쓴 家狀을 인용하여 송순 시조 작품의 양상과 그 미적 성취를 알아보기로 한다.

> 일찍이 〈면앙정삼언가〉를 지었는데 내용은 이렇다. "굽어는 땅이요 우러러는 하늘이라 / 이 중에 정자 있으니 홍취가 호연하네 / 風月과 山川 불러들여 청려장 집고 한 백년 보내리라"라 했으니 대개 公께서는 허리를 굽혀 땅을 보아도 부끄럽지 않고 머리를 들고 하늘을 우러러 보아도 부끄럽지 않아서 어진 덕망과 소문이 처음부터 끝까지 부족함이 없는 분이다. 오직 그 임금을 사랑하고 나라를 걱정하는 정성이 조금도 해이되지 않아서 모든 작품과 詩歌 등에서 나타나고 있으니 〈치사가〉 3편, 〈몽견주상가〉 1편, 〈오륜가〉 5편, 〈면앙정장가〉 1편, 〈단가〉 7편, 〈잡가〉 1편(2편의 잘못: 인용자 註),

4 송순의 시조 작품 창작과 전승 양상에 대하여는 金信中, 「송순 시조의 전승양상과 문학사적 의미」, 『고시가연구』 4집, 한국고시가문학회, 1997, 26~33면 및 金成基, 「면앙 송순 시조의 전승연구」, 『시조학논총』 16집, 한국시조학회, 2000, 55~75면 참조.

5 황윤석, 企村先生宋公家狀, 『俛仰集』 권5 참조.

6 『俛仰集』 권4 雜著에 수록되어 있다.

> 젊어서 玉堂에서 黃菊을 하사받고 지은 〈황국가〉 1편, 춘당대에서 임금이 耕作하는 것을 보고 응제하여 지은 〈농가〉 1편이 있다. 方言과 古語가 섞여 있어서 풍류와 정취가 넘쳐 풍속을 순후하게 하여 나약한 자와 완악한 자를 가르쳐 바로 서게 하였다. 또한 그 당시 관현악에 올려 노래로 불렀을 뿐 아니라 지금도 그 歌詞가 유행하고 있어 사라지지 않는다. 송강 정철님도 〈훈민가〉 제 1편과 제 2편을 또한 공의 歌詞에서 인용하여 채택한 것이다. 그의 〈농가〉는 곡조가 아름다워서 시골 농부들이 입으로 전수하며 송면앙 할아버지가 남긴 노래라 하였다.[7]

인용문에서 드러나듯 송순의 시조는 〈致仕歌〉 3편 등 複數의 편수로 드러난 것은 모두 연시조에 해당하는 것이고, 1편으로 지칭한 것은 長歌인 가사 〈俛仰亭歌〉를 제외하고는, 〈夢見主上歌〉와 〈自上特賜黃菊玉堂歌〉가 單時調에 해당한다. 〈俛仰亭三言歌〉는 한시인지 단시조의 한역가인지 알 길이 없으나 反譯을 해보면 시조형식에 거의 맞아떨어져(종장이 약간 길어 엇시조로 볼 수 있음) 단시조의 漢譯歌로 볼 수도 있을 듯하나 漢詩일 가능성도 배제할 수는 없어 보인다.[8] 그밖에 〈農歌〉 1편이 있다 했으나 이는 마을의 농부들에게 전승된 노래라는 것으로 보아 大葉調의 歌曲으로 부르는 시조와는 거리를 가지므로 시조로 보기는 어렵다. 다만 위의

---

7 國譯 『면앙집』 하권, 담양문화원, 1996, 34~35면. 이하 번역문은 이 책을 참고하되 필자가 다소 다듬은 것이다. 인용문 속의 〈면앙정삼언가〉는 김성기, 앞의 논문, 65면에 번역된 것을 종장에서 약간 손질했다.

8 신동엽, 「시가상으로 본 송면앙과 정송강과의 관계」, 『한글』 106호, 한글학회, 1959, 43면과 김성기, 앞의 논문, 65면에서도 시조의 한역가일 가능성에 무게를 두고 있다. 종장이 길어져서 엇시조 형태를 보이는 것이 문제가 될 수 있으나, 이는 시조의 한역이 분명한 〈면앙정잡가〉 2편도 낮과 밤의 정경을 노래한 대응의 짝으로 된 연시조인데 이 가운데 둘째 수는 널리 가집을 통해 향유된 "십년을 경영ᄒᆞ야 초려한간 지어내니……"라는 작품으로 시조가 분명한 것으로 보아 첫째 수도 시조임이 분명하고 이것의 한역가를 반역해 보면 역시 종장이 길어져 엇시조 형태를 띠게 되는 것으로 보아 종장이 문제될 수가 없음을 알 수 있다. 다만 시조의 한역을 3言 4句의 한시 형태로 한 예는 찾아보기 어려워 시조의 한역가임을 확정하기가 주저된다.

인용문에서 언급된 것 외에 『면앙집』 권5 年譜에 한역가로 전하는 〈傷春歌〉[9] 1수가 송순의 단시조일 가능성이 거의 확실해 보인다.

이로써 볼 때 현전하는 송순의 시조로 확정할 수 있는 작품은 단시조로 〈몽견주상가〉, 〈자상특사황국옥당가〉, 〈상춘가〉를 들 수 있고, 연시조로는 강호시조 계열로 〈면앙정단가〉(7수), 〈면앙정잡가〉(2수)를, 교훈시조 계열로 〈오륜가〉(5수)를, 그 중간성격의 계열로 〈치사가〉(3수)를 들 수 있어 총 20수가 되는 셈이다.[10] 이제 그 가운데 단시조의 미적 성취부터 검토해 보기로 하자.

주지하는 바와 같이 어디까지나 시조의 본령은 평시조 단 한 수로 실현되는 單時調에 있다. 시조의 대표성을 갖는 단시조는 감성과 이성, 자연성과 사회성[11]의 상호융합 통일을 추구하는 儒家美學에 상당부분 바탕을 둔 것[12]으로, 유가적 교양과 시적 감수성이 몸에 밴 송순이 그러한 정감을 단시조로 노래한 것은 지극히 당연하고 자연스럽다 할 것이다. 앞에서 인용한 黃胤錫의 家狀에 드러난 바와 같이 "오직 임금을 사랑하고 나라를 걱정하는 정성"이 가장 진솔하고 집약적으로 드러나 있는 것이 단시조라 할 것이다. 〈자상특사황국옥당가〉에서 그 점을 확인해 보자.

---

9 이 작품은 乙巳士禍에서 화를 당한 선비들을 봄날 떨어지는 낙화에 우의하여 지었다는 것으로 노래의 성격으로 보아 작자가 누구인지 알게 되면 생명에 위협이 될 것이므로 익명성으로 은밀하게 지은 텍스트여서 송순의 작품임에도 작자미상으로 각종가집에 전하는 것으로 보인다.

10 김신중, 앞의 논문, 40면에서도 한역된 것만 20수로 파악하고 전체 작품은 그것을 상회하는 것으로 파악하고 있다. 그런데 沈載完(1972), 『교본 역대시조전서』, 세종문화사에서는 송순으로 작자를 확정한 작품은 단 한 수도 없고, 宋寅의 작품이 일부 가집에 송순으로 와전된 것 3수와 함께, 송순의 작품이 확실한 〈자상특사황국옥당가〉와 〈면앙정단가〉 가운데 1수인 "잘새는 ᄂᆞ라들고……"를 정철의 작품으로 제시하고 있을 뿐이다.

11 여기서 말하는 사회성과 자연성의 개념은 인간관계에 만들어지는 인위적인 성향의 일체의 것을 사회성으로, 그와 반대로 어떠한 인위적인 조작도 없이 '저절로 그러함'의 성향을 드러내는 일체의 것을 자연성으로 지정하여 사용코자 한다.

12 金學成, 「시조의 3장구조와 미학적 지향」, 『인문과학』, 성균관대 인문과학연구소, 2006, 102면.

風霜이 섯거틘 날에 ᄀᆞᆺ 픠온 黃菊花를

金盆에 ᄀᆞ득 담아 玉堂에 보ᄂᆡ오니

桃李야 곳이온양마라 님의 뜻을 알괘라

임금을 사랑하는 마음이 이보다 더 담박하게 그리고 절실하게 드러날 수 있을까. 그러기에 연군지정을 어느 누구보다 더 절실하게 노래하기를 즐겨했던 鄭澈이 노랫말의 극히 미미한 부분을 다듬어서 자신의 작품으로 온전히 수용할 만큼 절대적인 공감을 얻었는가 하면,[13] 『增補 古琴譜』에 삭대엽 평조로 실림으로써 거문고 악보의 전범적 작품으로 등재될 만큼 거문고 곡으로도 유명했으며, 珍本『青丘永言』 같은 초창기 가집에서부터 『歌曲源流』의 여러 이본 같은 말기의 가집에 이르기까지 무려 25종의 가집에 수록될 만큼 노래로서도 인기를 끌었던 것이다. 무엇이 이 작품으로 하여금 정철을 비롯하여 조선시대 내내 수백 년간을 기악곡 혹은 성악곡의 절창으로 애호 받게 했을까? 이 작품을 현대시 다루듯 하여 표현의 참신성이나 이미지의 독창성, 풍부한 상상력, 내면적 성찰이나 시적 진실성의 탐구 같은 측면으로 그 가치를 척결한다면, 어떠한 감동도 찾아내기 어렵다. 임금이 玉堂에 하사한 황국 화분을 놓고 무슨 뜻으로 보냈는지 알겠다는 감격적인 상황을 별다른 수사적 기교도, 시적인 멋이나 긴장도 없이 그저 솔직 담박하게 집약적으로 표현했을 뿐인 것이다.[14] 임금이 국화분을 보낸 뜻은 초장에 그 답이 선명하게 제시되어 있어 시

13 이 작품이 약간의 字句를 달리한 채 星州本『松江歌辭』에 실려 있어 정철의 작품으로 오해하기 쉬운데 송순 자신이 이 작품을 한역해둔 것이나, 수록된 25개 가집 가운데 19개 가집에 작자를 한결같이 송순으로 표기한 점, 『增補 古琴譜』에도 송순의 作임을 밝힌 점 등으로 볼 때 송순의 작품임을 의심의 여지가 없게 한다. 沈載完, 『교본 역대시조전서』에는 정철의 작품으로 보고 있다. 『송강가사』에 수용된 것은 정철이 작자여서가 아니라 따라야 할 모범적 텍스트는 述而不作하여 전범으로 삼는, 즉 규범적 가치를 미적가치로 삼는 당대의 글쓰기 전통 때문임은 말할 것도 없다. 故로 표절과는 아무 상관이 없는 것이다.

14 김학성, 「시조의 정체성과 그 현대적 변환 문제」, 『한국고전시가의 정체성』, 성균관대 대동문화연구원, 2002, 182~183면.

적 긴장도 상상력도 허용되지 않고 있다. 風霜(바람과 서리: 온갖 시련)을 견뎌내고 꿋꿋하게 노란 꽃을 피워내는 국화처럼 선비의 孤高한 기품과 志節을 간직하라는, 그래서 四君子처럼 살아가라는 임금의 含意가 너무도 고맙고 감격스러울 뿐이다. 그만큼 임금을 사랑하는 마음에서 오는 **감격의 정서**가 **솔직-담백**하게 그리고 집약적으로 드러나 있다.

이 작품이 주는 감동은 바로 여기에 있는 것이다. 만약 화려한 수사나 기교로 임금을 사랑하는 마음을 야단스레 노래했다면 그토록 오랜 세월을 絶唱으로 애호 받지 못했을 것이다. 임금을 사랑하는 마음은 어떠한 假裝이나 誇張도 용납되지 않으며, 그 사랑하는 마음의 순수한 순간의 감정을 솔직 담백하게 노래하는 것이 가장 미적 가치를 성취하는 작품이 되는 것이다.[15] 노랫말의 솔직 담백함에서 오는 無 긴장이나 무미건조함은 그것을 실은 악곡으로 보완하여 羽調 혹은 界面調의 樂調에다 二數大葉 혹은 같은 이삭대엽 계통으로서 약간의 변화를 주는 中擧 혹은 三數大葉으로 시대의 변화에 완만하게 적응하면서 미적인 깊이와 감동의 폭을 지속할 수 있었기에 가능했던 것이다.[16]

16세기 士林이었던 송순의 시조를 이해하기 위해서는 무엇보다 유교의 본질과 특색을 이해하는 것이 지름길이다. 그의 시조가 儒家美學에 기반을 두고 있기 때문이다. 잘 알다시피 유교는 가장 평범한 우리 **인간의 일상생활**에 기반을 두고 일어난 종교이자 사상이고 철학이어서, 인간을 말하고 인간을 생각하고 인간을 이해하는 것이 유가사상의 특색이라 할 수

---

15 시조는 3장 6구 12음보라는 짧은 시형에 모든 것을 집약적으로 담아 드러내야 하기 때문에 순간의 솔직한 감정을 담박하게 노래하는 데 미적 가치를 두지만, 가사는 그와 반대로 정서나 감흥을 남김없이 세세하게 歷擧하고 펼쳐내는데 미적가치를 두므로 화려한 수사나 과장이 용납될 뿐 아니라 그렇게 해야 작품적 가치를 오히려 드높인다 할 수 있다. 정철의 〈사미인곡〉이 높이 평가 받는 이유도 시조와 가사의 이와 같은 미적 지향성의 차이에 기인함은 물론이다.

16 이 작품이 가곡창의 正聲(본가곡)에 해당하는 이런 악곡에 실려 典雅함과 고상함을 이상적인 美的 境界로 삼음으로써 俗티를 벗어나 貴티를 지향하는 사대부층의 음악적 취미와 기호에 부응해간 점에 대한 상론은 김학성(2002), 앞의 책, 183면 참조.

있다. 인간을 말하고 노래하기에 거기에는 기쁨과 슬픔이 있고, 한숨과 눈물이 있으며, 사랑과 미움, 행복과 희열이 있다.[17]

옥당에 보내온 임금의 국화분 하나가 그토록 감격과 희열에 차게 했던 것도 인간의 솔직한 감정의 드러냄 때문이며, 乙巳士禍로 인해 무고한 선비들이 봄날의 세찬 바람에 떨어지는 꽃잎처럼 스러져가는 현실의 참담함을 그토록 슬퍼하여 〈상춘가〉로 노래함도 이러한 유가미학에 기반을 두고 있음은 말할 것도 없다. 비록 작품은 전하지 않고 한역가만 전하는 〈몽견주상가〉 역시 나라를 걱정하고 임금을 사랑하는 살뜰한 정회를 솔직하게 노래함으로써 유가미학을 구현하고 있다. 〈몽견주상가〉의 反譯을 통해서 좀 더 확인해 보자.

> 한숨 지을사이 홀연히 조으더니
> 연연한 숨결속에 내님을 모셔이셔
> 넷말을 사뢰다보니 날샌줄을 몰라라 (김동욱 反譯)[18]

이 작품에서 나(작자)와 님(임금) 사이는 君臣간의 엄격하고 무거운 책무가 따르는 경직된 사이가 아니라 사랑이 농익은 연인 간에 시간가는 줄 모르고 밤새도록 情談을 나누는 가장 친근한 사이로 그려지고 있다. 인간적 정취와 인간사회의 따뜻함이 그대로 배어나오고 있는 것이다. 딱딱하고 엄숙하기 그지없는 군신 사이의 관계를 이토록 부드러운 정감으로 전환시켜 놓은 것, 그것도 시조의 3장 미학으로 간결하고도 담박하게 집약해놓은 것이야말로 바로 송순이 이룩한 유가 미학적 성취인 것이다.

---

17 宋恒龍, 『동양인의 철학적 사고와 그 삶의 세계』, 명문당, 1991, 14면 참조.

18 이 글에서 漢譯으로 전하는 송순의 시조작품의 경우 한역 原文은 따로 밝히지 않고 그에 대한 反譯(김동욱, 앞의 책, 186~190면에 실림)을 인용하기로 한다. 반역한 텍스트가 原歌일 수는 없지만 본고의 목적이 송순의 작품을 한역가로서가 아니라 시조로 이해하고 그 가치를 규명하는 데 있기 때문이다.

이런 텍스트에서 표현의 신선감이나 개성적 상상력 혹은 언어적 긴장이나 내면적 성찰을 찾아 그 미적 가치를 읽어내려 해서는 텍스트가 지향하는 성격과 전혀 맞지 않는 접근 태도일 것이다. 우리가 찾아내야 할 것은 **사랑해야 할 사람을 사랑하는** 인간의 솔직한 심정을 담은 **인간의 아름다운 마음**인 것이다. 아니 그러한 아름다운 마음을 통해 드러나는 **인간적인 삶의 자세**인 것이다. 송순 시조의 가치는 여기에 있는 것이다.

3. 송순의 연시조와 그 미적 성취

앞에서 살핀 바와 같이 송순은 初-中-終 3장구조의 단 한 수로 완결하는 단시조로 〈자상특사황국옥당가〉같은 절창을 보여주었다. 그러나 순간의 감정을 진솔하게 노래하는 단시조는 시적 정황의 절정의 한 순간을 집약적으로 드러내기에는 적절하지만, 삶과 세계에 대한 심도 있는 인식이나 폭넓은 정감을 드러내기에는, 그리고 이념 혹은 주제를 깊이 있게 풀어내는 데에는 한계가 있다.[19] 따라서 단시조의 積層을 활용한 연시조가 요청되는데 송순은 이런 단 한 수로 완결하는 단발성의 미학이라 할 단시조보다는 주제의 깊이나 심화된 정감을 풀어내는 데 보다 적절한 연시조 유형을 선호한 것으로 보인다.

유교는 생활 그 자체라 할 수 있다. 그 생활이란 바람직한 인간의 생활을 말하며, 바람직한 생활은 스스로의 자기 위치의 확보에 달렸다. 임금은 임금으로서, 신하는 신하로서, 아버지는 아버지로서, 자식은 자식으로서, 이웃은 이웃으로서 자리를 지켜야 한다. 이것을 관계성으로 말할 때 질서라 하고 禮라 한다.[20] 禮 중에서 가장 핵심이 되는 다섯 가지를 간추

---

19 단시조와 연시조의 이러한 차이에 대하여는 김학성(2006), 앞의 논문, 102~103면 참조.
20 송항룡, 앞의 책, 17~18면 참조.

려 五倫이라 함은 잘 아는 바와 같다. 송순은 바람직한 인간의 생활을 오륜의 덕목에 맞추어 노래했으니 이것이 바로 〈오륜가〉다. 이 작품이 동시대의 周世鵬이 지은 〈오륜가〉보다 먼저 지었는지 아닌지는 기록이 없어 알 수가 없다.[21] 우리의 관심은 〈오륜가〉의 텍스트 독법과 그 미학적 성취에 있는 것이다. 〈오륜가〉류를 이해할 때 우리는 흔히 유가적 덕목을 교시적으로 노래한 교술적 서정시로 보고 서정성보다는 교술성이 중심이 되는 텍스트로 읽어 그 미적 성취를 경시하거나 폄하해온 것이 사실이다. 그렇다면 과연 그런 가치평가가 정당한가를 되물을 필요가 있다. 송순의 〈오륜가〉는 장르상으로 서정시가로 지은 것이지 교술시가로 지은 것이 아니라는 점을 특별히 주목해야 이 문제는 해결될 수 있다.

이제 교술시가가 아닌 서정시가 텍스트로 〈오륜가〉의 미적 성취를 살펴보기로 하자.

(1) 아바님 날 나흐시고 어마님 날기르시니
두분곳 아니시면 이몸이 사라실가
하늘ᄀᆞ튼 ᄀᆞ업ᄉᆞᆫ恩德을 어ᄃᆡ다해 갑ᄉᆞ오리 (父子有親)

(2) 백성을 거느리니 부모가 아니신가
하늘갓치 우러러 이한몸 바치리다
다만지 祝壽하옵기 萬年을 누리소셔 (君臣有義)

(3) 한집안 거느리니 안과박기 갓ᄒᆞ랴

21 김용철, 「훈민시조연구」, 고려대 석사학위논문, 1990에서 송순이 60세인 善山府使시절에 지은 것으로 추정하여 주세붕(황해도 관찰사로 있을 때인 송순 56세 시절에 지음)보다 나중 지은 것으로 보고 있으나 그렇게 단정할 수는 없다. 송순의 오륜가가 지방행정관으로 있을 때 지어졌다면 48세 때 경상도 관찰사, 50세에 전라도 관찰사, 51세에 광주목사를 이미 지낸 바 있기 때문이다. 이에 대한 상론은 김학성, 「송순시가의 시학적 특성」, 『한국고시가의 거시적 탐구』, 집문당, 1997, 445～446면 참조.

부부의 사이야 엄케ᄒᆞ면 親ᄒᆞ리니
더우기 ᄉᆞ랑의뜻이야 조차남을 알괘라 (夫婦有別)

(4) 형아아ᄒᆡ야 네슬ᄒᆞᆯ ᄆᆞ져보와
뉘손ᄃᆡ 타나관ᄃᆡ 양ᄌᆡ조차 ᄀᆞᄐᆞᆫ다
ᄒᆞᆫ젓먹고 길러나이셔 닷ᄆᆞᄋᆞᆷ을 먹디마라 (長幼有序)

(5) ᄂᆞᆷ으로 삼긴듕의 벗ᄀᆞ티 有信ᄒᆞ랴
내의 왼이ᄅᆞᆯ 다닐오려 ᄒᆞ노매라
이몸이 벗님곳아니면 사ᄅᆞᆷ되미 쉬올가 (朋友有信)

이 작품 가운데 (1)과 (4)와 (5)는 황윤석이 쓴 家狀에서 보았듯이 정철의 〈훈민가〉 16수 중에 직접 수용된 3수다. 앞의 각주 13)에서 언급한 바와 같이 이런 현상을 놓고 국문시가의 巨匠인 송강 정철이 송순의 작품을 표절한 것으로 이해해서는 당시의 글쓰기 전통으로 볼 때 사리에 맞지 않고, 다만 송강이 따로 창작할 필요성을 느끼지 않고 그대로 인용-채택할 정도로 절대적인 공감을 주었던 작품이라 이해된다. 심재완의 『교본 역대시조전서』에는 정철을 작자로 표시하고 있으나 송순으로 바로잡아야 할 것이다.

이 〈오륜가〉 텍스트를 이해하는 요체는 오륜이라는 유가적 덕목을 抒情詩歌로 노래했다는 것이다. 즉 **유가이념의 서정화**인 것이다. 그럼에도 종래에는 이를 형식만 시조형식을 빌은 이념적 敎述詩로 보고 텍스트가 갖는 서정미학에는 주목하지 않은 것이 사실이다. 이런 작품을 너무 삭막하게 윤리 도덕이나 이념의 텍스트로 설명해서는 문학, 특히 시가 텍스트로 이해하는 태도라 할 수 없다. 더구나 유가이념이 절대이념으로 자리잡은 조선시대에는 미적가치와 도덕적 가치가 분리되지 않던 시절이어서 이런 작품에서 미적가치의 잣대로만 가치평가하려는 시각 자체가 문제가 되는 것이다. 시조가 서정 장르인 한 오륜가계통 역시 서정시가로 읽어야 하는 것이다.

이런 視角을 문제 삼지 않더라도 작품 (4)를 보라. 長幼有序라는 유가의 절대이념으로, 아니 숭고한 윤리적 덕목으로 형제간의 友愛를 敎示함에도 불구하고 얼마나 감성충동에 호소하는 나긋한 어조로 노래하고 있는가. 이런 감미로운 목소리에서 이념의 경직성을 읽을 수 있겠는가. 규범과 질서의 준수를 무조건 강요하는 일방적 통제나 숨 막히는 엄숙성을 어디서 찾아볼 수 있는가. 송순의 〈오륜가〉가 이룩한 미적성취는 이와 같이 딱딱한 유가적 이념을 나긋한 감성충동에 녹여 **抒情的**으로 노래했다는 데 있는 것이다. 그리고 〈오륜가〉의 존립근거는 자칫 무너지기 쉬운 사회규범이나 윤리도덕을 확고한 禮에 바탕을 둔 질서체계로 바로잡고자 하는 유가적 견지의 현실 치유 욕구에 놓여 있음은 말할 것도 없다.

〈오륜가〉가 지방관료로서 정치현실의 한복판에 서서 그 질서를 바로 잡으려는 經世的 욕구의 텍스트화라면, 〈면앙정단가〉와 〈면앙정잡가〉는 정치현실을 벗어나 緣故地의 향촌으로 돌아가 강호자연을 벗하는 즐거움의 감회를 텍스트화한 것이다. 정치현실은 언제나 혼탁하기 그지없기에 자의든 타의든 부정적 정치현실로부터 벗어나 향촌의 강호자연 속으로 들게 되면 그 淸淨한 자연의 아름다움과 조화로움에 매료되어 **즐거움의 정서**를 드높이 노래하게 된다. 〈면앙정단가〉와 〈면앙정잡가〉는 이렇게 해서 産生된 것이다. 이 두 편(두 수가 아니라)의 작품이 언제 어떤 계기에 의해 지어졌는지 관련기록이 없어 정확히 알 수는 없으나, 둘 다 면앙정을 제재로 노래한 것으로 보아 송순이 현실정치권에서 밀려나 失意와 좌절 속에서 면앙정 정자를 건립하던 이후의 어느 때였을 것이다. 그럼 먼저 〈면앙정잡가〉부터 살펴보기로 하자.

(1) 秋月山 가는 바람 錦城山 넘어갈제
　　들넘어 亭子위에 잠못이뤄 깨었으니

일어나 앉아맞는 기쁜情이야 녯님본듯 ᄒᆞ야라[22]

(2) 十年을 經營ᄒᆞ여 草廬 三間 지여내니

나ᄒᆞᆫ간 ᄃᆞᆯᄒᆞᆫ간애 淸風ᄒᆞᆫ간 맛져두고

江山은 들일ᄃᆡ 업스니 둘러두고 보리라

이 작품은 2수로 이어진 연시조임을 알 수 있다. (1)은 면앙정에서 잠을 못 이룬 채 깨 앉아 맞는 낮 정경을 제재로 노래한 것이고, (2)는 그에 대응하여 달이 떠오른 밤 정경을 제재로 노래한 것이기 때문이다. (2)의 초장에 직설적으로 드러나듯이 이 작품은 면앙정을 건립(41세 때: 1533년)한 직후의 어느 시기에 지었음을 알 수 있다. 이때의 그의 처지는 司憲府의 正言・持平 등 벼슬을 지내다가 權臣 金安老의 미움을 사 파직을 당하고 고향에 내려와 다시는 벼슬살이를 하지 않고 모친을 봉양하며 강호자연 속에서 '俛仰宇宙之義'를 실천하며 살아가리라 결심하던 때이다. 士林으로서 벼슬살이 하던 중 당대 권신들의 부당함에 맞서다가 파직 당한지라 그의 심정은 현실정치에 대한 反感, 좌절감, 회한으로 가득 찼을 것이다. 아니 그 정도가 아니라 고향에 돌아온 후도 그의 신변 위협은 계속되었으므로 언제 또 어떤 화를 당할지 예측할 수 없는 불안감도 겹쳤을 것이다.[23] 그러기에 그는 (1)의 中章에서 드러나듯이 정자 위에서 잠을 이루지 못하고 있는 것이다. 이는 그가 강호자연 속에서 悠悠自適하며 음풍

---

22 『면앙집』 권5에 한역된 것을 옮기면, "秋月山兮細風 向錦城兮將去 / 越野兮亭子上 我無睡兮云寤 / 起而坐兮歡喜情 宛故人兮如覩"로 되어 있는데 김동욱의 반역은 중장과 종장의 경계부분을 잘못 끊어 번역한 탓인지 중장 마지막 마디와 종장 앞구 부분이 본노래의 의취와 맞지 않는 것 같아 필자가 해당부분을 손질했다. 비교를 위해 김동욱의 중-종장 반역을 옮기면 다음과 같다. "들넘어 亭子위에 잠못이뤄 깨안즈니 / 어즈버 즐거온 情이야 녯님본듯 하야라"(김동욱, 앞의 책, 188면)

23 이런 불안감은 사림에 대한 賜死와 流配 등 정치적 피바람이 극에 달하던 이 시기에 그가 권신 김안로 일파에 반대하는 무리 가운데 어느 일파의 괴수로 저들에 의해 지목되어 있었기에 더했을 것이다. 이에 대하여는 『면앙집』 연보 참조.

농월의 풍류를 즐기는 **閑寂의 여유**를 즐기고 있는 상황이 아님을 말해준다. 따라서 잠을 설치고 깨어 있는 낮 동안에는 솔솔 부는 "ㄱ는 바람(細風)"이나 맞으며 극도의 불안감을 맛보아야 했다. 그런 심회를 생생하게 그려낸 것이 (1)로 보인다.

그러나 그러한 암울하고도 불안한 정치적 위기감은 면앙정을 건립하여 그곳에서 청풍·명월·강산과 함께 즉 순수하고 욕심 없는 자연과 더불어 '면앙우주지의'를 실천하며 살아가겠다는 다짐을 하면서 어느 정도 안정을 찾을 수 있었던 것으로 보인다. 아니 강호자연 속에서 자연과 벗하며 정서적 안정감을 찾으려 했던 것으로 보아야 더 정확할 것이다. (2)는 바로 그러한 정황을 노래한 것이다. 실제로 송순은 32세에 면앙정 부지를 구입하여 꼭 10년이 걸려 41세 때에 처음으로 면앙정을, 그것도 임시로 얽은 허술한 3간짜리 초옥으로 지었다 하니 그러한 사정을 (2)에 생생하고 감동적으로 그려낸 것이다.[24] 면앙정 건립에서 오는 **착잡함과 결연한 의지**의 정서는 정자를 지은 지 얼마 되지 않은 시점이라야 어울릴 것이므로 이 무렵을 창작 시점으로 보아야 할 것이다.

여기서 우리는 연시조는 연시조답게 읽어야 한다는 당연한 명제가 절실하게 다가온다. 종래에 흔히 그래왔듯이 그의 작품 가운데 널리 알려지고 애창된 (2)를 단시조로 보아[25] (1)과는 분리해서 독립된 작품으로 이해

---

24 작품 (2)와 면앙정 건립 및 당대 정치현실과의 관계는 成基玉, 「고전시와 현대시의 미학적 패러다임」, 『한국시의 미학적 패러다임과 시학적 전통』, 소명출판, 2004, 84~87면 참조.

25 이 노래는 (1)과는 무관하게 단시조로 독립되어 19개 가집에 실려 있는 것으로 보아 독립된 단시조로 널리 애창되었음을 짐작할 수 있다. 그런데 모든 가집에 작자가 무명씨로 되어 있으며 작자 표기가 되어 있는 유일한 가집인 『병와가곡집』에는 金長生으로 되어 심재완의 『역대시조전서』에는 이를 따라 김장생을 작자로 인정하고 있다. 이는 바로 잡아져야 할 것이다. 또 이 작품이 많은 가집에 실렸음에도 불구하고 유독 正樂을 추구하는 『가곡원류』계 이본들에는 단 한곳에도 수록되지 않은 것이 주목되는 데, 이는 노래 제목이 〈면앙정잡가〉로 붙여진 것과 유관한 것으로 보인다. 즉 잡가라는 명칭은 본류적 정통성과는 다소 어긋나는 악곡에 실렸음을 의미한다고 볼 때 이 노래는 송순 당시부터 正類의 곡목에 담은 노래가 아니었을 가능성을 배제할 수 없게 된다.

한다면 청풍·명월·강산 같은 순수자연과 함께 티 없이 살아가려는 작자의 의지나 다짐은 儒家 일반에서 흔히 볼 수 있는 한낱 豪氣에 불과한 것으로 의미가 축소될 것이다. 그러나 그러한 호기는 연시조의 대응의 짝인 (1)의 부당한 정치현실로 인한 고뇌-그로 인한 음울한 정서-가 있기에 더욱 깊은 의미와 정회(결연한 정서)로 다가오는 것이다. 연시조는 이처럼 감정의 기복이나 정감의 깊이를 심화해서 드러내기에 적절한 유형인 것이다. 聯과 연 사이의 텍스트 적층으로 인한 긴밀한 授受관계가 이루어짐을 놓치지 말아야 하는 이유가 여기에 있다. 따라서 이 작품을 단순히 하는 일 없는 선비의 '吟風弄月'이나 '致仕客의 閑寂' 정도로 이해한다든지, "자연미의 발견을 통해 道心을 회복하려는 신념을 노래한 것"[26]이라는 표면적 해석에 머문다든지, 김동욱이 비판하듯이 "현실과 너무나 유리된 병들은 自然愛"로 이해해서는 결코 안 될 것이다. 잠 못 이루는 **고뇌의 정서**에서 결연한 **다짐의 정서**로의 **감정의 기복과 전환**을 읽어내야 하는 것이다. (1)의 잠 못 이루고 깨 앉은 '**낮**의 **정서**'가 (2)에서 달과 청풍과 더불어 어우러지는 '**밤**의 **정서**'로 轉化되는 이유가 거기 있기 때문이다.

한편 〈면앙정단가〉는 7수로 이루어져 있는데 이 작품에 대한 정보도 뚜렷한 것이 없어 언제 어떤 계기로 지었는지, 그리고 연시조인지 아니면 連作時調(연시조 아닌 연시조: 주제나 구조면에서 연과 연사이의 긴밀도가 연시조라 하기엔 느슨한 시조)인지조차 확정할 결정적 근거는 없다. 다만 작품의 구조와 의미를 통해 그 점을 가늠해 볼 수 있을 뿐이다.

(1) 굽어는 땅이오 우러러는 하늘이라
두분의 ᄀᆞ을조차 내삼겨 살아시니
溪山에 풍월을 거느려 늙을뉘를 몰래라[27]

---

26 최혜진, 『한국고전시가의 이념과 지향』, 월인, 2003, 184면.

27 김동욱의 반역에는 (1)의 종장 뒷구가 "늙**은뒤**를 몰래라"로 되어 있지만 한역과 원문을 참조하여 "늙**을뉘**를 몰래라"의 오자로 보고 필자가 수정했음을 밝힌다.

(2) 넙거나 넙은들에 내도 길고긴듸
눈ᄀᆞᆺᄒᆞᆫ 흰모래이 구름ᄀᆞᆺ치 펼쳐시니
일업ᄉᆞᆫ 낙대멘 사ᄅᆞᆷ은 ᄒᆡ딘줄을 몰라라

(3) 松籬에 ᄃᆞᆯ이올라 竹梢에 잠간쓰니
거문고 빗기안고 바회ᄀᆞ에 안자실제
어디서 외기러기ᄂᆞᆫ 홀로울어 예ᄂᆞ다

(4) 山으로 屛風삼아 들밧게 둘러두니
디나ᄂᆞᆫ 구름조차 자려고 들온ᄂᆞᆫ대
어찌타 無心한 落日은 홀로넘어 가ᄂᆞ뇨

(5) 잘새ᄂᆞᆫ ᄂᆞ라들고 ᄉᆡ달은 도다온다
외나모 다리로 호올로가ᄂᆞᆫ 뎌禪師야
네뎔이 엇마나 ᄒᆞ관ᄃᆡ 遠鐘聲이 들리나니

(6) 山頂에 노을지고 뭇고기 ᄲᅱ노ᄂᆞ니
無心한 이낙시야 고기야 잇건업건
淸江에 ᄃᆞᆯ돋아오니 이ᄉᆞ이興이야 일러무삼

(7) 天地로 帳幕삼고 日月로 燈燭삼아
北海水 휘여다가 酒樽에 다혀두고
南極에 老人星對하여 늙을뉘를 모르리라

이 작품을 지은 연대부터 가늠해 본다면, 면앙정을 제재로 한 것으로 보아 송순이 41세에 면앙정을 짓고 어머니를 봉양하며 자연을 벗 삼아 살아가다가 45세에 김안로가 賜死되자 다시 복권되어 관직에 나아가기까지의 사이에 지었을 가능성이 큰 것으로 보인다. 왜냐하면 이 시기에 그는 '俛仰宇宙之義'를 실천하며 살아가겠다는 의지를 다지며 '면앙정'이라 현판을 걸고 부당한 정치현실로 인한 소외감을 씻어내면서 본격적으로 강호자연의 삶을 살아갔기 때문이다. 이런 그의 자기다짐의 정서가 작품의 序頭인 (1)에 잘 드러나 있을 뿐 아니라, 그 실천적 삶이 (2)~(6)까지에 구체적으로 제시되어 작품의 구조를 이루고 있음이 그 점을 말해준다. 그는 51세 때에 병을 핑계로 고향으로 잠시 물러난 바 있어 이때 지었을 가능성도 배제할 수는 없으나 부당한 정치현실을 잊고 '면앙우주지의'를 실천하며 살아가겠다는 자기다짐이 강렬하고 新鮮感을 가질 때는 역시 면앙정을 지은 지 얼마 되지 않은 어느 시점으로 보는 것이 순리일 것이다.

또한 작품의 구조면에서 서두 (1)로 시작하는 意趣 및 興趣, 그리고 그러한 흥취에 호응하여 마지막 (7)로 마무리하는 首尾雙關의 짜임새와 수사적 기법으로 보아 연작시조가 아닌 연시조로 지어졌을 가능성도 확실해 보인다.[28] 그렇다면 이 작품은 연시조답게 첫 연에서부터 마지막 연에 이르기까지의 연과 연 사이의 內密한 의미의 흐름과 흥취의 수수관계 및 텍스트 적층에 따른 구조적이고 미적인 짜임도 찾아내야 제대로 이해될 것이다.

그런 점에서 우선적으로 주목할 일은 작품의 서두와 마무리가 다같이 "늙을 뉘를 몰래라"라고 종장을 매듭지음으로써, 늙어가는 줄을 모르고 자연의 흥취에 몰입하여 살아가는 자신의 모습을 수미쌍관의 표현기법으로 긴밀하게 짜놓았다는 점이다. 다만 같은 표현이라도 서두에서 늙을 줄을 모른다는 발화는 아직 현실적 고뇌가 남아 있으면서 다분히 자기다짐을 굳건히 하기 위한 宣言的 의미로 보이고, 마지막 연에서의 그것은 부정적 정치현실에 대한 고뇌를 말끔히 씻어내고 浩然之氣를 절정에서 맛

28 신영명, 『사대부시가의 연구』, 국학자료원, 1996, 101면에서는 (1) 및 (6)이 지어진 시기와 (3) 및 (4)가 지어진 시기가 서로 다른 것으로 추정하고 있는데, 이 작품이 연시조일 가능성이 크므로 그렇게 해체하여 창작시기를 각기 달리 보기는 어려울 것이다.

보는 실질적 의미가 담겨 있는 것으로 보인다. 이러한 차이는 (2)에서 (6)연까지의 짜임이, 텍스트 적층을 이루어나가면서 암울한 현실을 점진적으로 잊어가며 마침내 無心의 경지에 이르러 진정한 흥취 곧 眞樂을 맛보는 과정으로 보여지기 때문이다. 그렇다면 이 작품은 序詞와 結詞가 수미쌍관의 긴밀한 짜임으로 이루어지고 그 중간에 서두에서 마무리로의 변화과정을 本詞로 보여주는 것이 (2)에서 (6)연까지의 구조적 질서라 할 것이다. 그 확인을 위해 본사의 짜임을 정밀하게 검토해 보자.

이 작품의 시간과 공간은 별 변화가 없다. 본사의 시작부터 마무리까지 시종일관 시간적으로는 해가 지고 달이 떠오르는 시점이고 공간적으로는 면앙정과 그 주변 즉 내와 산이 어우러져 있는 溪山으로 설정되어 있기 때문이다. 이러한 시공간 설정의 일관성이 (2)에서 (6)까지를 본사로 볼 수 있는 근거가 되고 그런 설정에서 자유로운 (1)과 (7)이 서사와 결사라는 점을 더욱 뒷받침해준다. 그렇다면 그 시점의 그곳에서 風月을 즐기는 과정과 그 심리적 변화를 노래한 것이 본사가 된다. 송순의 이와 같은 溪山風月은 그러나 처음부터 흥취로 가득 찰 수는 없다. 아니 흥취는커녕 어딘지 공허하고 쓸쓸한 자연으로 마주할 뿐이다. (2)에서 노래하듯 들판은 "넙거나 넙어" 끝 간 데 없이 空虛해 보이고, 거기다 내(川)마저 길고 길어 自我와 정감을 나누기에는 거리가 멀어 보인다. 그래서 일없이 낚시질 나온 자아는 해지는 줄을 모르고 공연히 낚시질에만 전념할 수밖에 없는 처지라는 것이다.

이런 정황에서 해가 지고 달이 오르는 밤이 되면 더욱 마음이 울적해짐은 어쩔 수 없다. 그래서 (3)에서 울적한 정회를 노래하게 되는 것이다. 부당하게 파직되어 고향으로 갓돌아 온지라 부정적 정치현실에 대한 反感과 회한으로 처절한 슬픔이 내면에 응어리져 있을 것이다. (3)의 종장에 보이는 "홀로 울어예는" 외기러기는 다름 아닌 작자 자신을 빗댄 것임은 말할 것도 없다. 이러한 울적한 심회는 그 다음 聯인 (4)에서 "無心한 落日"을 바라보고 어느 정도 진정이 된다. 세상사의 어떠한 사태에도 아랑곳 하지 않고 平正心을 유지하면서 **무심**히 넘어가는 '낙일'을 통해 자신의 울적한 심회를 다스리고 어느 정도 **무심의 경지**를 터득하게 되는 계기를 맞는 것이다. 즉 자연을 통해 심성수양을 하게 되는 것이다. 그러나 그의 이런 심적 경지는 아직은 불안정하다. 그래서 한 단계 더 평정심을 찾는 대상을 찾아야 한다.

그리하여 (5)에서 외나무다리를 건너 먼 절을 찾아 홀로 가는 禪師의 평화로운 모습에서 자아의 결핍이 무엇인지를 발견하고 그 선사와 자신이 同一化되기를 내면적으로 갈망함으로써 자신도 마침내 선사처럼 평정심을 얻는 계기를 마련하게 되는 것이다. 이때 멀리서 들려오는 절간의 종소리는 심리적으로 세속을 멀리하고 脫俗의 세계로 흡인을 가능케 하는 소리, 즉 세속과 역방향으로 절(세속과 절연된 공간)을 향해 외나무다리를 건너가는 선사의 의미를 일깨워주고 자아의 평정심을 찾게 해주는 소리인 것이다.

이런 과정을 거쳐 이제 선사와 同一視해도 좋을 지경까지 세속(정치현실)의 일을 잊고 평정심을 회복하게 되기에 이른다. 그 다음 (6)에서 無心의 상태에서 낚시를 하게 되고 "고기야 잇건업건" 상관없게 되는 假漁翁의 경지를 보이게 된다. 그리하여 마침내 정치현실에의 개혁의지나 욕망 같은 세속적 욕구 따위는 모두 떨쳐버리고 무심의 경지에 이르러 때마침 "淸江에 돋아오는" 달을 맞아 그것으로 정감을 나누는 벗을 삼아 진정한 흥취를 만끽하게 되고 마침내 眞樂[29]에 도달하게 되는 것이다.

이와 같이 본사는 '일몰의 쓸쓸함→달밤에 울고 가는 외기러기→무심한 落日→홀로 가는 禪師→淸江에 돋는 달의 흥취'로 텍스트 적층을 이루면서 현실정치에서 부당하게 축출되게 된 쓸쓸함과 울적함의 정회에서부터 자연의 無心함과 禪師의 脫俗의 길을 法 받으며 마침내 그러한 세

29 신영명은 앞의 책, 50~51면에서 士林들이 강호자연을 **취미** 수준에서 즐기는 것과 **생활**의 수준에서 즉 몸과 마음이 일치된 상태에서 즐기는 것을 구분하여 전자를 '江湖之趣'라 하고 후자를 '江湖眞樂'이라 구분하여 강호시가의 이해에 진전을 보여주었다.

속적 욕구를 떨쳐내고 강호진락의 흥취를 누리게 되는 과정 곧 심성수양의 생생한 단계를 노래한 것으로 이해된다. 이런 단계를 거쳐 도달한 강호진락의 흥취는 마침내 우주와 통하는 호방함으로 절정을 이루어 (7)의 결사에서 "천지로 장막삼고 일월로 등촉을 삼는", 거기다가 "北海水를 휘여다가 酒樽(술동이)에 다혀두"는 호쾌한 흥취로 마무리할 수 있게 되는 것이다.

송순의 年譜에 언급되어 있듯이 그가 27세에 別試文科에 합격하여 예문관, 춘추관 등에서 벼슬살이를 시작한 이래 77세의 노년에 解職상소를 올리고 고향으로 退休하기까지 50년간의 관직생활에서 처음에는 金安老 등에 배척당했고, 중간에는 尹元衡 등에 의해, 뒷날에는 李芑 등에 의해 배척되었다. 이러한 순탄치 못한 벼슬살이 과정에서 고향의 면앙정으로 돌아와 자연과 벗하며 心身을 수양하면서 앞의 연시조들을 창작해내고 향유하게 된 것으로 보인다. 이에 비해 〈致仕歌〉는 마침내 77세에 벼슬살이를 마무리하기로 결심하고 고향에 돌아가려는 直前에 창작한 것으로 여겨진다.[30] 따라서 〈치사가〉의 시적 정황은 정치현실에서 부당하게 배척되어 고향으로 돌아가는 처지가 아니라 高位官職(자헌대부 한성부 판윤, 의정부 우참찬)으로 벼슬살이를 누릴 만큼 누리고 있는데다가 고령으로 건강이 여의치 않아 自進해서 고향으로 귀거래 하는 것이어서 당당하고도 행복한 고민을 노래한 것이라 할 수 있다. 작품을 살펴보자.

(1) 늙엇다 물러가쟈 ᄆᆞ음과 議論ᄒᆞ니
이님 ᄇᆞ리고 어드러로 가쟛말고
ᄆᆞ음아 너란 잇거라 몸이 먼저 가리라

(2) 임자업슨 江山이오 갑업슨 風月이라

30 『국역면앙집』 하권, 92면 및 신영명, 앞의 책, 96~97면 참조.

이몸 하나거니 어드러로 못쎠나료
每樣에 가지못ᄒᆞ고 오늘내일 ᄒᆞᄂᆞ니

(3) 가노라 ᄀᆡᆺᄯᅩᆼ功名 是非도 하도하다
어디론 江山인들 오지말라 ᄒᆞᆯ가마ᄂᆞᆫ
ᄯᅥᆯ치고 가지못ᄒᆞ고 드명나명 망설이ᄂᆞ

이와 같이 이 작품은 벼슬을 사양하고 물러나는 致仕의 시점에 겪는 미묘하고 엇갈리는 솔직한 감정을 如實하게 노래한 것으로 이 가운데 (1)이 19개 가집에 실린 것으로 보아 가장 인기를 얻어 널리 향유되었던 것으로 보인다. 3수 모두 임금을 모시고 벼슬살이를 하는 중에 정치적 理想을 마저 펴지 못하고 임금을 下直하려니 차마 발걸음이 떨어지지 않는다는 것이 主旨다. 이미 늙고 건강이 여의치 못한 상황에서 현실정치에서 물러나 是非나 功名 따위는 다 떨쳐버리고 강호자연의 품에 안겨 그 속에서 자연과 벗하며 자연과의 조화를 누리는 기쁨을 맛보고자 하는, 그리하여 '兼善'이라는 사대부적 이상을 同時的으로 실현할 수 없는 사대부로서의 행복에 겨운 고민과 마음의 **갈등**을 세 차례 거듭 일관된 주제와 정서로 노래한 것이다. 이처럼 텍스트 적층을 활용한 연시조로 노래했기에 주제의 깊이와 深化된 갈등의 정회를 여실하게 드러낼 수 있었다. 그만큼 연시조는 단시조의 單發性 미학으로는 도저히 다 풀어낼 수 없는 벅찬 감정이나 복잡한 심경을 심화시켜 드러내기에 적절한 것임을 확인케 해준다. 〈면앙정단가〉가 착잡한 심경에 기초한 것이라면 이 작품은 행복에 겨운 벅찬 고민을 3수의 텍스트 적층을 통해 거듭거듭 풀어낸 것에 해당하는 것이다.

4. 맺는 말

지금까지 우리는 송순의 시조 작품에 잠재된 미적가치를 찾아내기 위해 두 가지 점에 유의하면서 살펴보았다. 하나는 그의 시조를 서정 詩歌 텍스트로 읽어야 한다는 것이고 다른 하나는 그 유형적 특성에 맞추어 단시조는 단시조답게 연시조는 연시조답게 읽어야 한다는 것이다. 그리하여 송순의 시조 미학적 특징은 단시조와 연시조의 類型的 차이를 적절히 활용하여 훌륭한 미적성취를 이루었음을 확인할 수 있었다.

그 구체적 예로, 나라를 걱정하고 임금을 사랑하는 마음은 복잡 미묘한 심회를 갖는 것이 아니기에 그 순수하고 열정적인 마음을 순간의 솔직한 정서로 진솔-담박하게 집약적으로 표백하는 **단시조**로 노래했음을 〈자상특사황국옥당가〉와 〈몽견주상가〉, 〈상춘가〉 같은 작품에서 살펴보았다. 그와 달리 儒家의 절대적 이념에 기대어 經世的 이상을 현실사회에 구현하고자 하거나(〈오륜가〉에서), 혹은 자연 속에서 강호자연을 벗 삼으며 착잡한 심회와 자기 다짐 혹은 강호자연의 眞樂을 누리는 호방한 기쁨을 노래하거나(〈면앙정잡가〉와 〈면앙정단가〉에서), 목숨 다하는 날까지 임금을 모시고 經國濟民의 이상을 실현하는 일과 是非나 공명 같은 현실정치의 모든 것을 다 떨치고 고향으로 돌아가 강호자연을 벗 삼는 귀거래에의 憧憬을 한꺼번에 이루지 못하는 행복한 고민이나 갈등을 노래(〈치사가〉에서)할 때는 **연시조**에 담아 주제의 깊이와 정감의 폭을 드넓게 노래하고 있음을 살펴보았다.

이러한 검토과정에서 송순의 시조가 일반적으로 흔히 생각하듯이 한낱 현실과 遊離되어 婢僕을 거느리고 강호자연에 묻혀 神仙놀음이나 하고 음풍농월이나 하면서 세월을 무료하게 보내는 그런 종류의 것이 아니라 현실정치로 인한 끝없는 고민과 심성수양의 과정을 거쳐서 획득되는 '강호진락'이라는 드높은 차원의 것임을 밝혔다. 따라서 김동욱이 "모든 비복들을 등대시켜 仙人然하는 李朝 양반의 독선 오만한 태도"라든지, "현실과 너무나 遊離한 병든 自然愛"라는 송순에 대한 지적이나 평가는 마땅히 수정되어야 할 것임을 확인한 셈이다. 아울러 우리의 고시조를 총 집대성한 심재완의 『교본 역대시조전서』에서 송순이 창작한 시조를 단 1수도 제대로 인정하지 않고 있고, 거기다 연시조를 3편이나 창작했음에도 그 중 한 편도 인정하지 않고 있다는 사실을 밝혀 놓음으로써 시급하게 是正되어야 할 事案임을 문제로 提起하면서 본고를 마무리 한다.

윤선도 시조의 미적 가치

1. 머리말

孤山 尹善道가 이룩한 시조의 美的 成就와 그 價値에 대해서는 일찍이 歌客 金壽長이 "俗世를 벗어나 맑고 높아서…오를 수 없는 萬丈의 산봉우리 같이 느껴진다."[1]고 함으로써 조선시대에 이미 높이 평가된 바 있다. 그리고 현대에 와서는 陶南 趙潤濟가 "다른 作家에 特出하야 실로 朝鮮語美를 발견"[2]한 시조작가로 규정한 이래, 李在秀가 "국어를 자유자재로 구사하여 예술화시켜 短歌의 문학적 가치를 발휘함으로써…短歌界의 彗星으로 출현하여 현란하게 꽃피운"[3] 존재로 자리매김한 바 있고, 이어 朴晟義가 "쉬운 우리말로 마음대로 新語를 창출하여 描寫의 妙를 얻음으로써 一層 예술어로써 그 가치를 발휘하였고…시조작가로서 孤山만큼 大成한 이는 일찍 없었다."[4]라고 함으로써 최고의 시조작가라는 문학사적인 위상을 확고히 한 바 있다.

고산에 대한 이러한 일련의 평가와 위상의 확정은 누구나 동의하는 바이지만, 문제는 그러한 평가적 진술이 너무나 抽象的이어서 어째서 그의 시조가 最高峰에 위치하고 문학사에서 현란한 꽃을 피운 혜성 같은 존재

---

1 『周氏本 海東歌謠』의 윤선도 작품 評註에서 "此翁歌法 **脫垢清高** 吾觀此則 **難登萬丈之峰**"라 함.

2 조윤제, 『朝鮮詩歌史綱』, 博文出版社, 1937, 341면.

3 이재수, 『尹孤山硏究』, 學友社, 1955, 3면.

4 박성의, 『孤山詩歌』, 正音社, 1957, 149면.

가 되는 것인지에 대한 설득력 있는 구체적 논거는 제시되지 못했다. 그러한 때에 朴焌圭가 孤山硏究會를 결성하여 고산의 시조는 물론, 漢詩, 언어, 건축, 苑林, 遺蹟, 思想的 배경에 이르기까지 총체적이고 집중적인 연구를 主導하여 학술대회와 학술지의 간행, 遺蹟地 발굴, 踏査, 保存, 자료의 간행 등에 앞장섬으로써 많은 成果를 낳게 되었다.[5] 이로써 고산의 작가론과 작품론은 물론, 그의 思想과 언어, 美學의 실체와 특질이 어느 정도 밝혀지게 되었다.

그렇다고 이러한 성과들이 "萬丈의 高峰"으로 우뚝 솟아 있는 고산의 탁월한 업적을 만족스럽게 밝혀내었다 하기는 어려워 보인다. 특히 고산의 문화유산 가운데 가장 빛나는 업적이라 할 시조에 관한 연구가 가장 활발히 이루어졌지만[6] 아직도 상당한 문제점이 있어 보이기 때문이다. 그중 하나는 시조가 詩(漢詩를 가리킴)와는 엄연히 구분되는 텍스트임에도 불구하고 詩와 동등한 시각과 잣대로 접근하고 평가하는 방법상의 문제다. 다른 하나는 東洋의 古典的 美意識에 바탕을 두고 있는 고산의 시조 작품을 현대의 西歐 詩 작품을 대하듯이 오늘날의 讀法으로, 그것도 서구적 논리와 이론으로 분석하고 해석해냄으로써 작품의 實相과는 거리가 먼 이해태도를 보인다는 문제다. 이로 인해 고산의 시조 작품이 정당한 평가를 받지 못하고 왜곡되거나 잘못된 이해로 誤導되는 경향이 있어 왔던 것이다.

본고에서는 이러한 점에 유의하여 고산이 시조를 통해 이룩한 **미학적 성취**가 구체적으로 무엇인지, 그리고 왜 그가 우리 時調史에서 가장 우뚝한 巨峰으로 자리할 수 있는지 그 **위상과 가치**를 좀 더 분명하게 탐구해 보려 한다. 아울러 고산의 시조가 예술로서의 시가 작품으로 창작-향유된

---

5 그 성과는 『孤山硏究』 1～4호의 간행과 『莞島郡, 甫吉島 地域 孤山 文化遺蹟 調査硏究報告書』의 출간으로 나타났다.

6 고산에 관한 연구 업적은 10편의 著書(정운채 포함)와 138편의 논문이 鄭雲采, 『윤선도』, 건국대출판부, 1995, 136～141면에 정리되어 있으며, 그 뒤로도 많이 나왔음은 물론이다.

이상, **理念의 텍스트가 아니라 美的 텍스트로 이해해야** 온당한 접근이 가능하다는 점도 특히 유념하고자 한다.

2. 고산의 삶과 이념 그리고 시조의 미적 성취

고산이 이룩한 시조의 美的 성취를 제대로 규명하려면 그의 삶과 이념적 특질, 그리고 歌樂(音樂)觀을 이해하는 것이 우선이다. 이 세 가지가 그의 시조를 産出한 바탕이 되기 때문이다. 고산의 삶이 어떠했는지는 기존의 연구 성과[7]에서 잘 정리되었으므로 현재로선 더 이상의 작업이 요구되지 않는다. 다만 그의 생애는 流配와 幽閉의 반복으로 점철된 치열한 정치적 삶을 살았다고 요약할 수 있는데, 이러한 삶의 특질은 그의 정신세계가 올곧은 **儒家的인 思惟와 理念**에 투철했기 때문이며, 그러한 이념이 그의 漢詩와 시조 작품에 그대로 반영되어 있다고 보는 것[8]이 지금까지의 합의된 결론이라 할 수 있다. 따라서 그의 삶의 軌跡과 이념적 지향, 그리고 작품 활동을 분리해서 이해하기보다 상호 깊은 관련 속에 살펴온 것은 바람직한 방향이라 하겠다. 그러나 논증방법이나 이해태도는 다소 문제점이 발견되므로 재검토가 필요하다.

고산의 삶과 문학 활동을 연관시켜 정연한 논리로 제시한 것으로는 金載弘의 성과가 주목된다. 그는 고산의 생애와 문학을 3期로 구분하면서, 〈遣懷謠〉, 〈雨後謠〉 등을 지은 前期를 인간적인 윤리의식과 권력의지가 강한 正으로, 〈山中新曲〉, 〈山中續新曲〉, 〈漁父四時詞〉 등을 지은 中期를

---

7 고산의 傳記的 삶과 문학적 궤적에 대해서는 이재수, 앞의 책, 8~21면과 尹星根, 『윤선도 작품집』, 형설출판사, 1977, 147~155면에서 1차 정리되고, 정운채, 앞의 책, 1995, 11~106면에 특히 자세하다.

8 고산의 儒家的 理念(세계인식)과 작품의 相關的 이해는 崔珍源, 『국문학과 자연』, 성균관대출판부, 1977, 34~42면; 윤성근, 앞의 책, 155~213면 및 成基玉, 「고산시가에 나타난 자연인식의 기본틀」, 『孤山研究』 創刊號, 고산연구회, 1987, 205~248면이 특히 주목된다.

賞自然의 美意識이 두드러진 反으로, 〈夢天謠〉를 지은 後期를 이 두 가지 의식이 서로 종합되고 통일되는 合으로 규정한 다음, 결론적으로 "현실적 삶을 추구하는 생활인으로서의 고산이면서 동시에 신화적 삶을 갈망하는 시인으로서의 고산의 시세계의 내밀구조는 끝없는 **자연**과 **인간**의 **辨證法的 갈등**과 **止揚**과정 그 자체"[9]라고 하여 변증법의 논리로 설명한 바 있다.

그러나 正-反-合의 변증법적 논리는 앞의 것을 완전히 뒤집는 변화를 보임으로써 '不正'과 '不正**의** 不正'을 통한 대립적 발전으로 矛盾의 극복-통일을 이룰 때 타당한 이론으로, 이를 고산의 생애와 문학에 적용한다면 그의 궤적이 앞 시기와 뒷 시기가 모순과 대립관계에 있어야 하고, 뒷 시기는 앞 시기를 완전히 뒤집는 변화를 보여야 하는데, 고산은 결코 그런 삶을 살지는 않았다. 그와 반대로 고산은 생애를 일관되게 儒家的 세계인식에 의해 出과 處의 삶을 모순관계 없이 살았으며, 문학 활동 또한 일관되게 유가적 미의식에 기초하고 있음을 생각한다면[10] 이런 서구적 변증법의 논리는 고산 같은 유가적 인간의 실상에 맞지 않음을 알 수 있다.[11] 만약 그의 삶과 문학이 前期에는 유가적 현실지향을 보이다가 中期에는 그것을 뒤집는 변화를 보여 현실을 완전히 초탈하는 老莊的 지향을 보이고, 後期에는 유가적-노장적 지향을 모두 止揚 극복하는 제 3의 삶의 태도를 보였다면 변증법적 논리로 설명이 가능할 것이다. 그러나 고산의 실상은 金鎖洞, 芙蓉洞 같은 산수자연에 깊이 들어 山水癖에 빠져들 때도 "忘世"를 철저히 경계하고 현실을 결코 잊지 않고자 하였으므로 노장지향과

---

9 김재홍, 「尹善道 詩의 形成動因」, 『이두현 박사 회갑기념논문집』, 학연사, 1984(『고산연구』 4호, 85~98면에 재수록).

10 성기옥, 앞의 논문, 22~43면에서 고산의 삶과 詩世界 전체를 관류하는 사회지향과 자연지향의 相反되는 듯한 지향이 사실은 二律背反的 모순 관계가 아니고 전통적인 儒家的 세계인식의 일관성을 보이고 있음을 명쾌하게 밝혀 놓은 바 있다.

11 張法(장파), 유중화 역, 『동양과 서양 그리고 미학』, 푸른숲, 1994, 43~51면에서도 서구의 인간과 문화적 특성을 '對立과 否定을 통한 변증법적 논리'로, 동양의 그것은 '和諧를 통한 相生의 논리'로 설명하고 있다.

는 거리가 멀었다. 자연 속에서 山水之樂을 즐기면서도 현실 정치를 끝내 잊지 않고 王道政治의 이상을 실현하려는 의지를 보임으로써 "몸은 강호에 있으나 마음은 궁궐에 가 있다(身在江湖 心在魏闕)"라는 유가적 삶의 모습에서 어느 한 때도 벗어나지 않았기에 그의 삶은 변증법적 논리와는 맞지 않는 것이다.

한편 鄭炳昱은 고산의 삶을 정치가이자 학자이며 시인으로서 3重의 역할을 한 인물로 평가한 바 있다.[12] 이는 고산이 南人 계열의 **정치가**로서 유배와 유폐도 不辭하고 치열한 삶을 살았으며, 「格物物格說」 등을 지은 儒家의 **학자**로서 性理學과 義理에 밝았고, 257편 372수의 漢詩와 75수의 탁월한 시조 작품을 남겼으니 **시인**으로서 면모도 아울러 갖췄으므로 타당한 규정이라 할 것이다. 그러나 그를 단순히 시인으로만 보는 것은 많은 한시를 남겼다는 점에서는 옳으나, 短時調 9편, 聯詩調 7편, 連時調 1편[13] 등 모두 17편 75수의 **시조**를 창작하고 향유했다는 점에서는 미흡한 설명이라 할 것이다. 시조는 단순히 시 텍스트일 뿐 아니라 歌曲唱에 얹어 향유하는 **歌樂**의 텍스트이기 때문이다. 따라서 고산은 정치가로, 학자로, 시인으로 끝나는 것이 아니라 탁월한 시조 작품을 남긴 **樂人**으로서 더욱 중시해야 하는 것이다. 즉 '시인'으로서 '한시의 문학적 성취' 뿐 아니라, '樂人'으로서 '시조의 미적 성취'를 주목해야 한다는 것이다. 그런 점에서 그의 한시와 시조 작품을 同一한 지평에서 동일한 **詩 텍스트**로 이해해온 종래의 연구 태도는 반성이 요구된다.

실제로 조선시대의 문인이나 가객들은 시와 노래를 별개 분야로 구분지어 인식했다. 시는 으레 한시를 가리키고 가요의 노랫말은 詩로서는 온전하게 대우받지 못했다. 그런 까닭에 노래로서의 시조는 '歌曲'으로 禮遇

---

12 정병욱, 「尹孤山論」, 『韓國古典의 再認識』, 홍성사, 1979, 55~57면에서 고산이 정치가이자 학자이며 詩人임을 지적했다.

13 連時調는 〈어부사시사〉(4편, 40수)를 가리킨다. 聯詩調와 連時調의 차이에 대해서는 뒤에 詳論하기로 한다.

함에 비해, 시 곧 문학으로서의 시조는 하잘 것 없는 技藝라 하여 '小技' 혹은 小藝로 보았던 것이다.[14] 고산의 경우도 시조를 향유한 것은 歌曲 즉 樂으로서이지 하잘 것 없는 기예로서 시를 짓고자 한 것은 아니다. 그가 〈산중신곡〉이나 〈몽천요〉, 〈古今詠〉을 지을 때 그러한 시조작품을 가리켜 '한숨짓고 탄식하여 읊은 나머지(咨嗟詠歎之餘)'[15]라 지칭한 것은 시 곧 한시로서 다 풀어내지 못한 정감과 흥취를 시조 곧 詩餘로서 풀어낸 것임을 말해준다. 그의 시조에 대한 애착은 高齡의 나이에 궁벽한 곳에서 유배생활(1664, 현종 5년, 78세 때)을 하는 와중에도 음악(특히 가곡)을 즐기고 또 자신이 지은 〈산중신곡〉을 노래 부르게 하여 향유했다는 사실에서도 잘 드러난다.[16] 이는 고산이 문학으로서는 **한시** 장르를 선택했지만 예술로서는 **시조** 장르를 선택했음을 의미한다. 이러한 장르 선택의 차이는 고산의 예술적-미적 성취를 이해하는 데 핵심적 관건이 된다. 그럼에도 우리는 지금껏 이 둘을 구분하지 않고 同一하게 문학의 한 종류인 **시 텍스트**로만 이해해 왔던 탓에 그의 시조 미학을 이해하는 데 한계가 있었던 것이다.

고산의 이러한 장르 선택의 차이는 그가 53세 때 영덕 유배에서 풀려나 고향으로 돌아오는 길에 8살 된 庶子인 尾가 병으로 세상을 떠났다는 소식을 접했을 때 극명하게 드러난다. 즉 그는 어린 자식의 죽음을 듣고 몹시 슬퍼하여 〈悼尾兒〉〈遣懷〉 같은 **한시**로, 그것도 短篇이 아닌 長篇으로 슬픔의 정감을 한껏 펼쳐내었던 것이다. 그럼에도 그는 시조로서는 자식 잃은 슬픔의 회포 즉 **遣懷**의 **念**을 노래하지 않았다. 유배지에서까지 시조를 향유할 정도로 애착이 많은 그가 이러한 정감을 시조로 표출하지 않은 까닭은 그의 歌樂觀(음악론)을 이해하면 쉽게 풀린다.

---

14 김영욱, 「조선후기 歌集의 樂論 연구」, 『근대로의 전환기적 음악양상』, 민속원, 2004, 191면.

15 鄭尙均, 「윤선도 시가의 연구」, 『고산연구』 창간호, 고산연구회, 1987, 301~303면 참조.

16 이에 대하여는 정운채, 앞의 책, 96~97면 참조.

"아아 末俗에서는 음악이 **마음을 다스리는 것**인 줄을 알지 못하고 단지 기쁨을 돕는 것인 줄만을 알고 있어서, 음란하고 방탕하고 번거로운 소리만을 즐겨 듣고, 화평스럽고 장엄하며 너그럽고 치밀하며 **치우치지 않으면서** 바른 뜻에 대해서는 전혀 알지 못하고 있습니다. …만일 가무를 일삼음이 음탕한 데로 흘러 제 분수를 잃는다고 해서 이를 경계하기 위해 음악을 폐한다면, 어찌 목이 막혔다고 먹기를 폐하고 뜨거운 국물에 대었다고 나물무침조차 식혀서 먹기를 바라는 것에 가깝지 않겠습니까. 훌륭한 음악은 고요히 듣고 마음을 거두어 조용히 생각하면, 즐거우나 넘치지도 않고 **슬프나 마음 상하지 않으며** 빠르거나 느리지도 않는 뜻을 맛볼 수 있다면 그 배우는 자에게 유익함이 옛날이나 지금이나 무슨 차이가 있겠습니까."[17]

이처럼 고산이 생각하는 가악(음악)은 마음을 다스리기 위한 것이고 그것은 치우치지 않으면서도 바른 뜻을 담아야 하고 아무리 슬퍼도 마음 상하지 않는 節度를 보여야 하는 것이다. 그렇다면 이제 여덟 살밖에 되지 않은 愛之重之하는 자식을 잃은 극도의 슬픈 감정을 시조라는 가악으로 제어하여 표출하기에는 적절하지 않았을 터이므로 장편의 한시 두 편으로 절절한 정감을 읊었던 것임을 알 수 있다.[18]

---

17 『孤山遺稿』 卷5 上, 答趙龍洲別幅.

18 이처럼 자식 잃은 슬픔은 哀而不傷의 情感 制御가 사실상 어렵기 때문에 시조로 작품화 하기는 적절치 않았겠지만 그러나 流配地에서 부모나 임금을 그리는 內面情感은 절절하게 한시에 담아 표현할 수도 있고, 그런 정감을 어느 정도 제어하여 시조로 표출할 수도 있는 것이어서 두 장르 모두 선택이 가능함을 볼 수 있다. 고산이 32세 때 慶源에 유배되어 임금과 부모를 그리는 한시작품을 많이 남기고 그것으로도 부족하여 그 남은 정감을 詩餘인 시조 〈견회요〉(5수의 연시조)로 풀어냄은 슬픔의 정서를 歌樂으로 다스릴 수 있었던 때문으로 보아야 할 것이다. 그런데 〈견회요〉 5수 중 셋째 수에서는 幽閉의 처지에서 임금을 그리는 슬픔의 정서를 "우러녜는 시내"에 비겨 절절하게 표현하고, 넷째 수에서는 어버이를 그리는 슬픔의 정서를 "어듸셔 외기러기는 울고울고 가누니"라 하여 정감 표출이 哀而不傷의 수준을 넘어서는 듯이 보이기도 한다. 그러나 이 작품은 5수의 聯詩調로 짜여 있기 때문에 정감의 波高가 셋째에 이어 넷째 수에서 절정을 이루기는 하나 마지막 다섯째 수에서 그러한 감정을 냉철한 理性으로 다스리고 임금에 대한 忠과 부모에 대한 孝를 윤리적 理性으로 진술하고 있어 哀而不傷의 경지를 벗어나지 않는 것으로 마무리 하고 있다. 거기다 이

고산의 歌樂觀에서 주목할 것은, 음악을 즐기는 것은 쾌락이나 유희를 위해서가 아니라 마음을 다스리는 自己修養의 所用이 있어서라는 점과 음악은 "화평스럽고 장엄하며 너그럽고 치밀하며(和壯寬密), 치우치지 않으면서 바른 뜻(中正之義)"을 담은 것이라는 점이다. 그리하여 음악의 理想的 표준은 "즐거우나 넘치지 않고(樂不淫) 슬프나 마음 상하지 않으며(哀不傷), 빠르지도 느리지도 않는" **中和의 철학**과 **溫柔敦厚의 미학**을 최고로 여겼다. 이는 朱子의 가르침이자 退溪 李滉이 실현코자 했던 것으로 이러한 표준척도는 희로애락 같은 인간의 內在情感이 모두 일정한 程度를 넘을 수 없다는 것이고, 그것을 넘어서면 和平과 節度를 잃어 자신의 心身과 사회의 질서에 害惡이 된다고 보는 것이다. 잔치마당에서의 마무리 곡으로 창작한 다음 작품에 그러한 표준 尺度와 美的 志向이 잘 드러난다.

술도 머그려니와　　德업스면 亂ᄒᆞᄂᆞ니
춤도 추려니와　　禮업스면 雜되ᄂᆞ니
아마도 德禮를 딕히면　　萬壽無疆 ᄒᆞ리라

〈罷宴曲〉

시조는 단순히 詩가 아니라 가악이 본질이고 사대부의 '잔치마당에서 오락으로 소용(賓筵之娛用)'되는 것이어서 風樂과 음주, 歌舞에다 妓女가 따르므로 자칫 遊樂으로 빠져들기 쉽다. 그러나 이러한 잔치마당의 즐김에 있어서도 반드시 '德'과 '禮'를 지킴으로써 온갖 열광이나 激昂, 질탕한 정감이나 지나친 기쁨 따위는 버리고 規律과 節度를 엄격히 지켜 화평한 인격의 완성으로 나아가야 한다고 보는 것이다. 松江 鄭澈과는 달리 그의 시조에서 형식 규율을 逸脫하고 정감의 자연스런 표출을 드러내는 辭說

들 작품을 二數大葉의 느리고 和平한 악곡에 얹어 부름으로써 슬픔의 정서에 마음 傷하지 않게 되는 것이다. 〈견회요〉의 美的 성취는 이와 같이 슬픔의 감정을 制御하는 드높은 정신세계에 놓여있는 것이다.

時調를 단 한 편도 발견할 수 없는 까닭이 여기에 있다. 즉 그는 시조를 실현함에 있어 형식구조의 엄격한 규율과 전통적 慣例에 중점을 두어 양식화를 추구했고 이렇게 美的 순수형식을 再現함으로써 心身을 수양하고 단련하는 형상화가 가능했던 것이다. 〈어부사시사〉 40수가 한결같이 初中章 모두가 4音 4步格의 엄정한 형식을 지키고 있다든지, "작은 구조에서부터 큰 구조에 이르기까지… 對句意識을 유감없이 발휘하고 철저한 有機的 구성을 보임이 너무 강렬해서 지나치게 **作爲的**"[19]이라는 지적을 받을 정도로 엄격했던 사실이 극명하게 보여준다.

그러나 이러한 엄격한 형식규율은 儒家의 음악미학에 누구보다 투철했던 고산의 드높은 정신세계와 정감 단련의 樣式化를 의미하는 것이지 그것이 결코 **작위적**이라거나 강제적인 구속은 아니라는 점을 인식해야 할 것이다. 그만큼 고산에게는 시조의 형식규율이 정감 균형의 理性的 특성을 드러내고 사대부의 드높은 정신세계를 發現한 것이 되는 것이다.

또한 고산 같은 儒家에게 歌樂은 人道이자 人性의 드러냄이기 때문에 **지나치게 정감 관능을 자극하거나, '苦難의 현실'을 適實하게 그대로 드러내거나, 憎惡를 직접적으로 誘發하는 일은 가악(시조)에서 피하거나** 排斥했다는 사실도 주목해야 할 것이다. 만약 喜怒哀樂의 정감이나 현실의 고난을 직접 드러내고자 할 때는 漢詩 혹은 上疏文 같은 다른 장르를 선택하지 시조라는 음악미학을 手段化하지는 않았다. 시조의 이러한 음악미학을 제대로 이해하지 못하면 흉년을 만나 환자를 타 먹고 살아야 하는 심각한 '고난의 현실'을 嗟歎으로 노래한 다음 작품을 올바로 이해하기란 어려울 것이다.

환자타 산다ᄒᆞ고 그릇사 그르다ᄒᆞ니
夷齊의 노픈줄을 이렁구러 알관디고

19 金大幸, 「漁父四時詞의 外延과 內包」, 『孤山硏究』 창간호, 孤山硏究會, 1987, 13~17면.

어즈버 사ᄅᆞᆷ이야외랴　ᄒᆡ운의 타시로다

〈산중신곡〉-‘饑歲歎’

이 작품에 대해 어떤 이는 官穀(祿俸)을 타 먹고 사는 고산 자신에 대한 비난으로 이해하고 이러한 현실의 고난을 시운(時運)으로 돌리는 책임회피를 작품의 주제로 드러낸 것이라 본다.[20] 또 어떤 이는 地主계층의 富를 바탕으로 한 유족한 사대부였던 고산이 민중들의 고난에 찬 삶과는 거리가 먼 현실의 美化를 노래한 것이라 이해한다. 그러나 이 작품을 통해 고산이 드러내고자 했던 의도는 〈기세탄〉이라는 소제목에서 분명히 드러나듯이 허기진 고난의 현실을 딛고 넘어서는 **嗟歎의 흥취**를 시조미학에 담아 노래한 것이지 현실에 대한 내재적 개체 정감을 사실적으로 표현하려는 데 있었던 것이 아니다. 고난의 현실을 직접 표현하여 정감관능을 자극하는 일은 排除하는 것이 中和의 미학을 추구하는 시조의 本領이지 않는가. 이러한 시조 미학으로 노래했기에 현실의 고난 解消를 宇宙의 질서(‘해운의 탓’)에서 찾았던 것이지 결코 책임회피를 하거나 현실을 미화하기 위함이 아니었다는 것은 그의 상소문을 통해 알 수 있다. 고난의 현실을 맞아 量田의 得失을 따지는 〈乙亥疏〉나, 현실 인식을 격렬하게 담은 〈時弊四條疏〉 같은 上疏文에서는 그의 치열한 현실인식이 直敍的으로 드러나기 때문이다. 따라서 이 작품의 주제를 올바로 이해하려면 기존논의처럼 텍스트의 표층적 의미에서 摘出할 것이 아니라 ‘사대부가 추구하는 예술미학은 우주의 질서이고 현실의 조화이며 그것은 사람의 마음이 당연히 갖춰야 할 형식이고 질서이며 논리라고 여겼기에 天地陰陽에서 정치현실의 人事까지 **보편규율**을 보여주려 했던 것’[21]에서 찾아야 할 것이다.

---

20 윤성근, 앞의 책, 21면.

21 李澤厚, 『華夏美學』, 東文選, 1990, 42면.

夕陽넘은 後에　　山氣는 됴타마는
黃昏이 갓가오니　　物色이 어둡는다
아히야 범므셔온딕　　나듣니디 마라라

〈산중신곡〉-'일모요'

이 작품에 대해서 윤성근은 석양과 황혼은 태양(王權)의 세력이 약화된 것을 의미하고 山氣는 발호하는 士類세력을 의미하며 物色이 어두워짐은 범과 같은 무분별한 세력이 발호함을 의미한다고 보아 이러한 어두운 정치현실에서는 明哲保身하라는 권고를 담은 작품이라 해석한다.[22] 시조미학을 고려한 美的 텍스트로서가 아니라 理念의 텍스트로 읽은 표본적 사례다. 그러나 이 작품을 어두운 정치현실의 알레고리 정도로 해석할 것이 아니라 성기옥이 읽어낸 바 "해 진 후의 山기운, 황혼, 物色의 어두워짐, 밤과 산짐승의 싸다님 등 모든 日暮의 心像들은 곧 자연의 조화로움 그 자체이며, 이러한 자연의 조화에 스스로 順應함으로써 서정자아 또한 자연과의 合一을 얻고 있음"[23]을 표현한 것으로 보는 것이 고산의 시조미학에 맞는 해석일 것이다. 윤성근의 주장처럼 고산이 明哲保身이나 꾀하고 정치적 패배로 인해 자연을 待避所나 安住處로 삼았다면, 정치적 劣勢에도 불구하고 그토록 격렬한 상소를 올림으로써 유배와 유폐를 반복하여 自招하지는 않았을 터이기 때문이다. 그렇다고 성기옥처럼 이 작품이 자연과의 조화와 합일을 얻은 서정자아의 順應의 모습이라는 **일반적** 해석에 머물 것이 아니라, 해 진 후의 자연의 景物들이 연출해 내는 아름다운 자연의 무늬와 우주(天) 자연의 보편적 규율이 연출해내는 '질서의 아름다움'을 노래했다고 보아야 고산이 이룩한 미적 성취를 **구체적**으로 看破하는 것이 될 것이다.[24] 즉 고산의 시조 작품을 구체적인 예술적-미적 텍

22 윤성근, 앞의 책, 18면.
23 성기옥, 앞의 책, 218면.

스트로 읽을 때 그 진정한 문학적 성취를 읽어낼 수 있는 것이다.

고산의 작품 가운데 〈五友歌〉도 **이념적 텍스트**로 주목한 탓에 그 **미적 성취**를 읽어내지 못한 대표적인 사례에 해당한다. 이를테면 최진원은 작품에 표현된 다섯 사물이 자연의 규범성을 드러낸 것으로 보고 水는 不斷을, 石은 不變을, 松은 不屈을, 竹은 不欲을, 月은 不言의 규범적 의미를 갖는다고 이해한다.[25] 윤성근은 이보다 세밀하게 〈오우가〉에서 추구된 윤리적 덕목을 읽어내긴 했으나 기본적으로 자연에서 추상한 관념을 儒家의 윤리로 표상한[26] 이념적 텍스트로 읽었다는 점에서 軌를 같이 한다. 그러나 〈오우가〉를 이념의 텍스트가 아닌 미적 텍스트로 읽을 때 **천지자연의 덕에 통하고 만물과 정을 나누는 고산의 내재 정감과 그러한 미감에서 우러나오는 높은 품격**, 곧 미적 성취를 제대로 간파할 수 있게 된다. 그런 점에서 〈오우가〉는 水晶洞이라는 자연 속에서[27] 자연의 본래적 의미를 깨닫고 다섯 사물을 관념으로서가 아니라 **직접 체험**을 통해 **자연의 현상과 윤리적 덕목을 情感上의 상호대응적 관계로 表象해낸 작품**으로 해석하는 것이 적절할 것이다. 수정동에서 항시 접하는 이들 다섯 자연물에의 긍정적 정감은 그런 德과 인격을 갖추지 못한 정치 현실 속의 인간과 대비되는 만큼이나 강한 共感을 불러일으켰을 것이다.

고산의 자연에 대한 긍정적 정감은 다음 작품에서 한 절정을 이룬다.

---

24 이재수, 앞의 책, 77면에서는 이 작품을 소박한 '山間的 유머'를 일으키는 '고전적 素朴美'의 절정을 이룬 것으로 보았고, 최진원, 「산중신곡과 금쇄동과의 관계」, 『한국고전시가의 형상성』, 성균관대 대동문화연구원, 1996, 165면에서도 '소박한 人情味'가 풍긴다고 보아 이념이나 정치현실의 알레고리가 아닌 美的 텍스트로 이해한 바 있지만, 그러한 소박한 고전미나 인정미에 머무는 정도가 아니라 日暮의 상황에서 자연의 규율이 만들어낸 아름다운 자연의 무늬와 우주 질서의 미적 경지를 노래한 것으로 보아야 할 것이다.

25 최진원(1977), 앞의 책, 64~66면.

26 윤성근, 앞의 책, 182~189면.

27 종래 〈오우가〉를 비롯한 〈산중신곡〉이 모두 금쇄동에서 지어졌을 것으로 보았는데 박준규, 「고산의 水晶洞苑林과 山中新曲」, 『고산연구』 2호, 고산연구회, 1988, 62면에서 문헌과 踏査 등의 고증을 통해 수정동 苑林이 〈오우가〉의 창작 현장이라 바로잡은 바 있기에 이를 따른다.

잔들고 혼자안자　　먼뫼흘 ᄇᆞ라보니
그리던 님이오다　　반가옴이 이러ᄒᆞ랴
말숨도 우움도아녀도　못내됴하 ᄒᆞ노라

〈산중신곡〉-'만흥 3'

집안에 혼자 앉아서 천지자연과 和諧를 느끼는 內在情感을 노래한 것이다. 이는 정치현실과 멀어진 수정동이라는 혼자의 공간이 폐쇄된 공간이 아니라 **宇宙를 얻는 데서 오는 기쁨을 만끽할 수 있는 공간**이 됨을 의미한다. 아울러 天人合一**의 정감을 관념적으로가 아니라 구체적으로 느끼는 시간**이 되기도 한다. 이럴 때 자연이 인위적인 것보다 우월하고 자연에게서 인격과 인정을 보는 것이다. 말씀으로도 웃음으로도 화답하지 않아도 현실의 실제 인간보다 더 깊은 情을 느낄 수 있는 것은 이 때문이다. 〈오우가〉나 이 작품이 모두 자연과의 和諧美를 이룬 미적 성취를 보인다는 점에서는 공통되지만, 〈오우가〉의 자연물이 인간의 인격과 덕망에 비견되는 협의의 **比德**에 기울어져 있다면 이 작품은 자연과 인간(인간의 존재 혹은 인간적 풍모)을 동일시한 **정감의 충일**이 서정의 절정을 이룬다는 점에서 다르다.

그런데 고산의 이러한 자연 정감은 늘 '**가난**'을 표방하는 것으로 드러남을 주목할 필요가 있다. 〈만흥〉의 첫째 수가 "산슈간 바회아래 뛰집을 짓노라ᄒᆞ니"로 시작되고 이어서 둘째 수에서는 "보리밥 픗ᄂᆞ믈을 알마초 머근후에"라고 노래하고 있는데서 잘 드러난다. 여기서 "뛰집"은 구체적으로는 고산이 水晶洞 苑林에 지은 人笑亭[28]을 가리키며, 보다 범위를 확대한다면 금쇄동 일원에 지은 會心堂, 불훤료(弗諼寮), 揮手亭, 教義齋 등이 해당하는데 이는 **실제와는** 너무나 **다른** 표현이기 때문이다. 뿐 아니라

28 박준규(1988), 앞의 논문, 65~70면에서 考證한 것을 따랐다. 여기서 孤山年譜와 漢詩, 〈金鎖洞記〉 등을 두루 참고하여 〈漫興〉 6수가 모두 水晶洞에서 이루어졌음을 밝혔다.

그 속에서의 삶도 "보리밥 풋나물"을 먹는 것으로 굳이 형상화 하고 있는데 이러한 儉朴함(가난)의 추구는 고산 같은 유가들이 즐겨 표방하는 시조미학임을 알 수 있다. 이런 言表에 대해 윤성근은 '산수간 바위 아래 띠집'은 官界에 나가지 않은 자신의 처지를 대변하고, '보리밥 풋나물'은 평민의 음식으로 이는 벼슬살이와 대립적 의미를 갖는다고 해석함으로써 현실과 밀착된 이해태도를 보인다. 그러나 그러한 현실맥락적 접근으로는 고산이 이룩한 시조의 미적 성취를 읽어내기 어렵다. 고산과 같은 풍요로운 유가들이 굳이 가난을 표방하는 이유는 "禮는 사치하기보다 儉朴해야 하며"(『論語』 八佾)라는 禮와 직결되는 유가미학에 표준을 둔 것으로 보이기 때문이다. 따라서 화려하고 사치스런 삶은 禮가 아니며, 자연과 더불어 몸에 밴 **清貧과 儉約으로 가식 없이 자연과 더불어 살아가는 것이 가장 인간적이고 禮를 갖춘, 아름다운 삶이자 천인합일적 삶**이라는 유가미학의 형상화로 그것을 이해해야 할 것이다.

3. 고산 시조의 위상과 미적 가치

고산 시조의 작품세계를 지나치게 현실맥락과 밀착시켜 政治詩學的 이념의 텍스트로 편중되게 읽는다면 그가 이룩한 미적 성취를 제대로 파악할 수 없음이 지금까지의 분석을 통해 드러났다고 본다. 그런 점에서 정운채가 고산의 삶과 문학을 일별한 끝에 그의 處世觀과 일관된 정신적 지향이 **戀君之情**으로 귀결되고, 初期시조(〈견회요〉〈우후요〉)와 後期시조(〈몽천요〉)는 물론 中期의 자연을 노래한 시조(〈산중신곡〉〈산중속신곡〉〈어부사시사〉) 및 한시들 대부분도 **연군지정에 바탕을 둔 忠臣戀主之詞의 성격을 띤다**고 결론을 내린 것[29]은 유가미학에 뿌리를 두고 있는 고산

29 정운채, 앞의 책, 116~117면.

의 시조 작품을 지나치게 政治 詩學的 텍스트로 읽어낸 대표적 사례가 될 것이다. 이는 고산의 시조와 한시의 미학적 차이를 고려하지 않고 동일하게 시 텍스트로 다루어 그 言表的 의미에만 초점을 맞춘 결과라 할 것이다. 그리하여 연군지정을 노래한 고산의 시작품들이 남성편향의 목소리를 고집하고, '忠' '孝' '分'과 같은 **이념**을 드러내는 데 몰두하고 있다는 지적까지 한다.[30]

그러나 고산의 작품세계가 아무리 儒家 이념에 투철하다 하더라도 이러한 정치적 해석학의 讀法으로는 주제를 이루는 딱딱한 이념(윤리의식)은 읽어내었을지라도 작품의 肉質을 이루는 감성미학의 본질(미의식)을 읽어낼 수는 없는 까닭에 고산이 이룩한 미적 가치를 발견해내고 그 위상을 바르게 指定하는 데는 한계가 있다. 작품을 삭막하게 **주제적**으로만 읽은 탓에 정작 작품이 이룩해낸 **미학적** 品格을 해명해 낼 수 없었던 것이다. 그렇다고 이와는 반대로 〈어부사시사〉 같은 작품을 들어 정치현실에서 가장 멀리 떨어진 세계를 노래했다하여 享樂的-耽美的 **대상으로서의 자연을 표출한 것**으로 보는 해석[31]도 마찬가지로 문제가 아닐 수 없다. 고산이 시조를 통해 堅持한 유가미학은 "情에서 발하여 禮에서 멈춘다(發乎情 止乎禮)"는 美的 표준을 벗어나지 않기 때문이다.

고산의 강호자연에 대한 흥취는 감성적 歡樂을 배척하며 오히려 俗氣가 없이 맑고 깨끗하고 한적하고 淡泊하며 深遠하고 無窮한 것을 추구하는 것으로 드러난다. 즉 그의 興을 빛깔로 말한다면 "명식(暝色)은 나아오되 **청흥**(淸興)은 머러읻다(秋詞 5)"에 표출되고 있듯이 맑고 깨끗한 淸興에 해당한다. 여기서 청흥은 향락적-탐미적 자연추구와는 거리가 먼 흥취로서 그러한 경지에 도달하려면 우선 산수자연에 대해 많은 경험을 하고, 충분히 遊覽하며, 충실히 修養을 쌓아 아름다운 산수가 '가슴 속에 역력해

---

30 정운채, 같은 책, 124～125면.

31 이민홍, 「고산구곡가와 어부사시사의 형상의식」, 『조선중기시가의 이념과 미의식』, 성균관대출판부, 1993, 384면.

지면' 그것을 '우주적 차원'에서 노래로 옮길 때[32] 맛볼 수 있는 흥취라 할 것이다. 이 점은 '曾點이 沂水에서 목욕하고 舞雩에서 바람 쐬고 노래하며 돌아오는' 그 흥취를 최고의 이상적 경지로 생각하는 고산의 생각에 잘 드러나 있다.[33] 이런 흥취야말로 청흥의 그것이지 향락적이라거나 탐미적인 것과는 거리가 멀지 않은가.

그런데 고산이 芙蓉洞에서 산수자연을 즐기며 형상화한 〈어부사시사〉는 한편의 '山水畵'를 연상케 한다.

> 우는거시 벅구기가　　프른거시 버들숩가
> 이어라 이어라
> 漁村 두어집이　　닛속에 나라들락
> 지국총 지국총 어사와
> 말가흔 기픈소희　　온간고기 쒸노나다
>
> 〈春詞 4〉

이 대목에 대해 或者는 "뻐꾸기 우는 먼 산, 안개 속에 쌓인 어촌이 遠景으로, 新綠이 우거진 버들 숲과 맑고 푸른 물속에 뛰노는 물고기가 近景으로 그려져" **遠近法**에 의한 精緻한 배치로 뛰어난 서경묘사를 보인 한 폭의 산수화 같다고 이해했다.[34] 그러나 동양의 산수화에서 원근법은 오히려 排除되는 기법으로, 이러한 설명방법은 고산의 시가를 이해하는 데 적절하다 하기 어렵다. 원근법은 서양 풍경화의 기법이고 동양의 산수화는 **散点透視**이기 때문이다. 山水詩도 이러한 산수화의 기법과 통하는데 "시인이 크게 보고 세밀하게 보며, 멀리 봤다 가까이 봤다 하는 산점투시

---

32 장파, 앞의 책, 375면에서 화가가 산수화를 그릴 때의 경지를 이런 방식으로 설명한 것을 원용한 것이다.

33 『고산유고』 권6, 曾點有堯舜氣象論 참조.

34 文永午, 「고산시가에서의 회화성고구」, 『고산연구』 2호, 고산연구회, 1988, 34면.

를 制約 없이 써낼 수 있기 때문에 視線이 가까운 것에서 멀어지는 것, 시선이 먼 것에서 다시 가까워지는 것을 표현하며, 한 걸음씩 움직이며 면면을 살피는 산수의 본질을 표현하기에 적절"하다고 한다. 그리고 이러한 "섬세한 관찰은 어디까지나 '**마음으로 조화 본받기**'를 위함"[35]이라 한다.

그런 점에서 고산이 芙蓉洞의 산수자연을 유람함은 산수정신을 파악하고 본받기 위한 유람이며, 작품에 드러난 遠近의 산수 경물은 그러한 원근법적 敍景의 묘사나 透視에 목적이 있는 것이 아니라 '**마음으로 調和를 본받기**' 위한 **情感균형의 理性的 配分**에 역점이 있는 것으로 보아야 할 것이다. 봄을 맞은 자연의 물상들이 이뤄 내는 정경을 시각적인 것(버들 숲)과 청각적(뻐꾸기)인 것의 어우러짐, 漁村과 안개의 和諧의 모습, 맑은 소와 거기서의 고기의 躍如하는 형상으로 그려냄으로써 어느 하나 정감균형에서 어긋남이 없으며, 마음으로 조화 본받기를 위함이 아닌 것이 없기 때문이다. 게다가 고산이 〈어부사시사〉를 源泉 텍스트인 〈原어부가〉(『樂章歌詞』 所載)나 聾巖의 〈漁父長歌〉와 달리 춘하추동 사계절에 걸쳐 노래하고, 배를 타고 出漁하는 장면에서부터 돌아와 닻을 내리기까지의 全 과정을 치밀하고 섬세한 구조로 무려 40수에 걸쳐 노래함은 산수정신을 보다 깊이 파악하고 마음으로 조화 본받기를 위한 철저한 자기 수양에 두고 있음을 의미한다.

여기서 특히 주목할 것은 앞에 인용한 〈春詞 4〉 같은 작품의 형상 배분이 엄격한 형식규율로 표현된다는 점이다. 이 점은 텍스트의 원천이 되는 〈原어부가〉와 비교해보면 명백하게 드러난다. 즉 초장에 해당하는 부분이 〈원어부가〉에서는 "綠萍身世오/ 白鷗心이로다"로 되어 있어 단순히 주체의 정감을 直敍的으로 표출하는 것으로 끝나고 앞구와 뒷구가 對句로서의 呼應과는 無關하던 것을, 고산은 "우는거시 벅구기가/ 프른거시 버들숩가"라고 표현함으로써 통사적으로도(주어+서술어의 단순구조), 의미

35 장파, 앞의 책, 382~385면.

론적으로도(봄을 맞은 자연의 질서와 미적 무늬), 어법적으로도(수사의문형 종결어법), 율격적으로도(4+4음절로 구조화된 음절정형적 음량율) 엄격한 대응 구조를 갖도록 형상화했다.[36] 이러한 차이를 단순한 형식상의 표현 차이 정도로 넘겨서는 안 될 것이다. 고산이 미학적으로 다듬은 이와 같은 엄정한 형식 製鍊은 자신의 정감을 단련하고 수양한 결과가 미적 형식으로 드러난 결과로 이해되기 때문이다. 더욱이 이 같은 精粹한 미적 형식이 '人爲的 造作'으로서가 아니라 정감 균형 곧 '**감성의 理性的 顯現**'[37]으로서 의의를 갖는다는 점에 유의할 일이다.

고산의 시조에서 엄격하고도 정수한 미적 형식은 그의 작품 전체에 해당하는 중심 성향이지만 〈어부사시사〉에서 특히 절정을 보이는 것[38]은 그의 인격의 완성도와 절제의 규율이 이 시기에 정점에 달했음을 의미하는 것이기도 하다. 이러한 경지야말로 "마음 내키는 대로 하여도 法度를 넘지 않는다."(從心所欲 不逾矩: 『論語』 爲政)는 개체인격의 완성이자 **儒家的 예술미학의 완성**인 '**成於樂(음악으로 도를 완성함)**'에 이른 것이 아니겠는가.

---

36 〈어부사시사〉의 전반에 나타난 이러한 엄정한 형식규율은 김대행, 앞의 논문과 고정희, 『고전시가와 문체의 시학』, 월인, 2004, 133~143면에 상론되어 있음.

37 최진원, 『한국고전시가의 형상성』, 1996, 172면에서는 〈산중신곡〉을 두 계열로 나누어 〈오우가〉는 理性으로써 자연을 생각하는 전형적 사례로, 〈하우요〉〈일모요〉〈야심요〉는 感性으로써 자연을 느끼는 계열로 설명하고 있다. 그러나 고산의 자연 시조를 이처럼 이성과 감성으로 분리해서 이해하는 것은 텍스트의 미적 가치를 읽어내는 온당한 태도라 하기 어렵다. 고산은 '정감균형의 理性的 배분'을 중시했으므로 감성이나 이성의 어느 한쪽으로 경사된 시조 미학을 추구할리 없기 때문이다.

38 고산의 이러한 엄정한 형식규율은 〈어부사시사〉에서 4계절을 한결같이 흐트러짐 없이 노래한다는 점에서 절정에 달한다. 그런데 〈어부사시사〉를 〈原어부가〉와 달리 굳이 4계절로 노래한 것에 대하여는 기왕에 주목하지 않았지만 상당히 중요한 의미를 갖는 것으로 보인다. 그것은 자연 속에서 調和의 발견과 人格의 완성이 어느 한 때의 감정이 아니고 '4계의 전체적 계절 조화에 의해 응결된 인격의 실현'이란 의미를 텍스트가 擔持하기 때문이다. 즉 같은 山, 같은 바다라 하더라도 춘하추동 4계절이 다르고 아침 낮 저녁 밤에 따라 형상, 색채, 정취가 끊임없이 달라지므로 〈어부사시사〉에서 이러한 계절과 시간적 변화에 따른 뱃놀이의 흥취를 노래함으로써 '마음으로 조화 본받기'를 훨씬 심오하게 體得하게 되고 天人合一의 경지와 人心-道心의 境界라는 높은 품격에 이르게 되는 것이다.

그런데 〈어부사시사〉에서 이처럼 **유가적 道의 미학**을 완성했음에도 불구하고 다른 한편으로 **道家的** 지향을 보임은 어떻게 해석해야 할까. 예를 들면 “인세홍딘이 언메나 ᄀᆞ렷ᄂᆞ니”(춘사 8), “무심ᄒᆞᆫ ᄇᆡᆨ구ᄂᆞᆫ 내좃ᄂᆞᆫ가 제좃ᄂᆞᆫ가”(하사 2), “인간을 도라보니 머도록 더옥 됴타”(추사 2), “션계ㄴ가 불계ㄴ가 인간이 아니로다.”(동사 4)라고 하여 人世에서 벗어나는 超脫의 정감이 춘하추동 사계절에 걸쳐 고루 드러날 뿐 아니라 그러한 道家的 정감의 배치가 〈春詞〉에서 한 단계씩 점증적으로 度를 더하여 마침내 〈冬詞〉에서 절정을 이루고 있으니 말이다.

그러나 이러한 道家的 지향이 결코 세상을 완전히 초탈하거나, 佛家처럼 만물에 마음을 비워 世俗에의 초월을 노래한 것이 아님은 이 작품의 각 편 마무리를 4계절에 걸쳐 〈만흥〉 제 6장[39]을 여음으로 삼아 노래하도록 하는 고산의 의도적 작품구조에서 명백히 드러남은 이미 알려진 바와 같다. 이러한 마무리 구조는 고산의 정감의 본체가 언제나 인간적 정취와 인간사회의 따스함으로 回歸를 보여주고 있는 것이다. 여기서 의문점은 그렇다면 이렇게 유가적 정취로 회귀하고 말 것을 굳이 도가적 意趣를 4계절의 각 편마다 빠지지 않고 드러냄은 어떤 의미를 갖는 것일까? 이에 대해 어떤 이는 “유가적 文人의 일반적인 趣向으로, 그들의 ‘학문’은 유교 經典이 중요하지만 ‘예술’ 분야는 도가 사상이 적합하기 때문에 작품에서 도가적 냄새가 농후하게 나타나는 것”[40]이라 설명한다.

그렇다 하더라도 고산의 시조에서 이러한 도가적 지향의 표출을 단순히 문인의 취향 정도로 置簿하고 말 것인가. 유가적 세계인식이 그토록 철저한 고산이 도가적 의취를 드러냄은, 마치 彌陀思想에 투철한 月明師가 〈祭亡妹歌〉에서 누이 잃은 슬픔을 그토록 절절하게 표현함으로써 生死를 초탈한 종교인으로서가 아니라 따스한 인간으로서의 감동을 무한정

---

39 강산이 됴타ᄒᆞᆫᄃᆞᆯ 내분으로 누엇ᄂᆞ냐/ 님군은혜ᄅᆞᆯ 이제더옥 아노이다/ 아므리 갑고쟈 ᄒᆞ야도 ᄒᆡ올일이 업세라

40 문영오, 앞의 논문, 13면.

불러일으켜 텍스트의 미적 가치를 높은 수준으로 끌어올린 것과 比肩되지 않는가. 그런 점에서 戀君之情이나 現世的 이념에만 집착하는 삭막한 유가적 인간으로서가 아니라 정서적으로는 道家나 佛家에까지 열려 있는 정감적 인간으로서 감동을 불러일으킴으로써 텍스트의 미적 가치를 高揚시키는 것으로 이해해야 할 것이다. 이는 蘆溪 朴仁老가 儒家의 절대 이념적 무게에서 한 치도 벗어남이 없이 肅然하고 엄정한 목소리로 시조를 창작-향유함으로써 崇高한 미적 체험을 드러내는 것과는 대조적인 양상이라 할 것이다.

아울러 주목할 것은 고산의 이러한 도가적 지향이 시적 정감의 **興趣가 최고조로 달할 때** 드러난다는 점이다. 詩歌에서 **興**은 詩를 原初的이고 소박한 내용과 형식으로부터 絶頂의 가장 중요한 요소로 끌어올리는 역할을 한다.[41] 만약 고산의 〈어부사시사〉가 고려 말의 〈原어부가〉처럼 **脫俗的**인 漁父의 형상으로만 일관했다면 그의 유가적 이념 지향에 정면 배치될 터이고 반대로 유가 지향 일변도로만 표출된다면 텍스트 미학의 삭막함이 어느 정도일까를 상상해 볼 수 있을 것이다. 그런 점에서 〈어부사시사〉에서 고산의 도가적 흥취는 유가적 理智主義를 美的으로 멈춘 단계에서 최고조로 드러남을 의미하며, 이는 결국 작품을 미적으로 고양시켜 오히려 유가미학의 完成度를 드높이는 효과를 주는 것으로 이해된다.

그리고 고산이 아무리 초탈을 지향한다 해도 인간 사회로 회귀한다는 歸結(각 편의 餘音으로 지정된 〈만흥〉 6장의 意趣)이 있는 限 그가 누리는 산수자연에 實在가 있고, 本體(比德과 調和라는)가 있고, 영원함이 있음을 말하는 것이다. 그런 점에서 仙界와 佛界를 운위하고 인간이 머도록 더욱 좋다고 노래한 것은 단순히 흥취의 高調만을 위함이라거나 도가나 불가로의 소통을 꾀함이 아니라 '**雜念 없는 마음**'(無我의 경지)을 가짐으로써 정신을 집중하고 한결같이 하여 萬物을 이해하고 그 본질에 도달할 수 있

---

41 이택후, 앞의 책, 219면.

음을 보인 것이라 할 것이다. 즉 '마음으로 조화 본받기'에 도달하는 방법인 것이다. 그 결과 작품의 품격이 유가적 이념에 매몰되지 않고 '道'와 더불어 심오하게 하나가 되어, 俗氣가 없이 맑고 깨끗함과 高尙함과 典雅함의 높은 품격으로 도달하게 되는 것이다. 이는 도가적 天人合一의 경지와는 다른, 그가 추구한 유가적 천인합일의 格上을 드러냄이고 작품의 품격을 그만큼 전아하게 한 것이다. **고산 작품의 미적 성취와 가치는 이처럼 유가적 道와 이념을 예술적으로 승화시켜 '전아한 아름다움'을 텍스트 미학으로 創出해낸 데 있는 것이다.**

고산은 이러한 텍스트 미학의 창조에 그치지 않고 **樣式의 창조**로까지 나아간다. 詳論하면 以前에 전승되어 내려온 長歌와 短歌의 〈어부가〉를, 聾巖 李賢輔는 長歌 12장을 9장으로 노래하면서 중첩되고 질서가 없음을 바로잡고 短歌 10장을 5장으로 노래함으로써 〈어부가〉의 장르를 二元的 傳承 그대로 유지하는 線에서 그쳤으나, 고산은 이에서 나아가 **장가와 단가를 통합하여** 단가적 성향과 장가적 성향을 동시에 갖춘 **連時調**라는 독특한 양식을 創案함으로써 〈어부사시사〉라는 단일 텍스트를 선보였던 것이다. 그 구체적 양상을 보면, 작품의 각 首는 4音 4步格의 整然한 율격구조로 초-중-종장의 3단 구조를 갖춘 **단가**로서의 전통을 그대로 유지하면서 그것을 단가의 完結型(종장의 제 2음보를 5음절 이상으로 하는 過音步의 종결구조로 실현함을 의미)으로 마무리 하지 않고 始終一貫 4음 4보격으로 동일구조의 연속을 보이다가 맨 마지막 首만 종결구조를 갖추어 작품을 마무리함으로써 **장가**적 요소도 아울러 갖춘 독특한 형식을 창안해 낸 것이다.

〈어부사시사〉의 이러한 독특한 형식구조를 두고, 그동안은 막연히 평시조형 40개의 聯으로 짜여진 **聯時調**로 이해하여 오던 것을 김대행은 歌唱歌辭로 傳唱될 수 있는 음악적 가능성과 노랫말의 열린 구조로서의 編詞的 가능성에 주목하여 **歌辭** 장르로 판단한 바[42] 있다. 그러나 聯時調로 보려면 각 聯이 종장 특유의 종결구조를 갖추면서 유기적으로 연결되어야 하는 데 그렇지 않은 차이를 보이고, 그렇다고 가사로 보기에는 각 首가 연속성으로만 연결되지 않고 후렴에 의해 遮斷된 단가적 독립성도 갖추고 있는데다 실제로 이 텍스트가 가창가사로 불리지 않고 原 텍스트 그대로 단가의 歌曲으로 불리기도 했다는 점이 가집에서 확인되므로 聯章體가 아닌 **連章體 가곡**으로 보아야 한다는 견해[43]가 타당성을 갖는다 하겠다. 그런 점에서 〈어부사시사〉는 歌辭도 아니고, 聯時調라는 일반양식도 아닌, **連時調**라는 독특한 양식을 고산이 창안한 것으로 보아야 할 것이다.

〈어부사시사〉는 이처럼 40수나 되는 장가 형태를 갖추고는 있지만, 각 수는 완결형은 아니라도 독립적인 단가 형태를 갖추고 있어, 가사만큼 무한 연속체로서의 **산문**에 버금가는 연속성을 갖지는 않는다는 점에서 가사와는 거리가 먼 連章體 **단가**로서의 특징을 보여준다. 따라서 고산의 〈어부사시사〉는 長歌的 속성을 일면적으로 갖는다 하더라도 그것이 短歌 곧 時調인 限, 한 首 한 首가 **노래하기** 속성에서 벗어나지 않지만, 가사의 경우는 4음 4보격의 無限 연속체로서 散文性을 지향하므로 산문이 추구하거나 성취해야 할 陳述의 설득력(논리력)과 합리성(主題性)을 갖출 필요가 있게 된다. 이러한 장르상의 차이를 염두에 둘 때, 고정희가 松江의 歌辭와 고산의 〈어부사시사〉를 비교하여 후자가 類似性의 원리에 기반을 둔 隱喩가 중심이 되고, 전자는 隣接性의 원리에 기반을 둔 換喩가 중심이 된다는 문체적 특징을 밝힌 작업[44]은, 본인은 의도하지 않았지만 〈어부사시사〉가 歌辭와는 다른, 단가적 지향의 시조장르임을 문체적 측면에서 확

42 김대행, 앞의 논문, 19~33면.

43 성무경, 「고산 윤선도 詩歌의 歌集 受容樣相과 그 의미」, 『한국시가 넓혀 읽기』, 문창사, 2006, 241~251면에서 고산의 〈어부사시사〉가 원래의 詩型 그대로 『詩餘』(임/김)와 그 底本인 『青丘永言』의 二數大葉 有名氏部에 수록되었음을 근거로 종결부의 변형 없이도 歌曲(이삭대엽)으로 향유되었음을 확인하고 이에 따라 歌辭와는 無關한 '連章體 歌曲'으로 장르를 규정지었다.

44 고정희(2004), 앞의 책, 124~181면.

인한 결과에 다름 아닌 것이다. 노래하기 지향(시조)은 유사성과 은유가 중심이 되고, 산문성 지향(가사)은 인접성과 환유가 중심이 됨은 당연하기 때문이다.

고산은 이처럼 장가와 단가 〈어부가〉를 하나로 통합하는 독특한 양식의 창조를 보이기도 했지만 시조를 통해 이룩한 미적 성취는 무엇보다 **純粹 國語美**를 창조했다는 점이 강조되어야 할 것이고 실제로 그 점에 대해서는 일찍부터 지적되어 왔다. 그럼에도 불구하고 그러한 국어미가 갖는 미적 가치에 대해서는 구체적인 논의가 없었으며, 다만 한자어 사용을 가능한 피하고 순수국어를 주로 사용함으로써 '우리말의 아름다움을 통한 시조의 예술미를 한층 高揚시킨' 정도의 미적 성취가 지적되었을 뿐이다. 그러나 고산이 이룩한 순수국어미의 창조는 人爲的인 裝飾에 의한 언어적 예술미로 끝나는 것이 아니라 그 언어미가 **더욱 순수하게 정감을 체현하는 작용을 일으켜 이성적 道의 체득을 감성적 체득으로 전환시키고 정감을 벗어나지 않는 언어가 되게 하는 자연스런 표출**의 결과로서 구현된 것이라는 데 그 의미를 부여할 수 있을 것이다. 그리하여 고산은 **순수국어미의 활용으로 시조를 통해 '理念경험'과 '美感경험'이 일체화된 美의 최고 경지를 노래**할 수 있었던 것이다. 순수국어와는 달리 漢字語는 아무래도 '미감경험'보다는 '이념경험'을 드러내기에 더욱 적절하므로 兩者를 일체화하는 최고의 美的境地를 드러내기에는 적절치 않았던 것이다. 〈어부사시사〉에서 한자어 사용의 頻度가 높은 경우는 정감의 자연스런 表出과는 거리를 갖는, 정치현실이나 이념으로의 傾斜를 보이는 〈春詞 6〉, 〈夏詞 5 및 8〉, 〈秋詞 10〉, 〈冬詞 6 및 9〉 등의 극히 일부에 보인다는 점이 그것을 뒷받침해준다.

그리고 고산이 시조를 통해 이룩한 미적 성취는 같은 儒家理念에 기반을 두면서도 각기 다르게 보여준 앞 시기의 退溪, 松江과 뒷 시기의 李鼎輔 같은 京華士族의 시조를 對比해 보면 그 位相과 가치를 제대로 가늠할 수 있다. 유가철학이 본질적으로 우주・자연・천지를 생명화, 倫常化, 정감화시키고, 거대한 상상을 포함하여 比德的 개념의 단계로 나가고, 마침내 개념 흔적이 없는 정감의 단계로 끝이 나듯이, 이를 바탕으로 한 노래도 **道를 싣고[載道], 뜻을 말하고[言志], 정을 펴는 것[緣情]**, 이 세 가지 요소를 어떻게 실현화(교합하고, 구조화하고, 형상화)하느냐에 따라 그 미적 성취는 달라진다고 해야 할 것이다.[45] 이러한 실현화 양상은 물론 시대적 推移에 따라 혹은 시대정신의 변화에 따라 전반적 변동상을 드러내기도 하겠지만 그러한 시대적 변화상 속에서 구체적으로 體現하는 방식과 성취의 정도는 개별 작가에 따라 상당한 偏差를 드러낼 수밖에 없는 것이다.

그런 面에서 퇴계의 시조는 言志를 중심으로 **載道**와 **緣情**을 交合하여 형상화함으로써 '**고답적인 아름다움**'을 드러냈다면, 송강의 시조는 **載道**를 직접적으로 담은 〈훈민가〉에서부터 기녀 진옥과의 수작을 담은 **緣情**의 자유로운 방출에 이르기까지 그 진폭이 큰 '**호방한 아름다움**'을 보였고, 이정보는 **언지**와 **연정**을 교합하여 구조화 하되 **연정**으로 기울어진 형상화를 보여 사설시조를 통한 個體의 자연스런 情慾 본능 욕구를 드러내는 데까지 나아감으로써 '자연의 眞機'에서 우러나는 '**人情의 아름다움**'을 드러내었다. 이에 比해 고산은 **언지**와 **재도**, 연정의 어느 쪽으로도 優先을 두거나 치우치지 않고, 또 어느 쪽이 지배적이거나 결정적이지 않은, 세 가지 요소의 絶妙한 融合에서 오는 높은 차원의 '**전아한 아름다움**'을 형상화 해내었다고 할 것이다. 결론적으로 **고산은 이념의 지나친 傾斜에서 오는 無味乾燥함이나 정감의 지나친 분출에서 오는 俗氣를 떨치고 그 경계의 절정에 도달함으로써 유가미학이 이룩할 수 있는 최고의 典雅한 品格을 구현할 수 있었던 것이다.**

---

45 유가철학과 음악적 지향의 이런 특징은 이택후, 앞의 책, 212면과 276면 참조.

4. 맺는 말

지금까지 본고에서는 우리 文學史에 萬丈의 孤峰으로 우뚝하게 자리한 고산의 시조를 대상으로 그가 이룩한 미학적 성취를 구체적으로 탐구하고 그 **位相과 가치**를 온당하게 규명해 보고자 했다. 이를 위해 기존 연구가 보였던 문제점, 즉 시조가 詩(漢詩)와는 엄연히 구분되는 텍스트임에도 불구하고 詩와 同等한 視角과 기준으로 분석하고 해석하는 방법상의 문제와, 동양의 古典的 미의식에 바탕을 두고 있는 고산의 시조 작품을 현대의 서구 시 작품을 대하듯이 오늘날의 讀法으로, 그것도 西歐的 논리와 이론으로 분석하고 해석하는 이해태도의 문제점을 극복하고자 했고, 무엇보다 고산의 시조 작품이 예술로서의 시가 작품으로 창작-향유된 이상, 理念의 텍스트가 아니라 美的 텍스트로 이해해야 온당한 접근이 가능하다는 점에 유념하여 새로운 접근과 해석을 시도했다.

그 결과 고산의 삶과 문학의 관계를 辨證法的 논리로 이해해서는 안 된다는 점과, 그의 시조 미학은 樂人으로서의 그의 歌樂觀－지나치게 정감官能을 자극하거나, '고난의 현실'을 適實하게 그대로 드러내거나, 憎惡를 직접적으로 誘發하는 일은 歌樂(시조)에서 피하거나 排斥함－을 바탕으로 접근해야 올바로 드러낼 수 있음을 밝혔다. 그리고 그의 시조 작품에 보이는 엄격한 形式規律은 儒家의 음악미학에 누구보다 투철했던 고산의 드높은 정신세계와 정감 단련의 양식화를 의미하는 것이지 그것이 결코 作爲的이라거나 강제적인 구속은 아니라는 점을 糾明했다. 아울러 〈오우가〉 같은 작품을 통해 天地自然의 德에 通하고 만물과 情을 나누는 고산의 內在 情感과 그러한 美感에서 우러나오는 높은 品格을 살폈고, 〈어부사시사〉 같은 작품을 통해 儒家的 道의 미학을 완성했으며, 이러한 유가적 道와 이념을 예술적으로 昇華시켜 '典雅한 아름다움'을 텍스트 미학으로 창출했음을 확인했다. 또한 이러한 유가미학의 완성에도 불구하고 그 한 편에 반대지향인 듯이 보이는 道家的 홍취를 곁들임으로써 작품을 美

的으로 高揚시켜 오히려 유가미학의 완성도를 드높인다는 사실도 밝혔다. 나아가 고산은 長歌와 短歌 〈어부가〉를 하나로 통합하여 聯時調라는 일반양식이 아닌 連時調라는 독특한 양식의 창조를 보였으며, 純粹國語美를 최대한 활용함으로써 시조를 통해 이념경험과 미감경험이 일체화된 美의 최고 경지에 도달했음을 살폈다. 그리고 고산이 이룩한 미적 성취는 退溪나 松江, 蘆溪나 李鼎輔와는 달리 言志와 載道 緣情의 絶妙한 융합에서 오는 높은 차원의 典雅한 아름다움을 구현한 것이라 보았다.

그러나 이러한 검토 결과는, 특히 시조를 통해 같은 유가미학을 구현하면서도 상당한 차이를 보이는 퇴계를 비롯한 다른 시조작가와의 대비 작업은 좀 더 세밀한 分析과 구체적인 論證이 요구되지만 여기서는 紙面관계상 試案과 대강의 構圖를 제시하는 것으로 만족하고 後日을 期約하기로 한다.

황진이의 인격과 시조 미학

1. 머리말—황진이에 부쳐진 찬사

잘 알다시피 황진이는 신분적으로 가장 미천한 천민 계급의 기녀가 되어 일생을 살았으며, 그러한 신분적 한계로 인해 당대 권력의 중심이자 지배 계층이었던 양반 사대부 남성들의 사회-문화적 활동을 돕기 위해 운명 지어진 예속적 존재였다. 그러나 기녀라는 존재는 신분적으로는 최하층에 속했을지라도 문화적-정서적 활동에서는 최상층의 사대부들과 상대하여 위무(慰撫)를 줄 수 있는 양식(良識)과 자질을 갖춘 '교양인'이었으며, 그들의 풍류를 돕기 위한 가무(歌舞)의 수련을 쌓은 '예인(藝人)'이었다. 그리고 문학적 재질을 타고난 몇몇 기녀들의 경우, 사대부층의 독점적 문학 장르라 할 한시를 창작하고 수창(酬唱)할 정도의 수준에 이르는가 하면, 문학과 음악적 소양을 동시에 갖추어야 가능한 시조 장르의 창작과 향유에도 참여하여 타고난 재능을 펼치기도 했다.

그렇다 하더라도 조선왕조 오백년을 거치며 수많은 기녀들이 명멸했지만, 이러한 신분적 특수성을 적극적으로 활용하여 당대 최고 수준의 사대부 남성층을 압도할 기량을 펼칠 수 있었던 기녀는 손에 꼽을 정도로 드물었던 것도 엄연한 사실이다. 더욱이 기녀의 신분으로 이름을 빛낸 명기(名妓) 가운데서도 황진이만큼 인구(人口)에 회자되고 찬사를 받았던 인물이 또 어디에 있었던가.[1] 황진이에 대한 평가는 그녀와 삶을 같이 했던

---

1 기녀들의 숙명과 황진이의 특출함에 대한 언급은 필자가 홍성란 시선집, 『명자꽃』(서

당대인은 물론이고, 후대에 그녀에 관한 일화(逸話)나 작품을 음미해 본 사람이라면 누구나 그 걸출함에 경이와 찬탄을 아끼지 않았던 것이다.

황진이에 부쳐진 찬사들 가운데 가장 압권은 '송도삼절(松都三絶)'이라 칭한 것이다. 이는 그녀 자신이 자긍심을 가지고 내세운 것이면서 뒷시대의 누구도 부정하지 않았던, 자타 공인의 명예로운 찬사였다. 그녀의 출신 고향인 송도를 대표하는 걸출한 세 가지로, 뛰어난 절경의 자연물인 박연폭포(朴淵瀑布)와 학문과 인격으로 존숭 받았던 서경덕, 그리고 절세의 미모와 예술적 재능으로 최고의 경지를 이룬 황진이를 꼽았던 것이다.

이러한 빼어남으로 인해 당대의 명사(名士)들은 그녀와의 교유와 친압(親狎)이 화제의 대상이 되었으며, 시대(16세기 중·후반)를 함께하지 못했던 후대인들은 그 절세의 미모와 천부적인 재능, 뛰어난 가무와 절창의 시조 작품들에 대해 신비스럽고 기이한 인물의 행적으로 전설화하는 데 주저함이 없었다.[2] 이러한 전설과 일화들은 그녀가 남긴 불세출(不世出)의 자취에 대한 초상(肖像)이지만, 정작 그녀의 일생을 구체적으로 더듬을 수 있는 변변한 전기(傳記) 하나 남아 있지 않다는 사실이 못내 아쉬움으로 남는다.[3] 그 아쉬움은 가까운 후대에 태어났던 천하의 호걸남아 임제가 평안도사(平安都事)로 부임하는 길에 황진이의 묘소를 찾아 읊었다는 다음의 시조에 집약적으로 드러난다.

정시학, 2009)에 붙인 작품 해설 서두부에서 소략하게나마 서술한 바 있다.

2 후대에 황진이라는 빼어난 인물에 대한 전설과 일화(逸話)를 엮어 모아 평설한 대표적인 저술로는 관서지방의 암행어사로 활약했던 이덕형(1566~1645)의 『송도기이(松都紀異)』, 폭넓은 민간 야담 수집가였던 유몽인(1559~1623)의 『어우야담(於于野談)』, 당대에 기인(奇人)이란 평을 들었던 허균(1569~1618)의 문집 『성소부부고(惺所覆瓿藁)』에 있는 〈성옹지소록(惺翁識小錄)〉을 들 수 있다.

3 황진이가 천민인 기녀 출신이어서 그러한 면이 있겠지만, 18세기에 최고의 명창으로 활약한 기생 계섬(桂纖)에 관한 전기는 심노숭이 기록한 〈계섬전〉으로 남아 있어 반드시 그런 것도 아니다.

청초(青草) 우거진 골에　　자는다 누엇는다
홍안(紅顔)은 어듸 두고　　백골(白骨)만 무쳣는이
잔(盞) 자바 권ᄒᆞ리 업스니　그를 슬허 ᄒᆞ노라

황진이의 영면(永眠)으로 인한 상실의 슬픔이 비애(悲哀)의 미학으로 승화된 작품이다.

다행히 근대에 이르러 황진이의 걸출한 자취는 그녀에 관한 전설과 일화, 그리고 시조와 한시 같은 작품을 바탕으로 근-현대소설로 끊임없이 재구성되어 '허구적 진실'로나마 우리 앞에 각인되어 있다.[4] 또한 그녀가 남긴 시조와 한시 작품을 바탕으로 하여 그 시적 성취의 빛남에 대한 연구와 비평이 속속 이루어지면서 작품적 가치와 문학사적 위상이 자리 잡아 가고 있다. 그러나 그녀가 이룩한 탁월한 시적 성취나 걸출한 시인으로서의 면모가 만족할만한 수준으로 해명되었다고 하기엔 주저되는 면이 없지 않다. 그것은 주로 작품이 생성된 콘텍스트와 장르적 특성을 고려하지 않은 채, 작품 자체가 갖고 있는 표현기교와 어휘 구사, 이미지와 시적 상상력의 범주로만 치중하여 논단한 결과여서 구체적이고 내실 있는 평가라 하기는 어려워 보이는 탓이다.

이를테면 어떤 이는 황진이를 '한국의 사포'라는 찬사를 부치면서 그리스 초기 문학사를 장식했던 전설적 여류시인 사포에 비정(比定)한 바 있지만,[5] 진실로 작품 성격이 동류(同流)인지에 대한 구체적인 논증은 보여주지 않고 있다. 또 어떤 이는 황진이의 시조 작품에 대한 텐션을 말하면서,[6] 혹은 이미지[7]를 말하면서 서구시나 현대시에서 다루는 신비평(new

4 근-현대의 '내노라' 하는 소설가가 황진이의 초상을 장편소설로 재생산하는 데 적극적으로 참여해 왔다. 1938년에 이태준이 『황진이』를 쓴 것을 필두로, 1955년엔 정한숙이, 1978년엔 유주현이, 1982년엔 정비석이 『황진이』를 썼고, 최근엔 북한에서 홍석중이, 남한에서 전경린이 제 각각의 색깔로 『황진이』를 써서 강렬한 이미지로 우리 앞에 재현한 바 있다.

5 장덕순, 「한국의 사포, 황진이」, 『한국의 인간상』 제5권, 신구문화사, 1965.

6 윤영옥, 「황진이 시의 tension」, 『국어국문학』 제83호, 국어국문학회, 1980.

criticism) 이론의 분석도구나 미적기준을 적용하여 시적 긴장성의 출중함을 말하거나, 영국이나 미국의 이미지스트를 능가하는 성취를 이루었다는 찬사를 부친 바 있다. 그러나 이러한 평가들은 자칫 공허하고 과장된 찬사로 들릴 수 있다. 황진이의 시조 작품은 시적 긴장(tension)이나 이미지에 주력하는 서구의 시적 패러다임에 감염(感染)된 자유시가 아니기 때문이다. 이러한 문제점을 고려하여 이 글에서는 황진이 작품이 생성된 시대의 맥락(context)과 미의식에 표준을 두는 분석 틀을 가지고 텍스트의 성격과 실상에 맞는 논의를 펼치고자 한다.

2. 높은 품격의 서정적 절창-황진이의 시적 성취

황진이의 시조 작품은 그 역량의 탁월함으로 볼 때 상당히 많은 창작이 이루어졌을 것으로 추정되지만, 기녀라는 신분적 한계 때문에 양반 사대부처럼 개인 문집이나 가첩(歌帖)으로 남아 있지 못하고, 널리 향유되었던 몇 수의 작품이 후대에 편찬된 각종 가집(歌集)에 전하고 있을 따름이다.[8] 3,335수의 고시조를 종합해놓은 책자에 따르면[9] 황진이의 작품으로 지목된 시조는 모두 8수가 전하는데, 그 가운데 2수는 작자의 착종(錯綜) 현상을 보이긴 하지만 황진이가 아닌 다른 기녀의 작품임이 확실시된다.[10] 그래서 일반적으로 나머지 6수만 황진이의 작품으로 확정해 다루

---

7 송욱, 「미국 신비평과 한국의 시 전통」, 『시학평전』, 일조각, 1974.

8 당시 시조는 대부분 가곡이란 악곡에 실어 노래로 구전(口傳)되면서 향유되어 왔기 때문에 각종 문헌에 기록으로 남기보다 시대가 흐를수록 인멸되는 경우가 많았다. 그래서 그 인멸을 방지하기 위해 시조를 묶어 놓은 가집이 편찬되기 시작했는데, 현전(現傳)하는 최초의 가집은 18세기에 김천택이 편찬한 『청구영언』(1728)에 와서다. 그보다 한 세대 앞선 17세기 후반에 홍만종이 편찬한 『청구영언』과 『이원신보』라는 가집이 있었으나 현재 전하지 않고 그 서문(序文)만 알려져 있다. 이에 대한 상론은 김학성, 「홍만종의 가집편찬과 시조 향유의 전통」, 『한국고전시가의 전통과 계승』, 성균관대출판부, 2009 참조.

9 심재완, 『교본 역대시조전서』, 세종문화사, 1972.

고 있다. 그나마 다음 작품은 과연 황진이를 작자로 인정할 수 있을까 의심되는 면이 있다.

> 靑山은 내 뜻이오　　綠水는 님의 情이
> 綠水 흘너간들　　　靑山이냐 變훌손가
> 綠水도 청산을 못 니져　우러 예어 가는고

황진이의 작품은 워낙 유명해서 웬만한 가집에는 거의 다 실려 있지만[11] 오직 이 작품은 2개 가집에만 전할뿐 아니라 그나마 작자를 황진이로 표기한 가집은 『대동풍아(大東風雅)』 하나뿐이다. 더욱이 이 가집은 20세기 초(1908)에 와서야 편집된 것이어서 황진이와는 시대적 거리가 너무 멀어 신빙성이 떨어진다. 그보다 앞선 가집인 『근화악부(槿花樂府)』(18세기 말쯤 편집된 것으로 추정)에는 무명씨로 작가가 분류되어 있고, 초장이 "내 情은 靑山이오 님의 情은 綠水ㅣ로다."로 되어 있어 시적 의취(意趣)가 다소 다르다. 뿐만 아니라 이 작품이 30년 동안 면벽수도(面壁修道)한 지족선사(知足禪師)를 파계(破戒)시키고 이별한 후에 지은 것으로 알려져 있으니, 그러한 일화와 이 작품을 연결하여 해석하게 되면 황진이의 면모와는 사뭇 다른 방향으로 이해되기도 하여 어색하게 된다.[12] 따라서

---

10 작자의 착종 현상을 보이는 2수 가운데 하나는 "梅花 녯 등걸에 春節이 도라오니~"라는 작품인데, 수록된 25개 가집 가운데 절대다수가 기녀 매화의 작품으로 표기하고 있고 오직 한 개 가집에서만 황진이로 작자를 표기해 놓은 것으로 보아 매화의 작품임이 확실시된다. 다른 하나는 "齊도 大國이오 楚도 亦大國이라~"인데 이 역시 수록된 22개 가집 가운데 한 군데서만 황진이로 표기하고 나머지 다수 가집이 기녀 소춘풍으로 작자를 지목하고 있어 소춘풍의 작품임이 확실하다.

11 황진이가 지은 작품은 모두, 적게는 25개 가집에서 많게는 44개 가집에 이르기까지 여러 군데 실려 있어 향유의 정도가 얼마나 대단했는지 짐작케 한다. 심재완, 『교본 역대시조전서』에서 해당 작품 참조.

12 그러한 예로써 유지화, 「황진이 문학의 시적 의지」에서 "미천한 기생으로 고승을 무릎 꿇게 했으나 그에게 있어 승리와 정복의 자부심보다 실망과 허무가 더 컸을 것이다. 내심으로 믿고 싶었던 수도자의 고고함이 작자에게 아쉬움으로 돌아왔을 것이다. 이에 선사

이 작품을 제외하고 남은 5수를 통해 황진이의 인간적 이미지와 시적 성취를 탐색해 보기로 한다.

황진이를 황진이답게 하는, 즉 그녀의 정체성(identity)에 가장 근접하는 이미지를 드러내는 작품은 아마도 다음 시조가 아닐까 한다.

> 靑山裏 碧溪水ㅣ야　수이 감을 쟈랑 마라
> 一到 滄海ᄒᆞ면　도라 오기 어려오니
> 明月이 滿空山ᄒᆞ니　수여 간들 엇더리

잘 알려진 바와 같이 이 작품은 당대의 명사인 종실(宗室) 벽계수(碧溪守)가 스스로 절조(節操)가 굳다고 자랑하면서, 자신은 황진이에게 유혹을 당하지 않을 뿐만 아니라, 오히려 그녀를 쫓아버릴 수 있다고 호언장담한 데서 유래한다. 이 말을 들은 황진이가 사람을 시켜 벽계수를 송악(松嶽)으로 유인해 오도록 하여 일부러 저녁에 달이 뜬 후 경치 좋은 곳으로 인도해서 이 노래를 불렀다고 한다. 벽계수는 달밤에 한 미인의 이 청아한 노래를 듣고 그에 취해 자신도 모르게 나귀 등에서 내렸다. 황진이가 왜 나를 쫓아버리지 못하느냐고 비꼬니, 벽계수는 크게 부끄러워했다는 일화를 담은 작품이다.

이 작품에서 초장에 보이는 벽계수(碧溪水)는 개성의 송악산에 흐르는 자연의 물이 아니라 황진이의 유혹을 뿌리칠 수 있다고 호언장담하던 그 벽계수(碧溪守)를 지칭하고, 종장에 보이는 명월은 가야금이면 가야금, 노래(가곡창에 얹어 불렀던 시조를 가리킴)면 노래, 춤이면 춤, 시(한시를

를 시험해보고자 했던 순수하지 못한 자신의 행위가 무척 부끄러웠을 것이다. 작자는 근원적 인간에 대한 탐색과 더불어 인간적 신뢰가 사라진 부끄러움과 괴로움에 직면하게 되었을 것이다."라고 하여 부끄러움과 괴로움의 표현으로 작품을 해석하고 있는데, 이는 모든 일에 당당하고 반듯했던 황진이의 품성과는 거리가 먼 것으로 보인다(유지화, 「유성규론, 황진이론」, 국민대 석사학위논문, 2004). 만약 이 작품이 황진이의 것이라면 그녀의 품격에 맞는 정서의 표현으로 재해석해야 할 것이다.

가리킴)면 시에 빼어났으며, 거기다 미모까지 출중해 당대에 이름을 드날렸던 황진이의 기명(妓名)이므로, 문면 그대로 작품을 읽는다면 벽계수라는 호를 가진 종실의 한 인물을 황진이라는 기녀가 유혹하는 시조임을 금방 알 수 있다. 그리고 작품의 묘미는 현실에 닥친 일을 자연물에 일대일로 대응시켜 표현한 우의적 수법(allegory)의 노래라는 데 있다. 즉, 이 작품은 우리 시조사에서 이러한 현실적 맥락을 담은 일화와 결부해야만 비로소 이해가 가능한 몇 안 되는 우의적 수법의 작품으로 주목되는 것이다. 여기서 작품의 소재로 활용된 청산이나 유수(벽계수), 달(명월) 같은 자연물은 현실의 일에 비의(比擬)하기 위한 수단으로 끌어왔을 뿐 현실을 넘어서는 어떤 다의적(多義的)-상징적 의미를 담고 있지 않다. 이에 비하면 같은 소재를 활용한 사대부의 시조는 그 의취가 사뭇 다르다.

青山는 엇데ᄒᆞ야 萬古에 프르르며
流水는 엇데ᄒᆞ야 晝夜에 긋디 아니ᄂᆞᆫ고
우리도 그치지 마라 萬古常靑 호리라

-이황, 〈도산십이곡〉의 하나

쟈근 거시 노피 ᄯᅥ서 萬物을 다 비취니
밤듕의 光明이 너만ᄒᆞ니 ᄯᅩ 잇ᄂᆞ냐
보고도 말 아니ᄒᆞ니 내 벗인가 ᄒᆞ노라

-윤선도, 〈오우가〉의 하나

퇴계 이황의 작품에서 '청산'과 '유수'는 현실의 어떤 일을 비의하기 위한 대응물로서의 자연이 아니라 사대부의 윤리적 덕목의 하나인 신의(信義)를 바탕으로 한 불변성(不變性), 항상성(恒常性), 부단성(不斷性)이라는 다의적인 이념 가치를 해당 자연물의 속성에서 추론하여 의미화한 상징물로 쓰고 있다. 달을 제재로 노래한 윤선도 작품 역시 어두움에 싸인 만물을 훤하게 다 비추는 달이라는 자연물에서 광명정대(光明正大)함의 이념적 가치를 이끌어내 상징물로 쓰고 있다. 거기다 현실 정치에서 모함과 아첨으로 온갖 부정을 일삼는 어두운 현실에 휩쓸리지 않고 그것을 초월하여 "보고도 말 아니하는" 무언(無言)의 유가적 덕목을 실천하는 상징물로서의 의미를 더하고 있다. 이처럼 성리학을 이념적 기반으로 하는 사림파 사대부들의 시조에서는 자연물에 **정신적 가치**를 부여함으로써 '성정의 바름(性情之正)'을 추구하지만, 황진이의 시조에서는 자연물에 **인간적 가치**를 부여함으로써 이념보다는 정서를 우선으로 하는 '정성의 바름(情性之正)'을 추구한다.

이런 연유로 사대부들이 시조를 통해 이념의 정신적 높이를 관념적으로 발산하는 데 몰두함으로써 그만큼 아름다운 예술적 향취를 상실함에 비해, 황진이는 기녀였던 만큼 정신적 이념화에서 벗어나 시조를 통한 예술적 향취와 미적 가능성을 한껏 펼칠 수가 있었다. 다음 작품이 그 절정의 기량(器量)을 한껏 보여준다. 가위 한국 애정시가의 백미(白眉)라 아니할 수 없다.

冬至ㅅ달 기나긴 밤을　한 허리를 버혀 내여
春風 니불 아레　서리서리 너헛다가
어론님 오신 날 밤이여든　구뷔구뷔 펴리라

이 작품을 대한 사람이라면 누구나 현대의 자유시 못지않은 표현의 참신성과 활달한 상상력, 빼어난 시적 형상력에 감탄을 금치 못한다. 일 년 중 가장 긴 동짓달 밤은 춥고도 기나긴 밤의 이미지를 갖는다. 거기다 함께 할 님마저 없는 밤은 그 그리움과 결핍의 정서로 인해 더더욱 춥고 기나긴 밤이 될 수밖에 없다. 그에 비해 사랑하는 님과 이부자리를 함께 하는 봄밤은 사랑의 정열과 안정감으로 인해 더 없이 짧고 온기로 가득하다. 그런데 작자가 처한 현실의 상황은 춥고도 외로운 기나긴 밤을 지새워야 하는 전자의 시간에 놓여 있다. 그럼에도 작자는 이러한 냉엄한 객관적 현실을 있는 그대로 받아들이지 않고 전자의 상황을 후자의 상황으로 역전시키려고 기발한 상상력을 발휘하여 님이 부재하는 현실의 '결핍의 감정'을 상상으로나마 해소하려 한다. 그리하여 '자아와 세계의 동일화'를 내면세계에서 실현하려 함으로써 서정시의 본질을 꿰뚫는 시적 성취를 보여주고 있는 것이다.

시인이자 영문학자였던 송욱은 이 작품의 이러한 상상력에 의한 극적 전환을 서구시에서 설명되는 아이러니와 역설의 표현으로 이해하면서도 "역설과 아이러니는 어디까지나 날카롭고 모진 효과를 설명하기에 주로 쓸모가 있다. 특히 동양의 시가 지닌 배경의 넓이나 내면의 공간 혹은 거리에서 오는 의젓함과 안정감 혹은 초월감을 다루기에는 마땅한 수단이 되지 못 한다."라고 하여 역설과 아이러니로서는 이 작품을 설명하는 데 한계가 있음을 지적한다. 그리하여 이 작품의 특장은 짧은 봄밤을 동짓달 밤처럼 길게 만들겠다고 하는 어처구니없는 소원이 작자의 '놀라운 표현'—"한 허리를 버혀내어", "이불 아래 서리서리 넣었다가", "구비구비 펴리라"—을 거침으로써 추상적인 시간이 구체적이며 너무나도 생생한 이미지로 전화되는, 그 '행동적'이고 '능동적'인 이미지에 있다고 보았다. 나아가 이러한 표현력은 영국이나 미국 이미지스트의 작품에서도 찾기 어렵다고 극찬한 바 있다.[13]

그러나 황진이의 이 작품에 대한 탁월함을 영미 이미지즘시를 능가하는, '생동하는 이미지'에서 찾는 것이 그리 탁견(卓見)으로 보이지는 않는다. 그가 이미 지적한 역설이나 아이러니에서 뿐 아니라 '이미지'에서도 날카로움, 기발함, 신선함, 생동감 넘치는 빼어남은 역시 서구시가 즐겨 추구하는 시적 지향성이기 때문에 그런 면에서 그들을 능가한다는 것은 공연한 찬사로 들리기 쉬운 때문이다. 황진이의 애정시조에서 감지되는

---

13 송욱, 앞의 책, 134~5면 참조.

안정감이나 의젓함, 혹은 초월감의 이미지는 시조의 4음 4보격이라는 안정적 율격을 타고 현실의 불만이나 원망을 내면으로 삭이면서 '단아하고 반듯한' 자세로 어른님(연인)을 맞이하려는 그 품격의 높음에 있는 것이다.

춥고도 기나긴 "동짓달 밤"을 홀로 그리며 지새우게 하는 님은 분명 원망을 넘어 분노의 대상일 수 있다. 그럼에도 작자는 원망이나 분노의 분출을 억제하고 내색하지 않으며 단아한 자세로 정성스레 이불을 펴며 존경의 마음을 담아 님을 기다리는 것이다.[14] 그 자세와 행위에서 능동적이고 적극적인 이미지를 읽어내기보다 '진정성' 있는 정성어린 자세와 높은 품격의 시적 의취를 읽어내는 것이 보다 온당할 것이다. 이것이 바로 동양의 시, 나아가 시조 시가 지향하는 원이불노(怨而不怒: 원망은 하나 분노하지는 않음)의 시정신이 아닌가. 아니, 불노(不怒)에서 한 걸음 나아가 분노는커녕 원망의 마음조차 담고 있지 않으니 그 품격은 더욱 높다해야 할 것이다. 그러므로 이 작품의 특출한 점은 생동감 넘치는 표현력이나 상상력, 이미지의 참신함이나 기발함 그 자체보다 그러한 표현에다 '성(誠)과 경(敬)을 다하는 진정성'을 표현한 그 품격이 더 값진 것이라 하겠다. '정감을 펼치되 단아하고 반듯하게(情性之正)' 펼친다는 것이다.

황진이의 이러한 자기감정의 억제와 진정성어린 토로(吐露), '성'과 '경'을 다하는 반듯함을 보이는 애정시조는 연인과 이별을 하는 동일한 상황에서 보여주는 서구의 연시(戀詩)와 비교해 보면 더욱 뚜렷해진다.

우리 둘 헤어질 때
말없이 눈물 흘리며
여러 해 떨어질 생각에
가슴 찢어졌었지

---

14 님을 그냥 '님'이라 하지 않고 '어른님'이라 표현한 데서 상대방에 대한 **경(敬)**을 다하는 마음을 읽을 수 있다. 그리고 그 님이 오시는 날에는 춘풍의 따스한 온기로 녹인 이불을 '구비구비 펴리라'는 표현에서 **성(誠)**을 다하는 마음을 읽을 수 있다.

그대 뺨 파랗게 식고
그대 키스 차가웠어
이 같은 슬픔
그때 벌써 마련돼 있었지

………(중간 생략)………

남몰래 만났던 우리
이제 난 말 없이 슬퍼하네
잊기 잘하는 그대 마음
속이기 잘하는 그대 영혼을
오랜 세월 지난 뒤
그대 다시 만나면
어떻게 인사를 해야 할까

-바이런(George Gordon Byron), 〈우리 둘 헤어질 때(When We Two Parted)〉

19세기 초 낭만주의 시대 런던 사교계의 총아로 다수의 여인과 사랑에 빠지며 달콤하고 농도 짙은 연시를 남겼던 바이런의 애정시 가운데 처음과 마지막 연을 인용한 것이다. 여기서 보듯 이미 사랑이 차갑게 식어 이별한 님을 다시 만나게 될 때 시인의 태도는 성(誠)과 경(敬)을 다하는 높은 품격을 보여주는 것이 아니라 상대방의 얕은 사랑과 배신에 대한 원망의 정념이 짙게 깔려 있어 '원이불노'의 의젓함이나 억제심을 찾아볼 수 없다. 이는 자아중심주의에서 벗어나지 못하는 서구적 사고에 기인함이 크다. 이에 비한다면 종실 벽계수를 비롯하여 대제학을 지냈던 당대의 명사 소세양, 30년 면벽 수도한 지족선사, 선전관 이사종 등과 염문을 뿌렸던 황진이의 경우, 사랑하는 님과의 이별에 대한 태도는 자아중심이 아니라 늘 상대방을 배려하는 마음이 우선이었다.

어져 내일이야　　그릴 줄을 모로ᄃᆞ냐
이시라 ᄒᆞ더면　　가랴마ᄂᆞᆫ 제 구ᄐᆡ야
보내고 그리ᄂᆞᆫ 情은　　나도 몰라 ᄒᆞ노라

이별한 님에 대한 그리움의 정념이 절절하게 묻어나 있다. 그 절절한 정서의 원천은 자기 뜻에 의해 이별이 이루어진 것이 아니라 상대방의 사정에 의해서 피치 못해 이루어졌기에 더욱 절실한 것이다. 만약 자기중심주의 사고를 가졌다면 이러한 이별은 성립되지도 않았을 것이다. 중장에서 보듯 자기 뜻대로 했다면 애초에 님이 떠나지도 않았을 것이기 때문이다. 이처럼 황진이의 사랑은 늘 자신보다 상대방의 사정을 배려하는 마음이 우선이었다. 이러한 마음을 가진 이는 '원이불노'요, 언젠가 가신 님이 오시는 날에 님을 따뜻한 온기로 품어주는 춘풍 이불을 굽이굽이 펼칠 수밖에 없는 것이다. 님을 우선적으로 배려하는 마음은 남녀 사이에 정감을 주고받는 '수작(酬酌)시조'에서조차 고상한 멋과 높은 품격을 느끼게 한다.

내 언제 無信ᄒᆞ여　　님을 언제 소겻관ᄃᆡ
月沈 三更에　　온 뜻이 젼혀 업ᄂᆡ
秋風에 지ᄂᆞᆫ 닙 소리야　　낸들 어이 ᄒᆞ리오

이 작품은 스승 서경덕이 여느 때처럼 찾아오기로 한 황진이가 밤늦도록 오지 않자, 이제나 저제나 올까 기다리고 있는 자신을 발견하고 참으로 어리석다며 다음과 같이 노래한 것에 대한 화답의 시조로 알려진 것이다.

ᄆᆞ음이 어린 後ㅣ니 ᄒᆞᄂᆞᆫ 일이 다 어리다
萬重 雲山에 어ᄂᆡ 님 오리마ᄂᆞᆫ
지ᄂᆞᆫ 입 부ᄂᆞᆫ ᄇᆞ람에 힝여 귄가 ᄒᆞ노라

밤늦도록 기다리던 스승이 이렇게 '**님을 기다리는 마음**'을 읊조리자 늦은 밤을 무릅쓰고 약속의 신의를 지키기 위해 문 앞에 당도한 황진이가 그걸 듣고 '**님을 기다리게 한 마음**'을 위와 같이 화답한 수작시조인 것이다. 일반적으로 수작시조는 남녀 사이의 정감을 희작화(戱作化) 하여 해학(humor)적으로 주고받는 것이어서, 높은 품격보다는 육욕적이고 '에로스적인 사랑'이 짙게 배어 있다. 이를 테면 정철과 기생 진옥 사이에 주고받은 "鐵이 鐵이라커ᄂᆞᆯ 무쇠섭鐵만 너겨써니~ 맛ᄎᆞᆷᄋᆡ 골풀무 잇더니 녹여 볼가 ᄒᆞ노라"와 "玉을 玉이라커ᄂᆞᆯ 荊山白玉만 너겨써니~ 맛ᄎᆞᆷᄋᆡ 활비비(ᄉᆞᆯ송곳) 잇더니 ᄯᅮ러 볼가 ᄒᆞ노라"라는 수작시조와, 임제와 기생 한우가 주고받은 "北天이 ᄆᆞᆰ다커를 우장 업시 길을 나니~ 오ᄂᆞᆯ은 찬비 마ᄌᆞ시니 얼어 ᄌᆞᆯ가 ᄒᆞ노라"와 "어이 얼어 잘이 므스 일 얼어 잘이~ 오늘은 ᄎᆞᆫ비 맛자신이 녹아 잘� ᄒᆞ노라"에서 보여주는 수작시조가 그러한 일반적 성향을 보여준다. 이들의 수작 시조에서는 농염한 애정담론에서 풍겨나오는 재치와 해학은 느낄 수 있어도 서경덕과 황진이의 수작 시조에 보이는 이러한 고상한 멋과 높은 품격은 찾아보기 어렵다.

이는 학문과 덕망으로 철저히 수양을 쌓은 스승 서경덕과 그러한 그를 사랑하고 존경하는 제자 황진이 사이의 차원 높은 '아가페적 사랑'이 수작시조로 승화된 결과라 할 것이다. 즉 스승 서경덕의 작품에서는 '님을 기다리는 마음'을 노래하되, 늦도록 오지 않는 님을 원망한다거나 노골적인 혹은 육욕적인 마음을 드러내지 않고 있다. 오히려 님을 기다리는 그 간절한 마음을 '만중운산'의 격리된 공간의 탓으로, 혹은 바람에 지는 낙엽 소리에도 귀 기울이는 자신의 '어리석음' 탓으로 돌리면서 자연을 빌어 차원 높게 승화시키고 있을 뿐이다. 이에 황진이 또한 그러한 높은 품격의 시조에 걸맞게, 달마저 저물고(月沈) 야심한 밤(三更)이 되었음에도 늦은 밤을 무릅쓰고 스승에 대한 '**신의**'를 다하기 위해 찾아온 자신의 뜻이 결코 무산될 수 없음을 자연현상과 결부시켜 고아(高雅)하게 화답한 것이다. 즉 수양 높은 스승이 "지닌 잎 부는 바람"에도 귀 기울이는 '**님을 기다리는 마음**'을 노래하자, 황진이는 "추풍에 지는 낙엽 소리를 저인들 어찌 하겠습니까"라고 짐짓 자연의 탓으로 돌리는 재치와 품격을 갖춘 응답을 함으로써, '**님을 기다리게 한 마음**'을 노래하되 격조 높은 멋으로 화답했던 것이다.

3. 예(禮)로 닦은 불세출(不世出)의 예인(藝人)—황진이에 대한 평가

황진이의 이러한 높은 품격은 어디서 기인하는 것일까? 일찍이 이덕형은 『송도기이(松都紀異)』에서 이렇게 썼다. 황진이가 비록 창류(娼流)이긴 했지만 성질이 고결하여 번화하고 화려한 것을 일삼지 않았다. 그리하여 비록 관부(官府)의 주석(酒席)에 나가더라도 다만 빗질과 세수만 하고 나갈 뿐, 옷도 바꾸어 입지 않았다. 또 방탕한 것을 좋아하지 않아서 시정(市井)의 천예(賤隷)는 비록 천금을 준다 해도 돌아보지 않았으며, 선비들과 교유(交遊)하기를 즐기고 자못 문자를 해득하여 당시(唐詩) 보기를 좋아하였다. 일찍이 당대의 석학 서경덕을 사모하여 거문고와 주효(酒肴)를 가지고 자주 그의 문하(門下)에 나가니, 화담(서경덕)도 역시 거절하지 않고 함께 담소를 나누었다. 이 어찌 절대명기(絶代名妓)가 아니랴! 라고. 이처럼 황진이를 세상에 다시 올 수 없는 높은 품격을 가진 명기로 평가하고 있다.

황진이가 기녀였음에도 불구하고 번화하고 화려한 것을 멀리하고 고결한 성품을 가졌다는 평판을 가질 수 있었던 것은 "예(禮)는 사치하기보다

검박(儉朴)해야 하며"(『논어』 팔일(八佾))라는 '예'와 직결되는 유가적 교양이 몸에 밴 것으로 이해된다. 즉, 화려하고 사치스런 삶은 예가 아니며, 자연과 더불어 **청빈과 검약으로 가식 없이 살아가는 것이 가장 인간적이고 예를 갖춘 삶**이라는 태도가 반영된 것으로 이해된다. 그만큼 예를 소중히 생각했던 것이다. 이런 그녀가 존경하는 스승 서경덕에 대해 감히 자신에 대한 배신감을 담아 인간적 한계를 지적한다거나 원망하는 마음을 노래했을까?

황진이가 소중히 했던 삶의 태도는 한마디로 **극기복례**(克己復禮)라 할 수 있다. '예'에 어긋나는 일이 생겼을 때, 상대방에 책임을 전가하기보다 우선 자기 자신의 이기적 생각이나 탐욕 혹은 허물에 기인한 것은 아닌지 돌아보고, 그런 이기적 마음을 자제하고 극복하여 상대방을 예로써 대함으로써 마침내 상대방과 나의 관계 사이의 예를 회복하고자 하는 것이다. 황진이의 이러한 유가적 교양에 바탕한 극기복례적 삶의 태도는 그녀가 임종(臨終)을 당하여 가족에게 유언으로 남겼다는 일화에 잘 드러나 있다. "내가 생전에 성격이 화려한 것을 좋아하지 않았으니, 죽으면 관(棺)과 상여를 쓰지 말고 사체(死體)를 동문 밖에 버려 물과 모래, 개미들이 살을 파먹게 하여 세상 여자들로 하여금 나를 경계(警戒) 삼게 하라"[15] 한 그 비장한 유언 말이다. 이토록 황진이는 자기 절제에 의한 '극기'에 머문 것이 아니라 자신의 인생사를 교훈 삼음으로써 사회에까지 '복례'를 확충하고자 했던 것이다. 황진이는 시와 가와 무에 뛰어난 **예인(藝人)**에 머물지 않고, 극기복례를 진정으로 실천하고자 하는 **예인(禮人)**이었던 것이다.

그러므로 그녀가 평생토록 사모하고 존경했던 스승 서경덕의 부음(訃

---

15 『어우야담』과 〈숭양기구전(崧陽耆舊傳)〉 참조. 단 『어우야담』의 이 부분에는 "性[不]好芬華"로 되어 있어 빈자리에 '不'를 보충하여 해석해야 하는데 그러지 않을 경우 정반대 의미가 되니 주의야 한다. 왜냐하면 『송도기이』에 "不事芬華 不喜蕩佚"이라 하여 사치스럽고 방탕한 생활을 즐기지 않았다고 황진이의 성품을 분명히 말하고 있기 때문이다.

音)을 듣고서도 그 비통함을 표면화 하여 절절히 노래하지 않고 다음과 같이 담담하고도 반듯하게 노래할 수 있었다.

山은 녯山이로되 물은 녯물이 안이로다
晝夜에 흘은이 녯물이 이실쏜야
人傑도 물과 ᄀᆞᆺ도다 가고 안이 오노ᄆᆡ라

여기서 '산'과 '흐르는 물'은 앞서 인용한 퇴계의 '청산'이나 '유수'와 같은 정신적 가치의 상징물로서가 아니라 인간적-정서적 가치의 상징물로 쓰였음은 말할 것도 없다. 그리하여 사물에다 인간의 정감을 대응시켰음에도 불구하고 스승의 죽음을 맞은 그 비통한 마음은 전혀 표면화 되지 않고 극도로 절제되어 있다. 한마디로 '애이불비(哀而不悲)'의 시 정신, 즉 '슬프지만 비통해 하지 않는' 절제의 시조 미학이 구현되고 있는 것이다.

이러한 시 정신에 비추어 볼 때 일찍이 "황진이는 사랑을 최고의 목표로 삼았을 때 그리움과 안타까움에 울기도 했다. 사랑과 그리움을 생각할 때마다 그 부풀어 오른 몸뚱이 전체에서 시가 터져 나오고 문학이 발효했던 것이다. 그의 문학에서 사랑과 그리움을 빼면 공(空)이다. 그만큼 사랑과 문학을 공존시킨 다정다한(多情多恨)의 주인공이기도 하다."라고 하면서 황진이를 '한국의 사포'라 비정(比定)한 견해가 있는데[16] 이는 적절한 평가라 하기 어렵다. 기원전 7세기 전후 그리스 초기문학사의 걸출한 서정 시인이었던 사포지만 그녀가 활동했던 에게해 동부의 레스보스 섬 여성들의 성적으로 자유분방한 정서를 담고 있기 때문에 황진이의 '극기복례적' 자기 절제의 시정신과는 거리가 멀기 때문이다.

그렇긴 하나 황진이는 누가 뭐래도 유가적 교양을 갖추고 그것을 실천하는 예인(禮人)이기 이전에 시, 가, 무에 뛰어난 예인(藝人)이었다. 그런

16 장덕순, 「한국의 사포 황진이」, 『한국의 인간상』, 신구문화사, 1965.

까닭에 당시 시조를 얹어 불렀던 가곡창 분야에서 특출한 면모를 드러내지 않았을 리 없다. 이를 증명하는 자료가 바로 가곡창을 실은 가집에서 그녀의 작품이 어느 정도의 빈도로 지속적으로 실리게 되었나를 점검해 보는 것일 터이다. 그녀의 작품 가운데 "동짓달 기나 긴 밤을~"이 무려 44개 가집에 실려 있는 것으로 보아 가장 인기가 있었음을 짐작할 수 있고, 그 다음이 42개 가집에 실린 "어져 내 일이야~"로서 그에 못지않은 인기를 누렸음을 알 수 있다. 그리고 "청산리 벽계수야~"가 34개 가집에, "내 언제 무신하여~"가 28개 가집에, "산은 옛 산이로되~"가 25개 가집에 실림으로써 그 인기도를 짐작할 수 있는 것이다.[17]

이 가운데 특히 주목되는 것은 거의 대부분의 가집에 '초삭대엽'이란 항목에 유일하게 실려 있는 "어져 내 일이야~"라는 작품이다. 이것을 수록한 42개 가집 가운데 작자를 황진이로 표기하고 있는 것은 18개 가집이고 그 밖의 대부분은 무명씨로 되어 있다. 가집에서 무명씨로 표기된 것은 작자가 이름 없는 서민층이라거나 누군지를 몰라서라기보다 작자는 상관하지 않고 작품 자체를 향유한 조선 시대 연행(演行, performance) 현장의 관행을 반영한 것이므로 그리 신경 쓸 필요는 없다. 그보다 우리가 주목할 것은 이 작품을 '황풍악(黃風樂)'이라 불렀다는 것이다. 이는 무슨 뜻인가. 황진이가 창출해낸 황진이 풍(風, style)의 악곡이란 뜻이 아닌가. 그렇다면 이 작품을 '초삭대엽'에 유일하게 실어 놓았음을 감안한다면 황진이의 이 작품이야말로 초삭대엽을 대표하는 악곡으로 후대에까지 지속적인 사랑을 받으며 향유된 소중한 작품이란 뜻이 된다. 그럼에도 불구하고 아직까지 이 작품이 왜 황풍악이란 이칭(異稱)을 갖게 되었는지에 대해 아무도 주목하지 않았던 것이다.

황풍악은 황진이가 창안한 악곡이면서 초삭대엽의 대표 작품임에도 그 곡목에 얹어 부른 작품이 대량으로 나오지 않고 황진이의 작품만 실린

---

17 심재완, 앞의 책에서 필자가 조사한 통계임.

것은, 아마도 초삭대엽은 복잡한 특정음형의 선율을 순환적으로 사용하고 다른 악곡에 비해 장식적 가락이 많은 특징을 가지고 있어서 복잡하고 화려한 곡[18]이라 쉽사리 따라할 수 없기 때문일 것이다. 여기서 '복잡하고 화려한 곡'이란 말에 오해 없기 바란다. 이는 당대의 가곡창에서 가장 널리 보편화되어 향유되었던 '이삭대엽'의 악곡적 특징이 '노래의 음역이 넓지 않고 상대적으로 문채(紋彩)가 덜하여 그 선율이 담백한' 것[19]이었으므로, 이에 비해 상대적으로 그러하다는 것이다. 여전히 느린 정도나 단정하고 반듯한 정성(正聲)의 곡이기는 둘 다 마찬가지다. 초삭대엽과 같은 계통의 곡이면서 보다 자유분방한 선율을 보이는 것으로 '낙(樂)'을 들 수 있는데, 이 곡은 정성에서 상당히 일탈한 음성(淫聲)에 드는 것이어서 주로 사설시조를 담아 부르기에 적합하다.

그런데 황진이 당대에 사설시조를 얹어 부르는 '낙희지곡(樂戲之曲)'이란 '낙' 계통의 곡이 있었을 것으로 추정됨에도 불구하고, 그녀는 정성에서 일탈한 음성의 곡은 상대하지 않았던 것으로 보인다. 술과 노래와 춤이 어우러진 관부의 주석이나 사대부의 풍류 현장에 불려 나가서 흥취의 분위기가 고조되었을 때는 정성으로만 일관하지 않고 음성을 곁들여 '엇걸어' 부르는 것이 관례였다. 그럼에도 그녀는 그런 일탈의 분위기에 어울리는 단 한 수의 사설시조 작품도 남기지 않았다. 앞에서 살핀 바와 같이 그런 흥취의 현장에 나갈 때에도 황진이는 요란한 차림새나 분단장을 하지 않고 세수와 머리 빗질만 단정히 하고 소박한 차림으로 일관했다 하니 그 검박한 품격에서 일탈의 사설시조를 기대하기는 어려울 것이다.

황진이의 이러한 높은 품격과 더불어 주목할 것은 고향인 송도 관련

---

18 황준연, 「가곡(남창) 노래 선율의 구성과 특징」, 『한국음악연구』 29집, 한국국악학회, 2001, 57~80면. 이 논문에서 다룬 악곡적 특징은 현행 남창가곡을 대상으로 추출된 것이다. 그러나 전통음악에서 악곡의 변화는 시대의 추이에 따라 세부적으로야 있어 왔겠지만 급격한 변화는 없었다고 보는 일반론을 따른다.

19 이삭대엽의 이런 특징에 대해서는 황준연, 앞의 논문 참조.

문헌에 어머니가 황진사의 첩 진현금(陳玄琴)으로 기록되어 있다는 것이다. 이는 어머니가 현금 곧 거문고의 명수여서 붙여진 이름으로 보인다. 그렇다면 황진이는 어머니로부터 어려서부터 거문고의 탄법(彈法)을 전수받았을 것으로 짐작된다. 잘 알다시피 거문고는 그 소리가 극히 절제되어 있는 데다 깊고 웅혼하여 높은 기상이 서려 있어 학문과 심성을 닦는 선비들이 가까이 하는 현묘한 악기로서 숭상되었다. 그래서 '백악지장(百樂之丈)'이라 하여 모든 음악 가운데 거문고악을 으뜸으로 여겼으며, 그 연주 예절도 선비들의 정갈함과 검박함을 그대로 반영하고 있다. 거문고 악보를 수록한 『한금신보』(1724)에 거문고를 연주할 때 지켜야 할 '다섯 가지 금기사항'(五不彈)이 적시되어 있어 그 예법이 어떠한지를 확인케 한다. ① 疾風雨不彈(빠르고 요란스러운 음악은 타지 않는다), ② 塵中不彈(저자거리에서는 타지 않는다), ③ 對俗子不彈(교양없는 속된 사람 앞에서는 타지 않는다), ④ 不座不彈(정좌해서 바로 앉은 후가 아니면 타지 않는다), ⑤ 不衣冠不彈(의관을 정장하지 않고서는 타지 않는다)이 그것이다.[20]

이러한 거문고 탄법이 황진이의 음악적 성향과 인격의 형성에 어느 정도 영향을 미쳤을까 짐작된다. 그녀가 빠르고 요란스러운 음악인 민속악이나, 정악(正樂)에 든다 하더라도 만횡청류 같은 음풍의 노래 즉 사설시조는 단 한 수도 창작하지 않았다거나, 연회석에 불려갈 때도 옷차림이나 화장을 하지 않고 검박한 모습으로 응했다거나, 성격이 주당불기(倜儻不羈)하여 거리낌 없는 호방한 남자와 같았다거나, 저자거리의 천박한 사람은 비록 천금을 준다 해도 돌아보지 않았다는 일화들이 거문고악으로 단련된 그녀의 높은 기상과 품격을 말해주고 있기 때문이다.

20 『한국음악학자료총서』 18, 은하출판사, 1989 참조.

4. 맺는 말

지금까지 살펴본 바와 같이 황진이가 남긴 5수 작품 중 스승을 잃은 슬픔을 절제로 담은 1수를 제외하고는 모두 사대부의 풍류장이나 관부의 연석에서 노래한 것으로 되어 있다. 신분상 풍류장이나 연석에 수 없이 불리어 갔을 것임에도 그런 분위기에 현혹되지 않고, 단아함과 반듯함을 잃지 않은 품격 있는 작품 활동으로 일관했던 절창이었다. 서양의 명인에게선 '전율'을 느끼지만 동양의 명인에게선 '품격'을 느낀다는 말이 황진이의 애정시조에 해당 하는 것이다. 사포와 같은 자유분방한 연정이나, 바이런 같은 자아중심사고가 틈입할 여지가 없는 것이다.

또한 사대부층이 시조의 이념적-정신적 가치에 몰두함으로써 시조를 통해 성정의 수양에 몰두할 때, 황진이는 시조에 인간적-정서적 가치를 부여하여 시조를 서정시의 본질을 꿰뚫는 경지로 승화시켰다. 그리하여 정서적으로 삭막하기 쉬웠던 사대부층 중심의 시조 세계에서 정감적 시조를 꽃피워낸 그 정점에 황진이가 자리하게 된 것이다. 남녀 사이의 정감을 주고받는 시조에서도 송강 정철과 수작한 기생 진옥처럼, 혹은 백호 임제와 수작한 기생 한우처럼 적나라한 성적 담론으로 일탈하지 않음으로써 수작시조의 격조를 드높였다. 또한 늘 반듯하고 단아한 모습을 잃지 않았기에 파탈의 흥겨움을 보이는 사설시조를 단 한 수도 짓지 않았다.

인성과 품격이 실종된 현대 사회에서 예(藝)와 예(禮)를 아우른 황진이의 시적 성취는 그래서 더 빛나는 가치를 갖는다. 그녀의 시조 한 수가 시작(詩作)에 지침이 되었다는 가람 이병기의 단언(斷言)[21]처럼, 황진이는 조선 왕조 최고의 절창으로 자리하면서 시조의 창작과 향유에 있어서 후대에도 영원한 귀감이 될 것이다.

---

21 이병기, 「황진이의 시조 1수가 지침」, 『동아일보』, 1938년 1월 29일자.

박순의 면앙정30영과 산수미학

1. 사암의 생애와 세계인식

사암(思庵) 박순(朴淳, 1523~1589)은 조선 중기 시대의 정치가이면서 학자이고 동시에 시인이었다. 1553년(명종 8) 정시문과에 장원하여 벼슬길에 올라 성균관 전적, 홍문관 수찬, 의정부 사인 등을 거치면서 순탄한 관료 생활을 이어갔다. 다만 정치가로서의 굴곡이 있었다면 1561년 홍문관 응교로 있을 때 임백령의 시호 제정 문제와 관련하여 당대의 최고 권력자였던 윤원형의 미움을 사서 파면되어 향리인 나주로 귀거래한 것이 그 하나다. 다른 하나는 율곡 이이(李珥)가 탄핵되었을 때 그를 옹호하다가 사헌부와 사간원의 탄핵을 받고 스스로 관직에서 물러나 영평(永平) 백운산(白雲山)에 암자를 지어 은둔한 것이다.

이 두 가지 외에는 그 흔한 유배살이를 한다든지 감옥에 갇힌다든지 하는 어떤 정치적 시련도 겪음이 없이 순탄하게 관직이 승승장구 했는데, 특히 1565년에 대사간이 되어 권력의 횡포가 극심했던 윤원형을 탄핵해서 포악한 척신의 무리를 제거한 것이 든든한 정치적 기반이 되었다. 그리하여 대사헌 · 대제학 · 이조판서 · 우의정 · 좌의정 등 요직을 거친 후 1572년(선조 5)에 마침내 일인지하(一人之下) 만인지상(萬人之上)의 최고 관직인 영의정에 올라 무려 15년 가까이 그 권좌를 누렸다. 이로써 볼 때 정치가로서 사암은 가슴에 맺힌 커다란 불평이나 불만이 없는 태평성대를 마음껏 누린 셈이다.

문인 학자로서의 사암은 일찍이 화담 서경덕에게 유학을 배워 성리학에 정통했으며, 중년에는 퇴계 이황을 사사(師事)했고, 만년에는 이이 · 성혼과 깊이 사귀었으며, 동향의 기대승과도 교분이 두터웠으므로 학문적 교류가 있었던 것으로 보인다. 사암은 특히 『주역(周易)』에 연구가 깊었다고 한다. 거기다 문장이 뛰어나고, 서예도 잘 했으며, 시에 더욱 능하여 당시(唐詩) 가운데 중당(中唐) 시절 원화(元和)의 정통을 계승했다. (사암의 생애는 최한선 교수의 저술, 『면앙정이여, 시심의 고향이여』, 태학사, 2017을 참조한 것임.)

이상에서 살펴본 바와 같이 사암의 생애는 유가의 학문을 통해 인격을 수양하고 그 이상(理想)을 따라 현실 정치에 나아가 생애의 대부분을 관료로 생활하면서 유가적 이념을 바탕으로 자신의 꿈을 펼치면서 비교적 태평성대를 누린 것으로 파악된다. 따라서 그는 유가 사상을 바탕으로 한 세계인식을 갖고 있었으며, 그의 시 작품에서도 이러한 세계인식이 투영되어 있을 것이라는 예상을 할 수 있다.

그런데 시 작품에 투영되는 유가의 세계인식은 크게 두 가지로 정리할 수 있다. 그 하나는 현실세계를 부단히 응시하며 유가 곧 사대부로서 가장 바람직한 인간상으로 살아가면서 그것을 작품에 투영하는 것이고, 다른 하나는 삶에 여유를 가지면서 무욕(無慾)의 경지에 들어 현실세계와는 일정한 거리를 유지하면서 『시경』의 시 정신을 따라 인식된 세계에 대한 정서를 작품에 투영한다는 것이다.

먼저, 사대부에 있어서 가장 바람직한 인간은 고민하는 인간, 걱정하는 인간, 눈앞의 부정적 현실을 개탄하며 유가적 이상을 찾아 끝없이 방황하는 고뇌에 찬 인간이다. 그래서 그들은 언제 어디서 무엇을 하든 임금(그 임금이 마음에 들든 아니든)과 나라를 걱정하고, 벼슬길에 나아가지 않았더라도 부정적 현실을 아파하고 고민한다. 즉 그들은 끝없는 '우환의식(憂患意識)' 속에서 현실을 살아가며 그러한 의식으로 세계를 바라본다. (이에 대한 상론은 송항룡, 『동양철학의 문제들』, 여강출판사, 1987 참조.) 그리고 그러한 고민의 밑바닥엔 언제나 덕(德)과 예(禮)를 벗어나는 일이 없는 '도덕의식'이 자리하고 있으며 그러한 도덕의식을 현실의 생활에서 실천하고자 한다. 이러한 우환의식을 작품에 투영할 때 **애민의식**이 중심 흐름으로 드러나게 마련이다.

다음으로, 사대부가 추구하고자 하는 『시경』의 시정신은 공자가 언급한 바와 같이 한 마디로 '사무사(思無邪)'다. 그래서 『시경』에는 한 마디 한 생각의 거짓도, 사악함도 없는 인간의 솔직한 마음을 고스란히 담아낸 것으로 보고 시의 표본으로 받아들인다. 거기에는 온유돈후(溫柔敦厚)한 인간의 심성이 미의식으로 드러난다고 본다. 그래서 이러한 시 정신을 모범으로 삼는 유가들은 이 순간의 솔직한 **인간의 마음**을 시에 즐겨 표출한다. 유가 사상의 핵심을 '인(仁)'이라 하고, 仁은 곧 人이요, 인심人心이라고 『맹자(孟子)』에서 정의하는 데서(仁者 人也, 仁者 人心也라 함) 유교가 얼마나 솔직한 인간의 심성 속에 자리 잡고 있으며, 인간적인 삶의 자세를 추구하는 사상인가를 확인하게 된다. 이렇게 인간적인 삶의 자세를 추구하다 보니 기뻐할 자리에서 기뻐하고, 슬퍼할 자리에서 슬퍼하며, 사랑해야 할 사람을 사랑하고 미워해야 할 사람을 미워하게 된다.

우리가 여기서 깊이 음미하고자 하는 〈면앙정30영〉도 시에 탁월한 재주를 가진 몇몇 유가들(현재는 임억령, 김인후, 고경명, 박순 등 일곱 분의 작품이 발견되어 최한선 교수가 이들을 총합하여 번역과 함께 해설을 달아 『면앙정이여, 시심의 고향이여』를 펴냄)이 면앙정과 그 주변의 자연 속에 몰입해 들어가 그들의 유가적 세계인식과 시 정신을 서정적 감성으로 표현해낸 작품들이어서 앞에 제시한 두 가지 흐름 가운데 어느 한 쪽으로 경사되거나 보다 중시하는 지향을 보여준다.

이를테면 석천 임억령은 〈면앙정30영〉에서 자연 속에 들어 자연에서 누리는 조화의 기쁨보다는 늘 백성을 사랑하고 부정적 현실에 고뇌하는 애민의식과 우환의식을 두드러지게 드러낸다. 그에 비해 여기서 다루려는 사암의 〈면앙정30영〉은 가장 솔직한 인간의 심성을 가감 없이 표출하여 인간적인, 너무나 인간적인 모습을 담박하게 보여준다. 이러한 차이는 신하로서 최고의 권좌에까지 올라 현달한 사암의 경우와, 벼슬길에 나아가기는 했지만 관직이 자신에게 맞지 않았던 석천의 경우, 자연과 현실을 바라보는 세계인식은 상당한 낙차를 보일 수밖에 없었던 데 기인한다.

〈면앙정30영〉에 나타난 이런 편차에 대해 최한선 교수는 "시의 제목은 거의 동일하지만 다른 감성과 시상, 각기 다른 생각, 각기 다른 관찰력, 각기 다른 상상력, 각기 다른 언어 표현"으로 인한 "다양성과 창의성의 대향연"이라 그 의의를 말했다. 이제 그러한 감성과 사유, 상상력과 관찰력이 실제로 어떤 정서와 미학으로 표출되는지를 여기서는 사암의 작품에 한정하여 구체적으로 풀어보고자 한다.

2. 사암 30영에 나타난 한인(閒人)의 정서

사암이 7언 절구 형식으로 시종일관 읊은 〈면앙정30영〉을 깊이 있게 이해하고 감상하려면, 우선적으로 동양의 전통적인 시에 관한 정의부터 살펴봐야 한다.

> 시란 뜻이 나아가는 바이니, 마음에 있어선 뜻이 되고, 말로 표현하면 시가 된다. 감정은 마음 속에서 움직여 말로 나타나게 되는데, 말로써도 부족하면 감탄하게 된다. 감탄으로도 부족하면 길게 읊조려 노래하게 되고, 길게 노래해도 부족하면 모르는 사이에 손으로 발로 춤추게 된다. (詩者, 志之所之也, 在心爲志, 發言爲詩, 情動於中而形於言, 言之不足故嗟歎之, 嗟歎之不足故永歌之…… 『모시서(毛詩序)』)

조선시대 시인들은 시라면 으레 한시를 지었고, 시로써 감흥을 충족하지 못하면 시조나 가사 같은 노래 장르 곧 가(歌)를 지어 못 다한 흥취를 풀어내었다. 사암은 현존하는 어떤 가집이나 문집에도 시조나 가사 같은 노래(歌) 장르를 적극 창작하거나 향유한 흔적이 발견되지 않는 것으로 보아, 술과 기녀 혹은 관현 반주가 따르는 화려한 풍류를 그다지 즐긴 것 같지는 않다. 그 대신 산수 자연 속에 노닐며 '한시'를 창작하고 읊조리는 풍류에는 적극적이어서 그의 문집 대부분을 차지하고 있으며, 질적으로도 특히 뛰어나다는 평가를 받았다. 그의 시가 뛰어나다는 평가를 받은 데는 아무래도 앞에 인용한 '시의 본질에 충실한 작품'을 많이 내었다는 데 있는 것으로 보인다.

앞의 『모시서(毛詩序)』에서 시는 언지(言志)라 하여 '뜻[志]이 나아가는[之] 바'라고 정의했는데, 여기서 '志'가 '心'과 '之'의 결합이라면 '마음이 가는 바'가 곧 시가 되는 셈이다. 이는 시인 곧 시적 주체의 자기표현이 시라는 것이다. 이 때 시적 주체의 마음은 궁극적으로 '천지의 마음(天地之心)'에 도달하려는 형이상학적 욕구와 연계된다. 다시 말해 시적 주체를 넘어 보다 큰 세계의 지평으로 연속되기를 갈망하는 것이 시라는 것이다.

사암이 읊은 〈면앙정30령〉의 첫째 수는 이러한 욕구를 가진 시인의 '마음이 가는 바'를 '솔직히' 표현한 것이다. (여기 인용하는 사암의 30영 작품과 번역은 최한선 교수의 『면앙정이여, 시심의 고향이여』에서 옮겨온 것이다. 그리고 작품 분석에 있어서도 최 교수의 '해설과 감상'을 많이 참고하여 그것을 발판으로 사암의 작품에 나타난 정서와 미학을 탐구하고자 했다.)

1. 秋月翠壁(추월취벽)　　　　추월산의 푸른 절벽

鐵作蒼崖立半天(철작창애립반천)　푸른 절벽 쇠로 만든 듯 하늘에 우뚝한데
層城雲日望依然(층성운일망의연)　층층의 구름 사이로 보이는 태양 아득하구나
他年倘得從公後(타년당득종공후)　이 다음에 행여 당신의 뒤를 따를 수 있다면
萬丈丹梯尙可緣(만장단제상가연)　만장의 붉은 사다리도 함께 오를 수 있으리

면앙정에서 바라본 산수 자연의 승경 가운데 추월산의 푸른 절벽을 시제(詩題)로 삼아 읊은 것이다. 시인은 추월산에 강건하게 우뚝 솟은 푸른 절벽을 바라보고 자신의 욕구가 절벽의 늠름함에 멈추지 않고 하늘에 떠 있는 '해'로 이어짐을 강렬하게 느낀다. 이렇게 해서 시인의 마음이 천지(해와 절벽)의 마음으로 연속되면서 소우주(시인의 마음)가 대우주(천지의 마음)를 닮고자 하는 지향으로 인해 시인의 마음은 높은 기상으로 승화 된다. 그리하여 늠름함을 자랑하는 추월산 절벽의 높은 기상을 따라잡아 그와 함께 어깨를 나란히 하여 저 태양을 향해 제 아무리 높은 사다리도 오를 수 있을 날이 올 것이라는 호연지기(浩然之氣)가 넘쳐나는 경지까지 도달해 있다.

실제로는 아무리 크고 탄탄한 사다리를 걸쳐 놓는다 하더라도 하늘의 해는커녕 절벽도 오를 수 없겠지만, 시인의 호기 넘치는 마음이 가는 대로 생각을 펼치되 그 상상력은 궁극적으로 천지의 마음으로 닿는 데까지 나아감으로써 웅혼한 시가 되었다. '푸른' 절벽과 함께 '붉은' 사다리를 오른다는 색채 이미지의 조화는 이 작품의 미적 완성도를 한층 높여주는 기능을 하고 있음도 주목된다.

그런데 시를 '언지'라 할 때 그 '언지'에서 '志' 곧 시인의 마음[心]이 가는[之] '心'과 '之'의 실제 운용 방향은 두 가지로 갈라진다. 앞에 언급한 임억령처럼 우환의식과 애민의식으로 가득 찬 현실주의자(도덕군자)들은 '心'을 '심의(心意)'로, '之'는 지향이나 의지, 이상으로 해석하며, 사암처럼 시경의 시 정신에 충실하려는 낭만주의자(개성주의자)들은 '心'을 '심정(心情)'으로, '之'를 정회, 정욕, 정감으로 해석하여 시를 의지의 표현이 아니라 정감의 표현으로 보는 것이 그것이다. (이에 대하여는 유약우, 이장우 역, 『중국시학』, 범학도서 참조.)

26. 前溪小橋(전계소교) 앞 시내에 작은 다리

觸目堪憐各有姿(촉목감련각유자)	눈에 띄는 것마다 각기 아름답거니와
小橋橫跨碧漣漪(소교횡과벽련의)	작은 다리 푸른 물결 위에 걸쳐져있네
漁樵往返知多少(어초왕반지다소)	어부와 나무꾼들 저 다리로 몇 명이나 오갔을까
能解閒行屬阿誰(능해한행속아수)	한가한 사람 누구신가 그대가 알아 보게나

'앞 시내'의 푸른 물결 위에 걸쳐져 있는 '작은 다리'를 시제로 삼은 작품이다. 그런데 앞 시내의 작은 다리와 그 주변에 펼쳐져 있는 풍광들은 시인의 정감어린 눈으로 바라볼 때 온통 아름답지 않은 것이 없다. 그래서 작은 다리는 보잘 것 없는 자연물이 아니라 낭만적인 아름다움의 극치로 다가온다. 그런 까닭으로 그 다리 위를 오갔을 수많은 나무꾼과 어부들의 고단한 현실적 삶은 안중에 없다. 그것이 시인의 마음이 바깥 사물을 바라보는 솔직한 정감이고 정회다. 험난한 벼슬길에서도 별다른 풍파 없이 승승장구하며 재상자리를 오래도록 누렸던 시인의 유족하기만 한 정감이 고스란히 잘 드러나 있는 것이다.

이런 시인의 시각에는 저 다리 위를, 생업을 위해 수 없이 오갔던 민초들의 발자취 따위는 푸른 물결의 시내와 어우러진 다리위의 아름다운 하나의 풍경을 이루는 대상물로 각인될 뿐이다. 그들의 존재는 애민의식이나 우환의식을 촉발하는 소재와는 상관이 없다. 단지 이 작품에서 아름다움을 이루는 가장 핵심적 소재인 '작은 다리'의 정적(靜的)인 이미지와 조화로움을 형성하는 동적(動的)인 이미지로서 자연 풍광을 이루는 소재로 나무꾼과 어부가 선택되었을 뿐이다. 즉 나무꾼과 어부 또한 자연화 되어 있고 풍물화 되어 있다.

이러한 정황에서 시인의 호기심을 자극하는 것은 과연 그들이 자연 풍광 속에서 몇 명이나 오가면서 동적인 아름다움을 연출했는지에 있다. 이러한 궁금증은 '**한인(閒人)**'만이 가질 수 있는 '한가로움의 정서'에서 우러나온 것이다. 그러고 보면 사암의 〈면앙정30영〉을 가능케 하는 시적 동력은 '한인의 정서'라 이름 지을 수 있다. 그의 작품을 서정으로 물들게 하는 동력이 바로 이 '한인의 정서'이기 때문이다.

한인은 여유와 낭만을 세계인식 혹은 미의식의 바탕으로 한다. 도가에 '선인(仙人)'이 있고, 신라시대의 풍월도 같은 토속신앙에 '신인(神人)'이 있으며, 도학적 유가에 '군자(君子)'가 있다면, 이런 유형의 이미지를 하나로 혼합한 인간상을 한인이라 규정할 수 있다. 정신적으로(물질적인 것이 아님을 유의해야 한다) 모든 것을 갖추어 풍만함을 자랑하는 한인은, 기본 바탕으로는 유가의 **군자**적 사유와 기질을 다분히 가지면서도, 자연 속에 묻혀서 적료(寂廖)를 즐기며, 자연과 더불어 한가로이 노니는 유유한적(悠悠閑寂)을 취미로 삼는 까닭에 **선인**적 취향도 보이는 혼합형 인물형이라 할 수 있다.

이런 인물형은 늘 한가로운 정서에 물들어 있고, 일없음[閑事]과 무욕(無慾)이 삶과 행위 실천의 근본이 된다. 사암의 30영을 살펴보면 작품 도처에 이런 한인의 정서가 면면히 배어 있다. 특히 '한(閒)'이란 글자와 그와 연계되는 이미지의 물상을 작품에서 가장 많이 활용하고 있음이 그런 모습을 보여준다. 그래서 그의 작품 하나하나는 한인 취향의 산수화가 된다. 말하자면 시로서 한적한 산수화를 그린 셈이다. 산수화에서 높은 산(高山)과 맑은 시내(淸流), 홀로 서있는 나무(孤木)와 외딴 집(獨家)을 배경으로 일없는 한인(낚시꾼이나 나무꾼)이 즐겨 풍물화 되는 것을 연상해 보면, 사암의 30영에 보이는 이런 산수 이미지들이 어떤 의미 지향을 갖는지 더 깊이 음미할 수 있는 것이다.

19. 七曲春花(칠곡춘화) 칠곡의 봄꽃

雨濯春粧七曲齊(우탁춘장칠곡제) 비에 씻기고 봄으로 단장한 칠곡의 모습
稠花亂蘂使人迷(조화란예사인미) 빽빽한 꽃과 어지러운 꽃술로 사람을 미혹하네

始知紅白還多事(시지홍백환다사)　붉고 흰 꽃들이 도리어 일 많음을 알았으니
惱殺閒心費品題(뇌쇄한심비품제)　꽃을 보고 품평하려니 한가한 마음이 괴롭구려

여기서도 한인의 한가로운 정서가 잘 드러나 있다. 오죽 한가하고 일이 없으면 사람을 미혹하게 하는 흰 꽃과 붉은 꽃을 두고 어느 쪽이 더 마음을 빼앗는 매력을 가진지를 품평하는 일조차 수고롭다고 하소연 할까. 이런 한인에게는 흰 꽃은 흰 꽃 나름으로 너무 아름답고, 붉은 꽃은 붉은 꽃 나름으로 너무나 아름다운지라 그 어느 쪽도 다 만족스러운데 거기서 또 무엇을 바라고 더 뇌쇄적 아름다움을 가진 쪽을 분별해 내는 일에 마음을 써야 하겠는지 되묻지 않을 수 없을 것이다. 그야말로 한가로움의 정서로 누릴 수 있는 무심과 무욕의 정점을 보여준다 하겠다. 이처럼 한인이 자연 속에서 자연과 더불어 노닐면서 맛보는 무심과 무욕의 경지는 정신적 풍요에서 오는 것이기에 오늘날 물신주의에서 오는 끝없는 물질적 욕망 추구로 인한 불만족이나 그로 인한 정신적 피폐를 치유하는 길을 열어줄 것으로 생각된다.

이러한 한인의 정서를 표출한 작품들에서 우리가 주목하는 것은 시인의 마음과 사물의 마음이 교응하는 수준이다. 그래서 한인의 정서를 노래한 산수시에서 시의 완성도는 정(情)과 경(景), 풍경과 감흥 두 요소의 상호 교응과 융합 정도에 따라 결정된다고 본다. 다시 말해 주체와 대상의 교감에서 오는 정경교융(情景交融)의 상태에서 그것이 얼마나 순수하고 자연스러운 것인가에 초점을 두어 최고의 심미적 기준을 삼게 된다. 다음 작품은 자연과 인간이 둘이면서 하나가 되어[二而爲一] 서로 융화 교섭함으로써 자연이 인간이 되고 인간이 자연이 되는 순수함과 자연스러움의 극치를 보여준다.

21. 竹谷淸風(죽곡청풍)　　　죽곡의 맑은 바람

剩送淸涼灑靜便(잉송청량쇄정편)　시원한 바람이 고요하게 한껏 불어오니
不勞紈扇御炎天(불로환선어염천)　더위 물리치려고 비단 부채 쓸 필요 없네
小軒自見蚊蠅斷(소헌자견문승단)　작은 집에 모기 파리 저절로 없어졌으니
獨倚烏皮露頂眠(독의오피로정면)　의자에 기대어 정수리 드러내고 단잠을 자네

대나무 골 담양 땅에 부는 여름 한낮의 바람은 차가운 대나무를 스쳐 지나오는 것이어서 유난히 서늘하므로 굳이 비단 부채로 애써 바람을 일으킬 필요도 없이 저절로 시원해진다. 그 서늘함 덕분에 모기나 파리가 얼씬도 못하니, 시인은 자연 바람 속에서 그것들에 시달릴 걱정 없이 의자에 기대어 단잠을 즐긴다는 것이다. 이러한 정경은 대나무골의 시원한 바람과 시인이 둘이면서 하나가 되어, 인간의 마음이 자연의 마음이 되고 자연의 마음이 인간의 마음이 되는 경지에 이르는 모습을 보이게 된다.

특히 더위로 인해 자연과 인간의 교응을 가로막는 '부채'라는 인공물이 서늘한 바람의 도움으로 용도 폐기되어 자연스럽게 제거됨으로써, 시원한 바람이 필요한 시인과 그것을 아무런 대가 없이 제공하는 자연은 둘이면서 하나가 될 수 있는 것이다. 이른바 풍경과 감흥(情志라고 함)의 공생(共生)이고 교섭인 것이다. 이런 상황에서 정수리까지 내어 놓고 의자에 기대어 단잠에 빠져 있는 시인의 모습은 저절로 자연 풍광의 하나가 되어 공생이나 교섭을 넘어 정경융합의 절정을 보여 주는 것이다. 하여 인간의 정과 자연의 경이 연출하는 상호교응의 극치를 보여주는 시적 완성도를 보인 작품이라 하겠다.

3. 사암 30영에 나타난 순응(順應)의 미학

사암의 이러한 한인의 정서는 그가 살아가는 세상을 태평성대로 인식하는 데서 근거한다. 석천 임억령의 30영에서 확인되는 '군자형 인간'은 현실정치를 떠나 산수자연에 들어서도 우환의식과 애민의식에서 자유롭지 못하지만, 사암의 30영에서 확인되는 '한인적 인간형'은 현실의 고달픔이나 고뇌는 일단 괄호 속에 묶어 둠으로써 언제나 낙관적이고 낭만적인 세계인식을 보여줌으로써 세상이 태평성대로 인식되는 것이다. 정신적인 풍요 속에 사는 넉넉한 한인의 사유와 미의식이 시적 의취로 표출된 결과라 할 것이다. 다음 작품에 그의 이런 한인적 풍요의 인식이 잘 드러나 있다.

23. 遠樹炊煙(원수취연)　　멀리 나무에 어리는 밥 짓는 연기

亭前野色幾朝昏(정전야색기조혼)　정자 앞 들 빛은 아침저녁으로 다른데
樹抄炊烟遠近村(수초취연원근촌)　나무 끝엔 원근 마을의 밥 짓는 연기 걸렸네
耕鑿邇來多按堵(경착이래다안도)　농사를 지은 이래로 요즈음은 매우 편안하니
遐荒亦帶太平痕(하황역대태평흔)　멀리 오랑캐 땅에서도 태평성대 누리기를

면앙정 정자 앞의 넓은 들판과 농가들의 나무 끝에 걸려 있는 밥 짓는 연기를 근경과 원경으로 즐기며 읊은 시다. 한인에게는 밥 짓는 연기보다 더 만족스런 풍광은 없을 것이다. 비록 백성들이 입에 먹을 것을 가득 물고 배를 두드리며 포만감을 만끽하는 함포고복(含哺鼓腹)까지는 아니라 하더라도, 해마다 보릿고개를 넘겨야 하는 궁핍한 농촌 현실에서 굶주림 걱정 없이 이렇게 편안하게 밥을 지어 먹을 수 있다니 그보다 더한 행복이 있을까. 이런 태평성대의 행복감은 나에게서, 이웃에게서 끝나서는 안 될 것이다. 마땅히 저 멀리 이국의 오랑캐 땅 백성들에까지 이어져야 할

아름다운 풍광이 아닌가. 한인의 풍요로움에 대한 정감이 끝 간 데를 모를 지경이다. 시인은 개별적 존재이면서 그 개별성을 넘어 세상과 전일성(全一性)의 관계를 형성하는 사유의 전형을 이 작품은 보여주고 있다.

이러한 풍요로움을 계기로 한 사유의 확대와 전일성 추구는 그 바탕에 순응의 미학이 놓여 있음을 눈치 챌 수 있다. 밥을 지을 수 없는 흉년이면 흉년인 대로, 다행이 밥을 지을 수 있어 연기를 피워 올릴 수 있는 풍년이면 풍년인 대로 그렇게 세상살이에 '순응'하며 살아가는 무욕의 경지가 아니고서야 그런 전일성의 사유가 생겨날 수 없을 것이다. 아무리 작은 행복도 함께 하려는 여유의 바탕에는 세상에 대한 낙관적 순응이 자리하고 있는 것이다.

17. 山城早角(산성조각) 산성마을의 이른 화각소리

一曲風飄畫角淸(일곡풍표화각청)	화각이 내는 높은 곡조 바람에 날리고
滿庭山月照殘更(만정산월조잔경)	오경 새벽달은 뜰을 가득히 비춰주네
丁寧迥弄寒烟外(정녕형롱한연외)	멀리 차가운 안개 밖에서 자꾸 들리는 소리
長作幽人夢裏聲(장작유인몽리성)	숨어사는 사람에겐 여전히 꿈속의 소리라네

아마도 금성산성 쯤 인 듯 산성마을에서 오경의 신 새벽에 꿈인 듯 아닌 듯 높이 지르는 곡조[청성지곡(淸聲之曲): 높은 음조로 지르는 곡조]로 들려오는 화각(뿔에다 그림을 그리어 만든 신호용 악기) 소리를 시제로 해서 읊은 시다. 산성마을에서 얼마쯤 떨어져 있는 거리에 있는 시인은 단잠을 즐기고 있다. 산수 자연 속에 들어 일이 없으니 걱정도 고민도 없이 마냥 한가롭기만 하다. 그러니 단잠에 빠져 있는 한인에게는 화각소리와 그것을 흩뜨리는 바람 소리도 낭만적 풍광을 이루는 소품이 된다. 거기다 달빛마저 뜰 가득히 풍만하게 내리비치니 안개 너머 아련히 들리는 신 새벽의 화각 소리는 잠을 깨우는 소리가 아니라 이 모든 자연의 소품

이 어우러진 멋진 산수풍경을 아우르는 축복의 소리로만 들릴 뿐이다.

그런 자연의 어우러짐(화합) 속에서 한가로이 단잠을 즐기는 시인 역시 자연의 화해로운 풍광을 이루는 하나의 소품이 아니고 무엇이랴. 이런 자연의 화해 속에서 그에 '순응'하기 위해, 화각 소리에 화들짝 잠을 깨어 일어나 고단한 일상 속으로 곧바로 뛰어 들지 않고 늦잠을 즐기는 모습이야 말로 자연의 화해로움에 조응하는 '순응의 미학'이 빚어내는 아름다움일 밖에.

여기서 시인은 스스로를 일러 산수 깊숙이 숨어사는 사람 곧 유인(幽人)이라 했다. 산수 자연 속에서 유유자적하며 한가롭게 지내는 한인은 다시 두 가지 유형으로 나눠 볼 수 있다. 하나는 송강 정철처럼 산수 자연의 풍광을 즐기며 신선의 취향에 흠뻑 빠져들어 신선이 된 듯한 모습을 보이는 '선인적(仙人的) 한인'이고, 다른 하나는 사암처럼 신선을 표방하기보다 현실을 괄호 속에 묶어두고 산수의 적료에 깊숙이 들어 자연 자체에 '순응'하며 한가로움을 만끽하는 '유인적(幽人的) 한인'의 모습을 보이는 것이다.

그러고 보면 사암의 30영에서는 스스로를 신선으로 자처하거나 시선(詩仙) 취향을 아주 짙게 풍기는 경우는 찾아보기 어렵다는 점이 특징이다. 그런 점에서 사암의 경우 동양의 산수화에 흔히 보이는 신선 취향의 한인과는 다소 거리를 가진다고 할 수 있다. 다시 말해 한인 가운데도 '유인'의 유형에 드는 '순응의 미학'을 보인다 하겠다. 이러한 태도는 다음 작품에서 절정을 보인다.

16. 心通脩竹(심통수죽)　　심통사의 긴 대나무

漫山蒼翠拂雲端(만산창취불운단)　산 가득한 푸름은 구름 끝에 닿을 듯하니
長遣幽軒挹晩寒(장견유헌읍만한)　깊숙한 집에는 늘 찬 기운이 감돌고 있네
不待辟強園裏種(부대벽강원리종)　고벽강의 정원 안에 심어지길 바라지 않고

臥看千畝舞琅玕(와간천무무랑간)　누워서 대숲이 춤추는 자태를 바라본다네

앞의 작품이 어서 일어나라는 잠을 깨우는 화각 소리에도 불구하고 그에 아랑곳하지 않고 잠이 오면 오는 대로 생체 자연의 순리에 맡겨 한가로이 늦잠을 즐기는 유인의 한적한 순응의 미학을 드러낸 것이라면, 이 작품은 그런 수준에서 더 나아간다. 대숲이 울창한 심통사에 푸른 기운이 가득하니, '유인' 곧 시인이 사는 집에도 찬 기운이 늘 감도는 풍광을 이룬다. 이런 배경을 바탕으로 진(晉)나라 때 왕헌지(王獻之)가 고벽강(顧辟彊)이라는 사람의 정원이 유명하다는 말을 듣고, 원래 모르는 사이였는데도 그 집 정원으로 곧장 들어가 오만한 태도로 정원을 돌아다니며 구경했다는 고사(故事)가 사암의 시정(詩情)을 정반대로 자극한다.

사암은 저 멀리 고벽강의 정원에까지 굳이 찾아 갈 필요 없이, 코앞 심통사에서 대숲이 춤추는 모습을, 그것도 집안에서 편안하게 누워서 즐기겠다는 것이다. 유명한 정원을 적극 찾아가 구경하는 왕헌지에 비해, 사암은 한적을 즐기는 유인으로서 산수자연에 깊숙이 박혀, 있는 그대로의 경치에 만족하며 순응하는 태도를 보인 것이다. 있는 그대로의 자연을 존중하며 그것에 동화되고 화합하는 순응의 자세야말로 최선이고 대만족이라는 '순응의 미학'이 너무도 선명하게 드러나 있다.

4. 사암의 사유 논리와 시적 지향

그렇다면 사암의 30영에 나타난 사유의 논리와 시적 지향은 어떠한가. 동양의 시학적 전통에서 사유의 많은 부분이 '자연의 유비(類比)'로 인간의 삶을 해석해 왔는데 사암도 이러한 전통을 따르고 있다. 자연유비란 인간적인 것과 자연적인 것 사이의 일치 관계에 대한 믿음에 의존하고 있는데, 이러한 사유는 『주역』의 계사전(繫辭傳)에 이미 완성된 형태를

보인다고 한다(곽신환, 『주역의 이해』, 서광사, 1990 참조). 사암은 특히 『주역』에 연구가 깊었다고 하니 이러한 사유 논리가 작품에 잘 투영되어 있을 것이다. 그가 바라보는 이상적인 산수 자연의 모습이 어떤 것인가를 찾아보면 알 수 있다. 사암 30영의 마지막 수인 다음 작품에 그 정경이 잘 포착되어 있다.

30. 沙頭眠鷺(사두면로)　　　　모래톱에서 조는 해오라기

雲錦平鋪幾曲川(운금평포기곡천)　굽이굽이 아름다운 비단이 펼쳐진 곳
閒搴一足夕陽邊(한건일족석양변)　다리 하나 들고서 한가롭게 석양에 섰네
銜魚已倦機心靜(함어이권기심정)　고기 잡는 데는 이미 싫증나서 딴 마음 없고
却傍灘聲睡正圓(각방탄성수정원)　도리어 여울물소리 들으며 동그랗게 졸고 있네

이 마지막 작품 역시 한가로움의 정서를 시적 동력으로 하는 한인의 여유와 낭만으로 가득 차 있다. 모래사장에서 한가롭게 졸고 있는 해오라기를 바라보는 시인의 눈이 현실적이라기보다 너무나 낭만적이기 때문이다. 그런 눈으로 바라보는 세상은 생존을 위해 바쁘게 뛰고, 경쟁하고, 잡아먹고, 시기하고, 성내고, 무시하고, 각을 세우는 그런 살벌하고 치열한 공간이 아니다. 나와 남을 분별하지 않아 모든 사물이 친화적이고, 화해(和諧)롭고, 바르고 원융(圓融)하여 모나지 않고, 희망적인 그래서 그저 아름답기만 한 공간으로 인식된다. 그런 세계에서 사물은 부분과 전체가 내적이고 생명적인 연관관계를 형성한다. 사물과 사물 사이에는 배제의 원리가 아니라 포용의 원리가 작동하게 되는 것이다. 이런 사유는 사암이 정통했던 『주역』에서 비롯하고 도가와 유가를 관류하는 동양적 자연철학에 근거한다.

이 작품에서 사암의 그런 사유 논리와 인식이 미의식으로 승화된, 그래서 자연의 모든 사물이 아름답고, 화해롭고, 바르고, 원융한 모습으로 그

려져 있음에서 그런 사유가 확인된다. 즉 작품의 중심 자연물인 해오라기가 살아가는 공간은 "굽이굽이 아름다운 비단이 펼쳐진 곳"이고, 석양이 황홀하게 물들어 있어 "한쪽 다리를 들고 한가롭게" 졸기에 딱 좋은 공간이고, 끝없이 각을 세우고 먹이를 노려야 하는 살벌한 탐욕의 공간이 아니라 조금만 먹어도 "싫증나서 딴 마음이 없는", 그래서 물고기와의 화해가 자연스럽게 이루어지는 무욕의 공간이다.

이런 친화적이고 아름답기만 한 공간에서는 여울물소리도 화음을 내는 아름다운 음악이 되고, 탐욕이 없는 해오라기는 서로 많이 먹겠다고 경쟁하고, 시기하고, 성내고, 미워하는 살벌한 관계가 아니라 "둥그렇게 서로 서로 옹기종기 모여서 원을 그리듯"(최한선 교수 해설) 살아가는 원융의 공간이 된다. 해오라기의 이러한 모습을 통해 인간의 삶도 마땅히 이래야 한다는, 자연의 유비로 인간의 바람직한 삶을 구도해내는 자연철학이 배어 있다.

물신주의의 탐욕으로 가득 찬 세상에서 무한 경쟁으로 살아가느라 고단하고, 고통스럽기만 한 현대 사회에서, 우울하고 절망적인 삶을 살아가는 우리에게 사암의 〈면앙정30영〉은 두고두고 희망이 되고 아름다움이 되는 치유의 목소리로 다가올 것이다.

담양가사의 유형과 미학

1. 머리말

전라남도 담양(潭陽)이 우리문학사에서 가사문학의 비옥한 터전이요 산실이라는 것은 자타가 공인하는 바이다. 16세기 초에 산출된 이서(李緖, 1484~?)의 〈낙지가(樂志歌)〉를 필두로 해서 20세기 초 정해정(鄭海鼎, 1850~1923)의 〈민농가(憫農歌)〉에 이르기까지 600여 년 동안 담양권에서 주옥같은 가사문학이 지속적으로 창작되어 왔기 때문이다.[1] 여기서 담양가사라는 명칭은 좀 더 넓은 의미로 지정하여 사용코자 한다. 즉 담양이라는 지역적 공간을 작품의 생성공간으로 한 가사작품은 물론이고, 작품의 공간은 담양이 아니더라도 작가가 담양권에 세거했거나 연고를 둔 경우도 포함하기로 한다.

그럴 경우 〈낙지가〉를 지은 이서는 비록 담양 출신은 아니지만 왕족이었던 그가 자신의 중형 하원수(河源守) 찬(纘)이 이과(李顆)를 추대하여 모반한다는 무고(誣告)로 인하여 중종 2년에 전남 창평으로 귀양을 가게 되었고 그 14년 후에 사환(赦還)이 되었으나 한양으로 돌아가는 것을 단념하고 담양의 대곡(大谷)에 은거하며 작품을 썼으므로 담양가사에 해당한다. 송강 정철(鄭澈, 1536~1593)의 〈관동별곡〉은 담양을 작품공간으로 하지는 않았으며 출생지도 서울이지만 돈녕부 판관을 지낸 아버지가 을사사화에 화를 입어 귀양살이를 하고 풀려나자 그 할아버지의 산소가 있

1 박준규 · 최한선, 『담양의 가사문학』, 한국가사문학관, 2001.

는 담양 창평 당지산(唐旨山) 아래로 이주하게 되고 이곳에서 과거에 급제할 때까지 10년간을 거주한 이래 그가 벼슬살이에서 반대파의 탄핵을 받을 때마다 돌아간 고향이 바로 창평이고, 이 작품도 동인의 탄핵을 받아 고향에 머물다 강원도관찰사로 관직에 나아가 창작하게 되었으므로 넓은 의미의 담양가사로 인정할 수 있다. 또한 〈성산별곡〉, 〈사미인곡〉, 〈속미인곡〉 역시 고향인 창평으로 돌아가 은거생활을 할 때 지은 작품이다.

정식(鄭湜, 1661~1731)의 〈축산별곡(竺山別曲)〉은 작자가 경상도 용궁지방의 현감으로 부임하여 재임할 때 그 지역을 작품 공간으로 읊은 것이어서 담양과는 무관한 듯하지만, 작자가 오랜 세월 담양에 세거해온 송강의 직계후손일 뿐 아니라 작품 또한 송강의 가사에 직접적인 맥락이 닿으므로 담양가사로 간주하는데 무리가 없을 것이다. 〈사미인곡〉과 〈경술가〉를 지은 유도관(柳道貫, 1741~1813)은 송강이 문화유씨(文化柳氏) 강항(强項)의 딸과 혼인한 바로 그 유강항의 후손이며, 〈향음주례가〉와 〈충효가〉를 지은 남극엽(南極曄, 1736~1804)과 〈초당춘수곡〉 등 4편의 가사를 지은 남석하(南碩夏, 1773~1853)는 부자(父子)간으로 담양에 세거해온 집안이고, 정해정은 송강의 10대손이다. 이와 같이 이들 모두 담양에 연고지를 두거나 세거한 집안의 작가여서 담양문화권에서 가사문학의 전통을 이은 작가들이라는 점에서 이들의 작품은 모두 담양가사에 든다고 할 수 있다.

이러한 기준에 따라 담양가사를 모두 수집, 정리하고 작품의 원문과 해제 및 현대역을 붙여 출간한 담양가사집이 있어[2] 연구자가 이용하기에 편리한데 본고에서도 이 자료집을 참고하여 살피기로 한다. 여기에는 총 18편의 담양가사가 수록되어 있는데 특히 작품의 해제는 그 문학사적 위상과 미학적 탐색을 위한 길잡이가 되고 있다.

---

2 박준규 · 최한선, 앞의 책 참조.

2. 담양가사의 유형별 검토

담양가사의 작품집에 정리된 총 18편의 가사가 어떤 성격의 작품들로 이루어져 있는지 그 분포를 파악해 보면 담양가사의 개괄적인 특징이 드러나므로 여기서는 먼저 어떤 유형의 작품이 어떤 빈도로 나타나고 있는가를 검토하고 그러한 유형적 측면의 분포 결과가 갖는 의미를 살펴보기로 한다.

담양권의 가사를 유형별로 분류하여 제시하면 다음과 같다.

강호가사 :	이서	〈낙지가〉
	송순	〈면앙정가〉
	정철	〈성산별곡〉
	정식	〈축산별곡〉
	남석하	〈초당춘수곡〉
	정해정	〈석촌별곡〉
연군가사 :	정철	〈사미인곡〉
	〃	〈속미인곡〉
	유도관	〈사미인곡〉
기행가사 :	정철	〈관동별곡〉
교훈가사 :	남극엽	〈향음주례가〉
	〃	〈충효가〉
	남석하	〈백발가〉
	〃	〈사친곡〉
	정해정	〈민농가〉

작자미상 〈효자가〉

송축가사 : 유도관 〈경술가〉

취락가사 : 남석하 〈원유가〉

이상의 유형별 분류에서 나타나듯이 담양가사는 강호가사와 교훈가사가 각 6편씩으로 양대 유형을 이루면서 가장 많이 지어졌고, 그 다음으로 연군가사가 3편을 차지하고, 기행가사와 송축가사, 취락가사(醉樂歌辭)가 각각 1편씩 지어져, 담양가사를 대표하는 것은 강호가사와 교훈가사라는 점을 알 수 있다. 그 가운데 송축가사에 해당하는 〈경술가〉는 정조의 원자인 순조의 탄생을 경축한 작품으로, 그의 탄생이 유가의 성인(聖人)인 공자와 주자가 탄생한 경술년과 육갑을 같이하는 기이한 인연을 갖고 있어서 두 성인의 도와 덕이 우리나라에 탄생한 원자에 의해 행해지고 교화가 이루어질 것을 기대한 노래라는 점에서, 철저히 유가적 이념과 교훈적 내용을 바탕으로 하고 있으므로, 유형적으로 따로 독립시킬 것이 아니라 교훈가사에 편입 할 수 있다.

그리고 〈원유가(願遊歌)〉도 인생이란 젊음이 항상 있는 것은 아니므로 옛사람들의 승경(勝景)놀이와 취한 놀음[醉樂]을 다시 놀아보자는 소망을 담고 있으면서 그러한 놀이가 단순히 인생을 즐기기 위한 것이 아니라 충신열사의 후예로서 손색이 없는 철저히 유가적 표준의 교훈적인 이상을 담고 있는 놀이라는 점에서 넓은 의미의 교훈가사에 넣을 수 있다. 이렇게 되면 담양가사의 유형별 분포는 교훈가사가 8편이고, 강호가사가 6편이며, 연군가사가 3편, 기행가사가 1편으로 최종 귀착된다. 즉 담양가사는 가사의 많은 유형 가운데 네 가지 유형만 나타나고 그 중에서도 교훈가사와 강호가사라는 두 가지 유형에 압도적으로 집중되어 나타난다는 특징을 갖는 것으로 파악된다는 것이다.

담양가사의 이러한 유형 분포는 담양권의 사회-문화적 특징을 가장 잘 드러내준 결과라고 그 의미를 부여할 수 있다. 가사의 유형은 작자의 신분계층이나 창작-향유집단의 특수성로 보아 크게Ⅰ. 사대부가사, Ⅱ. 규방가사, Ⅲ. 서민가사(여항시정가사), Ⅳ. 종교가사, Ⅴ. 개화가사(애국계몽가사)로 나누어지고, 여기서 다시 세부 유형으로Ⅰ. 사대부가사는 (1) 강호생활을 노래한 강호가사(강호한정과 안빈낙도가 주된 주제임), (2) 충신으로서 임금에 대한 그리움을 읊은 연군가사(충신연주지사라 함), (3) 정치적 패배로 인해 유배당해 유배지에서 겪는 고난의 생활상을 기술하면서 우국지정을 토로한 유배가사, (4) 일상적 주거환경을 벗어나 명승지나 사행지(使行地)를 기행하고 여정(旅程)을 중심으로 견문과 감회를 읊은 기행가사, (5) 국내·외적 전란의 피해와 전란 후의 곤궁한 현실, 처참한 정상, 거기로부터 오는 비애와 의분을 토로한 전쟁가사 등으로 나눌 수 있다. Ⅱ. 규방가사는 조선시대 부녀자의 규방문화권을 중심으로 창작-향유된 가사로 이를 다시 세분하여 (1) 조선조 부녀자들이 가정 내에서 지켜야 할 윤리규범과 행동지침을 읊은 계녀가류와, (2) 시집살이의 괴로움과 신세한탄이 주류를 이루는 탄식가류, (3) 화전놀이와 같은 부녀자의 놀이나 여행의 즐거움을 노래한 풍류가류, (4) 자녀의 장래를 축복해주거나 부모의 회갑이나 회혼을 맞아 장수를 송축하는 송축가류로 나눌 수 있다. Ⅲ. 서민가사는 여항시정에 널리 유행하는 애정가사나 가창가사가 그에 해당한다. Ⅳ. 종교가사는 종교의 교리나 경전의 이념을 세상에 널리 펴는 것을 주제로 한 가사로 불교가사, 천주교가사, 동학가사로 세분된다.[3]

이러한 많은 유형 가운데 담양가사는 오로지 I의 유형인 사대부가사에 편중되어 있고, 그 가운데서도 강호가사와 교훈가사에 집중되어 있음은

---

3 가사의 이러한 전반적인 유형에 관한 분류와 검토는 졸저, 『한국시가의 담론과 미학』, 보고사, 2004, 제 2부 가사장르의 개관과 사적 전개 양상에 상론한 바 있다.

어떤 의미를 갖는가. 특히 담양가사에서는 여항시정에서 즐겨 향유하는 애정가사나 부녀자 중심의 규방가사, 종교의 교리를 담은 종교가사가 전혀 향유되지 않고 있다는 것과, 사대부가사 가운데서도 유배가사나 전쟁가사가 전혀 산생되지 않고 있음은 무엇을 의미하는가. 이는 담양이 올곧은 선비의 전통을 지닌 고장임을 의미하는 것이 아니겠는가.

선비 곧 사대부는 출(出)과 처(處)가 확고한 세계관과 가치관을 갖고 있다는 점은 널리 알려져 있는 바와 같다. 사대부란 명칭의 개념 자체가 사(士)와 대부(大夫)의 복합어로, 이러저러한 이유로 아직 벼슬길에 나아가지 않았을 때나, 현실 정치가 왕도정치의 이상 실현과 거리가 멀게 돌아감으로써 자신의 뜻을 펼칠 수 없거나, 반대파의 논척(論斥)으로 화(禍)를 입어 정치권에서 소외될 때는 '사'의 신분으로 향리에 머물거나 거주하게 된다(處). 그리고 향리의 산수 자연 속에서 거경궁리(居敬窮理)함으로써, 실천으로서의 자기 수양과 배움으로서의 위기지학(爲己之學)에 전념하여 자기완성을 꾀함으로써 수기(修己)의 기회로 삼는다.

그러다가 과거에 급제하거나 관료로서 왕의 부름을 받아 현실정치의 장(場)에 나아가게 되면, 그 때는 대부(大夫)로서의 임무를 다해 경국제민(經國濟民)의 이상 실현을 위해 진력함으로써 치인(治人)의 도리를 다 한다. 그런 까닭에 사대부는 강호자연에 들어서나 현실정치에 나아가서나 어느 쪽도 경시하지 않고 유가로서의 이상 실현을 위해 최선을 다함으로써 수기(자연지향)와 치인(사회지향) 모두를 실현코자 하는 겸선(兼善)을 최고의 실천방법으로 인식한다. 따라서 강호자연에 처해서도 자기수양과 자아완성에 만족하는 독선(獨善)에만 머물거나, 이세절물(離世絶物)하는 은둔의식이나 사회도피의식으로 빠져들지 않게 되는 것이다.

담양의 선비들 또한 사대부의 이러한 겸선의 태도가 자연지향 중심의 강호가사와 사회지향 중심의 교훈가사를 가장 많이 창작-향유하는 결과를 낳게 된 것은 당연한 결과라 하겠다.

3. 담양가사의 문학사적 위상

담양가사 18편 가운데 옛 시대부터 우리문학사에서 가사문학의 최고 걸작으로 역사적 평가를 받은 작품은 주지하는 바와 같이 송순의 〈면앙정가〉와 정철의 〈사미인곡〉〈속미인곡〉〈관동별곡〉을 꼽을 수 있다.

먼저 〈면앙정가〉에 대해서는 심수경(沈守慶, 1516~1599)이 다음과 같은 평을 한 바 있다.

> 近世(근세)에 俚語(이어)로 長歌(장가)를 짓는 자가 많으나 오직 송순의 〈면앙정가〉와 陳復昌(진복창)의 〈萬古歌(만고가)〉가 사람의 마음을 끈다. 〈면앙정가〉는 산천과 전야의 그윽하고 광활한 형상을 鋪敍(포서)하고, 정자와 누대, 굽은 길과 지름길의 높고 낮고 돌아들고 굽은 형상과 四時(사시)의 아침과 저녁때의 경치 등을 모두 備錄(비록)하지 않음이 없다. 문자를 섞어 썼는데 형상의 婉轉(완전)함이 극을 달했다. 진실로 볼 만하고 들을 만하다. 宋公(송공)은 평생 歌(가)를 잘 지었으니 이 작품은 그 중에서도 으뜸이다.[4]

이러한 평가에서 보듯이 송순의 〈면앙정가〉는 심수경 시대 이전의 수많은 가사 작품 가운데 가장 감동을 주는 작품으로 지목하고 있다. 그리고 후대의 홍만종(洪萬宗, 1643~1725)은 다음과 같은 평을 한 바 있다.

> 면앙정가는 정승 송순이 지은 글이다. 산수의 경치를 자세히 그리고, 거기에서 노는 즐거움을 곡진히 말했으니, 참으로 가슴 속의 浩然(호연)한 정취가 서려 있는 듯하다.[5]

---

4 심수경, 『견한잡록(遣閑雜錄)』 참조.

5 홍만종, 『순오지』 참조.

이러한 평가에서 드러나듯이 송순은 이 작품을 통해 면앙정을 중심으로 한 담양이라는 현실 공간을 유가적 미학의 이상적 공간으로 격상시켜 놓았고, 이런 까닭에 거기에는 담양 공간에서 이룩한 선비의 삶과 멋이 고스란히 배어 있다. 이러한 걸작이 등장하는 데에는 무엇보다 정극인의 〈상춘곡〉이 강호가사의 단초를 열어놓았고, 그를 이어 이서가 〈낙지가〉를 통해 담양 공간의 산수자연을 중심으로 노래함으로써 담양권 강호가사의 초석을 쌓음으로써 가능했다.

여기서 〈상춘곡〉은 강호가사의 단초를 연 중요한 작품이긴 하지만 두 가지 측면에서 아직은 미숙한 단계였다. 가사는 장르 양식상으로 어떤 정황에 대해 서술을 억제하여 노래하고자 하는 서정양식도 아니요, 어떤 사건을 플롯에 의해 이야기하고자 하는 서사양식도 아니요, 어떤 행동을 재현하고자 하는 희곡양식은 더구나 아니며, 어떤 사실(화젯거리)을 서술확장에 의해 전달하고자 하는 전술(교술 혹은 주제적)양식에 해당함을 주목할 때,[6] 그 서술의 확장을 ① 어떤 형상화기법으로 문채(文彩)를 발하도록 기술하는가와, ② 그 서술 구조가 어떤 질서를 갖는 내부적 형식으로 긴밀하게 짜여 있는가에 달렸다. 이런 면에서 〈상춘곡〉은 작품의 언어를 형상언어로 끌어올려 미학적 윤기(潤氣)를 발하게 하는 문채적인 면으로나, 서술을 확장해 나가는 솜씨 있는 짜임새를 보이는 내부질서 면에서나, 아직은 걸작이라 할 만큼의 이렇다 할 탁월함을 보여주지는 못하고 있다. 그것은 자연 속에서 소요음영(逍遙吟詠)하며 봄날의 정취를 한껏 서술하는데 집중함으로써 서술자의 감흥을 세세하게 펼치는 데만 진력한 탓으로 보인다.

그리고 이서의 〈낙지가〉 역시 문채 면에서나 서술 짜임의 긴밀성 면에서 지나치게 분방하고 산만한 정취를 단순하고 직선적인 내부 질서로 엮

---

6 이에 대한 상론은 졸저, 「가사의 장르적 특성과 현대사회의 존재 의의」, 『한국고전시가의 전통과 계승』, 성균관대학교 출판부, 2009를 참조.

어 나열해 놓는 수준이어서 두 가지 측면에서 높은 수준을 획득하지는 못하고 있다.

이에 비해 〈면앙정가〉는 누정을 중심 모티프로 하는 강호가사라는 장르 유형을 우리 문학사에서 작품의 미학으로 확립하는 선구적 모습을 보이는 걸작이라 할 것이다. 우리문학사에서 강호가사는 누정계 가사와 초당계 가사의 두 부류를 이루며 전개되었으며,[7] 전자가 후자의 초석이 되었지만, 전자는 〈면앙정가〉에서 누정[8]을 중심으로 한 산수의 빼어난 공간배치와 사계절의 질서를 따라 체현될 수 있는 물아일체의 심미체험을 유기적 질서로 짜놓은 그 긴밀한 짜임새[9]에서, 그리고 강호자연을 미학적으로 묘파하고 서술해내는 문채의 면에서, 모두 탁월한 전범을 보임으로써 강호가사가 면면히 이어질 수 있는 길을 확고히 열어 놓았다.

이처럼 송순의 〈면앙정가〉에 의해 확립된 강호가사는 정철의 〈성산별곡〉에 이르러 두 가지 측면 모두에서 획기적인 발전을 이룩하게 된다. 우선 〈성산별곡〉은 단일 서술자 목소리로 되어 있었던 앞서의 강호가사에 보이는 단조로움을 벗어나 '주인'(서하당 식영정 주인)과 '손'(송강 자신을 객체화시킴) 사이의 대화자 목소리로 서두를 열고 또 그것으로 마무리함으로써 텍스트의 구성적 긴밀성 곧 완결성을 꾀함과 동시에 그 대화자 목소리가 실제로 질문과 대답을 주고받는 교환발화로 이루어져 있는 것이 아니라 '대답을 요구하지 않는 수사적 의문문'으로 진술되어 있어 화법의 위반을 서술기법으로 활용하는 고도의 서술효과를 확보해 냄으로써 송강과 식영정 주인 사이에 있을 수 있는 개인적이고 일상적인 담화를 문학적이고 미학적인 담화로 상승시키는[10] 문채의 찬연함을 보여주고 있다.

---

7 이에 대한 상론은 안혜진, 「강호가사의 변모과정 연구」, 이화여대 석사학위논문, 1998을 참조.

8 박준규, 「한국의 누정고」, 『호남문화연구』 제17집, 호남문화연구소, 1987에 누정이 갖는 기능을 상론해 놓아 강호가사에서 누정이 갖는 의미의 탐색에 좋은 지침이 되고 있다.

9 김성기, 「송순의 시가문학연구」, 조선대 박사학위논문, 1990에 〈면앙정가〉의 긴밀한 구조분석을 해놓고 있어 텍스트의 내적 구조를 파악하는데 큰 도움을 준다.

그보다 가사문학에 있어 송강의 탁월함은 타의 추종을 불허하는 수준이어서 일찍이 많은 이들에 의해 절찬의 평가를 받아왔음은 주지하는 바와 같다. 그 중 중요한 몇 가지만 들어 본다.

> 송강의 〈관동별곡〉, 〈사미인곡〉, 〈속미인곡〉은 우리나라의 〈이소〉로서 예로부터 우리의 참된 문장은 오직 이 세 편뿐이다.[11]

> 〈관동별곡〉은…관동에 속한 산수의 아름다움을 일일이 들어서 그윽하고 기괴한 경치를 모두 다 설명했는데, 그 경물을 그려냄이 신묘하고 말을 엮어냄이 기발하여 실로 악보 중의 뛰어난 작품이다.[12]

> 〈사미인곡〉은 『시경』의 미인 두 자를 조술하여 나라를 걱정하고 임금을 그리워하는 뜻을 붙였으니 초나라 영인의 노래 가운데 가장 뛰어난 〈백설곡(白雪曲)〉만이나 하다 할 것이다. 〈속사미인곡〉은 〈사미인곡〉에서 다 말하지 못한 생각을 다시 펼친 것으로 형용한 말이 더욱 공교(工巧)하고 뜻이 더욱 절실하게 되었으니 이는 제갈량의 〈출사표(出師表)〉와 앞뒤를 다툰다 할 수 있다.[13]

> 송강의 前後(전후) 〈사미인사(思美人辭)〉는 속언(俗諺)으로 지은 것인데… 그 마음의 충직함, 그 뜻의 결백함, 그 절개의 곧음이며, 또 그 말의 청아하고도 곡진한 것과 그 곡조의 슬프고도 바른 것이 거의 굴원의 〈이소(離騷)〉와 짝이 될 만하다.[14]

---

10 성무경, 『가사의 시학과 장르실현』, 보고사, 2000에 이러한 서술자 목소리의 서술효과를 정밀하게 분석해 낸 바 있다.

11 김만중, 『서포만필』 참조.

12 홍만종, 『순오지』 참조.

13 김춘택, 『북헌집』 참조.

이처럼 모든 평가자들이 기행가사인 〈관동별곡〉과 연군가사인 〈사미인곡〉〈속미인곡〉 세 편을 들어 우리 가사문학의 최고 걸작으로 극찬하고 있다. 그런데 이러한 평가의 공통점은 그 탁월함을 중국의 〈이소〉나, 〈백설곡〉, 〈출사표〉 같은 작품에 비견하여 논평한다는 것이다. 이를 피상적으로 보면 송강의 걸작 가사들이 마치 중국의 작품을 표방하여 걸작이 된 것처럼 이해하기 쉽다. 그러나 중국인의 최근 연구에 따르면 송강의 가사들이 조사(措辭)나 글귀의 측면에서 굴원의 〈이소〉나, 〈구장〉〈사미인〉을 모방하거나 환골탈태한 흔적을 거의 찾아볼 수 없었다는 결론이다. 일례로 송강의 〈사미인곡〉이 굴원의 작품에서 수용한 것이 있다면 조사와 용어라기보다는 〈사미인〉의 우의(寓意)와 정신 지향, 그리고 굴원 작품의 저변에 흐르고 있는 남방(南方)의 감상적 낭만과 신화적 시상(詩想) 정도라는 것이다.[15]

송강의 작품이 중국의 작품을 모방한 것이 결코 아니며 다만 그 정신을 이어받았을 뿐이라는 이러한 연구 결과에 비추어볼 때, 그럼에도 불구하고 왜 우리의 선인들은 하나같이 작품을 평가할 때 반드시 중국의 어떤 작품을 이상적인 모델로 삼아 그것과 연관 지어 그 탁월함을 거론했던 것일까? 이런 의문은 동양적 글쓰기 전통을 이해한다면 충분히 이해가 된다.

주지하는 바와 같이 동양의 인문적 글쓰기 전통은 공자의 가르침인 '술이부작(述而不作)의 정신에서 비롯된다. 즉 공자 자신이 "나는 선왕(先王)의 예악문물을 전해 받아 풀어 서술했을 뿐, 없는 것을 새로이 만들지는 않았다."라고 말한 바의 글쓰기 정신으로 철저한 상고주의적(尙古主義的) 태도에 바탕을 두고 있는 것이다. 이러한 글쓰기 정신으로 인해 우리의 선인들은 중국의 경전이나 고전을 글쓰기의 모범으로 삼아 그것과의 친

---

14 김춘택, 『북헌집』 위와 같은 곳.

15 董達, 『조선 三大 詩歌人 작품과 중국시가문학과의 상관성 연구』, 탐구당, 1995 참조.

화관계에서 새로운 글을 짓고 써 갔던 것이다.[16]

그런 까닭에 송강의 두 〈미인곡〉은 굴원의 〈이소〉나 〈사미인〉 혹은 〈백설곡〉에 글쓰기의 맥락이 닿아 있음은 흠결이 아니라 오히려 내세워야 할 전범(典範)이 되었던 것이다. 그렇다고 단순 모방을 하는 것이 아니라 그 정신만을 계승하고 말부림(조사)이나 말을 직조해나가는 서술기법에서는 뛰어난 창의력을 발휘했던 것이다. 송강의 탁월한 점은 바로 이런 점에서 빛났던 것이다.

이러한 탁월한 점 때문에 송강의 기행가사나 연군가사는 우리문학사에서 수많은 아류작들을 산생시키는 모델 역할을 했던 것이다. 이를 테면 〈사미인곡〉은 김춘택의 〈별사미인곡〉과 이진유의 〈속사미인곡〉을, 그리고 담양가사 가운데 유도관의 〈사미인곡〉을 낳는데 결정적 역할을 했으며, 〈관동별곡〉은 조우인의 〈관동속별곡〉을 산생케 했던 것이다. 그렇다고 이들 작품이 단순히 아류작 혹은 모작(模作)이라고 그 가치를 폄하하고 넘어 갈 것은 결코 아니다. 예를 들면 조우인의 〈관동속별곡〉에 대한 다음의 평가를 들어보자.

> 조우인이 〈관동별곡〉을 듣고서 遺世之興을 억제할 수 없어 관동으로 유람을 가사 〈속관동별곡〉을 지었다고 한다. 그것을 보는 사람들이 모두 칭찬하였다. 지난번 李澤堂이 내게 말하기를 "영남의 문장으로는 조우인이 제일이다."라고 하길래 이것으로써 살펴보면 〈속별곡〉은 반드시 기이할 것이라 여겼다.[17]

---

16 이런 글쓰기 정신은 서구의 그것과는 반대 지향이다. 서구의 인문적 글쓰기는 언제나 선대의 것과는 다른 개성과 창조성이 요구되어 왔으며 이런 전통으로 인해 앞 시대의 것을 모방적으로 글쓰기 하는 '패러디' 장르까지도 원 텍스트와는 비판적 거리를 두는 개성과 참신성이 요구되었던 것이다.

17 김득신, 『柏谷集』 참조.

이처럼 조우인의 작품도 모작으로 폄하되는 것이 아니라 오히려 영남 제일의 문장가로 당대에 이미 높은 평가를 받으며 독자들에게 상찬 받고 있는 것이다. 그런 점에서 김춘택의 〈별사미인곡〉이나 이진유의 〈속사미인곡〉과 함께 유도관의 〈사미인곡〉도 모작으로만 돌릴 것이 아니라 그 작품 가치는 정당한 평가를 받아야 할 것이다.[18] 유도관의 〈사미인곡〉은 앞 시대 사미인곡류와는 달리 서울에서 멀리 떨어진 초야에 묻히어 사는 향촌의 선비가 임금을 그리워하는 마음을 노래한 것으로 연군의 정이 더 소박하고 순수하다는 평가가 이미 나와 있다.[19]

담양가사 가운데 가장 많은 비중을 차지하는 교훈가사류에 대해서는 작품이 유가적 이념이나 교훈을 주제로 담고 있다는 점에서 그 생경한 이념이 그대로 노출되어 미학적으로 승화되지 못했다는 이유로 그동안 이 부류에 속하는 절대다수의 작품들이 문학사에서 평가 절하되거나 도외시 되어왔다. 그러나 반드시 그렇게만 볼 것은 아니다. 이에 대해서는 다음 장(章)에서 상론하고 여기서는 지면관계상 문학사적 위상에서 특별히 주목되는 몇 작품만 언급키로 한다.

먼저 교훈가사 가운데 남석하의 〈백발가〉를 보면 우리문학사에서 폭넓은 향유를 보인 백발가류로서는 독특한 위상을 갖고 있음이 눈에 띈다. 백발가류 가사는 여항-시정 문화권에서 '초당문답' 계열로 널리 향유되었는데 그렇게 되기까지에는 그 이전 19세기 초에 나온 〈노인가〉(1840년 경 『가사육종(歌辭六種)』에 이미 실림)류가 있었고, 동시대의 규방문화권에서도 신변탄식류 가사로 〈백발가라〉〈노탄가〉 같은 제목으로 향유되는 텍스트 문화적 환경이 조성되었다.

그런데 남석하(1773~1853)는 담양의 사족으로 노인가류가 유행하던

---

18 최규수, 『송강 정철 시가의 수용사적 탐색』, 월인, 2002에서 김춘택의 〈별사미인곡〉이 송강의 두 〈미인곡〉을 대화체의 어법에서 발전적으로 수용하고 있다는 점 등 작품의 가치를 밝히고 있어 참고가 된다.

19 박준규 · 최한선, 앞의 책 참조.

19세기 전반에 〈백발가〉를 창작했으므로 이 방면의 선구적 모습을 보인 사례일 뿐 아니라 향촌의 사대부로서 여항-시정가요의 단초를 여는데 기여했다는 점은 특기할 만하다. 특히 사대부가사 답지 않게 〈백발가〉에서 단락을 넘길 때마다 "이거시 뉘탓신가 白髮의 네탓시라"라는 민요나 잡가에서 흔히 볼 수 있는 후렴구를 즐겨 사용한다든지, 〈달거리〉 민요의 유형적 틀을 그대로 가져와 단락을 전개한다든지, 잡가에서 흔히 볼 수 있는 것처럼 7언 한시 어투를 노래 어구의 사설로 육화시키는 표현을 즐겨 사용한다든지, "먹고노새 먹고노새 절머실제 먹고노새 … 朝露ᄀᆞᆺ튼 이人生이 안이놀고 무숨ᄒᆞ리" 같은 〈수심가〉 계열 어구를 표현하는 등 여러 장르의 혼합적 표현 어법을 능동적으로 활용하는 사례는 향촌의 사대부 가사로서는 획기적인 사실이라 아니할 수 없다.

다음으로 교훈가사 가운데 농부가류에 해당하는 정해정의 〈민농가〉를 살펴보면, 이 작품은 청자가 농민("老農(노농)", "농부"로 표현됨)으로 설정되어 있으며, 사족(士族)들에게 귀농(歸農)을 권유하는 것이 아니라 농민에게 그들의 임무를 충실히 수행할 것을 권고하는 내용으로 짜여 져 있어, 농부가류의 세 유형인 권농가(勸農歌)형, 부농가(富農歌)형, 중농가(重農歌)형 가운데[20] 중농가형에 해당하는 가사임을 알 수 있다. 그러면서 〈농가월령가〉처럼 월령체 형식을 취하지 않고 과도한 조세에 시달리는 농민의 어려운 삶을 반영하고 있다는 점이 주목된다.

이 중농가형은 세 유형 가운데 문학사에서 가장 늦게(19세기) 나타난 것으로, 향촌사족의 위기의식이 가장 잘 드러나 있어 그 시대의 농민의 궁핍화와 참상을 읽어낼 수 있다는 점이 주목되는데, 이는 정해정의 작품에도 그대로 잘 드러나 있다.

---

20 길진숙, 「조선후기 농부가류 가사 연구」, 이화여대 석사학위논문, 1990에 이러한 유형을 설정하여 그 특색을 자세히 고찰한 바 있어 좋은 참고가 된다.

4. 담양가사의 미학적 가치

앞에서 살핀 바와 같이 담양가사는 교훈가사와 강호가사가 양대 주류를 형성하고 있다. 그리고 이 둘은 출과 처의 세계관과 가치관을 확고히 가진 사대부의 겸선 지향, 곧 수기와 치인의 유가적 이상을 동시에 이루려는 의식과 깊이 연관된다고 했다. 즉 그들은 벼슬길에 나가서나 강호자연으로 들어서도 겸선을 실천하려는 인식을 갖고 있어서 현실정치에 나아가면 왕도정치의 도덕적 이상을 사회에 구현하려 하고, 강호자연에 깊이 들어서도 자연의 아름다움을 완상하는 가운데 거기에 몰입하지 않고 망세(忘世)를 경계함으로써 도덕적 가치와 미적 가치를 분별하지 않는 미의식을 형성하게 되었다. 이는 도덕적 가치와 미적 가치는 분별되어야 한다는 서구적 미학과는 분명히 구분되는 것이다.[21] 사대부의 이러한 미학적 특징은 담양가사의 미학에도 그대로 구현되고 있음은 물론이다.

담양가사도 예외가 아니어서 문학이 이념의 텍스트와 미적 텍스트를 겸하는 것으로 인식하는 전통을 고수해 온 점을 확인할 수 있는데, 이는 이러한 사대부 미학을 바탕으로 하고 있기 때문이다. 즉 선(도덕적 가치)과 미(미적 가치)를 별개로 추구하지 않는 미학을 갖고 있어서 담양이라는 강호자연의 공간에 처해 있거나 그곳을 벗어나 벼슬길에 나아가 있으면서도 두 가지의 어느 쪽도 버리지 않으려는 의지를 가사문학 텍스트를 통해 내보이고 있는 것이다. 송강이 강원도 관찰사로 나아가 〈관동별곡〉을 지어내거나 정식이 용궁 현감으로 부임하여 그곳에서 〈축산별곡〉을 노래한 것도 이러한 미학을 드러냄이고, 남극엽이 평생을 벼슬길에 나아가지 않았음에도 사회적 실천 이념으로서의 도덕적 가치를 문학적으로 실현한 〈향음주례가〉와 〈충효가〉를 지어냄도 이러한 미학의 드러냄인

---

21 N. 하르트만, 전원배 역, 『미학』, 을유문화사, 1971에 서구의 이러한 분별 인식이 잘 드러나 있다.

것이다.

이처럼 담양가사의 미학은 사대부의 유가적 미학을 기본 틀로 하여 구현된다는 공통점을 가지지만, 그것이 구체적인 텍스트 미학으로 실현되는 양상은 작품과 작가에 따라 차이를 가질 수밖에 없다. 그 기본 방향을 말한다면 강호가사 계열은 유가적 이념의 도덕적 가치도 중요하지만 그보다는 강호자연의 아름다움이라는 미적 텍스트로서 비중을 두고, 교훈가사 계열은 그 반대로 미적인 측면보다는 이념의 텍스트로서 비중을 두어 전자는 우아미가 구현되고, 후자는 숭고미가 구현되는 경우가 대부분이다. 그리하여 강호가사에는 미적 가치의 비중으로 인해 그 문학적 가치를 높이 인정받는 경우가 상당히 있었지만 교훈가사는 그 이념적 생경함을 그대로 표출함으로 인해 그동안 부당하게 문학적 가치가 폄하되어 온 것도 사실이다.

그러나 교훈가사에 대한 이러한 부당한 가치 평가는 지양되어야 할 것이다. 특히 담양가사 가운데 유도관의 〈경술가〉나 남극엽의 〈향음주례가〉와 〈충효가〉, 작자미상의 〈효자가〉 같은 경우는 삼강오륜을 기본으로 하는 유가적 이념을 펴서 백성을 교화하고 민풍을 바로 잡으려는 의도로 창작된 것이어서, 늘 이념이라는 무게에 담아 도덕적 가치를 구현하려는 의지를 강하게 드러내므로 그 미적 표현에는 크게 관심을 가지지 않는 특징을 보인다. 충효 같은 유가적 덕목을 표현하는 일은 그 자체로 절대 이념의 표상이기 때문에 그에 대해 노래한다는 자체로 숭고한 미적 체험을 갖게 하는 것이다.

그러므로 거기에 서술상의 어떤 수사적 화려함을 덧붙이거나 정서 상관물로서의 다층적 이미지를 묘출해내는 잔재주를 연출하는 것은 오히려 절대적 가치를 훼손하는 일에 다름 아니고, 따라서 숭고미를 격하시키는 부작용만 초래하게 될 것이다. 교훈가사라는 이념적 텍스트는 화려한 수식을 피하고 고졸(古拙)한 서술로 일관하되, 오로지 진력하는 것은 그 표현하려는 문자 속에 성(誠)과 경(敬)을 새겨 넣어 이념의 절대 무게를 숭고하게 드러내는 데 있는 것이다.[22] 그 텍스트에는 도(道)의 표상이 강화될수록 숭고미가 드러나므로 중국의 정평 있는 전고 고사들을 끌어와 이념의 무게를 더하는 방법을 즐겨 사용하는 것도 이에 연유한다.

따라서 이러한 이유를 들어 표현미학 상의 개성이나 참신성이 결여되어 있다는 평가를 하는 것은 부당한 가치 폄하라 아니할 수 없다. 이들 작품의 평가는 문채나 어휘, 수사 같은 표현미학보다 숭고미가 어떠한 구성적 긴밀성과 유기성을 가지고 무게 있게 표출되고 있느냐에 기준점을 두어야 할 것이다. 그리고 그러한 긴밀성을 통해 인간중심의 실천적 가치와 직결된 규범적인 선(善)의 완성을 어느 정도의 높은 수준으로 구현했느냐에 평가의 잣대를 디밀어야 할 것이다.[23]

교훈가사의 이러한 기준점과는 달리, 강호가사의 경우는 동양의 고전적 미의식과 유가적 덕목을 바탕으로 한다는 점은 같지만 그 표현 미학은 하나같이 우아미를 실현하는 것이므로, 작품의 미학적 평가는 산수의 아름다움이나 그에 대한 정취를 어떤 수준으로 구현했느냐에 따라 달라질 것이다. 즉 서술의 기법이나 구성의 긴밀도 혹은 문채의 수준에서 판가름 나게 될 것이다.

연군가사의 경우는 임금에 대한 충(忠)이라는 '이념'에 무게 중심을 두는가 아니면 그를 그리워하는 충성된 '정취'에 무게를 두는가에 따라, 전자는 숭고미를 구현하게 되고 후자는 우아미를 구현하게 될 것이므로,[24] 그러한 미적 지향이 얼마나 잘 미학적으로 구현되었느냐에 따라 그 수준

---

22 우리 문학사에서 이러한 숭고미를 가장 잘 구현한 작품으로는 노계 박인로를 들 수 있다.

23 교훈가사의 주제나 모티프가 삼강오륜이나 향음주례 같은 유가적 덕목에 기반을 둔다고 하여 그 작품의 미학이 무조건 숭고미로 구현되는 것은 아니라는 점을 유의해야 할 것이다. 그러한 유가적 덕목에 대한 의식이 절대가치로 인식되느냐 상대가치로 인식되느냐에 따라, 곧 서술자의 태도에 따라 미적 지향이 분별될 것이다. 절대가치로 인식될 경우 숭고미 지향이 지배적일 것이고, 상대가치로 인식될 경우 우아미 지향이 지배적이 될 것이다.

24 우리문학사에서 연군의 정을 노래한 시가작품의 쌍벽을 이루는 송강과 노계의 경우를 보면 전자가 우아미를, 후자가 숭고미를 구현한 최고 수준의 작품으로 평가된다.

이 평가되어야 할 것이다. 이러한 관점에서 면앙정 송순이나 송강 정철의 강호가사나 연군가사에 나타난 미학이 검토되어야 할 것이다.

먼저 〈면앙정가〉에 나타난 미학(우아미)의 구현 수준을 살펴보면 이 역시 작품의 개성이나 창조성 혹은 참신성을 중시하지 않는 동양의 고전적 미의식에 바탕을 두고 있으므로 앞 시대의 〈상춘곡〉이나 크게 다를 바 없다고 판단하기 쉽다. 강호가사에 나타난 산수의 아름다움이나 그것을 느끼는 서술자의 정취가 하나같이 유가적 미의식에 기반을 두고 있기 때문이다. 그러나 모든 강호가사가 그러한 미의식에 바탕을 두고 우아미를 구현한다 하더라도 작품의 구성적 긴밀도나 문채의 수준은 상당한 차이가 있어 개별 텍스트에 구현된 미학의 수준은 작품마다 천차만별로 나타날 수밖에 없는 것이다.

그런 점에서 〈면앙정가〉는 강호가사의 미학적 짜임이나 문채의 수준을 확고하게 정립한 작품으로 그 빛을 발한다 할 것이다. 우선 작품의 주제인 면앙정과 그 주변의 산수자연의 아름다움, 그리고 그에서 느끼는 정취(물아일체의 경지)를 효율적으로 노래하기 위해, 작품을 크게 2단 구조로 짜고 전반부(첫머리에서부터 "乾坤(건곤)도 가ᄋᆞ열사 간대마다 景(경)이로다"까지)는 '경물(景物)의 조화로운 아름다움'을, 후반부(그 다음부터 끝부분까지)는 그러한 아름다움을 완상하는 '자아의 흥취'를 노래했다. 그러면서 궁극적으로 물아일체의 경지를 전반부는 '物의 관점'에 비중을 두고, 후반부는 '我의 관점'에 비중을 두어 큰 틀을 짜고, 그러한 상부구조 내에서 다시 전반부를 둘로 나누어 앞부분(첫머리에서부터 "원근창애의 머믄것도 하도할샤"까지)은 면앙정 자체와 그 주변의 경물을 원경(遠景)에서부터 근경(近景)으로 공간적 이동을 따라 경물의 조화로움을 노래하고, 뒷부분(그 다음부터 "간대마다 景이로다"까지)은 춘하추동 사계절의 아름다움을 시간적 순서를 따라 경물의 조화로움을 노래함으로써 그 조화의 아름다움이 시간적으로도 공간적으로도 두루 충만 되어 있음을 서술해 놓았다.

그리고 후반부도 둘로 나누어 앞부분("人間(인간)을 떠나와도 내몸이 겨를업다" ~ "다ᄆᆞᆫ한 청려장이 다뫼되여 가노ᄆᆡ라")에서는 자연 경물을 완상하면서 그런 생활을 '좋아하는' 단계를 서술하고, 뒷부분(그 다음부터 끝까지)은 술과 노래의 풍류생활로 보다 적극적으로 '즐기는' 단계를 서술했다. 이처럼 〈면앙정가〉는 작품 전체를 전반부와 후반부로 나누어 대등한 짝을 이루어 평형을 유지하도록 하고 그것을 다시 각각 앞부분과 뒷부분으로 짝을 이루도록 짜놓음으로써 작품이 균형과 조화를 완벽하게 이루도록 배려하고 있는 것이다.

이럴 경우 작품의 짜임새는 완정한 균제미를 이룬다하더라도 전반부와 후반부를 유기적으로 연결해주는 긴밀한 구성에 있어서는 문제가 있어 보인다. 그러나 그러한 균제미를 넘어서는 또 하나의 내적 질서가 기저하고 있어 작품을 긴밀한 유기적 짜임새로 읽게 해준다. 그것은 점층적 방법에 의한 3단계로 "어떠한 것을 아는(知) 것이 그것을 좋아하는(好) 것만 못하고, 그것을 좋아하는 것이 즐거워하는(樂) 것만 못하다."(『논어』 옹야) 라고 한 고전적 악론(樂論)에 기반을 둔 짜임새로 읽혀지는 내적 질서이다. 작품의 전반부가 격물치지(格物致知)를 통해 자연 경물의 조화로운 아름다움을 알아가는[知(지)] 과정이고, 이어 후반부에서 그러한 앎을 통해 자연 경물의 아름다움을 좋아하게[好(호)] 되고, 나아가 물아일체의 진락(眞樂)에 이르러는 즐거움[樂(낙)]을 맛봄으로써 마침내 서술자가 그 최고의 지점인 신선의 경지에 이른다는 점층적 짜임으로 인해 전반부와 후반부의 구성은 유기적 긴밀성을 이루게 됨을 확인할 수 있다.[25]

그리고 무엇보다 이 작품은 과(過)나 불급(不及)이 없는 중화(中和)의 도(道)를 미학이자 시학으로 삼고 있다는 것이다. 작품의 짜임에서 자연의 아름다움을 노래할 때 어느 한 두 계절에 치우치지 않고 사계절을 대등한 평형으로 서술한다든지,[26] 앞서 살핀 바대로 작품의 전체적 구성을

---

25 김학성, 「송순시가의 시학적 특성」, 『한국고시가의 거시적 탐구』, 집문당, 1997 참조.

짝을 맞추어 형평성을 이루도록 짠다든지, 하나하나 경물의 아름다움을 발견하는데 있어서도 어느 한쪽으로 편벽됨이 없이 "넙거든 기디마나 프르거든 희디마나", "안즈락 ᄂᆞ리락 모드락 흣트락", "노픈ᄃᆺ ᄂᆞ즌ᄃᆺ", "숨거니 뵈거니", "가거니 머믈거니", "나명성 들명성", "오ᄅᆞ거니 ᄂᆞ리거니", "여트락 디트락" 등등의 표현에서 보듯 중화의 아름다움을 최고의 가치로 기술하고 있다. 이것이 바로 〈면앙정가〉가 우아미를 높은 수준으로 구현하는 핵심적 원천이 되고 있으며, 객관적으로 존재하는 산수자연의 묘사를 넘어 그것이 형이상학적 의미를 갖게 하는 것이다.

송강의 〈성산별곡〉은 〈면앙정가〉의 이러한 미학을 전폭적으로 받아들이면서 그것을 형상화 방식이나 서술의 짜임새에서 한층 고도화된 서술기법을 보임으로써 강호가사의 수준을 최고 정점에 이르게 한다. 이를테면 산수자연의 경물을 묘사함에 있어서도 〈면앙정가〉는 사계절을 단순히 시간적 순차에 의해 서술하지만 〈성산별곡〉에서는 춘하추동으로 이어지는 일 년의 시간 순차에다 하루의 시간상이라는 또 하나의 시간 순차를 대응되게 중첩시켜 놓음으로써 '봄 : 아침'→'여름 : 낮'→'가을 : 저녁'→'겨울 : 밤'의 시상 전개에 따른 서술 효과를 극대화 시키고 있다.[27]

거기에다 〈면앙정가〉의 서술 전개는 작자의 인격이 투영된 단일 화자에 의해 시종일관 단순구조의 서술로 진술되어 있어 작자가 전달하고자 하는 메시지가 분명하게 드러나지만, 〈성산별곡〉에서는 작품의 첫머리 부분("엇던 디날 손이 성산에 머믈며서 서하당 식영정 주인아 내말듯소")에서부터 작자의 존재는 직접 드러나지 않고 '손'이 '서하당 식영정 주인'에게 말을 붙이는 대화적 기법으로 시작하는 데다 서술자마저 '디날 손'

---

26 강호가사의 서술 짜임에서 〈상춘곡〉은 그 주제상 필연적으로 봄이라는 한 계절에만 몰입하고 있는데, 이러한 편벽된 즐거움은 유가 미학의 전범이 될 수 없으므로 사계절을 고루 갖춘 〈면앙정가〉가 후대의 모델이 됨은 필연이었다고 보아야 할 것이다.

27 김신중, 「四時歌의 時相 전개 유형 연구」, 『국어국문학』 제106호, 국어국문학회, 1991에 강호시가에서 사계절의 시간순서에 따른 전개의 질서를 탐구해 놓아 좋은 참고가 된다.

으로 객체화시킴으로써, 이후의 서술이 부분에 따라서는 손의 목소리인지 주인의 목소리인지를 선명하게 파악해내기가 어려울 정도로 고도의 서술전략에 의한 서술효과를 노리고 있다.

그리하여 서하당 식영정 주인이 누가 되든지 간에 또 손과 주인이 어떤 관계이든지 간에[28] 이러한 고도의 기법으로 인해 두 목소리 속에 작자인 송강이 전달하고자 하는 메시지가 녹아들어 문학적 진술 효과를 획득하면서 실제 독자에게 설득력 있게 소통될 수 있는 길을 열어두고 있는 것이다. 즉 손과 주인의 존재를 실제의 대화자 목소리로 지나치게 분별해 읽어내는 것은 송강의 고도의 서술기법에 의한 서술 의도를 그르칠 수 있으며,[29] 그만큼 작품의 심오한 뜻을 파악해내지 못하는 결과를 낳게 되는 것이다. 이러한 고도의 서술기법은 연군가사인 〈속미인곡〉에서도 나타나고 있으니, 갑녀와 을녀의 대화자 목소리가 어디까지가 갑녀의 목소리고 어디까지가 을녀의 목소리인지 쉽사리 분별하지 못할 정도로 고도의 서술기법을 구사하고 있음이 그것을 말해준다. 그러나 갑녀와 을녀의 두 목소리는 송강이라는 실제 작자와 친화력을 지니는 인격적 서술자의 목소리에 의해 조정되는 것이고, 동일인의 두 마음이 형상화된 것이라 보아야 한다는 점에서[30] 〈속미인곡〉의 두 여인을 통해 드러내는 작자의 문학적 형상화의 목소리가 얼마나 절절하고 공교로운지를 짐작할 수 있다.

〈관동별곡〉과 〈사미인곡〉, 〈속미인곡〉에 대해서는 선행 연구가 폭넓게 축적되어 있으므로 지면관계상 여기서는 더 이상의 논의는 생략하기로 한다.

---

28 최한선, 「성산별곡과 송강 정철」, 『남경 박준규 박사 정년기념논총』, 1998에 손과 주인의 관계 뿐 아니라 작품의 제작연대와 식영정 주인에 대한 논란 및 그 문제 해결에 대한 방향이 면밀하게 고찰되고 있어 좋은 참고가 된다.

29 성무경, 앞의 책, 제 1부 '가사의 시학'에 서술자 목소리에 대한 이러한 관점이 예리하게 제시되어 있다.

30 성무경, 앞의 책 같은 곳 참조.

5. 맺는 말

지금까지 필자는 담양가사의 유형 분포별 특징에서부터 그 문학사적 위상과 미학적 특징을 살펴보았다. 그리하여 담양가사는 유형적으로는 사대부가사인 교훈가사와 강호가사에 집중되어 산생되었고, 이는 담양이 다른 어떤 지역보다 올곧은 선비의 전통을 가진 고장임을 반영해 주는 것이라 보았다. 즉 담양 사대부들의 유가로서의 겸선 지향 태도가 사회중심 지향의 교훈가사와 자연지향 중심의 강호가사를 집중적으로 산생하게 되었다는 것이다.

그리고 담양가사의 문학사적 위상은 이서의 〈낙지가〉가 강호가사의 초석을 쌓은 것으로 평가되고, 이어서 송순의 〈면앙정가〉가 누정계 가사로서 문채면에서나 긴밀한 짜임새의 면에서 탁월한 성취를 이루어냄으로써 강호가사를 확립하는 길을 열어놓았다고 보았다. 그리고 이렇게 확립된 가사를 송강이 발전적으로 계승하여 〈성산별곡〉을 통해 화법이나 어휘, 문채면에서 그리고 구성적 긴밀성의 면에서 눈부신 성취를 일구어냄으로써 강호가사의 획기적인 발전을 이룩해내었다고 평가했다.

또한 송강의 〈관동별곡〉과 〈사미인곡〉 및 〈속미인곡〉은 일찍이 동방의 〈이소〉로 높이 평가되어 많은 뛰어난 아류 작품들을 산생케 하는 전범이 되었으며, 담양가사 가운데 유도관의 〈사미인곡〉도 그러한 연장 선상에 있음을 살폈다.

담양가사 가운데 가장 많은 비중을 차지하는 교훈가사는 남석하의 〈백발가〉와 정해정의 〈민농가〉가 문학사적으로 주목되고 특히 전자는 향촌사대부로서 여항-시정가사인 백발가류의 단초를 여는 데 기여했음을 주목했다.

담양가사의 미학적 성취는 일찍이 선인들에 의해 동방의 〈이소〉로 혹은 가악의 절조로 칭송된 바 있는 송강의 작품을 비롯하여 면앙정 송순의 작품을 중심으로 그 형상화 기법이나 미학적 짜임새, 문채의 수준 등을 통해 그 탁월함을 논의했다. 이하 다른 작품에 대한 미학적 성취와 미진한 점은 지면관계상 후일의 과제로 남겨둔다.

현대시조의 미의식 유형 분석

1. 세계인식과 미의식 유형

문학 작품은 미적인 측면과 정신적 측면의 두 가지로 이해가 가능하다. 문학 작품은 일단 미의식의 산물이기에 미학적 접근이 성립하고, 지적, 종교적, 사회·역사적 요소와 복잡하게 얽혀져 있는 정신적 산물이기에 사상적·철학적·역사적·심리학적·사회학적 접근이 성립하는 것이다. 그럼에도 후자의 접근이 전자의 접근을 훨씬 압도할 정도로 편중되어 왔다. 이 글에서는 상대적으로 소홀했던 전자의 측면에서 오늘의 시조 작품을 살펴보려한다. 시조는 정신적 산물이기도 하지만 예술 작품이기 때문에 그 미의식의 분석이 절실하게 요청되지만 그동안 고시조에만 작업이 집중되고 오늘의 시조에 대한 분석은 전무(全無)한 실정이다.

그런데 미의식은 삶의 전체와 상관하는 통합된 경험을 지향하므로, 미의식의 서로 다른 개성적 차이는 단순한 미적 감각에 대한 기호(嗜好)의 차(差)를 의미할 뿐 아니라, 삶을 살아가는 방식의 차이자 세계와 인생을 바라보는 관점의 차와 경험의 차-곧 세계인식의 차를 드러내는 것이다. 따라서 미의식에서 문제 삼는 미(美)는 좁은 의미의 '미'로서 아름다움 the beautiful이라는 개념이 아니라, 삶의 전체와 관련한 경험에 직결된 것으로서 the aesthetic으로서의 '미'를 의미한다.

그렇다면 작품 속에 투영된 미의식은 어떤 방식에 의해 가장 극명하게 드러낼 수 있을까? 이에 대한 응답으로 미적 유형 개념인 미적 범주론이 주어진다. 모든 작품에서의 미의식은 미적 범주의 표상으로서 구현되기 때문이다. 미의식의 유형은 그 설정방법과 개념 정립의 차이에 따라 다양하게 체계화 되어 왔는데, 그 중에서 가장 보편화 된 것은 숭고미와 우아미, 비장미(비극미)와 골계미(희극미)로 범주화하는 4분법 체계다. 이 글에서도 이러한 체계를 따르기로 한다.

이러한 4분 체계는 인간의 존재 · 사유 · 활동방식이 '이상적인 것 the ideal'과 '현실적인 것 the real'이란 두 대립 지향의 상관관계로 파악되고, 모든 작품은 이 두 대립 '지향'이 상호 우열의 '상황' 속에서 '갈등' 또는 '조화'함으로써 구현되는 것에 근거를 두고 있다. 여기서 '이상적인 것'은 밝음, 질서, 이성, 이념, 합리, 윤리, 규범, 당위, 신념, 완전, 보편 등을 본질로 하는 개념이고, '현실적인 것'은 어둠, 무질서, 감성, 정열, 불합리, 본능, 생활, 존재, 욕망, 불완전, 특수를 본질로 하는 개념이다. 이 두 지향의 상관관계와 결합방식을 따라 미의식의 유형을 4분 체계로 범주화 하면 다음과 같다.

숭고미는 '이상적인 것'이 '현실적인 것'보다 우세한 상황에서 '이상적인 것'을 추구함으로써 구현된다. '이상적인 것'이 우세한 상황에서 그것을 추구함으로 '현실적인 것'과의 충돌이나 갈등이 심각하지 않고 조화롭게 합치되며, '현실적인 것'은 '이상적인 것'에 의해 해소되고 극복된다. 우아미는 숭고미와 정반대의 상황과 지향을 가지나 그 결합 방식은 동일하다. 즉, '이상적인 것'보다 '현실적인 것'이 우세한 상황에서 '현실적인 것'을 추구하면 우아미가 구현된다. '현실적인 것'이 우세한 상황에서 그것을 추구함으로써 '이상적인 것'과 심각한 마찰이나 갈등이 일어날 수 없고 '조화'롭게 혼융되어 '현실적인 것'이 '이상적인 것'과 조화 · 통일되어 혼연일체가 된다.

비장미는 '현실적인 것'이 우세한 상황에서 그것에 정면 대항하여 '이상적인 것'을 끝까지 추구하려 할 때 나타난다. 적대적인 것이 우세한 상황에서 그 반대 지향을 추구하려니 '갈등'이 생길 수밖에 없고 그 결과는 희생과 손상이 따르고 파멸되고 만다. 골계미는 '이상적인 것'이 우세한 상황에서 '현실적인 것'을 추구하려 할 때 나타난다. 반대 지향이 우세한 상황에서 열세한 것을 추구하려니 '갈등'이 생길 수밖에 없지만, '이상적인 것'과의 정면대결을 피하고 이면 공격하거나 그 허점을 들추어 폭로함으로써 자신은 손상을 입지 않고 대립적인 것을 궁지에 몰아넣거나 파괴한다.

이러한 4분 체계를 따라 오늘의 시조에 투영된 미의식의 유형을 분석키로 한다.

2. 인격적 숭고와 정신적 숭고

고시조에서 숭고미는 사대부의 유교적 이념을 '이상적인 것'으로 추구하여 '현실적인 것'을 극복함으로써 구현되는 경우가 주류를 이룬다. 즉 삼강오륜 같은 유교적 덕목을 강렬하게 추구함으로써 윤리가 무너진 현실을 극복하여 '도덕적 숭고'를 구현하게 된다. 이러한 유교적 이념이 더 이상 시대정신이나 핵심적 가치로 군림하지 않고 있는 오늘의 시조에서는 다른 측면으로 숭고미가 구현되겠지만 해당 작품을 찾기란 쉽지 않다.

가 이를까, 이를까 몰라
살도 뼈도 다 삭은 후엔

우리 손깍지 끼었던 그 바닷가
물안개 저리 피어오르는데

어느 날
절명시 쓰듯
천일염이 될까 몰라.

-윤금초, 〈천일염〉 전문

이 작품에서 ‘현실적인 것’은 “물안개 저리 피어오르는” “우리 손깍지 끼었던 그 바닷가”의 달콤한 낭만이 흐르는 삶의 현장이지만 시인은 그러한 삶을 지향하지 않고 “살도 뼈도 다 삭은 후”에는 기필코 “절명시 쓰듯” “천일염이 되”는 경지에 “가 이르고자” 한다. 그러므로 ‘이상적인 것’은 ‘천일염’과 같은 고결하고 정제된 인격적 완성에 이르는 것이며, 이러한 이상은 당위로서 추구해야 하는 것이기에 낭만적이라면서 현실 안주에 머무는 우리네 삶의 타성을 숭엄하게 극복해 낸다. 그런데 그 극복의 과정이 “살과 뼈가 다 삭은 후”에 이루어질 수 있는 것이고, “어느 날 절명시 쓰듯” 목숨을 버려야 도달될 수 있는 것이어서 쉽사리 성취될 수 없음을 말하고 있다. 그래서 그 이면에는 비장미가 넘친다. 그러나 예수가 십자가에 못 박혀 죽음으로써 파멸의 비극이 아니라 오히려 ‘성인적(聖人的) 숭고’를 구현했듯이, 시인은 절명시 쓰듯 목숨을 버려서라도 천일염과 같은 존재가 되고자 함으로써 범인(凡人)으로서의 ‘인격적 숭고’를 구현하고 있다. ‘비장한 숭고’이기에 친근하면서 돋보인다.

> 쨍그랑, 깨지고야 칼날이 살았구나
>
> 무엇을 벨 것인가 무릎 꿇지 않았지만
>
> 햇살이 허리를 내놓아 눈부심을 얻었구나
>
> 시를 쓰는 일도 사무치게 베이는 일
>
> 날카로운 날에 안겨 받아낸 더운 피를
>
> 아련한 현기 끝까지 공손히 받잡는 일
>
> -이승은, 〈유리와 詩〉

이 작품은 "시를 쓰는 일" 곧 '예술 작품을 창조하는 일'을 유리라는 객관적 사물의 형상에서 찾아 그에 의탁하여 시흥(詩興)을 일으키는 전형적인 비흥(比興)의 방식으로 표출한 것이다. 그런데 그 사물을 있는 그대로 받아들이지 않고 그 존재의 희생을 통해 현실적인 것의 한계를 극복함으로써 숭엄한 아름다움을 실현한다. 유리는 속성의 한계로 인해 그 자체로는 쉽사리 존재를 드러내지 못하지만 "쨍그랑 깨지"는 자신의 희생을 통해 비로소 "칼날"이 되어 무엇이든 벨 수 있고 "무릎 꿇지 않"는 날 선 기상(氣相)을 과시할 수 있을 뿐 아니라, 그 깨어진 공간 사이로 "햇살"의 "눈부심"까지 얻을 수 있게 된다. 이와 대비하여 시를 창작하는 일도 시인이 자신을 "사무치게 베이는" 희생을 통해, 그렇게 "받아낸 더운 피"를 "아련한 현기 끝까지" 목숨을 다해 "공손히 받잡"을 때 비로소 유리가 햇살의 눈부심을 얻듯 시의 숭엄한 정신적 예술혼을 획득할 수 있다고 천명한다. "눈부심을 얻는" 시는 예술혼의 정신적 산고(産苦)를 감내해야 도달할 수 있는 것이라는 시인의 경험이 비장한 '정신적 숭고'로 드높이 드러나 있다.

3. 자연적 우아와 존재적 우아

시조의 본령은 우아미를 구현하는데 있다. 그래서 고시조에서도 유교적 이상과 현실의 조화로운 결합에 의해 우아미를 구현하는 작품이 주류를 이루었다. 유가들은 실현하고자 하는 사회적 이념과 질서를 자연과 현실 속에서 갈등 없이 조화롭게 이루고자 했기 때문이다. 유가적 이념이 부재(不在)하지만 오늘의 시인도 자연 속에서 혹은 일상적 삶에서 이상과 현실의 조화와 합일을 구현해 낸다.

한 획으로 내리긋듯
폭포는 쏟아지며,

한라산 짐승처럼
격렬하게 울부짖는다.

먼저 와, 연못 이룬 고요가
저 울음을 감싼다.

늦게 온 물방울마다
고요의 빛 번져가고,

오목 못은 별과 달을
땅 위의 담팔수를

누더기 내 몸까지도
제 가슴으로 품는다.

분별없이 껴안는 손
그 손을 서로 잡고,

하나같이 바다 위를
나란히 흘러간다.

폭포는 평등에 이른다.
천지연이 환하다.

-배우식, 〈천지연폭포〉 전문

이 작품에서 시인은 "짐승처럼 격렬하게 울부짖"으며 "한 획으로 내리긋듯" 쏟아지는 천지연폭포라는 자연 형상에서 "먼저 이룬 고요"가 "울음을 감싸" "고요의 빛 번져가"는 평화로움을 읽어낸다. 나아가 폭포가 일군 "오목 못"에서 하늘의 "별과 달", "땅 위"에서 흐르는 "담팔수"는 물론, 하늘과 땅 사이에서 "누더기"로 살아가는 "내 몸"까지 차별하지 않고 "제 가슴으로 품는" 포용의 이미지를 본다. 그리고 마침내 폭포는 서로의 출처와 존재가 다르지만 그것들을 "분별없이 껴안"으며 손에 손을 잡고 "하나같이" "나란히 흘러가" "평등에 이르"고 결국 자신까지 "환해"지는 조화의 극치를 시인의 상상력으로 일구어 낸다. 이처럼 이 작품 세계에서는 격렬한 울부짖음이 고요로 감싸지고, 천상의 존재와 지상의 존재가 서로 분별없이 화해하고 나란히 평등을 이루어 마침내 광명정대한 세계를 실현해 냄으로써 이상과 현실의 조화로운 절정의 희열을 경험케 한다. 시인의 넓은 포용력과 평등하고 광명정대한 세상을 실현코자 하는 갈구가 빚어낸, 우아미의 지극히 단정한 모습이 우리를 화평의 아름다움으로 보듬는다.

밀쳤는데
괴한이 아니라
너였다
아니 나였다.

잡았는데
나무가 아니라
물이었다
뿌리 없는

천지간
가위 눌린 봄날

네가 뜬다

내가 뜬다

-정수자, 〈누운벼락〉 전문

우리네 일상적 삶이란 '이상적인 것'을 지향하지만 그 이상대로 혹은 뜻대로 되지 않는 것이 현실이다. 그것은 마치 가위 눌리며 꾸는 꿈속에서 헛다리짚는 것과 같은 것이다. 아니, 누운 채 맞는 날벼락처럼 아무런 잘못 없이 뜻밖에 당하는 재앙과 같은 것이다. 이런 허망한 일상의 공간에서도 나를 포기하거나 추락하게 내버려두지 않는다. 그래야 존재를 지탱해 나갈 수 있기 때문이다. 즉 나를 해치려드는 "괴한"은 나의 생존을 위해서 반드시 "밀쳐"내야 하고, 나의 이상 실현을 위해서는 내 삶의 버팀목이 되는 "뿌리"가 탄탄한 "나무"를 반드시 "잡아"야 하는 것이다. 그러나 일상의 현실은 가위 눌리면서 꾸는 꿈속에서처럼 허망하게도 그 반대로 되는 것이 다반사다. 분명 멀리해야 할 괴한을 밀치노라 했는데 오히려 가까이 해야 할 "너"를 밀쳐내어 소원(疎遠)해지거나, 그래서 "나"를 밀쳐낸 결과가 되어 고립을 자초하게 된 것이 현실이다. 또 이상을 현실화 하고자 했는데 번번이 얻어지는 것은 "뿌리 없는" "물"이어서 물거품이 되었다. 그러나 이러한 허망한 일상의 현실에도 불구하고 시인은 우리가 존재하며 살아가는 그 자체만으로도 추락이 아니라 삶의 축복이고 부양浮揚이라는 세계 인식을 보인다. "네가 뜨"고, "내가 뜬다"는 너와 나의 낙관적인 존재의 양립과 조화로운 통일에서 시인 특유의 단아한 우아미를 보는 것이다. 종장에서 추락을 부상(浮上)으로 전환시키는 시인의 태도는 경이롭다.

4. 사회적 비애와 개인적 비애

고시조에서 비장미는 정치사의 여러 변동과 깊은 관련을 가지고 구현된다. 세조의 왕위 찬탈, 당쟁과 사화(士禍), 임진과 병자의 양란의 소용

돌이 속에서 현실 정치의 불의나 모순에 정면 도전하고 대항하는 의식을 보일 때 비장미가 표출되기 마련이다. 유가의 정치적 이상이 사라진 오늘의 시에서는 어떤 양상인가 살펴보자.

> 술꾼들이 모여든 단골집 포장마차
> 하나 둘 술기가 얼콰하게 오를 무렵
> 후드득 천막 지붕을 빗소리가 때린다
>
> 누구는 정치가를 핏대 세워 욕하고
> 누구는 사회가 썩었다고 삿대질이다
> 전화가 계속 울려도 약속처럼 받지 않는다
>
> 욕은 점점 날 것이 된다 의자도 삐걱인다
> 어느새 술병까지 소리 보탠 그곳엔
> 마알간 백열등만이 빗소리를 적는다
>
> 도무지 그 비는 그칠 것 같지 않다
> 술자리도 쉽사리 끝날 것 같지 않다
> 그렇게 다 젖은 새벽이 다가오고 있다.
>
> -우은숙, 〈비는 그칠 것 같지 않다〉 전문

이 작품에서 '이상적인 것'은 "정치가를 핏대 세워 욕하"지 않아도 되는 밝은 정치가 실현되고, "사회가 썩었다고 삿대질"하지 않아도 되는 깨끗한 사회가 구축되는 것이다. 그러나 현실 정치나 사회적 흐름은 불의와 모순, 부정과 부패로 가득 차 있다. 그렇지만 여기서는 이러한 현실 정치의 막강하고 부당한 횡포에 맞서 정면 도전하거나 항거하여 철저하게 패배하거나 파멸로 치닫지는 않는다(이렇게 되면 비장미가 구현됨). 그런데

도 어떤 확고한 정치적 신념에 의해 정면 대결하는 것을 피하고 그저 "단골집 포장마차"에 모여 "얼콰하게 오르"는 술기운을 빌어 "핏대 세워 욕하고" "삿대질" 하는 것으로 카타르시스를 맛보려한다. 이러한 현장에서는 "욕은 점점 날 것이 되고" "의자"소리만 "삐꺽이"며, "술병까지 소리 보태"는 위에 "빗소리"까지 더하는 비애의 어두움만 짙게 깔릴 뿐, 현실 정치의 개혁이나 모순의 지양 같은 개선의 조짐은 찾아보기 어렵다. 그러기에 희망의 새벽이 아니라 "다 젖은 새벽"이 비극적인 것으로 다가올 뿐이다. 시인은 확고한 신념에 의한 대결 의지가 없는 오늘의 비극의 현장을 리얼리즘에 실어 표출함으로써 사회적 비애미를 가감 없이 구현해 내고 있다. 비극을 철저히 비극으로 구현하는 서구적 비장미는 너무 비정하다. 그러기에 어두움의 현장을 '연민의 시선'으로 보듬는 시인의 동양적 비애미가 돋보인다.

저물 듯 오시는 이
늘
섧은
눈빛이네

엉겅퀴 풀어놓고
시름으로
지새는
밤은

봄벼랑
무너지는 소리
가슴 하나 깔리네.

-한분순, 〈저물 듯 오시는 이〉 전문

앞의 작품이 사회적 어두움의 현장을 애상적으로 포착한 것이라면 이 작품은 "가슴 하나 깔리"는 개인의 심리적 아픔과 어두움을 표상한 것이다. 사랑하는 이, 그리운 이, 혹은 생을 함께 해야 할 이는, 밝고 명랑한 눈빛으로 혹은 기쁨 가득한 웃음을 띠고 발걸음도 가볍게 오는 것이 '이상적인 것'이다. 그러나 이 작품에서 내게로 "오시는 이"는 "늘/ 섧은/ 눈빛"으로 "저물듯이 오시"고, 결코 풀리지 않는 "시름으로/ 지새는/ 밤"이 되게 하고, 끝내는 "봄벼랑/ 무너지는 소리/"로 가슴 가득 상흔을 남기고야 마는 존재인 것이다. 이런 존재에 대해 시인은 밝고, 완전하고, 행복하고, 희망 가득한 동반을 갈구하고 지향하지만 '현실적인 것'은 그 반대로 전개되어 그 아름다운 혼을 끝없이 망가뜨린다. 절대적이고 영원하고 완전해야 할 존재는 늘 언제나 이렇게 섧음으로, 시름으로, 벼랑이 무너지는 아픔으로, 어둠의 그림자로, 저물듯이 오지만, 그를 맞는 시인은 '아름다운 혼'을 가졌기에 인간 존재의 한계성에 대한 저항이나 숙명적 대결에서 오는 비장한 패배를 피하고 비애의 달콤함으로 우리의 가슴을 적셔준다.

5. 따스한 골계와 차가운 골계

고시조에서 골계미는 지배층의 유가적 이상이나 엄격한 도덕률이 이완되고 어느 정도 해체되면서 물질에 대한 인간의 욕망, 윤리나 규범에 얽매이지 않는 발랄함, 성(性)에 대한 자유분방한 추구, 일상적 경험에 기초한 언어·행동·형상 유희를 즐겨 추구함으로써 신랄한 풍자보다는 여유로운 해학이 주류를 이루어 왔다. 오늘의 골계는 어떤가 보자.

> 양잿물 독한 거는요 빨래나 펄펄 씻지요 시어메 독한 거는요 생사람 때려잡네요
>
> 이구구 지구구 흐응 쌍성화(雙成禍)로구나 흥

시아베 돌아가시니 사랑이 널러 좋더니 장석자리 다 떨어지니 시아베 생각나네요
어리화 됴쿠나 흐응 장관(壯觀)이 낫느냐 홍

시어메 죽구 없으니 안방이 널러 좋더니 보리방아 물주고 나니 시어메 생각 절로 나네
어리화 됴쿠나 흐응 경ᄉ가 낫구나 홍

앞남산 딱따구리는 생나무 구영두 잘 파는데 우리 집 멍텅구리는 뚫어진 구영두 왜 못 파나
ᄋ구구 지구구 흐응 셩화가 네로다 홍

사발그릇 깨어지면 두세 쪽이 나건마는 원앙금실 깨어지면 새 덩어리가 된다네
어리화 됴쿠나 흐응 지화자(知和者) 됴쿠나 홍

솔바람 솔솔 불어와 쌓인 눈을 녹이고 개천가 버들가지는 새봄을 재촉하는데
어리화 됴쿠나 흐응 지화자 돌씨구 홍

무정한 기차야 흐응 잡을 수 없으니 홍 반백을 살아 홍청 틀어진 거푸집 아!
물리고 싶어라 물리고 다시나가자 휘영청

-홍성란, 〈아라리잡가〉 전문

시인이 밝힌 바와 같이 이 작품은 민요인 정선아라리와 애국계몽기시조 가운데 '홍타령조'를 패러디한 것이다. 그러나 이 작품에 투영된 미의식은 고도의 분석을 요한다. 독한 시집살이를 배면(背面)으로 하는 정선

아라리는 비극적인 현실을 바탕으로 하지만 그렇게 만든 시부모의 영원한 부재(不在)는 '미운 정'이 '고운 정'으로 전화(轉化)되고, 거기다 종장을 흥타령조의 후렴구를 끌어와 흥취를 돋우는 기능을 하도록 활용함으로써 비극적인 것을 비극으로 인식하지 않고 골계미의 구현으로 반전시킨다. 성적(性的)으로 무능한 남편에 대한 한스러운 원망도 마찬가지 수법을 통해 비극적 현실을 넘어 비극과 골계의 기묘한 결합 공존을 가능케 한다. 나아가 단순히 비애와 골계를 결합시키는 차원을 넘어, 작품의 종반부를 "솔바람 솔솔 불어와 쌓인 눈을 녹이고" "새봄을 재촉하는" 계절의 전환과 더불어 "반백"을 "틀어진 거푸집"에서 살아온 현실 삶의 모든 비극적인 것을 "물리고 다시 나가자"고 결의함으로써 "휘영청" 밝은 미래를 보장받으려 한다. 그리하여 신산(辛酸)한 삶의 비극을 초극하게 하고 종국에는 인간미어린 '따스한 골계'를 한껏 맛보도록 한다. 패러디의 복잡 미묘한 수법을 탁월하게 활용한 시인의 솜씨가 놀랍다.

마른 무쪼가리, 콩자반에 김치
할머니 진지를 드시네

나물 싸주던 흙손으로
돈을 세던 갈퀴손으로 김치를 쭉 찢어
눈 감고 한 입 밀어 넣으시네
눈꼽 낀, 한쪽은 반 쯤 감긴 눈
두 개 남은 앞니로
오물오물 꿀꺽
식사를 하시네
낮술 취한 망나니 아들이 건들건들
이 할망구 뒈져 죽어 버려라 해도
할머니 대꾸도 않고 콧물 쓰윽

검지 손께로 훔치며 식사를 하시네
남은 좌판에는 머위대, 흥클어진 돌나물, 고들빼기
오가는 행인들의 투박한 발걸음마다
보풀거리며 일어나는 먼지 속에서

할머니, 웃뜸 마실 가듯 천천히 늦은 점심을 드시네

-이지엽, 〈신성한 식사〉 전문

이 작품은 표제로 내세운 '신성한 식사'와 정반대 지향을 갖는 가장 누추하고 비속한 식사의 모습을 냉엄한 시선으로 표상해 냄으로써 우리가 '이상적인 것'으로 삼는 신성하다는 것, 즉 위엄 있고, 엄숙하며, 절제와 격식이 따르고, 고고함과 심원(深遠)함이 넘치는 그런 권위들을 여지없이 파괴하고 추락시킨다. 신성한 인물이 신성한 식사를 하는 모습과 대비해 볼 때, 세상에서 가장 누추한 인물이 가장 저급한 식사를 하는 모습은 그 자체로 골계미를 구현하기에 충분하다. "눈꼽 낀, 한쪽은 반 쯤 감긴 눈"을 하고 "두 개 남은 앞니"로 "오물오물 꿀꺽 식사를 하시"는 누추한 할머니는 자신의 아들마저도 "뒈져 죽어 버려라"고 저주를 퍼붓는 가장 천박한 인물이다. 그가 하고 있는 식사는 "마른 무쪼가리, 콩자반에 김치"가 전부이고, 그것도 "오가는 행인들의 발걸음마다 일어나는 먼지 속에서" "콧물 쓰윽 검지 손께로 훔치며" "웃뜸 마실 가듯" 염치나 체면 불고하고 이루어진다. 할머니의 이런 식사모습이야 말로 세상에서 가장 '신성한 식사'라 내세움으로써 시인은 거짓 신성한 인물에 의한 거짓 신성한 식사보다 더 성스럽고 의미심장한 것이라는 냉엄한 골계적 교훈으로 우리 모두를 날카롭게 일깨운다.

제2부
호남한시의 미학적 탐색

새롭게 보는 청계 양대박론

1. 서언

이 글은 의병장으로 널리 알려진 청계(靑溪) 양대박(梁大樸)에 대한 새로운 시각의 글이다. 양대박(1543~1592)은 자를 자진(子眞), 호는 송암(松嵒), 죽암(竹巖), 하곡(荷谷), 청계(靑溪), 청계도인(靑溪道人) 등이라 했는데 남원인이다. 시호가 충장(忠壯)인 그는 부친 사헌부 집의(執義) 의(艤)와 모친 안동 박씨 첨사(僉使) 총(總)의 따님 사이에서 중종 39년(1544)에 남원에서 태어났다. 그가 의병장으로 알려지게 된 배경은 무엇보다도 임진왜란 당시 최초의 순절인 이었다는 점과, 고경명의 부장으로서 이종형 유팽로 장군과 더불어 임실, 운암 등의 전투에서 커다란 전과를 거둔 점, 그 결과로써 정조(정조 28년 8월)가 병조판서(대사마(大司馬))를 증직하면서 차인창의선어증액상고경명(此人倡義先於增額相高敬命), 용단우어충무공이순신(勇斷優於忠武公李舜臣)[1]이라 하여 극찬한 점 등 때문일 것이다. 이 글은 의병장으로서 양대박의 업적이나 공과를 재론하거나 증삭(增削)하려는 목적에서 입론된 것이 아니다.

필자는 이 자리에서 지금까지 의병장 곧 무인(武人)으로서 회자(膾炙)된 그의 업적을 새로운 시각, 다시 말해서 문인(文人)으로서의 위상 정립을 목표로 한다. 주지하는 바와 같이 호남시단은 조선시단의 메카였는바, 특히 광.라.장.창(光羅長昌) 곧 광주, 나주, 장성, 창평(담양)은 그 중핵지

1 『정조실록』 45권, 정조 20년, 8월, 신사, 1796.

로 알려져 왔다. 그런 만큼 호남시단을 평가하는 사람이나 자리에서 으레 광.라.장.창 그 가운데서도 면앙정시단(俛仰亭詩壇)과 식영정시단(息影亭詩壇) 등 무등산 자락의 원효사 계곡을 따라 형성된 계산풍류(溪山風流)의 시학적 바탕은 전국적으로 유명하다.[2]

필자가 이 글을 준비하게 된 것은 앞서 말한 호남시단의 중핵지에 대한 지금까지의 그릇되고 편협한 시각을 바로 잡고자한 것이며, 나아가 조선시대 문장가와 학자를 논했던 여러 비평류의 고루한 시각에 일대 교정을 가하여, 아니 우리가 그간 놓치고 방치했던 〈면앙정30영〉[3]에 대하여 조명해서 양청계에 대한 기형적인 평가를 바로잡을 것을 시정코자 함이다. 조선시대 대부분의 평자들은 거의가 사대부 양반들의 시문을 중심으로 평을 하는 등 고루하고 편향적인 태도를 지녔다.

예컨대 '뛰어난 시인과 문장가로 숭앙된 인물들이 호남에서 많이 배출되었다.'[4] '호남에는 높고 깨끗한 산수(山水)의 정기가 사람에게 모여 문장과(文章)과 기걸(奇傑)한 선비가 많았다.'[5] '숙종조 호남에는 당세의 저명한 인재가 많았는데 그들은 학문과 문장으로 널리 알려진 인물이다.'[6] 등 한결같이 입을 모아 칭송되었던 인물들은 박상(朴祥), 박우(朴祐), 양팽손(梁彭孫), 송순(宋純), 윤구(尹衢), 임억령(林億齡), 오겸(吳謙), 나세찬(羅世纘), 이항(李恒), 김인후(金麟厚), 유희춘(柳希春), 유성춘(柳成春), 임형수(林亨秀), 양응정(梁應鼎), 박순(朴淳), 기대승(奇大升), 고경명(高敬命), 백광훈(白光勳), 최경창(崔慶昌), 임제(林悌) 등이다.

양청계에 대한 연구의 올바른 시각의 상실은 그를 의병장 곧 무인으로

---

2 최한선, 「석천 임억령의 시문학 연구」, 성균관대 박사학위논문, 1994, 19면.

3 〈면앙정30영〉은 지금까지 임억령, 김인후, 박순, 고경명 등 네 사람이 각 30수로 면앙정 주변 원근의 승경을 노래한 것으로 알려져 왔다.

4 이수광, 『지봉유설』.

5 정두경, 『송천집』 서문.

6 허균, 『성소부부고』.

서의 명성 못지않게 훌륭한 문학인으로서, 나아가 자신을 낳아주고 길러준 향토에 대한 애정과 관심을 유감없이 발휘한 애향인으로서 접근하고자 하는 태도를 애국인, 순절인으로서의 위상에 뒤지지 않게 주목하지 못한 점이다.

다시 말해서 담양에서 송순이 주도했던 면앙정시단은 가사 〈면앙정가〉를 비롯하여 수많은 주옥같은 서정시문을 잉태하여 조선의 시문단을 찬란하게 장식하였는바, 그곳에 출입한 사람들은 주로 '광.라.장.창'을 연고지로 하는 문인들로 한정하여 평가해버린 잘못이 있음이다. 그 때문에 오늘의 학자들도 호남시단 하면, 별 생각 없이 '광.라.장.창'을 염두에 두었는데, 양대박의 사승관계와 교유인물, 나아가 그가 남긴 〈면앙정30영〉 등을 중심으로 살피건대, 호남시단의 중핵지는 곡성이나 완도 등 다른 지역까지 확대되어야 마땅할 뿐만 아니라, 양대박이 〈면앙정30영〉 등의 시문을 몸소 남기고 있음과 그가 교유한 인물들이 지금까지 알려진 호남시단의 중핵지와 관련된 인물들임 등을 환기할 때 그의 위상 또한 훌륭한 문인으로서 재정립 되어야 하리라 생각한다.

2. 기존의 논의

1) 호남시단의 이해

호남시단을 이해하기 위해서는 우선 호남에 대한 개념을 확인하는 것이 순서일 것이다. 호남(湖南)은 김제의 벽골제 이남, 제천의 의림지 이남, 그리고 호강(금강) 이남 등 여러 설명이 있지만, 금강(호강) 이남이라는 설이 보다 타당하다. 고려시대 초기인 995년(성종 14)에 지금의 전라북도 지역을 강남도(江南道), 전라남도 지역을 해양도(海陽道)라 하였다가 두 지역을 합하여 대표 고을인 전주(全州)와 나주(羅州)의 이름을 따서 전라도라 칭하게 된 것이 1018년(현종 9)의 일이다.

여기서 눈여겨 볼 것은 강남도이다. 강남(江南), 즉 강의 남쪽이라는 의미로 경계를 설정하였음을 알 수 있는데, 당시 강남도는 9주(州)와 43현(縣)을 관장했으며 그 경계는 금강의 이남 지역이었다. 따라서 금강의 이남을 고려시대 초기부터 강남이라 했음을 알 수 있으며 그 이후 전라도의 경계가 된 셈이다. 이렇게 보면 금강을 호강이라 별칭한 사실에서 금강 이남=강남=호남에 대한 오랜 연원을 알 수 있겠다.

또한, 호남이란 명칭을 먼저 기록한 문헌으로는 탁광무(卓光茂, 1330~1408)의 문집인 〈경렴정집(景濂亭集)〉[7]에 실린 '해동형승천호남(海東形勝擅湖南) 상유염정하유담(上有濂亭下有潭)'이라는 시구이다.

한편, 사림(士林)은 조선 초기에 집권 훈구파와 겨뤘던 신진사류 중심의 사림파라는 의미도 있지만, 본고에서는 호남 출신 또는 호남을 기반으로 활동했던 문인학자군(선비, 지식인)을 일컫는 보다 포괄적인 용어로 사용코자 한다. 한국문학사에서 문학권(文學圈)을 말할 때 가장 중요시되는 것은 조선시대 호남 인물들의 시문학 활동일 것이다. 왜냐하면 앞서 보인 이수광(李晬光), 정두경(鄭斗卿), 허균(許筠) 등 조선시대의 유명한 평론객들에 의하여 높이 칭송된 인물의 대부분은 호남출신들로서 그들은 모두 당대 걸출한 시인들이었기 때문이다.

그들이 위에서 말한 인물들은 명사(名士)로 칭송되어 당대의 학문과 시문에서 주도적 역할을 하였음은 주지하는 바이다. 또한 그들은 같은 시대(時代) 비슷한 운명에 처한 선비들이요, 특히 호남이라는 지연(地緣)으로 말미암아 서로 가까워진 사람들이 대부분이다. 그들은 재지적(在地的) 기반을 같이한 당대의 지식인(知識人)이요, 재지사족(在地士族)이라는 데서 서로의 교분은 자연적으로 긴밀해질 수밖에 없었다. 그로 인해 향리(鄕里)의 어른을 섬기고 직접 가르침을 받는 사승관계(師承關係)가 성립되기

---

7 탁광무, 『경렴정집』 권1, 경렴정 편액.

도 하고, 함께 종학(從學)하던 문생(門生)들끼리 교류가 한층 활발해지는 계기가 되기도 하였다.

이러한 정신적 유대관계에서 지식인들 간에 통상적으로 이루어지는 일은 상호간의 시적(詩的) 교유였다. 옛날 시가시인(詩歌詩人)의 문집에 창화수창(唱和酬唱)한 시가 많이 전함은 바로 이를 의미한다. 따라서 같은 지역에서 같은 생활을 하면서 뜻을 함께 하는 동호인들끼리 일정한 이념을 지닌 채 약속이나 한 것처럼 시작활동(詩作活動)을 전개하였다면 이는 시학(詩學) 형성의 한 과정이라 할 수 있을 것이다. 기록에 의하면 호남의 시가시인이 시적(詩的)인 모임을 비교적 활발히 한 것은 조선 중기 중종조(中宗朝)의 기묘사화(己卯士禍, 1519) 때부터로 알려져 있다.

중종 14년 기묘년(己卯年)에 사화(士禍)가 일자 많은 호남인들이 유배되거나 삭직(削職)되었으며 타지방 사류(士類)들은 전남으로 유배되기도 하였다. 앞의 든 인물 가운데 최산두, 윤구, 유성춘, 양팽손, 박상 등이 이른바 호남출신의 기묘명인(己卯名人)으로서 당시 피해를 입은 대표적인 사람들이다. 그리고 조광조(趙光祖)는 화순 능주(陵州)로, 신잠(申潛)은 장흥(長興)으로 유배되어 호남의 사류(士類)들과 깊은 인연을 갖게 되었다.

조광조는 얼마 되지 아니하여 곧 사사(賜死)되었지만, 신잠은 17년간을 장흥의 유배지에서 살았다. 그는 남도에 귀양 온 후 기묘사화로 파직되어 고향인 해남에 물러나 있다가 영암으로 유배된 윤구, 그리고 시대의 아픔을 함께 하며 기묘명현들과 뜻을 같이 하였던 박상과도 왕래하며, 더욱 다정하게 지냈다.

해남 윤씨 문중의 『당악문헌(棠岳文獻)』에 의하면, 윤구는 최산두와 유성춘 등 여러 선비는 물론, 임억령, 박상, 신잠 등과 상유(相遊)하며 시사회(詩社會)의 모임을 갖고, 가신(佳辰)에 즈음하여 편지로 부르고 말을 함께 타고 모이되 미처 이르지 못한 자에게는 대백(大白)의 벌주(罰酒)를 내리거나, 혹은 시를 지어 수창(酬唱)케 하였는데 이렇게 함이 수십 년이 되었다고 전한다.[8]

이는 조선조 중종 때 호남지역에 시회(詩會)가 성행했던 사실을 전하는 중요한 기록이 된다. 이에 의하면 호남 시단은 이미 조선조 중엽에 분명한 형태로 형성되었으며, 그들은 고유한 시학(詩學)을 통해 호남의 문학을 한층 활발하게 전개했던 것으로 파악된다. 그 가운데 박상은 이곳 시단에서의 활동뿐만 아니라 충주(忠州)의 지비천(知非川) 위에 있는 공자당(工字堂)의 선비들 모임에도 참여하여 강학(講學)하고 그 주인인 김세필(金世弼) 등과 시회(詩會)의 기회를 갖기도 하는 등 활발하게 활동하였다.

박상이 참여하였던 이 두 시회는 당시의 대표적인 시단으로 손꼽을 수 있다. 이는 시대적 고뇌를 같이하는 동호인(同好人)들의 모임이라는 점에서 공통적인 면이 있으나 그 중 호남의 시단은 작시창화(作詩唱和)를 일삼던 시인들 간의 모임이라는 데에 우리의 주목을 끌게 한다.

그렇다면 이와 같은 조선조 전기 호남의 시단은 어떻게 전개되고 발전하게 되었는가? 학문과 문장이 뛰어나서 후배들에게 많은 감화를 주었던 인물을 중심으로, 그들의 시적(詩的) 교유관계(交遊關係)를 바탕으로 하여 이 문제를 살펴보기로 한다.

먼저 광주지역의 시가시인을 보면 박상, 박우, 박순, 기대승, 고경명 등이 있다. 그중에 박상과 박우는 형제간이요, 박우와 박순은 부자간(父子間)이다. 박상의 장형(長兄)으로 박정(朴禎)이 있었는데, 이 3형제는 글에 능하여 중국 송나라의 삼소(三蘇; 소순(蘇洵), 소식(蘇軾), 소철(蘇轍))에 비유하여 동국(東國)의 삼박(三朴)으로 칭송되었던 명사(名士)들이다. 특히 박상은 이른바 신진사류(新進士類)로 지목되었던 조광조 등과 뜻을 같이 한 기묘명현(己卯名賢)이다. 그의 시는 약 1200여 수가 전하는데 거기에는 기묘당인(己卯黨人)과의 교유시가 큰 비중을 차지한다. 그리고 기묘사화로 장흥에서 유배살이를 하던 신잠과 시회를 같이 하였다 함은 앞에서 이미 밝힌 바 있다.

---

8 해남윤씨가편, 『당악문헌』, 예, 권1, 〈해남윤씨가 문헌록〉.

박상은 신잠이 유배지에 있는 동안 장흥의 가지산(迦智山)에 있는 보림사(寶林寺)와 가지사(迦智寺)를 왕래하면서 시대적 아픔을 같이 하는 등 시정(詩情)을 나누었다. 이때 임억령, 윤구와는 물론 이구(李構), 이화지(李和之) 등의 형제와 동행하기도 했다. 『눌재집(訥齋集)』에 의하면 신잠과의 교유시로 제작한 작품이 114수나 되는데,[9] 당시 기묘명인(己卯名人)들과의 교유시로는 가장 많은 수에 이른다.

雖遁深山晦姓名	깊은 산에 숨어 이름 없이 산다 한들
有時天變亦關情	천기 변할 때면 또한 가슴 조인다.
夜來風雨知多少	밤사이 비바람이 얼마나 휘몰아쳤나
揮淚佳花落滿庭	아름다운 꽃이 뜰에 가득 눈물겹구나

이는 박상이 신잠의 시에 화답한 〈산거백절(山居百絶)〉 중의 하나이다. 〈산거백절〉은 절구시(絶句詩) 100수를 연작(連作)으로 이룬 장편(長篇) 7언시(言詩)이다. 그 중에 위의 시는 어수선하던 당시의 시대상을 우의적으로 노래한 그의 대표작이다. 박상은 이 시를 짓고 윤구와 이화지에게 보이며 감상토록 하였다고 한다. 20여 세 연하인 윤구는 그를 어른으로 모시고 가까이 섬기며, 많은 가르침을 받았던 사이였음을 알 수 있다. 『눌재집(訥齋集)』에 윤구와의 교유시가 24수 전함은 양자 간의 친분이 긴밀했던 것을 뒷받침해 준다. 윤구가 최산두, 유성춘과 함께 호남(湖南) 삼걸(三傑)로 일컫는 명사(名士)로 성장하기까지는 그 이면에 이와 같은 박상의 가르침과 감화(感化)가 결코 적지 않았을 것이다.

박상과 교분이 두터웠던 호남의 인물로는 또 담양의 유옥(柳沃)과 전북 순창의 김정(金淨)을 들 수 있다. 세 사람은 의리(義理)를 추구하는 뜻을

---

9 박준규, 「눌재 박상의 교유 인물과 시문의 제작」, 광주광역시, 『눌재 박상의 문학과 의리 정신』, 1993, 103면.

같이 하여 을해년(乙亥年)에 중종(中宗)의 폐비(廢妃) 신씨(愼氏)의 복위소(復位疏)를 올리고 박원종(朴元宗), 유순정(柳順汀), 성희안(成希顔) 등의 삼훈(三勳)을 지탄(指彈)하며 논죄(論罪)한 바가 있다. 이 을해소로 말미암아 김정은 보은(報恩)으로 유배되고, 박상은 영평(永平, 지금의 남평(南平))의 오림역(烏林驛)으로 귀향을 갔다. 그 사이 세 사람은 시를 지어 뜻을 나누었는데 박상이 그들과 주고받은 시는 적지 않다.

한편 송순, 임억령, 정만종, 박순 등은 박상의 문하(門下)에 들어 수학(受學)하였다. 명류(名流) 10걸(傑)에 속하는 박순이 그처럼 학문과 문장으로 이름이 있는 명사(名士)로 성장하게 된 것은 그의 숙부인 박상의 가르침이 컸기 때문이다.

송순은 박상이 담양부사(潭陽府使)로 재임하고 있을 때에 정만종과 함께 그에게 나아가 사사(師事)하였다. 정만종과 송순은 그 인연으로 다정한 사이가 되었다. 송순은 오겸, 임억령, 신광한(申光漢)을 따라 종유(從遊)하고, 반면에 김인후, 임형수, 박순, 기대승, 고경명, 정철, 노진(盧禛), 이이(李珥) 등은 그 문하(門下)에 들어 종학(從學)하였는데, 그가 담양의 제월봉(霽月峯) 밑에 면앙정을 짓고, 증축하였을 때는 기대승이 〈면앙정기〉를 쓰고, 임제는 〈면앙정부〉를 지었으며, 임억령, 김인후, 박순, 고경명은 〈면앙정30영〉을, 임억령, 김인후, 고경명, 노진, 소세양(蘇世讓), 이황(李滉), 양산보(梁山甫), 윤두수(尹斗壽) 등은 또 〈차면앙정운(次俛仰亭韻)〉을 제작하였으니, 송순을 주축으로 한 면앙정 시단(詩壇)이 어떠하였는지, 또는 후학에 끼친 그의 학문과 시문(詩文)의 영향이 얼마나 컸는가를 가히 짐작할 수 있겠다.[10]

호남의 시문학(詩文學)을 논하는 데에 있어 석천 임억령의 역할을 가벼이 볼 수 없다. 그 역시 박상을 사사하여 시회(詩會)의 모임을 함께 하였으며, 송순과의 교분이 두터워 면앙정 시단에 출입하였다 함은 이미 언급

---

10 최한선, 앞의 글.

한 바와 같다. 그는 해남(海南)에서 태어났지만 담양과 광주의 인물들과 사귀면서 무등산록(無等山麓)에 자리한 성산동(星山洞)과 석저촌(石底村)을 자주 왕래하면서 식영정 시단을 열었다.

이곳에는 별뫼 산언덕에 식영정(息影亭) 및 서하당(棲霞堂)이 있었고, 또 인근에 소쇄원, 그리고 충효리의 환벽당이 근거리에 위치하여 송순은 이를 일동삼승(一洞三勝)이라 칭송하였는데, 임억령은 이곳의 승지(勝地)를 출입하며 많은 작시(作詩)를 이루었다. 그의 시 2천여 수 가운데 이 성산동에서의 작시는 큰 비중을 차지한다. 여기에서 석천은 고경명, 정철, 김성원 등과 함께 성산사선(星山四仙)[11]으로 자처하면서 호운작시(呼韻作詩)하고 수작창화(酬酌唱和)하였다. 석천은 성산 사선(四仙) 가운데 그는 가장 나이 많은 어른으로, 강남의 사종(詞宗)으로 기려졌던 인물이다. 김성원은 그의 29세 연하요, 고경명과 정철은 근 40세나 아래인 노유(老幼) 관계로서 이 세 사람은 임억령에게서 시를 배우며 사사하였지만 서로 수창(酬唱)할 때는 망년지교(忘年之交)의 시우(詩友)가 되었다.

식영정 4신선이 호운창화한 시로는 〈식영정잡영 20수〉가 유명하며, 〈서하당 8영〉도 같은 성격의 작시이다. 정철이 시가문학상 강호가사의 으뜸이라 할 〈성산별곡〉을 이곳에서 제작한 일은 임억령 등이 일궈놓은 계산풍류(溪山風流)의 시적 분위기의 영향 때문이었음은 더 말할 나위 없다.

임억령은 위에 든 사선뿐만이 아니라 소쇄원을 경영한 양산보, 환벽당에서 후학을 가르쳤던 김윤제, 그리고 이곳에 자주 출입하였던 송순 등과도 성산동제영(星山洞題詠)을 이루었다. 우리나라 삼당시인(三唐詩人)으로 일컫는 백광훈, 최경창은 그의 문하에서 수학한 대시인(大詩人)인데, 16세기에 성황을 이루었던 식영정 시단(詩壇)은 호남시단을 크게 발흥시킨 중요한 터전이 되었다 해도 과언이 아니다.

다음은 호남의 시인으로서 최산두와 김인후의 인맥(人脈)을 중요시하

---

11 박준규 · 최한선 · 김희태 · 이경영 공편, 『담양의 역사와 문화』, 2001, 126~158면.

지 않을 수 없다. 김인후는 을사사화(乙巳士禍, 1545) 이후 벼슬을 버리고 향리인 장성(長城)에 돌아와서 성리학(性理學) 연구와 시문의 제작에 뜻을 둔 대학자요, 문인이다. 이미 말한 대로 그는 송순을 사사하며 학문과 작시의 감화를 많이 받았지만, 기묘사화로 화순 동복(同福)에 유배와 있던 최산두를 찾아 수학한 것은 그의 학맥(學脈)과 작시생활(作詩生活)에 또 하나의 커다란 자양분이 되었다.

최산두는 원래 성리학에 정진하였던 김굉필(金宏弼)의 문인(門人)이었다. 김굉필의 학맥은 최산두와 유계린(柳桂隣)에게 계승되어 호남지방(湖南地方)의 사림형성(士林形成)에 중요한 계기가 되었다. 그 결과로 최산두에게서는 훌륭한 도학자(道學者)로 손꼽는 김인후가 배출되었고, 유계린의 학문은 그의 두 아들 유성춘과 유희춘에게 이어졌다. 김인후는 또 앞에서 말한 성산동 시단에 출입하면서 소쇄원의 양산보와 두터운 친분을 유지하였는바 결국 그는 양산보와 이미 말한 유희춘의 아들을 사위로 맞이하는 인연을 맺기도 했다.

유희춘(柳希春)은 중종 8년(1513) 해남(海南)에서 계린(桂隣)의 둘째 아들로 출생하였다. 본관은 선산(善山)이며 호는 미암(眉巖) 혹은 인재(寅齋)며 인중(仁仲)은 자이다. 유희춘의 아버지 계린(桂隣)은 금남(錦南) 최부(崔溥)의 문인인데 금남이 처가인 해남에 있을 당시 사사(師事)했다. 계린의 훌륭한 인품은 스승을 늘 감탄케 했는데 그로 인하여 금남의 사위가 되었다. 유희춘은 호남의 도학적 학맥을 고스란히 지킨 김종직(金宗直)의 문하, 금남의 따님을 어머니로 하고, 경학(經學)에 남다른 조예를 지닌 계린을 아버지로 하여 태어난 것이다.

곧 유희춘은 김종직 - 김굉필 - 최부 - 최산두
유계린 - 유성춘
유희춘

등으로 이어지는 호남도학의 맥을 잇는 중요한 인물임을 알 수 있다. 희춘은 신재(新齋) 최산두(崔山斗), 모재(慕齋) 김안국(金安國), 부친(父親) 계린(桂隣) 등을 사사(師事)하면서 도학과 경학의 학문 세계를 넓혀갔다. 양재역 방서(謗書) 사건 이른바 기축옥사(1547)에 연루되어 제주도로 유배되기 전까지는 중종 32년의 생원(生員), 33년의 별시문과(別試文科) 급제를 시작으로 성균관 학유, 사간원 정원 등 순탄한 관직생활을 했다. 그러다가 뜻하지 않게 벽서(壁書(謗書)) 사건이 터지자, 조광조의 노선을 따르는 호남의 도학적 선비라는 이유로 20년간의 제주도 유배 생활을 시작하게 되었다.

선조(宣祖)가 즉위(1567)하자 그의 무고가 논의 석방되어 성균관 직강, 전라감사, 성균관 대사성, 사헌부 대사헌, 사간원 대사간, 부제학 등을 역임 하였다. 특히 여덟 차례에 걸쳐서 부제학(副提學)을 역임한 점은 매우 주목을 요하는 바로써 이는 그의 탁월한 경륜과 역량을 살필 수 있는 좋은 증좌이다. 이처럼 유희춘은 선조(宣祖)의 학문을 보좌했는데, 그렇게 할 수 있었던 것은 귀양살이 20년간 오로지 학문에만 정진한 결과, 그의 학문세계가 깊고 심오했기에 가능한 것이었다.

유희춘은 선조 8년(1580)에 이조참판을 끝으로 사직하고 경사(經史)와 성리학에 관련된 저술활동에 전념하였다. 그는 국조유선록(國朝儒先錄), 어록자의(語錄字義), 대학석소(大學釋疏), 역대요록(歷代要錄), 헌근록(獻芹錄), 주자대전어류(朱子大全語類), 강목고이(綱目考異), 시서석의(詩書釋義), 미암일기(眉巖日記) 등을 편찬 또는 저술했다.

특히 신증유합(新增類合) 2권 1책은 한문 입문서로서 뿐만 아니라, 16, 17세기 국어사 연구에 귀한 자료로서의 가치를 지니고 있다.

뿐만 아니라, 전라감사 시절 완산의 진안루(鎭安樓)에서 박화숙(朴和叔)(순(淳))과 자연을 완상하면서 읊었다는 "미나리 한 펄기를 캐여서 싯우이다."로 시작하는 시조는 그의 한시문과 더불어 국문학사에서 크게 주목을 요한다. 주지하는 바와 같이 『미암일기』는 선조 즉위년인 1567년 10월 1일에 시작하여 1577년 선조 10년 5월 13일까지 약 11년간의 시간을 자신의 일상사는 물론 조정의 대소사건, 경외(京外) 각 관청의 기능과 관리들의 생활, 나아가 당시의 사회의 풍속, 문화, 정치, 경제 등에 이르기까지 매우 리얼하게 진술하고 있다. 이는 일기체 문학의 백미로서 뿐만 아니라, 당시의 역사와 생활사를 연구하는데 매우 귀중한 자료적 가치를 지니고 있다.

특히 이 일기는 임진왜란으로 말미암아 1592년 이전의 『승정원일기』가 모두 소실된 바람에 『선조실록(宣祖實錄)』 편찬에서 첫 10년간의 기초적 사료가 되었다.

유희춘은 좌찬성(左贊成)에 추증되었으며 시호가 문절(文節)인 것으로 보아 그의 문학적 역량과 지조 있는 선비의 정신을 짐작하고도 남음이 있겠다. 그는 담양군 대덕면 장산리 장동의 미암사(眉巖祠)와 담양읍 향교리의 의암서원(義岩書院)에서 단독 배향되었으며, 무장(茂長)의 충현사(忠賢祠), 종성(鐘城)의 종산서원(鍾山書院) 및 해남의 해촌사(海村祠, 오현사(五賢祠))에서 해남의 삼현(三賢)이라 하여 금남 최부, 석천 임억령 등과 함께 배향되고 있다.

한편, 호남 도학의 거장 하서는 장성 출신이다. 그의 문집 『하서집(河西集)』에는 그의 시가 약 1,600여 수 전한다. 거기에는 양산보와 유희춘의 두 사돈은 물론, 그의 여서(女壻)인 양자징(梁子徵)과 유경렴(柳景廉)과의 교유시가 많은 것은 결코 우연이 아니다. 특히, 양산보의 소쇄원에 머물면서 지은 〈소쇄원(瀟灑園)48영(詠)〉은 누정제영(樓亭題詠)으로서 주목되는 작품이다. 김인후의 문하에서는 양자징을 비롯하여 정철, 기효간(奇孝諫), 변성온(卞成溫) 등이 배출되었는데, 정철은 국문시의 대가로서 식영정시단의 주역이었음은 앞에서 언급한 바와 같다.

이밖에 16세기의 호남시단에서 중요한 역할을 담당했던 인물로 양응정이 있다. 그는 기묘명인(己卯名人)인 학포 양팽손의 셋째 아들로 화순의 월곡(月谷)에서 출생하였다. 양팽손은 연산조에 벼슬을 버리고 장성의 삼계(森溪)에서 강학(講學)하고 있던 지지당 송흠(宋欽)의 문하에 들어 수학하였다.

학포 양팽손은 기묘팔현(己卯八賢)인 조광조, 김정 등과 뜻을 같이 한 선비이다. 사화(士禍)가 일자 연루되어 향리에서 27년간을 폐고(廢錮)되어 있다가 세상을 떠났다. 부친의 가르침과 의리정신(義理精神)을 이어받은 양응정은 지조가 있고 문장이 뛰어나서 그를 따르는 사람이 많았다. 그의 문하에서는 이름 있는 문인으로 정철, 백광훈, 최경창 등이 배출되어 훌륭한 호남시단의 맥을 이었다. 특히 강남(江南)의 사종(詞宗)이라 칭송되었던 임억령과는 시적 교유가 많았다. 20여 세의 연하였지만 이른바 시쟁(詩爭)이라 할 정도로 시를 다투어 지어 수창(酬唱)하였다. 그들 간에 제작한 〈당성수창시(棠城酬唱詩)〉가 바로 시쟁(詩爭)으로 말미암은 대표작이다. 『송천집(松川集)』에 의하면 서로의 수창시가 수 백편에 이르렀다고 하지만, 지금은 대부분이 소실되어 얼마 되지 않는다.

요컨대 15・16세기에는 위에서 말한 명사(名士)들이 나타나 국문학사에서 사대부문학(士大夫文學)은 상승기를 맞이했는데[12] 이것이 실로 호남 시인들의 역량에 말미암은 것이라는 사실은 두말할 필요가 없다.

호남사림은 타 지역과 마찬가지로 사대부, 사류, 사족, 양반, 선비 등 다양한 명칭으로 쓰이고 있다. 그리고 조선시대 초기에 중앙에 진출한 관료집단으로서 사림파라는 용어도 있다. 그런데 영남사림과 기호사림으로 크게 구분하면서 호남사림은 기호사림의 범주에 포함시켜 이해하여 왔다. 그러나 조선 초기에 활동한 인물들의 활동이나 행적이 다른 지역에 비하여 크게 뒤지지 않고 있으니 금남 최부(1454~1504), 지지당 송흠(1459~1547), 눌재 박상(1474~1530), 학포 양팽손(1480~1545), 신재 최산두(1483~1536), 면앙정 송순(1493~1583), 귤정 윤구(1495~1554), 석천 임억령(1496~1568), 일재 이항(1499~1577), 소쇄 양산보(1503~1557), 하서 김인후(1510~1560), 미암 유희춘(1513~1577), 송천 양응정(1519~1581),

---

12 임형택, 「조선 전기 한문학의 기본성격」, 『한국사』(11권), 국사편찬위원회, 249면.

청련 이후백(1520~1578), 사암 박순(1523~1589), 고봉 기대승(1527~1572), 곤재 정개청(1529~1590), 일휴 최경회(1532~1592), 제봉 고경명(1533~1592), 송강 정철(1536~1596), 옥봉 백광훈(1537~1582), 건재 김천일(1537~1593), 고죽 최경창(1539~1583), 동암 이발(1544~1589), 정곡 조대중(1549~1590), 백호 임제(1549~1587) 등이 그들이다.

2) 면앙정에 대하여

위에서 살핀 바와 같이 지금까지 논의된 호남 사림 또는 호남 시인을 언급하는 자리에서 양대박에 대한 부분은 반구절도 없음을 살폈다. 본고의 목적이 그를 시인 곧 호남 시인으로 나아가 호남시단의 핵심 인물로 자리 매김하고자 한 것인 만큼 호남 시단의 중핵지인 면앙정을 대상으로 〈면앙정30영〉에 대한 고찰은 매우 중요한 의의를 지닌다할 것이다. 따라서 면앙정 관련 시를 이해하기에 앞서 먼저 면앙정과 그 주인 송순에 대하여 살피는 것은 자연스런 순서일 것이다.

면앙정(俛仰亭)은 담양군 봉산면 제월리 마항 마을 옆에 위치한 정면 3칸 측면 2칸 규모의 정자이다. 정자의 가운데는 한 칸짜리 방이 들여져 있고 사방으로 마루가 깔려 있어 정자의 어느 쪽에서나 주변 경관을 감상하기에 안성맞춤이다.

면앙정은 정자의 주인인 송순(宋純, 1493~1582)의 호이면서 정자의 이름이기도 하거니와 면앙(俛仰)이란, 땅을 굽어 백성을 살피고, 하늘을 우러러 임금을 섬긴다는 뜻으로 송순의 〈면앙정삼언가(俛仰亭三言歌)〉와 기대승의 〈면앙정기〉에 그 뜻이 잘 나타나 있다. 곧 "숙이면 땅이요 : 면유지(俛有地), 우러르면 하늘이라 : 앙유천(仰有天), 그 가운데 정자를 앉혔노라 : 정기중(亭其中)"이 그것인데 이때 면(俛)을 부로 읽어야 한다는 주장이 제기되어 부앙정(俛仰亭)이라고 부르자는 사람들도 있지만, 후손 등의 고증에 따라 면앙정으로 일컬음이 일반적이다.

이 정자 아래로는 여계천(餘溪川)이 흘렀는데 철도개발로 인해 지금은 물줄기가 정자로부터 100여 미터 떨어져 흐른다. 면앙정의 뒷면으로는 시원하게 봉산면의 들녘이 펼쳐져 보이며 멀리 혹은 가까이로 추월산·병풍산·삼인산 등이 바라다 뵌다. 면앙정은 담양권의 60여 개에 달했던 누정의 하나로 조선 초 전신민의 독수정, 16세기 초반(1530)의 양산보의 소쇄원에 이어 세 번째로 1533년에 건립되었다.

송순은 32세 때(1524) 누정 건립의 뜻을 세우고 같은 마을의 곽씨(郭氏)로부터 땅을 구입한 뒤 10년 만에 중추부사대사헌(中樞府司大司憲)의 직을 그만 두고 향리에 내려와 있으면서 정자를 지었다. 송순은 정자를 짓고 〈면앙정3언가〉와 시조 한 수를 남겼는데 그 둘은 지금도 인구에 회자(膾炙)되고 있다.

俛有地　면유지　숙이면 땅이요
仰有天　앙유천　우러르면 하늘이라
亭其中　정기중　그 가운데 정자를 앉혔으니
興浩然　흥호연　호연지기의 흥취가 나는 구나
招風月　초풍월　바람과 달을 초대하자
揖山川　읍산천　산과 시내도 불러오자
扶藜杖　부려장　지팡이 짚었다만
送百年　송백년　한 백년 끄떡없다

십년을 경영하여 초려 한 칸 지어내니
반 칸은 청풍이요 반 칸은 명월이라
강산은 드릴 데 없으니 둘러두고 보리라

이로 보건대 초창기 면앙정의 규모는 매우 단출했던 것으로 생각된다. 아마 초가지붕을 한 초정(草亭)이었을 것으로 추정된다. 면앙정은 창건된

지 20여 년이 지난, 송순의 나이 62세에서 65세 무렵 중창되었는데 당시 담양부사였던 국재(菊齋) 오겸(吳謙)의 도움으로 이루어졌다. 면앙정의 중창은 곧 면앙정시단의 일대 변신을 가져왔거니와 중창을 기념하기 위하여 초대된 여러 문사들로부터 다양하고 많은 그러면서도 뛰어난 시문이 제작되었다.

기대승(寄大升)의 〈면앙정기(俛仰亭記)〉, 임제(林悌)의 〈면앙정부(俛仰亭賦)〉, 임억령(林億齡)의 〈면앙정30영〉, 김인후(金麟厚)의 〈면앙정30영〉, 박순(朴淳)의 〈면앙정30영〉, 고경명(高敬命)의 〈면앙정30영〉, 양대박의 〈면앙정30영〉, 이홍남의 〈면앙정30영〉, 윤행임의 〈면앙정30영〉과 면앙정 송순 자신의 〈면앙정가(俛仰亭歌)〉 등이 그것이다. 면앙정은 정유재란(1597) 때 병화를 입어 완전히 소실되고 빈터만 남게 되었으니 송순이 세상을 떠난 지 16년만의 일이었다. 현재의 면앙정은 효종 5년(1654)에 후손들이 중건한 것으로 350여 년이 넘은 건물이다.

전라남도 기념물 제6호인 면앙정은 시가문학의 산실인 바, 면앙정단가 7수와 〈면앙정가〉를 비롯한 국문시가는 물론 〈면앙정30영〉 등 한시 및 다양한 형식의 시문이 대량으로 제작되어 호남시단은 물론 조선의 시단을 살찌웠던 문학의 산실이다.

주목되는 것은 기대승이 〈면앙정기〉를 두 번 지은 사실과 송순이 〈면앙정30영〉을 짓지 아니한 점이다. 고봉(高峯)이 무슨 연유로 면앙정 기문을 두 번이나 제작했는지 알 길이 없으나, 처음에 창건되었을 당시에 한 번, 뒤에 중창되었을 때 한 번 등 도합 두 번 지은 것이, 나중 문집에 함께 등재되어 마치 한꺼번에 두 번을 지은 것처럼 여겨진 것이라 추정된다. 이와는 달리 35세나 연상인 스승의 정자에 대한 기문을 부탁받은 고봉이 조심스럽고 부담이 간 나머지 두 개를 제작한 것이라 생각해 볼 수도 있겠다.

한편, 면앙정 주인인 송순의 〈면앙정30영〉 제영이 없는 까닭은 무엇일까? 우선 임·병 양란 등 병화로 인하여 송순의 시문이 다량 소실된 데에 그 원인을 둘 수 있겠다. 『면앙집』의 송순 연보에는 정유재란으로 인하여 송순과 제현들의 시문이 다량 소실되었다고 기록되어 있다. 송순이 먼저 〈면앙정30영〉을 짓고 이어 임억령 등이 그에 화답했을 것이로되 그것이 불에 타 없어져 버렸다는 추론을 해볼 수 있다. 사실 지금으로서는 〈면앙정30영〉 중, 누구의 것이 가장 먼저 지어졌으며, 그것은 어떤 원운에 의한 것이었는지 궁금한 사항이 한 둘 아니다. 다만, 윤행임의 경우, 양대박의 〈면앙정30영〉에 차운했다는 제작 동기를 밝혀두었다. 또한 『면앙집』에는 심중량(沈仲良)의 〈면앙정기〉도 보이는데 이 또한 언제 어떤 연유로 제작된 것인지 분명치 않다.

면앙정을 소재나 제재로 해서 창작한 시가에는 앞서 소개한 것들 외에도 면앙정 잡가 두 수 및 여러 편의 한시가 있는데 『면앙집』에 따르면, 41명의 시인이 51편 210수 이상을 제작한 것으로 되어있다. 이렇듯 면앙정은 시조·가사·한시문 등 다양한 시가문학의 산실로서 특히 가사 〈면앙정가〉는 정철의 〈성산별곡〉에 많은 영향을 주는 등 강호전원 가사의 전통을 잇는 주옥같은 작품의 자력이 된 것으로 평가된다.

지금 면앙정 앞뜰 오른편에는 면앙정가비가 서 있으며 정자 안에는 퇴계 이황·하서 김인후의 시와 고봉 기대승의 〈면앙정기〉, 백호 임제의 〈면앙정부〉 및 석천 임억령과 제봉 고경명 등의 〈면앙정30영〉 및 송순의 〈면앙정삼언가〉 등이 판각되어 걸려있다.

또한, 우리가 주목해야 할 사실은 〈면앙정30영〉과 〈식영정20영〉 등의 시편들은 모두가 그 정자의 내포적 의미망에 맞게 세밀한 구도 속에 제작 되었다는 점이다. 다시 말해서 〈면앙정30영〉은 면앙(俛仰)이란 의미에 충실한 가운데 제작되었다는 사실이다. '면앙' 곧 '굽어보고 우러러 볼' 수 있는 경지, 이는 송순이 지향했던 대도(大道)의 경지에 다름 아니다.

송순은 평생 '대도'의 실현을 최고의 목표로 삼았던 인물로서 그의 '면앙'은 '대도'의 다른 표현에 지나지 않는다. 그러므로 대도의 경지 곧 면앙의 자세로 사물을 대하면 우주 사이의 삼라만상이 죄다 보이지 않을 수 없는 것 아니겠는가! 그렇다. 대도를 깨달은 사람은 자유자재로 시 · 공을 넘나들 수 있는, 석천 임억령식으로 말하면 조화옹의 능력을 갖고 있다. 그러므로 그가 하늘에서 굽어보면 곧 면(俛)하면 보이지 않는 것이 없게 되므로 담양 면앙정에서도 광주의 어등산, 나주의 금성산, 화순의 옹암산 등 면앙정 원경을 조망할 수 있게 되는 것이다.

반대로 면앙정에서 바라보면 곧 앙(仰)하면 그 아래를 흐르는 물이며, 가까이의 여뀌꽃 등이 눈앞에 들어오게 되어 근경을 담아낼 수 있는 것이다. 이러한 작시태도는 〈식영정20영〉의 시편이 각기 식영 정신의 실천적 공간에 들어가기 위한 구도적(求道的) 과정의 절차를 노래한 경우와 같은 것으로 이해된다. 따라서 〈면앙정30영〉은 면앙정 주인의 인품과 철학을 반영한 시제(詩題)의 선택이 아닐 수 없는 바, 같은 시제에 임억령 등 7명의 시인들이 각기 자신의 신념과 철학을 담아 그 형상과 의경 및 흥취가 다르게 실현되었음을 알 수 있겠다.

3. 청계 양대박의 문학세계

1) 청계의 생평

양대박은 앞서 말한 바와 같이 남원의 이언방(伊彦坊) 동대(東臺, 지금의 남원군 주생면 상동)에서 삼남의 갑부 후예로 태어났다. 시단의 큰 인물인 호음(湖陰) 정사룡(鄭士龍)에게서 시를 배워 시재(詩才)를 널리 날린 청계는[13] 의병장 보다는 오히려 시인이라고 해야 더 그의 진면목에 어울릴 듯하다. 그는 과거에는 오른 적이 없지만 뛰어난 학식과 시문에의 재주, 신의와 의리를 중히 여기는 인품의 소유자로서 주위뿐만 아니라 멀리

---

13 안대회, 「양대박의 실기」, 강혜선 편, 『정조의 시문집 편찬』, 문헌과 해석사, 2000, 250면.

까지 그의 명망이 자자했던 인물이다.[14] 또한 대제학 황경원(黃景源)이 쓴 〈묘갈명〉에 따르면 그는 어려서부터 침착하고 신중하며 부모님의 상을 당했을 때 3년의 시묘 살이를 하는 등 효성 또한 지극했다고 한다.[15] 그의 명망과 인품은 우계(牛溪) 성혼(成渾, 1529~1589)과의 사제지간의 정으로 맺어졌으며, 우계는 제자를 관계(官界)에 추천하기도 하였다.

우계와의 인연은 그보다 나이가 많은 명사를 만나게 되는 결정된 계기가 되었다. 곧 사암(思菴) 박순, 송강(松江) 정철과 도의지교(道義之交)를 맺었던 청계는 당대의 훌륭한 학자로 칭송된 우계 성혼의 문하에서 충서(忠恕)의 생활철학과 성리학에 대하여 가르침을 받았다. (청계의 스승에 대해서는 호음 정사룡과 우계 성혼이라는 두 주장이 있다. 후에 재론하겠지만 족보 등에는 우계로 되어 있다.)

청계는 집의(執義) 벼슬이던 부친이 경기도 과천의 양재역(良才驛) 벽서사건(1547)에 연루되어 불행한 최후를 마친 것을 보고 벼슬에의 뜻을 접고 학문에만 열중하였다. 그의 생평을 살피기 위해서는 그와 관련된 기록에 대하여 먼저 말하지 않을 수 없겠다. 양대박에 대한 기록 정보는 『왕조실록』 등의 역사적 기록 외에 『양대사마실기(梁大司馬實記)』가 지금까지의 알려진 바로는 가장 충실하다. 위의 '실기'는 정조 20년(1796) 왕명에 의하여 간행된 것인데 그 내용은 전체 11권이다. 그 가운데 권1에는 창의(倡義)와 관련된 〈종군일기(從軍日記)〉 등과 기문, 가장(家狀), 전[16] 신도비명, 묘갈명, 묘표 등이 실려 있다. 권2는 포충(褒忠), 정려(旌閭), 사시(賜諡)에 관한 내용이다.

첨언하자면 권1에는 임란 때에 이순신, 곽재우, 김덕령 등을 발탁한 우의정 약포(藥圃) 정탁(鄭琢, 1526~1605)의 〈전(傳)〉[17], 홍문관 제학(提學)

---

14 실기, 6면.

15 『양대사마 실기』 권1, 묘갈명, 이하 '실기'라 표기함.

16 傳-양대박의 전기, 아래 『약포집』.

17 정탁, 『약포집』.

민종현(閔鍾顯)의 〈신도비명(神道碑銘)〉, 대제학 황경원(黃景源)의 〈묘갈명(墓碣銘)〉, 남공철(南公轍)의 〈묘표(墓表)〉 등 내로라한 명 문장가들의 글들로 엮어져 있다. 권3 · 4 · 5는 양대박의 유고(遺稿)로서 정조의 『양대사마실기』 편찬 및 발간에 따른 명령이 있기 전에, 이미 있었던 유고(遺藁)를 싣고 있다. 권3의 시작 부분에는 '유고'라는 제목 아래 고 · 근체시(古近體詩) 167수라는 기록이 붙어 있다.

또한 권4의 시작 부분 역시 유고라는 제목 밑에 고 · 근체시 167수라고 작은 글씨로 표제하였다. 따라서 본고에서 인용하고 있는 양대박 관련 시문의 자료는 다름 아닌 '실기' 권3에서 권5까지의 내용이다. 권5는 '유고'라는 제목 아래 잡문 12수라고 표제했는 바 이는 주로 문(文)을 지칭하고 있다. 여기에는 〈청참왜사서상송강정상국(請斬倭使書上松江鄭相國)〉, 〈유두류산기(遊頭流山記)〉 등의 주옥같은 기행문이 실려 있어 남명 조식이나 점필재 김종직의 같은 장소를 기행한 글들과 비교를 통한 감상을 하게 해준다. '실기'의 권6은 부록인데 '실기' 전체의 부록 사항이 아니라 양대박과 직접 관련된 문집의 부록으로서 정사(正史)나 그가 쓴 글이 아닌 36편의 양대박과 관련하여 글을 남긴 사람들의 글이 주를 이루고 있다.

다시 말해서 여기에는 중국 사신 웅화(熊化)의 창의격서(倡義檄序)를 비롯하여 민유중(閔維重) 등의 제문과 대제학 이식(李植)과 황경원(黃景源), 홍양호(洪良浩), 참판 이서구(李書九) 등의 〈제창의격(題倡義檄)〉을 비롯, 송강(松江) 정철(鄭澈), 사암(思庵) 박순(朴淳), 오음(梧陰) 윤두수(尹斗壽), 제봉(霽峯) 고경명, 임당(林塘) 정유길(鄭惟吉), 월정(月汀) 윤근수(尹根壽), 백록(白麓) 신응시(辛應時), 습재(習齋) 권벽(權擘) 등의 양대박 시에 대한 차운시와 현곡(玄谷) 조위한(趙緯韓)의 청계집발(靑溪集跋)이 담겨 있다.

권7은 청계의 아들 제호(霽湖)와 경우(慶遇)의 문집인 『제호집』이며, 권8 또한 『제호집』으로 권7이 오언고시(五言古詩)부터 시작된 반면, 여기서는 오언율시(五言律詩)로 시작하고 있다. 권9 또한 『제호집』인데 칠언율시(七言律詩)부터 시작하여 오언배율(五言排律)과 칠언배율을 담고 있다. 권10은 『제호집』 가운데 잡문을 싣고 있는데 유두류산쌍계청학동기(遊頭流山雙溪靑鶴洞記)를 비롯 중건광한루통유문(重建廣寒樓通諭文) 등과 세상에 널리 알려져 유명한 시화(詩話)가 실려 있다. 권11은 둘째 아들 형우(亨遇)의 문집인 『동애집(東崖集)』이다.

이상에서 살핀 바와 같이 청계의 생평을 알리는 문헌은 관찬서를 제외하고는 주로 위에서 말한 '실기' 가운데 권1과 권2의 내용이다. 특히 그의 인물됨과 일생을 알려주는 것은 권1의 가장(家狀)과 정탁 등이 쓴 전(傳)이며, 임진왜란 때의 활약상과 그에 대한 평가는 종군일기 및 정려와 사시장(賜諡狀)이 그것이다. 여기서 참고로 청계와 관련한 문집의 발행에 대하여 살피기로 한다.

양대박과 관련한 문집은 모두 4종류로 생각된다. 그 첫 번째는 『청계유고(靑溪遺稿)』가 그것인데 1618년 4월(광해군 10: 청계 사후 26년 뒤)에 그의 아들 장성현감 경우(慶遇)가 전남 장성에서 간행한 것으로 여기에는 작자를 밝히지 아니한 서문이 함께 실려 있다. 흥미 있는 것은 서문의 작자가 서애 유성룡의 문인이요, 삼당시인 이달에게 시를 배운 천재시인 허균이라는 사실인데 다소의 의문점이 있다. '실기'의 해제를 쓴 송준호 교수에 따르면[18] 장성에서 출간된[19] 『청계유고』에는 큰 아들 경우의 발문이 있다고 하였는바, 그에 따르면 『청계유고』는 양대박의 시(詩) 만이 수록된 시집임을 알 수 있다. 그런데 의문인 것은 2권 1책으로 구성된 '청계유고'의 간기(刊記)가 만력(萬曆) 46년 곧 1618년 4월 17일로 되어 있는데 서문의 작자인 허균의 이름이 빠진 점이다.

허균은 1618년 8월에 부하 현응민이 도성을 출입하다가 불심 검문에 걸려 거사계획을 발설함에 따라 체포되었다. 그렇다면 문집이 간행된 4

18 실기, 10면.

19 국립중앙도서관 소장본.

월과는 넉 달간의 거리가 있으며 체포되기 직전까지만 해도 허균은 광해군으로부터 "그대의 충성은 해와 달처럼 빛나고 있다."는 찬사를 들을 만큼의 총애를 받고 있는 터였다. 그렇다면 양경우는 왜 미리서 받아놓은 허균의 서문을 실으면서 이름을 밝히지 않았던 것일까? 허균과 정신적으로 뿐만 아니라 당대 사회에 대한 불만이라는 대현실관 등이 상통하여 당대 사회개혁 이른바 허균의 '거사' 계획을 알고 있었던 것은 아닌지… 그렇지 않다면 허균이 체포된 이후 서문에서 허균의 이름을 삭제한 채로 유통시킨 것은 아닌지 궁금하다.[20] (안대회 교수는 앞서의 글에서 허균의 이름이 칼로 오려진 채 유통되었다고 보았다.)

또한 지금 사본(寫本)으로만 전하는 조위한의 발문이 붙어있는 『청계집』의 간행 여부이다. 현재 규장각과 국립중앙도서관에 전하고 있는 『사본 청계집』은 17세기에 활동한 민유중(閔維重, 1630~1687) 등의 글이 실려 있는 등, 광해군 당시 양경우가 간행하려고 조위한에게 발문을 부탁했던 정황과는 매우 다른 내용이 들어있기 때문이다. 다른 또 한 가지 의문은 '실기'의 편찬 과정에서 초간본 『청계유고』에 실린 아들 양경우의 발문과 허균이 쓴 것으로 추정되는 서문 모두가 빠진 점이다. 발문과 서문의 내용으로 미루어 허균이 문집 간행에 관여했다는 사실을 드러내고 싶지 않았던 당시의 시대적 상황이 짐작되는 바가 있기는 하지만, 그래도 궁금증은 여전하다. 이에 대한 후일의 상고가 요망된다.

한편, 양경우가 장성에서 간행한 『청계유고』 이른바 초간본은 청계의 시만을 수록한 문집이라 했거니와 거기에 빠진 〈금강산기행록〉, 〈두류산기행록〉 등의 산문이 담긴 『청계집』 사본(寫本)[21]이 있는 바, 여기에는 명나라 사신 웅화의 서문, 허균의 서문과 조위한의 발문 등이 있는데 아들 양경우의 발문은 빠져 있어 그 간행 경위를 알기가 어렵다. 또한 〈양대사

20 안대회, 앞의 글, 258면.

21 『한국문집총간』 제53집.

마실기〉의 권6에 나오는 현곡(玄谷) 조위한(趙緯韓)의 청계집발(靑溪集跋)과 관련한 얘기인데 앞서 말한 『청계유고』에 없는 발문이 어디에서 근원한 것일까? 그것은 『청계유고』 외에 또 다른 청계 관련 자료의 존재 가능성을 짐작케 한다.

다시 말해서 청계의 시(詩)만 수록된 『청계유고』 간행 이후, 〈양대사마실기〉가 나오기까지(1796), 『청계유고』 가운데서 청계의 시문뿐만 아니라, 그와 관련된 다른 글들이 포함된 『청계집』이 간행되면서 그때에 평소 두 아들(경우, 형우)과 친분이 두터웠던 조현곡의 발문이 첨기된 것으로 사료된다.

요컨대 필자가 관심을 갖고 시인 양대박을 새롭게 주목하는데 근거한 자료에 '실기' 가운데 권3과 권4 그리고 권5이다. '실기'는 정조의 명에 따라 간행된(1796) 양대박 삼부자 곧 양대박, 큰 아들 경우, 둘째 아들 형우의 문집이다. 〈양대사마실기〉는 대사마 본인인 청계의 창의에 관한 기록과 그가 남긴 시문 및 경우와 형우 두 아들의 글들을 모은 삼부자의 문집이면서 아울러 김근순, 유득공, 서유구 등 당대 최고의 엘리트 학자들에 의하여 기존에 간행 또는 미간행된 청계 관련 시문의 교감 또는 교정집이라 하겠다.

앞서 필자는 양대박이 당시 사회가 잘못 되어감을 보고, 비탄한 나머지 학문에만 전념하였다고 했는바, 그의 정치적 입신양명의 포기는 서얼 출신[22]이라는 신분적 한계의 영향이 없지는 않았겠지만, 그 보다는 그의 학문에의 열망과 당시 정치 현실의 모순과 불합리가 크게 작용한 것으로 사료된다. 그는 침랑(寢郞) 벼슬을 제수 받았으나 우계(牛溪)가 이조정랑(吏曹正郞)으로 있을 당시라 나아가지 않았다. 1572년(선조 5) 중국의 신종(神宗) 즉위 소식을 전하러 온 명(明)나라 사신을 맞이하는 원접사(遠接

22 양태순, 「청계 양대박의 생애와 한시」, 『한국한시작가연구』 6권, 한국한시학회, 2001, 510면.

使) 정유길(鄭惟吉)의 종사관(從事官)으로 추천 되었는데 그때 그의 인품이 조정에 알려져 주부(主簿)로서 천거된 것이 그의 벼슬길 행적의 모두이다.

이에 앞서 청계는 1572년 4월에 관동지방의 원님으로 가 있던 부친과 함께 금강산 유람길에 올랐다. 〈금강산기행록〉과 관련 시편은 이때의 감흥에서 창작 되었다. 명산대천을 좋아한 성품과 집안이 삼남의 갑부라는 경제적 여유, 그리고 자신이 서얼이라는 신분적 한계 등으로 인하여 청계는 과거 보다는 향리에서 유유자적(悠悠自適)하는 생활을 영위하였는바 그의 뛰어난 자질은 훌륭한 시문으로 형상화 되었고 그의 선(禪) 취향은 네 번에 걸친 지리산 유람(1560년, 1565년, 1580년, 1586년 등)으로 이어졌으며 그 결과는 또 다시 〈두류산기행록〉 등의 기행문을 낳게 하였다.

한 시대를 대표할 만큼 초특급 문인이었던 양대박, 그는 임지왜란이 일어나기 훨씬 전인 1584(선조 17)부터 일찌감치 작은 연못이 있는 교룡산(蛟龍山) 아래에 집을 짓고 매화나무, 대나무, 학 등과 벗하면서 청계도인(青溪道人)이라고 자호하면서 지냈음을(제학문, 실기, 285면)알 수 있는 바, 청계도인과 지금의 곡성군에 소재한 청계동과는 얼마만큼 관련이 있는지 이로써는 분명치 않다. 문인으로서 뿐만 아니라, 무인으로서 면모도 지니고 있었던 양대박, 그는 밤을 세워 병서를 탐독하였다. 그의 무인으로서의 감각과 혜안은 여러 사실에서 두루 확인되는 바, 변사정(邊士貞)과 김천일(金千鎰)의 진법(陣法)과 병법(兵法)에의 관심, 명나라 사신들과의 통군정(統軍亭)에서의 활 솜씨 발휘(1572년), 광한루의 낙성식 때, 머잖아 불타버릴 것을 알고 비상시에 대비하여 성 밑에 도랑을 파라고 권유한 일(1583년), 일본사신 귤강광(橘康廣)이 왔을 때 그들의 허실을 알아보기 위하여 영남까지 내려간 일, 그때 일본 사신의 "너희들의 창은 어찌 그리도 짧은가"에 대하여 "너희들의 칼날은 왜 그리도 무딘가"로 답했던 담대함과 기개(1588), 일본 사신 평조신(平調信)과 현소(玄蘇) 등이 "지금 천하가 짐의 한 손아귀 속으로 들어왔다. 군대를 거느리고 단숨에 대명국에

쳐들어가서(그 풍속을) 우리나라의 풍속으로 바꾸고 천자의 조정에서 억만년 동안 펴리라"는 일본왕의 교서를 갖고 온 것에 대하여 우선, 일본 사신을 죽이고 명나라에 저간의 사정을 알리자는 주장을 담은 〈청참왜사서상송강정상국(請斬倭使書上松江鄭相國)〉을 올린 점(1591) 등이 그것이다.

어디 그것뿐이겠는가? 임란이 발발하여 영남이 함락되고 선조가 의주로 피신가는 등 종묘사직이 경각에 달했을 때, 가산을 털어 의병을 모으고(1592년 4월) 동년 6월 담양에서 기병(起兵)한 고경명의 부대와 힘을 모아 고경명을 의병장으로 추대한 후, 임실의 운암에서 대승을 거두는 등 맹활약을 한 점은 아무리 기리어도 부족하다 할 것이다.

2) 청계의 교유 인물

청계는 '실기'에서 밝히고 있는 바와 같이 당대의 일류 인물들과 교유했다. 그들과 교유한 시문이 상당수 있었을 것이로되 큰 아들 양경우의 『청계유고』(초간본) 발문에 따르면 천여 편에 이르는 청계의 시 모음을 전주부윤(全州府尹) 남언경(南彦經)이 빌려갔다가(1591) 임진왜란 때 분실한 탓으로, 그 전모를 밝힐 수 없는 안타까움은 이루 말로 다 할 수가 없다. '실기'에 담긴 몇 편의 글들을 통하여 그의 교유 인물에 대하여 일별해 본다. '실기' 권3은 우계(牛溪) 미암(眉巖), 오음(梧陰) 등과 관련한 시문으로 시작한다. 그 가운데 우계 성혼(成渾)에 대해서는 청계와의 사승(師承) 관계라는 점에서 더욱 주목된다. 청계의 스승과 관련한 내용은 청계집 발문에서 조위한의 기록과 '청계공시장(青溪公諡狀)'의 김재찬(金載瓚)과 '청계공가장(青溪公家狀)'을 쓴 양주익(梁周翊)의 기록 등 두 가지가 있다. 곧 전자는 당대 시에서의 탁월한 재능을 지니 호음 정사룡(鄭士龍)이라고 하고 있는 반면, 족보와 후자에서는 우계 성혼이라고 하고 있음이 그것이다.

그렇다면 과연 어느 주장이 옳은 것인가? 물론 두 기록 모두 타당하다고 생각되는바 옛날의 사제지간은 오늘날처럼 학제(學制)에 의한 절차와 과정의 이수 여부로 따지는 개념이 아니라, 직접 친자(親炙)를 받지 아니한 경우라도 서한 등으로 뜻을 통하여 흠모하는 등 실로 다양한 방법으로 사제의 정을 맺었기 때문에 선불리 파단해선 곤란한 점이 한 둘이 아니다. 물론 '실기'에 호음과 관련한 시문이 없어서 확언할 수는 없지만, 조위한이 발문을 쓰면서 터무니없는 사실을 기록하지는 않았을 것이다. 물론 호음의 경우 보다 우계에 대해서는 '실기'에 〈차만취당운상우계선생(次晩翠堂韻上牛溪先生)〉 등의 관련 시문이 있어서 더욱 설득력이 있어 보이기는 하지만, 언제, 어떻게, 얼마 동안 사사했는지에 대해서는 분명하게 밝히지 않고 있다.

다음은 교유한 인물들을 보기로 한다.

〈청계차고태헌경명운(靑溪次高苔軒軒敬命韻)〉
〈여윤오음두수범주한강(與尹梧陰斗壽泛舟漢江)〉
〈송유미암희춘귀강남(送柳眉巖希春歸江南)〉
〈송이손곡달유용성(送李蓀谷達遊龍城)〉
〈봉정송강상국강계적중(奉呈松江相國江界謫中)〉
〈청계정사차사암박상국순운(靑溪精舍次思菴朴相國淳韻)〉
임당(林塘) 정유길(鄭惟吉)의 〈제양송암금강산록후(題梁松嵒金剛山錄後)〉
습재(習齋) 권벽(權擘)의 〈차임당운증송암(次林塘韻贈松嵒)〉
〈백옥봉광훈이가도사래본부시이투지(白玉峯光勳以假都事來本府詩以投之)〉
〈우화백호기린와소공명골(又和白湖麒麟臥笑功名骨)〉

등 청계의 시문 또는 청계와 관련하여 친밀하였던 사람의 글을 보였는바, 청계는 박순, 정철 등을 스승처럼 따랐던 것으로 알려지고 있다.[23] 위 중

23 양태순, 앞의 글, 512면.

에서 정유길과 권벽은 1572년 명나라 사신을 원접 하였을 당시 각기 원접사와 종사관으로서 제술관 이었던 청계와는 교분이 두터웠음을 알 수 있다. 그도 그럴 것이 원접사였던 정유길이 임의로 선발할 수 있는 제술관의 자리에 청계를 추천했던 사실로 미루어 짐작컨대, 아울러 그의 문집 『임당유고(林塘遺稿)』에 청계와의 차운한 시가 5수나 있는 것으로 보아 두 사람의 연치(年齒)를 떠난 친분의 정도를 알 수 있겠다. 습재 역시 같은 맥락에서 청계와의 교분이 두터웠음을 알 수 있는 바 『습재집(習齋集)』에는 청계와 관련한 3수의 시문이 있어 그런 사실을 뒷받침해 준다.

한편 옥봉, 임제, 손곡과의 관계는 시사(詩社)를 만들어 서로 사귄 점이 주목된다.[24] 『청계집발』에서 조위한은 청계의 아버지가 문장으로 이름을 날렸다고 전제한 뒤 그 아들 청계는 타고난 재주(천재(天才))가 탁월하여 시로써 이름을 날렸다고 했다. 이어 만년에는 고죽(孤竹), 백호(白湖), 손곡(蓀谷), 송계(松溪) 등과 함께 시모임(시사(詩社))을 결성하여 문장력을 키우는데 전념 하였는데 노두방(老杜房)과 소장공(蘇長公)을 숭상했다고 했다. 여기에서 옥봉(玉峯) 대신에 어떤 연유로 고죽(孤竹)을 들고 있는지 알 수는 없다. 다만 『옥봉집』과 『백호집』에 따르면 백광훈, 이달, 임제, 양대박 등 네 사람이 (용성) 남원에서 만나 서로 수창(酬昌)하였는데 광한루 등에 가서 읊었던 시편을 모아 〈용성수창록(龍城酬唱錄)〉 또는 〈용성광한루주석수창(龍城廣寒樓酒席酬唱)〉(백호집)이란 이름으로 일컬었음을 알 수 있다. 이로써 생각건대 청계는 시사(詩社) 곧 시모임은 고죽, 백호, 손곡, 송계 등과 하였으며, 광한루에서의 모임과 〈용성수창록〉의 제작은 옥봉, 손곡, 백호, 청계 네 사람이 참여한 것은 아닌지 궁금하다.

특히 『옥봉집』에서 그의 나이 42세 되던 봄 어느 날, 서울로 사던 길에 남원을 경유하여 갔는데 백호, 손곡, 송암(청계) 등과 만나서 함께 광한루에 올라 시로써 수창했다고 한 것으로 보아 위의 추정도 가능하다고 사

---

24 실기, 〈청계집발〉.

료된다. 어쨌든 청계는 그 교유한 인물들이 한결같이 당대 시로써 이름난 호남 사람(이달은 경기도)들 이었음을 알 수 있는 바, 이는 그가 시인으로서 그 위상이 어떠했는지를 짐작하고도 남게 한다.

3) 청계의 시 세계

앞서 말한 바와 같이 청계가 남긴 시편은 천여 편이 넘었으나 임진왜란 때 대부분 일실되고 그의 두 아들 경우, 형우 형제가 외우던 70여 수와 남아 있는 100여 수 등을 모았으나 200수가 넘지 아니한 분량이라고 했는데[25] 유고(遺藁)라고 제명(題名)된 '실기' 가운데 권3과 4에는 고・근체시라 하여 공히 167수씩을 싣고 있어, 그 숫자상의 상이함에 대해서는 앞으로 상고가 요구된다.

지금 우리가 접할 수 있는 청계의 한시에 대한 연구는 양태순 교수의 선구자적 업적이 있는바 그는 청계에 대한 행장이나 연보가 마련되어 있지 아니한 까닭에 그의 한시에 대해 시기별 접근이나 고찰이 불가능하다면서 작품 제작의 공간적 배경을 중심으로 1) 향리에서 지은 시, 2) 한양일대에서 지은 시, 3) 원접사 사행길의 시, 4) 탐승의 시 등으로 나누어 고찰했다.[26] 향리에서 지은 시 가운데 〈청계(青溪)〉는 『대동시선』에도 실린 명작으로 『학산초담』이나 『시평보유』 등 시화집에서도 호평한 시인데 특히 경련(頸聯)의 "산 귀신은 밤에 쇠솥의 불을 엿보고/ 물새는 가을에 돌집의 연기 속에 잠드네" 곧 산귀야규금정화(山鬼夜窺金鼎火) 수금추숙석당연(水禽秋宿石堂烟)은 산山/ 수水, 야夜/ 추秋, 금金/ 석石, 화火/ 연烟, 규窺와 숙宿의 동정(動靜) 대응과 더불어 명(明)과 암(暗), 그리고 상(上)과 하(下) 등의 조응관계가 이루어져, 읽는 이의 감흥 유발이 자연스러

---

25 안대회, 앞의 글, 256면.

26 양태순, 앞의 글, 517면.

우면서도 기묘하기가 짝이 없다. 이 시에 대해 명나라 사신 주지번(朱之蕃)이 손을 씻고서 읽었다는 『대동시선』의 언급은 전적으로 수긍이 가는 바다.

청계의 향토와 관련한 시편은 30여 편으로 보인다.[27] 다음으로 한양 일대에서 읊은 시는 15여 수인데 그 가운데서 〈송손곡객유용성(送孫谷客遊龍城)〉은 『기아(箕雅)』와 『대동시선』에 뽑힌 명작이다. 다음은 원접사 사행길에서 읊은 시편들인데 모두 60여 편으로 11수를 제외한 나머지는 다른 사람의 시에 차운한 것들이다. 그 가운데 〈황주효발근정사상(黃州曉發謹呈使相)〉은 그 미련(尾聯)의 "멀리 생각하노니 고향의 농어회 맛이라니/ 꿈길에서 몇 번이나 용성 땅을 감돌았던가" 곧 요억고원노회미(遙憶故園鱸膾美) 기회귀몽요용성(幾回歸夢繞龍城)을 통하여 공적인 사행길에서의 심회를 읊은 가운데 고향을 그리는 애틋한 마음을 담아냄으로써 인간적인 진솔한 모습에서 독자의 고개를 끄덕이게 한다.

마지막으로 탐승과 관련한 시를 보자. 청계는 지리산을 네 번이나 오르는 등 정치의 참여 보다는 물외(物外) 한정(閑情)에 뜻함이 강했던 인물이다. 그는 지리산 유람 뒤에 〈두류산기행록(頭流山紀行錄)〉과 13수의 시를 남겼다. 네 번째의 유람 때(1586년 9월 2일~9월 13일)는 친구 오적, 친구의 외삼촌 양길보, 소리기생 애춘(愛春), 아쟁악사 수개(守介), 피리악사 생이(生伊) 등과 동행한 매우 화려한 유람을 했다. 또한 그의 금강산 유람(1571년 4월 4일~4월 20일)은 보름 정도의 일정 이었는데 〈금강산기행록(金剛山紀行錄)〉이라는 산문과 함께 한시 30여 수가 그 결실로써 잉태 되었다.

위에서 본 바와 같이 지리산과 그 주변 및 금강산과 그 근처의 탐승은 산문기록과 함께 한시로 형상화 되었는바 그의 문인으로서의 역량을 살피는 지적 기쁨은 물론, 지리산과 금강산에 대한 당대의 실상과 모습을

27 양태순, 같은 글, 같은 곳.

생생하게 보여주고 있다는 역사문화적 의의뿐만 아니라, 유람에서의 흥취를 시로써 재창작해 보임으로써 처음 마주친 생물에 의한 정중경(情中景)과 경중정(景中情)의 정서적 발흥을 처리해내는 시적 성취도를 느낄 수 있게 해준다.

시에서 정(情)과 경(景)의 문제는 말이야 둘이지만 실은 분리할 수 없는 것이라고 하는 의경이자 뜻의 지향점이라고 할 때 그의 시들은 그런 묘처(妙處)를 잘 대변해 주고 있다. 지리산 유람에서 얻은 〈실상사폐기(實相寺廢基)〉의 마지막 두 줄은 청계의 인간적인 모습 나아가 다정다감한 시작 태도인 호남시단의 전통과 낭만적인 정서의 일단이 잘 드러나고 있다. "계류다의서(溪流多意緖) 오열송행인(嗚咽送行人)" 곧 "흐르는 시냇물 다정도 하여라, 울며불며 오가는 길손 전송하네"가 그것이다.

이상에서 청계의 시에 대해 개괄적인 모습을 살폈거니와 그의 시는 적절한 허사의 단련을 통한 표현미의 획득, 동사나 형용사의 조탁으로 역동적인 묘사 등이 남다른 특징을 지닌 것으로 요약할 수 있겠다. 당시(唐詩)를 법 받고 강서시파(江西詩派)에 넘나든 그의 호남시단에서의 역할과 위상에 대해서는 장을 달리하여 상세하게 살펴보기로 한다.

4) 청계의 면앙정30영

俛仰亭三十咏爲宋大憲純作 면앙정삼십영위송대헌순작

1. 秋月翠壁　추월취벽　추월산의 푸른 절벽

削出千尋壁　삭출천심벽　천 길 높은 벽을 깎아 세워 놓았는 듯
遙看石勢懸　요간석세현　멀리 바라보니 큰 바윗돌이 매달린 기세로다
吟邊收晩靄　음변수만애　읊은 자리에 느지막이 안개 걷히니
鳥外露層巓　조외로층전　조령 밖의 산봉우리 드러나는 듯

秀色分高棟	수색분고동	빼어난 모습은 높은 기둥을 세워놓은 듯
奇標亘遠天	기표선원천	기특한 관경은 저 먼 하늘에 닿을 것 같네
何人採芝去	하인채지거	어느 누가 지초를 캐러 갔던고
樹杪聽飛泉	수초청비천	나무 끝에선 폭포소리 들리누나

2. 金城古跡　　금성고적　　금성산성의 옛 자취

往事茫茫古堞存	왕사망망고첩존	지난 일은 아득한데 옛 성터만 남아
青山依舊接荒原	청산의구접황원	청산은 변함없이 큰 들에 접하였네
當年草木經蠻觸	당년초목경만촉	그 당시 풀과 나무는 온갖 난리 당했으리
衰世干戈幾吐呑	쇠세간과기토탄	말세에 무서운 전쟁 몇 번이나 겪었던가
雲老斷坡知懸廢	운노단파지현폐	저 구름은 여기서 늙었으니 흥망을 알까
日斜孤店見鴉翻	일사고점견아번	해 저문 산점에는 까마귀 떼만 나는 구나
頹垣寂寞無人弔	퇴원적막무인조	무너진 성은 적막하여 사람하나 없는데
唯有寒泉晝自喧	유유한천주자훤	옹달샘의 물소리만 혼자서 말하고 있네

3. 山城早角　　산성조각　　산성마을의 이른 호각소리

樹裏孤城近	수리고성근	나무 사이론 외로운 성이 보이고
宵殘畫角鳴	소잔화각명	밤이 물러가니 화각이 울린다
風前來有信	풍전래유신	바람에 실려 흔들려서 전해온 소리
月下聽多情	월하청다정	달 아래서 들으니 다정도 하구나
北麓松濤應	북록송도응	북쪽 비탈 솔 위에 물결 소리 울리니
南天鴈陣驚	남천안진경	남쪽 하늘 기러기들 놀라서 소리 치네
秋窓幽夢破	추창유몽파	가을밤 깊은 잠을 깨고 일어나니
曙色漸分明	서색점분명	어느덧 새벽이 동쪽에서 밝아오네

4. 竹谷清風　　죽곡청풍　　죽곡의 맑은 바람

千竿如束翠相眷　천간여속취상권　대숲에 옹기종기 푸른빛이 울창한데
谷口森森一逕通　곡구삼삼일경통　골짝 입구 아득히 한길로 통하였네
蒼雪欲飛初解擇　창설욕비초해탁　대 껍데기 벗느라 아득히 눈 내리는 듯
粉香輕落乍迎風　분향경락사영풍　맑은 향내 가벼이 바람에 실려 오네
凉生畵閣宜舒嘯　양생화각의서소　높은 집의 서늘한 바람결 시 읊기 좋고
爽徹烏紗合倚笻　상철조사합의공　머리에 스치는 상쾌 기분 쉬어갈만 하여라
堪歎四方三伏熱　감탄사방삼복열　사방의 삼복더위를 싫어하는 사람들이여
淸陰安得與人同　청음안득여인동　맑은 그늘 아래서 편히 쉬어들 가세나

5. 佛臺落照　불대낙조　불대산의 낙조

矗矗奇峯秀　촉촉기봉수　우뚝 우뚝 기이하게 산봉우리 솟았는데
亭亭落日低　정정락일저　아름답게 저녁 해는 나직이 걸렸네
殘霞斂墟市　잔하렴허시　엷은 노을이 빈들에서부터 걷히자
暝色入山谿　명색입산계　어두운 빛이 산 계곡에 스미어오네
古寺疎鍾度　고사소종도　옛 절의 종소리 고요할 즈음이면
深枝宿鳥棲　심지숙조서　깊은 숲속의 새들도 잠을 잔다네
流光繫無術　유광계무술　흐르는 세월을 잡아 맬 수 없는데
空望鄧林西　공망등림서　하릴없이 서쪽의 무릉도원 바라보네

6. 晴波跳魚　청파도어　맑은 물결에 뛰노는 물고기

晴川歷歷繞雲林　청천역력요운림　맑은 냇물 졸졸 숲을 돌아 흐르는데
俯視游魚躍水深　부시유어약수심　고기떼는 깊은 물속에서 뛰어 노니네
惠子當年留妙語　혜자당년유묘어　혜자惠子는 당년에 묘어妙語를 남겼고

濠梁餘興擬重尋　호양여흥의중심　호량(濠梁)의 남은 흥을 여러 번 찾았네
機關付物眞知樂　기관부물진지락　천기를 생물에 붙이니 지식의 즐거움이요
肝膽輸他正會心　간담수타정회심　관심을 다른 데 돌리니 마음이 편안하다
誰把錙銖較同異　수파치수교동이　누가 저울대로 같고 다름을 가리겠는가
至人窮理古猶今　지인궁리고유금　성인들의 궁리는 예나 지금이나 일반이네

7. 龍龜晩雲　용구만운　용구산의 저녁 구름

亂嶂濃如墨　난장농여묵　즐비한 산봉우리를 먹같이 물들이더니
殘雲晩欲飛　잔운만욕비　저녁 되니 엷어져 흩어지려 하구나
如何埋遠樹　여하매원수　어찌하여 먼 곳의 나무를 가리고
復自掩斜暉　부자엄사휘　오가며 또 다시 햇빛을 가리는가
步壑綸巾濕　보학륜건습　산길을 걷느라 망건이 젖었는데
尋眞蕙徑微　심진혜경미　진혜초 찾아 가는 길은 희미하여라
須臾足飜覆　수유족번복　깜박할 사이에 발이 미끄러질 판인데
一雨暮霏霏　일우모비비　한 줄기 저녁 비는 무슨 일로 쏟아지고

8. 漆川歸鴈　칠천귀안　칠천에 돌아온 기러기

平沙無際水蒼茫　평사무제수창망　모래사장 끝이 없고 물은 아득한데
秋晩江南鴈字長　추만강남안자장　철을 아는 기러기들 떼를 지어 날아오네
雲渚月明時叫侶　운저월명시규려　멀리 물가에 달 밝으면 때때로 짝을 부르고
寒天霜落亂隨陽　한천상락난수양　찬 하늘의 서리 따라 남쪽으로 날아오네
斜斜整整寧違陣　사사정정영위진　옆줄로나 앞줄로나 모두 질서를 지키고
弟弟兄兄自作行　제제형형자작행　끼리끼리 서로 얼려 스스로 줄을 지으네
菰浦稻郊應有繳　고포도교응유격　줄과 부들 벼논에는 작살이 있을 것이니
不如飛入荻花鄕　불여비입적화향　갈대밭 넓은 강에서 놀기만 못하리라

9. 曠野黃稻 광야황도 넓은 들판의 황금물결

野叟勤來訪 야수근래방 부지런한 농부가 찾아와서는
酣歌樂歲登 감가락세등 풍년이 왔다고 기쁜 노래 부르네
黃雲迷遠近 황운미원근 누런 벼는 들녘을 꽉 메우고
秋稼臥溝塍 추가와구승 추수거리는 온 들판에 펼쳐져있네
秫酒何辭醉 출주하사취 차조로 빚은 술을 어찌 사양하리
風楹不厭憑 풍영불염빙 바람 드는 기둥에 서면 취하지 않으리
前年三尺雪 전년삼척설 지난해에 삼척의 눈이 쌓이더니
今日驗休徵 금일험휴징 오늘 이런 풍년의 징조였었네

10. 平郊霽雪 평교제설 넓은 들판에 개인 눈

一夜長郊瑞雪飄 일야장교서설표 밤새 내내 넓은 들에 서설이 내리더니
曉來寒氣挾風驕 효래한기협풍교 새벽 되자 찬 기운에 거센 바람 불어오네
連空大地氷河壯 연공대지빙하장 하늘과 대지가 이어진 듯 빙하가 성한데
入望羣山玉界遙 입망군산옥계요 눈앞의 온 산들 은세계가 되었네
幽鳥失林愁飮啄 유조실림수음탁 새들은 집을 잃고 물과 먹이를 걱정하고
孤村迷路絶漁樵 고촌미로절어초 길이 막힌 사람들 고기 잡고 풀 벨 수 없네
江梅此夕傳消息 강매차석전소식 이런 밤 강가의 매화가 봄소식 전할까 봐
自起携童訪野橋 자기휴동방야교 일어나 아이 데리고 다리 가로 가본다네

11. 松林細逕 송림세경 송림의 오솔길

一逕穿雲細 일경천운세 지름길 가늘게 아스라이 나 있는 곳
長松特地生 장송특지생 낙락장송이 우뚝 버티어 섰구나
依陰尋藥畝 의음심약묘 그늘에 자리한 약초밭을 찾으며

踏翠過山扃　답취과산경　푸른빛을 밟으며 산비탈을 지나네
紫府無多遠　자부무다원　신선이 사는 곳은 멀리 있지 않나니
靈溪始識行　영계시식행　맑은 시냇물 흐르는 곳 바로 여기라네
眈閑任來往　탐한임래왕　한가한 틈을 타고 임의로 오가노니
高興在新亭　고흥재신정　높은 흥취가 바로 이 새 정자에 있네

12. 木山漁笛　　목산어적　　목산 어부의 피리소리

二水縱橫繞竹籬　이수종횡요죽리　두 물줄기가 종횡으로 대울타리를 감싸는 곳
籬邊曬網竹陰移　이변쇄망죽음이　울타리에 널어놓은 그물에 대 그림자 옮겨오네
煙沈夕照孤亭暮　연침석조고정모　연기가 저녁볕을 가리니 외로운 정자가 어둡고
人在長洲一笛吹　인재장주일적취　긴 둑방에 앉은 사람들 피리를 불고 있네
清響有情和雨落　청향유정화우락　맑은 소리 정답게 비 소리에 섞여 들려오고
餘音不斷入空遲　여음부단입공지　여음은 그치지 않고 공중으로 천천히 퍼져나가네
憑欄客意悲涼處　빙란객의비량처　난간에 기댄 나그네 슬픈 생각으로 울컥하는데
最是蘆花簫瑟時　최시노화소슬시　갈대들 악기처럼 때 맞춰 애간장을 끊이네

13. 沙頭眠鷺　사두면로　　모래톱에서 조는 해오라기

晩雨收前浦　만우수전포　앞 포구에 늦은 비 개이고 나니
春流亂水田　춘류난수전　봄물이 어지럽게 논으로 흘러 드네
煙晴沙自暖　연청사자난　안개 걷힌 모래밭에 따뜻한 온기 있는지
風定鷺閑眠　풍정로한면　고요한 바람 속에 백로 잠이 한가하네
振翮知行烱　진핵지행형　날개를 펄럭이니 떠날 징조임을 알겠고
忘機覺汝賢　망기각여현　속세를 잊어버리니 너의 어짐을 알겠구나
江湖眞所樂　강호진소락　강과 호수는 참으로 내가 좋아하는 곳
任性老雲邊　임성노운변　본성대로 살면서 구름 가에서 늙는구나

14. 魚登暮雨　　어등모우　　어등산의 저녁비

山上頑雲潑不開　산상완운발불개　산마루에 검은 구름 짙게 어리더니
山前白雨度溪來　산전백우도계래　산 앞의 큰 비가 내를 건너오는구나
涼生夏簟吟魂爽　양생하점음혼상　대자리에 이는 서늘한 기운 시 읊기 좋고
聲薄虛簷午夢回　성박허첨오몽회　처마 밑 빗소리 적어지니 낮잠이 다시 오네
寒濕釣蓑知易重　한습조사지이중　찬 기운은 옷과 낚시 줄을 무겁게 만들고
晚隨詩興解相催　만수시흥해상최　늦게야 일어난 시흥은 시간을 재촉 하네
高亭落日看尤好　고정낙일간우호　정자에서 보는 노을 볼수록 더욱 좋나니
時捲疎簾把酒盃　시권소렴파주배　때 맞춰 주렴 거두고 술이나 마셔보세

15. 心通修竹　심통수죽　　심통사의 긴 대나무

古寺今無殿　고사금무전　옛 절터에 이제는 전각도 없는데
寒煙護竹林　한연호죽림　찬 기운만 죽림을 둘러싸고 있네
千竿鳴戞戞　천간명알알　수 천 개 대나무가 우우하고 우는데
一逕翠沈沈　일경취침침　대밭으로 가는 길은 어둑어둑 침침하네
嶰谷何煩問　해곡하번문　해곡(嶰谷)의 일을 어찌 번거롭게 묻겠는가
淇園此可尋　기원차가심　기수가의 대나무 동산 이곳에서 찾았는 걸
應須對殘局　응수대잔국　모름지기 바둑 둘 친구를 기다려서
落日散幽襟　낙일산유금　해가 지도록 깊은 정을 나눠보리

16. 錦城杳靄　　금성묘애　　금성산의　저녁놀

回首亭南縹渺間　회수정남표묘간　머리 돌려 정자 남쪽 먼 곳을 바라보니
天邊出沒錦城山　천변출몰금성산　멀리 하늘가에 금성산이 아스라이 보이네
層陰欲雨疑沾絮　층음욕우의점서　검은 구름 비를 머금으니 옷 젖을까 두렵고

夕靄如煙乍隱鬟　석애여연사은환　저녁 안개 짙게 깔리니 마치 쪽머리 같네
平野易知殘照薄　평야이지잔조박　들이 넓으니 지는 햇빛이 엷어짐을 알겠고
遙空難見暝禽還　요공난견명금환　하늘이 머니 새가 날아서 돌아오기 어려워라
開尊日日鉤簾看　개준일일구렴간　날마다 술자리를 열어 주렴을 걷고 바라보니
料理何人苦未閑　요리하인고미한　어떤 사람이 한가하지 않은지 알 것도 같아라

17. 大秋樵歌　대추초가　대추리 나무꾼의 노랫소리

大野亭前濶　대야정전활　정자 앞에 펼쳐진 넓은 들녘
荒村脚底稠　황촌각저조　마을에는 밟힐 듯 수확이 많네
居人任樵牧　거인임초목　농부들은 제각기 나무를 하려고
斤斧入林邱　근부입임구　도끼 들고 숲속으로 들어가구나
落日勞歌起　낙일로가기　해가 저물자 노래 소리 들리니
春山樂事幽　춘산락사유　봄 산에 기쁜 일이 많기도 하여라
漁翁問不答　어옹문부답　어옹은 물어도 대답이 없지만
此意政悠悠　차의정유유　참으로 여유 있는 생활이 아닌가

18. 前溪小橋　전계소교　앞 시내의 작은 다리

淸川一帶繞平蕪　청천일대요평무　맑은 냇물은 넓은 들을 휘감고 흐르는데
斷岸荒橋勢轉孤　단안황교세전고　절벽 아래 허술한 다리는 형세가 외롭구나
亭下小村通萬落　정하소촌통만락　정자 밑 작은 마을은 여러 이웃으로 통하고
樹邊斜逕接長途　수변사경접장도　나무가의 굽은 길은 큰 길을 접하였네
來牛渡處連歸騎　래우도처연금기　농사 소 건너온 길에 타는 말도 연해오고
樵叟還時雜釣徒　초수환시잡조도　나무꾼 돌아오는 길에 낚시꾼도 함께 오네
須向暮天煙雨裏　수향모천연우리　저문 날 안개 비 속을 무릅쓰고 가는 자여
倩人摸寫作新圖　천인모사작신도　어여쁜 사나이가 그려놓은 그림 같구려

19. 後林幽鳥　후림유조　뒤 숲에 사는 새

古樹成林處　고수성림처　오래된 나무가 울창한 곳에
幽禽自在飛　유금자재비　둥지 튼 새들이 자유로이 나누나
深枝爭未定　심지쟁미정　깊은 가지에는 서로 앉으려 다투는데
密葉翳相依　밀엽예상의　빽빽한 잎들은 서로 가려 의지하네
晩靄縈簷轉　만애영첨전　짙은 안개는 처마를 돌아서 들어오고
輕風入座微　경풍입좌미　가벼운 바람은 살짝 자리에 스치네
餘音最無籟　여음최무뢰　퉁소 아니어도 자연스러운 여음들
一一弄春暉　일일롱춘휘　모두가 봄빛이 좋아서 노래 한다네

20. 極浦平沙　극포평사　먼 포구의 모래사장

郊西芳草水濺濺　교서방초수천천　들 서쪽의 방초 핀 곳 물살은 급한데
極浦晴沙望杳然　극포청사망묘연　극포의 맑은 모래밭이 아득히 보이네
殘照下時征鴈落　잔조하시정안락　저녁 해 가물거리자 기러기 떼 날아들고
綺霞明處彩鳧眠　기하명처채부면　자욱한 안개 속에 청둥오리 잠자구나
何人錯認雲鋪野　하인착인운포야　어느 사람이 들 구름으로 착각 하였던고
稚子驚看雪滿川　치자경간설만천　눈처럼 깔린 모래 보고 아이들 놀라네
安得手携枯竹去　안득수휴고죽거　어느 때나 손잡고 지팡이를 벗 삼아
秋深閑步蓼花邊　추심환보료화변　늦가을 여뀌 핀 곳을 가 볼 수 있을까

21. 湧珍奇峯　용진기봉　용진산의 기이한 봉우리

列岫爭蟠屈　열수쟁반굴　여러 산봉우리 꾸불꾸불 서려 있는데
雙尖露半空　쌍첨로반공　두 봉우리가 우뚝 솟아 반공에 서 있네
鋒鋩悅詩眼　봉망열시안　칼날 같은 봉우리마다 시인의 눈을 기쁘게 하니

奇絶費神功　기절비신공　기특한 절경은 산신님의 조화일세

碧落歸雲碍　벽락귀운애　벼락도 구름 때문에 되돌아가는 곳

仙山灝色通　선산호색통　신선이 사는지 멀리 하얀 색이 보이네

何當拂袖去　하당불수거　어찌 가서본들 그 경치 감당하겠는가

白日倚天風　백일의천풍　대낮에 하늘만 바라보고 서 있네

22. 石佛疎鍾　석불소종　석불사의 드문 종소리

山庭緩步曳寒笻　산정수보예한공　산집에서 지팡이 끌고 천천히 걸어가니

古寺斜陽落暮鍾　고사사양락모종　저물녘 옛 절에서 종소리 들려오네

雲陣解時穿猛聲　운진해시천맹성　뭉게구름 흩어질 듯 웅장한 소리

玉簪搖處撼春容　옥잠요처감용용　옥비녀 흔들리니 방아소리 같구나

初隨爽籟傳幽壑　초수상뢰전유학　처음에는 상쾌하게 산골을 울리더니

更逐微風度遠峯　갱축미풍도원봉　뒤이어 미풍 타고 먼 산까지 울리네

披葛老僧無一事　피갈노승무일사　갈건 쓴 늙은 스님 일 없이 한가한 듯

待看新月倚長松　대간신월의장송　새달 오르기 기다리며 소나무에 비겨있네

23. 澗曲紅蓼　간곡홍료　골짜기의 붉은 여뀌

曲渚蓼花叢　곡저료화총　굽이굽이 강가에 여뀌 꽃 피었는데

秋深恣意紅　추심자의홍　깊어가는 가을 따라 한껏 붉었구나

和烟明夕照　화연명석조　하얀 연기는 석양빛에 붉게 물들고

含露媚西風　함로미서풍　이슬방울 머금은 듯 서풍에 교태 떠네

弄影磯邊水　롱영기변수　그림자 희롱은 낚시터의 물이 하고

爭姸岸上楓　쟁연안상풍　예쁨을 다툼은 언덕 위의 단풍일세

看渠誰最樂　간거수최락　그를 보고 누가 가장 즐거워할까

淸與屬漁翁　청여촉어옹　맑은 흥은 어부에게 부쳐보네

24. 瑞石晴嵐　　서석청람　　서석산의 아지랑이

山勢逶迤送晩青　산세위이송만청　산세가 가파르니 개임도 더딘데
孤嵐一抹弄新晴　고람일말롱신청　아지랑이 한줄기 맑음을 희롱하네
嫦娥鏡裏銀河落　항아경리은하낙　물속의 달은 은하수를 옮겨온 듯
織女機中素練橫　직녀기중소련횡　직녀가 베틀의 흰 비단을 늘여놓았네
隨意卷舒詩未狀　수의권서시미장　뜻대로 갈기는데 시는 되지 않고
盡情濃淡畵難成　진정농담화난성　정이 너무 많아 그릴 수도 없어라
騷人步出松林外　소인보출송임회　글 짓는 선비들 솔 밖으로 나오니
時聽鷓鴣深樹鳴　시청자고심수명　때 맞춰 자고새 소리 숲에서 들리네

25. 夢仙蒼松　몽선창송　몽선산의 푸른 소나무

亂岫高無對　난수고무대　즐비한 산봉우리 높고도 또 높았고
長松不附林　장송불부림　산위에 긴 소나무는 다른 숲보다 우뚝 솟았네
寒濤殷靈籟　한도은령뢰　찬 물결에 시원한 바람 일어나고
團蓋長清陰　단개장청음　둥근 일산 아래 맑은 그늘을 이루었네
自守風霜節　자수풍상절　스스로 바람과 찬 서리의 높은 절개를 지키니
誰知造化心　수지조화심　누가 자연의 조화를 알겠는가
青黃難染質　청황난염질　푸르고 누른빛을 뉘라서 침해할까
偃蹇古猶今　언건고유금　굳건한 그 절개 예나 지금이나 같으니라

26. 二川秋月　　이천추월　　두 개울에 비친 가을 달

二水縱橫清且漪　이수종횡청차의　종횡으로 흐른 두 물 맑고 또 고운데
一天霜月巧分輝　일천상월교분휘　서리 내린 밤의 달님도 밝게 빛나네
菱花蕩漾金波定　릉화탕양금파정　마름꽃 만발한 곳 금물결 평온하니

桂影虛明綺席依　계영허명기석의　계수나무 그림자 비단자리에 빛나는 듯
寒晫岸沙秋閃鑠　한탁안사추섬삭　하얀 달이 모래 위에 번쩍번쩍 빛이 나니
冷侵鷗夢夜驚飛　냉침구몽야경비　냉기에 놀란 갈매기 꿈을 깨고 날아 가네
西風萬里無雲處　서풍만리무운처　서풍 부는 저녁 구름 한 점 없이 청명한데
螢火藏芒列宿稀　형화장망열숙희　반딧불이 잠들자 뭇별도 그만 드문드문

27. 穴浦曉霧　혈포효무　혈포의 새벽안개

極浦春將曉　극포춘장효　먼 포구의 봄날 새벽이 오려하는데
遙空霧氣昏　요공무기혼　아득하게 하늘은 안개 기운으로 어둡네
川原殊未辨　천원수미변　시내와 들을 분간할 수 없으니
離落更難分　이락갱난분　울타리와 촌락을 나눌 수가 없네
重幕飜疑雨　중막번의우　거듭거듭 엎어지니 비 오는가 의심되고
輕籠浴學雲　경롱욕학운　가볍게 적셔줌은 구름을 배웠음이라
騷人看不厭　소인감불염　글 짓는 선비들 볼수록 싫지 않으니
拄杖倚松門　주장의송문　지팡이 짚고 소나무 문에 기대어 섰네

28. 遠樹炊烟　원수취연　멀리 나무에 어리는 밥 짓는 연기

山村不斷野漫漫　산촌부단야만만　산마을은 옹기종기 들녘은 아득한데
一抹長烟着樹端　일말장연착수단　한줄기 긴 연기가 나무 끝에 얽혀있구나
輕翠幾從朝暮見　경취기종조모견　푸른 안개연기를 하루에 몇 번이나 보았는고
淡痕疑向畵圖看　담흔의향화도간　담박한 그 흔적 그림에서 본 것 같네
初連白屋遙歸浦　초연백옥요귀포　초가집에서 일더니 멀리 포구로 내려가고
還拂靑帘半入闌　환불청렴반입란　빙빙 돌다 푸른 발을 뚫고 난간을 감싸네
亭上有人斜點筆　정상유인사점필　정자 위에서 시를 읊던 어떤 선비는
夕陽吟罷整巾冠　석양음파정건관　석양 되자 그만 두고 의관을 정리하네

29. 甕巖孤標　옹암고표　　항아리바위의 우뚝한 모습

峻石欹將墮　준석기장타　큰 돌이 떨어질 것처럼 매달렸는데
奇標遠欲孤　기표원욕고　기묘한 표석인 듯 멀리 외로이 섰네
深根盤地軸　심근반지축　뿌리가 깊으니 지축이 넓고 크며
高勢揷天衢　고세삽천구　지세가 높으니 하늘로 통할 것 같네
日出先知曉　일출선지효　해가 돋음에 먼저 새벽 온 줄을 알겠고
烟横巧展圖　연횡교전도　연기가 비껴 있으니 좋은 그림을 펼쳐놓은 듯
鸞驂望中過　란참망중과　난조를 멍에하고 멀리 바라보니
方信近蓬壺　방신근봉호　바야흐로 봉래산이 가깝게 있음을 알겠네

30. 七巒春花　　칠만춘화　　칠만의 봄꽃

七點層巒侷郭斜　칠점층만국곽사　일곱 봉우리 층층이 성 곁에 있는데
春來萬樹鬪繁華　춘래만수투번화　봄이 오면 온갖 꽃나무 다투어 울창하네
人憐令節愁風雨　인련냉절수풍우　사람들은 좋은 계절에 비바람 칠까 걱정하는데
天遣神工剪綺羅　천견신공전기라　하늘은 신공을 보내어 비단수를 놓았다네
濃艶糾紛連竹徑　농염규분연죽경　짙고 붉은 아름다운 자태 대밭 길로 이어지고
異香芬馥透仙家　이향분복투선가　아름다운 향기 꽃다운 냄새 신선 집으로 통하네
煩君莫惜携壺往　번군막석휴호왕　그대여 술병 메고 놀러오기를 귀찮다 마소
明日紅殘可奈何　명일홍잔가내하　내일이면 지는 꽃을 어찌할 것인가

이상에서 〈면앙정30영〉을 보았거니와 우선 청계의 시적 재능에 대하여 감탄하지 않을 수 없다. 〈면앙정30영〉은 가장 먼저 지어진 것으로 추정되는 석천의 〈면앙정30영〉과 비교할 때 그 순서가 다르다. 첫 번째 〈추월취벽〉만 같고 그 나머지는 모두 다르다. 청계는 가을에 시작하여 봄으로 끝을 맺는 시간 순환의 흐름을 좇았을 뿐만 아니라, 시 제목들의 연관

성을 고려한 흔적이 역력하다. 다시 말해서 청계는 〈면앙정30영〉의 각 시제(詩題)들이 서로 어떤 유기적 의미망을 갖도록 그 시제를 배열하는 데도 신경을 썼던 것으로 보인다. 예컨대 〈추월취벽〉 다음에 〈금성고적〉이어 〈산성조각〉〈죽곡청풍〉〈불대낙조〉〈청파도어〉〈용구만운〉〈칠천귀안〉 등의 배열은 석천의 원근에 따른 배열과는 또 다른 면에서 면앙정 부근의 경치가 빚어내는 흥취를 맛보게 한다.

다음으로 표현미학을 살펴보면 형식에서 5언과 7언의 율시 형태를 취한 점이다. 석천이나 하서 등이 5언 절구로 지은 것과는 달리, 청계는 5언 율시와 7언 율시를 번갈아 가면서 지었다. 이런 형식은 청계의 것에 차운한 석재에게로 이어진다.

다음은 표현이 쉽다는 점이다. 고사의 인용이나 전거는 몇 작품을 빼고는 거의 찾아볼 수가 없다. 〈추월취벽〉은 지금도 우리가 추월산을 바라보면서 확인할 수 있듯이 추월산의 깎아지른 절벽을 있는 그대로 형상화 하는데 충실하고 있다. 〈금성고적〉의 경우는 그의 역사적 안목과 함께 진솔한 인간적인 모습이 자연스럽게 토로되고 있다. 특히 미련(尾聯)의 두 구 "무너진 성은 적막하여 사람 하나 없는데/ 옹달샘의 물소리만 혼자서 말하고 있네"의 표현은 누구나 고적(古跡)에서 느낄 수 있는 무상함의 자연스런 유로(流露)가 친근한 느낌과 함께 숙연함을 풍긴다.

〈죽곡청풍〉은 그의 애민정신의 일단을 잘 나타내 보이고 있는데 "사방의 삼복더위를 싫어하는 사람들이여/맑은 그늘 아래서 편히들 쉬어 가세나"가 그것이다. 이러한 애민정신은 호남시단의 공통 시학 중의 하나인 점에서 주목된다. 〈청파도어〉는 그의 시에서 보기 드물게 전거가 인용된 부분이다. 춘추시대 장자와 논쟁을 벌였던 혜자(惠子)를 등장시켜 낭만적 정서의 일단을 비유적으로 드러내었다. 경련(頸聯)의 "천기를 생물에 붙이니 지식의 즐거움이요/ 관심을 다른 데 돌리니 마음이 편안하다."를 볼 때 그가 당대 호남시단의 공통 시학의 하나였던 물외(物外)에 관심을 쏟아 흥취를 찾았던 낭만적 정서의 일단을 엿볼 수 있게 한다. 특히 미련의

"누가 저울대로 같고 다름을 가리겠는가/성인들의 궁리는 예나 지금이 일반이네"는 그가 파란규보(波瀾跬步)의 정치 현실에 뜻을 두지 아니한 연유를 밝히는 부분으로 상자연(嘗自然)한 인생관을 짐작케 한다.

〈광야황도〉는 밝은 분위기가 우선 눈에 든다. 풍년이 왔다고 좋아하는 농부의 모습도 눈앞에 선하다. 뿐만 아니라 그 밝은 농부의 모습을 기쁘게 바라보는 시인의 애정 어린 관찰이 자연스레 연상되며 마침내 모두가 한 데 어울려 건하게 벌이는 술판이 연상된다. 그러면서도 미련에서는 '오동지 육섣달'의 교훈을 담는 것도 잊지 않았다. 〈평교제설〉의 미련을 보자. 길이 막힐 정도의 폭설에서 매화를 떠올리는 시인의 상상력이라니…… 이 또한 그의 낭만적 정서의 일단을 잘 드러내고 있다.

〈송림세경〉을 본다. 소나무 숲과 신선의 연상작용이 눈에 든다. 청계의 선적(禪的) 취향이 잘 드러난 부분인데 이 같은 신선지향의 관심은 당시 손곡이나 허균 등 현실에 불만족한 개혁의 지자들의 공통적인 지향세계였다. 〈목산어적〉과 〈사두면로〉는 앞서 말한 〈광야황도〉와 더불어 가장 주목되는 작품이다. 어적(漁笛)에서 느끼는 나그네의 회포, 강과 호수 곧 강호(江湖) 생활을 지향하는 그의 삶의 자취가 여실히 드러나 있다. 특히 망기(忘機)하여 그 속에서 진락(眞樂)을 아는 그의 인생관은 호남시단의 시인들이 추구했던 삶의 방식이었다.

〈어등모우〉〈심통수죽〉 역시 낭만적 정서의 일단을 유감없이 드러내었는데 "정자에서 보는 노을 볼수록 더욱 좋나니/때 맞춰 주렴 거두고 술이나 마셔보세" 의 〈어등모우〉는 저녁 안개를 대하고 시흥을 주체 못하는 시인의 들뜬 모습이 눈에 선하다. 특히 경련의 한습/만수, 조쇠/시흥, 지/해, 몽회/이중의 대구는 그의 시인으로서의 역량을 유감없이 나타내보였다. 〈금성묘애〉는 경련에 보이는 대구의 기묘함에 눈이 멈춘다. 평야/요공, 이/난, 지/견, 잔조/명금의 낮고 높으며, 쉽고 어려움의 대비적 표현의 결과, 미련의 두 구가 자연스럽게 이어지게 한 세심한 구도가 돋보인다.

〈대추초가〉와 〈전계소교〉〈후림유조〉〈구포평사〉 등은 서정적인 전원

생활의 유유자적한 모습을 편안하게 연상시키는 낭만적 정서의 표출이 주목된다. 특히 현학적인 요란함이나 화려함 보다는 소박하고 담담한 시인의 생활이 독자를 감동케 하고 있다. 〈용진기봉〉은 경(景)에 이끌려 시안(詩眼)을 펼치는 정(情)의 세계가 이어지고, 이윽고 그 둘이 하나가 되어 새로운 세계 곧 그가 그리고 꿈꾸는 신선산이라는 의경(意境)이 창조되고 있는 뛰어난 작품이다.

〈간곡홍료〉의 경련에 보이는 "그림자 희롱은 낚시터의 물이 하고/ 예쁨을 다툼은 언덕 위의 단풍 일세"가 보이는 기묘한 대구에서 창출되는 가을의 서정적이고 낭만적인 정취라니, 우리는 청계를 낭만주의자라고 하여도 조금도 지나치지 않을 것이다. 또한 가을의 여뀌꽃 홍취를 어부에게 맡긴다는 시인의 따뜻한 마음이라니…… 〈몽선창송〉은 시인의 마음을 푸른 소나무에 비기어 말했는데 호남 사림이 지향했던 굳건한 절개가 잘 드러나 있다. 〈혈포효무〉는 안개를 그린 시인데 저녁비와 더불어 시인의 영원한 화두 중의 하나인 안개 때문에 시흥을 억누르지 못한 시인의 천진한 모습, 그것도 지팡이를 의지한 채 서 있는 그 모습이 눈에 선하다.

〈옹암고표〉 역시 그의 선적(禪的) 지향을 잘 드러내고 있다. 마지막 두 구 "난새를 멍에하고 멀리 바라보니/바야흐로 봉래산이 가깝게 있음을 알겠다."는 표현이 그것인데 이 또한 현실의 질곡과 불합리를 낭만적으로 해결하기 위하여 차용된 이른바 현실의 풀이 방법으로 동원된 선적 지향 세계이다. 이는 당대 호남시단의 일반적 풍조였음을 상기할 때 그의 호남시단에서의 위상은 짐작되고도 남음이 있다고 하겠다. 〈칠만춘화〉는 마지막 작품인데 경련의 대구와 미련의 마무리가 그의 낭만적 삶의 태도를 여실하게 보여준다.

이상에서 살핀바와 같이 청계는 무인으로의 명성 못지않게 문인, 특히 시인으로서의 기량이 뛰어날 뿐만 아니라, 추구했던 시 세계 역시 호남시단의 낭만성, 서정성을 잇고 있음은 물론, 그만의 선적(禪的)인 시 세계를 펼쳐 보인 점, 시 형식에서의 자재로운 변용과 그로부터 획득한 다양한 시경(詩境)의 개척 등은 그를 시인으로서 시인으로서 다시 평가하게 만든다.

4. 마무리

앞서 살핀 바와 같이 지금까지 호남시단은 그 지역적 범위로서 광주, 나주, 장성, 창평 등 광주 무등산 원효사 계곡에서 뻗어 내린 계산풍류(溪山風流)를 바탕한 곳으로 한정하여 말해왔다. 또한 호남시단을 이끌어온 두 중심축으로는 담양의 송순이 이끈 면앙정시단과, 같은 곳의 임억령이 이끈 식영정시단을 말한다. 그곳에서 제작된 〈면앙정가〉〈면앙정부〉〈면앙정기〉〈면앙정30영〉〈식영정20영〉〈서하당8영〉〈성산별곡〉 등은 참여자의 자긍심과 함께 그들의 동질성을 강화 시켜준 튼튼한 동아줄 같은 것이었다.

그 가운데서도 눌재(訥齋) 박상(朴祥)의 문하로서 면앙정 송순(宋純)과 석천 임억령(林億齡)의 위상은 단연 두드러졌는바, 특히 석천의 한시에 대한 재능은 율곡과 같은 대학자로부터 흠모의 대상이기도 했다.

석천이 맨 먼저 송순의 면앙정에서 그곳의 원근에 널려 있는 승경을 서른 가지로 나누어 노래하자, 이어 광주의 사암 박순, 담양의 제봉 고경명, 장성의 하서 김인후 등이 뒤이어 따라 지었으니 이른바 〈면앙정30영〉 제영이 그것이다. 지금까지 학계에서는 〈면앙정30영〉에 대해서는 석천 임억령을 필두로 하서 김인후, 사암 박순, 제봉 고경명 등의 차운시가 존재한 것으로만 알려져 왔다. 석천은 면앙정의 중창(초창은 1533 송순 42세)이 이루어지자(명종 7년, 1553) 〈면앙정30영〉을 지어 축하했다.

한편, 하서, 사암, 제봉의 〈면앙정30영〉이 그 당시 같은 장소에서 이루어졌는지에 대해선 상고가 필요하다. 이에 주인 송순은 가사 〈면앙정가〉로써 화답을 했고, 이어 제자인 기대승과 임제는 각기 〈면앙정기〉와 〈면앙정부〉로써 흥취를 돋구었다.

중요한 것은 지금까지 그 누구도 양청계의 〈면앙정30영〉에 대한 존재를 언급하지 않았다는 사실이다. 호남시단을 연구하고 공부한 필자 역시 〈양대사마실기〉를 접하기 전까지는 까마득히 몰랐음에 그만 고개를 떨굴 뿐이다. 나름대로 청계의 〈면앙정30영〉이 묻히게 된 연유를 추측컨대 그것은 그가 장군 곧 의병장으로 세간에 회자된 까닭이 아닌가 생각해 본다. 그와 같이 추단할 수 있음은 제봉 고경명에 대해서도 그간 장군으로서 훨씬 널리 알려진 까닭에 그가 본래 문인이요 학자였으며 훌륭한 시인이란 사실에 무관심했음에서 알 수 있는 바다.

최근에 들어와서야 그를 문인으로 재조명하기 시작한 것에서 볼 때, 청계 역시 무명(武名)의 그늘에 문명(文名)이 가려진 것은 아닌지 자위해 본다. 어쨌든 필자 등의 게으르고 부족한 탓으로 인하여 지금까지 알려진 바, 최고의 걸작인 〈면앙정30영〉을 포함하여 청계의 시인으로서, 특히 호남시단의 중심인물로서의 진면목을 발견하지 못한 것은 큰 유감이 아닐 수 없겠다. 지금의 사정으로서는 청계의 〈면앙정30영〉이 언제 어떤 연유로 지어졌는지 분명히 알 수는 없다. 다만 그가 평소에 제봉 고경명을 잘 알고 지냈을 뿐만 아니라, 그를 의병장으로 추대하고 자신이 스스로 부장이 된 사실('실기' 민종현, 신도비명, 53면) 등을 감안할 때, 뿐만 아니라 그가 정치 현실 보다는 물외(物外)의 한정(閑情)을 즐겨 여러 지역을 탐승하고 다니기를 좋아했으며, 그와 관련한 시를 남김은 물론, 호남시단의 인물들인 미암 유희춘, 백호 임제, 송강 정철, 옥봉 백광훈 등과 교유한 점, 호남 시단의 중핵지인 담양의 관수정 등을 방문하고 시를 남긴 점(실기, 136면) 등에서 볼 때, 그의 호남시단 주요 멤버들과의 교분 역시 두터웠을 것이라 사료된다.

그 뿐만 아니라 무엇보다도 그가 〈면앙정30영〉을 남기고 있음에 우리는 그를 호남시단에서의 핵심적 인물로 그 위상을 분명히 정립해야 할 것이다. 또한 그가 남원(용성)에서 옥봉, 손곡, 백호 등과 어울려 『용성수창록』 등을 남긴 점과 고죽, 손곡, 백호 등과 함께 시사(詩社)를 만들어 시명(詩名)으로써 호남을 알린 점, 나아가 중국 사신 등계달의 『번경칠자

(藩京七子)』집에 당당히 뽑혀 조선 시인의 역량을 유감없이 대륙에 드날린 점 등 그의 국내외적 활동상을 살피건대, 호남시단 발전과 조선시단 융성에서의 청계의 역할을 새롭게 정립해야 할 것으로 판단된다.

청계의 〈면앙정30영〉을 석천의 그것과 비교해 볼 때 우선 몇 가지 점에서 대별된다. 우선 그 형식인데 석천은 30수 모두 5언 절구로 제작한 반면, 청계는 5언 율시와 7언 율시를 번갈아 가면서 지었다. 다시 말해서 첫 번째 〈추월취벽〉은 5언 율시로, 그 다음 〈금성고적〉은 7언 율시로, 다시 세 번째는 5언 율시, 네 번째는 7언 율시의 형식을 취하여 궁 짝 궁 짝의 박자를 치듯 단장(短長) 장단(長短)의 조화를 이룬 채 전체 5언 율시 15수, 7언 율시 15수로써 〈면앙정30영〉을 새롭게 제작했다. 그 누구도 시도하지 않았던 〈면앙정30영〉의 새로운 형식적 창작, 이는 시에 정통한 청계의 자존이자 우리 호남시단의 자랑이 아닐 수 없다. 시 형식을 번갈아 가면서, 몇 수도 아닌 서른 수를, 그것도 모두 율시로 짓는다는 것은 누구나 쉽게 할 수 없는 시에서의 달인이라야 가능한 역작이라 아니할 수 없다.

우리는 이제야 곡성의 청계 양대박 또한 면앙정 시단의 화려한 무대에 합류하여 자신의 문재(文才)를 유감없이 발휘하고 있음을 확인한 것이다. 그가 시에서 보여준 낭만적 정서, 서정적 시 세계, 선적 지향을 통한 현실의 풀이 방식 등은 호남 시단의 일반적 시학 세계였음에 주목을 요한다. 뿐만 아니라 그는 사승(師承) 관계에 있어서도 사암 박순 등 호남 사림에게 영향을 끼친 우계(牛溪) 성혼(成渾)의 문하에서 수학했으며 교유한 인물 또한 호남시단에서 크게 활약한 것으로 알려진 옥봉 백광훈, 고죽 최경창, 송강 정철, 제봉 고경명, 사암 박순 등으로 그는 사승관계, 남긴 시문, 교유인물, 시적 지향 세계 등에서 호남시단의 핵심적 인물이었음이 분명하다.

또한 그가 남긴 시문 가운데 〈청계〉〈청계의 좋은 흥〉〈실상사 빈 터에서〉〈순강의 저문비〉〈청계에서 심도사를 작별함〉〈영사정8영〉 등을 통한 향토에의 관심과 그를 소재로 한 시문의 제작에 나타난 애향의식은 남다른 바이다. 뿐만 아니라 호남시단 중핵지의 한 곳인 담양과 관련한 〈관수정에서〉〈면앙정30영〉〈추성도중에〉 등의 시문은 호남시단과 관련하여 그를 새롭게 조명하는 논거를 만들기에 충분하고도 남음이 있다.

그가 교유한 문인들 가운데는 앞서 소개한 제봉, 송강, 사암 외에도 미암 유희춘 등의 호남 인물뿐만 아니라, 서애 유성룡, 청음 김상헌, 동계(同溪) 정온(鄭蘊), 습재 권벽, 손곡(蓀谷) 이달, 송계 권응인, 구봉 송익필 등 당대의 이름난 문사들이 많았다. 특히 옥봉, 고죽, 손곡 등 삼당시인들과의 교유가 돋보일 뿐만 아니라, 서얼이었던 손곡과는 절친한 것으로 알려져 그의 신분을 초월한 교유 자세와 이름난 시인과의 창화시(唱和詩) 제작 등은 그를 문사(文士)로서 자리매김하고도 남음이 있다고 하겠다. 나아가 그의 아들 제호(霽湖) 경우(慶遇)가 보여준 시적(詩的) 재능과 뛰어난 비평안목은 제호시화(霽湖詩話)에 잘 나타나 있는 바, 정송강과 양학포(梁學圃) 부자와 함께 대를 이어 문사로서 이름을 떨친 점 또한 소홀히 다루어선 곤란하리라 생각한다. 청계에 대한 논의는 이제부터 시작이다.

석천 임억령 시의 사상과 시학

1. 시작하는 말

임석천은 시인이다. 정치가요 행정가이며 시인으로 통하는 조선의 문인들이지만 임석천은 암만해도 시인이라고 봐야 옳을 듯하다. 이는 퇴계가 석천을 소개하는 자리에서 학시추보백(學詩追甫白, 시는 두보와 이백을 배웠고)에서도 확인되는 바다.[1] 석천의 시는 서정시와 서술시로 대별되는데 서정시는 귀거래 의식과 계산풍류(溪山風流) 및 평담(平淡)으로, 서술시는 자유지향, 현실 비판, 민중지향 곧 애민정신으로 요약할 수 있겠다. 결국 현실비판, 애민, 계산풍류, 평이(平易)와 자율(自律)은 석천의 시학이 빚어낸 그의 시 세계를 압축적으로 드러낸 말이라 하겠다.

석천(石川) 임억령(林億齡, 1496～1568)은 2천여 수의 시를 남겼다.[2] 적잖은 그의 시는 분명 어떤 시학에 기반을 한 창작의 집적물이라고 생각하는바 그의 시를 온당하게 감상하고 평가하기 위해서는 시학의 구명이 중요한 관건이라 하겠다. 그런데 시 창작의 정신이나 태도, 원리라 할 수 있는 시학(詩學)은 어떤 사상에 기반 한 것임은 두 말할 필요가 없을 것이다. 시인의 사상 형성은 사승적(師承的), 학문적, 사회적 분위기, 독서 취향 등의 요인 작용이 있겠는데 석천의 경우는 외숙 박곤(朴鯤)과 스승인 눌재의 가르침, 독서 취향, 당대 호남 사람의 사회적 분위기 등의 영향이

---

1 이황, 『퇴계선생문집별집』, 〈희임대수견방론시〉.

2 석천의 시는 규장각본 중심으로 2,494편이며 다른 이본을 합할 경우 2,500여 편이 넘을 것으로 추정된다.

크다고 할 것이다.

어려서 부친을 여윈 석천은 모친 박씨의 엄하면서도 장한 성품에 의해 훈육되었는데 아우 백령과 함께 일찍이 눌재 박상(1474~1530)의 문하에 들어 수학했다. 그때 눌재는 두 형제를 각기 달리 평했는데 "눌재상수(訥齋嘗授) 석천(石川) 장자왈(莊子曰) 이필위문장(爾必爲文章)/ 수숭선(授崇善) 논어왈(論語曰) 족위관각지문(足爲館閣之文)"[3]이라 하였는바 이때부터는 아닐지라도 석천과 『장자』와의 인연은 오랫동안 지속 되었다.

뿐만 아니라 석천은 앞서 말한 두보와 이백 외에도 독서를 통하여 굴원, 도연명 등 귀거래를 갈망하였거나 실천한 중국의 시인들에게서 많은 영향과 감화를 받았다.[4] 석천은 특히 도연명의 영향을 많이 받았는데 이는 독서를 통한 영향이라 할 것인바 그로부터 『중용』 정신의 체득(體得)이 그것이다. 도연명은 불합리한 사회 현실을 목도(目睹)하고 관리의 부패와 사회의 험난함을 깊이 느껴 〈귀거래혜사(歸去來兮辭)〉를 읊고 독선기신(獨善其身)의 유가사상을 귀은(歸隱)으로 실천했거니와 그의 귀거래의 실천과 〈귀원전거(歸園田居)〉〈이거(移居)〉〈회고전사(懷古田舍)〉〈음주(飮酒)〉 등의 전원시편을 통한 순수한 전원에 대한 열망 및 〈더화원기(桃花源記)〉〈오류선생전(五柳先生傳)〉 등의 속세에서 벗어나 자연에서 초연하고자한 생활태도는 조선시대 선비들의 단순한 선망을 넘어선 흠모(欽慕)의 대상이었다.

이러한 도연명의 자세는 『중용』 제14장에서 말한 "군자(君子)/ 소기위이행(素其位而行)/ 불원호기외(不願乎其外)/ 소부귀행호부귀(素富貴行乎富貴)/ 소빈천행호빈천(素貧賤行乎貧賤)/ 소이적행호이적(素夷狄行乎夷狄)/ 소환난행호환난(素患難行乎患難)/ 군자무입이부자득언(君子無入而不自得焉) 곧 군자는 그가 처한 현재의 처지에 따라서 그의 도를 행한다는 말의

---

3 박동량, 『기재잡기』 중, 《역대구문》 三.

4 졸고, 「도연명이 호남시단에 끼친 영향」, 『동아인문학』 제6집, 동아인문학회.

실천에 충실한 것이다. 이는 거이이사명(居易以俟命)함이요, 따라서 불원호외(不願乎外)인 것이다. 곧 현재의 처함에 따라 행동하는 것을 중시한 말로써 소인처럼 요행을 바라지 않는다."는 말이다.

조선 선비들이 도연명을 흠모하고 숭앙한 것은 그의 귀거래를 통한 귀은(歸隱)의 실천이 돋보인 것이었거니와, 여기에 이백(李白), 백거이(白居易), 맹호연(孟浩然), 주희(朱熹) 등 중국 문인들의 그에 대한 흠모적인 태도의 영향과 송대 학자들의 호평(好評)도 크게 작용한 결과였다. 어쨌든 도연명의 『중용』 정신 실천에 대한 흠모(欽慕) 또는 존숭(尊崇)의 풍조는 비단 호남시단이나 조선 시대에만 국한 된 것은 아니었다.

봉건시기에 중국의 일부 문인들이 득의(得意)할 때면 벼슬길에 나서서 조정이나 관청에 드나들다가도 실의(失意) 하였거나 조정에 불만이 있으면 전원에 은거하여 청고(淸古)하고 담박(淡泊)한 생활을 하면서 자연경물(自然景物)을 벗 삼거나 시를 짓는 것으로 즐거움을 삼아 전원문학을 형성한 이래[5] 고려와 조선의 문인들은 자신과 시대가 상치(相馳)할 경우 그런 것에 뜻을 같이 하는 사람들이 많아졌다.

도연명은 『중용』의 주장과 같이 마땅히 처한 곳에서 낙도(樂道)하는 이른바, 『시경』의 연비려천(鳶飛戾天) 어약우연(魚躍于淵)과 같은 지극히 자연스럽고 조화로운 세계를 갈망하고 그를 실천했던 인물이다. 이러한 도연명의 정치사상은 유가(儒家)의 치국평천하에서 우러나온 것이었으며 그의 귀은(歸隱)은 공성신퇴(功成身退)나 독선기신(獨善其身)의 실천으로서 순자연(順自然) 곧 낙천지명(樂天知命)을 발전시킨 것이었다.

석천의 시학 형성에는 유학의 이데올로기 중 하나인 『중용』의 정신이 밑자리를 차지한 것인바 그것은 도연명이 보여준 거이 곧 현재의 위치에 처하여 천명을 기다리는 귀은의 선행적 실천의 영향도 적지 않았을 것으로 판단된다.

---

5 위욱승, 『한국문학에 끼친 중국문학의 영향』, 아세아문화사, 1994, 135~137면.

경국제민의 이념에 충실해야할 사대부로서 특히 의리와 명분을 추구하는 도학자적 입장에서 현실세계가 이데올로기의 지향세계와 조화·합일되기를 바라는 것은 간절한 소망일 것임에 틀림없다. 그런데 현실은 그러하질 못하고 가망이 없어만 보일 때, 정치가이자 시인인 석천은 이미 조화와 합일의 경지에 도달한 도연명이 어찌 부럽지 않았겠는가?

요컨대 석천은 당대 현실에 대한 불만을 효과적으로 해소하기 위한 방편적 차원에서 도연명의 귀전(歸田)을 동경한 것이라 여겨진다. 석천은 자기보다 앞서 혼탁한 시대를 살았으며 결코 덜하지 아니한 부정과 부패로 점철된 모순투성이의 사회를 경험한 도연명이 스스로의 삶의 목표와 이상을 바꾸어 그것을 현실세계에서 전원을 통하여 실현해 옮김으로써 우뚝한 경지를 개척한데 대해 부러움과 흠모를 지녔음은 당연한 것인지도 모른다. 따라서 석천 자신의 시대가 자꾸만 이상과 괴리되어진다는 안타까운 심정을 '도연명이 생각난다' '오두막살이만을 사랑했다'는 식의 시적 표현으로 드러낸 것이다.[6]

석천이 당대현실에 충실하면서 유자로서의 이념을 실행에 옮기려했을 때 혹은 조야(朝野)의 자유로운 몸이 되어 정치현실을 객관적인 자세에서 바라다보았을 때 이념과 현실 사이의 괴리는 너무나 컸으며 따라서 발생되는 갈등 또한 심각했었다. 파란의 정치 소용돌이와 그에 따라 부침하는 지우(知友)들을 통하여 때론 그 자신의 직접적인 체험에서 체득된 현실극복의 시적 대응은 다름 아닌 귀거래 정신이었다. 그렇기 때문에 석천의 시에서 귀거래는 그 세계의 몰입 곧 현실부정이나 망세(忘世)의 은둔이 아니라 은구적(隱求的)인 것이었다. 요컨대 귀거래의 표명은 현실적 갈등 해결의 한 방편이었다. 이런 도연명의 태도는 석천의 시학 형성에 적잖은 영향을 주었을 것으로 사료된다.

석천의 시학(詩學)은 자연스러운 성정(性情)의 유로(流露), 시 제작에서

---

6 졸고, 앞의 논문.

의 자유로움 추구, 시어의 선택이나 시 형식에서의 기교 배제, 시의 내용에 있어서 사사로운 개인적 문제의 관심 지양, 경국제민적 유학자의 본분 충실, 현실적 생활인의 모습 반영, 보편적 관심사의 지향, 주제 표출에 있어서 심각성 배제, 전달의 극대화를 위한 다양한 소재의 수렴 등이라 하겠다. 이 가운데서도 자연스러운 성정의 유로는 석천 사상의 가장 핵심에 자리한 유학자로서의 본분에 기반한 시학이라 하겠다. 이제 절을 달리하여 이러한 시학의 원천인 사상에 대하여 살펴보기로 한다.

2. 논의의 이론적 배경

① 역사적 장르로서의 가사는 전・후기 가사의 동태적 변화에 주목하여 전기 가사는 서정・서사・교술성의 장르적 성격 가운데 어느 하나를 중심적 정신으로 삼고, 다른 둘을 보조적 장치로 포용하는 장르적 지향을 보인다.

② 장르적 복합성은 임・병 양란 이후 사회의 전면적 개편이 요구되면서 각 지향간의 불균형으로 인해 그 서정성・서사성・교술성이 각각 극대화되는 방향으로 전개된다.[7]

3. 논의의 목표

① 석천은 유학(儒學) 사상 실천과 경국제민을 모토(母土)로 한 유학자이다.

② 석천 시학의 사상적 기반은 유학의 중심 아래 불가, 노자, 장자 등의

---

7 김학성, 「가사의 장르성격 재론」, 『백영 정병욱선생 환갑기념논총』, 신구문화사, 1982.

사상이 복합된 것이다.

4. 논의의 전개

조선시대 가사가 임·병 양란 이전에는 서정과 서사 또는 교술 중 하나가 핵심적 역할을 하면서 나머지 둘이 보조적 역할을 한 장르 복합의 성격을 지닌 반면, 임·병 양란 이후에는 그러한 장르 복합 현상이 희미해져 서정, 교술, 서사 중 하나의 장르 성격이 강하게 실현되었음은 본고의 논의를 전개하는데 많은 시사점을 준다. 석천의 시문학은 유학이라는 이데올로기가 핵심이나 중심 사상으로 자리 잡은 뒤, 여기에 불가나 노장의 영향이 적지 않았다. 이 외에 굴원, 도연명, 이백, 두보 등 독서를 통하여 체득된 문학적 영향도 그의 시학에 많은 영향을 끼쳤을 것임은 두말을 요하지 않는다.

석천의 한시는 크게 관조와 감상의 의경을 말한 서정시와 풀이와 해소의 서술시로 대별되며 서정시는 친 불가적 지향, 귀거래의 의지, 계산풍류와 평담의 세계, 평이와 담박 등을 담은 것이며, 서술시는 자유의지 지향, 현실 비판, 민중지향과 애민 정신 등으로 실현되었다. 이제 이상과 같은 석천시와 그 시학이 탄생하기까지의 사상적 기반에 대하여 살피기로 한다. 사상 구명에 앞서 우선 석천의 시학이 어떻게 도출된 것이었는가를 밝혀내기 위해서는 시학의 기반이 된 사상 외에 앞선 평자들이 석천시, 또는 석천에 대해 내렸던 평가를 검토함은 매우 좋은 방법이 되리라 믿는다. 석천시에 대한 평가는 대체로 단편적인 것이 대부분이다. 안타깝게도 한국문학사를 기술하는 마당에서 그를 다루어 평가한 경우는 극히 드물다. 대개는 시화류 또는 석천과 교분이 있었던 주변 인물들의 인상비평이 대부분이다.

여기서는 (1) 시화류 속에서의 평 (2) 주변 인물들의 평 (3) 석천 자신의 시에 대한 견해를 검토하는 순으로 논의를 전개하고자 한다.

1) 시화류 속에서의 평

심수경(沈守慶, 1516~1591)은 『견한잡록(遣閑雜錄)』에서

> 참의 임억령의 호는 석천이니 해남인이다. 그의 시는 준수하며 맑고 새로운데 일찍이 세상에 이름이 났었다.[8]

라고 하여 석천시의 특징으로 '준일(俊逸)'과 '청신(淸新)'을 들었다.

신흠(申欽, 1523~1597)은 『청창연담(晴窓軟談)』에서

> 석천 임억령은 시인이다. 또 신기하고 거센 기운이 있어서 우뚝 뛰어나 시속을 따라 오르내리지 않았다. 시는 청련(淸蓮)을 배워서 대가를 이루었다.[9]

위에서 상촌(象村)은 석천이 시인임을 강조한 뒤 그의 시는 '기위(奇偉)'하고 '기낙락(氣落落)'하다고 했다.

허균(許筠, 1569~1618)도 『성수시화(惺叟詩話)』에서

> 임석천은 사람됨이 높고 뛰어났는데 시 역시 그 사람과 같았다. 낙산사에

8 沈守慶, 『遣閑雜錄』, 林參議億齡號石川海南人爲詩俊逸淸新 早名於世, 조종업 편, 『한국시화총림』 권1, 642면. (아래의 시화류 평에 대한 전거는 여기에 의하며 권수가 다를 때, 권수만 표기한다.)

9 申欽, 『晴窓軟談』, 林石川億齡詩人也且有奇偉氣落落不隨時俯仰詩學靑蓮而家遂甚大, 조종업, 앞의 책(권2), 393면.

> 서 읊은 것은 용이 오르고 비가 쏟아지는 형상이다. 그 문장의 기세가 날아 움직이는 듯하여 그 장려함이 기이한 경치와 거의 맞설 만하였고 (하략)[10]

라고 하여 인품이 '고매(高邁)'한 것처럼 시 또한 '고매'하다고 했다. 비단 '낙산사'에서 읊은 시뿐만이 아니라, 그의 시에서 느껴지는 것은 '문장의 기세가 날아 움직이는 듯 하고 장려하다.'는 의미로서 '고매'의 의미망을 잡으면 될 것 같다.

남용익(南龍翼, 1628~1692)은 『호곡시평(壺谷詩評)』에서

> 조선에서 가장 뛰어난 시인으로는 삼봉 정도전의 능려함과 (중략) 석천 임억령의 비동함과 (중략) 백주 이명한의 호일함은 모두 제각기 극처에 달했다.[11]

위에서와 같이 '비동(飛動)'이란 한 단어로 석천시를 평했으며

이제신(李濟臣, 1536~1584)도 『청강선생시화(淸江先生詩話)』에서

> 대저 석천은 기운을 숭상하여 고분고분하게 규구(規矩)를 따르지 않았다. 그러므로 큰 붓을 휘둘러 오언절구를 짓되, 종이의 크고 작음을 가림 없이 꽉 차게 지으니 이따금 소루한 데가 있는 것이 또한 적지 않다.[12]

---

10 許筠, 「惺叟詩話」, 林石川爲人高邁詩亦如其人洛山寺詠龍飛雨降之狀文勢飛動殆與奇觀敵其壯麗, 조종업, 앞의 책, 722면.

11 南龍翼, 「壺谷詩評」, 本朝之犬者如鄭三峯(道傳)之凌厲林石川(億齡)之飛動(明漢)之豪逸各臻其極, 조종업, 앞의 책(권3), 173~174면.

12 李濟臣, 「淸江先生詩話」, 大抵石川尙氣不曲循規矩故放大筆作五絶窮紙之多小往往有疏處亦不少, 『국역대동야승』(권14), 77면.

상기(尙氣) 곧 기운을 숭상하며, 자잘한 법칙을 고분고분하게 따르지 않는다는 불곡순규구(不曲循規矩)라는 말과, 소루한 데가 있다는 지적은 석천에 대한 이제까지의 평으로서는 비교적 적확한 지적이라 생각된다. '큰 붓을 휘둘러 오언절구를 짓되'는 석천이 시 형식에 있어서 오언절구를 선호했던 취향에 대한 언급으로서 형식과 시상과의 관계를 살피는 데 좋은 지침이 된다.

이중열(李仲悅, 1518~1547)은 『을사전문록(乙巳傳聞錄)』에서

> 임억령의 자는 대수요 호는 석천이며 본관은 평택(선산의 잘못-인용자)이다. 을유년 과거에 올라 벼슬이 관찰사에 이르렀다. 학식은 방향이 있고 마음이 강직하며 영기가 발월하고 문장이 웅방하였으며[13]

석천의 학식과 마음 씀씀이 그리고 문장 곧 시에 대해서까지 언급하고 있는 경우인데 여기서도 '문사웅방(文詞雄放)'이라 하여 문장이 호방함을 지적했다.

임경(任璟)은 『현호쇄담(玄湖瑣談)』에서

> 석천 임억령은 산성에 비가 몰아치는 듯 하고 가지에 바람 부니 매미가 울듯하다.[14]

산성에 비를 몰아갈 듯한 힘의 넘침인 취우(驟雨), 매미소리와 같이 맑

---

13 李中悅, 「乙巳傳聞錄」, 林億齡字大樹號石川平澤人登乙酉科官至觀察使學識有方處心剛直英氣發越文詞雄放, 『국역대동야승』 권12, 〈임억령전〉.

14 任璟, 「玄湖瑣談」, 石川林億齡山城驟雨風枝鳴蟬, 이종은・정민 공편, 『한국역대시화류편』, 아세아문화사, 1988, 362면.

고 시원한 명선(鳴蟬)의 품격을 말한 것으로 보인다.

이상에서 시화류에 나타나고 있는 석천에 대한 평을 개관해 보았는데 '준일청신(俊逸淸新)'(심수경), '기위(奇偉)'(신흠), '고매(高邁)' 또는 '비동(飛動)'(허균), '불곡순규규(不曲循規矩)'(이제신), '문사방웅(文詞放雄)'(이중열), '취우(驟雨)', '명선(鳴蟬)'(임경) 등으로 그 비평용어를 요약할 수 있다.

이러한 데서 알 수 있는 바는 석천의 시는 대체로 기운이 있으며 호방성, 낭만성을 지닌다는 쪽으로 수렴되고 있음이다. 이는 석천의 시학을 도출해 내는 데 시사하는 바가 크다 할 수 있겠는데, 그가 조선 16세기 곧 도학적 분위기가 고조된 시기를 살았던 시인이라는 점을 감안할 때 그의 이러한 시상과 시작태도는 주목을 하기에 충분한 것이다.

경국제민의 이념을 지닌 사대부로서 현실에 참여하려고 할 때 그의 사상과 방외적 기질은 현실비판적 입장이 되게 하였으며, 그러한 가운데 그의 낭만적 정서는 현실의 진지한 관찰에서 발견된 심각한 문제, 모순, 부조화 등을 낭만적으로 처리함으로써 앞선 평자들과 같은 비평이 내려진 것으로 사료된다.

다음으로는 석천 주변 인물들의 평을 들어보자.

2) 주변 인물들의 평

하서(河西) 김인후(金麟厚, 1510～1560)는 〈석천제수창〉에서

찾아갈 곳 있기에 문밖으로 나왔다가 화양동 계곡으로 잘못 들어 왔구나.
시선(詩仙)이 이 사이에 살고 있음인가 온 골짝 가득히 구름이 옹호했네.[15]

---

15 河西金麟厚, 「石川第酬唱」, 『석천집』, 322면. 出門有所適悟入華陽洞詩仙在此間一壑雲擁

하서는 석천과 광(光)·라(羅)의 문화권에서 활동했던 인물로서 두 사람은 교분이 두터웠는데 위에서 보는 바와 같이, 석천이 거처하고 있는 곳을 신선이 사는 화양동(華陽洞)이라 하였으며, 그를 이백과 동격의 '시선(詩仙)'으로 칭송하고 있다. 이백의 시는 호방함과 낭만성을 강하게 드러내며 시 형식 또한 절구를 즐겨 취했음은 두루 아는 바와 같은데, 석천 역시 5언의 절구형식을 선호했다.

율곡(栗谷) 이이(李珥, 1536～1584)는 〈차석천견기운〉에서

> 석천은 옛 은사라. 휘두르는 붓 끝에 풍우가 일어난다. 준일(俊逸)하고 청신(淸新)하다는 말은 지금 공에게 하나로 합치되네. (중략) 동 시대에 태어난 것 얼마나 다행인가 평생에 무릎을 꿇은 적 없었건만 오늘에야 공의 앞에 굽히게 되었네[16]

율곡은 석천과 교분이 두터웠던 인물인데, 석천의 시가 '준일(俊逸)'과 '청신(淸新)'을 함께 갖춘 시세계를 지녔다 하고서, 평생에 무릎을 꿇은 적이 없었지만 석천 앞에서는 저절로 무릎이 꿇어질 정도로 시가 뛰어났다고 했다. 이 준일과 청신은 두보가 이백을 두고 평했던 말인데, 율곡은 석천의 시풍이 이백을 연상케 할 정도로 호방함과 낭만성을 강하게 지녔다고 생각한 것이다.[17]

제봉(霽峯) 고경명(高敬命, 1533～1592)은 〈용전운서석천제화응시후〉에서

> 내가 석천을 사랑한 것은 문장이 세속을 뛰어넘었음이라. 시 짓기야 다만

16 栗谷李珥, 「次石川見寄韻」, 石川古遺士風雨生揮筆俊逸興淸新公今合爲一何幸同詩出/平生不屈膝/ 今日爲公屈, 『석천집』, 326면.

17 임형택, 『석천집 해제』, 19면.

여사로 여겼지만 힘센 필력은 누구도 당하지 못하네[18]

제봉은 담양의 성산에서 성산동(星山洞) 사선(四仙)으로서 송강(松江), 서하당(棲霞堂), 석천(石川)과 함께 풍류를 즐겼던 인물이며 석천의 제자이기도 하다. 또한 석천의 〈만사〉를 썼는데, 두 사람은 유난히 의기가 투합 되었던 것으로 보인다. 어쨌든 '문장이 세속을 뛰어넘었기'에 석천을 사랑한다고 했다. 이 말은 세세한 규칙에 얽매이지 않았던 석천의 시작태도를 말하는지, 세속에 관심이 없는 탈세속적인 장자적 사유를 지녔다는 점을 지칭하는지 분명치는 않지만, 어떻게 보든 간에 문장에 힘이 있다는 데에 합치된 평이라 생각된다.

귤옥(橘屋) 윤광계(尹光啓, 1559~1619)는 〈석천선생집서〉에서

근자에 시로써 이름을 날린 사람이 한 둘이 아니다. 그러나 그 시격이 분방웅양(奔放雄洋)하여 장강대하(長江大河)처럼 주야로 도도히 흘러도 다 하지 않는 분은 오직 석천선생 한 분뿐이다.[19]

석천의 외손 김전(金壂)이 정유병란(丁酉兵亂)으로 인하여 없어져버린 석천의 유고들을 모아 발간하면서, 귤옥에게 서문을 부탁한 것은 광해군 11년(1619)의 일이다. 윤 귤옥이 어떤 인연으로 석천집 서문을 짓게 되었는지는 분명치 않다. 중요한 것은 석천의 시를 '분방웅양(奔放雄洋)', '장강대하(長江大河)'라 한 것이다. 한 마디로 힘이 있어서 막힘이 없다는 뜻이다.

---

18 霽峯 高敬命, 「用前韻書石川題畫鷹詩後」, 我愛石川翁 文章雄九縣 於詩特餘 事筆力自可見, 『석천집』, 334~335면.

19 橘屋 尹光啓, 「石川先生集序」, 近以詩鳴者不一而至於奔放雄洋如長江大河日夜滔滔不渴則惟吾石川先生一人而已, 『석천집』, 53면.

문곡(文谷) 김수항(金壽恒)은 석천의 〈행적기략〉에서

> 선생은 사람됨이 기위(奇偉)하시고 고결(高潔)하시어 세속에 따라 구차히 화합하기를 싫어하셨으니 자주 간인(奸人)들의 미움을 받았다. (중략) 쓰시는 문장은 굉방(宏放)하고 준일(俊逸)하며 더욱이 시에 뛰어 나시어 붓을 잡으면 일필휘지로 써내시니 한 때의 사람들이 다투어 암송하였다.[20]

김수항(1629~1689)은 석천의 사람됨이 기위(奇偉)하고 고결(高潔)하며 문장은 굉방(宏放)하면서 준일(俊逸)하다고 했다. '굉방'은 힘이 있으며 막힘이 없다함이요, '준일'은 뛰어나고 훌륭하다는 말이다. 그러므로 석천의 시는 힘이 있고 막힌 데가 없어서 훌륭하다고 한 것이다.

현석(玄石) 박세채(朴世采)는 〈석천선생묘표〉에서

> 공은 천성이 뜻도 크고 재주 또한 뛰어나 누구에게도 속박되시지 않으셨으며 기이한 절의와 거룩한 기상을 지니시어 어릴 적부터 문장에 능했다. 빛나는 벼슬자리에 출입하셨으나 그 지조가 정결하시어 세속 따라 부앙하지 않았으며 간사한 무리들이 일을 꾸밈을 보면 불평을 참지 못하였다. (중략) 그의 문장은 웅사(雄肆)하고 호일(豪逸)했으니 대저 남화경(南華經)과 청련(靑蓮)을 본받았다. 빈번히 사람들의 입에 오르내렸으나 심오한 뜻을 헤아리기가 어려웠다.[21]

박세채(1631~1695)는 석천의 시가 장자와 이백을 본받았으며, 그 결과

---

20 文谷 金壽恒, 「行蹟紀略」, 先生爲人奇偉高潔不隨俗祸合以此屢憎奸爲文章宏放俊逸尤長於詩揮灑立就一時人爭傳誦, 『석천집』, 302면.

21 玄石 朴世采, 「石川先生墓表」, 公性俶儻不羈有奇節偉氣少以詞藝顯出入華膴顧其操貞潔未嘗隨俗俯仰見奸用事輒發其不平其爲文章雄肆豪逸大抵原於南華菁蓮　往往膾炙人口至或有不可窺測者

'웅사' '호일'하다라고 했다.

이상에서 살펴본 바와 같이 하서는 석천을 시선(詩仙)이라 하여 이백(李白)과 동등하게 보았는데, 이는 이백 시에서 추구되어진 낭만성・호방성 등을 석천시에서도 느꼈던 것으로 판단된다. 율곡은 준일(俊逸)과 청신(淸新)으로 간명하게 지적하였는데, 이는 두보(杜甫)가 이백(李白)의 시에 내렸던 평가와 같은 것이다. 그렇다면 율곡이 석천의 시에서 '준일' '청신'함이라 한 것은 어떤 점에서 그랬을까? 그것은 시의 형식과 시풍을 두고 한 말일 것인바, 앞서 하서의 경우와 같이 낭만적인 시적 분위기와 호방한 현실 대응 태도 그리고 5언 절구의 경쾌・발랄한 시 형식에 있다 하겠다.

이렇게 볼 때 제봉(霽峯)・귤옥(橘屋)・문곡(文谷)・현석(玄石) 등이 각각 내렸던 평 역시 호방함과 낭만성이라는 두 말로 압축되며, 이는 석천의 시에서 풍기는 호방성, 시의 내용이 현실반영을 충실히 지니면서도, 현실적 갈등을 해소하고 풀이하려는 과정에서 풍겨주는 낭만적 분위기에 주목한 결과라 여겨진다.

3) 석천의 시에 대한 견해

① 친불가적(親佛家的) 세계지향(世界志向)

석천은 승려와의 교유가 많았던 것으로 확인되거니와 규장각본『석천집』제4권에 따르면 그가 승려와 주고받은 시는 192편이나 된다. 석천 불교시의 성격은 산사의 한가함에서 느끼는 낭만적인 정취라든지, 자연승경의 아름다움과 계절의 변화가 가져다 준 자연의 신비함 등을 노래한 것, 불승에 대한 호의와 이별에 대한 아쉬움 등을 토로한 것 등인데 대체로 친 불가적인 세계를 지향한 것으로 파악된다.[22]

---

22 졸고,「석천시에 나타난 사상적 경향」,『대구어문논총』제10집, 대구어문학회, 1992,

白水忘機客　흰 물가엔 세상을 잊은 나그네요
青山避世翁　청산에는 세상을 피해온 늙은이로세
莎衣判細雨　莎衣를 입었으니 가는 비에도 드러나고
稻衲信秋風　稻衲을 걸쳤으니 가을바람에도 끄떡없네.
冠帶形骸異　관 쓰고 띠 둘렀으니 형체야 다르다만
安閑氣味同　편안하고 한가로운 즐거움은 한 가지네.
何時割妻子　어느 때나 처자식을 뚝 떼어 버리고
送老碧雲峰[23]　구름 봉우리 푸르른 곳에서 말년을 보낼까.

망기객(忘機客)과 사의(莎衣)는 석천 자신이요, 청산(青山)과 도납(稻衲)은 중을 비유했다. 사의는 가는 비만 와도 금방 표가 난다고 했고, 도납은 가을 찬바람에도 끄떡없다고 함으로써 둘 사이를 대조시킨 다음, 처자식 뚝 떼어 버리고 푸른 하늘에서 구름과 벗 삼는 중이 되고 싶다고 했다.

이러한 시는 석천이 불승과의 교유가 많았을 뿐만 아니라, 약 200여 편에 달하는 승려와의 시편을 갖고 있으며, 교유한 승려 또한 60여 명에 이르고 있음에서 볼 때 그의 불가에의 호의적인 취향이라 하겠다. 하지만 위와 같은 경우를 두고 불교적 세계관에의 몰입이나 침잠이라 하기는 어렵고, 낭만적 정서에 의한 현실대응의 한 방편이라 봐야 타당할 것이다.

老去思鄉曲　늙어가면서 고향생각 간절했는데
相逢萬德僧　만덕사의 승려를 만나니 반갑구나.
長安一夜雨　장안의 하늘엔 밤새도록 내리는 비
湖海十年燈　호해의 생활도 십년이나 되었구나.
蓮老何時採　시들어가는 연잎을 어느 때나 뜯을 거며

372～386면.

23 「覺巡上人乞詩」, 『석천집』, 76면.

舟孤幾日登　외로운 저배를 언제나 타보려나.
雖非由也果　비록 자로처럼 결단성이야 없지만
手有一枝藤[24]　손에는 지팡이 하나 있지 않은가

강진에 있는 만덕사의 중에게 준 시다. 중을 보고 현실에 불만스러운 자아의 발견이 이루어지고, 이어서 고향을 떠나 있었던 지난날이 주마등 같이 스친다. 어느덧 10년의 세월 동안 고향을 돌보지 못했다. 고향의 시들어가는 연잎과 바다에 매여 있는 외로운 배는 시인의 외롭고 쓸쓸한 심사를 드러낸 것이라 하겠다. 그러나 자아는 눈물짓는다거나 좌절하지 않는다. 비록 자로처럼 결단성은 없지만 손에 지팡이 하나 있으니 고향을 찾아갈 수 있다는 낭만적 결말이다.

爲儒吾已腐　유학자인 나는 썩은 지 오래나
學佛爾眞僧　석가를 배운 그대는 참다운 승려라.
壽與靈龜永　수명은 신령스런 거북이처럼 장수하려는가
形同瘦石稜　모습은 파리한 돌 마냥 야위워 있네.
杉松侵破衲　적삼은 소나무에 걸려 찢기어 졌고
山雨冷孤燈　산사에 찬비내리니 등불만 외롭구나.
萬事唯甘睡　만사 중에 곤히 잠자는 것이 제일이러니
層崖日正昇[25]　깎아지른 언덕까지 해가 오르도록.

위유부(爲儒腐) - 오(吾)/ 학불진(學佛眞) - 이(爾)의 대조가 흥미롭다. 불승(佛僧)을 통해서 자아의 발견이 가능해진다. 부(腐)와 진(眞)의 대조에서 대립의 심각성이 드러난다. 현실세계에서 권력에 눈이 먼 속유(俗儒)

24 「贈僧」, 『석천집』, 185면.
25 「贈上禪老衲」, 『석천집』, 103면.

들을 썩었다고 했으니 이는 석천의 냉철한 현실비판이며 자신을 포함한 유자들의 헛된 명예욕심을 문제로 인식한 결과의 반영이다. 그런데도 시에서는 심각함이 발견되지 않는다. 그 이유는 첫 구의 썩은 선비라는 말보다는 그 다음의 진승(眞僧)이라는 말과 관련된 진술이 길고 강하기 때문이다. 그러므로 관심은 곧 불승의 세계로 집중되면서 현실 문제의 심각성은 차단된다.

이와 같이 석천의 불가적 세계에의 호의적 태도는 자신의 현실적 상황에 대한 대응논리로써 취한 것일 뿐, 그 세계에의 몰입이 아님은 유학자로 대변된 퇴계(退溪)의 경우에서도 확인할 수 있다. 퇴계의 경우 『도산전서(陶山全書)』에 100제(題) 정도의 증승시(贈僧詩)가 있는데 지금 남아 있는 것은 15제 정도로, 승려들이 진세(塵世)의 구속을 벗어나서 자유롭게 유행(遊行)할 수 있음과, 고요한 산사에서 정진할 수 있는 점 등에 대해서 매우 호의적인 태도를 보인 것이 주 내용이라고 한다.[26]

다시 말해서 불교가 비록 살을 태우고 인륜을 끊는 것은 유교적 사유에 배치되지만, 속세사람들이 구하는 것 곧 사리사욕에 관심이 없을 뿐만 아니라, 고요하고 말이 없는 가운데 도리를 터득하려고 애쓰는 점들은 장점으로 본 것이다.

석천이나 퇴계의 경우, 불승이나 그들의 세계관에 호의적 태도를 보였다고 하여 그들이 자신의 유가적 세계관을 버리고 불가적 세계관에 몰입한 것이라고 판단해서는 곤란할 것이다. 퇴계의 경우 유가적 세계관의 포용력 안에서, 유가적 사상을 기저로 하여, 불가나 다른 세계관을 관용한 것이었으며, 석천 또한 자신의 현실 문제 해소나 풀이의 방편으로 유학을 바탕으로 하면서 다른 세계관에 호의적 관심을 보였다고 보아야 온당할 것이다.

---

26 이장우, 「퇴계시와 승려」, 안동한문학회, 『한국한문학과유교문화』, 아세아문화사, 1991, 743~753면.

② 〈청송당기〉와 청송(聽松)의 음률 미학

여기서 '청송'의 음률 미학이라 함은 자연의 바람 소리 곧 소나무에서 나는 바람소리를 바람 소리 그대로 받아들여서 시인의 운율 미감으로 삼는다는 말이다. 석천이 31세에 지은 〈청송당기(聽松堂記)〉는 석천의 천연(天然)한 음률에 대한 비중 있는 인식과 시작(詩作)에서 음악성에 대한 그의 태도를 살피는 데 매우 중요한 내용을 담고 있다.

成仲玉	성중옥[27]은
一隱君子	숨어 지내는 군자이다 (중략)
築斗室漢北北山山下	한양의 북쪽 북산 아래에 집을 짓고 살면서
沈灌詩書	시서에 빠져들어
追古之周公孔子以自繩	옛 주공과 공자를 추모하여 자신을 다스리고
其隙則掘草烹石濟形骸	틈틈이 풀을 캐고 돌을 삶아서 몸을 보전한다
其視不義之聲功貴利	불의의 공명이나 부귀 따위는
不翅若腐鼠糞壤	썩은 쥐나 오염된 흙보다도 더 싫어한다
高臥不起十年於玆	높이 누워 나서지 않은 지가 십년이 되었다 (중략)
斷斷然不能定名	이래 저래 이름을 지으려다 정하지 못하고
白訥齋先生	눌재 선생에게 아뢰자
先生曰	선생의 말씀이
曰聽松宜也	청송으로 하는 것이 좋겠다고 했다.[28]
林子一日	林子(석천-인용자)가 하루는
與主人話宿	주인으로 더불어 담화를 하면서 묵게 되었는데

27 성수침의 자.

28 율곡이 지은 청송의 행장에는 청송이 작명한 것으로 나타나 있다. 『청송집』, 〈행장〉.

是夜天朗山寂	이날 밤은 하늘이 명랑하고 밤이 고요했다.
相與曳杖	서로 지팡이를 끌고
相羊庭畔	뜰가를 맴도는데
有風蓬蓬然發乎太空	바람이 하늘에서 휭하고 일어나
刁刁乎披拂山中	온 산중을 솔솔 스쳐감에
掀柯振葉	가지가 흔들리고 잎사귀가 떨리어
泠泠颯颯	싸늘하고 쌀쌀하게
撼動崖谷	골짜기를 뒤흔드니
燀爀海如也	그 빛남은 바다와도 같고
屑窣雨如也	바스락거리고 어둑함이 비오는 듯하고
雪如也	눈발소리 같기도 하고
瑟如也	비파소리 같기도 하고
如竽如嘯	피리소리 같기도 하고 퉁소소리 같기도 하며
如沸如啁	물이 끓는 듯 벌레가 울듯하여
凉雨不薄	시원하면서도 얇은 모습이 아니요
吷而不飄	불어대도 날아가지 않으며
廣而不宣	넓으면서도 더 퍼져나가지 않고
行而不流	가는 듯 하면서도 흘러가지 않고
復而不厭	중복되어도 싫지 않으며
不期乎意節而音節自諧	음절을 맞추려 할 것도 없이 음절이 저절로 맞아
爽骨淒神	뼈까지 상쾌하게 하고 또 심신을 스산하게 한다.
瀏乎其蕩邪穢	맑은 소리는 마음의 사예(邪穢)를 씻어주고
而生沖泊	화평하고 담박한 기운이 생기게도 한다.
噫天地之間	아! 천지의 사이에
吹萬不同	소리를 내는 것이 만 가지로 다르며
聲音之可樂者不爲不多	그 중에서 聲音의 즐길만한 것이 적지 않지만
樂其尤也	이(바람소리-인용자)것의 즐거움이 최고이다.

軒轅氏之咸池	軒轅氏(황제)의 음악 咸池나
有虞之韶	有虞(순임금)의 韶는
又樂之大	음악 중에서도 큰 것이다.
舞魚龍儀鳳凰	그것이 어룡을 춤추게 하고 봉황이 모습을 드러내게 하였으니
感物如此	(미물도 그렇게) 감동 시켰거늘
在人可知	사람은 어떠했는지 알만하도다.
孔聖聖也	孔子는 성인이었지만
忘肉味於百世下三月	百世의 뒤에 듣고서 三月 동안 肉味를 잊을 정도였으니까.
比之空山古木澹澹凉凉	空山의 古木들이 바스락 바스락 소리만 내게 할 뿐
無倫無節者	아무런 가락도 박자도 없는 소리만 내는 데에 비한다면
爲如何	어떻겠는가.
而不待論說	이야기 할 것도 없이
而焯焯校然而然	분명하고 뚜렷한 것이다.
而自本自根論之	하지만 근본부터 따져본다면
則竭耳目勞也	귀와 눈의 힘을 다 써서 만든 음악은 수고로운 것이요
假金石煩也	金石을 빌린 음악은 번거로운 것이요,
待彈擊泥也	퉁기고 치는 음악은 얽매여 있는 것이다.
美則美矣	아름답기야 하지만
此豈足與論自然哉	어찌 자연과 비교하여 말할 수 있겠는가.
周之言曰	莊周가 말하기를
鑠絶竽瑟	"피리와 비파를 녹여 끊어 버리고
塞鼓曠之耳	瞽曠[29]의 귀를 틀어막아 버려야
天下含其聰	천하의 사람이 귀가 밝아질 것이다." 하였으니

非惡夫樂	이는 음악을 미워함이 아니라,
謂其非自然也	그것이 자연의 소리가 아니라는 것이다.
灕大羹具五味	大羹에 五味로 간을 맞추는 것이
豈若存其淡	어찌 그 싱거운 것을 그대로 둔 것만 같으며,
毁白玉爲珪璋	白玉을 헐어서 규장(珪璋)을 만드는 것이
豈若存其璞	어찌 그 박(璞)대로 놓아둔 것만 하겠는가.
一犯手做	한번 손을 대어 만들다 보니
喪其天久矣	그 天然을 잃어버리게 된 지가 오래이다.
夫太虛之中	무릇 太空의 가운데
陰陽之薄激	음양이 서로 부딪쳐
風霆之震虢	바람과 우뢰가 진동을 하고
草木之叱呼	풀과 나무가 윙윙 거리고
鳥獸之叫吟	새와 짐승이 소리를 지르고 하는 것이
何莫非鈞天廣樂	어느 것 하나 天然을 나타내는 큰 음악이 아닌 것이 있는가.
世無有南郭大耳	세상에 南郭[30] 같은 큰 귀가 없기 때문에
故不之知耳	그것을 모를 뿐이다.
捨其此而必曰比竹	이것을 제쳐두고 比竹을 찾으니
比竹不亦聾之甚耶	비죽이 사람을 온통 귀머거리로 만드는 것 아닌가.
嗟呼仲玉君	아, 중옥군은
於是乎拔乎俗遠	속인에서 훨씬 뛰어난 사람이다.
我亦有一畝地	나도 일 묘나 되는 땅이
在南海濱頭輪山之下	해남의 언저리 두륜산 아래서 (중략)
濯於是老於是	몸 씻고 늙으련다.

29 진(晋)의 악사(樂師)인 사광(師曠).

30 『莊子』에 나오는 天籟를 말한 사람.

期在月矣	이달 안으로 기일까지 잡았으며
志已果矣	뜻이 이미 결정되었다. (중략)
是歲嘉靖五年秋也[31]	이 해는 가정 5년(1526; 석천 31세) 가을이었다.

위의 〈청송당기〉에서 본 바와 같이 석천은 젊은 나이(1526년 丙戌 31세)부터 자연스러움 곧 천연(天然)함을 시와 음악의 최고 경지로 보았던 것을 알 수 있는데, 바람이 봉봉(蓬蓬)하게 태공(太空)에서 일어나 산중을 솔솔 스치면서 내는 소리, 인위가 가미되지 않고 자연 그대로가 유로(流露)된 소리를 최고의 음률로 여겼다. 이는 『장자』의 천뢰(天籟)를 말한 듯 하지만 사실은 인위적 꾸밈이 없으며, 자잘한 기교가 배제된 각 사물의 타고난 성정의 자연스러운 유로를 중시한다는 『시경』의 연비려천(鳶飛戾天) 어약우연(魚躍于淵)[32]과 같은 말이다. 다름 아닌 본연의 위치에서 내는 소리를 귀하게 여긴다는 것이니, 바로 『중용』의 소기위이행(素其位而行)[33]과 그대로 통한다.

다시 말해서 하늘에서 일어난 바람이 가지, 잎사귀 등을 스치면서 나는 소리는 비가 오듯, 눈발이 내리듯, 비파, 피리, 퉁소 등이 저절로 연주되는 듯, 물이 끓는 듯, 벌레가 우는듯하여, 시원하면서도 얇은 모습이 아니며, 불어대도 날아가지도 않고, 넓으면서도 펴지지 않으며, 가는 듯 하면서도 흘러가지 않고, 중복되어도 싫지 않으니, 제대로 격이 맞아 뼈까지 상쾌하고, 심신을 맑게 한다는 성률(聲律)에 대한 확고한 생각을 지닌 인물이 바로 석천이었다.

이와 같이 맑은 소리 곧 천연스러운 소리는 황제의 음악인 함지(咸池)나 순 임금의 음악인 소(韶)보다 나을 뿐만 아니라, 인위적인 음악의 수고

---

31 「聽松堂記」, 『聽松集』(卷三), 『한국문집총간』 26권, 172면.

32 『시경』, 〈대아〉, 한록지편.

33 『중용』, 제14장.

롭게 한 것과, 금석(金石) 음악의 번거롭게 한 것, 퉁기고 치는 음악의 얽매는 것 등보다 훨씬 아름다우니 그 이유는 자연스럽기 때문이라고 했다.

따라서 하늘 가운데서 음양이 부딪혀 바람과 우뢰가 진동하고, 풀과 나무가 윙윙거리고, 새와 짐승이 소리 지르고 하는 것 곧 천연을 나타내는 것이 큰 음악 이른바 균천광악(鈞天廣樂)이라 했다. 균천(鈞天)은 천제의 거소이며, 거기서 나는 음악 소리가 광악이니 균천광악은 다름 아닌 천상의 위대한 음악을 일컫는다.

이와 같이 천연의 음악관은 『장자』〈제물편〉의 유가적 수용이 아닐 수 없다. 〈제물편〉에서 장자는 남곽자기와 그의 제자 안성자유의 대화를 통하여 인뢰(人籟), 지뢰(地籟), 천뢰(天籟) 등에 대하여 설명하고 있다. 인뢰는 퉁소 같은 것이 내는 소리를, 지뢰는 모든 구멍이 내는 소리 곧 바람소리를 뜻한다. 천뢰는 "대체로 그 불어대는 것이 만 가지로 같지 않지만, 그것들을 제멋대로 불어내게 하는 것"이라 하여 모두 사물이 다 제멋대로 내는 소리를 뜻한다.

다시 말해서 인뢰를 인뢰로써 듣고, 지뢰를 지뢰로써 듣는 것이 곧 천뢰라는 것이다. 이른바 만뢰(萬籟, 모든 소리)의 울림은 모두가 자기 자신의 원리에 의하여 울리는 여러 소리로서, 그 배후에서 울리게 하는 어떤 존재가 있어, 시켜서 내는 소리가 아니다. 따라서 천뢰는 온갖 사물들의 자기 자신에 의해서 나는 온갖 소리를 소리 그 자체대로 듣는 것이라는 말이다.[34] 이런 장주의 음악관은 석천의 문학관에도 영향을 주었을 것이로되, 시에서 자잘한 기교로써 꾸며내는 것을 지양하고, 있는 그 자리에서 자연스런 성정(性情)의 유로(流露)를 중요하게 여긴다는 '소기위이행(素其位而行)'의 태도가 그것이다.

중요한 것은 이러한 장주의 음악관은 유가적 음악관과 융합되어 아름다운 자연 승경에 대한 관조와 감상의 서정시를 이루는 요소로 작용되기

---

34 이석호 역, 『노자 · 장자』, 삼성출판사, 196~197면.

도 하였고, 때로는 그것만의 독자적인 시상이나 시 세계를 드러나 보이기도 했다는 것이다. 따라서 석천시에서 성정의 자유로운 유로가 보이고, 평담하며 자율의 경지가 느껴진다고 할 수 있을 것이며, 혹은 불평즉명(不平則鳴)처럼 현실을 풍자하고 비판하는 장자식의 풍자가 느껴진다는 것은 감상의 당연한 반응일 것이다.

③ 〈식영정기〉와 『시경』 및 식영(息影)의 정신

息影亭記	식영정[35]의 기문
金君剛叔吾友也	김군 강숙은 나의 친구이다.
乃於蒼溪之上寒松之下	맑은 시내 위 푸른 솔숲 아래
得一麓構小亭	한 기슭을 얻어 조그마한 정자를 지어
柱其隅空其中	네 귀에 기둥을 세우고 가운데를 비우고
苫以白茅翼以凉담	띠 풀로 덮어 대나무 자리로 날개를 달았으니,
望之如羽盖畵舫	바라보면 마치 새 깃으로 뚜껑을 한 놀잇배[36]와 같다.
以爲吾休息之所	나의 휴식처로 삼으라면서
請名於先生先生曰	정자의 이름 지어줄 것을 청함에 내 이르기를,
汝聞莊氏之言乎	그대는 장주(莊周)의 말을 들었는가?
曰昔有畏影者	장주 이르되 옛날 그림자를 두려워하는 자가 있었다.
走日下其走愈急	그는 햇빛 아래에서 달리기를 하는데 빠를수록

35 식영정(息影亭): 담양군 남면 지곡리(芝谷里)의 별뫼(星山)에 있는 정자. 김성원(金成遠)이 장인인 임억령을 위해 지어 주었다고 전한다. 이곳에서 성산사선(星山四仙)은 〈식영정20영〉 등 많은 시문을 수창하였으며, 정철은 전원 가사의 대표작으로 알려진 〈성산별곡〉을 제작하였다.

36 화방(畵舫): 용이나 봉황 따위의 그림으로 꾸미고 그림을 그리어 곱게 단청(丹靑)을 한 놀잇배.

而影終不息	그림자는 끝까지 쉬지 않고 따라 왔다.
及就樹陰下影忽不見	나무 그림자 아래에 들었더니 그림자는 문득 보이지 않았다. (중략)
皆造化兒爐錘中事也	이는 모두 조물주의 노추(爐錘)[37]에 매달린 일이니라. (중략)
剛叔曰	강숙(剛叔)이 이르기를,
影則固不能自爲	"그림자는 진실로 마음대로 할 수 없다 하더라도
若先生屈伸	선생께서 굴신하는 것은
由我非世之棄	나를 말미암은 것이지 세상이 버린 것이 아닙니다.
遭聖明之時	성명(聖明)한 시대를 만나서도
潛光晦迹無乃果乎	빛을 감추고 자취를 숨김은 곧 지나친 일이 아니겠습니까?"
先生應之曰	선생은 대답하여 이르되
乘流則行得坎則止	"승류(乘流)에는 가고, 구덩이에 이르면 멈추게 되니,
行止非人所能	가고 멈춤은 사람이 마음대로 하는 것이 아니니라.
吾之入林天也	내가 임천(林泉)에 드는 것은 천명(天命)이요,
非徒息影	한갓 그림자를 쉬게 하려는 것도 아니다.
吾冷然御風	내가 냉연하게 바람을 타고
與造物爲徒	조물주와 함께 짝이 되어
遊於大荒之野滅沒倒影	멀리 떨어진 들판[38]에 노닐게 되면 그림자[39]도 없어지고,
人不得望而指之	남들은 바라보고 그것을 지목할 수도 없으리니,

37 노추(爐錘): 쇠붙이 연장을 만드는 대장간에 있는 화로와 망치.

38 대황(大荒): 매우 멀리 떨어진 곳. 해와 달이 뜨고 지는 곳.

39 도영(倒影): 거꾸로 비치는 그림자.

名以息影不亦可乎	이름 하여 식영(息影)이라 함이 또한 옳지 않겠는가."
剛叔曰今始知先生之志	강숙이 이르기를 "이제 비로소 선생님의 뜻을 알았습니다.
請書其言以爲誌	청컨대 그 말을 써서 기록을 삼겠습니다."고 하였다.
癸亥七月日荷衣道人	계해(癸亥)[40] 칠월 하의도인[41]이 쓰다.

석천의 담양과 인연은 1557년(62세) 그가 담양부사로 내려오면서 본격화 되는데 1563년(68세)에 식영정(息影亭)이 완성됨으로써 석천은 계산풍류의 진경(眞景)에 침잠하게 된다. 그의 서정시가 지니는 평담과 자율의 미학은 식영정 생활에서 완성된다고 보여지며, 그렇게 창출된 의경은 다름 아닌 그의 시학에서 기인함은 두말을 요하지 않는다.

스승인 눌재(訥齋)로부터 소개 받아 터득하게 된 『장자(莊子)』의 외영오적(畏影惡跡)[42] 우화는 석천의 유가적 사상 속에 녹아들어 그의 시학의 형성에 기여한다. 장주는 〈어부〉에서 제 그림자를 두려워하고 제 발자국을 싫어해서[人有畏影惡跡] 그것들을 버리려고 달아난 사람 이야기를 하고 있는데, 위의 식영(息影)은 바로 거기에서 가져온 말이다. 그늘 속으로 들어가면 그림자가 없어지고, 조용히 쉬고 있으면 그림자도 멈춤을 알 수 없다는 뜻으로, 『중용』에서 말한 '소기위이행(素其位而行)' 하지 않고 천하를 주유하는 공자를 비꼬는 가운데 나온 말이다.

다시 말해서 공자가 인의(仁義)의 이해를 살피고, 동이(同異)의 차이를 관찰하며, 동정(動靜)의 변화를 보고, 수수(授受)의 정도를 적당하게 하며, 호오(好惡)의 감정을 다스리고, 희노(喜怒)의 도를 중화시키는 사람이지만, 그래야만 할 위치에 있지 않으면서 그리하려고 하므로, 그래서는 화

---

40 계해(癸亥): 조선조 명종 18년. 1563년.

41 하의도인(荷衣道人): 석천 임억령이 스스로 일컬은 자호(自號).

42 『장자』, 〈잡편〉, (31), 漁父.

를 면치 못하기 어렵다는 것이 장주의 말이다. 사람은 모두가 자신의 처지에 맞게 삼가 자신의 몸을 수양하고, 자기의 진성(眞性)을 지키며, 외물을 남에게 돌려주면, 얽매임이 없어질 것이므로 화도 면하게 된다는 것이다. 어부는 공자가 수양을 하지 않고 무엇을 바라는 것에 대하여, 이는 이치에 벗어난 것이라는 충고를 했다.[43]

이런 태도는 석천의 시학 형성에 영향을 주었을 뿐만 아니라, 정치적 행장(行藏)을 알게 해주는 단서인 동시에, 왜 동생 백령에게 을사사화 참여를 반대하고 자신이 담양으로 귀거래 했는지를 설명해주고도 남는다 할 것이다.

여기서 장주가 말하는 진성(眞性)은 하늘에서 받은 것으로, 성인은 하늘을 본받아 진성을 잘 간직하고 세속적인 것에 구애를 받지 않는 사람이다. 장주의 진성은 다름 아닌 정성의 극치요, 정(精)하고 성(誠)한 것으로, 이른바 남을 감동시킬 수 있는 원천적 내성이다. 달리 내성(內省)에 의해서 획득된 경지로서 곧 온전한 수기(修己)의 경지이다. 이때 성은 『중용』의 성과 통하는데 이는 간(艮)과도 통하며, 정지가 아니라 운동이며, 창조의 세계를 뜻한다.[44] 석천의 식영으로 대변되는 정신은 현실도피 또는 장자적 세계에의 몰입이 아니라, 계산(溪山)의 자연 승경 그 속에서 소기위이행(素其位而行)의 처지대로 행장(行藏)하여 자연스러움에 어긋나지 않는 창조적 의경의 세계를 말한다.

④ 송천과의 시관 논쟁

석천은 송천과 시에 대해 논쟁을 벌였는데 〈조양수재(調梁秀才)〉에서는 석천의 시관을 잘 보여주고 있다. 〈조양수재〉는 전체 76구의 5언으로

43 王叔岷, 『莊子校詮』 下, 中華書局, 1237~1240면.

44 졸고, 「석천 임억령시문학연구」, 성균관대 박사학위논문, 1994, 44~51면.

된 장편 고시체이다. 이는 양응정(梁應鼎, 1519~1581)과의 시재(詩才)를 겨뤘던 내용인데 석천의 양응정에 대한 품평과 시에 대한 생각을 드러내고 있는 좋은 자료이다.

(전략)

吾觀古之人　내가 보건대 옛날 사람들은
爲詩險語不　시를 지음에 험한 말 쓰지 않았네.
周詩三百篇　『시경』 삼백 편의 시는
平淡自中律　평담하면서도 스스로 제격이네.
何嘗有來歷　어찌 일찍이 시작에 내력이 있겠는가
皆自性情出　모두가 성정으로부터 나온 것이지.
關關睢鳩語　〈주남〉 편의 시들은
令人詠嘆溢　저절로 탄식하게 한다.
咆哮非不壯　포효한 것이 씩씩하지 않은 것 아니지만
無乃本性失　이것은 곧 본성을 잃은 것이다.
怪兮玉川子　괴이하다. 옥천자 노동(盧仝)[45]이여
險兮李長吉　거칠다 장길 이하(李賀)[46]여
義山太隱僻　의산 이상은(李商隱)[47]은 너무 은벽하고
豫章太古實　예장 황산곡(黃山谷)[48]은 너무 고실하다.
荊璞自淬溫　형박은 저절로 쉬온(淬溫)한대
昧子妄剞劂　어리석은 사람들이 쓸데없이 다듬는구나.
夫子今復生　공자께서 다시 태어나신다면
吾知必刪剬　저런 시들은 깎아서 버릴 것이다.

---

45 당나라 시인(795~835).

46 당나라 시인(790~817).

47 당나라 시인(813~858).

48 송나라 시인. 본명은 정견(1045~1105), 산곡은 호이다.

由勇及點狂　자로(子路)[49]의 용맹과 증점(曾點)이의 광함도
不如顏瓢壹　안자(顏子)[50]의 단표(簞瓢)하나만 같지 못하다.
無聲又無臭　소리도 없고 냄새도 없는 것은
太空恒靜密　하늘이 늘 고요하고 정밀해서이다.
門庭自陶柳　도연명으로부터 출발을 해야 하느니
然後行不跌　그런 뒤라야 잃음이 없을 것이다.

위에 인용한 것은 시의 일부인데[51] 『시경』의 시 삼백 편은 '평담(平淡)' 하면서도 저절로 제격(自律)을 이루었는데, 그 이유는 성정(性情)에서 나온 그대로 썼기 때문이라 하여 시에서 '자연스러운 성정의 유로'를 높이 사고 있다. 이는 석천의 시관은 그 핵심 사상이 유학에 있음을 알려주는 것이거니와, 유학 경전의 하나인 『시경』을 내세우면서 평담하고 자율한 시 곧 자연스럽게 성정이 유로된 〈주남〉편의 시가 으뜸이라는 말로써 자신의 시관을 적확하게 드러내었다.

결국 시에서는 꾸밈이 없는 '성정의 자연스런 유로'가 중요하다는 것인데, 그렇게 된 시라야 〈주남〉편과 같이 사람들로 하여금 감동을 이기지 못하여 길이 탄식하게 한다는 것이다. 인용문 외에도 '밝은 달이 누각에 비친다.', '못에는 봄풀이 돋아난다.', '성근 비는 오동나무에 떨어진다.' 등은 단칠(丹漆)을 한 것이 아니어서, 곧 자연스러워서 좋다고 했다.[52]

그러므로 포효(咆哮)한 것, 곧 시어가 험(險)한 것은 본성을 잃은 것이어서 좋지 않다고 했다. 예컨대, 노동(盧仝)은 시어가 괴(怪)하고, 이하(李賀)는 험하며, 이상은(李商隱)은 너무 은벽(隱僻)하고, 황산곡(黃山谷)은 너무 고실(古實)하니 만약 공자가 다시 태어나시어 『시경』을 손보신다면

49 자로, 증점 모두 공자 제자.
50 공자 제자.
51 「調梁秀才」, 『석천집』, 148면.
52 『석천집』, 148면.

그 속에다 이들의 시는 넣지 않을 것이라고 했다.

석천은 평담(平淡)하고 자율(自律)한 시를 높이 샀다. 이는 앞서 〈청송당기〉나 〈식영정기〉에서도 일맥으로 통하고 있다. 그러므로 자로(子路) 같이 용맹스런 모습의 시나, 증점(曾點)이의 씩씩한 기상의 시보다는, 안자(顔子)와 같은 평범하고 담박한, 삶의 모습 그대로의 시, 곧 단표(簞瓢) 같은 시를 추구했다.

양송천(梁松川)의 시가 너무 험(險)하였기 때문에 위와 같이 일러주면서 도연명(陶淵明, 365～427)으로부터 시작을 배운다면 큰 차질이 없을 것이라고 결론지었다.

그러면 도연명의 어떤 점을 본받으라고 한 것인가? 그것은 소식(蘇軾, 1039～1112)이 도연명을 평한바 다음과 같은 점일 것이다.

> 도연명은 벼슬하고 싶으면 나가서 했고 그렇다고 꺼리는 일이 있는 것이 아니었다. 은퇴하고 싶으면 은퇴했으며 그렇다고 고결하다고 자처하지도 않았었다. 배가 고프면 남의 집 문을 두들기고 밥을 찾기도 했으며, 살림이 넉넉하면 닭이나 술을 빚어놓고 손님을 청해 대접도 했다. 옛날이나 오늘이나 그의 태도를 높이는 것은 바로 無爲自然에 귀일한 그 참이라 하겠다.[53]

위에서 말한 바와 같이 무위자연(無爲自然)에 귀일한 참의 실천 곧 솔직하고, 담담한 태도, 허구와 가식을 털어버린 진(眞)의 세계추구, 이것이 도연명의 참 모습이라 하겠는데, 석천도 그의 시에서 기궐(剞劂)을 힘쓰지 않는 자연스러운 성정(性情)의 자유로운 유로를 귀히 여겼던 것으로 보인다.

---

53 장기근, 『도연명』, 태종출판사, 1975, 42～43면. 淵明欲仕則仕不以求之爲嫌 欲隱則隱不以去之爲高飢則敲門而求食飽則黍以迎客古今賢之貴其眞也.

⑤ 〈희임대수견방론시(喜林大樹見訪論詩)〉의 홍종(洪鐘)과 대방(大方) 시관

석천은 퇴계와도 시에 대해 논쟁을 벌였거니와 이 자리에서는 석천과 퇴계와의 시에 관해 논의한 사실을 통하여 석천의 사상적 배경과 그것이 시작태도에 끼친 영향에 대해 더욱 가깝게 다가서기로 한다. 이황(1501～1570)의 시관을 보면 그는 어쩔 수 없는 학자라는 것을 새삼 알게 한다. 그는 시를 교화의 수단으로 생각했는바, 다름 아닌 시를 통하여 교화의 큰 종을 울리고자 했는데 홍종(洪鐘)이 그것이다. 〈희임대수견방론시〉[54]는 퇴계의 문하인 황준량(1517～1563)[55]의 '금계별당 8영' 중 하나로 퇴계와 석천이 함께 지은 것이다. 아래 글은 석천과 퇴계의 시관을 이해하는 데 요긴한 자료라 생각되기에 전문을 소개한다.

玄冬逼歲除　겨울철 섣달그믐 무렵이면
急景馳西沒　짧은 해는 급히 서녘으로 기운다
愁人臥窮巷　근심 가득한 채 시골에 누웠노라니
寂寞抱沈疾　하릴없이 병색만 깊어간다
舊來人不來　옛 오던 이의 발길도 끊기어
門前雀羅設　문 앞엔 참새가 그물을 칠만하네
寧知打寒扉　어찌 알았으랴, 찬 사립문을 제치고
忽枉長者轍　갑자기 장자[56]께서 찾아주실 줄을 (중략)
學詩追甫白　시는 두보와 이백을 배웠고
學道慕莊列　도는 장자와 열자를 터득했다네

54 계명한문학연구회편, 『퇴계선생문집별집』 9, 4208～4210면.

55 黃俊良. 본관 평해, 호는 錦溪. 『금계집』이 있다.

56 임억령을 지칭함.

往往誦傑句　자꾸 뛰어난 시구를 외우는데
掀簸困造物　조물주도 깜짝 놀랄만했다네 (중략)
吾詩尙豪宕　“나의 시는 호탕함을 숭상하노니
何用巧剞劂　어찌 교묘한 기교를 사용하겠는가.
吾行蹈大方　나의 행함은 大方을 밟는 것이니
不必拘小節　꼭 작은 절차에 얽매일 수 없노라.”
詞氣甚激昂　말의 기운이 심히 격앙된 것이
河漢瀉頰舌　황하와 한수의 물이 입속에서 쏟아진 듯.
我初驚且嘆　내가 처음에는 놀라고 감탄했으나
中頗疑以詰　중간에 퍽이나 의심 내어 물었다.
自非聖於詩　스스로 시가 성인의 경지에 이르지 못했다면
法度安可輟　시 짓는 법도를 어찌 무시할 수 있겠는가.
寧聞大賢人　어찌 들었는가 큰 어진이가
不用規矩密　법도를 세밀하게 지키지 않는다고
曷不少低頭　어이 조금의 머리를 숙여가지고
加工鍊與律　연마하고 법도 지키는 공부하지 않는가.
比如撞洪鐘　비유컨대 큰 종을 치고자 한다면
寸筳豈能發　작은 막대기로 어찌 가능할 것인가.
長者若不聞　장자는 들은 척도 하지 않고
意象更超越　뜻과 기상이 되레 드높았네. (중략)
容我妄自述　나의 재주 없음을 용납해주었네
敢不樂從之　감히 즐겨 좇지 않겠는가
斐然呈八絶　비연하게 8절을 지어 바치노라

〈黃上舍堂詠八絶. 本爲林公勸予同作〉

위의 시에서 논지와 연관된 주요 부분을 보이면 다음과 같다.

學詩追甫白　시는 두보와 이백을 배웠고
學道慕莊列　도는 장자와 열자를 터득했다네
吾詩尙豪宕　나의 시는 호탕함을 숭상하노니
何用巧剞劂　어찌 교묘한 기교를 사용하겠는가.
吾行蹈大方　나의 행함은 대방(大方)을 밟는 것이니
不必拘小節　꼭 작은 절차에 얽매일 수 없노라.
詞氣甚激昻　말의 기운이 심히 격앙된 것이
河漢瀉頰舌　황하와 한수의 물이 입속에서 쏟아진 듯.
我初驚且嘆　내가 처음에는 놀라고 감탄했으나
中頗疑以詰　중간에 퍽이나 의심 내어 물었다.
自非聖於詩　스스로 시가 성인의 경지에 이르지 못했다면
法度安可輟　시 짓는 법도를 어찌 무시할 수 있겠는가.
寧聞大賢人　어찌 들었는가 큰 어진이가
不用規矩密　법도를 세밀하게 지키지 않는다고
曷不少低頭　어이 조금의 머리를 숙여가지고
加工鍊與律　연마하고 법도 지키는 공부를 하지 않는가.
比如撞洪鐘　비유컨대 큰 종을 치고자 한다면
寸筳豈能發　작은 막대기로 어찌 가능할 것인가.
長者若不聞　장자는 들은 척도 하지 않고
意象更超越　뜻과 기상이 되레 드높았네.

위의 오언 고시는 전체 64행의 장편인데 우리의 관심을 끄는 곳은 다음이다.

시는 두보와 이백을 배웠고
도는 장자와 열자를 터득했다네
나의 시는 호탕(豪宕)함을 숭상하노니

어찌 교묘한 기교를 사용하겠는가
나의 행함은 대방을 밟는 것이니
꼭 작은 절차에 얽매일 수 없노라.

이와 같은 말을 하는데 '황하와 한수의 물이 콸콸 흐르듯 격앙된 어조'로 주장한다. 곧 시에 대해 자신 있는 주장이다.

위의 부분은 석천의 시관이다. 정리해 보이면 다음과 같다.

ㄱ) 시에서 호탕함을 숭상한다.
ㄴ) 교묘한 기교를 사용치 않는다.
ㄷ) 행하는 바는 대방(大方)을 밟는 것이다.
ㄹ) 작은 절차에 얽매일 수 없다.

이와 같은 석천의 시관은 도학자 퇴계를 당황케 한다.[57] 석천을 맞이하는 접빈객은 어떤 사람인가? 순수한 사림파 도학자이다. 따라서 그는 시를 존중하면서도 다시 말해서 시의 감흥은 금할 수 없다고 했지만, 감흥이 생기는 방법은 늘 문제 삼았다.[58] 시에서의 감흥이란, 자연의 모습을 있는 그대로 그리는 데 그치지 않고, 자연의 모습을 그리면서 자연이 있게 되는 도(道)의 원두(源頭)를 생각하게 하는 데서 발생한다. 그러므로 자연을 노래하는 시는 도의의 구속에서 벗어나서 결신난륜(潔身亂倫)하자는 것이 아니라, 성현의 말씀에 따라 도의의 근본에 이르러서 마음을 바로 잡자는 것이며, 도의의 근본은 세상의 기(氣)와는 하등의 관계없이 적연부동(寂然不動)한 것인데 시는 적연부동한 경지를 이상으로 삼는다.[59]

---

57 졸고, 「석천 임억령 시문학연구」, 성균관대 박사학위논문, 1994, 63~67면.

58 조동일, 「이조사대부와 그 문학」, 『대동문화연구』 제13집, 성균관대학교 대동문화연구소, 114면.

59 조동일, 위의 글, 같은 곳.

이와 같이 시의 이상, 곧 자연을 노래한 시가 도의의 근본을 찾는데 이르러야 한다는 주장을 지닌 접빈객의 입장에서 볼 때 석천의 시관은 당황할 일이 아닐 수 없다.

처음에는 내가 감탄했으나
중간에 퍽이나 의심 내어 물었다.
스스로 시의 성인의 경지에 이르지 못했다면
시 짓는 법도를 어찌 무시할 수 있겠는가.
어찌 들었는가? 큰 어진이가 법도를 세밀하게 지키지 않는다고.
어찌 조금의 머리를 숙여가지고 연마하여
법도 지키는 공부를 하지 않는가.
비유컨대 큰 종을 치고자 한다면
작은 막대기로 어찌 가능할 것인가.

위의 부분을 요약해 보이면 다음과 같다.

(a) 시에의 성인이라야만 시 짓는 법도를 무시할 수 있다.
(b) 어진 사람도 시 짓는 법도를 세밀하게 지켜야 한다.
(c) 홍종(洪鐘)을 치려면 작은 막대기로는 곤란하다.

위와 같은 퇴계의 시관은 석천의 시관 곧 '시는 호탕해야 한다.', '작은 기교는 무시되어도 좋다.', '행하는 바는 대방을 밟는 것이다.', '작은 절차에 얽매일 수 없다.' 등과는 대조적임을 알 수 있다. 석천은 시에 있어서 형식과 내용을 공히 중시한 셈인데, 시 형식적인 면에서의 호탕함을 숭상한 태도는 이백의 시풍과 장자의 식영에서 기인된 것이라 판단되며, 내용면에서의 '대방(大方)'은 노자 사상의 유학자적 수용이라 하겠다.[60]

대방은 다름 아닌 무우(無隅)로서 커다란 방형은 모난 구석[稜角]이 없는 것을 이른다. 대방무우(大方無隅)는 대기만성(大器晩成), 대음희성(大音希聲), 대상무형(大象無形) 등과 같은 류의 숨어 있는 도로써 쉽사리 이름 할 수 없는 것을 뜻한다. 그렇다면 유학자인 석천에게 있어서 대방이란 무엇인가? 자신이 유가적 이데올로기에 충실할 의무를 지닌 사대부였다는 점에서 볼 때 경국제민(經國濟民)의 이념이 제대로 실천되지 못한 현실 세계를 비판, 고발하고 풍자하며 지적하는 것이었다고 생각된다. 재조(在朝)의 몸이 되어 그 체제를 부정하는 듯한 비판과 고발의 정신은 바로 『중용』의 '소기위이행'과 『노자』의 '대방'이 사상적 결합으로 작용한 결과였다.

5. 논의 및 결론

지금까지 논의한 사실을 바탕으로 석천의 사상과 그를 바탕으로 한 시창작원리요, 시창작정신인 그의 시학에 대해 분명한 개념을 정립할 수 있으리라 생각한다. 석천은 사대부이며 그의 이념은 유학이요, 그 모토(母土)는 경국제민이었다. 따라서 그에게 현실은 삶의 바탕이요, 삶의 현장이다. 그의 모든 행위나 사고는 현실을 떠난 가정 하에서는 무의미한 것임은 두말을 요하지 않을 것이다. 왜냐하면 사대부는 현실적 사고와 이순간 현실을 중요시한 인물들이었기 때문이다. 그것은 사대부들의 세계관이 빚어낸 삶의 양식이기도 하였다.

유학적 이데올로기를 지닌 사림의 입장이 되어, 사화기(士禍期)라는 격동의 시간을 살았으며, 그러한 와중에서 신음했던 백성들의 피폐한 모습을 가까이서 이문목도(耳聞目睹)했을 뿐만 아니라, 자신의 개인적인 처지 또한 불우했던 인물이 바로 석천이다. 타고난 성품의 소탈함과 검속을 싫

---

60 『노자』, 41장 「同異」.

어하는 성미, 거기에 이른 시기부터 접하여 체득한 유가의 사상, 그리고 노자와 장자의 사상적 영향, 불승들과의 활발한 교유 등은 그가 호남사림의 문화적 중심지인 광(光)·라(羅)지역 당대 사람의 분위기와 어우러져 독특한 시학을 형성하는 데에 일정량 작용했을 것이다.

스승인 눌재와 호남사림의 당대적 분위기에서 체득한 불합리한 현실적 세계에 대한 비판적 태도는, 석천이란 시인을 자신도 모르는 사이에 방외적 기질의 소유자로 물들였을 것이다. 석천의 시 창작 정신은 현실에 대한 관심과 애정 곧 소기위이행(素其位而行)이라는 『중용』의 이데올로기에서 비롯된 현실 풀이의 한 방편이나 수단임을 간과해서는 그의 시 이해에 온당하게 다가서지 못함은 재언을 요치 않는다. 따라서 그가 〈면앙정삼십영〉〈추촌잡제〉(22수) 〈차화숙배율〉(40운) 〈고기가〉〈송대장군가〉〈우죽부〉 등 주로 연작시(連作詩)나 배율(排律), 가체(歌體) 또는 부체(賦體), 고체시(古體詩) 등 비교적 장편의 서술시적 형식을 통하여선 자연에의 침잠에 따른 관조와 완상의 흥취를 노래하거나 현실의 갈등이나 불합리 등을 해소 또는 풀이하려했음을 이해할 수 있다. 현실의 모든 문제를 현실에서 해결해야 할 임무를 띤 현실적 사고의 소유자인 사대부들은, 그가 처한 위치에서 각기 나름의 현실대응 논리를 지니기 마련이었는데, 석천은 그 나름 유학적 세계에 기반 한 채, 부가적으로 친 노·장적, 불가적 세계관을 받아들여 그의 사상적 깊이를 더함으로써 그의 시 세계를 한층 다양하게 개척하였다.

석천은 어디까지나 유학의 이데올로기로 무장된 사림이었다. 석천은 독서를 통하여 도연명의 영향을 많이 받았는데『중용』정신의 체득이 그것이다. 도연명은 불합리한 사회 현실을 목도(目睹)하고 관리의 부패와 사회의 험난함을 깊이 느껴 〈귀거래혜사(歸去來兮辭)〉를 읊고 독선기신(獨善其身)의 유가사상을 귀은(歸隱)으로 실천했다. 이러한 도연명의 자세는『중용』제14장에서 말한 군자(君子)는 그가 처한 바에서 행동을 할 뿐이라는 '소기위이행(素其位而行)'이요, 그 외의 것에는 관심을 두지 않는다는 '불원호기외(不願乎其外)'가 그것이다. 따라서 군자는 어디를 가든 자득함이 없을 수 없다는 '무입이부자득언(無入而不自得焉)'으로 이어져 전원으로의 귀은 실천 역시 자연스러운 처신이었다.

어디를 가든, 어디에 처하든 마땅히 처한 곳에서 낙도(樂道)하는 이른바, 『시경』의 연비려천(鳶飛戾天) 어약우연(魚躍于淵)과 같은 지극히 자연스럽고 조화로운 세계를 갈망하고 그를 실천했던 인물이 곧 도연명이었는데, 연명에게 영향 받은 석천은 양응정과의 시에 관한 논쟁 〈조양수재(調梁秀才)〉에서 성정의 자유로운 유로와 『시경』 〈주남〉의 시를 높게 평가하는 안목을 가질 수 있었다. 석천의 안목은 육봉 박우의 묘갈명에서 덕행과 학문을 착실히 다지는 것, 곧 경국제민 하기 위한 수기(修己)의 공부를 마친 다음에 자연스럽게 이루어지는 문예를 바람직하게 여기게 되었으며, 지나치게 꾸미거나 수식하는 데만 열중한 나머지 그 실속이 허하게 되는 문예를 말단으로 보는 태도로 이어진다.

석천이 당대현실에 충실하면서 유자로서의 이념을 실행에 옮기려했을 때 혹은 조야(朝野)의 자유로운 몸이 되어 정치현실을 객관적인 자세에서 바라다보았을 때, 이념과 현실 사이의 괴리는 너무나 컸으며 따라서 발생되는 갈등 또한 심각했었다. 파란의 정치 소용돌이와 그에 따라 부침하는 지우(知友)들을 통하여 때론 그 자신의 직접적인 체험에서 체득된 현실극복의 시적 대응은 다름 아닌 귀거래 정신이었다. 그렇기 때문에 석천의 시에서 귀거래는 그 세계의 몰입 곧 현실부정이나 망세(忘世)의 은둔이 아니라 '무입이부자득언'의 실천인 은구적(隱求的)인 것이었다. 이런 '무입이부자득언'은 불가의 수처작주(隨處作主)와도 일맥으로 상통하는 것인데 사람은 어디든 그 처한 바에서 자신의 책무와 소명을 다 하는 자세이다.

석천이 지녔던 현실대응 논리는 다름 아닌, 현실의 세계를 있는 그대로의 모습으로 관찰하려는 객관적 인식능력, 곧 장자식으로 말하면, 만뢰(萬籟)의 인정과 같은 것이었다. 이는 바람 소리를 바람 소리로 듣는 〈청송당기〉의 청송(聽松)의 태도가 그것인데, 이른바 천연함을 중시한 태도와 같다. 천연(天然)함을 시와 음악의 최고 경지로 보았던 석천, 그는 바람이 봉봉(蓬蓬)하게 태공(太空)에서 일어나 산중을 솔솔 스치면서 내는 소리, 인위가 가미되지 않고 자연 그대로가 유로(流露)된 소리를 최고의 음률로 여겼다. 이는 『장자』의 천뢰(天籟)를 말한 듯하지만, 사실은 인위적 꾸밈이 없으며 자잘한 기교가 배제된 채, 각 사물의 타고난 성정의 자연스러운 유로를 중시한다는 『시경』의 '연비려천(鳶飛戾天) 어약우연(魚躍于淵)'과 같은 말이다. 달리 말해서 처한 위치에서 내는 자연스러운 소리를 귀하게 여긴다는 것이니, 다름 아닌 『중용』의 '소기위이행(素其位而行)'과 다르지 않다.

또한 〈식영정기〉에서 말한 식영 역시 장자의 유학적 수용이다. 장주가 말하는 진성(眞性)은 하늘에서 받은 것으로, 성인은 하늘을 본받아 진성을 잘 간직하고 세속적인 것에 구애를 받지 않는 사람이다. 장주의 진성은 다름 아닌 정성의 극치요, 정(精)하고 성(誠)한 것으로, 이른바 남을 감동시킬 수 있는 원천적 내성이다. 진성은 곧 내성(內省)에 의해서 획득된 경지로서 곧 온전한 수기(修己)의 경지이다. 이때 성(誠)은 『중용』의 성(誠)과 통하는데 이는 간(艮)과도 통하며, 정지가 아니라 운동이며, 창조의 세계를 뜻한다. 따라서 석천의 식영은 현실도피 또는 장자적 세계에의 몰입이 아니라, 계산(溪山)의 자연 승경 그 속에서 '소기위이행(素其位而行)'의 처지대로 행장(行藏)하여, 자연스러움에 어긋나지 않는 자족적으로 개척한 의경(意境)의 세계를 말한다.

석천은 시에 있어서 형식과 내용을 공히 중시했는데, 시의 형식적인 면에서 '대방'은 노자 사상의 유학적 수용이며, 내용면에서 성정의 자연스러운 유로와 호탕함을 숭상한 태도는 장자의 '식영'에서 기인된 것이라 여겨진다. 〈희임대수견방론시〉에서 말한 대방(大方)은 다름 아닌 무우(無隅)로서 커다란 방형은 모난 구석(稜角)이 없는 것을 이른다. 대방무우(大方無隅)는 대기만성(大器晩成), 대음희성(大音希聲), 대상무형(大象無形) 등과 같은 류, 숨어 있는 도(道)로써 쉽사리 이름 할 수 없는 것을 뜻한다.

그렇다면 유학자인 석천에게 있어서 대방이란 무엇인가? 자신이 유가적 이데올로기에 충실할 의무를 지닌 사대부였다는 점에서 볼 때 경국제민(經國濟民)의 이념이 제대로 실천되지 못한 현실 세계를 비판, 고발하고 풍자하며 지적하는 것이었다고 생각된다. 재조(在朝)의 몸이 되어 그 체제를 부정하는 듯한 비판과 고발의 정신은 바로 『중용』의 '소기위이행'과 노자의 '대방'이 사상적 융합으로 작용한 결과였다.

석천의 서사시 세계는 임·병 양란 이후의 가사가 서정, 서사, 교술 중 하나의 성격이 극대화된 것처럼, 현실 정치에 있을 때는 그 자리와 그 위치에서 현실비판, 현실개혁, 현실 고발, 민중 지향, 애민 정신 등의 성격이 극대화 된 서술시를 창작한 것으로 판단된다.

반면 석천 서정시의 진미는 그가 성산의 승경에 들면서 유가적 세계관을 중심 사상으로 하여 귀거래의 의지, 계산풍류와 평담, 평이와 담박 등 친 불가 및 친 노·장적 사상이 보조 내지는 부가 사상으로 작용한 결과, 그 처한 바의 위치에서 그에 충실한 서정시의 세계를 실현한 것으로 보여진다.

어떤 시인의 시학이란 당대 현실의 문제점을 냉철한 이성과 객관적 관찰력으로 정확히 포착하여, 그 문제에 대한 인식을 새롭게 또는 전면적으로 부각시킨 다음, 진지한 자세로써 그에 대한 해결의 실마리를 시 세계 또는 시 창작원리에서 실천하는 능력이라 한다면 석천의 경우 또한 예외가 아니다.

석천은 16세기의 조선사회 현실에서 자신이 지향한 유가적 세계지향과 합치되지 못한 여러 문제점에 대해, 냉철한 이성과 객관적 관찰력으로 그것을 정확히 포착한 다음, 시로써 그것들에 대응함에 있어서는 학시(學詩)의 과정과 독서의 체험에서 체득된 중국의 시인들이나 『노자』나 『장자』 또는 불교 사상 등이 어우러진 시학을 통하여 드러냄으로써 문제의 심각성을 심각한 것으로 드러나지 않게 하는 그만의 표현 기법을 창안했다.

특히 친 불교와 친 노·장적 세계사유의 융·복합으로 자신의 유가 세계관을 재정립시킨 데서 그의 시는 낭만적인 성향도 한층 강하게 드러내게 되었다.

이상을 종합해 볼 때 석천의 사상은 유학을 핵심 사상으로 하면서 불가, 노자, 장자의 세계관을 받아들여 그것들을 융합시키고 복합하여 석천만의 사상을 지녔던 것으로 판단되며, 그의 시학은 이러한 사상이 바탕이 되어 성정의 자연스러운 유로, 시 형식에서의 자유로움 추구, 시어의 선택이나 시구 구성에서 기교 배제, 시의 내용에 있어서 사사로운 개인적 문제의 관심지양, 현실적 생활인의 모습 발견과 보편적 관심사의 지향, 주제 표출에 있어서 심각성 배제, 주제전달의 극대화를 위한 소재영역의 확대 등으로 제시할 수 있겠다. 이러한 시학으로 석천은 호남 시단의 사종(詞宗)으로서 귀거래 의식과 계산풍류(溪山風流) 및 평담(平淡)한 서정시를, 자유지향, 현실 비판, 민중지향 곧 애민정신으로 요약할 수 있는 서술시의 세계를 펼쳐 보일 수 있었다.

송재 나세찬의 문학

1. 호남이 낳은 우국 충신

송재(松齋) 나세찬(羅世纘, 1498 연산군 4~1551 명종 6)은 호남이 낳은 조선 최고의 우국 충신 중 한 사람이다. 송재의 자는 비승(丕承)이요, 시호(諡號)는 희민(僖敏)이니 송재(松齋)는 그의 호이다. 송재는 타고난 천성이 영민하였는데 누구의 문하에 들어가 수학(受學)을 했다기보다는 가학(家學)을 이은 선비이다. 송재 가문은 집안 대대로 학행(學行)이 뛰어난 명문가이였지만 다른 한편, 집안이 가난하여 따로 스승을 모실만한 형편이 아닌 탓도 있었다.

송재의 고조부 중호(仲浩)는 태종 3년 계미(1403)에 문과에 급제하여 선무랑통례문봉례를 지냈는데 슬하에 3남 3녀를 두었다. 송재의 증조부 계(繼, ?~1467)는 3남으로 나주시 문평면 오륜동(五倫洞)에서 태어났는데 천성이 강직하고 기운이 세며 골격이 크고 담력이 다른 사람보다 월등하는 등 거인의 기상이 있었다. 병법서를 두루 탐독한 후 세종 조에 무과에 급제하여 여러 벼슬을 하였다. 조정에서 병조참의를 제수하려고 하였는데 헐뜯는 자가 있어 뜻을 이루지 못했다. 얼마 후 수양대군이 단종을 내치자(1453) 벼슬을 버리고 고향으로 내려가 남산의 기슭에 초가집을 짓고 빙 둘러 소나무와 잣나무를 심고 여생을 마치려 했으나, 단종이 돌아가셨다(1457)는 소식을 듣고는 방안에서 고요히 앉아 마을 사람이 찾아와도 만나지 않고, 매일 밤 깊은 비통함에 빠져 통곡하니 집안사람조차 그 뜻을 아는 이가 없었다.

송재의 조부 은제(殷制, 1419~1487)는 천품(天稟)이 강의(剛毅)하고 지기(志氣)가 고결(高潔)하여 오로지 의(義)를 중시한 인물로서 세조 13년 정해(1467)에 학행(學行)으로 추천되어 장성현감(長城縣監)을 제수 받았는데, 그해 임기 시작 전에 부친 상(喪)을 당하여 벼슬을 사임하고 시묘살이를 하기 위해 향리인 나주로 돌아왔을 때 행장(行裝)이 세 필의 말에도 족하지 않을 만큼 초라했기에 세상 사람들이 삼마태수(三馬太守)라고 불렀으며 청백리(淸白吏)에 그 이름이 올랐다.

위에서 본 바와 같이 송재의 조부는 학행이 뛰어나 추천으로 벼슬길에 올랐던 인물이었으니 그 학문의 넓이와 길이를 짐작케 하거니와, 청백리에 이름이 오른 점으로 미루어 보건대 가산을 넉넉하게 늘릴 성품이 아니었음이 분명하다. 여기에서 주목할 바는 그의 뛰어난 학행과 천품의 강의(剛毅)함 및 지기(志氣)의 고결함이 아들과 손자에게 영향을 끼쳤을 것이라는 점이다.

송재의 부친 참판공 빈(彬, 1448?~1519)은 연산군 1년(1495)에 성균관 생원이 되었는데 일찍이 과거 공부를 포기하고 후학을 가르치는데 열심했었다. 천성이 강직하고 성리학에 밝았으며 시(詩), 부(賦), 논(論), 표(表), 책문(策文)을 잘했을 뿐만 아니라, 효행이 돈독한 인물 이었다. 반궁(泮宮, 성균관)에 있을 때 기묘사화(1519)로 전남 화순의 능주에 유배 가 있었던 정암(靜庵) 조광조(趙光祖) 등의 원통함을 누차에 결쳐 상소 하다가 연좌(連坐)되어 영월(寧越)에 유배당하여 3년 간 고생하다가 조광조 선생이 사약을 받고 죽은 날(1519년 12월)에 같이 사약을 받고 세상을 떠났다. 앞서 성종 18년(1487) 부친이 돌아가셨을 때는 선영 아래 추원대(追遠臺) 짓고 형과 함께 거상을 예에 맞춰 흐트러짐이 없이 하였다. 그는 병이 위독해지자 임종을 앞두고 자손들을 경계하는 시 한편을 남겼는데 다음과 같다.

垂老情何有　수노정하유　늙어감에 다른 정이 있겠는가

常懷二子憂　상회이자유　항상 두 아들 생각뿐이구나
言思千里應　언사천리응　말과 생각은 어디서나 같아야 하고
行顧一身修　행고일신수　행동은 몸이 수양되었는지 살펴야 한다
孝乃非徒養　효내비도양　효도는 한갓 몸을 봉양한 것만이 아니고
友于無或猶　우우무혹유　벗을 사귐에 혹 의심이 있으면 안 되느니라
對朋宜久敬　대붕의구경　벗을 대할 때는 오래될수록 공경함이 마땅하며
叙族盡和柔　서족진화유　피붙이에게는 화합과 온유함을 다 하여라
門祚當衰薄　문조당쇠박　집안의 복은 쇠하고 엷은 때가 있는 법이며
功名可旱收　공명가한수　부귀공명도 가물고 그칠 수가 있느니라
謙卑恒受益　겸비항수익　겸손과 낮춤은 항상 이익을 받을 것이며
驕亢必招尤　교항필초우　교만과 거만함은 반드시 화를 부를 것이니라
寄汝平生計　기여평생계　너희에게 평생의 계책으로 주는 것이니
須從這裏求　수종저리구　모름지기 이 말을 좇아 마음에서 구하도록 하여라

위에서 보듯 늙은 아버지의 자식에 대한 진심어린 사랑이 가슴을 뭉클하게 한다. 말과 생각을 같게 하고, 효도할 때는 뜻을 섬겨야지 몸만 섬겨서는 안 될 것이며, 벗을 대하고 사귐에는 의심이 없어야 하고, 오래 사귄 친구일수록 공경해야 하며, 피붙이들과는 화합하고 온유해야 함을 말했다. 이어 집안의 복과 공명은 있고 없을 수 있으니, 겸손과 낮춤이야말로 항상 이익 됨이 있을 것이라는 것, 그리고 교만과 거만함은 반드시 화를 스스로 부르고 만다는 훈계 등 일생 동안 자녀들이 지녀야 할 귀한 당부를 하였는데, 이는 오늘날도 그대로 유용한 교훈이라 하겠다.

송재는 위에서 본 바와 같이 강의(剛毅), 고결한 인품으로 의리를 중시하였으며, 학행이 뛰어나 숭앙 받았던 조부와, 천성이 강직하였을 뿐만 아니라 성리학에 밝고 문학에 남다른 문재(文才)를 지녔으며, 불의를 보면 좌시하지 않고 과감히 맞서 싸울 줄 알았던 부친의 영향을 받았던 인물이다. 송재의 이러한 가풍은 그의 강직하고 당당한 기질과 도학자적 인

격 형성에 기반이 되었을 것으로 사료되거니와 김하서(金河西)가 말한 '의저논훈처(義著論勳處)', '심존헌책신(心存獻策辰)'이라든가, 유미암(柳眉巖)의 '임위견사석(臨危堅似石)', 채임진당(蔡任眞堂)의 '의중명경승대일(義重命輕承對日)', '명고방집감언신(名高謗集敢言辰)', 오부훤당(吳負暄堂)의 '뇌정언기피(雷霆言豈避)', '당당충의기(堂堂忠義氣)'[1] 등의 평가는 그런 사실을 잘 대변해준 것이라 하겠다.

송재가 조부와 부친의 영향을 받아 강직하고 당당한 기질과 훌륭한 인품을 지녔다는 사실을 안다고 할지라도, 나아가 그가 소신을 굽히지 아니한 직언과 감언을 사양치 않았던 인물임을 알았다고 해서, 그것들이 그의 작품을 이해하는 데에 커다란 정보를 제공해주지 못함은 사실이다.

다만 작품은 작가의 개성적이고 독창적인 미의식이 형상화된 창작물이기 때문에 작가에 대한 이해가 일차적인 관심이 된다는 점에서 일정한 의의를 지닌다고 하겠다. 하지만 작가의 전기적 생애 그 자체가 문학 작품에 그대로 투영된 것이 아니라 세계관과 시대상황, 사회현실이라는 매개체를 통하여 가치판단이 형상화된 것이므로 작가의 전기적 생애 못지않게 지향된 세계관에 대한 이해는 주목을 요한다.

한편, 송재는 많은 사람들로부터 시재(詩才)가 뛰어나다는 말 보다는 부(賦)와 논(論), 책(策), 소(疏) 등에 특출한 재주가 있다는 평을 자주 들었으며, 스스로도 시 보다는 부와 소 및 책 등에서 자신의 정치 철학이나 신념 및 당대의 폐해 등을 들어내 보였다. 또한, 그는 정시초시(庭試初試)에서는 숭절의론(崇節議論)으로, 두 번째 시험에서는 희우부(喜雨賦)로, 복시(覆試)에서는 예제책(禮制策), 중시(重試)에서는 예양책(禮讓策), 탁영시(擢英試)에서는 억계론(抑戒論) 등으로 두각을 나타내었다.

공의 병신년 정대와 같은 한편은

---

1 한국문집총간, 『松齋遺稿』 卷四, 輓詞, 112~113면.

늠름하여 빛이 차가웁고 맑으며
고결하여, 비교하면 앙앙한 굴절초가
문득 폐전의 앞에 나타난 것 같다.[2]

이는 송재가 병신년(1536)의 중시(重試)에서 당시 전횡을 일삼았던 김안로(金安老) 일파를 지록지간(指鹿之奸) 곧 사슴을 가지고 말이라고 둘러대는 간사한 무리라고 통렬히 비판한 책문(策文)에 대한 평이다.

또한 송환기(宋煥箕)는

상소문과 주장문은 진실로 그 아룀이 완상할만하여
싫음이 없으려니와 책문은 다만 과거 볼 때에 쓰던
일정한 법식의 글로만 보아서는 아니 된다. 하물며 그
병든 잣나무를 읊은 글은 한때에 회자되어 사람들
굴원과 송옥의 끼친 바가 있다고 했다.[3]

이는 송재가 소(疏) 문(文) 부(賦) 책(策) 등에 장처(長處)가 있었음을 단적으로 지적한 진술이거니와, 이런 관점은 호남의 사정에 밝았으며[4] 호남의 인재에 대해 애정을 가지고 있었던 허균의 다음 기록과 동궤로 생각

---

2 公之丙申庭對一篇凜然芒寒而色正
譬之昻昻屈軼忽生于殿陛之前
이기경, 「발문」, 『국역 송재유고』, 309~400면.

3 疏章固可諷玩無斁而至於賦策不宜徒以
程文看況其病柏之作膾炙一時人稱有屈宋
遺韻耶, 송환기, 『송재선생유고서』, 앞의 책, 11~12면.

4 허균은 33세 때 호남지방 향시의 시관이 되어 전남 화순을 다녀왔으며 같은 해(1601) 6월에는 전라도의 세금을 거둬들이는 해운판관이 되어 나주 장성 등 전라도 여러 지역을 역방했다. 1611년에는 전라도 함열에 귀양 갔는데 그곳에서 「성소부부고」를 엮었다. 그 후로도 부안을 비롯 호남지방을 여러 곳 떠돌아 다녔다. 차용주, 『허균연구』, 경인문화사, 1998, 16~38면.

된다.

> 靖陵朝湖南人才之顯于時者甚多
> 如朴訥齋昆季崔舍人山斗眉巖昆季
> 梁校理彭孫羅提學世纘林牧使亨秀
> 金河西林石川宋三宰純吳贊成謙最著
> 其後朴思菴李一齋梁松川奇高峰高霽峰
> 或以學問或以文章顯於世[5]

위의 기록에서 허균은 눌재(訥齋) 박상(朴祥)형제와 석천(石川) 임억령(林億齡) 등의 시인, 고봉(高峰) 기대승(奇大升)과 일재(一齋) 이항(李恒) 등의 학자를 인재(人才)라 하였는데, 본 바와 같이 송재가 그 가운데 포함되어 있다. 여기서 우리는 맨 끝의 "혹자는 학문으로써 혹자는 문장으로써 세상에 이름이 났다."는 대목에 주목할 필요가 있다. 왜냐하면 앞서 본 바와 같이 송재의 경우 학자보다는 문장인으로서 널리 알려진 인물이기 때문이다. 그렇다면 송재는 문장인 가운데 어디에 장처가 있었을까? 허균은 그에 대한 해답은 우리의 몫으로 남겨 놓았다.

그런 가운데 허균은 그 해답의 실마리를 『국조시산(國朝詩刪)』에다 숨겨 놓았다. 『국조시산』은 그의 나이 39세 때인 1607년에 완성한 것인데[6] 조선초기의 시인 정도전(鄭道傳)으로부터 자기와의 동시대인 권필(權韠)에 이르기까지 35인을 대상으로 888제의 시를 수록하고 있다.

허균은 이에서 각 작품마다 비(批)와 평(評)을 붙였으며 작품에 대한 자신의 감상과 세간의 평을 기재해 두었다. 또한 개별 작가의 특징에 따라 오언고시 · 칠언고시 · 칠언율시 · 악부풍 · 잡체시 · 당풍의 진수인 절

---

5 허균, 『性所覆瓿藁』 권23, 〈說部〉(二).

6 차용주, 앞의 책, 25면.

구 등이라는 항을 마련하여 각각 배열시켜 놓았는데, 이는 작가의 개성을 존중한 태도일 뿐만 아니라, 시에 대한 그의 높은 안목을 보인 것으로 평가된다.[7] 특히 허균은 자신의 감식안에 거슬린 작품일지라도 작가의 개성을 보인 작품이라 판단되면 선발하는 관용적인 태도를 보였다.[8] 그럼에도 불구하고 앞서 『성소부부고』에서 호남의 인재(人才)로 지목했던 송재의 시는 한편도 선발하지 않았다. 그 이유가 무엇일까? 이는 송재가 시 보다는 다른, 문장에 장처가 있음을 암시함과 다름 없다.

여기에서 우리는 『송재유고』의 서문을 썼던 송환기의 진술을 다시 떠올릴 필요가 있다. "그 병든 잣나무를 노래한 글은 한때에 회자 되어 사람들이 굴원과 송옥의 끼친 바가 있다고 했다."는 대목이다.

주지하는 바와 같이 굴원(屈原)이나 송옥(宋玉)은 부(賦)의 대가들로서 알려져 있거니와 특히 굴원은 이충피참(履忠被譖)한 애국시인으로 서정적인 부를 통하여 수사에 바탕을 둔 문학의 가능성을 열었던 사람으로 평가 받고 있다.[9]

송재는 25세인 1522년(중종 17)에 〈애병백부(哀病柏賦)〉를 지어 기묘사화 등으로 선비의 기절이 꺾이고 세상이 그릇 되어감을 탄식했는데 충신우국(忠臣憂國)적 주제와 문학 형식에서 굴원이나 송옥을 닮았다는 세평을 들었다.[10]

여기서 우리는 허균이 『국조시산』에서 송재를 선발하지 안했던 이유를 되짚어 볼 필요가 있는데 그는 『국조시산』에서 부는 단 한편도 선발하지 않았다. 이는 그가 부를 운문 보다는 산문의 개념으로 인식한 일반 논의를 따르고 있었던 데에 기인한 것으로 보인다.

사실 부가, 과부(科賦)로서 과거에 큰 비중을 차지하고 있었음에도 조

---

7 강석중 외 3인, 『조선 시대의 한시』 1, 문헌과 해석사, 1999, 14면.

8 강석중, 앞의 책, 15면.

9 김학주, 『중국문학사』, 신아사, 1992, 126면.

10 연보, 앞의 국역본, 259면.

선시대 선비들은 부를 일반적인 시문과는 달리 생각했었다.[11]

그렇다면 송재의 경우 호남을 대표하는 인재로 그에 걸맞은 문학에서의 장처는 부 제작에 있었다는 확신을 가질 수 있겠거니와 실제로 그의 문집에는 25편이나 되는 부가 전한다. 이는 한시가 15편 22수에 지나지 않는 것에 견주어 볼 때 많은 양임에 틀림없다.

조선시대 선비들이 남긴 문집에 부가 한편도 없는 경우가 허다한 점을 감안해 볼 때, 이행(李荇)이 『용재집(容齋集)』에서 부만을 따로 떼어 외편(外篇)으로 엮을 정도로 부를 문집에 싣지 않으려는 일반적인 경향을 떠올릴 때에, 송재의 경우는 매우 예외로 보인다.

이런 사실은 그의 유고가 병화로 산실되었기 때문에 유고집 편찬 과정에서 그가 제작한 글이라면 한편이라도 더 많이 등재하고픈 후손들의 바람도 있었겠거니와 달리 보면 그가 부의 제작에 남다른 관심과 장처가 있었음을 대변한 것이라 판단한다.

이와 같은 점은 이수광(李睟光)이 『지봉유설(芝峰類說)』에서 근세의 호남을 대표하는 표표(表表)한 시인들 10명을 들어 보인. 가운데 송재가 들어 있지 아니한 것[12]과도 궤를 같이 한다.

요컨대 송재는 운문 보다는 책(策), 표(表), 논(論), 부(賦) 등 산문 특히 부에 장처가 있었던 인물임을 알 수 있겠다.

따라서 송재 문학의 미학은 그의 부 문학을 대상으로 살필 것이 요청되는데 부는 이미지・상징・함축 등의 시적 형상 기법보다는, 서술자를 등장시켜 어떤 이야기를 이끌어가는 담론적 기능이 우세한 문학이기에, 서술시적 접근이 필요함은 재언을 요치 않을 것이다. 물론 여기에는 부를 시문학으로 볼 수 있느냐의 논란이 있을 수 있으나 부를 언지(言志)라는 시의 특성과 체물(體物)이라는 산문의 특징을 동시에 가진, 시와 산문의

---

11 이종찬, 『한문학개론』, 이화문화출판사, 1998, 113면.

12 졸고, 「송천 장편시의 세계」, 『고시가 연구』 제6집, 한국고시가문학회, 1999, 249면.

중간형태로 보고 있으므로[13] 별 문제는 없으리라 판단된다.

이제 절을 달리하여 송재의 생평과 세계관 및 서술시와 부 문학에 대하여 논의하기로 한다.

2. 송재부의 창작적 기반

작가의 시문 창작적 기반을 이해하기 위해서는 그의 전기적 생애와 세계관을 아울러 살펴야함은 앞서 얘기한 바다. 조선시대 사대부의 삶이란 수신제가하여 치국의 기회가 주어지면 경국제민(經國濟民)을 하면서 환로(宦路)에서의 임무를 수행한 뒤, 치사(致仕)하는 것을 소망으로 여겼다. 조선시대 시인 연구는 그들이 지향했던 세계관을 생평과 아울러 고려하지 않는다면 현실적 삶의 태도와 방식, 나아가 문화적 형상물에서 개성을 발견하지 못할 공산이 크다. 여기서는 송재의 생평과 세계관 및 서술시적 세계인 부 문학에 대하여 살피기로 한다.

1) 생평과 세계관

송재 나세찬은 1498년(연산군 4)에 전남 나주군 거평면(居平面) 남산촌(南山村)에서 참판공 빈(彬)과 해평(海平) 윤씨와의 사이에서 둘째 아들로 태어났다. 가난했으나 학행과 청백으로 이름난 가문에서 엄격한 교육을 받았기에, 6세 때부터 쇄소(灑掃)하는 예절과 응대하는 의식으로 사람들을 감동시켰다.

7세 때부터 문장을 지을 줄 알았으며, 8세 때『소학』을 읽었는데 이는 훗날 그의 철학적 기반의 자력(資力)이 되었다. 9세 때 〈영사후(詠射帿)〉

---

13 유협, 최동호 역,『문심조룡』, 민음사, 1994, 127면.

라는 활쏘는 과녁을 보고 시를 지어 주위 사람들을 놀라게 했다. 집안이 가난하였지만 글 읽기를 좋아하며 연송달효(燃松達曉)토록 경사(經史)와 전적을 궁구했다. 11세 때 참판공의 훈시를 받았는데 그것은 5언의 고시였다. 내용은

늙음에 이르러 무슨 생각 있으랴
항상 두 아들을 위하여 근심할 뿐이지
말은 천리에 반응함을 생각할 것이요
행동은 한 몸을 돌아보고 닦을 지니라
효도는 한갓 부모를 기르는 것만이 아니요
우애를 할 것이되 서로 도모해서는 아니 되니라
문운이 쇠박함을 당하였으니
공명을 일찍이 거둘 지니라.
겸손하고 낮추면 항상 이익이 있을 것이요
교만하여 내세우면 반드시 허물이 따를 지니라.
너희에게 평생의 경계로써 붙이노니
모름지기 이를 좇아 구할 지니라.[14]

이런 가르침은 송재의 인물됨에 다대한 영향을 끼쳤을 것으로 사료되는데 특히 조리 있고 설득력 있는 송재의 언행과 남다른 효심은 가학(家學)에서 체득된 것이었다. 17세 때 어머니 윤씨의 상을 당했는데 시묘 때의 정성이 너무나 지극하여 주위 사람들의 눈물을 자아내게 했다.

22세인 1519년(중종 14)에 아버지를 잃었는데 송재의 부친은 조광조 등이 남곤(南袞), 심정(沈貞) 등으로부터 무고를 입어 전라도 능성(陵城)으로 귀양간 사실이 부당하다는 상소를 여러 차례 올렸던 인물로서, 그 일에

14 한국문집총간, 앞의 책, 연보, 107면.

연루되어 영월(寧越)에 유배되었다가 그곳에서 세상을 떠났다.

송재의 부친이 기묘명현(己卯名賢)을 위하여 상소를 하는 등 그들의 원통함을 하소연한 것으로 보아 그가 조광조의 정신적 맥락을 계승한 인물로 생각되거니와, 이는 송재의 세계관 형성 요인으로 작용하였을 공산이 매우 크다고 보여진다.

조부와 부친으로부터 영향 받아 형성된 강의(剛毅)하고 의중(義重)한 기질은 그가 25세(1522) 때 기묘사화로 인하여 선비들의 기상이 저상된 것을 보고 슬퍼하여 지었다는 〈애병백부(哀病柏賦)〉에 잘 나타나 있다.

27세 때 생원초시에 합격한 이후 28세에 생원회시(生員會試), 정시초시(庭試初試)에서 숭절의론(崇節義論)으로 장원했다. 31세(1527) 때 〈희우부(喜雨賦)〉로 두 번째 정시초시에 장원했으며, 이해 가을 문과별시에 병과로 급제하고, 복시(覆試)에서는 〈예제책(禮制策)〉으로 장원했다.

32세(1529) 때 나주 훈도(訓導)로 환로(宦路)에 접어들어 성균관학유(成均館學諭) 등을 지내다 38세(1535) 때 벼슬에서 물러나 향리인 나주에서 〈거평동8경(居平洞八景)〉 시를 지었다.

39세 때 중시(重試)에 〈예양책(禮讓策)〉으로 장원하여 봉교(奉敎)에 올라 책문에서 당시 전횡을 일삼던 김안로(金安老)를 지록위마(指鹿爲馬)의 간신(奸臣)이란 표현으로 풍자했다. 그 일로 무고(誣告)를 받아 옥에 갇히고 심한 고문을 받았다. 고문 과정에서 다리가 깨어지고 뼈가 부서졌는데 그 부서진 것을, 차고 다니는 주머니에 주워 담으면서 '부모유체 불가기(父母遺體不可棄)' 곧 '부모께서 끼쳐주신 신체이니 버릴 수 없다.'고 했다. 이러한 효심은 부친의 가르침을 실천한 것으로 그가 실천궁행(實踐窮行)의 『소학』 정신에 입각하고 있음을 단적으로 보여주는 것이라 생각된다.

또한, 옥에 갇히어 〈옥중혈소(獄中血疏)〉를 올렸는데, 상유요순지군(上有堯舜之君) 하무직설지신(下無稷契之臣) 위국단침(爲國丹忱) 백일조임(白日照臨)이라 하였는바, 중종(中宗)이 감탄하여 죽음을 면케하고 고성(固城)에 유배 천극(栫棘)시켰다.

고성에서는 하루도 빠짐없이 『심경(心經)』, 『근사록(近思錄)』, 『대학』, 『중용』 등의 글을 외웠으며 자리의 모퉁이에 '충신'의 두 글자를 써서 걸어두고 우국충정의 마음을 누그러뜨리지 않았다.

40세(1537) 때 김안로가 죽자 예문관(藝文館) 봉교(奉敎) 겸(兼) 춘추관(春秋館) 기사관(記事官)으로 소환된 이후 홍문관(弘文館) 부수찬(副修撰)을 비롯 사헌부(司憲府) 지평(持平) (42세), 사간원(司諫院) 헌납(獻納) (43세)을 지냈다. 이해에 자식이 아버지를 죽이고 아내가 남편을 죽이는 변고가 있었다. 기묘사화의 탓으로 선비들이 『소학』을 말하지 못했으나 송재는 소(疏)를 올려 『소학』을 강론하여 인륜을 밝히고 사습(士習)을 바르게 할 것을 청했는데, 불습지어소학(不習之於小學) 무이수기방심양기덕성(無以收其放心養其德性)이라는 주자(朱子)의 말을 들어 아뢰었다.

44세(1541) 때 사헌부(司憲府) 장령(掌令) 홍문관(弘文館) 교리(校理) 등이 되고 호당(湖堂)에 들어와 이황(李滉), 김인후(金麟厚), 임형수(林亨秀), 정유길(鄭惟吉) 등과 더불어 성리학을 토론하고 시문을 논했다.

46세(1543) 때 사헌부(司憲府) 집의(執義)로서 동료와 연명하여 당시에 일어난 천재(天災)와 인요(人妖)의 퇴치 방법에 대해 일곱 가지 조목의 소를 올렸는데, 근성학(勤聖學), 엄궁위(嚴宮闈), 명교화(明敎化), 진기강(振紀綱), 신임인(信任人), 양사기(養士氣), 숭절검(崇節儉) 등이 그것이다.

47세(1544) 때 통정대부이조참의(通政大夫吏曹參議), 성균관대사성(成均館大司成)이 되었다. 이해에 중종이 세상을 뜨고 인종이 즉위하였는데 송재는 반장(泮長)으로서 정사습(正士習) 명교화(明敎化)를 자신의 임무로 알았다.

48세(1545) 인종(仁宗) 원년에 사간원(司諫院) 대사간(大司諫)이 되었을 때 인종이 죽고 명종이 등극하자, 문정왕후(文定王后)의 동생 윤원형(尹元衡)이 이기(李芑) 등과 합세하여 선한 선비를 죽이고 유배 보내는 등 을사사화(乙巳士禍)로 억울하게 죄를 받은 유희춘(柳希春), 백인걸(白仁傑), 정황(丁熿) 등의 원통함을 변론하다가 체직(遞職) 되었다. 이일로 큰 화를 입을 뻔 했으나 중종이 생전에 송재를 가리켜 문정왕후에게 말하기를 '차인가이당국대사(此人可以當國大事)'라 한 바 있거니와, 왕후가 그 말을 잊지 않았기에 중죄를 면했다.

49세 명종(明宗) 원년에 사헌부(司憲府) 대사헌(大司憲)이 되이 재차 을사명현(乙巳名賢)을 구출하려들자 윤원형 등이 주청하여 파직시켰다.

이 때 이기(李芑) 등이 대윤(大尹) 윤임(尹任)을 제거하고 공훈을 기록하면서 일찍이 송재가 충순당(忠順堂)에 입시(入侍)하였으므로 회재(晦齋) 이언적(李彦迪) 선생과 더불어 훈적(勳籍)에 기입하려는 수작을 꾸미자, 송재가 크게 꾸짖고 힘써 회피하여 그들의 뜻을 따르려하지 않으니 간당(奸黨)들이 자기네와 뜻이 다름을 미워하고 배척하여 조정에 용납되지 못하게 하였다.

50세 때 한성부좌윤(漢城府左尹)으로서 여름에 성절사(聖節使)가 되어 중국에 다녀왔다. 51세 한성부우윤. 이때는 윤원형이 권력을 믿고 무슨 일이든 꾸며대기를 좋아했다. 이들 소윤파(小尹派)들은 인종(仁宗)의 재위 기간이 일 년이 넘지 못하므로 문소전(文昭殿)에 들일 수 없다는 이상한 구실을 들고 나왔다. 송재는 그것이 의(義)에 어긋난다는 말을 들어 소를 올려 반대했다. 이때 소윤파의 미움을 사서 외직인 전주부윤(全州府尹)이 되었는데 (52세) 선정을 베풀다가 54세로 전주의 관아에서 목숨을 거뒀다.[15]

한편, 『송재유고(松齋遺稿)』의 간행은 전후 7차례에 걸쳐서 이루어진 것으로 판단된다. 초간본은 송재 사후 227년만인 1777년에 7세손 치경(致絅)이 유고를 수집, 유최기(兪最基)가 교정한 것으로 이기경(李基敬)의 발문을 받아 8세손 성오(星五)가 활자본으로 간행한 것으로 보인다. 다만 후손 석오(錫五)의 기록에 영조 41년 병신(丙申)이라고 한 것이 있으나 이는 이기경의 발문에 따라 정유(丁酉) 곧 1777년으로 보는 것이 옳다.

---

15 앞의 연보 참조.

두 번째는 성담(性潭) 송환기(宋煥箕)가 서문을 짓고 병계(屛溪) 윤봉구(尹鳳九)의 묘표(墓表), 수암(遂菴) 권상하(權尙夏)의 행장(行狀) 및 김하서(金河西)등의 만사(輓詞)가 붙여져 1801년에 간행된 것으로 보이는데 이는 송환기의 서문에 따른 추정이다. 일을 주선한 사람은 8세손 성혁(星爀)이었다.

세 번째는 후손 대필(大弼)과 상서 홍석주(洪奭周) 참봉 김장환(金章煥) 등이 재차 교정을 하고 다시 후손 상근(祥根)·석오(錫五)가 유묵을 추가하여 1870년 화순에서 목판으로 간행한 것인데 본집 3권, 부록 1권과 유묵 외에 연천(淵泉) 홍석주와 강재(剛齋) 송치규(宋穉圭), 후손 석오의 발문이 있다. 후손 석오가 쓴 발문의 끝에 경인윤하(庚寅閏下)는 아마도 경오윤하(庚午閏下)의 잘못인 것으로 보인다. 『한국문집총간』에서는 이를 대본으로 하여 4권 2책으로 표점·영인하였다.

네 번째는 후손 도순(度淳)이 심석(心石) 송병순(宋秉珣)을 찾아와 중간사(重刊詞)를 청하여 발간된 것인데 정확한 연대는 알 수 없다. 다만 심석의 말 가운데 "구서(舊序)와 구발(舊跋)이 있는 데다 성담(性潭), 강재(剛齋) 등 제현의 글이 있어서" 라는 표현으로 미루어 볼 때, 세 번째 판본보다는 뒤에 발간된 것이 아닌가 추정해 본다. 이는 부록 및 연보 상의 소략된 부분과 새로 수집된 기록을 추록한 추각본(追刻本)으로 보인다. 이때 연재(淵齋) 송병선(宋秉璿)의 신도비명(神道碑銘)이 지어진 것으로 판단되는데, 신도비명의 끝에 도유(屠維) 대연헌(大淵獻) 곧 기해(己亥)로 되어 있어 그의 생몰 연대를 볼 때 이는 1899년으로 생각된다.

다섯 번째는 1868년 서원 훼철령으로 송재를 제향한 송재사(松齋祠)가 훼철되자 목판본이 산실되고 말았는데, 이에 후손 태한, 종윤 등이 1912년에 중간할 것을 결의하고 면암(勉菴) 최익현(崔益鉉)의 서문을 받아 1914년에 간행한 것이다.

여섯 번째는 후손 기풍(基豊)이 가선대부(嘉善大夫) 전향산군수(前香山郡守) 윤영구(尹寧求)를 찾아가 서문을 부탁하여 1934년경에 간행한 것이다. 성담과 면암의 서문이 있어서 사양치 못하고 두 선생의 뒤에 탁명(托名)하는 것이 영광되기에 서를 허락했다는 기록이 있는 것으로 보아 다섯 번째 출간 이후의 간행으로 여겨진다. 이때 노사(蘆沙) 기정진(奇正鎭)의 제송재선생문집후(題松齋先生文集後)가 붙여진 것으로 추정된다.

일곱 번째는 15세손 관주 등이 주선하여 발간한 국역본인데 전체 6권으로 그동안 꾸준히 수집해온 자료를 망라해 놓았다. 4권의 부록 하에 여나송재서(與羅松齋書)를 비롯 청건원우서(請建院宇書), 시장(諡狀), 신도비명(神道碑銘), 유사(遺事), 호당수계록(湖當修契錄), 묘갈명(墓碣銘), 삼과방목(三科榜目), 송재사중건기(松齋祠重建記), 사벽정중건기(四碧亭重建記) 등과 5권의 추록(追錄) 양파산장동유록(陽坡山庄同遊錄), 영금성별곡(咏錦城別曲), 발(跋) 및 6권의 조선왕조실록초(朝鮮王朝實錄抄), 송재나선생유묵서(松齋羅先生遺墨序)와 유묵(遺墨) 등이 실려 있다.

이상에서 전기적 생애를 살핀 바와 같이, 송재는 가학(家學) 및 호남사림의 영향을 받아 『소학』의 실천궁행 철학을 기반으로, 사화기(士禍期)를 살았던 인물로서, 광라장창(光羅長昌)을 중심으로 활약했던 호남사림의 한 사람이었다.

그는 요순(堯舜)과 같은 지치주의(至治主義)의 경세관(經世觀)을 지닌 인물이었는데 이런 태도는 당시 호남사림의 일반적인 경향이었다.[16]

다시 말해서 박상(朴祥)으로 대표되는 호남사림은 독선기신(獨善其身)하는 처(處)의 생활보다는 겸선천하(兼善天下)하는 출(出)의 길을 택했던 사람들이었기에[17] 처(處)의 생활을 경국제민 할 수 있는 곧 중앙정계로 진출할 수 있는 수신(修身)의 기회로 삼았었다. 그들은 주로 대간직(臺諫職)이나 언관직(言官職)에 나아가 목숨을 내놓고 정론(正論)을 펼쳤거니와 철학적으로 주기론적(主氣論的) 입장을 견지했다.

---

16 졸고, 「석천 임억령 시문학 연구」, 성균관대 박사학위논문, 1993, 9~14면.

17 조원래, 「사화기 호남사림의 학맥과 김굉필의 도학사상」, 단국대학교 동양학연구소, 『동양학』 25집, 1995.

송재는 호남사림의 4가지 도학파 학맥과 직접적인 사승관계를 맺지는 않았지만, 그의 부친이 조광조가 화순으로 유배되자 그것의 부당함을 지적하고 구원하고자 여러 차례 상소를 올리고, 그에 연좌되어 영월에 유배된 후 죽은 사실, 송재 자신이 〈애병백부〉를 지어 기묘명현의 수난을 슬퍼한 사실, 그가 환로에 나아가서는 대간직(臺諫職)과 언관직(言官職)에서 주로 강직한 자세로써 소신을 다 한 점 및 김굉필(金宏弼) 유계린(柳桂隣) 유희춘(柳希春)으로 이어지는 호남도학파 일맥의 계승자인 유희춘이 을사사화의 화망(禍網)에 들자 적극 구원하였던 점 등에 의거해볼 때 그의 정치적 위상과 기질은 분명 호남 도학자들과 동궤를 이뤘던 것으로 판단된다.

이는 달리 송재가 『소학』에 바탕한 실천궁행 철학의 소유자로서 천리(天理)나 의리(義理) 등을 형이상학적으로 파고드는 주지주의적(主知主義的) 성향이 강한 성리학 보다는, 소강(小康) 시대의 정치를 고수하려는 도통(道統)에 집착했다는 것이다. 소강의 정치란 요(堯), 순(舜), 우(禹), 탕(湯), 문왕(文王), 무왕(武王), 성왕(成王), 주공(周公) 등의 치세로서 정교(政敎)가 밝고 맑으며 백성이 부유하고 안락한 생활을 누렸던 시대를 말한다. 송재가 이처럼 도학(道學)적 세계관을 지녔기 때문에 그의 정치적 이상은 다름 아닌 지치(至治)에 있었다고 보여진다.

지치를 목표로 한 그의 왕도정치론(王道政治論)은 위민(爲民) 또는 민본(民本)정치를 말하는데 이는 〈간원칠조소(諫院七條疏)〉[18]에 잘 드러난 바와 같이, 경세(經世)의 핵심이 왕의 덕치(德治)임을 강조하면서 왕이 덕을 잃으면 반드시 재앙이 따른다는 성리학적 천인관(天人觀)이었다.

또한 도학적 세계관을 지닌 송재가 중시했던 것은 다름 아닌 절의(節義)였는데 그의 인생은 가히 절의로 점철되었다고 하여도 과언이 아님은 앞서 보인 바와 같다. 그의 절의에 대한 주장은 〈숭절의론(崇節義論)〉[19]에

---

18 『국역 송재유고집』, 214~216면.

잘 나타나 있거니와 절의란 부인륜(扶人倫)하고 입인기(立人紀)하여 천하로 하여금 항상 위란(危亂)에 이르지 않게 하는 것이라 하였다.[20]

이로써 송재의 생평(生平)과 세계관에 대하여 살펴보았거니와 송재의 부 문학은 지치주의(至治主義)를 표방했던 도학파의 세계관이 기반 되어 형상화된 서술체로 이해할 수 있겠다. 이제 절을 달리하여 부 문학에 대하여 살펴보기로 한다.

2) 서술시와 부 문학

송재의 부 문학은 부친과 자신이 열망했던 지치(至治)의 정치철학을 좌절시킨 대상 또는 그런 정치가 좌절된 현실적 모순을 드러내어 지적하고 개혁하거나 시정하려는 의지를 담아낸 것 또는 예와 윤리의 기강이 무너진 불합리한 정치현실을 들춰내거나 꼬집어서 시정을 촉구하거나 풍자한 것, 소강신민(小康臣民)의 종경(宗經)지향 및 이도순신(以道殉身)의 절의(節義) 지향이 주를 이루기 때문에 그 담론은 서술이 주를 이루어 펼쳐지고 있다.

서술은 그 자체 서사자가 있어서 피서사자에게 이야기를 전달하는 소통의 모델이다. 그러므로 보여주기 보다는 말하기의 화법을 주로 쓰며, 작품세계에 대한 시인 자신의 직접적 개입이 이루어지는 인식의 한 양식이다. 이러한 서술은 사건을 시간적 연속과 인과성에 따라 결합시켜주는 조직의 기법으로서, 서사갈래의 지배소로 간주되어 왔다. 긴 서사체의 경우 특히 시간의 경과 감각이 생명일 수밖에 없으며, 그로써 세계의 추이(推移)를 드러내 보여야 하는 경우에 있어서의 서술이 차지하는 몫은 지대한 것으로 여겨진다.[21]

---

19 앞의 책, 315~316면.

20 한국문집총간, 앞의 책, 74면.

또한, 서정시에서도 시인이 시적 효과를 획득하기 위하여 사건을 도입할 수 있는 바, 그 경우 비록 완성도 높은 치밀한 구성력을 갖추기는 못했다 할지라도, 그 서사적 플롯은 서술에 의해서 진행된 것임은 분명하다. 이로써 볼 때 서술은 서사만 만드는 것이 아니라, 극이나 교술도 만들 수 있다는 점을 시사해 준다 하겠다. 곧 서술이 모든 시의 기저자질이라는 말이다.

한편, 서술이 주가 되는 시를 서술시라고 하거니와, 이는 묘사가 주를 이룰 때 묘사시라고 부르는 것과 다르지 않다. 어느 시대이든 거기에는 당대 사람들이 지니는 삶의 조건과 삶의 과정이 있기 마련인데, 그러한 조건과 과정은 서술되어야 분명해지므로 그것을 표현하는 수단으로써 서술시가 요구된다. 이는 달리 서술이 소재에 대하여 취하는 관심의 가장 명백한 형식이라는 점에서 볼 때 매우 타당하게 여겨진다.

서술시의 문체는 수사적 비유보다는 일상인의 평이하고 단순한 회화체가 우세한 반면, 이미지 곧 형상화는 약화되기 십상이다. 이는 서술시의 언어가 지시적 기능이 우세하여 명료도를 지님과 함께 진실에의 충실이라는 점에서 객관적 발화로서의 태도를 지니기 때문일 것이다.

또한 서술시는 삶의 조건과 과정이 서술되는 것인데 어느 시대에나 그 현실 사정에 따라 자연스러운 진실 표현의 욕구충동 결과로써 이야기를 갖기 마련이므로, 거기에는 사건의 주체가 되는 인물이 있으며, 그 인물이 사건을 벌이는 배경이 있다. 그런데 사건의 내용, 인물의 특징과 성격, 배경 등은 문학 담당층이 변화할 때마다 그들의 수요와 필요에 따라 달라질 수밖에 없다. 다시 말해서 사건의 구성이 어떠 어떠하고, 주체적 인물과 그 성격이 어떠 어떠하며, 시·공간적 배경이 어떠하다는 것은, 문학 담당층의 창작정신 또는 시대정신 및 문학의 소용에 따라 각기 다르게 실현되기 마련이라는 것이다. 결국 서술이 바탕이 된 서술시는 시대와

---

21 김준오, 「서술시의 서사학」, 현대시학회편, 『한국 서술시의 시학』, 태학사, 1998, 18~28면.

상황, 창작층 등의 변화된 조건에 따라 또는 진실에의 충실과 객관성의 확보라는 명분으로 구비서사시・서사한시・서민가사・장편서사가사・부 문학 등 각기 다른 모습으로 실현되어 왔다.[22]

『시경(詩經)』의 시적 진술이나 일반 문학적 진술에서 가장 기본적으로, 가장 보편적으로 활용되는 서술방식은 다름 아닌 부라는 말처럼[23] 부는 작시원리로서 텍스트의 생산에 기여해 왔다. 특별한 비유 없이 직접적 서술로 이루어지는 부는 사고를 구조화하는 단위 또는 사고의 표현단위 및 사물이나 현상을 이해・해석・감지・파악하는데 있어서 매우 유용한 양식으로 알려져 있거니와, 그와 관련한 몇 견해를 보이면 다음과 같다.

賦直而興微比顯而興隱[24]

詩有六義其二曰賦賦者鋪也鋪采摛文體物寫志也[25]

賦者敷陳其事而直言之者也[26](葛覃)

作賦之法已盡長卿數語大抵須包蓄千古之材

牢籠宇宙之態其變幻之極如滄溟開晦絢爛之至

如雲錦照灼然後徐而約之使指有所在

若汗慢縱橫無首無尾了不知結束之妙(中略)

賦家不患無意患在無蓄不患無蓄患在無以運之[27]

위에서 보듯 부는 직(直), 포(鋪), 부진(敷陳) 등의 개념으로써 이야기를

---

22 졸고, 「송천 장편시의 세계」, 앞의 책, 259면.

23 신은경, 『고전시 다시 읽기』, 보고사, 1997, 459면.

24 孔穎達, 〈詩大序疏〉『毛詩正義』 卷一.

25 유협, 〈詮賦〉, 『文心雕龍』.

26 朱熹, 〈葛覃〉, 『詩經』.

27 王世貞, 徐師曾, 『文體明辯』.

곧바로 드러내어 말하거나 펼쳐서 서술한다는 의미를 지닌다. 부의 제작은 천고지재(千古之材)를 머금어서 변환지극(變幻之極)과 현란지지(絢爛之至)를 이루되 서이약지(徐而約之) 하여서 사지유소재(使指有所在) 하여야 하는데, 이때 무의(無意)함을 근심할 것이 아니라, 무축(無畜)함을 근심하고, 무축함을 근심할 것이 아니라, 무이운지(無以運之)를 근심하라고 했다.

결국 부는 가슴에 맺히고 쌓인 것을 서술로써, 적절하게 풀어내는데 유용한 양식임을 알 수 있겠다. 다시 말하여 흥(興)의 돈오적(頓悟的) 자각과 대비되는 점오적(漸悟的) 인식(認識)이 바로 부인데, 이는 서술이 바탕이 되어 원인-결과, 전체-결론, 추정-단언 등을 통하여 사지유소재(使指有所在)를 주장하는 양상으로 전개되는 경향이[28] 강한 문학이라 하겠다.

3. 송재 부 문학의 미학세계

『송재유고』에 따르면 송재가 남긴 부는 〈애병백부(哀病柏賦)〉〈나부(懶賦)〉〈권부(權賦)〉〈노장부(老將賦)〉〈차장평자귀전부(次張平子歸田賦)〉〈차별지송권공응달응창지영남부(次別知送權公應達應昌之嶺南賦)〉〈희우부(喜雨賦)〉〈동정부(洞庭賦)〉〈망부석부(望夫石賦)〉〈궁불실의부(窮不失義賦)〉〈대성무작부(大聖無作賦)〉〈화우부(花雨賦)〉〈사자인지도부(射者仁之道賦)〉〈군유주부(君猶舟賦)〉〈천상여부(天喪余賦)〉〈가색유보부(稼穡惟寶賦)〉〈장강천참부(長江天塹賦)〉〈부득어군즉열중부(不得於君則熱中賦)〉〈호소삼군부(縞素三軍賦)〉〈운벽부(運甓賦)〉〈절현부(絶絃賦)〉〈어풍부(御風賦)〉〈철봉부(掇蜂賦)〉 등 도합 25편이나 된다. 이제 위의 작품들을 대상으로 송재 부 문학의 미학세계를 살피기로 한다.

---

28 신은경, 앞의 책, 484~485면.

1) 節南山式 諷刺指向 세계

앞의 전기적 생애의 궤적에서 본 바와 같이 송재는 25세 때 〈애병백무〉를 지어 기묘사화에 화망(禍網)을 입은 선비들을 병백(病柏)에 비유하여 안타까운 마음을 포진(鋪陳) 하였듯이, 선비들이 그렇게 된 데에는 도리(桃李)와 같은 간신들의 전횡과 그것을 바로 잡지 못하는 백일(白日) 곧 임금의 무능 등 각자 자수(自守)치 못함을 풍자한 것이었다. 이와 같은 부의 풍자적 수법은 『시경(詩經)』의 〈소아(小雅)〉〈절남산(節南山)〉과 같은 데에서 연원된다고 하겠거니와 〈절남산〉은 전편이 10장으로 된 장편으로 유왕(幽王)에 대한 풍자를 주된 내용으로 삼고 있다.

弗躬弗親　몸소 하지 않으며 친히 하지 않음을
庶民弗信　서민들이 믿지 아니 하나니
弗問弗仕　묻지도 않고 일 해보지 않은 사람으로
勿罔君子　군자를 속이지 말지어다
式夷式已　마음을 공평히 하여 소인들을 물리쳐
無小人殆　소인 때문에 국가를 위태롭게 하지 말지어다
瑣瑣姻亞　쇄쇄한 인아는
則無膴仕　큰 벼슬을 시키지 말아야 하느니라

제4장이다. 유왕이 소인을 등용하여 국정을 어지럽게 했던 일을 풍자한 것인데 쇄쇄(瑣瑣)와 인아(姻亞)는 곧 소인들을 말한다. 유왕(幽王)이 태사(太師) 윤씨(尹氏)에게 정사(政事)를 맡기자 윤씨는 왕을 속이고 일찍이 일 해보지도 않았고 친히 일을 하지도 아니한 자기 사위와 그 아버지를 등용시켰다. 태사 곧 삼공(三公)의 벼슬아치는 마땅히 그 마음을 공평히 하여 임무를 맡길만한 사람이 아니거든 벼슬을 그만 두게 하여, 소인 때문에 나라를 위태롭게 하지 말아야 되거늘, 유왕이 어리석어 그렇게 하

지 못했으므로 가보(家父)가 이와 같이 풍자한 것이다.

이처럼 제대로 수신(修身)하지 못한 소인들이 작당하여 선비를 죽이거나 배척한 시대가 조선조의 사화기(士禍期)라 하겠거니와, 그러한 사화기를 살았던 도학적 세계관의 소유자 송재로서는 당시 모순되고 불합리한 현실을 개탄하고 안타깝게 여기지 않을 수 없었을 것이다. '도대체 누가 국가의 공평함을 잡고 있기에 스스로 정사를 다스리지 않고 소인배에게 정사를 맡겨서 백성들로 하여금 수고로움과 병폐를 입히는 것인가?'를 놓고 고심 했던 송재, 위민(爲民)과 민본(民本)의 왕도 정치 실현을 소망했던 도학적 세계관의 소유자 송재는 〈절남산〉식의 풍자적 서술을 통하여 불합리하고 모순 투성이었던 당대의 현실을 풍자했다고 보여진다.

余竊悲衆芳之消歇	그윽이 온갖 꽃이 시듦을 슬퍼하여
悶元和之無常	조화의 무상함을 민망히 여기노라
般紛紛其櫟壽	잡다한 상수리나무는 오래살고
樧又欲無乎松篁	산도는 또 송죽을 더럽히려 하도다.
聞後凋於古訓	나중에 시든다는 것 옛말에서 들었으니
願依君子之姱	군자의 아름다운 절개를 의지하고파
于以求兮山之曲	혜산의 골짜기로 찾아 갔더니
驚枯槁而獨立	마르고 말라 외로이 섰음에 놀랐도다.
夫何物中之鍾英	아, 어찌하여 식물 중의 영화로운 것이
空憔悴於衆木	공연히 뭇나무 중에서 초췌해졌는고.
	(中略)
旣云不挫於歲寒	추운 날씨에도 꺾이지 않는다 했거늘
孰能病夫高姿	누가 높은 자태를 병들게 했을까.
苟非樵火之或失	나무꾼의 불장난 실수가 아니라면
恐二氣之有違	음양의 조화가 어긋났단 말인가.
夫孰云栽培而傾覆	누가 재배하고서 엎는다 말 하는가

抑物理之難知	만물의 이치란 알기 어렵도다
桃李兮姱春	복숭아 꽃 도리 꽃 봄날이라 뻐긴다만
縱姸醜之混色	곱고 추한 빛 혼합됨 이로다.
變亂兮可見君子	변란의 세상이라야 볼 수 있는 군자는
只恃之風雪	다만 풍설 속에서 미더운 것이거늘.
今反不如乎凡卉	이제는 되레 뭇 꽃만 못하니
孰英華之可及	어찌 꽃으로 따를 누 있으랴.
	(中略)
余獨以汝而可恃	내 유달리 너를 믿을만 하다 했음은
固植物之最秀	식물 중에서 가장 뛰어 났기 때문인데
猶不保舊時之峻茂	오히려 옛날의 무성함을 보존치 못하고
尤不忍其孤瘦	더욱이 외롭고 깡마른 모습 참지 못하고
已矣枝葉之殞黃	벌써 가지와 이파리 누렇게 떨어졌구나
惟昭質其未虧	오직 밝은 본질만은 어그러지지 않아
覽鐵樹其若玆	무쇠 나무 같은 앙상함만 보겠구나.
又況揭車與江蘺	더구나 게거나 강리 같은 향풀들이야.
自萌蘗而拱把	작은 싹에서 아름드리 될 때 까지
幾風雨於溪壑	몇 번이나 계곡에서 풍우에 시달렸는가
何昔日之勁草	어찌하여 옛날의 굳센 식물이
今胡爲乎黃落	오늘에는 누렇게 떨어지는가
觀乾坤之默運	건곤이 말없이 운행함을 보노라면
物雖剝而必復	만물이 비록 다 하여도 반드시 회복하나니
	(中略)
病苟不至於根本	병이 만약 뿌리에까지 이르지 않았다면
豈無元氣之一脈	어찌 원기가 소생할 일맥이 없으랴
白日忽其遲暮	백일이 문득 저물어 가니
恐孤根之委絶	외로운 뿌리 마를까 걱정이구나

恨旣無造化之大手	조화의 큰 솜씨 없음을 한탄하여
立山中而掩泣	산 속에 서서 눈물을 감추노라
嗚呼天地中間	아, 천지의 중간에서
自守崔貴	제 분수 지킴이 제일이니
一榮一悴都外事	한 번의 영화성쇠 분수 밖의 일이로다
窮兮何傷達兮何喜	궁한들 어찌 슬프고 달한들 어찌 기쁘랴
栢不自病	잣나무는 병이라 여기지 않는데
吾獨汝悲	내 홀로 너를 슬퍼한다.
栢乎栢乎	잣나무여, 잣나무여!
	(中略)
物豈獨而如此	만물 가운데 어찌 유독 이와 같은가
生死雖曰在己	생사는 비록 나에게 있다지만
吾誰恃乎	내가 누구를 믿겠는가
嗚呼天地	아, 하늘이시여, 땅이시여!

위는 〈애병백부(哀病柏賦)〉라 제목 한 78구의 장편이다. 송환기가 서문에서 말한 바와 같이, 한때에 선비들 사이에서 회자(膾炙) 된 작품으로 기묘사화(己卯士禍)로 사기(士氣)가 추락하고 정의와 절의가 꺾이는 시대현실을 병든 잣나무에 비유했다. 송재는 『소학』의 실천궁행 철학으로 수신한 신진사류들이야말로 지치(至治)의 왕도정치를 실현할 수 있는 주역이라고 믿었던 인물이다.

위에서 잣나무는 바로 신진사류로서 개혁 세력들의 아름다운 절개를 상징한 것이다. 세한연후(歲寒然後) 지송백지후조(知松柏之後凋)라 하여 '선비는 궁할 때에 절의(節義)를 볼 수 있고, 세상이 어지러울 때에 충신을 알 수 있다.'고 하여, '배우는 자들은 덕(德)에 완비하여야 한다.'고 가르침을 받아 왔는데, 갑자기 그러한 잣나무가 마르고 말라서 외롭게 되었다는 심각한 말로써 시상을 일으켰다. 그렇게 된 이유를 나무꾼의 실수에 의한 불장난이나 음양 조화의 어긋남이라 하여, 당시에 조정을 농락한 김안로(金安老) 일파를 지목하여 풍자했다. 그러한 간신들에 대하여 도리(桃李)라고 단정 지어 화이부실(華而不實)의 실속 없음과 허망하여 미덥지 못하다고 했다.

반면에 잣나무로 상징된 군자는 변란(變亂)에서 오히려 더 미더운 것이거늘, 이제 뭇 꽃만도 못하게 초췌해졌다고 하여 기묘사화의 참상이 어떠했는지를 상상케 했다. 그러나 만물이란 쇠하면 다시 회복하는 것이 이치이므로 아직 뿌리는 상하지 않았기에 소생의 희망이 있다는 강한 신념을 드러내었다. 문제는 백일(白日) 곧 왕의 태도인데 왕이 실천궁행의 정치적 이념에 별 관심이 없어서 간신히 살아있는 뿌리까지 마를까 봐서 슬프다고 했으니 이 작품은 중종(中宗)이 소인배들을 가까이 한 채, 왕도정치를 실현하겠다는 신념의 도학자들을 내치고 멀리하여 위민(爲民)의 정치를 하지 못한 실정(失政)을 신랄하게 풍자한 것이라 하겠다.

與斯民固囿於無形	백성으로 더불어 형벌이 없게함은
乃聖人之至仁	바로 성인의 지극한 어짐이라.
然皇天授人以七情	그러나 하느님이 사람에게 칠정을 주었으니
人孰無有生之感欲	사람이면 누군들 삶의 욕심 없으랴.
俗不常結繩之純	풍속은 간단한 정사로만 다스릴 수 없고
治又非畫像之朴	다스림 또한 질박함만으로 안 된다네.
君子兮或一或二	군자는 하나 혹은 둘이지만
小人兮常千常百	소인은 늘 천 이요 백이라네.
眞心每悔於宴安	진심은 늘 편안함에서 어두워지고
本情呈露於憂懼	본마음은 근심과 두려움에서 드러나지.
思脫桎梏之有道	질곡에서 벗어날 도를 생각할진대
盍設防民之一具	어찌 백성을 방비할 도구 없으랴.
雷霆兮爲門	뇌정을 큰 문 삼고

肅殺兮爲戶	숙살을 작은 문 삼아
其貫紲縲兮筋骸	근골을 고기 꿰듯 얽어매고
其加縛束兮手足	수족을 동아줄로 묶었도다.
威以悚萬人之心	위엄으로 만백성 송구케 하고
嚴以塞萬人之目	엄격함으로 만백성의 눈 막았네.
勞以萌本然之悔	수고로써 본연의 뉘우침 싹트게 하고
困以懲前日之惡	곤고로써 전일의 악을 징계하였네.
	(中略)
堂固福民之一器	당은 진실로 백성을 복되게 하는 도구이지만
亦曰殃民之物	또한 백성을 재앙 되게 하는 물건이지.
苟不明德而愼罰	진실로 명덕과 신벌을 하지 못하면
民肝乃塗於鈇鉞	백성의 간이 도끼날에 오를지니
故聖人欽哉恤哉	그런 이유로써 성인은 공경과 구휼로써
曰非道兮何及	도가 아니면 어찌 미치리오 라고 했으니
唐虞至化兮	요순의 지치 덕화는
民協于中	백성이 중용에 맞았고
成周盛治兮	성주의 성대한 정치는
囹圄其空	감옥을 텅텅 비웠었지.
夫何叔季之暴主	어찌하여 말세의 포악한 임금이
紛用法之慘酷	국법을 참혹하게 쓰는 것인지.
朝罪而暮受白刃	아침에 죄주고 저녁에 죽이니
又何路而自新	어느 길을 걸어야 새로워질거나.
	(中略)
刑豈聖人之本心	형벌이 어찌 성인의 본심이랴
一何後世之殘賊	어찌하여 후세엔 잔혹해 졌는가.
福之者適以禍之兮	복 줄 자에게 되레 재앙을 주니
嗟嗟乎冷骨於有識	아, 뜻있는 사람들 뼈 속이 싸늘하구나.

嗚呼仁德爲出治之本 아, 인덕은 정치의 근본이요
刑政爲輔治之末 형벌은 정치를 거드는 말 책인 것을.

위는 〈복당부(福堂賦)〉라 제한 것인데 전체 88행의 장편이다. 복당은 감옥을 뜻하거니와 사람에게는 칠정(七情)이 있기에 결승지순(結繩之純)이나 화상지박(畵象之朴) 만으로는 다스릴 수 없지만, 그래도 성인의 치세에는 가능했다는 말로써 시상의 처음을 삼았다. 군자는 적고 소인이 많을지라도 진정으로 백성을 질곡에서 벗어나게 할 마음이 있다면 얼마든지 가능함에도 위엄과 엄격함, 수고로움과 곤고함으로써 속박하기에 성인의 치세와는 다르다고 했다.

폭군의 시대와 대비시키면서 감옥에 사람을 채우는 것만이 능사가 아님을 말했고, 이어 감옥에 가두는 것도 부족하여 죽이기를 일삼는 현실을 개탄했다. 이는 사화기를 살았던 송재가 목도이문(目睹耳聞) 한 사실 곧 걸핏하면 선비를 옥에 가두거나 형틀에 묶고 죽이기를 일삼는데도 그것을 제지치 못하는 왕을 풍자한 것이다. 정치의 근본은 인(仁)이요, 덕(德)일 뿐, 형벌은 말책(末策)이라는 말로써 풍간(諷諫)의 본지(本旨)를 삼았다.

이러한 지향을 나타낸 작품들은 원망, 하소연, 개탄 등의 어조를 나타내고 있다. 이런 유형의 작품으로는 〈장강천참부(長江天塹賦)〉〈가색유보부(稼穡惟寶賦)〉〈노장부(老將賦)〉 등을 들 수 있다.

2) 以道殉身의 節義指向 세계

천하에 도가 있을 때에는 도로써 몸
을 따르게 하고, 천하에 도가 없을 때
에는 몸으로써 도를 따르는 것이니,
도를 가지고 남을 따른다는 것은 내가
들어보지 못했다.

이 말은 『맹자』의 〈진심장(盡心章)〉[29]에 나오는데 천하에 떳떳한 도가 행해질 때에는 내몸이 그 도를 따라갈 것이요, 천하에 떳떳한 도가 행해지지 않으면 내 몸이라도 도를 행해야 할 것이다. 그렇기 때문에 도를 지닌 사람이 도가 없는 임금을 따라가서는 아니 된다는 의미 이다. 앞서 논의한 바와 같이 송재는 도학적 세계관을 소유한 인물로서 절의를 숭상하였으며 지치의 왕도정치 실현을 이상으로 삼았다.

여기서는 떳떳한 도가 있고 사람들이 절의를 숭상하여 그 도를 따르면 바로 왕도정치가 실현된다고 생각하는 입장을 형상화해 놓은 작품들을 살피고자 한다.

夫惟天地之健順	오로지 천지의 음양이
運自然於不已	자연스런 운행을 그치지 않도다.
謇從古而環回	예로부터 운행을 계속하여
能萬物之終始	만물의 처음과 끝이 되었도다.
	(中略)
余惟懶之爲愆	나는 오직 게으른 병이 있나니
惟本心與生俱生	본심은 날 때부터 함께 생겨
而志氣爲之輔佐	지기가 따르며 보좌 하는 도다.
中所存之少弛	마음에 보존한바 조금만 해이해도
奄外累之蔽我	문득 물욕에 가리게 되도다.
爰乘罅而便惰	이에 틈을 타면 곧 게을러지고
病本然之天機	본연의 천기를 병 되게 한다.
初萌芽於方寸	처음에는 마음에서 싹이 트지만
竟尾閭於四支	마침내는 사지에 펴져가
耳之聲兮目之色	귀로 듣고 눈으로 보는데도

29 天下有道以道殉身天下無道以身殉道未聞以道殉乎人者也

曾不省夫自持	자기의 마음을 지닐 줄 모르도다.
甘脂韋而汨沒	아부를 좋아하고 세속에 빠져서
無自許之定力	스스로를 자부하는 기력이 없도다.
	(中略)
然則是懶也	그런즉 이런 게으름은
原於質稟之昏庸	성품이 어둡고 용렬함에서 근원하여
萌於志氣之放僻	지기의 방종하고 지나침에서 싹트며
長於涵養之不充	함양의 부족함에서 커져
成於物欲之外鑠	외부의 물욕에서 이루어지는데
萌櫱衆惡之根柢	그리되면 여러 악의 뿌리가 되어
蒙昧萬善之桎梏	온갖 선이 질곡 되어 몽매해 진다.
依之於爲子兮	나태함에 의지하여 자식이 되면
晨省昏定之何物	신성과 혼정이 무엇인 줄 모르고
依之於爲君兮	나태함에 의지하여 임금이 되면
恤民敬天之何事	휼민과 경천이 무엇인지 모르며
衣之於諍臣	나태함에 의지하여 신하가 되면
曰我有待而言矣	'때를 기다려 말하겠다' 이르며
依之於士夫兮	나태함에 의지하여 선비가 되면
謂道登天然也	'도를 이루기가 어렵다'고 말하니
愚者以之而益愚	어리석은 사람은 더욱 어리석어지고
懦者以之而益懦	나약한 사람은 더욱 나약해진다.
	(中略)
志惟不持	뜻을 오로지 갖지 못하면
懶於是使	게으름이 이에 멋대로 하게 된다.
氣惟不率	기운을 오로지 거느리지 못하면
懶於是肆	게으름이 이에 방자하게 된다.
敬以存內	공경을 안에다 보존한다면

彼何能崇	제 어찌 함부로 높아지리오.
大抵人生兩間	대저 사람이 세상에 태어나서
擔當宇宙	우주를 담당하나니
天下之理	천하의 이치는
皆我之理	모두 나의 이치이며
天下之事	천하의 일은
皆我之事	모두 나의 일이로다.
事毁于放	일은 방심에서 무너지고
理明于思	이치는 생각함에서 밝아지나니
有終身憂	군자는 종신의 근심을 지니니라.
	(中略)
農司其稼	농부는 농사를 맡고
婦司其績	부녀자는 길쌈을 맡나니
苟懶其任	만약에 그 임무를 게을리 한다면
焉衣焉食	어떻게 입으며 어떻게 먹으랴.
子司其孝	자식은 효도를 맡고
父司其慈	아버지는 사랑을 맡나니
苟懶其分	만약에 그 직분을 게을리 한다면
孰曰民彝	누가 '백성에게 떳떳함 있다' 하랴.
君司其仁	임금은 어짐을 맡고
臣司其義	신하는 의로움을 맡나니
苟懶其職	만약에 그 직책을 게을리 한다면
豈運天理	어찌 '천리가 운행한다' 말을 하랴.
凡厥當然	무릇 그러한 당연함을
胡不踐而	어찌 실천치 않는가.
日新又新	날로 새롭고 또 새롭게 하여
與天同歸	하늘로 더불어 함께 돌아가기를.

위는 〈나부(懶賦)〉라는 제목인데 전체 145행이나 되는 장편으로 천지간에 음양의 이치가 그치지 않고 운행하여 만물의 생장소멸을 관장한다는 말로써 처음을 삼았다.

이어 사람의 본심을 지기(志氣)가 보좌함에 있어 조금만 해이하면 물욕에 가리어지고 그로부터 게으름이 자리를 잡아 천기(天機)를 병들게 한다고 했다.

그렇게 되면 자기의 본마음을 잃어버리고 아부를 일삼는 세속에 빠지고 만다고 하여 마음공부를 강조했는데 이는 그가 고성(固城)의 유배지에서 조차도 가까이 했다는 『심경(心經)』『근사록(近思錄)』 등에 바탕한 수심(修心)의 태도를 보인 것이라 여겨진다.

마음의 나태함이 사지의 나태함으로 이어지면, 자식 된 자는 혼정신성(昏定晨省)을 모르며, 임금은 백성의 구휼과 하늘의 두려움을 모르게 되고, 신하는 시기에 맞춰 충간(忠諫)을 하지 않으며, 선비는 도 닦는 것을 어렵다고 포기하게 되어, 어리석은 사람은 더욱 어리석게 되고, 나약한 사람은 더욱 나약하게 되므로, 마음을 몸의 주인으로 삼고, 뜻을 오로지 하여, 게으름이 범접치 못하도록 할 것을 주장했다.

마음이 주가 되어 절의(節義)가 올바르면 천하의 이치가 나의 이치가 되고, 천하의 일이 나의 일이 되어, 농부는 농사를 짓고 부녀자는 길쌈을 하고, 자식은 효도하고, 아버지는 사랑을 베풀며, 임금이 어질어 신하가 의롭게 된다고 마무리했으니, 이런 세상이야말로 떳떳한 왕도(王道)가 있는 지치(至治)의 세계라 하겠다.

夫惟萬類之不齊	생각건대 만물 가지런하지 않으니
乃自然之實理	이것이 곧 자연의 진리로다.
紛巨細不可以混類	크고 작은 것들이 혼류되어 있으니
玆中正之最貴	이는 중정함이 가장 귀한 바이다.
	(中略)

曷智鑿之營營	어찌 지혜를 활용에만 급급하랴.
惟公直焉是從	오직 공평하고 정직함을 따를지라.
縱低仰之萬變	비록 높고 낮음이 일만 번 변하여도
歸要合於大中	결국은 중용의 도에 합치 하도다.
旣倍蓰又千萬	이미 천만 곱을 더 하여도
隨所懸而不錯	매달린 바에 따라 변함없도다.
積分寸之無僭	일 분 일 촌을 올려도 어그러짐이 없고
抑毫釐而昭晳	일 호 일 리라도 밝게 구분하도다.
羌輕重之在彼	아, 가볍고 무거움이 물건에 있지만
孰能遁夫錙銖	어찌 능히 한 치의 오차가 있겠는가.
	(中略)
夫孰知尺許之一物	누가 알랴, 한자쯤 되는 이 물건이
寓無形之至公	형상이 없어도 지극히 평범한 줄을.
措天下而一制	천하를 다스림에 이같이 하면
入中國而無僞	온 나라 안에 있어서 거짓 없으리.
察事理之不誣	사리를 살핌에 속임 없으니
宜南面之首事	마땅히 군왕이 첫째할 일이로세
	(中略)
顧方寸之虛靈	마음의 허령함을 되돌아보니
蓋無偏而無側	편벽되거나 치우침이 없으니
苟本源之不臧	진실로 근본이 바로 서지 않았다면
豈所感之中節	어찌 느낌마다 절목에 맞으랴.
推萬事而皆然	세상만사 모두가 그러리니
比冬裘而夏葛	겨울에 갖옷 입고 여름에 갈포 입은 격이지.
余得體道之妙契	내가 도를 통하는 묘법을 얻었나니
邈隨時之君子	때에 따르는 것이 군자 이니라.
亂曰	끝에 이르기를

徒權不足以行權　　저울만으로 족히 저울이 될 수 없듯이

徒心不足以齊物　　마음만으로는 족히 만물을 다스릴 수 없도다.

戱欷哉心爲甚　　아, 마음의 더욱 그러함이여.

冀人人爲余 ·度　　사람마다 자기를 위하여 반성키를 바라노라.

전체 66행으로 된 〈권부(權賦)〉라 제한 것인데 저울의 중정(中正)함으로써 상을 일으켰다. 저울이 저울다운 것은 치우치거나 편벽되지 않고 공평하고 정직한 마음을 가졌기 때문이라는 말로써 뒤를 이었다. 이렇게 저울이 마음에 중심을 갖고 있기에 매달아지는 물건에 따라 다른 모습을 보일지라도, 한 치의 차이가 없듯이, 사람의 마음도 그 변함없는 중정(中正)을 지니고 있어야만 다양한 사물을 대하더라도 흔들리지 않는다는 말을 "저울만으로는 족히 저울이 될 수 없듯이, 마음만으로는 족히 만물을 다스릴 수 없도다."라고 했다. 인륜을 붙들고 기강을 세우기 위한 마음가짐의 자세를 잘 드러냈다.

原夫二儀之高厚　　원래 천지가 높고 두터워서

庶類芸芸其不億　　여러 생물의 무성함이 왕성하거늘

孰能若余之兩間　　누가 이런 천지를 순조롭게 하려고

命雨師爲余施澤　　우사에게 명하여 혜택을 베푸는가.

(中略)

喜不在民　　기쁨은 백성에게 있지 않고

喜在王誠　　기쁨이 왕의 정성에 있도다.

大哉誠乎　　크도다, 정성이여!

未有誠而不明　　정성스럽고 밝지 않음이 없도다.

嗚呼未雨之前　　아, 비가 오기 전에는

人疑何事而致災　　'무슨 일로 재앙이 내리냐고' 의심하다가도

旣雨之後　　이미 비가 내리면

益信王心之一哉	왕의 정성을 더욱 믿도다.
常使戒心	항상 경계하는 마음을 지녀
一如不雨	비가 오지 않을 때처럼 하고
常使喜心	항상 기쁜 마음을 지니되
毋盈雨後	비가 온 뒤처럼 들뜨지 말지어다.
少無間斷	조금도 멈춤이 없을 것이니
至誠悠久	지극한 정성은 유구한 것인데
不知何雨之可喜	모르겠구나, 비온다고 기뻐하고
何旱之可懼也	가물다고 두려워함을
雖然曰雨曰陽	비록 그렇더라도 비오고 볕듦은
天道之常	천도의 떳떳함이요.
乃中乃和	한쪽으로 치우치지 아니한 것은
人性之良	사람의 참된 성품일지니
于以感之	이러한 감응이 있어야
長發其祥	길이길이 상서로움 드러나리다.
	(中略)
遂作歌曰	드디어 노래지어 부르나니
天之遠兮	천지가 멀고 멀지만
聖人參兮	성인은 참여하는 도다.
參之者何	참여하는 것은 무엇인가.
惟至誠兮	오직 지극한 정성이로다.

〈희우부(喜雨賦)〉라 제한 것인데 전체 101행으로 되어 있으며 가뭄에 내리는 반가운 비로써 상을 일으켰다. 천지간에 가득 찬 생물이 생명을 갖기 위해서는 때에 맞춰 비가 내려줘야 하는데 오십풍우(五十風雨)의 순조로운 운행은 왕의 지성(至誠)에 있다고 하여 왕천하할 군주의 자세를 말한 뒤, 이어서 사람마다 중화(中和)의 마음을 지녀야, 상서로운 세상 곧

지치(至治)가 오래 지속된다면서, 신민(臣民)의 자세까지 함께 말해 놓았다. 지성과 중화의 절목에 내몸을 맞춤으로써 왕도 정치를 실현하고자 하는 마음이 간절하게 담겨져 있다.

여기에 드는 작품들은 의지, 바람, 희망 등의 내용이 주를 이루고 있다. 이러한 지향을 보인 것으로 〈동정부(洞庭賦)〉〈화우부(化雨賦)〉〈어풍부(御風賦)〉 등을 들 수 있다.

3) 小康선비의 宗經指向 세계

송재는 도학적 세계관의 소유자로서 소강(小康)의 치세를 소망했던 선비였다. 소강시대 선비들은 유학의 경전을 가치와 행동의 준거로 삼았는데 송재 또한 그러한 데서 예외가 아니었다.

본 절에서는 그러한 사유를 지향한 작품을 살피고자 하거니와 역사적 사실을 들어 징험하고 설득하며 주장한 이른바 교술성이 강한 작품도 아울러 검토하기로 한다.

曩余有志於經世	한때 내가 세상을 경륜할 뜻이 있어
抱忠良之懿德	충량한 아름다운 덕을 품었도다.
窮養之將以達施	궁할 때 수양은 달할 때 쓰려 함인데
肯終老於蓬蓽	어찌 집에서 늙기를 바랄손가.
謂見用於王朝	조정에 쓰이게 됨을 생각하고
期稷契之事業	직설의 사업을 기약하였도다.
時不常雲龍之會	운룡의 기회란 늘 있지 않으며
士或有三刖之泣	선비에겐 삼월의 울음도 간혹 있느니라.
君門深兮九重	임금이 계신 곳은 구중의 깊은 곳이니
草野遠兮千里	초야로부터는 천리나 먼 길이지
願進忠而無路	충성을 바치고 싶어도 방도가 없네.

思報國之大義	나라에 보답하려는 큰 뜻일 뿐
夫豈汲汲於爵祿	어찌 관록에 급급함 있겠는가.
庶不負乎素履	바라건대 본분을 저버리지 말지어다.
	(中略)
空戀闕而懷恥	공연히 대궐을 그리워하곤 부끄럼 품었지.
衆皆競進而貪婪	모두들 앞 다투어 벼슬을 탐하지만
進路呀而劃絶	나가는 길목이 좁고 막혔으니
邈魚水之一堂	임금의 신하되기 막막하여라.
夫何余時之不淑	어찌 나는 좋은 때를 얻지 못한가.
悲朕時之不當	내가 때 얻지 못함을 슬퍼하니
渙余涕之沾臆	흐르는 눈물이 가슴을 적시는 도다.
傍有大人先生	옆에 대인의 선생이 있어
遂前而詰之曰	드디어 앞으로 나와서 힐책하기를
愚哉子見	어리석구나, 그대의 소견이여!
鄙哉子智	비루하여라, 그대의 뜻이여!
救世行道	세상을 구하고 도를 행함이
雖儒者志	비록 선비의 지닌 바 이지만
用行舍藏	써주면 행하고 버리면 감추는 것이야
乃君子事	그게 바로 군자의 일 아닌가.
惟求在我之道德	오직 나에게 있는 도와 덕을 구할 것이요.
在上之爵綠何慕	위에 있는 작록을 어찌 뜻하랴.
只順在天之時運	그저 하늘의 운수를 따를 것이니
在人之得失何道	어찌 사람에게 주어진 득실을 논하리.
時乎來兮	때가 오면
玉堂金闕	옥당이나 금궐에 있을 것이요
時乎否兮	때가 아니면
高山石室	높은 산 돌집에 있을 것이니

昔聖賢之在世　　옛날 성현의 세상에서는
守仁義之天爵　　인의의 천작을 지키면서
懿蘭香之自聞　　난초 향기 들리어 옴을 즐기면서
待人爵之自至　　벼슬이 스스로 이르기를 기다렸었지.
雖不遇乎見知　　비록 사람들이 몰라주어도
奈天命兮何爾　　천명이라 생각하며 가다렸었지.
(中略)
子何爲而大躁　　그대는 어찌하여 크게 조바심 내어
反有傷乎天眞　　도리어 타고난 천성을 상하게 하는가.
盍進德而修業　　더욱 덕에 나아가 업을 닦으면
縱不愚兮無悔　　때를 못 만나도 후회가 없으리라.
忽聞言而大悟　　문득 그 말 듣고 크게 깨달으니
焚膽腸其氷解　　타는 듯한 간장이 얼음 녹듯 풀리네.
因與之係曰　　덧보태어 말하노니
功名兮有命　　공명이란 운명에 있고
富貴兮在天　　부귀는 하늘에 있도다.
天不可必　　하늘은 가히 기필하지 못하며
命不可遷　　운명은 가히 옮길 수 없나니
得之兮何喜　　얻은들 무엇이 기쁘며
失之兮何悲　　잃은들 무엇이 슬프리오.
然則出處之大致　　벼슬에 나가고 나가지 않음은
都付之於天命之依歸　　모두 천명이 시키는 대로 따를 지니라

전체 99행으로 된 장편으로 〈부득어군즉열중(不得於君則熱中)〉이라 제했다. 위의 어구는 『맹자』의 〈만장(萬章)〉장에 나오는 말인데 "임금의 사랑을 못 얻으면 초조하게 여기게 마련이다."란 말을 가지고 제목을 삼았다. 원래 이 말은 순임금이 부모 생각하기를 종신토록 했으니 다른 사람

과는 달리 큰 효자라고 내세우는 과정에 들어 있다.[30]

세상을 경륜할 마음으로 아름다운 덕을 품어 수양을 했으며 순임금 때의 직설(稷契)과 같은 신하가 되기를 기약했건만 궁궐은 멀고 길마저 막혔다는 말로써 처음을 삼았다. 이어서 자신을 알아주는 사람 없고 부르짖어도 들어주는 누구 하나 없는 가운데 눈물을 흘리노라니 대인이 다가와 자신을 꾸짖는다는 말을 이어서 했다. 세상을 구하고 도를 행하려함은 선비의 뜻이지만, 써주면 나아가 도를 행하고 버리면 숨어서 자신의 도를 닦는 것으로 인의(仁義)의 천작을 지킬 뿐 벼슬에 급급하지 말라는 대인의 말은 마치 『맹자』의 〈등문공(滕文公)〉장에 나오는 대장부(大丈夫) 선언문처럼 꾸며 놓았다. 부(賦)문장의 진수를 보는 듯한 대목이다. 대인의 말을 듣고 크게 깨달아, 공명은 운명에 있고 부귀는 하늘에 있으나, 하늘은 기필할 수 없으므로 벼슬을 하고, 하지 않고는, 하늘에 맡기겠다는 말로 마무리 했다.이른바 출(出)과 처(處)의 결단을 경전식 사고로 해결하려는 의지를 잘 드러낸 글이라 생각된다.

惟天下之事業	오직 천하의 사업이란
孰非豫而能立	어찌 미리 준비하여야 이루어짐이 아니랴.
貴君子之勵志	군자의 뜻을 가다듬음이 귀하나니
勗自强於定力	일정한 힘보다 자강해야 하니라.
	(中略)
懿夫子之運甓	아름답도다, 그대의 벽돌 운반함이여!
謇從事於朝夕	아침과 저녁으로 열심히 했으니
豈區區於小物	어찌 작은 것에 연연해서 그랬으랴.
要一施於遠略	요컨대 한번쯤 원대한 계략 베풀려함이었다.

30 人少則慕父母知好色則慕小艾有妻子則慕妻子
仕則慕君不得於君則熱中大孝終身慕父母
五十而慕者予於大舜見之矣 〈萬章〉, 『孟子』

念男兒之全節	남아의 온전한 절개를 생각했는데
荷君民之大責	군민의 큰 책임을 짊어졌도다.
早蒙訓於慈闈	일찍이 훈계를 어머니에게 받았는데
已許身於王室	이미 몸을 왕실에 허락했도다.
	(中略)
俟金烏之初翥	해가 처음 뜰 때를 기다려
尙官吏之未至	관리들이 아직 이르기 전에
爰手運於齋外	손으로 집밖에다 옮겨 놓기를
己百之而乃已	몸소 백 번이나 하곤 했었지.
乃蜂衛之纔罷	벌의 왕래가 끝나자마자
又胡爲乎轉徙	어찌하여 다시 굴려 옮기었는고.
紛或內而或外	혹은 안으로 혹은 밖으로
無一日之有闕	하루도 빠짐없이 열심히 했도다.
初矻矻而苦筋	처음엔 힘들어서 근골이 뻐근하더니
竟成性于乃智	마침내 그 일에 습관 되고 지혜 생겼지.
夫何一州之刺史	어찌 한 고을 자사께서
猶不煩於屑屑	오히려 애씀을 번거롭다 않느뇨
宜或人之致問	사람들은 의문되어 묻기도 했지.
果弘志之難測	진실로 큰 뜻을 어찌 헤아렸으리.
夫孰知五胡之雲擾	누가 오호의 반란이 일어났을 때
盡輸入於寸甓	모두가 한 치의 벽돌에 잡힐 줄 알았으리오.
噫四肢之欲安	슬프도다, 사지의 편안하고자 함은
固共有於人精	진실로 인정이 그러하는 바 아닌가.
然不勞而何慮	그러나 수고롭지 않고서 무엇을 생각하며
旣不慮而何成	생각이 없는데 무엇을 이룰 건가?
況疆圉之孔棘	하물며 변경의 매우 급한 일이
摠一身之經營	모두 한 몸에 의지하게 되었거늘.

當艱險而寧避	어려운 일이지만 어찌 피하랴.
遇事故而必行	일이 생기면 반드시 행해야 하거늘.
嘗狃安而忘危	일찍이 편안에 빠져 위태함을 잊다가
卒遇亂於呼吸	마침내 순식간에 어려움을 만나니
猶望風而先驚	오히려 바람을 보고 먼저 놀라는데
況鮮紛而制變	하물며 어지러움 풀고서 변란 막으랴.
	(中略)
嗚呼志爲事本	아, 뜻은 일의 근본이 되고
身乃志具	몸은 곧 뜻의 도구가 되나니
其身不勞	그 몸을 수고롭게 아니하고서
其志焉手	그 뜻을 어떻게 지키겠는가?
欲安其內	안을 편안히 하고자 할진대
所以制外	밖을 억제 하는 것이니
內外交修	안과 밖이 서로 닦아져야만
允也匪懈	진실로 게으르지 않는 법이지.
雖然志固氣帥	비록 뜻이 진실로 기운의 장수라 해도
心乃身主	마음은 곧 몸의 주인 이니라.
甓固手運	벽돌은 진실로 손으로 운반하나
運之非手	운반하게 하는 것은 손이 아니로다.
運甓非難	벽돌을 운반하는 것은 어렵지 않지만
運心不易	마음을 운전하는 것은 쉽지가 않구나.

〈운벽부(運甓賦)〉라고 제목한 이 작품은 진(晉)나라 도간(陶侃)의 '벽돌 나르기' 고사를 원용한 119행의 장편이다. 도간은 광주자사(廣州刺史) 시절에 아침저녁으로 벽돌 나르기를 했던 사람으로 알려져 있거니와, 그는 '사람이 훗날 크게 쓰일려면 체력이 있어야 한다.'면서 아침에는 관아 안의 벽돌 백장을 관아 밖으로, 저녁이면 그것들을 다시 관아 안으로 옮기

는 등 체력을 단련했는데, 마침 소준(蘇峻)의 난이 일어나자 그 평정에 성공하였으며 그 공로로 대장군이 되었다. 송재는 이와 같이 운벽(運甓)의 고사 등 이미 그 의의가 인정된 고사를 끌어와 작품의 소재로 삼았다. 이는 종경(宗經) 지향과는 다르지만, 그 교술성이라는 공통점을 감안하여 함께 논의해 보았다.

〈운벽부〉는 천하의 사업이란 미리 준비해야 한다면서 특히 자강불식(自彊不息)의 자세를 촉구하는 것으로써 상을 열었다. 이어 편안함에 빠져서는 안 되며 아침저녁으로 항심(恒心)을 가지고 체력 단련할 것을 권면했다. 도간의 고사를 뒤이어 소개하면서 항상 대비하여 국가에 크게 공헌했다는 내용을 이었다. 자신을 비롯한 나약한 사람과 편안함을 좇는 세태를 경계하였으며, 특히 꾸준히 지속적으로 노력할 것을 당부했다. 몸은 뜻의 도구가 되고 마음은 몸의 주인이 된다면서 마음을 잘 운전하라는 말로써 마무리 했다.

이상과 같이 소강선비의 종경지향을 보인 작품으로는 〈천상여부(天喪余賦)〉〈대성무작부(大聖無作賦)〉〈궁불실의부(窮不失義賦)〉 등을 들 수 있으며, 역사적 사실을 들어서 주장하고 설득한 것으로는 〈호소삼군부(縞素三軍賦)〉〈절현부(絶絃賦)〉〈철봉부(掇蜂賦)〉 등이 있다.

4. 논의의 마무리

본고는 송재(松齋) 나세찬(羅世纘, 1498~1551)의 부 문학 세계를 파악하여 그것이 지니는 특징과 미학의 해명을 위해 마련되었다.

가학(家學)을 이은 것으로 판단되는 송재는 천품이 강의하고 지기가 고결하여 오직 의를 중시했던 조부의 학문을 부친으로부터 이어 받은 인물이다.

부친 빈(彬, 1448?~1519)은 성균관 생원으로서 일찍이 과업을 폐하고 후학을 가르치는데 전념했던 인물로 시.부.논.표.책.문(詩賦論表策文)에 능했을 뿐만 아니라 효행이 돈독했다고 알려져 있다.

또한 천성이 강직하여 불의를 보면 참지 못했던 인물인데 기묘사화로 억울하게 화순에 유배 가 있었던 조광조의 원통함을 누차에 걸쳐 상소하다 그 사건에 연좌되어 영월에 유배당했다가 그곳에서 세상을 마친 인물이다.

송재의 강직하고 당당한 기질은 우선 가풍에 영향 받은 것으로 사료되거니와 김하서 · 유미암 · 채임진당 · 오부훤당 등의 증언에서도 입증되는 바이다.

송재가 부친과 조부의 영향을 받아 그의 기질이 형성되었음을 안다고 할지라도 문학 작품이 작가의 기질이나 전기적 생애가 그대로 반영된 것이 아니기에 그의 작품을 이해하는데 나아가 그것의 미학을 해명하는데 커다란 정보를 제공해 주지 못함이 사실이다. 그렇기에 여기서는 작품이 작가의 세계관이라는 매개체를 통하여 형상화된 것이라는 점에 유념하여 그의 전기적 생애 못지않게 그가 지향했던 세계관과 시대상황에 대해 주목하였다.

한편, 송재는 여러 지인(知人)이나 논자로부터 시재(詩才) 보다는 부(賦) · 책(策) · 소(疏) 등에 재주가 있다는 평을 들었던 점, 스스로도 시 보다는 부와 책 및 논이나 소 등을 통해 자신의 정치 철학이나 신념 및 당대의 모순 등을 고발, 지적하고 있는 점, 나아가 남아 있는 시편이 얼마되지 아니하여 작품 성향이나 그 전모를 제대로 밝히기 어려운 점 등을 감안하여 본고에서는 상대적으로 작품 수가 많아 그의 문학세계를 온전히 담고 있을 것으로 판단되는 부에 대하여 집중적인 논의를 벌였다.

특히 부에 대하여 논의를 집중시킨 또 다른 이유는 허균이 『성소부부고』에서 호남의 인재로 박상 · 임억령 등의 시인과 기대승 · 이항 등의 학자를 거론하면서 송재를 포함하여 17명을 들었는데 나중에 그가 『국조시산』을 편찬하면서는 송재의 시를 단 한 편도 선발하지 아니한 점을 유념

했다.

다시 말해서 송재는 학문 또는 문학에 있어 더욱 장처가 있었기에 『성소부부고』에서 호남의 인재로 선발했으면서도 시인만을 선발한 『국조시산』에 넣지 아니한 까닭이 무엇인가에 주목한 결과, 송재의 장처는 시 보다는 부 문학에 있다는 결론을 내릴 수 있었으며 부 문학을 일반적으로 시와는 동렬에 두지 않으려는 당시 사대부의 관습상 『국조시산』에서 빠진 것이라고 이해했다. 실재로 부에 대해서는 시와 문의 중간형태로 그 갈래적 위상을 잡고 있음이 일반적이기에 허균의 편집 태도는 납득하기 어렵지 않다.

이렇게 볼 때 본고에서 송재의 부 문학에 집중하여 그 세계와 미학을 해명하고자 하려는 의도는 자연스럽게 밝혀졌으리라 판단된다.

제2장에서는 조선시대 사대부의 삶이 수신, 제가하여 치국의 기회가 주어지면 경국제민하고 환로에서의 부침을 거듭한 뒤 귀양을 가서 죽거나 혹은 귀거래 아니면 치사(致仕)하는 등 보편적인 양식을 보이기 때문에 각자의 개성과 특이점을 발견하기 어렵다는 점을 착안하여 생평과 세계관을 통해 다른 사람과의 낙차에 대해 주목하고자 하였다.

그 결과 송재는 앞서 말한 바와 같이 강직하고 당당한 기질을 소유한 인물인데 그것은 조부와 부친의 영향을 받은 것이었다는 점을 우선 중시했다.

송재는 어려서부터 『소학』을 읽는 등 실천 학문에 주력했으며 아버지의 조리 있고 설득력 있는 언행은 그에게 그대로 전수되었던 것으로 보인다.

27세 때 생원초시에 합격하고 31세 때 문과에 급제하여 나주 훈도로 환로에 접어들어 성균관학유 등을 지내다가 38세 때 잠시 물러나 향리에 있으면서 〈거평동8경〉을 지었다.

39세 때 중시에 장원하였는데 그때 김안로의 일파를 지록위마(指鹿爲馬)의 간신이라고 논박하여 그 일로 옥에 갇히고는 고성으로 유배까지 당했다.

유배지에서도 『소학』 『근사록』 『심경』 『대학』 등의 경전을 가까이 하는데 게으르지 않았으며 '충신' 두 글자를 써서 붙여두고 마음을 다스리곤 했다.

40세 때 감안로가 죽자 유배에서 풀려나 벼슬에 나아갔는데 44세 때 호당에 들어가 이황 · 김인후 · 임형수 · 정유길 등과 함께 성리학을 토론하고 시문을 논했다.

46세 때 사헌부 집의로서 일곱 가지 소를 올리는 등 정사습(正士習), 명교화(明敎化)를 자신의 임무로 삼았다.

48세 때 사간원 대사간이 되었을 때 문정왕후의 동생 윤원형 일파가 을사사화를 일으켜 무고한 선비를 죽이는 등 전횡을 일삼았는데 그때 궁지에 몰린 호남선비 유희춘 · 백인걸 등의 원통함을 변론하다가 체직되었고 49세 때 사헌부 대사헌이 되어 재차 을사명현을 구출하려 하자 윤원형 등이 파직시켰다.

51세 때 전주부윤이 되어 선정을 베풀다가 54세로 그곳에서 세상을 떠났다.

이상의 전기적 생애를 본 바와 같이 그는 가학의 영향을 받았던 인물이며 광.라.장.창(光羅長昌)을 중심으로 활약했던 호남 사람의 일원이었다.

박상으로 대표되는 호남 사람은 독선기신(獨善其身)하는 처(處)의 생활보다는 겸선천하 하는 출(出)의 길을 택했던 사람들로서 처(處)의 생활을 정계에 진출할 수 있는 수신의 기회로 삼았었다. 그러다가 기회가 주어져 벼슬에 나가면 대간직이나 언관직에 몸담으면서 목숨을 걸고 정론을 펼쳤던 주기론자들이었다.

송재는 호남 사림의 핵심 지역인 나주에서 태어나 그곳에서 자라면서 당대 호남 사림의 비판적인 분위기에 젖었으며 그들과 교유하는 등 호남 사림의 도학적 영향을 받았던 인물이었다.

그가 직접적으로 호남 사림의 도학적 학맥과 사승 관계를 맺지는 않았지만, 아버지가 기묘명현을 두둔하다기 유배 가서 죽은 점, 자신이 〈애병백부〉를 지어서 기묘명현의 수난을 슬퍼한 점, 을사사화로 누명을 쓰고 궁지에 몰린 유희춘 등을 구원하려한 점 등을 살필 때 그의 기질과 정치적 위상은 분명 호남 도학자들과 동궤를 이뤘던 것으로 사료된다.

요컨대 송재는 그의 가학적 영향과 전기적 생애 및 호남 사림과의 관계를 주목할 때, 주지주의적 성향이 강한 성리학 보다는, 소강 시대의 정치를 이루려는 도통(道統)을 중시한 도학적 세계관의 소유자로서 애군·애민을 중시한 선비였음을 알 수 있었다.

한편, 송재의 부 문학을 온당하게 이해하기 위해서는 그의 전기적 생애와 세계관의 이해 못지않게 부 문학의 갈래적 속성에 대한 천착이 중요함에 착안, 부 문학을 서술시로 개념 정리한 뒤, 서술시의 의미와 부 문학의 성격을 밝혀 보였다.

그 결과 서술시는 서술이 기저 자질이 되어 보여주기 보다는, 서술하기의 화법을 주로 쓰며, 작품 세계에 대한 시인 자신의 직접적 개입이 이루어지는 시라고 보았는데, 이처럼 부 문학은 서술시로서의 성격이 강함을 밝혀 보였다.

다시 말해서 부 문학은 직(直)·포(鋪)·부진(敷陳) 등의 개념으로서 이야기를 곧바로 드러내어 말 하거나 펼쳐서 서술을 화장해 간다는 의미를 지닌 것으로, 서술이 바탕을 이룬 서술시로서 성격 지었다.

다른 한편, 그의 문집은 전후 일곱 차례에 걸쳐 간행되었는데 초간은 그의 사후 227년만인 1777년이며 마지막 본은 국역본임도 밝혔다.

제3장에서는 송재의 부 문학 세계를 절남산식 풍자지향 세계, 이도순신의 절의지향 세계, 소강선비의 종경지향 세계 등으로 그 지향세계로서 유형화하여 살피면서 실현하고자 하는 미학이 어떤 것인가를 밝혀 보였다.

송재의 부는 도합 25편이나 되는데 절남산식의 풍자지향을 보인 작품은 〈애병백부〉〈장강천참부〉〈가색유보부〉〈노장부〉 등으로 이는 『시경』 〈소아〉의 〈절남산〉 시와 같이 왕이 무능하여 소인배를 등용하였다가 국정을 어지럽히고 백성을 도탄에 빠뜨리는 등 온갖 악행을 일삼지만 그것을 억제치 못하는 현실의 안타까움을 풍자한 것이다. 이러한 작품은 위민과 민본의 왕도정치를 소망했던 도학적 세계관의 소유자 송재의 진면목을 여실히 드러낸 것으로 평가되거니와 직접적 풍자방법 보다는 빗대어 말하는 간접적 풍자의 수법을 통하여 성동격서로써 주제 전달의 극대화를 기한 점이 돋보인다고 할 수 있다.

이도순신의 절의지향 세계를 보인 작품은 왕도정치를 이루기 위하여 선비가 지녀야할 수신의 자세를 분명하게 제시한 내용을 담은 것으로 『맹자』의 〈진심장〉에 나오는 말로써 그 취지를 삼았다. 요지는 나라에 도가 행해질 때는 그 도를 따를 것이지만, 도가 행해지지 않을 때는 홀로 자신만의 길을 가야된다는 것이다.

나라에 도가 있으므로 그 도에 나의 몸을 맞추면 인륜이 바르게 되고, 기강이 바로 서는 절의의 세계가 실현된다는 바람을 담았으니, 당대적 현실에서 보면 다분히 역설의 미학이 아닐 수 없겠다. 여기에는 〈나부〉〈권부〉〈동정부〉〈화우부〉〈어풍부〉 등이 속한다.

다음으로 소강선비의 종경지향 세계를 담은 작품을 들 수 있거니와 송재는 소강시대를 소망했던 선비로서 유학의 경전을 모든 가치와 행동의 준거로써 삼았다.

여기에 드는 작품들은 그의 소강 선비로서의 신념이나 가치 지향을 나타낸 것인데 〈부득어군즉열중〉〈천상여부〉〈대성무작부〉〈궁불실의부〉 등을 대표적인 것으로 들 수 있겠다.

한편, 역사적 사실이나 출처가 분명한 전거를 가져와 징험하고 설득하며 주장한 이른바 교술성이 강한 작품도 있는데 이 또한 당대 현실의 개혁과 이상세계 건설에 필요하다고 생각되어 실현한 소재이거니와 넓게 보면 종경의 지향정신과 부합되는 것이므로 아울러 고찰하였다. 여기에 드는 작품으로는 〈호소삼군부〉〈절현부〉〈철봉부〉 등을 들 수 있다.

요컨대 송재는 당대 현실의 모순되고 불합리한 정치현실의 대안으로 왕도정치를 제시하였다. 현실의 지적과 고발은 물론 이상세계의 건설을 부(賦)라는 문학 장치를 빌어 그 속에 핍진하게 드러내 보여주었는데, 풍자를 통한 고발과 지적 등 문학적 기교의 자유자재한 활용, 절의와 종경 지향 등 이상 세계 건설이라는 종지(宗旨) 등은 송재가 이룩한 부 문학의 성과라 할 것이다.

송천 양응정의 장시 세계

1. 논의의 출발

조선 중기를 살다간 송천(松川) 양응정(梁應鼎, 1519～1581)의 시세계를 파악하고 그의 시가 지니는 특징과 그것이 갖는 시사적 위상을 가늠해 보고자 본고는 출발한다.

송천은 지치주의(至治主義)의 실현을 위하여 수기(修己)를 『소학』의 정신에 입각하여 실천하고자 노력했던, 조광조(趙光祖)와 뜻을 같이 하여 기묘명현(己卯名賢)으로서 반대파들에게 탄압받았던, 학포(學圃) 양팽손(梁彭孫)의 셋째 아들로, 전남 화순에서 기묘년(1519)에 태어났다.

학포는 부친 양이하(梁以河)에게서 가학(家學)을 했으며, 호남 사림의 큰 맥을 형성하여 조선유현연원(朝鮮儒賢淵源)의 19인 중 호남 출신으로는 유일한 자이면서, 송순(宋純)과 안처성(安處誠) 등을 배출했던 지지당(知止堂) 송흠(宋欽)의 문하에서 경사(經史)의 대의(大義)와 학문의 벼리를 세웠다.

학포는 자식들에게 '전업학문(專業學問)' 할 것을 강력히 권면했는데, 자식들이 자신의 전철을 밟지 말라며 '참과거도득허명(參科擧徒得虛名)' 곧 '과거에 참여해서는 한갓 쓸데없는 이름만 얻었다.'는 우의적인 말로 경계했다.[1]

학포의 집안은 유학의 경전(經典)에 많은 관심을 가졌던 것으로 알려져

---

1 이집, 「송천선생 행장」, 『국역 주해 송천집』, 1988.

있거니와 학포의 아들 송천이 모친을 잃은 상실감 속에서도 예서(禮書)와 경서(經書)를 강구하는데 게을리 하지 않은 점, 내직(內職)에 있을 때든 외직(外職)에 머물러 있을 때든, 언제나 유학의 경전(經典)에 마음을 쏟은 점, 관직에서 물러나 있을 땐 가문에 오랜 동안 지속되어온 경전의 토석(吐釋)에 심혈을 기울인 점[2] 등은 그런 사실을 잘 입증해 준다.

어쨌든 송천은 조부·부친의 영향에 힘입어 경전의 깊은 세계를 개척하였음이 분명하며 그의 그러한 역량은 문하에 문도들이 모이게 했던 한 요인 이었을 것이다. 송천은 실제 56세 때인 1574년(선조 7)에 경주부윤을 그만 둔 뒤 3년 후에 박산(博山, 광주시 광산구 박호동 박산)으로 돌아와, 47세(1565)에 이미 건립해 두었던 조양대(朝陽臺)와 임류정(臨流亭)에서 경전의 세계에 침잠하거나 문하생들을 가르치는 일에 전념하였다.

송천이 유명한 기묘명현 학포의 아들로서 유학 경전의 심오한 이해를 얻어 후학들을 가르쳤다는 위의 사실들을 안다고 할지라도, 또한 그가 정자를 지어 두고 문하생들을 가르치는데 열중했다 할지라도, 그러한 사실들이 그의 시를 이해하는 데에는 별다른 정보를 제공해 주지 못함이 사실이다. 다만, 그의 문하에 많은 문생들이 몰려든 이유가 과연 위의 사실 외에 또 다른 뭐가 있지 않겠는가라는 논의의 지속성을 제공해 준다는 점에서 가치 있는 것으로 생각된다.

주지하는 바와 같이 송천의 문하에서는 송강(松江) 정철(鄭澈)을 비롯 조선시대 8 문장으로 알려진 고죽(孤竹) 최경창(崔慶昌), 옥봉(玉峯) 백광훈(白光勳) 등 삼당시인으로 이름난 시인들이 배출 되었다. 최경창의 8문장 반열에 대해서 김태준은 『조선한문학사』[3]에서는 견해를 같이 하지만, 이순인(李純仁)의 「고담유고(孤潭遺稿)」에서는 그 순서를 조금 달리하고 있다.[4] 하지만 최경창이 8 문장의 반열에 들 만큼 이름났던 것만은 부인

---

2 위의 책, 310면.

3 이가원, 『조선문학사』 상, 태학사, 1995, 548~549면과 박세채의 〈고죽시집후서(孤竹詩集後敍)〉, 『한국문집총간』 제50책, 「고죽유고(孤竹遺稿)」, 34면.

못할 사실이다.

그렇다면 송천의 문하에 앞서 소개한 바와 같은 조선의 당대 명문장가들이 모여든 이유는 분명 다른 어떤 이유가 있을 것이라는 확신을 갖게 한다. 이런 점이 본고를 진행시키는 바탕이 되었다.

아울러 지봉(芝峰) 이수광(李睟光)이 그의 『지봉유설(芝峰類說)』 〈시예(詩藝)〉에서

> 근세의 시인은 호남에서 많이 나왔다.
> 朴訥齋祥 · 林石川億齡 · 林錦湖亨秀
> 박눌재상 · 임석천억령 · 임금호형수
> 金河西麟厚 · 梁松川應鼎 [鼎-인용자]
> 김하서인후 · 양송천응필정
> 朴思庵淳 · 崔孤竹慶昌 · 白玉峯光勳
> 박사암순 · 최고죽경창 · 백옥봉광훈
> 林白湖悌 · 高苔峰軒敬命 表表者也.
> 임백호제 · 고태봉헌경명 표표자야.

라고 하여 송천을 근세 호남을 대표하는 표표(表表)한 시인의 반열에 넣었던 이유가 무엇인가를 천착케 한다. 앞서 지봉이 거론한 호남의 시인들 가운데 삼당시인으로 익히 잘 알려진 고죽과 옥봉은 말할 것도 없거니와, 그들은 하나 같이 현실주의(現實主義)에 가까운 사고의 소유자들로서 민중지향적인, 아니 적어도 무언가 하고픈 말이 많아서 서술이 주가 되는 서술시를 제작한 시인들이라는 사실이다.

박 눌재만 하더라도 시작(詩作)에서 흥을 일으키는 대상으로써 자연형상(自然形象)보다는 인간사상(人間事象)에 훨씬 치중하였다. 특히 그는 당

---

4 이가원, 앞의 책, 같은 곳.

대 사회와 시대상을 반영하는 특정 인물 곧 기묘팔현(己卯八賢)인 정광필(鄭光弼), 안당(安瑭), 이장곤(李長坤), 김정(金淨), 조광조(趙光祖), 김식(金湜), 기준(奇遵), 신명인(申命仁)과 기묘제현(己卯諸賢)인 신잠(申潛), 김세필(金世弼), 윤구(尹衢), 고운(高雲) 등과의 인간관계를 돈독히 하면서 시를 주고 받은 사실이 주목된다. 이 또한 현실주의에 대한 인식과 민(民)에 대한 관심의 소산이 아닐 수 없다. 눌재가 기묘팔현과 교유하여 시를 남긴 사람은 김정과 이장곤이 그 대표적 예이다.[5]

또한 석천 임억령 같은 경우는 수 편의 장편시와 〈송대장군가(宋大將軍歌)〉와 같은 서사시로써 가렴주구의 병폐와 백성의 억울한 사정 및 체제의 모순 등 당대 현실의 문제점과 불합리를 고발・해결하고자 애쓴 자였다. 석천의 문예주의적 문학관과 그에 따른 그의 현실중시의 생각은 다분히 탈 중세적인 문학적 실천행위였다.[6]

하서 김인후도 〈상전가(傷田家)〉 같은 민요의 수용을 통하여 멀리서 농사일을 즐겁게 바라보는 것이 아니라, 가까이 농부에게 다가 가서 농사일의 괴로움을 절감하고 농민이 그의 입을 통하여 그들의 사정을 말하는 내부적 관점의 시를 실천함으로써 시(詩)를 가(歌)이게 하는 작업을 이루어냈다.[7]

백호(白湖) 임제(林悌) 또한 〈추천곡(鞦韆曲)〉과 같은 서사한시를 통하여 자유로운 연애감정을 고취시키는 등 시대를 앞선 시인으로서 역시 서술시인 이었다. 그의 시는 서술시 특유의 평이하고 소묘적(素描的)이며 단순한 맛이 느껴지는, 당대로서는 참신한 감각을 주는 시임에 틀림없다는 평을 듣고 있다. 또한, 이 시는 서술과 묘사가 곁들여진 서술시로서 인

---

5 박준규, 「눌재 박상의 교유인물과 시문의 제작」, 광주직할시편, 『눌재 박상의 문학과 의리 정신』, 1993, 88~110면.

6 졸고, 「석천 임억령 시문학 연구」, 성균관대 박사학위논문, 1994.

7 조동일, 「김인후의 민요인식과 민요시」, 『한국시가의 역사의식』, 문예출판사, 1993, 231~234면.

간성이 고식된 분위기를 벗어나 남녀의 사랑이 그네터를 중심으로 하여 대서사시로 발전할 수 있는 예비적인 역할을 한 것으로 보인다.[8]

이상에서 본 바와 같이, 지봉 이수광이 『지봉유설』에서 선정했던 호남의 유명한 시인들이란 하나 같이 현실을 중시하고 민(民)에의 애정을 지닌 서술시 제작자들 이었다는 공통점이 발견된다. 서술이 핵심 화법이 된 채, 이야기(사건)가 있는 시, 이미지와 묘사·상징 같은 수식이나 기교 보다는, 언어의 지시적 기능이 우세한 시, 이야기를 끌어가는 주체적 인물이 구체적으로 형상된 시, 이야기가 진행된 시간과 공간 개념이 존재한 시 등에 관심을 보인 것은 전적으로 이수광 자신의 문학관에 기반한 시안(詩眼)이기도 하지만, 당대 호남시인들 시풍(詩風)의 일단이었음을 방증하기도 한다.

이수광(1563~1628)은 조선 후기의 문학인으로서 문학의 성패는 문학적 대상의 진실을 충실하게 표현하느냐 혹은 그렇지 못하느냐에 달렸다고 생각했다. 그의 이러한 문학관은 사실주의적 문학관으로 평가되거니와, 당시 이데올로기의 허상과 문제점을 직시할 수 있게 한 원동력이 되었다. 이수광은 현실을 긍정하면서 문학의 독자적 영역을 확보하려 했다. 그는 "문장은 신(神)을 주(主)로 삼는다."고 하였는바, 이러한 주신론(主神論)에서 신(神)의 의미는 기(氣)나 정(情)처럼 작가의 내부에 존재하고 있으면서 작가의 의식을 통섭하는 주체라고 보았다. 이른바 문학에서의 개성과 내용의 중시는 그로 하여금 노장(老莊)사상에 경도케 했으며 방외적 기질(方外的 氣質)을 배척치 않게 했다. 이런 문학관은 그로 하여금 당대를 직시하여 현실문제를 도출케 했으며 그에 대한 극복 또는 개혁의 의지를 지니게 했다는 의의를 지닌다.[9]

어쨌든 이와 같은 이수광의 문예안(文藝眼)에 의하여 근세조선의 표표

---

8 임형택, 『이조시대 서사시』 하, 창작과비평사, 1992, 119면.

9 졸고, 앞의 논문, 205면.

(表表)한 시인의 반열에 든 시인이라면 적어도 이수광과 비슷한 문예안 또는 시적 실천행위를 했다고 봐도 무리는 아닐 성싶다. 이렇게 볼 때 송천의 문하에 당대를 주름잡았던 당당한 시인들이 모여든 진정한 이유를 밝힐 수 있을 것이며, 그 이유는 송천시가 지니는 현실적인 '힘' 바로 그것이었다. '힘'이라는 말을 했거니와, 이는 달리 음풍영월(吟風詠月)적인 가날픈 서정시가 아니라, 현실감이 생동하는 장편의 서술시가 지니는 매력이라 할 수 있겠는데, 이에 대한 자세한 논의는 장을 달리하여 상론키로 한다.

요컨대, 송천의 문하에 문사(文士)로서의 재질을 갖춘 시인이 모여든 이유는 분명 그가 시에서 탁월하고도 앞선 시세계의 경지를 개척한데 있다고 생각한다. 이러한 사실은 고죽(孤竹)과 옥봉(玉峯)이 실천해 보인 서사한시의 제작이 송천과 무관치 않을 것이라는 비교 연구의 길을 열게 하고 있다. 바로 이 점이 송천 한시에 대한 연구를 진행케 하는 의의이면서, 그가 보여준 장편 시(오언 또는 칠언 고시체)에 논의를 집중케 하는 명분이기도 하다.

두 말할 필요도 묘사, 상징, 이미지(형상화), 함축, 비유 등의 수사적 기교와 문학적 장치에 의존한 짧은 서정시를 통하여 현실 문제를 적합하고 온당하게 파악하기란 지난할 것이다. 따라서 그의 시에 대한 논의는 장편 서술시에 집중되어야 함을 확신케 한다.

송천의 지인(知人) 가운데서 그에게 영향을 가장 많이 끼친 사람은 석천(石川) 임억령(林億齡)이다. 송천은 당성(棠城) 곧 해남에서 석천을 만나 수창(酬唱)했는데 그때 그의 나이 32세(1550)로 문과(文科)에 급제하기 2년 전이었다. 석천은 뜻하지 않게 찾아온 후배를 맞아 과거에 낙방한 실의감을 어루만져주고 위로하는 등 격려를 아끼지 않았으며, 61수의 시를 주고받았다. 석천은 그의 재주와 기개에 대하여 칭찬을 아끼지 않았는데, 〈송양평사(送梁評事)〉〈고기가(古器歌)〉〈증양생원공섭(贈梁生員公爕)〉〈증양상사(贈梁上舍)〉 등에서 송천을 중국에서 대대로 내려온 보물 곧 고기(古

器-고기가)로 비유한 것을 비롯, 귀중한 보검(寶劍-증양상사)으로, 사나운 호랑이 보다 더 뛰어난 육박(六駁-송양평사)으로, 천리마(千里馬-증양생원 공섭) 등의 비유와 상징적 표현으로써 극찬한 것이 이를 입증한다.

'고기'·'보검'·'육박'·'천리마' 등의 표현은 송천의 인물됨에 대한 평이거니와, 그의 시에 대해서는 '맹사음마장성굴(猛士飮馬長城窟)' 곧 용맹스러운 병사가 장성굴에서 말을 먹이는 것과 같다고 했다. 이는 진(秦)나라를 통일한 용맹스런 병사들이 만리장성을 쌓고서 만일의 침입자에 대비해 말을 다스린 사실에 견주어 말한 것이거니와, 그 의미는 송천의 시에 '힘'이 있고, '기상(氣象)'이 넘친다는 표현이다. 실제로 석천은 〈조양수재(調梁秀才)〉에서 송천의 시가 거칠고 자연스럽지 못하다고 하면서 평담자중율(平淡自中律) 곧 "평이하고 담박하며 저절로 리듬이 맞는" 시를 권고하고 있다.

또한, '위시험어불(爲詩險語不)' 곧 시를 지으면서 거친 말을 쓰지 말 것을 당부하고 있는데[10] 이러한 사실은 그의 시에 넘쳐흐르는 기상을 말한 것이라 보인다.

석천의 이와 같은 지적은 고봉(高峯)이 '학식지정(學識之精)', '사조지박(詞藻之博)' 곧 학문의 세계는 정밀하며 시의 세계는 넓기만 하다는 말[11]이나, 하서(河西) 김인후(金麟厚)가 '기안능릉(氣岸凌凌)', '무여힐항(無與頡頏)' 곧 기개가 남을 압도하고도 남으니 아무도 같이 견줄 수 없다고 한 것[12] 및 송천의 행장(行狀)을 쓴 외손 자 이집(李潗)이 '심박여강하(深博如江河)', '병위여호표(炳蔚如虎豹)' 곧 시세계의 깊이와 넓기는 장강과 대하의 물속과 같고, 문채의 신선하고 선명함은 호랑이와 표범을 대한 듯하다[13]는 말 등과 동궤로 받아들여지는데 지인(知人)들이 지적한 그의 시에

---

10 『석천집』 2책, 조양수재.

11 민병승, 「신도비명(神道碑銘)」, 『송천집』, 326면.

12 민병승, 위와 같은 곳.

13 이집, 「송천선생행장」, 앞의 책, 355면.

대한 평은 한 마디로 송천의 시가 묘사와 기교에 의한 서정세계를 추구했다기보다는, 서술에 입각한 지시적 기능이 강한 시어로써 비유와 풍자 수법에 의한 기상이 넘치는 시작(詩作)을 했음을 알려준다.

이렇듯 지인(知人)들의 평을 통해서 볼 때도 송천시의 장처(長處)는 장편 시에 있으며 그러한 장편 시는 서술이 핵심 화법이 되어 구성된 서술시라는 점을 상기할 때, 송천 시에 대한 온당한 논의를 위해서는 서술과 서술시의 이해를 우선적으로 벌여야 할 것으로 판단된다.

이제 장을 달리하여 서술의 개념 및 서술시의 개념과 특징 나아가 대표적으로 실현화 현상을 보인 장편 서사가사와 서사한시를 통하여 확인하고, 그것들이 이룩한 성과와 견주어 송천시의 위상을 정립해 보기로 하겠다.

2. 서술과 서술시

앞장이 송천시 연구를 위해 방향 설정을 논한 자리였다면, 본장은 잡혀진 방향에 따라 그의 시세계를 온당하게 파악하기 위한 가늠자를 마련하는 자리다.

앞서 밝힌 바와 같이 송천은 근세조선을 대표한 표표(表表)한 호남 시인의 한 사람이었으며, 유학의 경전에 우뚝한 세계를 개척함은 물론 그것에 토석(吐釋)까지 하여 제자를 가르치는 등 학자로서의 면모를 갖추기도 했으며, 경국제민(經國濟民)의 실천을 위하여 출사(出仕)의 길을 나섰던 정객(政客)이기도 했는바, 송천은 어느 위치에서나 뛰어난 능력으로 괄목할만한 업적을 남겼던 보기 드문 선비였다.

그가 실천해 보인 시세계는 유년기와 청소년기에 그의 인격 형성과 학문 세계에 결정적인 영향작용을 했던 부친의 지치주의(至治主義) 정치철학의 좌절과 무관치 않다고 판단된다.

송천의 부친 학포가 이상적 정치모델로 표방한 지치주의(至治主義)는 그에 반대한 세력에 의하여 발발한 기묘사화(己卯士禍)의 잿더미 속에 묻히고 말았다. 이러한 비극은 송천에게 커다란 충격으로 받아들여졌으며, 그로 하여금 『대학』과 『중용』 및 『예기』 등에 특별히 심취케 하였다. 주지하는 바와 같이 『대학』은 명명덕(明明德)·신민(新民)·지어지선(止於至善)의 삼강령(三綱領)과 격물(格物)·치지(致知)·성의(誠意)·정심(正心)·수신(修身)·제가(齊家)·치국(治國)·평천하(平天下) 등의 팔조목(八條目)으로 이루어진 경전으로서 무엇 보다 윤리와 정치적 이념을 기록하고 설명한 내용이 주를 이룬다.

『대학』에서 강조하는 윤리·도덕의 문제에 그가 천착한 것은 반윤리적·반도덕적인 작태가 횡행한 정치판에 대한 근본적인 회의에서 비롯되거니와, 그가 정치 현실에 참여해선 선정(善政)으로 일관한 것은 아버지의 열망을 실천한 것과 다름 없다.

『중용』은 '지나치고 부족함이 없다.'는 의미의 중(中)과 '한결 같아 변함이 없다.'는 의미의 용(庸)을 합한 말로써 중용불편(中庸不偏)의 덕을 설명한 내용이다. 이와 같은 『중용』의 세계에 송천이 관심을 보인 것 또한 최고의 통치자인 왕과 그를 둘러싼 정치 현실이 중용하지 못했던 사실과 그로 인해 존경해 마지않았던 부친과 같은 훌륭한 인물이 희생된 데에 따른 근원적인 문제 해결의 의지가 발동한 것이라 판단된다.

또한 고례(古禮)에 관한 설명을 담고 있는 『예기』에 특별한 관심을 보여 어머니의 거상(居喪) 중에도 강구하기를 게을리 하지 아니한 것[14] 역시 임금과 신하, 신하와 신하, 임금과 백성 간에 예(禮)를 다 하지 못한 데서 모든 문제가 비롯된다고 믿었던 데에 기인한 것으로 사료된다.

송천이 이처럼 『대학』·『중용』·『예기』 등 정치의 근본 원리와 인간의 규범과 윤리 도덕적인 내용을 다루고 있는 경전의 세계에 침잠했던

---

14 이집, 앞의 행장, 365면.

이유는, 자신이 원했다기보다는 지치(至治)의 정치를 열망했던 부친에 대한 효심에서 비롯한 것이라 보여진다. 부친 양팽손은 자신의 소망이 실현될 수 없다는 현실적 분위기와 정치판의 사정을 잘 알았지만, 그래도 마음은 늘 지치(至治)의 경국제민(經國濟民)에 있었다. 그렇기에 자신의 희망을 늘 자식들에게 두었으며, 양응정은 그러한 아버지를 훌륭한 아버지로 여겨 아버지가 불우하게 된 것에 심한 불만을 가졌었다.[15]

요컨대, 송천의 시세계는 부친이 열망했던 지치(至治)의 정치철학을 좌절시킨 모순된 정치 현실과 인간이 기본적으로 지키고 실천해야 할 예와 윤리・도덕이 무너진 불합리한 체제를 고발・시정하고 개혁하고자 펼쳐진 것이었기에, 그 길이는 장편으로, 표현은 확장된 서술로써 드러낼 수밖에 없었을 것이다.

1) 서술의 개념과 실체

서술(敍述)은 그 자체 서사자가 있어서 피서사자에게 이야기를 전달하는 소통모델 곧 사건의 보고(報告)이다. 서술은 보여주기(showing)와 대립되는 말하기(telling)의 화법(話法)으로 시인 자신의 담화(談話)이며, 작품세계에 대한 시인 자신의 직접적 개입이다. 이로 볼 때 서술은 인식의 한 양식이면서 설명의 한 양식이기도 하다.

삶의 조건과 과정은 서술되는 것이기에 리얼리즘 시와 같은 경우, 서술이 필요충분조건이 되는 것이다. 또한, 서술은 사건을 시간적 연속과 인과성에 따라 결합시키는 조직의 기법이기도 하므로, 서사 장르의 본질로서 이론의 여지없이 받아들여져 왔음이 사실이다. 특히 긴 서사의 경우, 시간 경과 감각이 생명일 수밖에 없으며 그로써 세계의 추이(推移)를 드러내 보여야 하기에 서술의 몫은 지대하다.

---

15 권순열, 「송천 양응정의 시문학 연구」, 전남대 박사학위논문, 21면.

또한 서사 장르에서 서술자 없이는 이야기가 전달될 수 없으며, 이야기 없이는 역시 서사 장르가 성립되지 않기에 서술은 서사 장르에서 훨씬 큰 대접을 받는다고 생각되어 왔으며 사실상 서술을 서사 장르의 지배소(支配素)라고 부르고들 있다.

그러나 분명한 것은 서술은 서사장르의 전유물이 아니라는 사실이다. 뿐만 아니라 서술은 다른 어떤 종류의 문학보다도 비문학적인 것의 영향에 예민하게 반응한다는 점도 간과할 사안이 아니다. 다만, 서사하기 위해서는 곧 사건의 구체적인 세부 내용(처음 · 중간 · 끝)과 절차를 마련하기 위해서는 서술이 필수적으로 요구된다고 생각해야 합리적이다.

서정시에서도 시인이 시적 효과를 획득하기 위해서는 사건을 도입할 수 있는 것이며 그 경우 비록 세심하고 완성미를 갖춘 서사체적 구성을 갖추지는 못했다 할지라도, 그 스토리는 일정한 구성을 가진 채 '엮어진 것'이 분명한 사실임을 간과해선 안 된다. 이러한 사실들은 서술이 서사를 만들 수 있지만, 서정이나 극, 교술 등도 만들 수 있다는 점을 시사해 준다.

2) 서술시의 개념과 시의 기저자질

시의 경우 서술이 주가 된 시를 서술시라고 할 수 있는 바, 이러한 용어는 묘사가 주를 이룰 때 묘사시라고 부르는 것과 다를 바가 없다.

어느 시대이든 거기에는 당대 사람들이 지니는 삶의 조건과 삶의 과정이 있게 마련인데 그러한 삶의 조건과 과정은 서술되어야만 분명해지기에 그것을 표현하는 수단으로써 서술시가 요구된 것은 당연한 귀결이다.

우리는 흔히 구비문학을 민중장르라 부른다. 서사민요와 같은 구비 서술시에서 확인되듯이, 대중성(민중성)은 서술시의 오랜 전통이다. 대중시의 실체는 설화 · 전설 · 신담 등 구비설화인데, 설화에서는 서술이 주된 화법임을 감안할 때, 이 또한 서술이 가장 대중적이면서 영향력 있는 실체라는 증거로서 충분하다.

서술시의 문체는 수사적 비유보다는 일상인의 평이하고 단순한 회화체가 우세하기에 시적 이미지가 약화되기 십상이다. 일상 구어체를 지닌 서술시는 대중적 성격을 띠므로 덜 세련된 듯한, 단순성과 소박성 그리고 어린애다운 유아성을 그 성격으로 지닌다. 이 말은 달리 서술시의 언어가 지시적 기능이 우세하여 명료도를 지님과 함께 진실에의 충실이라는 점에서 객관적 발화로서의 의미를 지니게 된다는 뜻이다.

이런 점에서 서술시는 묘사체의 음풍농월적 자연시들과는 달리, 리얼리즘 및 민중과의 불가분의 관계를 지닌다. 앞서 진실에의 충실, 객관적 발화 등이란 말을 했거니와, 이는 서술시가 시대의 변화와 그에 따른 문학 담당층의 변화 및 당대의 상황적 요구에 의하여 각기 다른 모습의 시 형식으로서 실현화될 수 있음을 뜻한다.

예컨대, 카프계열처럼 어떤 이념을 고무하고 선동할 목적성을 지닌 시인들은, 서술시 중에서도 반(反)부르조아적인 저항시를 제작하여 자신들의 목적 달성에 효과를 극대화하였다. 또한, 민중시 쪽에서도 리얼리즘을 확보하기 위하여 서술시를 즐겨 쓴다는 사실은 익히 알려진 바 이거니와, 그 취지는 위와 같다. 이는 달리 말하여 진실에의 충실과 객관적 발화를 위한 수단으로써 서술시에 대한 변용이 자연스럽게 이루어졌음을 뜻한다. 이는 곧 서술시의 민중시로의 극대화이다.

서술시는 삶의 조건과 과정이 서술되는 것이기에 어느 시대에나 그 현실 사정에 따라 나타나는 자연스러운 진실 표현 욕구충동의 결과로써 이야기(하고픈 말)를 갖기 마련이다. 거기에는 사건(이야기)의 주체가 되는 인물이 있으며, 그 인물이 사건을 벌이는 배경 곧 시간과 공간의 바탕이 있다. 그런데 이야기의 내용, 인물의 특징과 성격, 배경 등은 문학사의 시기마다, 창작층의 변화와 그들의 필요에 따라 달라질 수밖에 없다. 다시 말해서 사건의 구성이 어떠 어떠하고, 주체적 인물과 그 성격이 어떠 어떠하며, 시·공간적 배경이 어떻다는 것은 문학 담당층의 창작정신·시대정신 및 문학의 소용에 따라 문학사의 시기마다 달리 실현되기 마련이라는 의미이다.

따라서 그렇게 달리 실현된 현물 곧 문학 활동에 대해 걸맞은 명칭을 부여하는 것은 상황적합이론(contingency)상[16] 너무나 자연스러운 것이다. 어떤 조직과 분류는 보편적 원칙에만 적용되지 아니하고 시대와 상황의 조건에 따라 변형으로 달리 실현될 수 있기에 더욱 그러하다.

요컨대, 시대와 상황에 따른 변화된 조건에 의하여 또한, 진실에의 충실과 객관성의 확보를 위해서, 각기 달리 실현된 구비서사시 · 서사한시 · 장편서사가사 등 시의 실체(시 형식)를 두고 그 장르 귀속을 달리하는 것은 문학사의 전개를 능동적으로 이해한다는 점에서뿐만 아니라 실제 실현된 문학성과를 온당하게 대접한다는 점에서도 매우 자연스럽다고 생각한다.

일반적으로 시는 문체론적으로 서술시와 묘사시로 나뉘는데 서술시는 서사시 · 서사민요 · 중세 로망스 등 작은 갈래 곧 역사적 장르들을 가리키는 말이다.[17] 물론, 그렇다고 서술시가 서사 장르에 속한다는 말은 아니다.

서술시는 서사시나 로망스 등의 역사적 갈래를 통칭하는 개념일 수 있다는 생각을 낳게 되어 논자에 따라서 다음과 같은 다양한 명칭이 도출되었다.

구비서사시(조동일), 서술시(김준오 · 윤여탁), 단편 서사시(김기진), 서사시(조동일 · 민병욱), 서사지향적인 시(고형진), 이야기 시(황병하), 장시(김종길 · 서준섭), 서사한시(임형택)[18] 등이 그것이다. 중요한 것은 그

16 남송우, 「서사시 · 장시 · 서술시의 자리」, 현대시학회편, 『한국 서술시의 시학』, 태학사, 1998, 54면.

17 김준오, 「서술시의 서사학」, 현대시학회, 앞의 책, 25면.

18 이에 대한 상세한 논의는 남송우, 「서사시 · 장시 · 서술시의 자리」, 현대시학회 편, 『한국서술시의 시학』, 태학사, 1998, 48~67면에서 자세히 다루어지고 있으며, 임형택 편, 『이조시대 서사시』 상, 창작과비평사, 1992, 11~35면에서 서사한시에 대해 심도 있게 논의하고 있다.

명칭이 구비서사시 · 단편서사시 · 서술시 · 서사시 · 서사지향적인 시 · 이야기 시 · 장시 · 서사한시 등으로 다르게 불릴지라도, 다양한 명칭에 공통적으로 서술시라는 용어가 대치될 수 있다는 점에 주목할 필요가 있다. 이는 곧 서사적 성격을 지닌 시문학에서는, 서술이 기층(基層) 역할을 하는 기저자질 이라는 사실에 다름 아니다.

서술이 요구되는 시의 기저 자질로서의 서술시는 그 역할과 임무를 다하기에 서정 장르 혹은 서사 장르 등의 장르 분류 대상에서 제외된다.

서술시가 기저자질이 되어 그것이 실현된 시 일지라도 서정적 성격이 강하면 그의 장르 귀속은 당연히 서정 갈래인 것은 당연하다. 장르의 귀속 문제는 그 작품이 띠고 있는 장르의 대표적 양상, 곧 장르 형성에서 주도적인 역할을 한 것의 장르 경향에 따라야 함은 재언을 요치 않는다.

이상에서 밝힌 서술시의 개념은 서술이 주를 이루는 시로서 그 성향은 대중성을 지니며, 문체는 일상인의 평이하고 단순한 회화체로서, 이미지가 약화된 시이다. 또한 그 언어는 지시적(denotation)기능이 우세하며, 그 내용은 삶의 조건과 과정에 관한 것으로서 거기에는 이야기(사건)가 있고, 이야기의 주체적 인물과 성격이 있으며 이야기가 전개되는 배경이 있는 시라 하겠다. 이러한 서술시의 장르 귀속은 문학사의 각 시기마다 당시적 요구에 따라 장르 형성에서 주도적인 역할을 한 것의 장르적 경향에 좌우된다함은 앞서 말한 바와 같다.

이와 같은 서술시가 기저자질이 된 시들은 우리 문학사의 어느 시기에나 존재했으며 지금도 존재하고 있고 앞으로도 존재할 것이다.

본고는 이와 같은 서술시라는 가늠자를 통하여 송천의 장편 시 이해에 임하고자 한다. 본격적인 논의에 앞서 서술시가 기저자질이 된 시가문학으로서 당대적 요구와 작자의 시학을 성공적으로 성취해 낸 것으로 평가되는 장편서사가사와 서사한시가 이룩한 문학적 성과를 먼저 살펴볼 필요가 있겠다.

왜냐하면 그것들이 삶의 조건과 실상 및 과정을 객관적으로 드러내 보이려고 노력한 작가정신의 발로에서 창작된 것이라는 점, 문학에 대한 근본 문제의 재검토 등 현실주의의 발전으로 경험적·객관적 실체를 관념적 실체보다도 중시한 시대 조류의 산물 이라는 점, 객관적인 세계 위에서 개별화된 인물이 등장하고 각 인물들에 대한 구체적인 형상이 사건(이야기) 속에서 인식된다는 점, 장형의 서술시 전통을 계승·변용하여 주제 전달의 극대화를 기한 점, 현실 체제의 모순과 불합리한 상황을 고발·폭로·개혁하려는 의지적 산물 이라는 점 등에서 송천시가 보여준 성과와 견줄만 하기 때문이다. 무엇보다도 시작이 이루어진 객관적·개인적 상황이 서사시적인 상황으로서 일치한다고 보여지기 때문이다.

3) 서술시의 실현화

(1) 서사한시

서사한시는 한시(漢詩)로서 서사성이 담긴 작품을 일컫는 명칭인 바, 이는 현실주의의 발전으로 형성된 것이면서 현실주의를 더욱 풍부하게 해준 장본인이다. 서사한시가 풍부하게 만들어준 현실주의는 장편 서사가사를 탄생시키는데 일조를 했거니와 이에 대해서는 후술할 것이다.

조선왕조의 체제적 모순이 심화되자 출현한 서사한시는 객관적 배경을 설정한 가운데 특정한 인물을 등장시켜 그로 인해서 사건이 일어나서 마무리되는 서사구조를 가지고 있다.

장형 시의 전통은 앞서 말한 바와 같이 문학사의 각 시기마다 많이 있었지만, 서사한시의 전형적·고전적 모델은 두보(杜甫)나 백거이(白居易) 등 중국시의 영향이 다대했거니와 그것이 당대의 현실을 드러내는 수단으로 정착되어 작품의 질과 양을 확장한 것은 아무래도 조선시대 중기 곧 문학의 근본 문제에 대한 재검토가 이루어진 조선 중기의 일이라 생각된다.

달리 말하여 조선시대 사회의 체제 모순의 심화는 뜻 있는 사대부들로 하여금 백성에 대한 문학적 인식을 갖게 만들었으며, 백성들 자신 또한 생존을 위해 싸우는 과정에서 자기의 존재를 발견하게 되었는데, 바로 이 점에서 서사한시 출현의 배경을 찾을 수 있겠다. 이는 이른바 '서사시적 상황의 발전'[19]이라는 말로 부를 수 있거니와, 서사한시의 내용이 사회현실과 삶의 과정에서 생겨나는 모순과 갈등을 그린 것 곧 체제 모순의 심화와 그에 맞서서 생존을 위해 싸우는 백성의 고통스러운 형상이 주를 이룬다는 사실에서 확인할 수 있겠다.

조선왕조는 민(民)을 기반으로 하여 성립된 국가였기에 국가는 민을 보호하기 위하여 인정(仁政)・애민(愛民)의 정치학을 표방했는데, 이는 왕조 초기에는 어느 정도 실천되기도 했다. 그러나 저급한 생산력과 한정된 토지의 한계를 무시한 채, 지배계급의 그칠 줄 모르는 물질적 욕구는 가렴주구(苛斂誅求)로 이어져 백성들을 유리방랑(遊離放浪)하게 만들었다. 이러한 정황은 곧 기본 체제의 모순이면서 그 자체가 왕조 체제의 중대한 위기이기도 했다. 서사한시의 창작주체인 사대부들은 그런 상황을 놓치지 않고 포착하였으며 또한 아프게 인식했다. 그러한 현실은 경국제민(經國濟民)을 모토로 한 참다운 사대부라면 누구나 응당 예민하게 느끼고 심각하게 생각했어야 할 사안이었음이 분명하다. 송천과 같이 개인적으로 그와 같은 체제 모순과 반윤리・비도덕적인 정치 현실로부터 비극을 경험한 경우라면, 그런 현실의 심각성은 극한상황으로 인식되었을 것이 분명하다. 바로 이런 점에서 송천시의 세계가 서사시적 상황에서 이루어졌다고 보는 것이며, 같은 상황을 드러낸 작품들과의 비교할 의의를 찾게 되는 것이다.

다시 말해서 올바른 사대부는 정치권력의 부당함을 용납하지 않은 채,

---

19 임형택, 앞의 책, 20면. 서사한시에 대한 논의는 이곳에서 자세하게 언급되고 있는 바, 본고는 그 내용을 중심으로 인용자가 요약・발췌하였다.

자영 농민층이 몰락한 현실에 비분(悲憤)했을 것이며 스스로 세상을 구해야겠다는 자각(自覺)을 했을 것인 바, 그에 대한 실천적 행위의 하나가 다름 아닌 서사한시의 제작이었다.

서사한시의 표현형식은 목도이문(目睹耳聞) 곧 직접 눈으로 보고 귀로 들은 어떤 사건을 구성표출의 방식으로 창작하였는데, 이 경우에 '인사명제(因事命題)' 곧 "실제의 사건에 의거해서 제목을 붙인다."는 취지가 중시되었다. 중요한 것은 보고 듣고 한 사실을 어떻게 구성하여 표출해 내느냐인데 이는 작가적 역량의 문제로서 다양하게 표출되었음은 당연하다.

서사한시에서 시점은 인물과 사건을 조직하는 가운데서 문제되는 것이거니와, 서술주체를 누구로 한 것이냐의 선택 사안이기에 자연 서술방식과 관련지어 따질 수밖에 없다. 서사한시의 서술방식으로 가장 일반적인 형태는 시인과 주인공의 대화적 서술방식을 들 수 있으며 다음으로 주인공의 고백적 서술방식과 객관적 서술방식 등이 있다.

그러나 서술의 주체를 파악하기가 모호한 작품, 서술 시점이 이동・전파되는 작품들도 발견되어진다. 서사한시의 서사구성방식은 서장・본장・결장의 3부 구성방식이 전형적인 형태이지만, 2부 구성, 4부 또는 5부 구성 방식도 눈에 띈다.

서사한시의 배경 곧 시간과 공간의 처리를 보면, 순차적 구성보다는 하나의 서사적 화폭 속에 시・공이 모아지는 단막극 형식의 축약시공법을 주로 쓰고 있다. 이는 서사의 내용을 밀도 높고 선명하게 제시해서 효과를 기대한 창작의도에 기인한 것으로 생각된다.

형상화 기법을 볼 때, 서사한시가 당대의 실사(實事)를 포착하는 데서 출발하고 있기에 시 본연의 '새기고 기리는 일' 곧 '명송(銘頌)'에 충실하기보다는 분노하고 슬퍼하거나 지탄하고 징험을 삼아야할 내용에 대해 공격하고 부정하는 풍자의 수법에 의존하여 드러남이 일반적이다. 다시 말해서 서사한시는 시적 효과를 높이기 위하여 '명송'과 '풍자'로써 형상의 각인에 주력하고 있는데 풍자가 주를 이룬다고 하겠다.

이와 같은 서사한시는 민(民)의 현실에 입각해서 목도이문(目睹耳聞)한 경험을 사대부 시인이 서술의 주체가 되어 생생하게 드러냈다는 점에서, 관념적 세계를 주된 시적 대상으로 한다는 서정적 한시에서, 현실성과 민중성을 획득하는 계기를 마련했다는 점에서 의의를 지니지만, 서술의 주체인 시인과 작중의 주인공간에 좁지 아니한 간격이 있었다는 한계를 지니기도 하거니와 이러한 한계는 사대부 시인의 자각 의식이 현실을 직접 호흡하면서 자각한 서민대중의 감각을 따라가지 못한 데서 연유한 것으로 파악된다. 이러한 한계가 장편 서사가사에서 어느 정도 극복되어지고 있음은 주목을 요한다.

요컨대, 서사한시는 현실주의의 발전으로 생성된 서사성이 강한 한시이거니와 주된 작가는 사대부 계층이었다. 물론 사대부 계층이라 함은 정치 현실에서 멀어진 몰락 사대부를 포함한 말이다. 서사한시는 목도이문한 실사(實事)를 다루고 있으며 객관적 세계가 배경이 된다. 또한 특정인물이 등장하여 사건을 만들고 마무리하는 서사구조를 갖고 있다. 주된 내용은 체계 모순에 의한 사회현실과 삶의 과정에서 생겨나는 백성의 고통과 갈등을 그린 것이다.

서사한시의 서술방식은 시인과 주인공이 서로 대화하는 방법 곧 대화와 서술의 혼합화법에 의한 대화적 서술방식이 주를 이루며, 시인이 작중 주인공의 시점으로 서술되는 주인공의 고백적 서술방식과 시인이 전혀 문면에 나타나지 않고 주인공이 스스로 말하게 하는 객관적 서술방식도 있다.

구성방식으로는 시인이 서사적 현장에 접근하는 서장(序章), 현장의 인물로부터 전후의 사연을 듣는 내용의 본장(本章), 시인의 정회(情懷)로 끝맺는 결장(結章)의 3부 구성방법이 주를 이루지만, 2부 또는 4부나 5부의 구성법을 가진 작품도 있다.

서사한시의 배경처리는 순차적 구성보다는 서사의 화폭 속에 시·공이 한데로 모아지는 축약적 시공법을 주로 쓰고 있다.

또한 형상화 기법으로는 기리고 새기는 일 곧 명송과 분노하고 슬퍼하거나 지탄하고 징험삼아야 할 것들을 공격하고 부정하는 풍자의 수법이 같이 쓰이고 있으나 서사시적 상황이 진전될수록 풍자의 수법이 많아졌다.

(2) 장편 서사가사

서술시가 장편 시 또는 장편 서사가사 및 서사한시 등으로 실현화되어 서사 갈래로 극대화된 것은 임진왜란(1592)을 겪고 난 뒤의 일이다. 장편 서사가사의 좋은 예로는 18세기에 창작된 〈역대가(歷代歌)〉〈일동장유가(日東壯遊歌), 1764〉 등을 시작으로 한 약 20여 편의 장편 서사가사를 들 수 있다.[20] 또한 〈갑민가〉〈기음노래〉〈우부가〉〈용부가〉 등 서민의 생각과 감정을 담은 서민가사도 주목되어야 할 것이다.[21] 서사 한시의 예로는 임억령의 〈송대장군가(宋大將軍歌)〉, 정약용의 〈도강고가부사(道康瞽家婦詞)〉 등을 들 수 있겠다.[22]

장편 서사가사와 서사한시는 국문시가와 한시문이라는 각기 상이한 표현수단으로써 서사시적 상황을 객관적 세계로 인식하고 그것을 시적 대상으로 했으면서 공통의 주제의식을 서술시라는 기저자질을 통하여 드러냈음은 여간 흥미로운 일이 아니다. 임진왜란을 거친 조선사회는 민족수난에 대해 비판과 자성의 목소리가 힘을 갖기 시작하였는데 문학의 주된 창작층이었던 지식인들이 문학의 근본문제에 대한 재검토를 한 것은 하나의 대표적인 예라 했다.[23]

서민가사와 장편 서사가사가 조선후기에 집중적으로 창작될 수 있었던 것은 당시에 새롭게 부각된 사상과 가사의 장르적 속성, 작가의 창작정신

---

20 유해춘, 『장편서사가사의 연구』, 국학자료원, 1995, 16면.

21 김문기, 『서민가사연구』, 형설출판사, 1983.

22 임형택, 앞의 책.

23 조동일, 『한국문학통사』 3권, 지식산업사, 1994, 9~157면.

등이 하나로 일치된 데에서 연유되거니와, 조선후기 실학정신으로 불리어진 새로운 사상은 사물의 실체를 객관적으로 관찰할 수 있는 안목을 틔어주기에 충분했다. 이는 서사한시에서도 언급했거니와 현실주의의 진전에 따른 서사시적 상황의 전개와 그에 대응한 국문시가 쪽의 대응전략이라 할 수 있다.

또한 가사 장르가 지니는 장르의 복합성(서정 · 서사 · 극 · 교술)은 수요와 필요 또는 상황적 요구에 따라 어느 한 성향으로 극대화될 소지를 충분히 갖고 있었던 바, 조선전기의 사대부 가사가 서정 갈래의 극대화의 실천이었다면, 조선후기의 서민가사 및 장편 서사가사는 서사 갈래 및 극 갈래의 극대화라고 할 수 있겠다.[24]

이와 같은 사상적 영향 및 가사의 장르적 속성 외에도 가사 창작자들의 창작태도 및 창작정신의 역할도 주목되거니와 이들은 자신들의 눈앞에 벌어진 체제 모순적인 불합리한 상황을 객관적 현실로 인식하고 이의 극복에 적극적 자세를 보이고자 했다. 서민들의 현실적이고 경험적이며, 무질서한 듯 다양하며, 진보적이면서 개혁적이고, 비판적이면서 저항적인 '서민사고'의 형성은 좋은 예라 하겠다.[25] 그들은 표기 수단에서 국문을 채용한 것은 물론 그 표현에 있어서도 민요의 형식이나 어법을 과감히 받아들여 앞선 시기의 사대부 가사가 지니는 음풍영월적 상투적 표현을 탈피해서 삶의 실상을 객관적으로 드러내 보이려고 노력하였다. 조선전기의 관념적 가치가 지배하던 사고가 조선후기에 접어들면서 경험적 가치 또한 그에 못지않게 중요하다는 신념의 실천이 가사로 실현화된 것이 이른바 서민가사와 장편서사가사의 출현이라 하겠다.

두 말할 필요도 없이 장편 서사가사의 본격적 출현은 문학사의 오랜 전통을 지닌 서술이 바탕이 된 장시(長詩)의 전통과 단편 서사가사의 창

---

24 김학성, 「가사의 실현화 과정과 근대적 지향」, 『근대문학의 형성과정』, 문학과지성사, 1982.

25 김문기, 앞의 책, 185면.

작 전통 및 서사한시의 현실 대응 방식과 조선후기에 새롭게 부상한 실학사상의 확대 등이 바탕이 된 것이다.[26]

우리는 여기서 장시가 문학사의 오랜 전통이었다는 점에 주목할 필요가 있겠다. 구비(口碑)든 기록이든 서술이 바탕이 된 장시의 연원은 고대문학으로 올라가거니와 구비의 장시는 서사무가・서사민요・판소리 등으로 그 전통이 면면히 이어졌다. 기록된 장시는 단군신화 이후 이규보(李奎報)의 〈동명왕편(東明王篇)〉, 이승휴(李承休)의 〈제왕운기(帝王韻紀)〉, 〈용비어천가(龍飛御天歌)〉, 〈월인천강지곡(月印千江之曲)〉, 임숙영(任叔英)의 〈술회(述懷)〉, 유득공(柳得恭)의 〈이십일도회고시(二十一都懷古詩)〉, 김용묵(金用默)의 〈몽학사요(蒙學史要)〉, 정재혁(鄭在爀)의 〈화동역대가(華東歷代歌)〉 등 오랜 문학사적 전통을 지녔거니와, 문학사의 각 시기마다 나름의 특징으로 구체화 되었는데, 그 좋은 예가 서사한시와 장편의 서사가사였다. 중요한 사실은 조선후기에 집중적으로 제작된 장편 서사가사가 그 이전의 서사체가 보여준 성과와 비교해 볼 때 어떤 낙차와 굴절의 각도 및 특징을 미학적으로 획득하였는가를 밝히는 일일 것인 바, 송천의 장편시와 비교해 보는 것도 흥미로운 일이라 생각된다.

한 마디로 조선후기의 대표적 서사체인 서민가사 및 장편 서사가사가 그 표기 수단을 국문으로 한 채 작가의 개인적 정서에 얽매이지 않고 시적 대상물을 객관적 세계에 눈을 돌린 점은 주목된다.

표기 수단을 국문으로 했다는 것은 서사한시의 표현 수단을 극복한 것이라 할 수 있는 바, 이는 조선후기의 자각된 민중의식과 풍부해진 현실주의를 정치현실에서 소외된 사대부 계층이 심각하게 받아들여 그것을 주체적 의지로써 드러내려 했다는 점에서 굳이 사족을 붙이지 않아도 충분히 그 획득된 의의와 가치가 납득되거니와, 표현 대상 곧 시적 대상을 객관적 세계에 집중시켰다는 점은 서사한시의 불철저함에서 진일보한 것

---

26 유해춘, 앞의 책, 21면.

이어서 매우 값지게 받아들여진다. 시적대상의 객관적 현실체에 대한 주목은 작가 의식 또는 작가의 창작정신에서 비롯된 것이거니와 이는 분명한 주제의식이 수반되었기에 가능한 시작(詩作)태도라 하겠다.

작가의 주제의식은 창작정신과 밀접한 관계를 맺으면서 시적 진술방법과 시적대상의 취사선택을 좌우한다. 분명한 주제의식 아래 사물의 객관적 실체를 표현하겠다는 창작정신은 관념적 실체가 아닌 경험적 실체를 중시케 한 시대적 요청을 따른 것이기도 하다.

서민가사는 현실적 모순이 폭로와 비판, 기존 관념적 세계와 사고 및 질서에의 도전, 인간본성이 추구 및 연정과 신세한탄, 인생무상과 취락(醉樂) 등 서민의 소박한 꿈과 소망 등을 담아냈다.[27] 장편서사가사는 조선후기 사회에서 일어났던 사회·경제의 변화를 객관적으로 수용해서 시정(市井)의 다양한 모습을 담음과 동시에 다양한 인물군상을 주인공으로서 주목한 경우가 허다했다. 이렇게 할 수 있었던 동인(動因)은 물론 조선후기 사회에 나타났던 경제구조의 변동과 신문제도의 동요 및 화폐 경제의 발달 등의 영향 곧 '서사시적 상황의 발전'에 능동적·주체적으로 '대응하고자 했던 주체적 행위의 다양한 산물'이다.

이와 같은 장편 서사가사에는 이야기(사건)가 있고 그것을 이끌어가는 서술자가 있게 마련인데 이러한 서술자의 의식지향과 작자의 주제 표출방법 및 형상화의 구성방식에 따라 다양한 모습을 하고 있다.[28]

그 결과 실현해 낸 장편 서사가사의 세계는 상황 재현의 세계, 현장 기록의 세계, 풍속 계승의 세계, 역사 선택의 세계 등인 바[29] 이들이 지니는 의의나 가치 해명 또한 함께 이루어져야 할 것으로 사료된다.

한편, 서민가사의 현실인식은 과거 지향적 현실인식과 미래 지향적 현

27 김문기, 앞의 책, 187면.
28 유해춘, 앞의 책, 273면.
29 유해춘, 앞의 책, 275면.

실인식이 공존하고 있으며, 현실비판의 방법으로는 직설적인 폭로의 방법과, 해학적 방법이 함께 쓰이고 있는데, 전자에서는 풍자적인 방법이 곁들여지고 있다. 서민가사에서 보여준 현실비판은 부분적, 불철저함, 일시적인 것으로 한계를 지닌 것이었다.[30]

장편 서사가사에서 획득된 이와 같은 문학적 성과는 한문으로 실현화된 서사한시에서 이룩한 성과보다 부분적으로 또는 상당히 진전 것으로 볼 수 있거니와, 이는 우리 조선후기의 문학사가 지니는 값진 의의라 생각된다. 이러한 의의를 참고하면서 조선 중기에 장편 한시로써 당대 현실에 대응했던 송천의 시적 대응논리와 그 방법 및 그 성과에 대하여 살핀다면 그의 위상이 분명히 드러나리라 생각된다.

요컨대 조선 후기에 집중적으로 제작된 장편 서사가사는 임진왜란을 겪고 난 뒤 문학의 근본 문제에 대한 자성의 산물로서 당시에 새롭게 부각된 실학사상과 그에 따른 창작정신의 새로운 무장이 원동력이 된 사물이었다. 이는 달리 말하여 현실주의의 발전에 따른 '서사시적 상황의 전개' 가 오랜 서술적 장시의 전통을 바탕으로 국문을 표기수단으로 하여 장편 서사가사로서 구체화 된 것이라 할 수 있다.

장편 서사가사는 가사가 지닌 서사 갈래적 속성의 극대화로 실현되었는데 사대부 가사가 지니는 음영풍월적 · 상투적 표현을 지양하고 삶의 실상을 객관적 · 생동적으로 드러내 보이고자 서술적 화법 속에 민요의 어법을 과감히 수용했다. 뿐만 아니라 장편 서사가사는 그 내용으로 경험적 · 객관적 세계를 진솔하게 담았으며, 시적 대상을 개인적 정서의 범주에 가둬두지 않고 객관적 · 현실세계에 두었다. 또한 시정(市井)의 다양한 모습과 인물군상을 주인공으로 등장시켜 그들의 구체적인 행위가 사건을 진행해 나가도록 인물의 형상화에 주력했음이 주목된다. 그렇게 하여 장편 서사가사에서 펼쳐 보인 세계는 상황재현의 세계, 현장기록의 세계,

---

30 김문기, 앞의 책, 191~192면.

풍속계승의 세계, 역사 선택의 세계 등으로 작고 섬세한 세계뿐만 아니라, 크고 무거우며 운명적인 세계까지를 두루 담아내었다.

3. 송천의 장편시 세계

송천 양응정(1519~1581)은 조선의 기본체제가 그 모순을 노정한 조선 중기를 살다간 시인이다. 객관적으로는 서사시적 상황이 진전된 곧 모순과 불합리가 횡행한 사회를, 개인적으로는 지치주의(至治主義)의 정치철학 신념을 펼쳐 보임으로써 요순시대의 태평성세를 이루려던 부친이 그 반대파에게 희생되었음은 물론, 그 자신 또한 이량(李樑)·김우성(金佑成) 등과 같은 정적(政敵)들에게 고통을 당하는 등 비극적 상황을 그 누구보다도 절절하게 체험했던 인물이었다.

송천이 살았던 당시의 조선사회는 국내적으로는 앞서 말한 바와 같이 체제 모순에 대한 희생자가 속출하고, 그와 함께 체제에 대하여 항거하는 목소리가 높아진 때였으며, 국외적으로는 을묘왜변(乙卯倭變, 1555) 등 왜구의 잦은 침범과 유린이 그치지 않는 등 왕조 체제의 유지에 위기감이 점차 확산되어가던 때였다.

이른바 서술시적 상황의 고조는 올바른 사고를 지닌 사대부들의 입과 눈을 현실에 초점을 맞추게 했다. 조선의 정치 관료는 반대파의 모함이나 시기에서 자유로울 수 없었으며, 정치 현실에 대해 회의와 불만을 가졌다. 하지만 그런 현실 때문에 고통 받고 희생당한 자신 외의 사람들에게 눈을 돌려, 그들의 입장과 처지를 옹호하고 대변해줌은 말할 것도 없고, 불합리하고 모순된 현실을 극복 또는 개혁하고자 했던 목소리는 그리 많지 않았다. 다시 말해서 임금에게 진실된 목소리가 전달되지 않아 정의롭고 충성스러운 진언(陳言)이 막힘으로써 빚어지는 비극과 모순을 대부분 묵과한 것이다.

한편, 올바른 사대부라 했거니와, 그들이라고 하여 모두가 질곡에서 신음하는 백성들의 고통 소리를 직·간접적으로 담아내었던 것은 아니거니와 백성들의 삶의 조건과 과정을 드러낸 경우라 하더라도 피상적·간접적인 바라봄에서 멈춘 경우도 적지 않았다.

본장에서는 서사시적 상황의 전개에 대응하여 서술적 장편 시를 제작했던 송천의 시를 대상으로 서술의 특징, 서술방식, 형상화의 방법, 시간과 공간에 대한 처리 방식, 등장인물의 신분과 성격, 민중성 획득의 여부, 표현 기법이 주는 효과 등에 대하여 서사한시와 장편 서사가사가 이룩한 상과를 바탕으로 살피고자 한다.

송천의 장편 시는, ① 역사적 인물의 형상화와 풍자적 서술 ② 객관적 현실의 우언적 서술 ③ 체험적 사실의 애상적 서술 등으로 나눌 수 있다. 이는 달리 송천의 장편시 세계를 풍자, 우언, 애상 등의 렌즈로 통합 할 수 있다는 의미인데, 이제 순서에 따라 시작(詩作) 성과에 대한 논의를 하기로 하자.

1) 역사적 인물의 형상화와 풍자적 서술

역사적 사실을 시로 읊은 경우 영사시(詠史詩)라 하거니와 조선 후기의 한문학에서 영사악부(詠史樂府)는 특이한 현상으로 대두된다. 영사시는 과거의 역사적 사실을 읊은 것이기에 당대의 현실을 직접 눈으로 보거나 귀로 들은 사건을 서사화한 것에 비해 사실감과 현장감은 덜하기 마련이다. 하지만 영사(詠史), 그것도 다른 나라의 역사적 사실을 서술적 한시로 서사화하여 그 서술 속에 자국(自國)의 실정을 환유적 또는 비유적으로 암시해 낸 것이라면, 오히려 자유로운 시상의 전개와 호방한 분위기 등이 주는 감동 등 부수적인 효과를 얻을 수도 있다고 보여진다.

중요한 것은 역사적 사실의 서술이 아니라 형상화의 방법이겠는데, 어디까지나 영사시가 실제로 있었던 어떤 역사적 사실 전달을 목적으로 한 것이 아니라는 점에서 그러하다.

炎光將晦黃霧塞　염광이 꺼지려는가 누런 안개만 자욱한데
五候門闌炙手熱　오후의 집 드나들며 열을 내는 사람은 많구나.
阿權附勢孰扶顚　권세에 아부하느라 넘어지는 집 잡아줄 이 없고
大位高官徒哺啜　지체 높은 고관들은 제 배 채우기에 정신없네.
朱家男子槐里令　주씨 집의 한 남자가 괴리령이었는데
正氣鐘生天下傑　정기 받고 태어나서 천하의 호걸이 되었지.
未忍天高白日暗　태양이 어두워지는 꼴 차마 볼 수가 없었으며
神器將爲外家竊　신기를 외가에서 훔쳐 가게 생겼기에
茫茫九闕虎豹怒　망망한 궁궐에서 범처럼 성을 내어
上書求見奮忠烈　임금님께 상서하고 충렬을 뽐내었다네.
巨猾當前上不悟　앞에 닥친 큰 도둑을 님은 도대체 알지 못함은
佞臣夢蔽憤所切　아첨하는 신하들이 님의 눈을 가린 탓이리라.
尙方有劒光耿耿　상방에 있는 칼이 번쩍 번쩍 빛나는데
何惜賜臣刃濡血　못된 놈 목 베는 것이 무엇이 아까워서
廷辱師傅罪敢辭　사부를 궐정(闕廷)에서 대놓고 욕했다고 하는구나.
誠恐心腐釰鋒折　칼날이 끊어질세라 마음이 썩는데
天威未霽赫雷霆　임금은 멋모르고 벼락같이 화만 내네.
攀檻雖摧猶直舌　잡은 난간 부러져도 바른 말 멈추 않고
小臣地下從逢干　소신이야 지하에 가 용봉(龍逢) 비간(比干) 따르겠지만
聖朝如何等辛桀　성조가 어찌하여 걸(桀) 주(紂)와 같으리까?
當年大呼凜生風　당시에 부르짖던 늠름한 그 위풍에
餘響已振狐狸穴　여우와 살쾡이들 놀라 구멍 찾았으리라.
奸諛古來幾五崔　예로부터 간신들이 오최(五崔)가 몇몇인가?
忠憤如公眞一薛　그대 같은 충분이야 설거주 하나로세
果令此釰得見試　그 때 과연 그 칼을 거기에서 썼더라면

何有持危安抗陧　나라가 어지럽고 위태로움 없었을 것을.

輯檻旌直信無補　그의 곧음 표시하자고 난간은 갈지 않았으나

嘆息皇輿依舊轍　무슨 소용 있었던가 전철을 되밟고 말았으니.

憂國深衷永固結　그 이의 우국충정 영원히 뭉쳐지고

疾佞一憤終不泄　간 사람을 미워한 마음 끝끝내 풀 길 없어

照爲日星峙爲嶽　해가 되어 비치고 산이 되어 서 있다네.

烈烈正氣無時滅　열렬하던 그 정기 없어질 날이 없으리라.

君不見西京一代盡媚竈　장안 일대가 모두 아첨하는 무리임을 그대 보지 않았나

子雲淸修亦汚節　깨끗하던 자운도 더렵혀지고 말았지 않았던가?

위의 시는 〈절함(折檻)〉이라 제(題)한 34행으로 이루어진 장편의 7언 고시체이다. 위의 시는 한(漢) 나라 성제(成帝) 때 괴리령(槐里令) 주운(朱雲)이 재상 장우(張禹)와의 갈등으로 빚어진 역사적 사실을 바탕으로 이야기가 구성되었다.

이해를 돕기 위해 역사적 사실을 간단히 소개할 필요가 있겠다. 주운은 장우가 재상으로서 본분을 망각하고 성제의 총성을 흐리게 할뿐만 아니라, 아첨배의 농간에 놀아나느라고 백성들의 집이 허물어지는 등 그들이 질곡에서 신음하는 것을 모르는 척, 자신의 사리사욕만 챙기고 있으니 상방(尙方)에 있는 검으로 쳐 죽여야 한다고 간언했다. 이에 대해 성제는 그렇지 않다면서 주운을 어사로 하여금 끌어내게 하였는데 주운은 끝까지 난간을 붙들고 충성심을 표하느라 그만 난간을 부러뜨리고 말았다. 이에 좌장군 신경기(辛慶忌)란 자가 성제께 호소하기를 충신(忠臣)이므로 죽이지 말고 용서해 달라고 하여 죽임을 면했으며 부러진 난간은 보수만 한 채, 주운이 보인 충성의 정표(旌表)로써 남겨 두었다는 것이다.

위의 사실은 『통감(通鑑)』의 한기(漢紀)에 나오는데 죽음을 각오한 채, 임금 궁궐의 난간을 부러뜨리면서도 자신의 우국충절을 굽히지 않았던

충신(忠臣)의 본보기로써 입에 오르는 이야기다.

위의 시와 『통감』의 내용을 비교해 보면 사실에 대한 인식은 『통감』 쪽이 훨씬 분명하게 해준다. 이렇게 볼 때 송천이 〈절함〉을 제작한 이유가 역사적 사실의 전달 또는 그것을 인식시키려는데 있지 않음을 알 수 있게 한다.

송천이 중국 한(漢) 나라의 주운 고사를 시화하여 부친 또는 자신이 처한 현실을 극복 또는 해결하고자 했음이 분명하다. 부친의 일로만 생각한다면, 중종 14년(1919)에 남곤(南袞)·심정(沈貞)·홍경주(洪景舟) 등의 훈구파들이 조광조 일파가 반역을 꾀한다고 무고하여 김정(金淨)·조광조 등이 사사되거나 축출된 바람에 송천의 부친 학포가 연루되어 불우한 처지가 되었다. 학포는 그에 대해 늘 울분과 분노를 지니고 살다가 끝내 그로 인해 죽고 말았다. 이에 대해 송천은 자신이 존경해 마지않았던 부친의 한을 자신의 한으로 여기고 그것을 풀어주고자 했거니와 조광조 등이 죄가 없다고 끝까지 충언해줬던 신하 하나 없었던 것과 무고에 대해 별다른 생각 없이 경솔하게 처리해 버렸던 중종의 어질지 못한 인품에 대해 〈절함〉같은 시를 통하여 불만을 드러내서 부친의 맺힌 한을 풀어보려 했다고 보여진다. 그러므로 주운은 역사적으로 실재했던 인물을 말 한다기보다는 송천의 부친 또는 송천 그 자신의 화신과 다름 없다. 그렇기에 서술방식은 시인이 주인공이 되어 사건을 맺고 풀어 가는 주인공 고백적 시점을 주로 썼다. 간혹 현장감을 획득하고 생동감을 얻으려는 의도가 작용하여 등장인물들 간의 대화적 서술 방식이 채용되기도 했음은 특이하다.

이 시에서 주목되는 것은 시인 자신이 투영되어진 주인공과 간신배에 대한 형상화 부분이다. 『통감』의 기록에 비해 곧 기술(記述)을 중시하는 사가(史家)의 기록에 비해, 명송(銘頌)을 주된 임무로 하는 시인의 서술인 만큼, 주인공에 대한 형상화는 사실의 전달보다 더 중요하다는 점을 충분히 인식하고 있음이 돋보인다. 그러면서도 간신배(장우)의 형상화 또한 여우·살쾡이 등으로 분명하게 각인시키고 있음도 주목된다.

주인공 주운의 형상화는 '범처럼 성을 내어'(9행), '임금께 상서하고 충렬을 뽐내었다네'(10행), '잡은 난간 부러져도 바른 말 멈추지 않고'(18행), '소신이야 지하에 가 용봉 · 비간 따르겠지만'(19행), '성조가 어찌하여 걸 · 주와 같으리까?'(20행) 등에서 볼 수 있다.

주운이 불의를 보고 솟아오르는 분노를 이기지 못한 모습이 눈 앞에 그려지도록 분명하게 각인시키고 있으며, 임금께 진정(陳情)하는 장면이 상상되도록 했다. 또한 죽음을 각오하면서도 끝까지 할 말은 하겠다 하며, 간신을 처단하고야 말겠다는 의지가 문면에서 읽어지고도 남음이 있게 했다. 송천은 주운을 이렇게 형상화하여 곧 주운의 인물됨을 기리고 새기어(명송) 그가 하고 싶은 말 곧 주제를 효과적으로 전달하는 수단으로 삼고자 했음이 분명하다. 이 시의 주제를 분명하게 알기 위해서는 이야기의 구성방식을 파악하는 일이 효과적이라 생각된다.

전체 34행으로 짜여진 이 시는 제1행에서 4행까지가 도입부이다. 이는 시인이 주운의 사건을 직접 목도(目睹)한 것처럼 서술하고 있는데 그러한 서술태도가 환기하는 정서는 위기감과 긴장감이다. '황무사색(黃霧四塞)'은 설화 또는 소설에서 자주 애용되는 어구로서 '국난'의 징조를 뜻한다. 송천은 이처럼 시의 도입부에서부터 나라가 위태롭다는 긴장된 상황 설정을 분명히 했는데 이는 당시 조선 사회의 객관적 현실을 비유했다고 이해하기에 어렵지 않다. 이를 또한 자신의 개인적 정황으로 말한다면, 부친이 희생된 기묘사화(1519)를 빗대었다고 볼 수도 있겠는데 그러한 생각은 제 5행 이후에서 더욱 확신을 갖게 한다. 도입부에서 상황의 급박함과 심각성을 말하여 주인공이 궁궐까지 직접 뛰어 들어가지 않을 수 없는 상황을 복선처럼 꾸몄으니 시인의 치밀한 구성이 돋보인다.

제 5행에서 제 20행까지는 사건의 전개부로서 주인공과 임금과의 대결과 갈등, 그로 인한 긴장으로 되어 있다. 시인이 진정 하고픈 말, 시인이 가슴에 새겨둔 그 말이 임금과 관련된 말이었기에 함부로 쏟아내지 못하고 주운의 고사를 빌어와 빗대어 대리 진술케 하고 있는 부분이다. 제 21

행부터 제 34행은 마무리 부분인데 전개부에서 제기된 긴장감과 위기감이 해결되지만 여전히 갈등이 풀리지 않고 있음에 주목할 필요가 있다.

임금이 있는 구중궁궐일지라도 진정 할 말이 있으면 뛰어 들어가 해야 된다는 용기와 충성심을 말하려 했다기보다는, 임금이 진실된 목소리를 들을 줄 알아야 하며, 진실과 거짓을 분명히 구분할 줄 알아야 만 폭군을 면할 수 있을 것이며, 비극과 모순이 해결될 것이라는 충언을 '깨끗하던 자운도 더럽혀지고 말았다네'로 교술적으로 힘주어 말했다.

어떤 문제가 제기되고 그로 인해 갈등이 일어나 긴장감이 고조되다가 문제가 해결됨으로써 긴장 또한 해소되는 것은 사실 전달을 목적으로 하는 서사구조의 일반적인 구성 방식이겠다. 그러나 위의 시는 사실 전달에 제작 의도가 있지 아니할 뿐만 아니라, 주운의 충성심을 기리고 새기고만 말일 또한 아니었다. 이 시는 다름 아닌 왕의 불명(不明), 불민(不敏) 및 언로(言路) 곧 충간(忠諫)의 막힘과 그로 인해 발생되는 엄청난 비극을 말하고자한 것이었다. 단적으로 '장안 일대가 모두 아첨하는 무리'(33행)라고 한데서 그것을 확인할 수 있는데 주제가 집약된 부분이다.

또 한 가지 주목을 요하는 것은 시의 끝부분에 작자가 직접 개입하여 교술적인 술회로써 끝맺음을 하는 점이다. 이 시는 자신의 화신인 벼슬아치 주운을 주인공으로 하여 임금과의 갈등을 서사화 한 것으로 사대부계층을 시적 대상으로 삼았기에 민중성(대중성)이라든가, 소박하고 투박한 민중의 생활상을 찾아보기는 어렵다. 또한 묘사 보다는 서술이 주가 되어 전개시켜 나가고 있어서 언어의 지시적 기능이 시를 선명하게 만들어 준다.

사건의 배경은 서술적 화폭 속에 시간과 공간이 모아지는 축약적 배경을 설정하고 있는데, 이는 서사한시에서 주로 쓰는 방법이다. 과거의 시간에 다른 공간에서 일어났던 일을, 송천의 시대에 조선에서 일어난 일로써 생동감 있고, 밀도 있게 제시해 보이기 위해서는, 시·공을 한 데로 축약시키는 배경 설정이 효과적임은 재언을 요치 않는다.

이렇게 역사적 인물을 형상화하여 종국적으로 송천이 하고 싶었던 말은 무엇일까? 여우와 살쾡이 같이 교활한 아첨 배들을 물리치지 못하여 백성들의 집이 무너지는 것도 모르는 왕, 제 뱃속만 채우기에 급급한 벼슬아치의 행태를 모르는 왕, 충신을 몰라보고 물리치는 왕, 진실된 목소리를 들으려 하지 아니한 왕, 주위에 온갖 아첨 배들만을 가까이 두고 있는 왕, 그런 현명치 못한 왕을 풍자하고자 했던 것이 아니겠는가.

만약 그렇게 본다면, 이는 분명 기묘사화에 연루되어 희생되었던 부친의 한풀이로써 제작된 것이며, 그 풀이의 방법은 바로 역사적 인물의 형상화를 통한 풍자라 하겠다. 시간과 공간, 사건과 인물 등 조선과는 전혀 무관한 소재를 시적 질료로 하여 당대 자신과 관계있는 울림을 획득하고, 있으니 이른바 성동격서(聲東擊西)의 수법이요, 홍운탁월(烘雲托月)의 전략이 아니겠는가?

이렇게 볼 때, 이 시는 작게는 부친과 자신의 한풀이를 위한 '풀이시'라 하겠으며 크게는 송천의 진정한 우국충정이 드러난 '애국시'라 하겠다. 필자는 송천 한시에서 위의 작품이 가장 송천다운 맛을 지녔다고 생각하며 교술적 서사시의 대표적 사례로 보고자 한다.

2) 객관적 현실의 우언적 서술

우언(寓言)은 가공(架空) 가탁(假託)의 방법으로 은연중에 자신의 의지나 교훈을 드러내는 방법이거니와 송천은 정치현실의 객관적 모순과 불합리를 우언의 서술시로 드러내 보였다.

淫潦苦淹夏	장마가 여름 내내 지루하더니
霽景纔屬秋	가을 들자 겨우 개어 햇빛을 보겠네.
百川競波濤	백 천에서 다투어 내닫는 물결이
奔灌大河流	큰 바다 향하여 흘러 흘러를 가누나.

瀰漫極一望　끝이 보이지 않는 질펀한 물줄기
兩涯迷馬牛　언덕 너머에 소인지 말인지를 모르겠구나.
河伯自掀傲　하백은 제 잘났다고 혼자 거드름 피우며
衆美我所收　모든 걸 자기가 거두어들인다고 으스대구나.
江神亦趨風　강 귀신도 뒤질세라 기뻐 날뛰니
湖鬼甘躪蹂　호수의 귀신이 짓밟힘을 당하는구나.
雄張欲一誇　웅장한 기세를 한 번 뽐내보려는데
何處可回頭　어느 곳으로 머리를 돌려야 할까
聞有東海若　듣자니 동해의 바다에 신이 있다는데
吾唱其能酬　내 노래에 능히 화답할 수 있으리라.
順流將往見　순류 따라 한번 찾아 가서는
兼之汗漫游　손잡고 실컷 노닐어 보리라.
飛廉掃積霧　비렴 시켜 쌓인 안개 쓸게 하고
雷公奏駭抱　천둥에게 북소리 울리라 했네.
自擬宇宙間　아무리 생각해도 이 우주 간에서
氣象誰比侔　이 기상을 닮은 자 뉘 이겠는가?
乃至一望洋　아득히 끝이 없는 바다로 갔더니
恍恍莫自由　황홀한 광경에 정신을 잃겠구나.
尾閭所不洩　바다 밑 구멍으로도 새나갈 수 없는 물이여
萬壑徒悠悠　만학천봉 단숨에 삼키고 말겠구나.
蒼然復淵然　하늘은 푸르고 바다는 깊으니
寧有涯與洲　끝이 어디이며 섬은 또 어디인가?
始信妄自大　멋대로 잘났다고 우쭐댄 것이
不堪縮頸羞　부끄러워 저절로 목이 움츠려지네.
卑辭方遜謝　목소리 낮추어 사과를 드리니
海若豈自優　바다의 신께서 겸연쩍어 하시네
放言南華仙　함부로 말 잘하던 장주란 사나이가

天機極冥搜　깊고 오묘한 천기를 찾은 격일세.
凡物何芸芸　세상에는 많고 많은 물건들 있나니
小大逈莫逑　작은 것 어느 것이며 큰 것은 어느 것인가?
小者自滿假　작은 것도 제 딴에는 내로라하면서
莫知大所留　큰 것이 큰 것임을 나몰라한다네.
井底有跳蛙　우물 밑을 뛰노는 개구리들이
詎識海中浮　어찌 바다에서 헤엄칠 줄 알 것이며
夏月蠢玆蟲　여름 한 철 살다 죽은 벌레들이
層冰謂莫求　두꺼운 얼음을 어떻게 알겠는가?
故知束教輩　진실로 알겠구나 조무래기 무리들은
大方難與謨　대방가 앞에서는 입도 뺑긋 못하는 줄을
滔滔誇己有　제 잘났다 뽐내는 자 거의가 그렇지만
吾笑良不休　그들 보면 내 우스워 웃음이 안 그치네.
儀秦口縣河　유수같이 말 잘하던 소진(蘇秦)과 장의(張儀)
烏賁力挾輈　물에서 배를 끌던 오획(烏獲)과 맹분(孟賁)
紛紛百家流　그 밖의 내로라한 백가의 무리들이
夸詭爭嘲啁　궤변을 늘어놓고 서로가 조잘대며
坐令世奔波　앉아서 세상을 이리 저리 좌우하면서
無楚自雄鄒　초나라 없으니 추나라가 최고인 줄 아는구나.
卒然遇大人　갑자기 대인을 만나노라면
鴻渙敷大猷　크고 넓은 원대한 계획과
洋洋之聖謨　한량없는 성인의 법도로써
包納乎九州　구 주를 한 가슴에 안고 있는데
肯與小物爭　어찌 소물들과 다툴 리가 있겠는가?
地載天庇庥　싣고 있는 땅과 같고 덮고 있는 하늘 같구나.
智窮辯自屈　슬기는 바닥나고 말문 막힐 지경이니
剛爲譊指柔　굳세다고 했던 것들 야들야들 형편없네.

子路捨劍趨　자로라면 칼을 놓고 도망 갈 것이며
夷之憮然愁　이지라면 시무룩이 시름에 잠기리라.
古來幾河佰　예부터 지금까지 하백이 그 몇인고?
呑氣而悔尤　기운을 삼키면서 제 잘못 뉘우쳤던가?
嗚呼勺水徒　아! 보잘것 없는 작수 같은 무리들아
懲此莫啾啾　이를 보아 제발 입방아 좀 찧지 말소.
我亦狂狷者　나 역시 실속 없이 뜻만 큰 자로서
沽氣天地周　호기는 하늘 땅을 감싸고 남는다네
孰謂溟渤大　북쪽 바다 크다고 그 누가 말하던가
一盃輸雙眸　한 술잔에 다 담아서 두 눈에다 쏟으련다.
雖然豈敢誇　그러나 내 어찌 감히 뽐내리요
學海方乘桴　이제 학문의 바다에 뗏목을 띄웠는데.

〈하백과추수(河伯誇秋水)〉라 제(題)한 위의 시는 송천의 '대인론'을 펼쳐보인 좋은 예라 생각한다. 전체 70행으로 이루어진 장편의 오언 고시체 서술시로서 하백을 주인공으로 내세워 곧 우언적 서술로써 자신의 신념과 의지를 분명히 제시해 보이고 있다. 송천은 이 시에서 서로 상반되는 성향을 시적 대상으로 삼아 각각의 속성을 분명하게 부각시켜 충돌시켜 거기서 발생한 엄청난 충격의 파장을 얻고자 한 것으로 생각된다. 다시 말해서 강물↔동해물, 하백↔동해신, 조무래기↔대방가, 소인↔대인 등 상호 이질적인 것들을 폭력적으로 결합시켜 거기서 일어나는 시적 울림의 효과를 노리고 있다.

이 시는 크게 전반부와 후반부의 2부 구성방식을 취하고 있는데, 첫 행에서 제 32행까지는 하백과 동해신에 대한 이야기로서 전반부에 해당한다. 제 33행부터 제 70행까지는 후반부로 소(小)와 대(大), 우물 안 개구리와 동해바다, 여름벌레와 얼음, 조무래기와 대방가, 소진・장의・오획・맹분・백가・이지・자로와 대인 등 전반부에서와 마찬 가지로 서로 이질적인 성향의 대상을 등장・대립시켜 작가의 지향점이 무엇인가를 분명하게 부각시켰는바, 제 61행에서 '예부터 지금까지 하백이 그 몇인고?'라 하여 대방가・대인・동해신을 제외한 모든 것들이 '작수(勺水)' 곧 하백과 같은 유(類)임을 밝혔다.

그런데 이 시는 좀 더 자세히 들여다보면 전반부는 다시 양분되는데 그것은 시점의 변화로 알 수 있다. 첫 행에서 제 10행까지는 시인이 서술자이지만, 제 11행부터는 주인공 화백의 시점으로 바뀌고 있다. 또한 후반부 역시 다시 양분되거니와 제 61행부터는 시인이 직접 문면에 나타날 뿐만 아니라, 작중의 주인공이 되고 있다.

위의 시는 한시의 전형적인 창작방법인 선경후정(先景後情) 곧 어떤 경을 보고 흥기 된 마음을 정에 옮겨 붓는 방식으로 제작되었는데, 경(景)인 것들의 면면을 서술체 속에서 읽어내도록 의도했다. 곧 가을 강물・작은 것・우물 안 개구리・여름벌레・조무래기・소진・장의・오획・맹분・백가・이지・자로 등은 하나 같이 자신의 생각과 주장만이 옳다고 생각한 채, 다른 어떤 세계・생각・주장 같은 것이 있는 줄 모르거나, 있다 할지라도 아예 무시해 버리고 마는 편벽되고 이기적인 군상들이 아니던가?

송천이 이 시에서 하고 싶은 말은, 이들 경(景)으로써 대변하고 있거니와 한마디로 불편(不偏) 부당(不黨)하지 못한 것들에 대한 질책이다. 그의 '대인론'을 극명하게 보여준 예시로써 이 시의 주제는 중용(中庸)이라 생각된다. 그러면 서술의 문면을 따라 '소인론'과 '대인론'을 살펴보기로 하자. 가을날 백 천(百川)에서 모여든 강물, 그것들은 무엇을 뜻하는 것일까? 두말할 필요도 없이 아첨을 일삼는 여러 소인배들을 말하며 그들의 실상은 '하백'으로 대변해 보이고 있다.

작은 것(小)은 또 어떠한가? '작은 것도 제 딴에는 내노라 하면서'(35행)라고 한데서 알 수 있듯이 정치 소인배들이 삼삼오오 모여서 정치 패거리를 곧 당(黨)을 형성하고는 온갖 권모술수와 궤변으로써 자기 패거리의 사리사욕 채우기에 혈안이 된 작태를 비꼬는 것이려니와 이는 바로 정치판의 풍자이다.

우물 안 개구리와 여름 벌레는 또 무엇을 말하고자 끌어 왔는가? 우물 밖에 엄청난 바다가 있다는 사실을 까마득히 모른 채, 또한 여름 한 철만 살다가 죽어 버리기에 봄에는 새싹이 있으며, 가을에는 낙엽이 있고, 겨울에는 얼음이 있다는 엄연한 질서를 모르는 여름 벌레처럼, 우물 안에서는 자신이 최고라고 으스대는 개구리같이 소견이 좁은 존재를 풍자한 것이겠거니와, 이는 견문이 좁아서 세상의 돌아가는 형편이나 큰 추세를 모른 채, 삼년상이 예의에 맞다느니, 기년복을 입어야 한다느니, 적장자가 왕통을 이어야 옳다느니, 이기일원론이 옳다느니, 이기이원론이 더 옳다느니 등등의 주장(말)을 내세워 싸우느라고 정작 해야 할 중차대한 일을 하지 못하고 허송세월 국력만 낭비하는 관료라는 부류를 풍자한 것이리라.

소진과 장의는 각 합종(合從)과 연횡(連衡)을 주장했던 유세가(遊說家)들이다. 이 두 사람은 왕에게 그럴싸한 명분을 내세우지만 결국은 자신의 입지 구축과 양명(揚名)만을 도모하는데 혈안이 되었던 아첨 배들과, 온갖 말을 만들어 능력 있는 무고한 사람들을 희생시키는데 앞장섰던 아첨꾼들, 그런 말재주꾼들을 꼬집어 주고자 등장시킨 인물들로 판단된다.

규보파란(跬步波瀾)의 살얼음판 같은 정치현실에서, 종횡무진한 말들의 숲 속에서, 온전히 버텨낸다는 것이 얼마나 지난한 일이었던가? '주초위왕(走肖爲王)'의 터무니없는 말에 희생된 부친을 생각할 때마다 송천의 가슴은 천 갈래 만 갈래 찢어졌을 것인 바, 송천은 그럴듯한 말장난에 대하여 '궤변을 늘어놓고 서로가 조잘대며'(48행), '앉아서 세상을 이리 저리 좌우하면서'(49행)라고 꼬집고는 '제발 입방아 좀 찧지 말소'(64행)의 직격탄으로써 자신의 가슴 속에 맺힌 울분을 터트리고 만다. 이 시 역시 앞의 시와 마찬가지로 교술적 서술로써 시상을 마무리하고 있음이 주목된다.

오획과 맹분, 이지와 자로는 용감한 사람으로 알려진 인물이거니와, 아무리 그들이 용감하다고 할지라도 대인(大人)을 만나면 '슬기는 바닥나고 말문 막힐 지경'(57행)이 되고 '군세다고 했던 것들 야들야들 형편 없네'

(58행)처럼 된다 했으니 이는 구두선(口頭禪)만인 용맹을 앞세워 작당하여 불충(不忠)을 도모하려했던 패거리들을 풍자한 대목일 것이다.

이 시는 '말로써 말 많으니 말 말까 하노라'라는 시조의 구절처럼 말로 인한 폐단과 비극을 서술시 특유의 호흡으로 웅변해 주었는바, 말로 인한 화(禍)는 송천의 부친이 체험자이려니와, 송천 개인의 체험적 사실이면서 조선시대 정치판의 실체적 세계이기도 하였다. 이러한 현실 세계에 눈을 돌려 그 원인을 진지하고 세심하게 들춰내고, 그에 대한 대안으로써 『중용』의 정신에 입각한 불편부당(不偏不黨)의 '대인론'을 내놓은 것은 가히 송천의 인물됨과 사대부적 신념을 짐작케 하고도 남음이 있겠다. 문제의 근본 원인을 사대부들의 언행(言行)에 귀결시켜서 자신이 속한 집단을 '작은 것', '우물 안 개구리', '여름 벌레', '소인', '하백' 등의 형상으로 뚜렷이 각인시킨 용기는 삼가 숙연해지기까지 한다.

요컨대 이 시는 송천 개인의 문제일 뿐만 아니라 당시의 객관적 문제이기도 했던 사화(士禍)가 모두 소인들의 '말장난'에 의한 것임을 직시하고 그 폐해의 치유책으로써 불편부당한 『중용』의 정신에 입각한 대인론을 주장한 것이라 하겠다. 달리, 이 시는 명명덕(明明德)·신민(新民)·지어지선(止於至善)하고 불편부당(不偏不黨)해야 할 사대부가 그러하지 못한 직무유기의 실상을 서술체 특유의 지시적 언어로 신랄하게 파헤쳐보였다. 이는 서사 구성의 치밀함, 축약적 시공법, 형상화의 구체성 등을 바탕으로 풍자문학의 한 경지를 열어보였다는 의의를 지니면서도 한 켠 서사한시와 장편 서사가사가 보여준 백성들의 삶의 조건과 과정에 대한 문제로까지 끌고 나가지 못한 점, 시어의 사용에서 상투적·관념적 어휘를 적지 않게 쓰고 있다는 점 등의 한계점을 드러내기도 한다.

3) 체험적 사실의 애상적 서술

시에는 경계(境界)라는 말이 있거니와 이는 정(情)과 경(景)이 융합된 외부의 세계를 말할 뿐만 아니라, 희·노·애·락 등에 의한 마음속에 형성된 세계를 말하기도 한다. 시인 중에는 이러한 경계를 '서술'하는 사람이 있는가 하면, '창조'하는 사람도 있는데 현실주의 시인들은 '서술'하는 것이 일반적이다.[31]

가슴에 형성된 어떤 경계, 그것을 자연스럽게 드러내는 것을 '서술'이라 말한다. 송천의 시에는 앞서 보인 바의 두 세계 곧 힘 있고 기상의 웅건함이 느껴지는 분위기와는 달리, 애상적인 경계를 서술하고 있는 시편도 있는바, 여기서는 그에 대하여 살피기로 한다.

大雅久不作　대아가 없어진지 이미 오래러니
末俗趨奇哀　세상 사람들 신기하고 애절한 것을 좋아하네.
新聲日以繁　새로운 소리 날로 퍼져만 가니
機發誰能遮　그 위세를 막아낼 자 누구이겠는가?
秦缶與趙瑟　진 나라 땐 장구가 조 나라 땐 비파가 설치더니만
復聞胡有笳　이제 또 호가까지 있다네 그려.
面人心犬羊　모양은 사람이나 마음은 짐승 같아서
水草逐爲家　수초 찾아 그를 집으로 삼고
酪裘苦不足　타락죽에 가죽옷 그것도 부족하여
盧掠窺中華　노략질하며 중국을 넘보기 일쑤.
彎弓競馳突　활 당기며 앞 다투어 돌진할 때는
暴氣爭陵加　사납기 그보다 더할 수 없네.
時乎吻蘆葉　때때로 입술에 갈대 잎을 대고
吹弄助諠譁　마구 불어대어 소란을 피운다네.
月出天山頭　천산 머리에 달이 돋을 때나
雲沉青海涯　푸른 바닷가에 구름이 잠길 때면

---

31 유약우, 이장우 역, 『중국시학』, 동화출판사, 1984, 119~120면.

曲調莫以倫　그 피리 소리는 더할 나위 없다네.
抑怨而雄誇　애절한 듯 웅장한 가락이
稍近漢關塞　점점 가까이 중국 국경 지대에서
凄緊起風沙　처절하고 긴장된 바람을 일으킨다네.
邊軍益愁思　변방의 군인들 더욱 시름에 잠겨
夜夜淚橫斜　밤마다 눈물로 세월을 보낸다네
故鄕杳何許　머나먼 고향 어디쯤일까
願身附雲駕　구름 타고 훨훨 날아가 보았으면.
耳慣更口習　피리 소리 귀로 듣고 입으로 익혀
中原蘆亦芽　중원에 있는 갈잎으로 노래 부르니
笳音混胡漢　오랑캔 지 중원인 지 같은 그 소리
聽之無等差　듣기에는 조금도 다를 것이 없네.
吾聞正氣衰　나는 들었노라 정기가 쇠하면
自爾騰百邪　일백 가지 사악한 것이 달라붙는다는 것을.
邈矣薰風絃　요순(堯舜)시절 훈풍 가락 어디로 가고
令人幾興嗟　이렇게 사람을 슬프게 할까?
聲音考世道　성음을 들으면 그 세상을 안다는데
此理豈云賒　그 이치가 틀림이 없구려 글쎄.
樂胡髮自被　머리를 풀어헤친 오랑캐 풍속
所以亂紛拏　그것을 즐기는 것이 난리 장본 아니랴!
燕乎莫伐燕　그 나라가 그 나라를 치면 뭘하나
內治期無瑕　내치에 하자가 없어야 되지.
自然聲敎一　그리하여 음악과 교화가 통일되면
安用乎兵車　병거를 쓸 까닭이 뭐 있겠는가?

위의 시는 〈호가(胡笳)〉라고 제목 했는데 전체 40행의 오언 고시체다. 전체 3부의 구성을 하고 있으며 첫 행에서 제 6행까지는 중국 음악의 내력을, 제 7행에서 제 28행까지는 호인(胡人)과 호가(胡笳)에 대한 구체적인 형상을, 제 29행에서 마지막 제 40행까지는 작가의 애상적인 정회(情懷)를 서술했다. 이시 또한 그 형상화의 구체성이 돋보이는 바, 호가(胡笳)를 중국에 퍼뜨린 호인(胡人)과 호가에 대한 형상화는 서술시적 면모와 송천의 시인으로서의 역량을 감지케 해주기에 충분하다.

'수초 찾아 그를 집으로 삼고'(8행), '타락죽에 가죽옷 그것도 부족하여'(9행), '노략질하며 중국을 넘보기 일쑤'(10행), '활 당기며 앞 다투어 돌진할 때는'(11행), '사납기 그보다 더할 수 없네'(12행), '때때로 입술에 갈대잎을 대고'(13행), '마구 불어대어 소란을 피운다네'(14행) 등에서 알 수 있듯이 누구라도 호인의 이미지를 선명하게 떠올릴 수 있을 정도로 그 인물에 대한 형상이 뚜렷이 각인 되어 있다. 이러한 형상화 기법은 서술이라는 문체의 특징을 십분 발휘한 것으로 그 의미가 얼마든지 확장적일 수 있다는 가능성을 보여준 경우라 생각된다.

도입부에서 『시경』의 〈대아(大雅)〉에 대한 송천의 흠모적 태도는 그의 의식지향이 친 민중적일 수 없음을 시사한 부분으로서 그에게 인식된 서사시적 상황은 다름 아닌 사대부 계층이 '정기(正氣)'를 바로 지니지 못한 것으로 포착되어진다. 아마도 이수광이 그를 표표(表表)한 시인으로 높이 평가한 이유 중에는 이러한 송천 시의 시적대상에 있었다고 보인다.

요순(堯舜)시대의 훈풍(薰風)가락을 당대에 떠올린 것은 그가 처한 현실의 문제를 그것으로써 해결해 보겠다는 의지적 서술이거니와, 이런 태도는 다름 아닌 정도(正道)·정악(正樂)만이 흐트러진 성률(聲律)을 바로 잡을 수 있다는 송천의 '경전(經典)사유식' 해결 방안이라 사료된다. '호가'가 만연된 당대의 객관적 현실을 자신이 직접 체험하였기에 그런 현실이 안타까웠을 것이며 그런 상황을 드러내 알려주고 환기시켜서 바로 잡고자 애쓴 모습이 역력히 드러난 시이다.

그렇다면 음악을 바로 잡겠다는 의지는 무엇을 뜻하는가? 송천이 음악과 교화 곧 '성교(聲敎)'가 하나로 통일되어야 하며, 그렇게 되어야만 국가

간의 전쟁이나 민족간의 비극이 발생하지 않을 것이라고 생각하고 있음에 주목해야 한다. '성교'의 통일은 곧 요순시대의 지치주의(至治主義) 정치철학이거니와, 그 전제는 성(聲)이 정기(正氣)에서 나온 것이라야 한다. 문제는 바른 기운에서 나온 소리(음악)는 호가(胡笳)의 그것처럼 '애절한 듯 웅장'하거나 '처절하고 긴장된 바람을 일으키지' 못하여, '고향 생각에 잠기게' 하지도 않기에 사람들이 즐기려 하지 않는다는 현실적 불만이다. 이러한 불만이 시인을 슬프게 만들고 있는데 서사의 진행에서 애상적 분위기가 감지됨은 그런 데서 연유한다.

이러한 서술은 분명 비유적 서술에 의한 모순된 현실을 풍자한 수법이려니와, 그렇다면 '호가'가 무엇을 말하려 했는가를 분명히 알 수 있을 것이다.

이 시 또한 교술적 주제를 담고 있거니와, 이는 송천 장편시의 특징이라 할 수 있다. 송천이 당대의 객관적 현실 세계에서 시적 소재를 취재한 것은 사실이지만, 민중적 현실에 초점을 두지 않고, 사대부 사회의 현실에 두었다는 점이 서사한시와 장편서사가사와의 차이를 보인다. 배경 설정은 순차적 구성보다는 시·공이 한데 모아져 진행되는 축약적 시공법이 쓰였으며 서술이 지니는 언어의 지시적 기능을 잘 살림으로써 묘사시에서 이미지가 맡은 역할을 충분히 감당케 했다. 그러므로 이 시를 읽으면 금세 그 의미가 파악된다.

4. 논의의 마무리

본고는 조선 중기의 시인 송천 양응정의 시문학 세계를 파악하고 그의 시가 지니는 특징과 그것이 갖는 시사적 의의를 가늠하고자 준비되었다. 송천의 문하에 송강을 비롯하여 조선 8문장으로 알려진 고죽, 옥봉 등 당대의 내로라한 시인들이 출입한 사실과, 지봉 이수광이 『지봉유설』에서 근세의 표표(表表)한 시인으로 그를 선정한 점을 감안할 때, 그가 분명 시인으로서 뛰어난 면모를 지녔을 것이라는 생각을 논의의 출발점으로 삼았다.

또한 고죽 최경창이나 옥봉 백광홍 등이 현실주의에 가까운 사고의 소유자들로서 객관적 현실을 시적대상으로 시작(詩作)을 했다는 점, 서술이 핵심 화법이 된 이야기가 있는 시, 수사적 기교 보다는 언어의 지시적 기능이 우세한 시, 이야기를 이끌어가는 주체적 인물이 구체적으로 형상된 시를 제작했다는 사실과 지봉이 근세를 대표하는 시인을 선정할 때, 그의 사실주의적 문학관이 선정 안(眼)이 되었을 것이라는 점 등을 감안, 이수광이 선정한 10명의 시인들의 시세계에서 확인되는 것이지만, 송천 시의 지향이 적어도 현실주의에 입각한 서술시의 세계였을 것이라고 판단하여 논의의 초점을 서술이 핵심 화법이 된 장편 시에 맞추었다. 장편시의 온당한 이해를 위해서는 핵심 화법이 되는 서술에 대한 이해가 필요할 뿐만 아니라, 시들의 기저자질인 서술시에 대한 선행 지식이 필요하다고 판단하여 서술과 서술시에 대한 논의를 하였다.

그 결과 서술은 서사자가 피서자에게 이야기를 전달하는 소통 모델로서 보여주기 보다는 말하기(서술하기)이며, 작품세계에 대한 시인 자신의 직접적 개입 곧 인식과 설명의 한 양식임을 알았다. 또한 사건을 시간적 연속과 인과성에 따라 결합시키는 조직의 기법으로서 서사 장르의 지배소임도 알 수 있었다.

한편, 서술시란 서술이 주가 된 시로서 당대 사람들이 지니는 삶의 조건과 삶의 과정을 표현하는 데 편리한 수단임을 알 수 있었으며 구비문학 특히 구비 서술시에서 확인 되듯이 대중성(민중성)을 오랜 전통으로 하고 있음이 드러났는데, 그 문체는 수사적 비유 보다는 평이하고 단순한 회화체가 우세함도 알 수 있었다.

또한 서술시는 그 문체의 구어체적 단순성으로 인하여 단순성 · 소박성 · 유아성을 그 성격으로 지닐 뿐만 아니라 지시적 기능이 우세한 언어로써 명료성을 전해줌과 함께 진실에 충실케 해주어 발화의 객관성을 확보해 주는 기능을 함을 알았다. 그렇기 때문에 시대가 변하고 문학 담당층이 바뀔 때마다, 자신들의 입장과 문학행위에 객관성을 보장받고자 서술시를 바탕으로, 상황에 적합한 장편 시들을 창작하였는바 이는 문학사의 각 시대에서 확인된 사실이었다. (카프시 · 민중시 등) 서술시가 장편시의 역사적 갈래들을 통칭하는 개념일 수 있다면, 이는 분명 서술이 요구되는 모든 시의 기저자질이라는 생각을 도출해 낼 수 있었다.

결국, 서술시는 서술이 주를 이루는 시로서 그 성향은 대중성을 지니며, 문체는 평이하면서, 단순한 회화체이고, 이미지가 약화된 시이다. 또한 그 언어는 지시적 기능이 우세하며, 삶의 조건과 과정에 관한 이야기가 있고, 주체적 인물 및 일정한 배경을 지니면서 장편시의 기저자질이 된다고 했다.

한편, 서술시를 기저자질로 하여 장편시를 제작한 송천 한시의 성격을 온당하게 이해하기 위해서는 비슷한 상황, 곧 서사시적 상황에서 제작된 장편시의 성과를 검토, 그것과 비교할 필요가 있다고 판단하여 서사한시와 서민가사 및 장편 서사가사에 대하여 살펴보았다. 그리하여 서사한시는 현실주의의 발전으로 생성된 서사성이 강한 한시로서 사대부계층이 주된 작가이며, 시적대상으로 목도이문(目睹耳聞)한 사실적 · 객관적 당시의 세계를 담았음을 알았다.

시의 구성은 서사적 구조를 지니는데 특히 인물의 형상화에 주력한 점이 주목되었다. 서술방식은 시인과 주인공이 서로 대화하는 대화적 서술방법, 시인이 작중 주인공의 시점으로 말하는 고백적 서술방법, 주인공이 문면에 나타나지 않고 주인공이 스스로 말하는 객관적 서술방법 및 위의 세 방법이 혼합된 방법 등 다양한 모습을 보였다. 사건의 구성방식은 3부 형식구조가 주를 이루면서 2부 · 4부 · 5부 구조 등도 실현되고 있었으며 배경은 순차적 구성보다는 시 · 공을 한데로 모으는 축약적 시공법이 주를 이루었다.

〈일동장유가〉〈역대가〉 등 장편 서사가사는 서사시적 상황을 국문을 표기수단으로 하여 포착, 드러낸 것인데 국문이 채용된 것은 조선후기에 새롭게 부상된 실학사상의 영향으로 형성된 주체성에 기인된 것이었다. 장편 서사가사는 내재된 복합 장르적 성향이 서사시적 상황에 의하여 서사의 극대화를 보인 예인데 이 경우에 서술의 역할은 절대적임을 알았다.

창작자들은 주로 사대부와 의식을 같이한 부류로서 조선후기 사회에서 일어났던 사회・경제・문화의 변화상을 객관적 실체로 인식하였다. 그리하여 시정(市井)의 다양한 모습을 담음과 동시에 다양한 인물군상을 주인공으로 등장시켜 상황 재현의 세계, 현장 기록의 세계, 풍속계승의 세계, 역사 선택의 세계 등을 표현해 내었다.

한편, 〈갑민가〉〈기음노래〉〈우부가〉〈용부가〉 등의 서민가사 또한 조선후기에 진전된 현실주의적 사고 곧 서민적 사고와 서사시적 상황에 대응한 문학으로서 서민들의 현실적이고 경험적이며 무질서한 듯 다양하며, 진보적이면서 개혁적・비판적・저항적인 서민의 목소리를 담고 있다. 서민가사의 현실인식 태도는 과거지향적인 것과 미래 지향적인 것이 공존한 양상을 보이며, 현실・비판의 방법으로는 풍자를 포함한 직설적인 폭로 방법과 해학적인 방법이 주로 쓰였다. 그러나 비판에는 일시적・한정적 및 불철저함의 한계가 있었다.

이상에서 살폈던 서사한시・서민가사・장편서사가사 문학이 획득한 문학적 성과를 바탕으로 송천시의 세계를 분석해 보았다.

송천 역시 올바른 사대부로서 그가 처한 시대적 현실을 모순되고 불합리한 세계 곧 서사시적 상황으로 인식하고 있었는데, 그 결과 시적 대상의 초점을 객관적 세계에 맞추었다. 그런데 송천이 받아들여 심각하게 인식했던 서사시적 상황이란 다름 아닌 사대부들이 주로 활약했던 '정치판'이었다. 정치판의 잘못됨을 그는 매우 안타깝게 생각했으며 그렇게 된 원인에 대해서는 윤리・도덕・원칙・예의 등이 실추된 데서 기인한다고 믿고 있었다. 송천이 문제의 진단을 그렇게 한 것은 지치주의(至治主義)라는 이상적 정치철학을 지닌 자신의 부친이 반대파의 반윤리·비도덕·무원칙적인 시기와 비난에 희생된 사건이 결정적 역할을 했으며 자신이 직접 체험한 환해(宦海)현실의 불합리하고 모순된 실상 또한 영향 작용한 것으로 생각된다.

그렇게 인식되어진 정치현실과 사대부에 대한 생각은 송천의 시적 대상이 되었는데 사대부를 향한 송천의 매도는 그의 곧고 강직한 성품에 걸맞게 신랄하였다. 송천은 정치현실과 사대부 계급에 대하여 때로는 직설적 폭로로써, 때로는 신랄한 풍자로, 혹은 우언적·비유적 암시로써 비판했다.

그런데 송천의 공격과 비판의 대상은 사대부 계층에 한정되지 않고 왕(중종)에게까지 향해지고 있음이 주목되는 바, 이는 서사한시류에서 보기 어려운 것이라 하겠다. 이제 송천의 장편시 세계를 이보다 앞선 문학들이 보여준 성과와 비교하면서 제시해 보면 다음과 같다.

송천의 장편시 세계는 역사적 인물의 형상화와 풍자적 서술세계, 객관적 현실의 우언적 서술세계, 체험적 사실의 애상적 서술세계상으로 구분되거니와 그 실상과 성격은 이러하다.

〈절함〉 같은 시는 중국의 역사적 사실, 곧 역사적 인물이었던 주운과 장우를 등장시켜 송천 당대의 궁중을 풍자하고 있다. 풍자의 강도는 서민가사 보다 덜 하지만, 사태를 심각하게 인식시키고자 애쓴 노력은 충분히 감지된다. 서술을 주된 화법으로 하여 이야기를 구성하고 있음은 서사한시 등과 마찬가지인데 주인공의 신분은 그것들과 달리 벼슬아치로 되어 있다. 그런데 송천은 이시에서 주인공 주운의 형상을 정의로움과 충성심에 불타는 인물로 형상하였는바, 이는 곧 자신의 불만과 의지가 투영된 자신의 '화신'이었다.

이시는 그 내용이 서민, 대중적인 생활상을 읊지 않았다는 점에서 서사한시와 서민가사 및 장편 서사가사의 내용과 낙차를 보이는데 그 굴절의 각도가 눈에 띌 만큼 큰 것이 주목된다. 주인공 주운의 분노는 충성스런 직언이 곧 충간(忠諫)이 왕에게 전달되지 못하도록 두텁게 설치된 장애물, 왕과 신하 사이에 놓인 장벽으로 인하여, 모순과 불합리가 횡행하고 있는 객관적 현실이 엄연함에도 불구하고, 왕이란 최고의 권력자가 충성스럽고 지혜로운 신하를 믿지 못하고 간신배들의 농간에 놀아나기만 하는 등 나라를 망치고 있는 등, 현명치 못한 왕의 태도에서 나온 것이었다.

이 시가 최고의 통치권자를 향하여, 비록 비유적・상징적 기교와 풍자적 수법을 채용했다고 할지라도, 비판의 화살이 왕에게 겨냥되었다는 것은 주운의 충성스러운 행동과 자신 부친의 지혜로운 행동에 대해 두 나라 왕이 보여준 처리 방법의 차이 때문이었다.

이 시의 시적 서술이 환기하는 분위기는 다분히 위기감과 긴장감이다. 전형적인 서사구조를 지닌 〈절함〉은 역사적 인물의 형상화를 통한 풍자의 시로써 주목되거니와 시인의 우국충정의 심정이 잘 나타나 있는 '애국시'이다. 시의 주제를 분명히 하기 위해 서술시 전통이 잘 활용되고 있으며, 그것은 서술의 구성에서 더욱 분명히 인지된다. 서술 시점이 바뀌고 있는데 주제 전달의 극대화를 위한 작가의 의욕이 반영된 결과로 파악되는 바, 이로써 그의 시가 '전술적 서술'로서 서사지향적임을 알 수 있었다.

사건의 배경과 전개는 시・공이 축약된 공간에서 벌어지고 있는 바, 이 또한 송천에 앞선 문학 작품이 이룬 성과와 어깨를 나란히 한 것이라 하겠다. 한시에서 큰 울림을 주기 위하여 흔히 쓰는 성동격서(聲東擊西)의 기법과 등장인물에 대한 형상화가 돋보이는데, 다만 그 등장인물의 성격과 신분상의 위치 및 객관적 세계로서 인식한 대상이 앞서 살핀 문학들이 보여준 성과와 다른 점이라 하겠으며 바로 그러한 데에 송천의 위상이 놓인다고 하겠다.

또한 객관적 현실을 우언적인 서술로 나타내 보인 점이 주목 되거니와 이는 서민가사 및 서사한시에 가서는 직설적 폭로라는 서술로 대치되어 실현된다. 그렇게 된 데에는 시간적인 거리와 보다 진전된 서사시적 상황이라는 세계상의 거리도 작용했다고 보여진다.

'하백'이라는 가공의 주인공을 내세워 그의 소견 좁음과 어리석음을 신랄하게 꼬집고 있는 〈하백과 추수〉라는 70행의 장편 시는 송천의 이상적 인물론 곧 '대인론'을 펼쳐 보인 서술시이다. 강물↔동해물, 하백↔동해신, 조무래기↔대방가, 소인↔대인 등 이질 성향의 것들을 등장시켜 상호간의 충돌로써 일어나는 울림의 효과를 기대한 시로 보인다. 전체 2부 구성을 하고 있는데 전반부는 하백과 동해신의 이야기가 주를 이루며, 후반부는 소(小)와 대(大), 우물 안 개구리와 동해바다 등의 이야기다.

서술의 시점이 자주 바뀌고 있으며 축약의 시공법을 쓰고 있다. 이시 역시 사대부 사회의 옹졸하고 융통성 없는 객관 상황을 시적 대상으로 하고 있는데 가을 강물, 하백, 작은 것, 우물 안 개구리, 여름벌레, 조무래기, 소진과 장의, 오획과 맹분, 백가, 이지와 자로 등을 모두 '말'만 구두선처럼 그럴싸하게 늘어놓는, 소견 좁고 형편없는 조선시대 사대부의 구체적 모습을 형상화로 그려 놓았다.

이야기를 끌고 가는 서술의 힘과 비유의 능력에서 새삼 송천의 웅건하고 기상 넘치는 인품을 느끼게 하고 있다. 송천의 이시는 간접적 · 비유적 · 풍자적 비판태도가 얼마나 적나라하고, 사실적인가를 보여주는 좋은 예라 여겨진다. 또한 '제발 입방아 좀 찧지 마소'라는 직격탄을 날림으로써 사대부들에게 위선과 아첨, 작당과 음모 등을 일삼지 말 것을 강력히 권고했다. 그는 현실 상황의 치유책으로 '대인론'을 들고 나왔는데 이는 물론 유학 경전의 세계에서 가져온 원칙과 도덕 · 윤리의 회복에 다름 아니었다. 이런 시 또한 서사한시에 앞서 전술적 서술시로서 풍자문학의 한 경지를 펼쳤다는 의의를 지니지만, 백성들 삶의 조건과 과정에 대한 문제에 착안하지 못한 점, 시어의 사용에서 관념적 · 상투적 어휘를 적잖게 구사한 점 등에서 앞선 보인 문학들과는 일정한 낙차를 보이고 있었다.

마지막으로 체험적 사실을 애상적 서술로 펼쳐 보인 시의 세계를 볼 수 있는데, 이는 앞서 보인 두 모습과는 상당히 다른 면모라 생각된다. 〈호가〉라는 시는 가탁이라는 점에서 우언적인 서술시와 같은데 시의 정조와 분위기, 시인이 갖는 태도는 서로 다르다. 이 시는 정악(正樂)이 '애절한 듯 웅장'하거나 '처절하고 긴장된 바람을 일으키지' 못하며 '고향 생각에 잠기게'하지 않기에 사람들이 '호가'같은 사악한 음악을 가까이 하는 작태를 슬프게 개탄하고 있다. 『시경』의 〈대아〉 같은 음악은 정기(正氣)에서 나왔기에 그런 시는 곧 교화의 수단이 될 수 있었다고 한 뒤, 오늘의 음악이 그러지 못한 실상을 안타까워했다. 그러면서 성교일치(聲敎一致)의 지치주의 통치 철학을 제시하였는바, 이는 그 조선시대 사대부 사회의 모든 문제를 유학의 경전정신에 입각하여 해결하려는 '경전사유식' 해결 방안의 일단을 보여준 예로 생각된다.

이상과 같이 송천의 장편 시에 대해 살펴보았거니와 그는 자신이 처했던 현실을 위기의 심각한 상황으로 인식하고 그러한 객관적 현실 세계를 시적 대상으로 삼아 전술적 서술시의 시세계를 펼쳐 보였다. 다만, 아쉬운 점은 송천이 당대 문제의 해결방법을 유학 경전에서 찾으려한 점과, 서사시적 상황을 민중들의 실생활면까지를 포용해서 받아들이지 못한 것인데, 그러한 아쉬움은 시간이 지난 송천의 다음 시대에 민중들의 자각에서 문학적 실천으로 나타났다.

그가 심각하게 받아들인 서사적 상황은 사대부 중심 사회였기에 그의 시에 등장하는 인물과 사회상은 사대부를 중심한 것들이 대부분이었다. 이점은 서사한시 등과 상당한 낙차를 보이는데, 호남의 동시대인들 곧 눌재나 석천 및 고죽이나 옥봉 등과의 비교 연구로써 보다 선명해 지리라 생각한다.

중요한 것은 송천이 서사시적 상황을 심각하게 받아들이고 그것을 전술적 서술시라는 장편의 한시로써 실천한 사실 이거니와, 이는 한마디로 그 다음 시대 산물인, 서사한시가 민중적 주인공 시대를 열러가도록 과도기적 길목에 서 있었던 시인이라는 점, 서민가사와 장편 서사가사에서 일상적・대중적 생활상이 시적 대상이 되는데 주초를 마련한 시인 이었다는 점 등에서 송천시의 의의를 두고자 한다.

면앙정 송순과 그 문학

1. 시작하는 말

송순(宋純, 1493～1582)은 담양 출신의 시인으로, 정치가이며 행정가였다. 본관은 신평이며 자는 수초(守初), 성지(誠之), 호는 면앙정(俛仰亭), 기촌(企村), 신평(新平) 등이라 불렀다. 그의 고조 노송당(老松堂) 희경(希璟, 1376～1446)부터 집안이 현달하기 시작했는데, 노송당은 성절사로 북경을, 사신으로 일본을 다녀온 국제적인 인물이었다. 노송당은『일본행록』을 남겼는데 송순은 거기에 〈노송선조일본행록발〉이라 하여 자신의 생각을 붙이기도 하였다. 노송당이 웃대가 살았던 충청도 연산 계룡산 북쪽 청암동에서 담양으로 옮겨온 이후 그 후손들은 담양 사람이 되었다.

송순의 조부 복천(福川)은 딸을 소쇄원을 만든 양산보의 아버지 양사원에게 시집보내어 송순과 양산보는 고종(외종) 사촌이 간이 되었다. 송순의 부친 태(泰)는 호를 효사당(孝思堂)이라 했는데 효자였고 어머니 순창 조씨 또한 효부였다고 전한다.

송순은 지지당 송흠(1459～1547), 눌재 박상(1474～1530), 육봉 박우(1476～1547), 눌암 송세림(1479～?) 등에게 가르침을 받았다. 그중 지지당은 집안의 당숙벌인데 고조부 노송당의 둘째 아들 구지의 손자로 송순의 아버지와는 동 항렬이다.

송순은 그의 나이 21세 때, 담양부사로 내려온(1513) 박상의 문하에 들었으며 당시에 눌재의 아우인 박우에게도 사사했다. 송순은 눌재 박상에게는 〈奉和訥齋先生韻〉을, 석헌 박우에게는 〈庚辰仲秋登無等山口號錄呈石

軒先生〉 시가 당시를 회고케 한다.

송순 나이 26세 때, 눌암(혹은 취은) 송세림이 능주 현감으로 부임했을 당시 그 문하에 들었는데 눌암은 문명이 높은 문장가로 국문학 상 유명한 소화집 〈어면순〉을 지은 작가이다. 전북 태인 출신의 취은이 1518년(중종 13)에 능주현의 현감으로 왔을 때, 송순과 만나 사제의 정을 맺었는데 이 인연으로 그의 아우 반곡 송세형(?~1553)과 막역한 친구가 되었다. 이로써 전북 태인과 전남 담양은 하나의 문화권이 되기 시작하였는데, 정극인(1401~1481)의 〈상춘곡〉에서 〈면앙정가〉가 영향을 받았다는 이유는 나름 다 이 같은 인연을 두고 한 말일 것이다. 사실 송순은 52세 때 정극인이 교수했던 전북 태인에 찾아가 시를 짓는 등 흠모의 마음을 드러냈으며 송세림이 지은 장춘정에도 자주 찾아가 송세림의 생질인 한정 김약회, 성재 김약묵 형제와 시우(詩友)가 되는 등 친밀한 교유를 가졌다.

또한 송순은 족장 지지당 송흠(1459~1547)에게도 수학했는데 어느 때부터 배웠는지는 정확하게 드러나 있지 않으나, 송흠의 『지지당유고』에 따르면 호남의 어진 스승으로 추앙받던 송흠에게 안처함, 송순, 양팽손, 김맹석, 송석현 등 5인의 제자가 있다는 기록으로 보아, 그의 문하에서 수학했음은 분명한 사실이며, 송흠의 〈觀水亭〉 시에 차운한 〈次宋四宰觀水亭韻〉과 〈奉別宗丈令公欽赴光州〉의 시, 송흠이 송순과의 이별을 아쉬워하면서 지은〈차송장령순별장〉 등에서 두 사람 사제 간의 정을 살필 수 있다. (1506년 34세 때 사헌부 지평, 장령 등을 받았다. 따라서 위의 시는 그 무렵에 지어진 것으로 보인다.)

송순은 27세로 문과에 급제한 후 종 9품인 승문원 부정자를 시작으로 벼슬에 나아가 77세 때 한성부 판윤, 의정부 우참찬, 지춘추관사, 지중추부사 등의 정 2품 벼슬까지 50여 년간을 큰 탈 없이 관직에 있었다.

한편, 송순의 사환(仕宦)과 생평에 대하여 좀 더 구체적으로 살피면 다음과 같다.

㉠ 41세 때 김안로가 국권을 농락하자 의정부 사인 벼슬을 버리고, 고

향에 돌아와 면앙정을 지었다. 42세 때(1534) 김안로가 정승이 되자 벼슬에 뜻을 접고 물러나 고향에 돌아갔다. (약 3년 간 고향에 머물음, 45세 때 김안로가 사사된 뒤 5일 만에 홍문관 부응교에 제수됨, 44세 때인 1536년에 송재 나세찬이 중시(重試)의 답안지에 조정의 불화 등을 신랄하게 밝히자, 김안로 일당인 채무택, 허항 등이 이를 송순과 엮어서 일망타진하려고 함.)

㉡ 50세 때(1542) 윤원형, 황헌 등이 날뛰는 바람에 내직에서 쫓겨나 전라도관찰사가 되었는데 이때 양산보의 소쇄원 건축에 도움을 주었다.

㉢ 56세 때 개성부 유수가 되었는데 마치고 돌아와 57세 때 담양 부 서쪽에 장암정을 세웠다고 하는데 알 수 없다.

㉣ 58세 때(1550) 대사헌, 이조참판을 하던 중 허자에게 어진 선비를 등용할 것을 권고하다가 미움을 샀고, 친구 구수담이 간신 진복창과 친하게 지낸 것을 만류하다가 진복창, 이기, 이무강 등의 미움을 샀다. 그 사실이 문정왕후에게 일러바쳐 충청도 서천으로 유배를 갔다. (유배 2, 3일 후 서천이 호남과 가깝다 하여 평안도 순천으로 유배지를 옮겼는데, 이때 두 아들 해관, 해용이 모시고 갔다. 59세 6월에 수원부로 다시 옮기고 이무강, 이기가 파면, 축출되자 12월에 방면되었다.)

㉤ 그러나 윤원형이 정승이 되는 바람에 60세 때(1552) 다시 외직인 선산도호부사로 나갔다. 61세 부인 설씨가 선산관사에서 숨을 거두었고, 송순은 62세 때 임기를 마치고 고향에 돌아와서, 담양부사 오겸의 도움을 받아 면앙정을 복축하고 약 4년 간 머물렀다. 아마도 면앙정 복축은 62세부터 66세 전주부윤으로 나가기 전에 있었을 것으로 추측된다.

㉥ 66세로(1558) 전주부윤으로 출사한다. 송순의 이력에서 58세부터 66세까지는 시련의 기간이었다 해도 과언이 아닐 것이다.

㉦ 68세 신병으로 사직, 69세 나주목사, 70세 기로소에 들었다. 76세 『명종실록』 편집에 참여했다. 77세 자헌대부 한성부 판윤 특진, 같은 해 의정부 우참찬 겸 지춘추관사, 고향에 돌아와 연속으로 해직 상소를 올렸

으나 불허하였다.

ⓞ 조정에서는 아우 송신에게 진잠현감, 아들 해관에게 건원능 참봉, 둘째 아들 해용에게는 진원현감을 내려 봉양케 했다.

ⓩ 80세 이후에도 바둑, 활, 책, 산보와 더불어 소일하다가

ⓒ 90세에 작고했다.

ⓚ 정치에서의 신고(辛苦)는 두 시기로 나누어 볼 수 있는데, 초반에는 김안로, 채무택, 허항, 중반, 윤원형, 황헌, 양연 등에게 시달린 것이 그것이고, 후반에는 이기, 진복창, 이무강 등에게 시달렸지만, 꿋꿋하게 소신을 펼치는 등 불의와 전횡에 전혀 굴하지 않았다.

2. 송순의 문집

송순의 문집인 『면앙집』은 卷一에서 卷七까지의 원집과, 卷一에서 卷三까지의 속집으로 구성되어 있다. 원집 중의 卷四에는 雜著라 하여

㉠ 新翻俛仰亭 長歌 1편

㉡ 면앙정단가 7편

㉢ 면앙정잡가 2편

㉣ 자상특사황국옥당가 1편

㉤ 몽견 주상가 1편

㉥ 치사가 3편

㉦ 오륜가 5편 등

한역된 국문시편이 있으며, 卷五의 〈家狀〉에는 위에서 말한 치사가 3편, 몽견 주상가 1편, 오륜가 5편, 면앙정 장가 1편, 단가 7편, 잡가 1편 및 젊은 시절, 왕으로부터 황국을 하사받고 지은 옥당가 1편 등을 소개한 뒤, 맨 끝에 卷四에는 없는 〈春塘臺 觀耕 應製 農歌〉 1편을 언급하면서 이것들은

방언고어착종(方言古語錯綜) 우리말과 옛말이 섞여 있어

억양(抑揚) 억양이 적절하고

풍류(風流) 풍류가 넘치며

정치(情致) 격에 맞는 멋이

일발(溢發) 콸콸 흐르고

위곡(委曲) 자세하고 소상하여

유족이(有足以) 충분하게

돈풍교(惇風敎) 풍교를 도탑게 하고

입나완(立懦頑) 나약하고 완악함을 바로 세워주니

이부도일시피지관현이이(而不徒一時被之管絃而已) 다만 한때의 관현악기에 올릴 뿐이 아니라

금기사곡상류파미민(今其詞曲尙流播未泯) 지금도 그 가사와 곡조가 여전히 전하여져 없어지지 않았는데

이송강정공철훈민가제일제이(而松江鄭公澈訓民歌第一第二) 송강 정철이 〈훈민가〉 제1, 2를 지으면서

역유인이채자(亦有引而採者) 역시 (그것을) 인용하고 채택하였다.

기농가음절우족청문(其農歌音節尤足聽聞) (송순의) 농가는 음절이 더욱 듣기가 좋아서

전저고리농부구수이인(傳諸古里農夫口授耳認) 순박한 마을의 농부들이 입과 귀로 전하기를

왈차송야유성야(曰此宋爺遺聲也) 송 어른께서 남겨주신 소리라 하였다.[1]

이외에도 『면앙집』에는 묘갈명, 행장 및 부록으로 유사가 있다. 卷五, 卷六, 卷七 등에는 부록이 붙어 있는데 권7에는 〈면앙정〉과 관련한 다른 사람의 글과 차운 시편이 실려 있다.

---

1 『면앙집』 5권, 가장.

속집에는 찬(贊), 명(銘), 기(記), 설(說), 논(論), 책(策), 표(表), 차(箚), 록(錄), 서(書), 제문(祭文), 만사(輓詞), 행장(行狀), 갈(碣) 등이 실려 있다. 이와 같이 구성된 『면앙집』에는 각 문체별로 다양한 글이 있는바 이제 그것을 보이면 다음과 같다.

賦…次李太白愁陽春賦 등 4, 吟…奉和張檢詳玉子剛江舍吟 등 12, 歌…渭水歌 등 4, 輓(挽)…金大諫麟孫大人挽 등 11, 歎…啄木歎, 傳…3, 詠…22, 書…21, 跋…5, 文…2, 墓碣銘…5, 行狀…4, 錄…8, 贊…俛仰亭贊, 銘…敬次朱子尊德性齋銘 5, 箴…敬次朱子敬齋箴, 記…濟勝亭記, 說…名二子說, 論…水月論, 策…得賢致治, 表…狄夷, 箚…論黃憲梁淵疏, 祭文…祭柳眉巖文 6 등이며 그 외엔 五言과 七言의 절구 및 율시로 된 한시 560여 수가 있다.

이러한 『면앙집』에 면앙정의 사상에 대하여 알 수 있는 글로는 〈上訥齋朴先生祥〉, 〈致仕時勉聖學箚奏〉, 〈與李景浩滉〉, 〈水月論〉, 〈敬次朱子尊德性齋銘〉, 〈又次朱子求放心齋銘〉, 〈次朱子敬齋箴〉 등이 있는데 면앙정의 사상은 한마디로 경(敬)과 직(直), 관(寬)과 용(容)의 조화로운 효용에 있다고 할 수 있겠다.

한편, 560여 편의 시편 속에는 서정적 지향세계를 보인 것과 서사적 지향세계를 보인 것으로 대별되는데, 우선 서정적 지향적 세계를 보인 시편들은 누정에서의 감흥과 흥취를 읊거나, 기행을 통한 승경에의 감탄과 객려에서 느끼는 회포 및 교유인물들과의 교유 속에서 자연스럽게 노출되는 그의 인간애 등이 주된 내용을 이루고 있다. 이들 시편 중에는 승려와의 교유를 보여주는 20여 편의 시가 있으며[2] 도연명, 이백, 두보 등 중국의 시인과 관련지을 수 있는 시편 또한 눈에 띈다.[3]

또한, 면앙정의 서사적 지향세계를 보인 일련의 작품은 다음과 같은 이

---

2 이종건, 『면앙정 송순연구』, 개문사, 42면.

3 자세한 논의는 이종건, 앞의 책, 140~168면 참조.

유에서 그 시사적 위치가 다대한 것이다. 조선시대 전기와 중기의 문학관은 도(道) 위주의 통념적 문학관이 우세한 가운데서 도(道)의 속박에 구애받지 않으려는 관료적 문학은 사장(詞章) 중심으로 흘렀고, 반면에 도(道)가 문(文)의 체(本)이요, 문(文)은 도(道)의 말(末)이라 한 이도위문(以道爲文)의 도학적 문학관은 지나칠 정도로 성정지정(性情之正)의 복무수단으로 문학을 기울게 한 바람에, 전자는 문예적인 재능을 발휘하여 이름을 얻고 출세하기 위한 수단으로써 문장수업에만 몰두하였고, 후자는 시를 지나치게 인격도야를 위한 수단으로 끌고 간 결과, 문학이 아닌 도학의 카테고리 안에 시를 가두고 말았다.

어쨌든 두 입장은 공히 현실사회에 대한 진지한 관찰과 객관적인 반영을 통한 현실의 비판이나 문제점 지적에는 분명한 한계를 지니고 만 것이다. 바로 이점에서 면앙정의 서사한시가 차지하는 위상이 나오는 바, 그의 일련의 서사한시가 담고 있는 내용은 애민정신에 입각하여 백성의 고통과 아픔을 직시한 유학자 본연의 자세에서 나온 것이기도 하려니와 당대 사회적 변화에 미리 내딛어가는 선구자적 혜안과 소박하나마 현실주의적 문예관의 일단에서 비롯된 것이라는 점에서 크게 주목된다. 면앙정의 이러한 현실주의적 사고와 문학적 실천은 다음 세대인 허균과 이수광에게 이어진 것이다. 허균의 반주자학적 이데올로기에 따른 현실비판의 낭랑한 톤과 이수광의 사실주의 문학관 등은 결코 하루아침에 나온 것이 아니었다. 장을 달리하여 면앙정의 서정시와 서사시에 대하여 살펴보기로 한다.

3. 송순의 시 세계

1) 한글시

(1) 가사

㉠

무등산 한 줄기 산이 동쪽으로 뻗어 있어 - **이성 부분 시작**

멀리 떨쳐와 제월봉이 되었거늘

무변대야에 무슨 생각 하느라

일곱 굽이 한데 뭉쳐 우뚝우뚝 벌여 놓은 듯

가운데 굽이는 구멍에 든 늙은 용이

선잠을 막 깨어 머리를 앉혔으니

넓은 바위 위에 송죽(松竹)을 헤치고

정자를 세웠으니 구름 탄 청학이

천리를 가려고 두 날개 벌렸는 듯 - **이성 부분 끝**

㉡

옥천산 용천산 내린 물이 - **감성 부분 시작**

정자 앞 넓은 들에 올올히 펼친 듯이

넓고도 길구나. 푸르거든 희지 말고

쌍룡이 뒤트는 듯 긴 깁을 펼쳤는 듯

어디로 가느라 무슨 일 바빠서

닫는 듯 따르는 듯 밤낮으로 흐르는 듯

㉢

물 따른 사정(沙汀)은 눈 같이 펼쳐졌고

어지러운 기러기는 무엇을 어르느라
앉으락 내리락 모일락 흩어질락
갈대꽃을 사이하고 울면서 따르는가?

㉣
넓은 길 밖이요, 긴 하늘 아래
두르고 꽂은 것은 산인가? 병풍인가?
그림인가? 아닌가? 높은 듯 낮은 듯
끊어진 듯 이어진 듯 숨거니 보이거니
가거니 머물거니 어지러운 가운데
이름난 듯 뽐내며 하늘도 두려 않고
우뚝이 섰는 것이 추월산 머리 삼고
용귀산 몽선산 불대산 어등산
용진산 금성산이 허공에 벌렸는데
원근 창애에 뭉친 것도 매우 많다.

㉤
흰 구름 뿌연 연하 푸른 것은 산람(山嵐)이라.
천암만학(千巖萬壑)을 제집을 삼아두고
나면서 들면서 이리도 구는 건가?
오르거니 내리거니 장공에 떠나거니
광야로 건너거니 푸르락 붉으락
옅으락 짙으락 사양(斜陽)과 섞어져서
세우(細雨)조차 흩뿌린다.

㉥
가마를 급히 타고

솔 아래 굽은 길로 오며 가며 하는 때에
녹양에 우는 황앵 교태겨워 하는구나.

ㅅ

나뭇가지 우거져서 수음(樹陰)이 엉긴 때에
백 척 난간에 긴 졸음 내어펴니
수면 양풍(凉風)이야 그칠 줄 모르는가?

ㅇ

된서리 내린 후에 산빛이 금수(錦繡)로다.
황운(黃雲)은 또 어찌 만경(萬頃)에 퍼졌는가?
어적(漁笛)도 흥겨워서 달을 따라 부는구나.

ㅈ

초목 다 진 후에 강산이 묻히거늘
조물(造物)이 야단스레 빙설(氷雪)로 꾸며 내니
경궁요대(瓊宮瑤臺)와 옥해은산(玉海銀山)이 눈 밑에 펼쳐졌네
건곤(乾坤)도 풍요로워 간 곳마다 경치로다.

ㅊ

인간을 떠나와도 내 몸이 틈이 없다.
이곳도 보려하고 저 것도 들으려고,
바람도 쐬려 하고 달맞이도 하려 하고,
밤은 언제 줍고 고기는 언제 낚고,
사립문은 뉘 닫으며 진 꽃은 뉘 쓸 건가?
아침이 모자라니 저녁이라 싫을쏘냐?
오늘이 부족한 데 내일이라 유여할까?

이 산에 앉아보고 저 산도 걸어보니,
번로한 마음에 버릴 일이 아주 없다.
쉴 사이 없는데 길이나 전하겠나?
다만 한 청려장(靑藜杖)이 다 닳아져 가는구나.
술이 익어가니 벗이라 없을소냐?
불게하고 타게 하며 켜면서 이으며,
온갖 소리로 취흥을 재촉하니,
근심이라 있으며 시름이라 붙었으랴?
누으락 앉으락 굽으락 젖히락
읊으락 휘파람 불락 마음대로 놀거니,
천지도 넓고 넓고 일월도 한가하다.
희황(羲皇)을 모르거니 이때야말로 그 때로다.
신선이 어떻던고? 이 몸이 그로구나.
강산풍월 거느리고 내 백년을 다 누리면,
악양루 위의 이태백이 살아온들
호탕한 정회(情懷)야 이보다 더 할쏘냐? - **감성 부분 끝**

㉪
이 몸이 이리 삶도 역군은 이렸다. - **이성 부분**

위에 보인 〈면앙정가〉는 이성-감성-이성의 3단 구조를 이룬 시이다. 먼저 누정이 위치한 형세를 말했는데 이 부분은 이성에 의한 진술이 주를 이룬다.

"무등산 한 줄기 산이 동쪽으로 뻗어 있어
멀리 떨쳐와 제월봉이 되었거늘
무변대야에 무슨 생각 하느라

일곱 굽이 한데 뭉쳐 우뚝우뚝 벌여 놓은 듯
가운데 굽이는 구멍에 든 늙은 용이
선잠을 막 깨어 머리를 앉혔으니
넓은 바위 위에 송죽(松竹)을 헤치고
정자를 세웠으니 구름 탄 청학이
천리를 가려고 두 날개 벌렸는 듯"

이른바 시에서 말하는 있는 그대로의 진술이다. 누구나 그렇게 말할 수 있는 말을 할 때, 우리는 그런 어투를 진술이라고 한다. 하지만 이 작품이 힐링이 되고 무언가 새로운 발견의 무엇으로 우리를 들뜨고 기쁘게 하는 것이 있다면, 곧 문학적으로 가치가 있다면, 진술 다음부터이다.

송순은 자신이 직접 자연을 목도(目睹)하고 자기만의 감성으로 새로운 모습을 발견했다. 송순은 면앙정 주변의 모습을 오관(五官)으로 보고 느낀 나머지, 그만의 상상력을 발동하여 새로운 이미지로 형상화하여, 면앙정 주변을 새롭게 창조한 것이다.

만일 다른 사람이 다시 〈면앙정가〉를 쓴다면 이와는 또 다른 모습의 면앙정 주변이 탄생할 것 아닌가? 〈면앙정가〉에 나타난 면앙정 주변의 산수는 순전히 면앙정 송순만의 감성으로 그려진 독특한 창조의 세계가 된 것이다.

그는 면앙정 주변의 세계를 그림에 있어 ㉠에서 ㉪까지 세목을 나누어 두루 담으려 했고 생활인으로서의 모습과 즐거움도 놓치지 않았으며, 흥취의 고조 다음에 임금의 은혜를 떠올림으로써 절제할 줄 아는 선비적 자세를 잊지도 않았다. 흥의 고조는 적절한 절제에 의하여 낙이불음(樂而不淫)으로 흐르지 않았다. 이런 이성-감성-이성의 시적 구성은 송순 당대 시학의 성향이자 성과였고 한계였다.

보는 바와 같이 ㉠은 이성에 입각한 부분인데 여기에는 진술이 주를 이룬다. ㉡부터 ㉩까지는 송순만의 독특한 감성에 의해 새롭게 형상화된 부분으로 여기엔 서술과 묘사가 주를 이룬다. 이를 좀 더 상세하게 말하면 ㉡은 물, ㉢은 기러기, ㉣은 산, ㉤산람, ㉥은 봄, ㉦여름, ㉧은 가을, ㉨은 겨울, ㉩은 종합, ㉪은 마무리 등으로 구성되어 있다.

요컨대 송순의 〈면앙정가〉는 이성-감성-이성의 구성을 통하여 면앙정 주변 원근의 모습을 오관으로, 보고 느낀 감성대로, 이미지화하여 가사시라는 도구에 담아낸 것이다.

〈면앙정가〉의 시안(詩眼)은 ㉩이다.

"인간을 떠나와도 내 몸이 틈이 없다.
이곳도 보려하고 저 것도 들으려고,
바람도 쐬려 하고 달맞이도 하려 하고,
밤은 언제 줍고 고기는 언제 낚고,
사립문은 뉘 닫으며 진 꽃은 뉘 쓸 건가?
아침이 모자라니 저녁이라 싫을쏘냐?
오늘이 부족한 데 내일이라 유여할까?
이 산에 앉아보고 저 산도 걸어보니,
번로한 마음에 버릴 일이 아주 없다.
쉴 사이 없는데 길이나 전하겠나?
다만 한 청려장(青藜杖)이 다 닳아져 가는구나.
술이 익어가니 벗이라 없을소냐?
불게하고 타게 하며 켜면서 이으며,
온갖 소리로 취흥을 재촉하니,
근심이라 있으며 시름이라 붙었으랴?
누으락 앉으락 굽으락 젓히락
읊으락 휘파람 불락 마음대로 놀거니,
천지도 넓고 넓고 일월도 한가하다.
희황(羲皇)을 모르거니 이때야말로 그 때로다.

신선이 어떻던고? 이 몸이 그로구나.
강산풍월 거느리고 내 백년을 다 누리면,
악양루 위의 이태백이 살아온들
호탕한 정회(情懷)야 이보다 더 할쏘냐?"

"인간을 떠나와도 내 몸이 틈이 없다."를 보자. 여기서 '인간'이란 어디를 말하는 것일까? 우선 정치 현실을 두고 한 말로 볼 수 있다. 오직 경세제민(經世濟民)만이 자신이 할 일이라 여겨 정신없이 살아왔던 과거, 그 과거와의 단절을 그렇게 말했을 수 있다. 달리 '인간'이 일반 사람들이 사는 세상을 지칭한다면, 인간을 떠난 곳은 신선이 사는 곳, 이른바 무릉도원과 같은 이상의 세계가 될 것이다. 어떻게 보든 간에 송순은 고향의 자연에 들어 바쁜 몸이다. 왜냐하면 볼 것, 들을 것, 주울 것, 낚을 것, 닫을 일, 쓸 일, 산에 앉을 일, 산을 걸을 일 등으로 지팡이가 다 닳을 정도이기 때문이다.

어디 그뿐인가? 술 마시고, 악기를 불게하고 키게 하며, 여기에 앉았다, 저기에 누웠다, 노래를 읊조리고, 휘파람 불다가를 반복하다 보니, 마음도 몸도 태평하기 한량없다. 저 복희씨나 신농씨 시절이 그랬을까, 아니면 신선의 삶이 이러할까? 강산과 풍월을 거느리고 한 생명 살아간다.

이 시의 주제가 ㉪에 있지 않음을 보여주는 단적인 예가 ㉫의 비중이 크다는 것과 끝 부분에서 감성의 절정인 "호탕한 정회"란 말을 토함으로써 시상을 마무리한 점이다. 호탕한 정회, 이는 이성이 아니라 감성의 절정에서 쏟아낸 탄성이다.

〈면앙정가〉를 새롭게 읽으면서 현대 가사시의 가능성에 대한 어떤 서광을 보았다. 하고픈 말, 느낀 감정을 조목조목 들어서 자신의 감성대로 거침없이 활달하게 드러낸 〈면앙정가〉, 감성시가 요구되는 오늘 날의 시대적 요구와 딱 부합되지 않은가? 이를 통해 가사시가 오늘날 현대인에게 매우 적합한 갈래임을 새삼 느낄 수 있었으며, 아울러 무럭무럭 자라나는 가사시의 파란 싹을 보는 듯 매우 기뻤다.

(2) 시조

㉠ 치사가 3편

늙었다 물러가자 마음과 의논하니
이 님 버리고 어디로 가잔 말고
마음아 너란 있거라 몸만 먼저 가리라[4]

임자 없는 강산이요 값없는 풍월이라
이 몸 하나거니 어디로든 못 떠나랴
매양에 가지 못하고 오늘 내일 하는고[5]

가노라 긔 똥 功名 시비도 하도하다
어디론 강산인들 오지 말라 할까마는
떨치고 가지 못하고 들며나며 망설이는가[6]

〈참고〉

송순 작으로 표기된 3편의 시조

ⓐ

들은 말 즉시 잊고 본 일도 못 본 듯이
내 인사 이러하매 남의 시비 모를로다
다만지 손이 성하니 잔 잡기만 하노라[7]

---

4 병와가곡집
5 김동욱 반역
6 김동욱 반역

ⓑ

이성저성하니 이룬 일이 무슨 일고
흐롱하롱하니 세월이 거의로다
두어라 已矣已矣거니 아니 놀고 어이리[8]

ⓒ

한 달 서른 날에 잔을 아니 놓았노라
팔 병도 아니 들고 입덧도 아니 난다
매일에 병 없는 덧이란 깨지 맒이 어떠리[9]

ⓛ 몽견 주상가 1편

한숨 지을 사이 홀연히 조으러니
연연한 꿈속에 내임을 모셔이셔
옛말을 사뢰다 보니 날 샌 줄을 몰라라[10]

ⓒ 자상특사황국옥당가

풍상이 섞어 친 날에 갓 피온 황국화를
금분에 가득 담아 옥당에 보내오니
도리야 꽃이온 양 마라 님의 뜻을 알괘라[11]

---

7 주씨본 해동가요
8 주씨본 해동가요
9 주씨본 해동가요, 혹 송인 작
10 김동욱 반역
11 해동가요 등

㉣ 면앙정 잡가 두 수

추월산 가는 바람 금성산 넘어갈제
들 넘어 정자 위에 잠 못 이뤄 깨 앉으니
어즈버 즐거운 정이야 벗님 본 듯 하여라

십년을 경영하여 초려 삼 칸 지어내어
나 한 칸 달 한 칸에 청풍 한 칸 맡겨두고
강산은 들일 데 없으니 둘러두고 보리라[12]

㉤ 면앙정 단가 일곱 수

굽으니 땅이요 우러르니 하늘이라
두 분의 끝을 좇아 내 생겨 살았으니
溪山에 風月 거느려 늙은 뒤를 몰라라

넓거나 넓은 들에 시내도 길고 긴데
눈 같은 흰 모래 구름 같이 펼쳤으니
일 없이 낚싯대 멘 사람은 해진 줄을 몰라라

솔 울타리에 달이 올라 대 끝에 잠깐 뜨니
거문고 빗겨 안고 바위 가에 앉았을 때
어디서 외기러기는 홀로 울며 가는고

산으로 병풍 삼아 들 밖에 둘러두니

12 진본 청구영언

지나는 구름까지 자려고 들어오는데
어쩌다 무심한 낙일은 홀로 넘어 가는가

잘 새는 다 날아들고 새 달은 돌아온다
외나무다리 데리고 홀로 가는 저 禪師야
네 절이 얼마나 멀기에 遠鍾聲이 들리나니

산정에 노을 지고 물고기 뛰노는데
무심한 이 낚시야 고기야 있건 없건
淸江에 달 돋아오니 이 사이 흥이야 일러 무삼

천지로 장막 삼고 일월로 등촉 삼아
북해를 기울여다가 주준에 담아두고
남극의 노인성 대하여 늙은 뉘를 모리라[13]

ⓑ 오륜가

아바님 날 낳으시고 어마님 날 기르시니
두 분 곳 아니시면 이 몸이 살았을까
하늘 같은 은덕을 어찌 다 하여 갚을꼬(부자유친)[14]

백성을 거느리니 부모가 아니신가
하늘 같이 우러러 이 한 몸 바치리라
다만지 祝壽하옵기 萬年을 누리소서(군신유의)

13 주씨본 해동가요
14 진본 청구영언

한 집안 거느림에 안과 밖이 같으랴
부부의 사이야 嚴케하면 친하리니
더욱이 사랑의 뜻이야 생겨난 것임을 알겠도다(부부유별)

형아 아우야 내 살을 만져보렴
누구 손에 태어났기에 모습까지 닮았는가
한 젖 먹고 자랐으니 다른 마음 먹지마라(장유유서)

남으로 생긴 중에 벗 같이 유신하랴
나의 그른 일을 다 옳게 하노매라
이 몸이 벗님 곳 아니면 사람됨이 쉬울까(붕우유신)

2) 한시

(1) 서정시의 세계

㉠ 사제 간의 교유시

면앙정은 연산군 8년(1502) 10세 되던 해에 숙부인 지지당(知止堂) 송흠(宋欽, 1459~1547)의 문하에 들게 되어 여기에서 학문의 길을 터득하게 된다. 다음의 시는 지지당의 觀水亭시에 차운 것이다.

畫閣玲瓏俯碧寒　영롱한 화각에서 푸른 물 굽어보니
每憐澄淨獨憑欄　맑은 물 안쓰러워 난간에 홀로 기대노라.
涵秋洗鏡開平鋪　가을날의 깨끗한 물 평평히 펴졌는데
噴雪晴雷下急灘　눈 뿜는 우레소리 급여울로 내려오네
皎潔此心曾合契　깨끗한 이 마음과 어느덧 일치되매

淵源一派也冥觀　한줄기 깊은 물을 묵묵히 바라보네
百年交養知如許　백년을 기른 마음 어찌하면 할리요
氷玉崢嶸照肺肝　깨끗한 빙옥이 내 마음 비춰주네[15]

〈次宋四宰觀水亭韻〉인데 중종 32년(1537) 45세의 나이로 홍문관응교(弘文館應敎)가 되었을 때 지은 것이다. 물을 보면서 떠올릴 수 있는 생각을 평이한 단어로 시상에 담았다. 가을날의 깨끗한 물과 자신의 깨끗한 마음을 동일시하는 것 쯤이야 누구나 가질 수 있는 생각일 것이다. 그리하여 나온 "교결차심증합계"는 가히 절창이 아닐 수 없다. 물은 孔子도 자주 일컬었던 바 〈仲尼亟稱於水〉라 한 孟子의 말은 물의 밤낮 없는 흐름은 종국에 바닷물이 된다는 불식지공(不息之功)을 높이 샀기에 나온 것이다. 그렇지만 면앙정이 바라본 물은 孔子의 물이 아니요, 또한 孟子가 말한 관수유술(觀水有術) 곧 수원의 깊고 한없음을 통한 연원지심(淵源之深)의 터득도 아니다. 그저 가을날 냇가를 흐르는 물을 보고서 그물과 같이 맑아지고 싶다는 소박한 심사를 붙인 것이다. 그래서 벽한(碧寒), 징정(澄淨), 세경(洗鏡), 분설(噴雪), 교결(皎潔), 빙옥(氷玉)과 같이 되고픈 것이라 했다. 위의 시에서는 고도의 상징이라든가 난삽한 수사적 기교가 발붙일 틈이 없다. 이른바 形似抑制이다.

면앙정은 중종 8년(1513) 21세 되던 해에 訥齋 朴祥(1474~1530)의 문하에 든다. 이때는 눌재가 담양부사가 되어온 해로서 정만종(鄭萬鍾)과 더불어 눌재로부터 그가 60여 년 동안 벼슬살이를 지킬 수 있었던 소중한 교훈을 배우게 된다.

純白自離函席之後歲月彌深伏惟道體珍重
先生嘗言爲學之方惟在敬直二字上治必以敬

15 『면앙집』 권1.

處事以直純聞卽悚然猶恐不體先生之訓以二

字符佩于兇中(下略)

위의 글은 〈上訥齋朴先生書〉인데 눌재는 면앙정에게 敬과 直의 두 글자를 학문하는 방법으로 삼으라고 일렀으니 남을 다스릴 때는 마음에서 敬으로써 하고(治心以敬), 일을 처리할 때는 直으로써 하라(處事以直)고 한 것이다. 이에 대해 면앙정은 그 두 말을 부적과 같이 마음에 지니고 다녔으니 이것이야말로 면앙정을 환해의 격랑에서 버티게 한 호신지부가 아니었겠는가? 이러한 눌재의 가르침은 곧 면앙정으로 하여금 수기치인의 중심이 곧 敬이라는 확신을 갖게 하였다.[16]

人間空覺鬢毛斑　부질없이 귀밑거리 희어진 것 알았지만
天上難敎日月還　하늘의 일이라 세월 돌리기 어려워라.
縱欲一時開遠目　비록한번 멀리 보는 눈 떠보려 하지만
登臨誰復借前山　누구를 앞산 삼아야 오를 수 있을런고.
浮生天地一高歌　하늘아래 뜬 인생 한바탕 노래인데
不管長安富貴家　장안의 부귀가를 부러한들 뭣하리요.
獨向世間尋直路　홀로 세상살이 바른길 찾았는데
晩年歸致問如何　만년에 돌아와 본 흥취가 어떠하오.
一世雄文自不多　일세의 문장이란 본디 많지 않은법
相逢誰許草黃麻　누구를 만나야 詔書를 지을 수 있으리.
七絃老手空淒斷　노련한 칠현금솜씨 괜히 처량하니
千載猶知憐伯牙　천년을 두고도 백아의 가엾음 알만하네
茫茫前路昧東南　망망한 앞길 동남의 분별도 어련운데
函丈從來樂且湛　스승께선 평생 즐거운 마음 지니셨네

16 이종건, 『면앙정 송순 연구』, 개문사, 36~39면.

不有淸風吹我過　맑은 바람 나를 스쳐 지나지않았던들
一生那得免昏酣　평생 어찌 혼미함을 면했으리[17]

위의 시는 〈奉和訥齋先生韻〉인데 4수 가운데 첫 번째로서 머리가 하얗게 센 노재상이 자신의 인생역정을 되돌아 본 것이 시상의 일으킴이다. 회방연을 치르도록 오랜 세월 벼슬살이에 있을 수 있었던 것은 청풍취아과(淸風吹我過)의 덕택임을 새삼 깨닫게 된 것이다. 이른바 이는 인물기회(因物起懷)의 서정이다. 동남(東南)이 망망(茫茫)할지라도 경(敬)과 직(直)으로 잣대 삼았으니 락차담(樂且湛)은 저절로 확보된 경지이다. 이는 평이한 시상의 전개 속에 스승에 대한 흠모와 숭앙의 마음이 진하게 깔려있음을 알게 하는 시이다. 그렇지만 어려운 전고(典故)나 비유 같은 것을 사용하지 않았기에 도학적 분위기 같은 것은 감지되지 않는다.

㉡ 동년배와의 교유시

면앙정이 교유한 인물이 많다는 것은 앞서도 얘기한 바 이거니와 이에는 당대의 이름난 선비 학자 치고 거의가 교유하지 않은 이가 없었다고 하는데 "온 세상의 선비가 모두 송순(宋純)의 문하로 모여들었다."는 성수침(成守琛)의 말이 가히 짐작이 간다.[18]

여기서 동년배라 함은 면앙정(1493～1582)과 나이가 같거나 혹은 다소 앞서거니 뒤서거니 한 사람들로서 의기투합하여 형제처럼 지낸 인물을 가리킨다. 金若晦(1493～?), 尹洵(1493～?), 吳謙(1496～1582), 申光漢(1484～1555), 成守琛(1493～1564), 羅世纘(1498～1551), 林億齡(1496～1568), 宋世珩(?～1533), 洪暹(1504～1585), 鄭萬鍾(1493～1549), 尹漑(1494～1565),

17 『면앙집』 권1.
18 이종건, 앞의 책, 17면.

周世鵬(1495～1554), 申潛(1491～1554), 李滉(1501～1570) 등은 모두 면앙정과 교분이 두터웠으니 이들과의 관계조명은 면앙정연구의 중요한 관건이라 생각한다. 이외에도 면앙정이 교유한 인물은 110여 명이라는 김성기 교수의 지적만으로도[19] 그의 인물됨이 과연 어떠했는지 짐작하고도 남음이 있겠다. 아울러 같이 수작한 작품의 질적수준 또한 가히 절세의 명품이라는 예술적 가치규명이 뒤따른다면 더 이상 바랄 바가 없겠다.

청송(聽松) 성수침(成守琛)의 『청송집』을 보면 그의 〈파산(坡山)〉이란 녁 자시에 무려 23명이 차운하고 있는데 면앙정은

坡山之水　파산의 물이로구나
宜浴宜沐　몸도 씻고 머리도 감세
坡翁之心　파옹의 마음 이로구나
如洗如濯　씻은 듯 깨끗하여라
漁樵無伴　고기잡이 나무꾼 외엔 아무도 없으니
曷云其憂　어찌 근심 따위 알려 올거나
溪雲山鹿　시내엔 구름일고 산엔 사슴노니
盡是同遊　모두가 하나 되어 노는 것일세[20]

위와 같은 시를 두고 우리는 자연스럽다는 둥 싱겁다는 둥 관념도 형상도 현란함도 없어서 맛이 없다는 둥 여러 가지 평론을 내리기 마련이다. 청송의 오호자산숙종아유(奧乎玆山孰從我遊)의 마지막 시구에 대한 계운산록진시동유(溪雲山鹿盡是同遊)의 대답이 걸작이다. 이러한 자연은 규범화된 자연과는 처음부터 거리가 있다. 이런 시에는 자연을 통하여 도의(道義)를 기뻐하고 심성(心性)을 기른다는[21] 관념적 자연이 없다. 그렇

19 김성기, 「송순의 시가문학연구」, 조선대 박사학위논문, 1990, 93면.

20 〈청송집〉, 한국문집총간, 26책, 155면.

다고 호탕(豪宕)한 기풍(氣風)이 맛보아진 것도 아니다. 그래서 싱겁다고 할 수 있는데 이른바 자율(自律)이다. 모든 것이 제자리에서 제격을 이루고 있기에 그러하다. 누정시에 보이는 산수시는 도학자이든 그렇지 않던 간에 모두 자율(自律)의 시경에 드는 경우가 많다.

石川과 면앙정은 연배도 비슷하였을 뿐 아니라 눌재의 문하이기도 하여 두 사람 사이가 유별했다.

『석천집』[22]에 보면 면앙정에게 준 시가 무려 40여 수나 되는데 이에 대해 면앙정 역시 〈식영정20영〉 등을 통하여 흠모의 마음을 감추지 않았다. 특히 이 두 사람은 조선중기의 호남시단에서 서정적 시세계와 서사적 시세계를 함께 개척한 시인으로서 조선후기에 허균과 이수광의 사실주의적 문예관이 정립될 수 있도록 교량적 역할을 했다는 점에서 주목된다.

또한 두 사람 공히 애민정신을 바탕으로 백성의 현실에서 눈을 피하지 않음으로써 石川은 誠을 면앙정은 敬을 각기 시창작의 세계로 실천한 점이 높이 평가되어야 할 것이다.

석천은 면앙정을 夫子라고 칭송하면서 "한 조각 옛 마음 아직도 시험하지 못했으니 원컨대 부자를 좇아서 治民을 묻고 싶소"[23]라고 했으니 두 사람의 백성 사랑하는 마음을 엿볼 수 있겠다.

면앙정은 宋世琳·宋世珩 형제와도 각별한 사이였는데 盤谷 송세형과는 더욱 그러했다.

송순과 송세형은 死生의 친교를 맺었다. 송순이 귀향 갈 때 세형이 비록 구하지는 못했지만 귀향에서 풀려나온 것은 세형의 힘이었다.[24]

위의 실록에서 지적한 바와 같이 면앙정은 1550년 6월 李無彊의 모함으로 舒川으로 귀양 가게 되었는데 당시 대사헌 송세형은 몰래 사람을 보내

---

21 최진원, 『국문학과 자연』, 1980, 59면.

22 여강출판사, 1989.

23 〈和企村〉, 『석천집』, 211면.

24 『명종실록』, 8년, 1553년 2월 25일.

어 그를 피신시키려 했을 정도였다니 위에서 말한 死生之親交라는 말이 실감나는 대목이다. 다음의 시를 보자.

把義相從問幾年	의로써 사귄 지가 몇 해이던고
如今頭髮各皤然	어느덧 머리칼은 두 사람 다 희어졌구려
追思山寺同寒被	산사에서 홑이불로 떨던 일 생각하니
誰料鵷班比老肩	조정에서 늙은 어깨 맞댈 줄 누가 알았으리.
遭口此時知我過	구설수에 오른 이때 나의잘못 아노니
保身他日賴若賢	뒷날에 보신하면 그대의 은덕일세.
邇來頗覺離情苦	이윽고 이별의 괴로움 생각해보매
抵頂燈前定失眠	등불 앞에 이마댄 채 잠 못 이룬다오.[25]

이는 〈次宋御史獻叔馬上口占韻〉인데 전체 4수 중 첫 번째이다. 이러한 시를 보면 면앙정이 어떻게 자연을 벗 삼아서 風流를 즐길 수 있었던가 의문이 갈 정도이다. 필부가 벗과의 이별을 괴로워하는 것 그 이상도 그 이하도 아니다. 면앙정이 具壽聃과 결탁하고 다른 논의를 불어냈다는 일로 유배가게 되었는데 이는 그에 앞서 지은 것으로 면앙정의 인간적인 면모가 직감된다. 유배지로 떠나는 전날 밤, 동고동락했던 벗과의 추억을 되새기는 것은 사람의 상정이리라. 그러면서 자신을 변호해 줄 위치에 있는 친구에게 保身他日賴若賢이라 하였으니 이 얼마나 진솔한 마음인가?

鄭萬鍾(1493~1549)은 면앙정보다 3년 앞선 중종 11년(1516)에 과거에 급제한 인물인데 21세 때에는 눌재의 문하에서 동문수학하기도 했다. 그는 경상, 충청, 황해, 경기, 함경 등의 감사를 지냈으며 중종 34년(1539)에는 陳慰使로 燕京을 다녀오기도 했다.

---

25 『면앙집』 권2.

殘生與世不相如	남은인생 세상과는 맞지 않으니
捨此溪山孰肯余	溪山이 아니면 누가 나를 반기랴.
風月無情惟我取	말없는 풍월이라 내가 실컷 취하리니
功名多事是君餘	일 많은 공명일랑 그대의 일이로다.
笻移一逕人乘興	외길로 지팡이들이니 흥취가 솟아나고
秋入千林木欲踈	우거진숲 가을되니 나무가 성글구나.
幽趣向來知已孰	그윽한 취미가 무르익음 알았노니
百年懷抱得弘攄	백년의 회포 일랑 모두다 풀어보세.[26]

이는 〈次仁甫遣興韻〉인데 인보는 정만종의 字이다. 동문수학한 벗이고 보니 마음속에 품어둔 말을 맘껏 쏟아내고 싶었을 것이다. 宦路의 험난함을 첫 구에서 말하며 자칫 우울한 시상이 전개되는가 싶더니 이윽고 溪山이 등장하면서 분위기가 전환되었다. 風月無情惟我取에 이르면 과연 풍류자연시인 다운 면모가 드러난다. 그러나 이시의 절정은 5구와 6구이다. 이렇게 자연에 몰입된 뒤라야 마지막 7·8구의 탄성이 나올 수 있는 것 아닐까? 親自然의 自樂으로써 興을 삼았기에 굳이 어지러운 繪飾없어도 화려한 것이다.

㉢ 후진과의 교유시

여기서는 면앙정의 문하였던 河西, 金麟厚, 鄭澈을 위시하여 朴淳, 高敬命, 奇大升, 林悌, 林亨秀, 盧禛 등 면앙정을 스승처럼 따르고 흠모했던 인물들과 교유한 시편을 살피고자 한다.

金麟厚(1510~1560)는 면앙정과 관련한 시편으로 〈俛仰亭三十詠〉〈次俛

---

26 『면앙집』 권1.

仰亭韻〉을 남겼는데 소년시절 면앙정의 문하에 들었었다.[27] 『면앙집』 연보에는 하서의 登科를 비롯 죽은 연월까지 자세하게 기록하고 있는 것으로 보더라도 두 사람 사이가 각별했음을 알 수 있다. 하서는 1552년 吳謙의 진언으로 면앙정이 개축되자 〈면앙정30영〉을 지어 스승과 그 정자에 대해 찬사를 아끼지 않았다.

亭舍雖云美　정자가 아무리 아름답다 하여도
無由登覽何　올라가 볼 수 없으니 어찌할꼬
羨公遺世事　세상일 저버린 그대가 부럽나니
笑我負生涯　세상살이 근심하는 내 모습 우습구려
凉吹供閒睡　서늘한 바람결은 잠자기에 좋을시고
繁陰結好柯　좋은 가지는 짙은 그늘 이루어주리
花邊開斗酒　꽃밭에다는 말술을 벌려놓고
數與共隣家　이웃과 마시기를 자주 한다지.[28]

〈次金厚之題趙公亭韻〉이다. 厚之는 김하서의 字이다. 10세 때에 慕齋 金安國의 문하에 들어 『小學』을 수업했는데 늘 엄숙한 자세를 잃지 않았다고 한다. 또한 不學詩 無以立이라하여 『詩經』에 침잠하여 정숙하게 되기를 힘썼던 인물이다.(하서집, 연보) 을사사화 이후로는 병을 이유로 고향에 돌아가 학문에 정진한 인물이니 위의 시는 歸去來한 하서의 처지를 그렇지 못한 자신의 처지와 비기어 드러낸 솔직한 심사이다. 조선시대 호남지방의 선비치고 귀거래를 갈구하지 아니한 사람이 어디 있었으리오마는 면앙정의 경우는 더욱 그러했다.

---

27 정익섭, 『개고호남가단연구』, 민문고, 140면.

28 『면앙집』 권3.

"三宰 宋純은 吏曹參判(명종 5년 1550, 송순 58세-인용자)으로 재직할 때에 贊成 許磁와 합심하여 어진 이를 천거하다가 권신의 미움을 받아 외방으로 5년이나 유배되었다. 이후로는 항상 벼슬을 버리고 귀향하려던 생각을 품고 있었다."[29]

위에서 보는 바와 같이 송순 또한 귀거래에 대한 바램은 간절한 것이었다. 그는 정자 건립할 부지를 매입해 둔 채 매양 돌아갈 기회만을 보고 있었지만, 그 뜻은 거의 30년이 다된 후에야 실현되었음을 〈次仲和第俛仰亭絶句〉에서 보여준다. 그가 면앙정 건립의 부지를 구입한 것은 중종 19년(1524) 32세 때의 일이다.

위의 시는 서늘한 바람과 시원한 그늘이 있어서 잠자기 좋은 곳에 말술을 벌려두고 이웃과 함께 풍류를 즐기고 있을 하서를 한껏 부러워하고 있는 모습이다. 이러한 시상에 爭奇繡繪의 浮華함 같은 것은 끼어들 틈도 없으며 관능을 자극하는 쾌락성 또한 어울리지 않는다.

高敬命(1533~1592)의 字는 而順이요, 號는 霽峯이니 文人이면서 의병장이었다. 正言을 거쳐 東萊府使가 되었으며 임진왜란 때 전사했다. 면앙정은 중종 14년(1519)에 別試 文科에 급제한지 꼭 60년이 된 1579년에, 그의 정자에서 回榜宴을 벌였다. 이때 제봉은 송강, 백호와 함께 송순을 가마에 태우고 그 주변을 돌아 다녔던 인물이기도 하다. 〈次俛仰亭韻〉, 〈次俛仰亭宋參判韻〉, 〈附宋參判韻〉 및 〈俛仰亭30詠〉을 남겼으니 이로써 두 사람의 두터운 교분을 알만 하지 않은가?

白鷺中分同二水　백로주가 中分된 것은 二水와 같고
青天半落過三山　청천이 반쯤 잠김은 삼산보다 낫구나.
未應黃鶴能高此　황학루인들 여기보다 낫지 않으리니

29 허균, 「성소부부고」, 〈설부〉

千載誰教李白還　천 년 전의 이백을 누가 불러오리[30]

〈壬申夏高而順來訪亭上索題因誦一絶〉이라 제한 시이다. 이는 李白의 〈鳳凰臺〉 시 중에서 〈三山半落青天外, 二水中分白鷺洲〉의 싯구를 빌어다가 면앙정에서 바라본 승경을 노래했다. 壬申 여름이라 했으니 선조 5년(1572)의 일이요, 이때 면앙정은 80세의 노인이었다. 황학루는 당나라 때 崔顥의 〈黃鶴樓〉란 시로도 유명하거니와 양자강이 바라다 뵈는 절경에 위치한 누각이다. 면앙정이 〈復次俛仰亭韻〉이라 제한 시에 보면 〈鉅野何年帶二川〉 곧 "큰 들판이 언제부터 두 물을 띠었던고"라고 시작하는 것을 보니 면앙정 앞으로 두 줄기 강물이 들녘을 가로질러 흐르고 있었던 것을 알 수 있겠다. 또한 면앙정 앞에서 바라다 보이는 산으로 말한다면 면앙정 바로 앞의 霽月峯, 멀리 동북쪽으로 秋月山, 북서쪽의 龍龜, 夢山, 佛臺, 魚登, 湧珍, 錦城 등 여러 산이 우뚝 솟아 있으니[31] 이태백이 말한 三山보다 훨씬 많지 않은가? 이쯤 되고 보면 황학루에 견주어도 전혀 손색이 없을 것이므로 천 년 전의 이태백을 불러오라고 호령할 만 하지 않은가? 과히 호쾌한 풍류요 호기서린 시상이 아닐 수 없다. 이러한 시상에 이르면 가사 〈면앙정가〉의 흥취와 멋이 느껴지는 듯하다. 그러면서도 碧空盡의 몰입이 아니라, 青天半落의 진행이어서 동적 느낌이 든다.

林悌(1549~1587)의 字는 子順이요, 號는 白湖, 謙齋, 楓江, 嘯痴, 碧山 등이니 節度使 晋의 아들이다. 禮曹正郎을 지냈으나 동서당쟁이 일어나서 세상이 어수선해지자 이를 개탄한 나머지 벼슬을 그만둔 채 자연의 승경을 찾아 즐겼다. 호탕한 성격에 문장과 시를 잘했던 인물인데 그의 풍류적 기질에 면앙정이 감동하여 가깝게 지냈다고 한다.[32]

---

30 『면앙집』 권3.

31 정익섭, 앞의 글, 같은 곳.

32 정익섭, 앞의 책, 144면.

앞서도 말했지만 임제는 면앙정의 회방연 때 송강, 제봉과 함께 송순을 가마에 태우고 풍류를 뽐냈던 인물일 뿐만 아니라, 〈俛仰亭賦〉를 지어선 송순에 대한 흠모의 정을 한껏 드러냈다. 다음에서는 면앙정이 백호에게 보낸 세 번의 편지글 중에서 그 하나를 보기로 하자.

> "공의 門禍는 감히 말할 수조차 없습니다. 샘물을 이루었던 슬픔이 요즈음은 어떠신지요? 사람이 어찌 죽지 않으리오 마는 갑작스레 당하는 슬픔이니 나도 또한 견디기 어렵습니다. 항상 공과의 만남이 더딤을 한스러워했는데 만나자 마자 또한 급히 가셨으니 다시 한 번 오시기를 도모해 주십시오. 나의 정자에서 읊은 시가 비록 적은 것은 아니지만 長句로써 경치를 펼쳐 보인 것이 없음을 정자에 오를 때마다 일거리로 여겼더니 이제 갑자기 얻어 조석으로 읊어보면서 이로써 깊은 회포를 풀게 되었으니 어찌 만금을 준 것과 비하리요. (下略)"[33]

> 公之門禍果不可言泉之下哀近河堪過
> 人孰無死倏忽之痛吾亦不勝常以逢公之
> 遲爲恨見且忙馬來不可不便須留念圖之吾亭
> 賦詩雖不爲不多每以無長句徐景物爲登臨之
> 事忽得之朝暮暢此深懷者何當萬金之錫乎 (下略)

위의 글은 〈答林上舍子順〉인데 백호의 스승인 大谷 成運의 죽음에 대하여 언급한 것이다. 〈白湖先生文集〉에 보면 林墰가 쓴 跋文이 있는데 그에 의하면 백호는 대곡 선생이 돌아가신 뒤로는 세상이 자기를 버렸다고 말하면서 세상에서 벼슬할 생각은 버리고 산야에 노닐며 술로써 때로는 風月과 더불어 지낸 것으로 되어 있다. 대곡선생은 연산군 3년(1497)에 태

33 『면앙집』 권3.

어나 선조 12년(1579)에 85세를 일기로 세상을 떠났는데 그는 자품이 온순하고 志氣가 豪邁하였으며 말에는 法道가 있어서 퇴계, 율곡, 남명, 화담 등 당대의 큰 학자들로부터 추앙을 한 몸에 받았다고 한다. 을사사화 당시 仲兄 禹와 여러 선비가 화를 당하자 속세를 버리고 속리산에 들어가 泉石間에 우거하면서 山水 속에서 求道했다. 이러한 대곡의 탈속적 자세는 백호에게로 이어졌다는 것이다.[34]

백호는 대곡선생의 죽음을 애도하여 〈祭大谷先生文〉을 지어 올렸을 정도로 흠모의 정이 두터웠다고 한다. 이러한 사실을 그 누구보다도 잘 알고 있는 면앙정이고 보면 위와 같은 위로의 말은 당연한 것인지도 모른다. 어쨌든 면앙정은 이와 같이 후배의 아픔을 헤아려 감쌀 줄 아는 너그러움과 따뜻한 휴머니티의 소유자였음을 알 수 있겠다. 나아가 임제가 〈면앙정부〉를 지어준 데 대하여 감사한 마음까지 빠뜨리지 않았음은 송순이 보였던 인간관계의 일단을 짐작케 하는 좋은 예라고 여겨진다. 그의 주변에 많은 선비가 모여든 데에는 그만한 이유가 있다고 하였는바 바로 이와 같은 인간애는 그러한 이유 중의 하나임이 분명할 것이다. 위의 글 끝에 이르러서는 徐待折高桂 榮鄕里之日 奉一賀라고하여 격려의 말을 빼지 않았으니 송순의 자상하면서도 후배를 아끼는 마음이 돋보인 예라 하겠다.

林亨秀(1504~1547)의 字는 士遂요, 錦湖는 그의 號이다. 나주 출신으로 문장, 궁술 그리고 인물이 뛰어났다. 당시 사람들은 그를 國器라고 했을 정도라니[35] 그의 풍채의 당당함을 상상해볼만 하다. 會寧判官으로서 오랑캐들을 무찌르고 그 공으로 提學이 되었으나 을사사화 당시 간신들의 미움을 얻어 제주목사로 좌천되었다가 정미사화에 연루되어 사사되었다.

면앙정이 승지로 있을 당시 회령판관으로 떠나는 금호를 위로하면서

---

34 소재영, 「임제론」, 『한국문학작가론』, 형설출판사, 246~247면.

35 정익섭, 앞의 책, 141면.

시 한수를 주었으니 다음이 그것이다.

英雄自古患多才	영웅은 예로부터 재주 많아 걱정이지
人事誰能盡快哉	인사에 어느 누가 만족하게 하겠는가.
特遣名臣恩荷重	명신이라 특별히 보내는 은총이 중하지
久違慈念恨難裁	오랫동안 어머니 못 뵈니 한이야 많겠지.
秋風昨夜驚庭樹	어젯밤 추풍이 뜰의 나무 흔들던데
鞍馬明朝赴虜臺	내일아침 말 타고 오랑캐 땅으로 간다지
草詔在今推子手	조서를 꾸미는데 그대솜씨 필요하리니
鳳池應得早歸來	봉지에 아마도 쉬이 돌아 올걸세.[36]

위의 시는 〈送林判官亨秀赴會寧〉으로 7언 율시이다. 면앙정이 承旨였을 때이니까 중종 34년(1539) 47세 되던 해이다. 금호의 인물됨을 첫 구에 실었으며 인사에 불만이지만 참고 가야된다고 한 데서 당시 북방은 모두들 꺼리고 있었음을 알 수 있다. 오랫동안 어머니를 못 뵈올 지라도 은총이 중함을 들어서 권면하고 있지만 뜨락에 잎 지는 바람소리 듣는 순간 뭉클해지는 안쓰러움에 마지막 두 구가 마련되고 있다. 송순의 자상하면서도 따뜻한 체온이 느껴지는 듯하다. 마치 친 형님이 막내아우를 멀리 전방으로 보내는 심사임을 감지할 수 있다. 이별을 나누는 자리에서 누구나 해줄 수 있는 위와 같은 말이 아니겠는가? 그만큼 면앙정의 시는 평이하면서도 따뜻한 체온이 느껴진다고 하겠다. 이외에도 朴淳, 鄭澈, 奇大升 등을 꼽을 수 있다. 이상에서 필자는 면앙정의 교유시에 대하여 1. 사제간의 교유시, 2. 동년배와의 교유시, 3. 후진과의 교유시 등으로 나누어 고찰하였는바 이러한 데에는 그만한 이유가 있었다. 다시 말하여 자기와 가장 가깝게 지낸 인물들과의 교유시를 살핌으로써 그의 서정적 시세계

---

36 『면앙집』 권1.

가 지향하고 있는 방향을 가늠할 수 있기 때문이었다. 과연 면앙정의 교유시는 그의 인물됨과 인간애, 나아가 낭만적 기질을 한껏 드러낸 점 및 속세에서의 탈피 성향 등 다양한 면모를 나타내어주고 있음을 알 수 있다.

㉣ 누정에서 읊은 시

조선시대 선비들이 누정을 건립한 목적은 대개 두 경우로 압축되는데 그 하나는 氣不鬱, 志不滯, 視不壅, 聽不塞 등을 통하여 尊王人, 接賓客, 察時候 할 목적 곧 현실에서의 선정을 베풀고자 함에서 지어진 경우가 그것이다. 다른 하나는 이와는 달리 현실정치에서 물러나 심성도야의 수단으로 누정이 건립되고 그 속에서는 의리와 명분을 지키기 위한 심성도야는 물론 溪山의 風流까지 곁들여진 경우이다.[37]

"사화라는 지식인 탄압에 분개하던 호남의 지식인들이 시대의 아픔을 극복하기 위하여, 세속에 빠지거나 부도덕한 권력에 휩싸이지 않는 지조를 견지하기 위하여, 세력을 이루며 경치 좋은 강산이나 산수를 찾아 정자나 초당을 짓고 문우들과 어울려 사림정신 즉 선비정신을 다졌던 것이 원효계곡 계산풍류의 본래적 면모였다고 파악된다."는 지적은[38] 비단 호남지방 사림의 경우에 한정하여 말한 것이 아니라, 낭만적 풍류를 즐겼던 누정일반에 관한 언급이기도 한 것이다.

위의 말을 달리하면 누정을 세우고 작성한 樓亭記나 重修重建하고 쓴 重建記 등에 의하더라도 누정은 吟詠之所, 詩契, 酬唱之所로서의 기능을 으뜸으로 꼽을 수 있겠거니와 이는 누정이 詩的交遊의 舞臺로서 詩會의

---

37 졸고, 「석천 임억령 시문학연구」, 성균관대 박사학위논문, 1994, 138~139면.

38 졸고, 앞의 글, 139면.

場所였다는 것이다.[39]

시회의 장소였던 누정은 전국에 걸쳐 다양하게 분포되어 있으며 여기에서 수창한 시편 또한 적지 않다. 따라서 누정시 전반에 대한 연구도 시급히 요청되는 사안이다. 『면앙정집』을 보면, 송순이 찾았던 누정이 적지 않게 70여 군데나 나타난다. 그 중에서는 우리 가까이에 있는 것만으로도 息影亭, 俛仰亭, 觀水亭, 藏春亭, 喜慶樓, 瀟灑園, 環碧堂, 雙醉亭, 風詠亭 등을 들 수 있겠다.

이 자리에서는 면앙정이 누정에서 남긴 시편을 중심으로 그의 서정시가 지향했던 세계의 면모를 살피고자 한다.

百里群山擁野平　백리 안의 여러 산이 평야를 에워싼 곳
臨溪茅屋幸初成　시냇가 가까이에 초옥을 이루었네
此身不繫蒼生望　벼슬길 벗어난 자유로운 이 몸이여
宜與沙鷗結好盟　갈매기와 더불어 좋은 짝 이루었네.[40]

위의 시는 〈俛仰亭〉이라 제한 것인데 사간으로 있다가 파면당한 41세 되던 해인 중종 28년(1533)의 일이다. 김안로의 일파가 정권을 쟁취한 뒤 어진 선비들을 배척하자 32세 때 매입해 두었던 정자 터에 俛仰亭을 건립한 것이다. 1・2구에서는 정자의 승경을 말했으며 3・4구는 벼슬에서 물러나와 갈매기와 짝을 이루고 있는 자신의 처지를 나타냈다. 이러한 시는 물아일체의 경지라 해도 과히 틀리지 않을 것이다.

超然羽化孰云難　초연히 신선되기 누가 어렵다하오
得臥蓬萊第一巒　봉래산 제일 뫼부리에 누워있는데.

---

39 박준규, 「16세기의 호남시단과 임억령」, 광주직할시편, 『석천 임억령의 문학과 사상』, 1995, 64면.

40 『면앙집』 권1.

脚下山川紛渺渺　발아래 엉킨 산천 아스라이 멀리 뵈고
眼前天地濶漫漫　눈앞의 천지는 길게도 뻗었구나.
鵬搏九萬猶嫌窄　붕조가 나는 구만리 하늘도 좁게 느껴지고
水擊三千直待乾　삼천리 치닫는 물도 꼿꼿이 서 마르겠네.
欲御冷風雲外去　시원한 바람타고 구름밖에 노닐면서
腰間星斗帶欄干　허리엔 북두칠성 기다랗게 띠고 싶구나.[41]

위의 시는 〈俛仰亭題詠〉인데 57세 때의 작이다. 앞의 시를 짓고 난 후 16년 만에 지은 것으로서 이에 대해 퇴계, 하서, 양곡, 석천, 제봉 등 무려 34명이 차운하였다. 자신의 처지를 신선이라 한 호기가 돋보인다. 앞서의 시와는 사뭇 시상이 다르지 않은가. 붕조가 나르는 구만리 하늘도 좁게 느껴지며 삼천리를 치닫는 물길도 당장에 말려버릴 것 같은 호탕한 면모가 직감된다.

穿林小逕坦而幽　숲 사이 오솔길 평탄하며 호젓한데
敞豁高亭澗水頭　시냇 머리 높은 정자 창활도 하여라
夾谷蒼松遮路暗　골짜기 푸른 솔 길을 가려 어둡고
遶溪修竹擁簷稠　시내 두른 긴대나무 처마 낄 듯 빽빽할세
長教風月閑淸界　언제나 풍월이 한가롭고 맑은 곳
肯使塵埃犯素秋　어찌 먼지가 가을흥취 침범하리
是處着身堪偃仰　이곳이야 몸 붙이고 지낼만 하나니
浮石虛用一生愁　실속 없는 공명으로 평생을 근심하랴.[42]

위의 시는 〈次俛仰亭〉 2수 중 첫 번째 것인데 1598년 承旨가 되었을 때

---

41 『면앙집』 권3.
42 『면앙집』 권1.

지었다.

오솔길, 시냇가, 골짜기, 대나무, 풍월과 더불어 한가로운 곳 곧 면앙정의 가을을 노래했다. 현직에 있으면서도 浮石虛用一生愁라 한 것은 귀거래의 의지적 표명이라기보다는 그만큼 면앙정 주위의 가을정취에 심취해 있다는 뜻으로 보아야 할 것이다.

三十年前占此區 삼십 년 전 이곳을 터잡아두고
歸心幾逐暮雲浮 돌아오고픈 마음에 얼마나 저문 구름 좇았던가
今來始起新亭臥 이제와 겨우 정자 짓고 누웠으니
白髮蕭蕭映碧流 성근 백발만이 푸른 물에 비치누나[43]

위의 시는 〈次冲和弟俛仰亭絕句〉 4수 중 첫 번째이다. 32세 때 정자의 터를 매입했으니까, 삼십년 후면 62세가 넘은 때이므로 吳謙이 담양부사로 와서 면앙정을 개축한 사실을 말한 것 같다.

鉅野何年帶二川 큰 들판이 언제부터 두 물을 띠었는가
瀁青翻白一亭前 한 정자 앞에서 청과백이 출렁이네
數行雁路雲邊闊 떼 지은 기러기길 구름 가에 멀고
九郡山光天外連 아홉 군의 산 빛은 하늘가에 뻗어있네
風檻坐傾無事酒 바람 부는 난간에 앉아 일없이 술 마시며
江村看起太平烟 강마을의 태평스런 연기 오름 바라본다.
誰知凡界藏仙興 누가 알랴, 이곳에 감추어진 신선의 흥취를
鶴背高情直欲傳 학을 타고 노는 심정 전하고 싶구나[44]

---

43 『면앙집』 권2.
44 『면앙집』 권3.

위의 시는 〈復次俛仰亭韻〉인데 3수중 첫 번째이다. 이 시 또한 면앙정을 개축한 뒤에 지은 것인데 처음의 경관과 다소 변화된 사실을 첫 구에다 담았다. 첫 번째 정자가 지어진 뒤 20년이나 지났으니 주변의 경관이야 다소 변할 만하지 않은가? 하지만 그보다는 자신을 신선에다 비기고 학과 더불어 노닌다고 했으니 헌사한 풍류생활을 가히 짐작할 만하다. 이상에서 우리는 송순이 면앙정을 무대로 하여 노래한 시편 중에서 〈삼언시〉를 제외한 모든 시를 조금씩 맛본 셈이다.

이제 무대를 다른 누정으로 옮기어 보자.

俛仰雲連濟勝霞	면앙정의 구름이 제승정의 노을과 만나니
一郊風物路非賖	일교의 풍물속이라 길이 멀지가 않네
春深君砌添新雨	늦은 봄 그대 섬돌에 새로 비가 뿌리니
水漲吾溪泛落花	물 넘쳐 나의 시내로 낙화가 떠오네
老去漸知幽趣好	늙으막에 점점 그윽한 취미 알겠으니
興來寧避酒杯加	흥취가 생겨나매 어찌 술잔 피하리요
相尋自到忘歸地	찾아오면 으레 돌아갈 길 잊나니
每聽前林噪暮鴉	매양 앞 숲의 까마귀 소리 듣는다[45]

위의 시는 〈題濟勝亭〉인데 2수 중 두 번째이다. 면앙정은 제승정기문도 지었는데 이 정자는 송순의 仲弟 인(絪)이 지은 것으로 면앙정 상류 십리 쯤에 있었다고 한다. 우선 제승정과 면앙정의 상거를 말한 뒤 십리 이상 떨어진 거리가 하나의 풍물임을 자세하게 보인 것이 3.4.구이다. 나머지 구에서는 한가로운 서정을 보인 뒤 평이한 시상으로 마무리 했다. 술로 더불어 살아가는 낭만적 풍류생활을 잘 드러내 주었다.

---

45 『면앙집』 권3.

誰氏邱園展我襟	누구의 구원이 나의 회포 풀어주나
江山千裁復登臨	천년 만에 강산을 다시 올라보노라
蕭條王氣埋荒草	소조한 왕기는 거친 풀에 묻혔는데
寂寞風光入短吟	적막한 풍광을 짧은 시로 담아보네
地豁東南迷遠目	동남쪽 땅이 먼 곳 아스라이 바라 뵈고
天低西北隔危岑	서북의 낮은 하늘 높은 봉우리에 가리웠네
一都形勝民依舊	일도의 형승지에 백성은 그대로인데
保釐還慚惠不深	다스리기는 고사하고 은혜주지 못함이 부끄럽구나[46]

위의 시는 〈題場巖亭〉 2수 중 두 번째 시이다. 松京의 서쪽 기슭에 場巖의 옛터가 있어서 그곳에 면앙정이 작은 정자를 짓고 더위를 피했는데 申潛이 그곳의 額字를 짓고 趙士秀와 宋世珩이 시를 지어 읊었다는 기록이 붙어있다. 『면앙집』에는 장암정과 관련한 시편이 모두 5편이 있다. 위의 시는 애민정신의 일단이 드러나 있어서 주목된다.

憑虛眼力騁無休	허공을 의지하여 한없이 바라보니
氣逸神淸絶箇愁	기운 솟고 정신 맑아 근심 사라지네
萬疊遙岑圍濶野	첩첩한 먼 산은 넓은들 둘러있고
一條寒水繞長洲	한줄기 차가운 물 긴 둑을 감싸 돈다
春風此日堪乘興	봄바람 부는 오늘 흥치가 절로 나서
玉節斜陽更見留	석양이 되도록 옥절을 부노라.
早晩歸休皆有地	조만간에 돌아가 쉴 땅이 있으니
沿溪來往待何秋	시냇가 걸을 날이 언제나 올려는가.[47]

46 『면앙집』 권2.

47 『면앙집』 권2.

위의 시는 〈登金僉正彦琚風詠亭次宋監司麟壽號圭庵韻〉이라 제했다. 癸卯곧 1543년 지은 것으로 되어 있는데 퇴계의 차운시도 있다고 했다. 풍영정은 광주에 있는데 김언거의 정자로서 임억령, 이황, 주세붕, 김인후, 기대승, 유희춘, 송흠, 고경명, 권필, 박광옥, 박우, 이덕형 등이 드나들면서 차운했으니 당시의 요란했던 풍류를 알만하다. 우선 풍영정에서 바라본 경관을 말한 뒤 봄날의 흥취를 뽐냈다. 특히 5·6구에 이르면 시간 가는 줄 모르고 봄날이 깊도록 헌사했던 시회가 눈에 선하다. 그러면서도 자신의 정자로 돌아가겠다는 귀거래의 의지적 표명을 덧붙였다.

當年奉養賜專城　당년에 봉양위해 온성을 내리셨으니
罔極鴻恩荷聖明　망극한 은총을 성주께 입었구나.
地近鄕閭多故舊　고향마을 가까우니 친구가 많아
日開樽酒醉歌笙　날마다 술자리 벌여 취하여 노래하네
風流堪着登樓興　풍류는 등루의 흥취가 최고이니
聲價初非蓋世英　성가는 애당초 세상 덮을 인물 아닐세
膝下歡心兄及弟　슬하에서 형과 아우 즐겁게 해드리니
人間何事更爲榮　인간에서 무슨 일이 이보다 영화로우랴.[48]

위의 시는 〈次喜慶樓韻〉인데 희경루는 광주에 소재한 정자로서 임억령, 유순 등도 드나들었다. 나이 들어 임금의 은혜를 입고 고향에 돌아와 뜻이 맞는 친구들과 더불어 날마다 술과 시로써 즐긴다고 했으니 가히 계산풍류의 흥취를 짐작할 수 있겠다. 또한 부모님 모시고 형제가 함께 향리에 사는 것이 최고의 영화라는 결구는 송순의 소박한 평민의식을 엿보게 한다. 송순의 한시가 뛰어나지 못한 것은 곰살궂은 평민정신 때문이라는[49] 지적이 어쩌면 공감되는 부분이 없지 않은 대목이다.

---

48 『면앙집』 권2.

巖亭臨圃起 암정은 밭을 임하여 서있고
江嶂近詹回 강물과 뫼 부리는 처마 끝을 휘감았네
樹接千年翠 나무는 천년의 푸른 산을 대하여 섰고
花傳四序開 꽃은 사계절 철을 전해가며 핀다.
能教春不謝 능히 봄날이 가지 못하게 함은
肯受老相催 늙은이 재촉함을 싫어서 일세.
擬作神仙界 신선의 경계를 만들었으니
長生把酒杯 오래 살며 술잔과 더불어 하리[50]

위의 시는 〈藏春亭〉인데 정자는 전북 태인에 있다. 訥庵 宋世琳이 지은 이 정자에는 유충정, 임억령, 오상, 박순, 임제, 안위, 박개, 기대승 등이 출입했다. 우선 정자의 경관을 말한 뒤 자신의 소요음영과 취흥을 말했다. 너무나 평이하여 싱거울 정도이다. 그렇지만 변함없이 서 있는 나무와 변화하는 꽃의 의미를 대조시켜 자신의 입장을 분명하게 보였다.

萬木同春容 모든 나무의 봄날은 같으니
歲寒方驗節 겨울이 와봐야 절의를 알겠도다.
庭前植雙翠 뜰 앞의 두 그루 푸른 나무 심었으니
所尙誰能折 고상한 그 모습 누가 꺾으리요.
知向風雪間 알겠도다 바람과 눈이 몰아칠 때에
用意常苦切 마음 쓰기 언제나 괴로운 것을.
襟期潔於玉 가슴에 품은 뜻은 옥보다 깨끗하고
志操堅如鐵 지조의 굳기야 쇠와도 같도다.
如我蒲柳輩 버드나무 같은 우리 무리는

49 이종건, 앞의 책, 100면.
50 『면앙집』 권3.

難與幷爲列　더불어 그 열에 끼이기 어렵네.
十年因進退　십년을 진퇴에 허덕이다가
方時已告歇　이제야 비로소 끝을 맺었네
縱爲男子身　비록 남자의 몸으로 태어났으나
孰稱人中傑　그 누가 사람속의 호걸이라 부를손가
所幸無物遷　다행히도 외물에는 끌리지 않아
本心猶氷潔　본디 마음이사 얼음처럼 결백하지
若非堯舜道　만약에 요순의 도가 아니면
羞與向人說　남에게 말하는 것 부끄럽게 여긴다오.
喜鵬遊薄天　붕조처럼 하늘을 날기 좋아했고
厭狐藏得穴　여우같이 구멍 속 갇힌 것 싫어했지.
公不舍是心　공은 이 마음 버리지 않고
已許共霜雪　서리와 눈 함께 견디기로 했었지
誠可通金石　정성이야 금석도 뚫을만하며
志常懸日月　뜻만은 일월처럼 드높았었지.
邪正寧復論　옳고 그름을 어찌 다시 논변하리요
松茂栢自悅　소나무 무성하면 잣나무가 좋아하는데.[51]

위의 시는 〈雙翠亭〉이라 제한 것인데 오언 배율이다. 쌍취정은 담양에 소재한 정자인데 임억령과 이이도 출입했었다. 면앙정의 누정시에서 대표로 꼽을 수 있는 시편인데, 버드나무와 송백을 대조시켜 무리 배와 자신을 각각 비유했다. 버드나무는 많지만 송백은 두 그루뿐이라고 한데서부터 간신과 충신의 관계를 설정했다. 『논어』 〈자한〉편의 세한연후지송백지후조야(歲寒然後知松栢之後凋也)의 내용을 시상에 담아 소인배와의 차별성을 말한 뒤, 붕조(鵬鳥)처럼 날고 싶음과 요순의 도를 말하고 싶다

51 『면앙집』 권3.

는 데에서는 경국제민에의 강렬한 의지를 드러냈다. 또한 송무백열(松茂栢悅) 고사의 대표격인 춘추시대 초(楚)나라의 백아(伯牙)와 종자기(鍾子期) 간에 있었던 지음(知音)의 이야기로써, 왕이 충신을 알아주면 그 보다 더 기쁜 것이 없다는 뜻을 완곡하게 드러냈다.

한편, 송순은 서정 한시의 경우 장편을 즐겨 짓지 않았는데, 예외로 석천의 〈식영정20영〉에 차운한 〈奉和息影亭林石川20詠〉은 연작시 형태로서 그가 남긴 한문 서정시 가운데서는 가장 긴 시이다. 1563년 9월, 그의 나이 71 세로 완숙한 인생의 경지에 들었을 때 지은 것이다. 그 가운데 몇 편을 살피기로 한다. 먼저 〈서석한운(瑞石閒雲)〉이다.

山自蒼然在　산은 제 절로 푸른 모습인데
朝朝雲出橫　매일 아침 구름이 앞을 가리네
吾閑如不至　나의 한가로움 지극하지 않다면
何以見渠情　어찌 저 산의 정을 알 수 있으리

언제나 그 자리를 묵묵히 지키고 서 있는 서석산 곧 무등산과 그 산을 아침 마다 가리는 한가로운 구름을 보고 시상을 일으켰다. 이어 구름의 한가로움과 자신의 한가로움을 일치시키어 물아일체의 높은 경지를 품격 있게 드러냈다. 구름이 그 앞을 가려도 산은 늘 제 모습이라는 대비가 많은 생각을 자아낸다.

이러한 물아일체의 경지는 다음의 〈수함관어(水檻觀魚)〉에서 더욱 분명하게 드러난다.

看看猶不厭　보고 또 바라봐도 싫증나지 않기에
憑欄俯溪陳　난간에 기대어 시내를 굽어보네
影落還無避　그림자 비춰도 피하지 않으니
方知魚慣人　고기도 내가 친구임을 아는가 보다

이는 아마도 식영정 난간에서 자미탄을 내려다보고 그곳에서 노니는 물고기를 읊은 시 일 것이다. 지금은 광주호의 일부로 얕은 흐름이지만, 이전에는 수량이 많은 여울로, 모래사장과 여뀌 등 각종 수초가 풍부한 곳 이었다. 시인은 석천의 식영정을 방문하여 그 아래 자미탄에서 노니는 물고기와 물아일체의 경지를 즐기고 있는 석천을 부러워하면서 자신도 그와 같기를 바라는 소망을 이처럼 노래했을 것이다. 물외한인(物外閒人)의 자락(自樂)한 경지, 그것은 다음의 시에서 유감없이 드러난다.

巖穩可煩席　자리 펴지 마라 바위 널찍하다
陰深不用家　집 지을 필요 없다 그늘 넉넉하다
輕風吹不斷　시원한 바람까지 쉼 없이 불어주니
秋意自來加　이런 가을 맛에 무엇을 더 보태랴

이 시는 마치 한석봉의 다음 시조를 읽는 듯한 느낌이다.

짚방석 내지 마라 낙엽엔들 못 앉으랴
솔불 혀지 마라 어제 진 달 돋아 온다
아이야 박주산채일망정 없다 말고 내어라

시조의 짚방석-낙엽, 솔불-달은, 위 시의 자리-바위, 집-그늘로 연상되어 아주 친숙한 느낌이 든다. 시조에서 박주산채가 자락을 돋우는 것은 낙엽과 달이 있기 때문일 것이다. 마찬가지로 시인의 흥과 즐거움은 그늘이 내린 널찍한 바위에 앉아 시원한 가을바람을 쐴 수 있음이다. 그러니 이 외에 다른 것을 바라는 것은 물외한인의 관심 밖인 것이다.

이와 같은 경지는 신선(神仙)조차 부럽지 않은 초 신선(超神仙)의 사유로 확대된다.

皎潔圍沙暖　깨끗한 모래사장에 내리는 따뜻한 온기
芳菲細雨春　가랑비도 향기로운 봄날이 완연하네
閑行鷗不亂　갈매기와 더불어 사는 한가로운 생활
何羨十洲人　어찌 저 신선을 부러워할 것인가

70세에 기로소엔 들었던 송순은 그해 잘 알고 지낸 옥계(玉溪) 노진(盧禛, 1518~1578)이 담양부사로 내려오자 하서 등과 더불어 의기투합, 강호지락(江湖之樂)을 즐겼다. 71세 되던 해, 옥계가 관직을 그만두고 돌아갔는데 송순은 더욱 세상사 대신에 강호를 사랑하여 연비어약(鳶飛魚躍)의 자연스러운 나날을 보냈다. 이때는 아마도 그의 연륜과 경륜이 이미 신선도 부럽지 않은 달관(達觀)의 경지에 이르렀을 것임은 짐작하고도 남음이 있다.

이상에서 누정시에 대하여 일별하였거니와 그에 대한 깊이 있는 천착은 뒤로 미뤘다. 누정시와 기행시와는 긴밀한 관계에 있는 만큼 아울러 살핀다면 누정시의 실체를 보다 온당하게 파악할 수 있을 것으로 생각된다. 면앙정의 누정시는 앞에서 본 바와 같이 물아일체의 경지를 말한 것, 호탕한 기상을 노래한 것, 귀거래의 의지를 표명한 것, 헌사한 풍류생활을 읊은 것, 애민 정신의 일단을 보인 것, 누정의 경관에 도취되어 망귀(忘歸)한 내용, 성은에 감사하며 술과 노래로써 소일하는 태평성세의 구가(謳歌), 경국제민의 의지와 충성스런 신하로서의 자세 등을 보인 것으로 요약할 수 있거니와, 이는 면앙정 송순이 열었던 서정시의 전반적인 내용이라 하여도 무방하겠다.

(2) 서사시

조선시대 사대부는 주지하는 바와 같이 경국제민(經國濟民)을 모토(母土)로 하였던 만큼, 현실의 모순과 그에 따른 백성들의 생활고 문제를 예민하게 느끼고 심각하게 받아들였음은 당연한 것이었다. 그러나 조선사회의 기본적 모순이 심화된 현상과 더불어 백성들의 생활이 이루 말할 수 없이 비참하게 되었음에도 불구하고, 여기에 따뜻한 눈길을 보내어 위로하거나 보살펴준 사대부가 많지 않았음은 매우 안타까운 일이다. 대다수 사대부들이 외면한 백성의 아픔과 고통을 면앙정은 회피하지 않고 정면에서 추켜들었던 사람이었다.

송순이 지닌 백성의 현실적 처지와 입장에 대한 올바른 이해는, 그의 애민정신에서 비롯된 것인데, 그는 당시 횡행한 관리들의 가렴주구(苛斂誅求) 등 착취와 횡포 등을 간과하지 않고 있는 그대로 목도(目睹)하여 비판하고 풍자하였다. 뿐만 아니라 이 같은 모순과 불합리를 개혁하려는 실천적 의지를 작동시켜 서사한시로써 그 실상을 낱낱이 파헤쳐보이게 했다.

면앙정이 현실의 비판과 개혁의 의지를 시세계에 구체적으로 실현하고자 했을 때, 서술이 억제되거나 시 형식이 정제되며 표현이 세련된, 서정시가 부적합했음은 당연한 것이었다. 서사한시의 경우 개별화된 인물의 등장과 사건의 진행, 시간과 공간적 배경 등이 기본요건으로 갖추어져야 하는데[52] 한마디로 서사한시의 제작은 백성의 현실적 입장에 대한 문학적 인식에서 비롯한 것이다. 『면앙집』에는 〈전가원(田家怨)〉, 〈문개가(聞丐歌)〉, 〈문인가곡(聞隣家哭)〉 등의 서사한시가 있는데 이들은 모두 당대 체제의 모순과 관리들의 횡포와 전횡에 따른 백성들의 삶에 대한 고통과 아픔을 다루고 있다.

㉠ 전가원

舊穀已云盡　작년의 양식은 이미 떨어지고
新苗未可期　올 핀 이삭은 언제나 여물지

---

52 졸고, 앞의 논문, 160면.

摘日西原草　매일 서쪽 언덕의 나물 뜯지만
不足充其飢　허기진 배 채우기엔 부족하다오
兒啼猶可忍　아이들 배고파 우는 소리 참을 수 있지만
親老復何爲　늙으신 부모님은 또 어찌 하리요?
出入柴門下　사립문 열고 나간다 한들
茫茫無所之　어디로 가야할지 막막하구나
官吏獨何人　아전이란 도대체 어떤 놈들이기에
責公兼徵私　공세로 닥달하고 사사로이 뜯어가네
窺缸缸已空　쌀독을 들여다본들 쌀이 있겠으며
視機機亦墮　베틀을 바라다본들 베가 있겠는가?
吏亦無柰何　아전인들 무슨 도리 있겠나
呼怒繫諸兒　성내어 소리 지르며 아이들을 묶는구나
持以告官長　붙잡아다 원님 앞에 바치노라니
官長亦不悲　원님도 인정머리 전혀 없구나
桎梏加其頸　목에다 큰 칼 씌워
鞭扑苦其肢　사지를 치고 때리고 야단이구나
日暮相扶持　해질녘에야 서로 끌어안고
齊哭繞故籬　우는소리가 울안을 맴도네
呼天皆乞死　하늘에다 죽여 달라 부르짖지만
聽者其又誰　들어줄 사람이 누가 있는가
哀哀不見救　슬프고 슬프구나, 구제받지 못하여
丘壑空積屍　쌓여진 시체가 빈 구렁 메꾸네.[53]

위의 시는 〈田家怨〉인데 우선 그 내용이 매우 쉽지만 읽는 가운데 울컥 분노가 치솟는다. 전체 24구의 장편인데 3단락으로 나눌 수 있다. 1

53 『면앙집』 권1.

구~8구, 9구~18구, 19구~24구가 그것인데 첫째 단락은 춘궁기의 궁핍함으로 인한 부모님께 드리는 불효의 심정이 드러나고 있다. 주인공의 효성스런 마음씨가 전면에 깔리면서 보다 엄숙한 분위기로 시상이 전개될 징조를 보인다. 둘째 단락은 세금 대신 사람을 잡아다가 구타하는 내용을 담았는데 가렴주구의 실상이 리얼하게 나타나 있다. 마지막 단락은 실컷 얻어맞고 해질녘에야 풀려나 서로 껴안고 통곡하는 처량함의 절정이 나타나며 그것도 부족하여 시체가 되고 만다는 비극으로 맺었다. 하늘에 죽여 달라고 부르짖어도 들어줄 사람이 누구냐고 반문한 데 이르면 당시 백성의 분노가 심각하게 와 닿는 것 같다. 이와 같은 현실의 모순과 불합리성에 대한 풍자와 고발은 이에서 멈추지 않는다.

㉡ 문개가

曉夢初罷驚剝啄	새벽 꿈 깰 무렵 문 두드리는 소리에 놀라
推枕起聽歌聲長	베게 밀치고 들으니 타령소리 길게 늘어진다.
呼兒走出問所由	아이야, 나가서 웬일인지 물어봐라.
知是老丐謀朝糧	늙은 거지 한사람 아침밥 빌러왔다는구나
不憂不哀乞語傲	그거지 시름없고 애걸도 않고 구걸하는 소리가 의젓한데
腰下只見垂空囊	허리춤에 찬 동냥자루 빈자루가 늘어져 보이는구나.
招來致前詰其由	그 늙은이 내력이나 알아보려고 오게 하니
白綻一衣無下裳	누덕누덕 기운저고리 아래는 가리지도 못했네.
云我曾爲富家子	"저 본래 태어나길 부잣집 자식으로
衣餘篋中粟餘場	장농 속에는 의복이 남아돌고 마당에 곡식도 남았었지요.
膝下兒孫床下妻	슬하에 아들손자 알뜰한 아내 옆에 있고
人生一世無他望	이 한세상 살아가기 남부러울 게 없었지요.
鬻牛行酒聚比隣	동네친구 불러 모아 고기 굽고 술잔 돌리고
嬉嬉笑語頻開長	늘 잔치를 벌이어 웃고 얘기하고 재미있게 놀았으니

謂是天公賦命好　호팔자 타고났다 남들이 샘을 내고
自擬基業傳無疆　나또한 믿었다오. 가업이 무궁히 전하리라고.
吁嗟人事若不常　슬프다! 인간사 덧없음이여.
甲子年間遇狂王　갑자년 어름에 미친 왕 만나고 보니
朝生一法餘蛇虺　아침에 나온 법령 독사와 같고
暮出一令如虎狼　저녁에 나온 법령 호랑이 같고
風雷行處不暇避　폭풍우뢰 치는 곳에 피할 겨를 전혀 없어
無翼奈何高飛翔　본디 날개 없으니 높이 날수도 없어.
父祖經營百年產　조상대대로 받은 백년의 가업이
敗之一日猶莫當　졸지에 망하려니 하루아침 거리밖에.
家破田亡餘赤身　집도 땅도 다 잃고 남은 것은 맨몸뚱이
升天入地無可藏　하늘로 날아갈까 땅으로 꺼질까? 일신을 가눌 길 없어
妻東子西我復南　아내는 동쪽으로 자식은 서쪽 나는 남쪽으로
雲分雨散情茫茫　구름처럼 흐르고 빗물처럼 흩어져서 천지간에 아득하게 되었소.
飄零于今三十年　영락한 떠돌이 신세 이제 어언 삼십년
死生憂樂已相忘　생사도 잊은 지 오래이니 근심 기쁨 생각이나 있으리
人間何處不可住　이 세상 어디 간들 발붙일 곳 없으랴
一杖一瓢行四方　지팡이 하나 표주박 하나로 사방을 돌았다오.
區區形骸知幺麽　구구한 이 육신 별것 아닌 줄 알았으니
求人猶足救死亡　남에게 비는 것이야 목숨하나 건지면 족하다오.
腹中纔食飢不害　뱃속에 넣는 음식 주림이나 면하면 되고
身上纔衣寒不傷　몸 위에 걸친 옷가지 추위를 막아주는데
更無餘憂來相干　무슨 근심 다시남아 나에게 덤벼들게 있으랴
優遊卒歲於康莊　이 한 몸 한가롭게 노닐며 평안히 해를 마치리라.
公侯將相縱有榮　정승이고 장군이면 영화롭기야 하지마는
君看前後紛罹殃　그대도 보셨지요. 걸핏하면 재앙에 걸리던 일"

出門揮杖歌復高	지팡이 흔들고 문을 나서 노래 소리 다시 높으니
白首意氣何軒昻	백수노인의 의기가 어찌 저리도 헌앙한가?
得喪已知不關我	득실이 자신과 관계없음을 스스로 깨달은 때문이지.
莫言丐者皆尋常	거지라고 모두 심상하게 보지 말기를[54]

위의 시는 〈문개가(聞丐歌)〉인데 전체 44구로된 7언의 서사한시이다. 전체 구성은 3단락으로 되어 있다. 첫째 단락은 제1구~제8구까지인데, 새벽녘에 늙고 초라한 거지가 타령조로 아침밥을 구걸하는 내용이다. 타령조 소리에 이상하게 여기어 나가 살피게 함으로써 두 번째 단락과 자연스럽게 연결 지어져 있다. 제9구~제40구는 두 번째 단락으로서 늙은 거지의 넋두리이다. 자신의 내력과 함께 거지가 된 이유가 광왕(狂王) 곧 미친 왕(연산군)의 폭정 때문이라고 분명히 밝혔다.

조상대대로 물려받은 전답은 아침·저녁으로 생겨나는 독사보다 더 독하고 호랑이 보다 더 무서운 법령 때문에 하루아침에 빼앗겨 버렸음을 말한 뒤, 맨몸뚱이로 처자식이 서로 각기 유리걸식하게 되었다고 했다. 그러면서도 정승이나 장군들이 걸핏하면 재앙에 걸려 화를 당한다고 하여 당시 당쟁의 무서운 회오리를 극명하게 드러내 풍자하고 있다. 세 번째 단락은 제41구~제44구까지인데 비록 거지의 신세이지만 지팡이 흔들고 노래 소리 높여 부르는 이유가 속세의 득실이 자신과 무관하다는 이치를 깨달았기 때문이라고 했다. 바로 이시의 주제 부분인데 토지로부터 유리된 농민 가운데 주체적 인간이 출현한 것이라는 주장이 설득력 있게 다가온다.[55]

면앙정이 지니고 있었던 애민정신과 현실 비판 정신은 이와 같은 주체적 인간의 출현 요인과 그들의 행로에 대한 각별한 관심을 불러일으켰다.

---

54 『면앙집』 권1.

55 임형택, 『이조시대서사시』 상, 창작과비평사, 1992, 64면.

이른바 주체적 인간상의 전형적 모델은 서사한시의 출현동인이 되었는데 이러한 인물 군상은 조선후기의 자율적·상업적 시민으로 성장해 나갈 수 있도록 그 단초를 보인 것이라 사료된다.

㉢ 탁목탄

千年喬木大蔽牛　천년된 큰 나무 황소를 가릴 만큼 자라서
根深九泉枝擎天　구천까지 뿌리를 내려 하늘을 받칠 만하다.
一朝慘慘小年意　하루아침에 생생한 기운 시들어져 참참하여도
鄉里尋常皆莫憐　마을 사람 누구 하나 가엾다고 아니하네.
老夫爲惜凍樑材　동량재를 아끼는 늙은이 있어서
撫摩終日心捐捐　온종일 만지면서 마음을 아파한다
有鳥急從何處來　어디선가 갑자기 새 한 마리 날아와서
剝剝啄啄鳴其顚　벗기고 쪼면서 미치도록 울어댄다.
喙有長兮爪爲利　부리는 길고 발톱은 날카로워서
服心老蠹期盡穿　둥치 속에 모든 벌레 다 잡아먹을 듯이
南枝北枝復西枝　이 가지 저 가지 온 가지마다
千瘡萬穴皮無全　천 구멍 만 구멍 오롯한 나무가 없네.
蟲猶深避力愈徵　벌레는 깊이 숨고 딱따구리는 힘이 지쳐서
只見殷血流口邊　얼룩진 핏방울만 입가에서 흐르네.
水有鴻雁山有鳩　물에 사는 기러기 산에 있는 비둘기
飮啄不過謀自便　삼키고 쪼면서 제 편하기만 꾀하네.
精衛塡海爲報讐　정위새는 바다를 메워 원수를 갚고
杜鵑啼血悲國遷　두견새는 피를 토해 망한 나라 슬퍼한다.
千尋古木本無情　천 길의 고목은 본시 무정했으니
捐身除害抑何緣　몸을 버려 해충을 잡는 것 무슨 인연이고
啄傷爪脫羽亦殘　부리는 상하고 발톱은 빠지고 날개는 꺾여

耐死效誠誰汝賢　죽도록 충성을 다하나 그 누가 어질다고 하리.
古今人事盡如此　예로부터 사람 산 일 이와 같으니
吁嗟汝身何獨然　오호라, 너의 몸만 외로이 그러하겠는가.

변화와 개혁만이 살 길이라고 외치는 지방정부와 중앙정부의 쉰 목소리가 〈琢木歎〉의 화자인 듯 가슴 뭡시 시리다. 이시는 우선 교목, 벌레, 늙은이, 그리고 딱따구리로 비유된 상징의 연결고리가 흥미롭다. 교목이 구체적으로 무엇을 의미하는지 분명치 않지만 동량재라고 밝히고 있어서 우선 오랜 내력을 지닌 가문 출신의 전도양양한 동량재(임금)가, 벌레로 상징된 어떤 힘이나 세력에 의해 시름시름 죽어간다는 안타까움으로 시상을 열었다.

이어 그 동량재를 아끼는 늙은이(원로대신)가 있어 구원해 주고 싶지만 역부족이라 하여 비극적 시상을 고조시킨 뒤, 마침 어디선가 부리가 길고 발톱이 날카로운 딱따구리가 날아와 벌레를 잡아낸다는 것으로 시상의 반전을 기했다. 그러면서 그 벌레들이 한두 마리가 아니고 이 가지 저 가지 온 가지에 깊숙이 숨어 있다는 복선을 설정하여 어떤 고질화된 상황이나 쉽게 전복시켜 올바르게 교정할 수 없는 모순과 불합리의 극한 상황을 암시했다.

그리하여 끝내 부리가 상하고 발톱이 빠지고 날개가 상하도록 몸을 바쳐 잡아댔지만 소용없다는 좌절적 내용으로 시상을 마무리했다. 딱따구리는 물론 변화와 개혁을 바라는 참신한 인물임이 분명한데 아마도 송순 자신을 일컫는지도 모를 일이다. 왜냐하면 이 작품은 송순의 37세 작으로 27세에 문과에 급제한 후 만 10년 되던 해에는 정치적 갈등으로 상처를 입고 향리에 물러나 있었기 때문이다.[56]

요컨대 이 작품은 교목, 벌레, 딱따구리 등의 비유를 통하여 당시의 모

56 김성기, 앞의 책, 382면.

순되고 불합리한 현실정치를 풍자적으로 풀이한 서술시라 하겠다. 이와 같은 서술시에서 보여준 풀이라는 문학적 수법은 송순 시대를 지나 지속적으로 계승되었거니와 그것은 호남시단의 한 특징이라 하겠다.

㉣ 문인가곡

日暮殘村行路稀	해 저문 쓸쓸한 마을길에 사람은 드문데
墻外哭聲來無數	담장 밖에서 통곡하는 소리 귀에 아프도록 울려온다
聞是西隣第幾家	가만히 들어보니 알겠네, 서쪽 이웃에 사는 집임을
無食無衣一窮姥	먹을 것도 입을 것도 없이 몹시 곤궁한 할멈이로구나
掩券垂淚久咨嗟	읽던 책 덮어 놓고서 눈물 흘리며 나도 모르게 탄식하네
此姥盛時吾親覩	그 할멈 한창시절 내 직접 보았었노라
憶昔朝廷善政初	예전에 나라에서 선정을 베푸실 때
必使長者知吾府	반드시 훌륭한 인물을 보내 우리 고을 맡기셨으니
差科正來民力均	구실은 공평하고 부역은 아주 공평했으며
一年餘食盈倉庾	한 해 먹고도 남은 곡식이 곳간에 그득그득 넘쳤더라오
西家饒財一里最	저 서쪽집의 풍요함은 온 마을에서 그중 으뜸이라
糴夫糶女塡門戶	곡식 얻으러 온 사람들 문전을 메웠고
鷄豚伏臘燕鄕閭	복날이면 닭 잡고 섣달이면 돼지 잡아
前庭後街羅歌舞	앞마당 뒤뜰에서 노래하고 춤추고 흥겹게 놀았더니라
從前時運有陞降	예로부터 시운은 오르고 내리고 무상했으며
斯民計活有散聚	백성의 살림살이야 모이고 흩어짐이 있기 마련
召父不來杜母去	자애로운 원님 떠나가시매 어진 사또 다시 오지 않으니
始信苛政浮猛虎	혹독한 정사 범보다 무서운 줄 이제 정녕 보았구나
朝破一田備東責	아침에 논 한 자리 동쪽의 들볶임에 깨지고
暮撤一家充西取	저녁에 집 한 채 서쪽의 빼앗음에 헐리고
日復有日夜復夜	날이면 날마다 밤이면 밤마다

暴政毒令加蜂午　악독한 정령이 벌떼처럼 달라붙어
甕盎皆鳴機杼空　뒤주 항아리 텅 비고 빈 베틀만 덩그렇게
竈上久已無錡釜　부뚜막에 노구솥 가마솥 진작 빠져나갔고
枷夫械子置牢獄　남편은 칼 쓰고 자식은 착고 차고 감옥에 갇혀 있으니
鞭餘肌肉皆臭腐　채찍질에 남은 살갗 썩은 냄새 나지라오
人生到此理極難　사람이 사는 것이 이 지경이니 어이 견디리요
不如死去埋厚土　차라리 영영 죽어나 버려 흙 속에 묻히느니만 못하리다
呼天終日哭籬下　하늘을 바라보고 부르짖으며 울밑에서 하루 종일 울어도
天猶不應更誰怙　하늘조차 대답이 없으시니 다시 어느 누구를 믿으리요
嗚呼汝命誠可哀　"아아, 할멈의 운명이여! 참으로 애달픈 일이로군요
聞者孰不增恚怒　사정을 듣는 사람 누군들 분노하지 않으랴!
方今國家愼賞罰　지금 바야흐로 나라에서 상벌을 신중히 하사
君王仁澤臻舜禹　성상의 은택이 옛 성군에 비길 만하니
我當爲爾陳闕下　내 응당 할멈을 위해 대궐에 나아가 아뢸지니
酷吏不啻膏諸斧　잔악한 관리놈들 처벌을 받을 뿐 아니라
夫還子放復舊居　남편과 자식은 풀려나서 옛집으로 돌아와
殘年敗業猶足樹　망해 먹은 살림 다시금 일으킬 수 있으리다."
老婦掉頭哭且言　할멈은 내 말에 머리를 내젓고 울면서 이렇게 말하더라
隣家丈人還余侮　"이웃의 어르신네 무슨 말씀을 그리, 시방 저를 놀리시나요?"

위는 전체 40구로 된 칠언의 고시체 서사시다. 위정자(爲政者)의 무능과 가렴주구(苛斂誅求) 때문에 가정이 파탄되고 희망까지 박탈된 민초들의 억울하고 서러운 처지를 대화적 수법을 통하여 적시하듯 풀어내었는데 해 저문 쓸쓸한 마을길에서 통곡하는 할멈의 울음소리로 시상을 일으켰다. 해저문/ 쓸쓸한 마을길/할멈 등 쇠락적 이미지의 삼중첩으로, 앞으로 전개될 사건이 의미심장함을 고조시키고 있음이 눈에 띈다.

두 번째 단락은 작중화자의 회고 부분이다. 선정을 베풀 줄 아는 임금과 훌륭한 관리의 유무에 따라 백성의 삶의 질이 좌우됨을 말하고 있다. 실재했던 선정(善政)의 추억인지, 시인의 희망적 바람인지 모르겠지만, 이 같은 함의적 표현은 마음 아프게 한다. 세 번째 단락은 다반사로 변한 시운(時運)의 승강(陞降)에 따라 백성의 살림살이가 엇갈리고 어질지 못한 위정자와 법령의 잘못 시행으로 화목한 가정이 파탄되고 행복이 깨어지는 비극을 말한 부분이다. 마치 판소리에서 아니리로 사설을 주섬주섬 섬기듯 범보다 무서운 정사(政事), 아침저녁으로 깨지고 빼앗기는 재산, 밤마다 뒤주와 노구솥 등이 빠져나가는 광경, 남편은 칼 쓰고 자식은 착고 차고 감옥 가는 형상 등 농민의 참상을 확장된 서술로 실감나게 풀어내었다.

네 번째 단락은 하늘을 바라보고 하루 종일 울어도 하늘조차 대답이 없다함으로써 사태의 심각함과 위기의 심각성을 극명하게 드러내어 펼쳐 보였다. 다섯 번째 단락은 성군에 비길만한 임금을 등장시켜 비극의 극적인 반전을 꾀했으나, 여성 화자가 "이웃의 어르신네 무슨 말씀을 그리, 시방 저를 놀리시나요?"라고 단호하게 거절함으로써 하늘 곧 통치체제에 대한 강한 불신을 드러내었다. 이는 당시의 사태가 해결의 실마리를 찾을 수 없을 정도로 심각하다는 절망의 토로인 동시에 어떻게 손조차 쓸 수 없는 총체적 난국임을 절망적으로 드러내었는데 시인의 현실 직시에 따른 애민정신의 남다른 면이 주목된다.

4. 맺음말

본고는 면앙정 송순의 한시에 대한 연구의 제고와 앞으로의 본격적이고 심도 있는 천착을 위한 예비 작업으로 마련된 것이다. 우선 『면앙집』 소재의 문체별 분류를 통하여 본 결과 그는 賦, 歌, 吟, 輓, 歎, 書, 文, 銘,

記, 說, 論 등 다양한 문체를 섭렵한 시인이라는 사실을 알 수 있었다.

아울러 국문시가 못지않게 560여 수나 되는 한시가 있는데, 이는 오언과 칠언의 절구 및 율시가 주종을 이루고 있었다. 또한 그의 시편은 교유시, 누정시, 기행시가 단연 드러나는데 이는 그의 풍류적 기질과 친교의 천성에서 비롯된 것이라 생각된다.

교유시의 세계를 들여다보면 워낙이 교유한 인물이 많았던 관계로 그 종류 또한 사제 간, 동년배 간, 후진 간 등으로 가닥지울 만큼 헌사로웠다. 이러한 교유시를 통해볼 때 면앙정의 서정적 시세계 일단이 밝혀지리라 생각되는데, 이에는 그의 인물됨과 다정다감한 인간애, 풍류남아로서의 호탕한 기상을 드러내는 것, 평범한 일민(逸民)이고 싶은 소망, 세속에서의 탈피하고픈 심사토로 등이 주와 종을 이루고 있었다.

한편, 그의 누정과 관련한 시편은 기행시와의 관련을 맺어 앞으로 더욱 천착해야 할 과제이다. 면앙정의 누정시는 물아일체의 경지를 말한 것, 호탕한 기상을 노래한 것, 귀거래의 의지를 표명한 것, 헌사한 풍류생활을 읊은 것, 애민정신의 일단을 보인 것, 누정의 경관에 도취되어 망귀(忘歸)한 것, 성은에 감사하는 태평성세의 구가, 경국제민에의 의지와 충신으로서의 자세 등을 내용으로 하고 있다.

끝으로 면앙정의 서사한시는 면앙정이 지니고 있었던 애민정신과 그가 평생 치민의 척도로 지녀온 敬의 사상이 조화를 이루어낸 수작으로서 주목된다. 애민정신에 입각하여 백성의 고통과 아픔을 직시한 유학자 본연의 자세와, 세상을 미리 내딛어 가는 선각자적 혜안 및 소박하나마 현실주의적 문예관 등이 어우러진 서사한시의 창작은, 다음 세대인 허균과 이수광의 반 주자학 및 사실주의적 문학의 실천적 모델이 되었다는 점에서 주목받아야 마땅할 것이다. 나아가 고려조 이규보로부터 이어져온 애민시의 전통을 조선중기에 고스란히 실천해 옮겼다는 데서도 그의 시사적 위상은 높이 사야할 것으로 사료된다.

행당 윤복과 서술시의 미학

1. 들어가는 말

필자는 전남 담양군 남면에 소재한 식영정(息影亭)을 중심으로 면앙정 송순, 송강 정철, 인재 김성원, 제봉 고경명 등과 함께 식영정 시단을 주도했던 석천(石川) 임억령(林億齡, 1496~1568)의 한시 3,000여 수에 대한 번역을 시작으로 호남 한문학에 대한 관심을 갖고 공부하는 과정에서 재미나는 사실을 발견하게 되었다. 그것은 다름 아니라, 15~16세기 호남 한시단이 보여준 글쓰기 방식, 곧 서술시의 제작과 그것의 면면한 흐름의 계승이었다. 이렇듯 호남 한시사를 말함에 있어서 서술시는 하나의 전통이자 특징 중의 하나였다.

눌재(訥齋) 박상(朴祥, 1474~1530)은 호남 한시사에서 서술시를 개척한 시인이다. 그가 부(賦)를 통하여 애용한 서술시는 신재(新齋) 최산두(崔山斗, 1483~1536), 석천 임억령(1496~1568), 송재(松齋) 나세찬(羅世纘, 1498~1551), 미암(眉岩) 유희춘(柳希春, 1513~1577), 하서(河西) 김인후(金麟厚, 1510~1560), 행당(杏堂) 윤복(尹復, 1512~1577), 송천(松川) 양응정(梁應鼎, 1519~1581), 풍암(楓菴) 문위세(文緯世, 1534~1600), 다산(茶山) 정약용(丁若鏞, 1762~1836)[1] 등 당대 주목받았던 일군의 문인들에게 이어져 모두 자기의 중요한 주장이나 신념, 건의 및 모순된 현실 정치에 대한 불만

---

1 필자는 다산의 〈소경에게 시집간 여자〉 곧 〈도강고가부사〉는 임형택의 주장과는 조금 달리 장편의 서술 한시로서 호남 서술시의 전통을 계승한 것으로 보고자 한다. 임형택, 『이조시대 서사시』 2, 창작과 비평사, 2013.

토로, 개혁 의지 등을 담거나 풍자하는 등의 글쓰기 수단으로 하나의 전통이 되었다. 그러한 서술시는 부(賦)라는 전통 한시 문체를 통하여 실현되었다.

이와는 달리 송강(松江) 정철(鄭澈, 1536~1593), 면앙정(俛仰亭) 宋純(1493~1583), 사암(思菴) 박순(朴淳, 1523~1589), 고봉(高峰) 기대승(奇大升, 1527~1572) 등의 문집에서는 부(賦)를 찾아보기 힘들거나 있다손 치더라도 크게 비중을 차지하고 있지 않는 등 좋은 대조를 보이고 있음은 흥미로운 일이 아닐 수 없다.

다시 말해서 앞서 보인 15~16세기 부 문학 창작자들은 기묘사화(1519) 또는 을사사화(1545) 등의 영향으로 관직 생활에서 물러나 주로 재야자로서 생활한 기간이 길었거나, 관직에 몸담았을 땐 주로 언간(言諫)직에 재직하면서 충간(忠諫)이나 직언(直言) 등을 거리낌 없이 하였거나 글쓰기에 종사하였다는 공통점을 지닌다.[2]

반면 후자들은 주로 재조자(在朝者)로서의 기간이 길었거나 비교적 순탄한 환로를 걸었던 경우 또는 도학자로서 표(表), 답(答), 설(說), 서(書), 논(論) 등의 문체를 통하여 자기의 주장을 논리적이며 학문적으로 주장했다는 등의 공통점을 보인다.

이상에서 보는 바와 같이 15~16세기 사화(士禍)의 영향 또는 정치적 신념 등으로 인하여 정치현실에서 소외되었거나, 스스로를 격리시킨 일군의 호남사림들이 경국제민에의 뜻을 이루지 못했거나, 그릇되고 불합리한 현실적 모순을 고발 또는 풍자하기 위하여 애용했던 글쓰기 양식은 다름 아닌 부 문학이었음을 알 수 있겠다. 그들은 주로 수사(修辭) 보다는 내용에 치중하는 송나라 문부(文賦)의 성격을 지닌 부 문학을 창작했다.

글의 내용은 ① 유학 경전의 내용을 차용한 것, ② 성리서와 관련된 내

---

2 행당은 사간원 같은 직접적인 언간직은 아닐지라도 27세 문과 급제 이후 성균관, 예문관, 교서관, 승문원 등에 몸담아 글쓰기와 관련된 일을 9년여 이상 맡아 보았다. 행당선생추모회, 『행당선생유고』, 대보사, 1997, 〈연보〉

용을 차용한 것, ③ 고사를 원용한 것, ④ 목도이문(目睹耳聞)한 실례를 든 경우, ⑤ 역사적 사실의 원용 등으로 나눌 수 있는데 아무래도 그 창작 배경이 자신의 의지 또는 신념이 현실적 상황과 괴리된 상태에서 지어진 까닭으로, 어떤 원칙이나 전범의 제시로써 역사적 사실이나 유교 경전, 제자백가서의 내용을 차용한 것이 주를 이루고 있다.

곧 중앙정계로부터 소외되거나 스스로 물러난 일군의 호남선비들은 주로 재야에 처했던 일신상의 조건상 당대 비판적인 의식과 함께 개혁의지 및 지치(至治)와 왕도정치의 주장을 펴 보이려는 매체로써 글쓰기를 선택하였는바, 그 양식은 곧 부 문학이었으며, 제목으로는 주로 경전의 내용이나 제자백가서의 내용을 차용하여 삼았다고 판단했다.[3] 다만 행당의 경우 호남 서술시인과는 다른 환로를 걸었지만, 부 문학 제작을 통해 서술시인의 대열에 참여하여 그만의 독특한 미학을 실현해 보였다는 점에서 본 연구의 시발이 되었다.

필자는 이처럼 양적, 질적인 면에서 커다란 비중을 차지하고 있는 호남 한시단의 부 문학을 온당하게 이해하는데 관심을 갖고 있는바, 이 자리에서는 행당(杏堂) 윤복(尹復, 1512~1577)의 경우를 들어 논의를 전개하기로 한다.

2. 연구방법

필자는 부 문학의 온당한 이해를 위하여 일련의 생각을 발표한 적이 있다. 「송천 장편시의 세계」[4]에서는 송천 양응정의 부 문학을 장편시로 이해한 경우이다. 여기에서는 5언 또는 7언 고시체의 장형 시까지 아우르

3 행당의 경우. 여말 선초의 도은 이숭인의 〈배열부전〉을 차운한 경우도 있음.

4 한국고시가문학회, 『고시가연구』 제6집, 1999.

는 개념으로 '장편 시'라는 용어를 썼는데 장편이라는 용어가 길이의 모호성 등 문체의 이름으로 부적합하다는 지적을 받았다. 이런 생각은 먼저 발표한 「송재 나세찬의 부 문학 세계」[5]에서 원래의 문체 이름 그대로 '부'라고 불렀던 것에 대한 필자 나름의 불만 때문이었다.

하지만 담론으로서의 일정한 가치를 지닌, 특정시기, 일군의 뛰어난, 그러면서도 정치의 중심세력에서 소외되거나 스스로 소외시킨, 올곧은 선비들에 의하여, 오랜 동안, 하나의 전통처럼 지속된 글쓰기 양식을 이해함에 있어서는 무언가 아쉬움을 떨칠 수가 없었다. 이에 '부'문학에 대한 생각을 계속한 결과, '부'는 일정한 담론을 지니며 그 기저 자질로서 "서술"이 주요하게 작용하고 있음을 찾아내었다. 그리하여 장편시 또는 부 문학이라는 명칭 보다는 '서술시'로서 이해함이 보다 온당하다는 생각을 갖게 되었다. 이후 「풍암 서술시의 이해론적 전제와 미학」[6]에서는 문위세의 부 문학을 서술시적 관점으로 이해한바 있다.

서술시[7]에서의 서술은 그 자체 서사자가 있어서 피서사자에게 이야기를 전달하는 소통의 방식이다. 호남 한시단의 부 문학 대부분은 자신들이 열망했던 경국제민의 정치 철학을 실천에 옮기지 못하게 좌절시킨 대상 또는 그런 정치가 실현되지 못한 현실적 모순을, 드러내어, 지적하고, 개혁하거나, 시정하려는 의지를 담아낸 것, 정의와 윤리의 기강이 무너진 불합리한 현실을 들춰내고, 꼬집어서, 시정을 촉구하거나 풍자한 것, 소강신민(小康新民)의 종경(宗經) 지향정신 등을 담은 것이 많기 때문에 그 담론의 기저는 서술이 주를 이룰 수밖에 없다.

서술은 그 자체 서사자가 있어서 피서사자에게 이야기를 전달하는 소통의 모델임은 앞서 말한 바와 같다. 그러므로 보여주기 보다는 말하기의

5 우리말글학회, 『우리말글』 제8집, 1999.

6 한국고시가문학회, 『고시가연구』 제11집, 2003.

7 서술시에 대한 여러 주장 및 논의는 위의 필자 논문들을 참조.

화법을 주로 쓰며, 작품세계에 대한 시인 자신의 직접적 개입이 이루어지는 글쓰기의 한 양식이다. 이러한 서술은 사건을 시간적 연속과 인과성에 따라 결합시켜주는 조직의 기법으로서, 서사 갈래의 지배소로 간주되어 왔다. 긴 서사체의 경우 특히 시간의 흐름 감각이 생명일 수밖에 없으며, 그로써 세계의 추이를 드러내 보여야 하는 경우에 있어서 서술이 차지하는 몫은 지대한 것으로 여겨진다.

또한 서정시에서도 시인이 시적 효과를 획득하기 위하여 사건을 도입할 수 있는 바, 그 경우 비록 긴밀하게 완성된 구성력을 갖추지는 못했다 할지라도, 그 플롯은 서술에 의해서 엮어짐은 분명한 사실이다. 이로써 볼 때 서술은 서사 갈래만 만드는 것이 아니라, 극 갈래이나 교술 갈래도 만들 수 있다는 점을 시사해 준다 하겠는데 이는 서술이야말로 곧 모든 시의 기저자질 중의 하나라는 말과 다르지 않다.

한편, 서술이 주가 되는 시를 서술시라고 하거니와, 이는 묘사가 주를 이룰 때 묘사시라고 부르는 것과 같다. 어느 시대이든 거기에는 당대 사람들이 지니는 삶의 조건과 삶의 과정이 있기 마련인데, 그러한 조건과 과정은 서술되어야 분명해지므로 그것을 표현하는 수단으로써 서술시가 요구되는 것은 자연스러운 귀결이다. 이는 달리 말하여 서술이란 어떤 소재에 대하여 취하는 관심의 가장 명백한 형식이라는 점에서 볼 때 매우 타당하게 여겨진다.

서술시의 문체는 수사적 비유보다는 일상인의 평이하고 단순한 담화체가 우세한 반면, 이미지는 다소 약화되기 십상이다. 이는 서술시의 언어가 지시적 기능이 우세하여 명료도를 지님과 함께, 충실한 진실 전달 또는 피력이라는 점에서 객관적 발화로서의 강력한 힘을 지니게 된다는 말과 다르지 않다.

또한 서술시는 삶의 조건과 과정이 서술되는 것이므로 어느 시대에나 그 현실 사정에 따라 자연스러운 진실 표현의 욕구충동 결과로써 어떤 이야기를 갖기 마련이므로, 거기에는 사건의 주체가 되는 인물이 있으며 그 인물이 사건을 벌이는 배경이 등장함은 당연하다. 그런데 사건의 내용, 인물의 특징과 성격, 배경 등은 문학 담당층이 변할 때마다 그들의 수요와 필요에 따라 달라질 수밖에 없다.

이와 같이 서술이 요구되는 시의 기저자질로서의 서술은, 서정 혹은 서사로의 갈래 분류 대상에서 제외되어야 마땅하다. 이상과 같은 서술과 서술시의 개념을 고려하면서 부에 대하여 살펴보기로 하자.

『시경』의 시적 진술이나 일반 문학적 진술에서 가장 기본적이면서도 보편적으로 활용되는 진술은 다름 아닌 부(賦)라는 말처럼 부(賦)는 작시(作詩)원리로서 텍스트의 생산에 기여해왔다. 비유 없이 직접적 서술로 이루어지는 부는 사고를 구조화하는 단위 또는 사고의 표현단위 및 사물이나 현상을 이해·해석·감지·파악하는 데 매우 유용한 양식으로 알려져 있거니와, 그와 관련한 대표적인 몇 견해를 보이면 다음과 같다.

賦直而興微比顯而興隱[8]

詩有六義其二曰賦賦者鋪也鋪采摛文體物寫志也[9]

賦者敷陳其事而直言之者也[10]

作賦之法已盡長卿數語大抵須包蓄千古之材
牢籠宇宙之態其變幻之極如滄溟開晦絢爛之至
如雲錦照灼然後徐而約之使指有所在
若汗慢縱橫無首無尾了不知結束之妙(中略)
賦家不患無意患在無蓄不患無蓄患在無以運之[11]

위에서 보듯 부는 직(直), 포(鋪), 부진(敷陳) 등의 개념으로써 이야기를

---

8 孔穎達, 〈詩大序疏〉, 「毛詩正義」(卷一).

9 劉勰, 〈詮賦〉, 「文心雕龍」.

10 朱熹, 〈葛覃〉, 「詩經」.

11 王世貞·徐師曾, 「文體明辯」.

곧바로 드러내어 말하거나, 펼쳐서 서술한다는 의미를 지닌다. 부의 제작은 천고지재(千古之材)를 머금어서 변환지극(變幻之極)과 현란지지(絢爛之至)를 이루되 서이약지(徐而約之)하여서 사지유소재(使指有所在)하여야 하는데, 이때 무의(無意)함을 근심할 것이 아니라, 무축(無蓄)함을 근심하고, 무축함을 근심할 것이 아니라, 무이운지(無以運之)를 근심하라고 했다.

이렇게 볼 때 결국 부는 가슴에 맺히고 쌓인 것을 서술로써 적절하게 풀어내는 데 유용한 양식임을 알 수 있겠다. 다시 말하여 흥(興)의 돈오적(頓悟的) 자각과 대비되는 점오적(漸悟的) 인식(認識)이 바로 부(賦)라는 말이며, 이는 서술이 바탕이 되어 원인-결과, 전체-결론, 추정-단언 등을 통하여 사지유소재(使指有所在)를 적절하게 주장, 전개하는 경향이 강한 문학이라 하겠다.

3. 행당 윤복의 생평

윤복(尹復, 1512~1577)의 자(字)는 원례(元禮), 호(號)는 석문(石門) 또는 행당(杏堂)이며 본관은 해남(海南)이다. 1512년(중종 7) 5월 12일 해남현(海南縣) 동문(東門) 밖의 집(현재의 해남군 해남읍 해리)에서 어초은 윤효정(尹孝貞, 1476~1543)의 넷째 아들로 출생했다. 7세 때에 큰 형인 귤정 (橘亭) 윤구(尹衢, 1495~1549)에게서 배운 이래 15세 무렵에는 유학의 경전과 백가의 제서에 통달하였다. 1533년 22세 때 남원윤씨(1516~1551, 생원 순(洵)의 딸)에게 장가들었다.

1534년 윤 2월 생원시에 이등(二等) 제일인(第一人)으로 입격(入格)하고, 27세 때인 1538년 9월에 별시(別試) 문과(文科)에 을과(乙科) 제일인(第一人)으로 급제하여 벼슬길에 올라 성균관 학유(學諭), 학록(學錄), 학정(學正), 박사(博士) 등을 지냈다. 32세 때인 1543년 2월 6일 외간상(外艱喪)을 당하자 주자가례에 따라 정성을 다해 3년 복을 마쳐 주위의 칭송을 들더니 1546년에 성균관 전적(典籍, 정6품)이 되었다.

이듬해인 1547년 8월 5일 모친을 위해 외직을 원하여 승의랑(承議郎)으로 부안현감에 제수된다. 그때 마침 흉년이 들어 백성들이 굶주려 죽어가자 밤낮으로 전력을 다해 구휼하는 등 애민정신을 보였다. 하루는 막강한 세도를 지닌 정승 이기(李芑)가 관청에서 쓸 배를 자기에게 주라고 편지를 보내어 요구했는데, 여러 사람들은 그의 권력을 두려워해 청탁에 따르고자 하였으나 윤복만 홀로 의연히 거절하였다. 당시 사관들이 그 강직함을 흠모하여 『명종실록』에 다음과 같이 기록하였는데 이를 통하여 그의 올곧은 성품의 일면을 잘 알 수 있다.

> 윤복은 성품이 정직하고 절개가 굳었다. 일찍이 부안현감(扶安縣監)이 되어 관청에서 쓸 큰 배를 제조한 적이 있었다. 이기(李芑)가 그 소문을 듣고 세 번 편지를 보내서 자기에게 줄 것을 요청하였으나, 끝내 들어주지 않았다. 당시 이기의 권력이 막강해서 만약 자기를 받들지 않는 자가 있으면 큰 화를 입혔다. 윤복과 가까이 지내던 사람이 그를 위해 충고하여 주었으나 윤복은 '죽고 사는 것과 곤궁하고 영달하는 것이 모두 하늘에 달려 있는 것이니, 이기가 나에게 어찌할 수 있겠는가' 하였다. 판서 송세형(宋世珩)이 윤복에게 사사로이 부탁한 일이 있었는데 윤복은 답서를 보내 책망하기를, '사군자(士君子)가 재상이 되었으면 마땅히 밝고 깨끗한 마음을 가져야지, 이처럼 구차하게 해서는 안 된다.' 하니, 송세형이 부끄러워하면서 사과하였다. 윤복은 평생에 문학(文學)을 매우 좋아했고, 남과의 교류를 일삼지 않았다.[12]

1549년 정월 22일 내간상(內艱喪)을 당하였고 1551년 내간의 상을 벗었다. 3월 15일에 봉직랑(奉直郎, 종6품)에 올라 예조좌랑 겸 춘추관 기사관

---

12 『명종실록』, 15년(1560).

(禮曹佐郎 兼 春秋館記事官)이 되었다. 6월 16일에 통선랑(通善郎, 정5품) 예조정랑이 되었는데, 이때 사인 윤부(尹釜), 검상 송찬(宋贊)이 평소 친하게 지내던 의기(醫妓)가 벌 받는 것을 보고 패초랑청(牌招郎廳)이 장차 입정(立庭)하여 만류코자 패(牌)를 촉급하게 발하였으나 5~6번에 이르러서야 부득이 멈추고 부(府)로 가면서 비리를 꾸짖고 바로 나가 돌아보지 않으니 나이든 관리들이 탄복하였다 한다.[13]

1551년 7월 13일에는 전라도사(全羅都) 겸 춘추관(春秋館) 기주관(記注官)이 되었는데 당시 관찰사인 삼가정(三可亭) 박수량(朴遂良)이 매번 큰 일을 결정함에 공과 상의하여 처리하는 등 그를 매우 중히 여겼다. 전라도사로 있을 때에는 일록인 〈전라도 도사시일록(全羅道 都事時日錄)〉을 남기기도 했는데, 이는 8월 6일 대궐에 나아가 배사(拜謝)를 한 이래 10월 19일까지 73일간의 일기이다.

1553년 9월 19일에는 낙안군수에 임명되었는데 1555년 여름 왜구가 변방의 성을 연하여 함몰시킴에도 열읍의 수령들이 적절한 조치를 못하고 어찌할 바를 모를 때, 그는 성을 지키고자 분연히 일어나 성을 다듬고 호령하여 질서 있게 대처하니 당시 방어사 남치근(南致勤)이 여러 읍을 순행(巡行)하다가 이곳에 이르러 말하기를 '옛날의 명장도 능히 이에 미치지 못할 것'이라며 칭찬을 그치지 않았다고 한다.

1556년 병으로 사임하였다가 1560년 4월 23일에 통정대부에 올라 행 한산군수 겸 춘추관 편수관이 되고, 1562년 광주(光州)목사가 되었는데 다시 병으로 사임하였다. 1564년 53세 때 종부시 첨정이 되었고 1565년(명종 20) 6월 15일에는 안동대도호부사에 제수되었다.

안동도호부사 시절에 퇴계 이황(1501~1570) 선생이 관직에서 물러나 도산(陶山)에 머물러 있음을 듣고, 틈을 타 찾아가 때때로 안부를 물었고, 경의(經義) 가운데 난구(難句)를 논하였으며, 시사(時事)를 변석(辨析)하는

---

13 앞의 『행당선생유고』, 516~517면.

등 선생과 함께 하느라 저물어도 돌아갈 것을 잊었다고 한다.[14] 뿐만 아니라 서로 헤어져서는 서신을 통하여 성리(性理)에 대해 논하기도 하였는데 퇴계 이황이 행당 윤복에게 보낸 서신은 27장이나 전한다. 이 서신은 『퇴계선생문집(退溪先生文集)』 원집에는 2편만이 등재되었는데 1869년에 〈도산전서〉(퇴계선생전서)가 간행되면서 원집에 실린 2편을 포함하여 26편이 모두 실렸다.[15]

『퇴계선생전서』에 실린 26편 가운데 연기(年紀)가 있는 것은 을축(2건), 정묘, 무진의 4건인데 이들은 각각 1565년(명종 20), 1567년, 1568년에 해당한다. 윤복이 안동부사에 재임한 것은 1565년 6월부터 1567년의 병으로 사임하기까지 2년 4개월 인데 이 시기에 교류했음을 알 수 있다. 김언종은 퇴계학이 호남과 전국으로 확산된 것은 행당이 초석을 다진 것이라 했을 만큼 두 사람의 관계는 중요했다고 평가했다.[16] 행당은 안동부사를 사임하고 집으로 돌아 간 뒤에도 퇴계 문하에서 배우고 있던 강중, 흠중, 단중 등 세 아들을 통해 서찰을 주고받았음을 알 수 있다.

이 서신들은 '윤안동에게 답함[答尹安東]'(20건) 또는 '윤안동에게 드림[與尹安東]'이라고 되어 있어 대부분이 행당 윤복이 퇴계 이황에게 보낸 서신에 회답을 하는 형식으로 되어있다. 이로 미루어 행당 윤복이 퇴계 이황에게 보낸 서신도 있을 것이나 행당의 문집에서는 확인되지 않는다.

서찰의 내용을 보면 안부를 묻고 선물(귤, 山雞, 육물, 송이버섯, 簡紙, 과실)을 보내온 것에 대한 사례의 글, 친척의 청탁에 관한 것도 있다. 그런데 주목을 요한 것은 책자의 발간에 따른 내용의 토론이나 국상(國喪) 시의 의례에 대한 논의도 깊게 이루어지고 있었다는 점이다. 특히 문정왕후 국상 시의 행당의 의견에 대하여 자세한 해설을 보내고 있으며, 퇴계

14 앞의 유고, 520면.

15 앞의 유고, 423~466면, 1565~1568년의 3년간.

16 김언종, 「퇴계와 행당의 교환과 그 역사적 의의」, 행당윤복선생탄신500주년기념사업회, 『행당 윤복선생 유고. 백서』, 을지출판공사, 2013, 285면.

가 제유(諸儒)의 역학계몽(易學啓蒙)을 변석(辨釋)한 저서인 『계몽전의(啓蒙傳疑)』의 초고를 보내 주면서 그에 대한 의견을 구하고 있는 등 학문적 교류를 하고 있음을 알 수 있다. 이는 행당의 학문적 수준이 높았음을 알려주는 동시에 퇴계와 행당의 인간적 교분의 두터움 및 행당에 대한 퇴계의 각별한 예우가 있었음을 짐작하게 한다.

행당이 안동부사로 재임할 당시의 행적 가운데 드러난 것은 안동향교의 중건을 들 수 있다. 2년에 걸쳐 묘우(廟宇, 대성전) 보수, 명륜당·행단(杏亶, 강학 장소)·누대·동재·서재·동무·서무·신문·협문 등을 중건하고선 안동향교중수기를 남긴다. 행당은 안동부사로 부임한 이듬해(1566년)부터 세 아들(강중, 흠중, 단중)과 생질 풍암 문위세를 퇴계에게 보내 정사(亭舍)에 머물면서 배우도록 했다. 퇴계가 이들에게 보낸 서신도 6편이 전한다. 그리고 「회암서절요(晦庵書節要)」[17]를 행당에게 보냈는데 현재까지 후손(강진 도암 윤대현)에게 전해지고 있다. 1566년 12월 하순에 아들을 통하여 퇴계가 행당에게 준 시가 있는데 그 내용은 다음과 같다. 이 시는 행당의 신도비에도 실려 있다.

朱門博約兩工程	주자 문하의 박문(博文)과 약례(約禮) 두 공부 과정으로
百聖淵源到此明	여러 성현들의 근원이 이에 이르러 명료해 졌더라.
珍重手書留至教	진중하게 손수 쓴 글에 지극한 가르침 담겨져 있고
精微心法發羣英	정미로운 심법으로 여러 영재를 계발하누나.
嗟余竭力空頭白	내 힘을 다하다가 부질없이 머리만 센 것을 한탄한대
感子收功已汗靑	그대는 공로를 이루어 이미 저서를 낸 것에 감탄하네.
更遣諸郎詢瞽見	다시 여러 아들들을 보내 내 어리석은 소견을 물어 오니
病中深覺負仁情	병중에도 어진 정 저버린 것을 깊이 깨우쳤네

17 주희의 『주자대전』에서 주희의 서간문을 퇴계가 요약 또는 편집한 책으로 이황이 편집할 당시에는 『회암서절요』라 했는데 이후 제자들이 『주자서절요』라 달리 불렀다. 14권 7책이다.

윤복은 1567년 10월 병으로 인하여 안동도호부사를 사임하고 집으로 돌아온다. 이 때 퇴계가 보낸 서신 가운데 '호남과 영남은 멀리 아득하게 천리 길이 넘는데도 악수로써 정을 나누며, 이별하기도 또한 불가능함에 한이 더욱 깊어지기만 한다(湖嶺遼闊不啼千里握乎敍別亦不可得恨益深耳)'라는 내용과, 퇴계가 보낸 시 가운데 행당이 차운한 내용에 '남으로 온 우리의 도 큰 공정(工程)이 되었는데, 교도가 순순(諄諄)하여 의리가 밝혀졌다.(南來吾道大工程 教導諄諄義理明)'라는 내용으로 볼 때 고향으로 돌아와서도 두 사람의 정리가 각별했음을 알 수 있겠다. 행당은 집으로 돌아와 있으면서도 유가 서적의 경의(經義)에 잠심하였고, 유가 선현의 잠명서(箴銘書)들을 아들들에게 남겨 주어 부지런히 배우도록 권하였다. 전남 강진의 백련서사(白蓮書舍)에 거처하면서 집안 형인 해빈 윤항, 졸재 윤행과 왕래하면서 자연을 즐기며 학문을 논하였다.

1571년 9월 10일에는 사성(司成), 1572년 9월 14일 수찬(修撰), 12월 13일 장령(掌令), 1573년 1월 10일 교리(校理), 1월 28일 집의(執義)가 되고 3월 2일에는 병으로 인하여 정사(呈辭)를 하자, 임금이 조리할 동안 말미를 주도록 명하기도 했다. 3월 22일 부수찬(副修撰), 3월 27일 집의(執義)에 임명된다.

이때 지평 조보가 제용감 정의 일을 잘 다스리지 못한 일로 논란을 제기한 바 있다.

> 집의(執義) 윤복(尹復)이 피혐(避嫌)하여 아뢰기를, '지평 조보(趙溥)가 전에 지평이었을 때 제용감정(濟用監正)으로서 색관(色官)의 게으름을 단속하지 못한 것을 인혐하여 출사(出仕)하지 않은 것은 본디 그래야 마땅한 것인데, 동료(同僚)가 출사를 청했으니 일이 매우 구차한 것이며, 또 그 때에 갈린 것을 마땅하지 않게 여긴 것입니다. 신은 벼슬에 있을 수 없으니, 신의 벼슬을 갈아 주소서.' 하였다. 유희춘과 한효우(韓孝友)가 입궐하여 아뢰기를, '지평 조보가 제용감정으로서 색관원(色官員)의 게으름을 단속하지 못한

것을 인혐하여 출사하지 않는데 신(臣)들이 출사를 청한 것이 이미 구차하였고, 이제 또 두드러지게 동료의 논박을 받았으므로 벼슬에 있을 수 없으니, 신들의 벼슬을 갈아 주소서.' 하니, 상이 사직하지 말라고 답하였다.[18]

라는 기록을 통해서 행당의 인물됨의 일면을 짐작하게 하는데 옳지 못한 일에는 과단하게 자신의 견해를 서슴지 않고 피력했다.

4월 18일 동부승지(同副承旨), 6월 22일 좌부승지(左副承旨)에 임명된다. 그리고 같은 해 9월 19일 충청 관찰사(忠淸觀察使), 10월 18일 나주 목사(羅州牧使) 등에 임명되지만 신병으로 인하여 귀향을 반복하였다.

한편 「행당선생유고」에 전하는 〈은대일록(銀臺日錄)〉이 주목되는 바이 일록은 1572년 4월부터 1573년 9월까지의 일록이다. 은대(銀臺)는 왕명을 출납하던 승정원의 별칭임을 감안 할 때 승지로 있던 시기의 기록으로 볼 수 있다. 문집에 실리게 된 경위는 자세히 알 수 없지만, 중요한 자료라 생각된다. 1572년 기록은 4월 23일, 5월 16일, 5월 29일 3회에 지나지 않지만 『선조실록』이나 『선조수정실록』에는 이 일자에 해당하는 기록이 없으므로 더욱 귀하게 여겨진다. 1573년 일록은 4월 19일부터 9월 12일까지 120일 분의 기록이다. 4월 18일에 승정원의 동부승지로 임명되어 6월 22일 좌부승지가 되었다가 9월 19일 충청관찰사로 보임된 점을 감안한다면, 승지로 임명받은 다음날부터 승지로 있던 기간 중의 일록인 셈이다.

다만, 6월 25일부터 7월 11일까지와 중간 중간 며칠 분량이 빠져 있다. 이 〈은대일록〉의 기사가 있는 날짜를 『선조실록』과 비교하여 보면 〈은대일록〉의 120일분 가운데 42일분에 해당하는 내용이 『선조실록』에는 빠져 있다. 반면에 『선조실록』에 있는 날짜에서 〈은대일록〉에 빠진 부분은 12일분에 해당된다.

행당은 병으로 귀향하여 있을 때에도 책을 벗 삼아 유유자적하게 한가

18 『선조실록』, 7년(1574).

로운 노년을 도모코자 했는데 1574년 겨울 죽정산(竹井山) 서쪽 화곡(禾谷)의 기슭에 한 칸 집을 짓고 노년을 보냈다. 1576년 8월 병을 얻어 1577년 1월 1일 66세의 나이로 세상을 뜨자 그해 4월 4일에 강진현 서쪽 20리에 장사 지냈다. 선조는 예관(예조정랑 이원익)을 보내 치전(致奠)하였다. 행당은 강중(剛中, 1545~1627), 흠중(欽中, 1547~1594), 단중(端中, 1550~1608) 등 세 아들을 두었으며 교유 인물로는 하서 김인후(1510~1560), 미암 유희춘(1513~1577) 등을 들 수 있다.

행당이 세상을 뜬 1577년 4월에 생질인 풍암 문위세(1534~1600)가 행장을 지었다. 1628년에는 갈오산(현 강진군 도암면 용흥리)으로 이장하였다. 이 때 전후 배위의 묘소도 함께 모시었다. 1688년에는 절상지환(折傷之患)이 있었고 1689년에는 묘비가 개수된다. 1698년 현손인 윤주미(尹周美, 1641~1698)가 권유(權愈, 1633~1704)에게 신도비명을 받았는데 이로 보면 1698년경에 신도비를 건립하려 했음을 알 수 있다. 1822년에는 9대손 귤원(橘園) 윤규로(尹奎魯, 1769~1837)가 신도비의 명을 전서로 썼고, 10대손 윤종겸(尹鍾謙, 鍾洙, 1793~1853)이 원래의 비문에 추가 비문을 지어 현 위치에 신도비를 세웠다.

1848년에는 『행당선생유고』를 간행코자 신도비를 세울 때 주도하고 비문글씨를 쓴 윤종겸(종수)이 중심이 되어 도산서원을 찾아가 퇴계선생이 행당 윤복에게 보낸 서찰을 등사해와 정암 조광조의 후손인 조형복(趙亨復)과 퇴계 이황의 후손인 이휘녕(李彙寧), 이은순(李殷淳) 등의 서문을 받았다. 이 유고는 1930년에 5권 3책으로 중간되었다. 1권은 시와 부, 제문, 안동향교중수기 등이 있고, 2권(『聯芳集』)은 행당 형제간의 부(賦), 3권은 〈전라도도사시일록(全羅道都事時日錄)〉과 〈은대일록(銀臺日錄)〉, 4권은 부록으로 퇴계선생에게 받았던 서찰, 만사, 수창했던 시, 5권에는 행장, 신도비명, 연보 등이 있다. 1851년 12월 17일에는 관학 통문에 의거하여 강진의 금곡서원에 이익재선생과 제향되었으며 1857년 여름에는 묘 인근에 재실인 영모당(永慕堂)을 지었다.

4. 연구 의의

필자는 「윤복의 생애와 관련 유적」[19]이란 글을 쓴 바 있지만, 시에 비해 많은 양을 차지하는 행당의 부 문학에 대해서는 이렇다 할 논의를 진전시키지 못했다. 「행당선생유고」에는 시 4편과는 비교도 안될 만큼 많은 부가 있는데 〈五國城〉〈二南〉〈目無全牛〉(2편) 〈忍〉〈關雎〉〈沆瀣〉〈陟岵〉〈黔之驢〉〈掩骼〉〈弔裵烈婦文〉〈祝網〉〈次感士不遇〉〈大瓠〉〈南征〉〈仁者如射〉〈誤中副車〉(2편) 〈牛山〉〈潤德泉〉 등 20편이 그것이다. 이들은 『시경』〈이남〉〈관저〉〈척호〉, 『예기』〈엄격〉, 『맹자』〈인자여사〉〈우산〉, 『장자』〈인〉〈목무전우〉〈대호〉, 『초사』〈남정〉 등과 도잠(陶潛)의 〈사불우부〉를 차운한 〈차감사불우〉와 유종원(柳宗元)의 〈삼계(三戒)〉를 원용한 〈검지려〉, 도은(陶隱) 이숭인(李崇仁)의 〈배열부전〉을 원용한 〈조배열부문〉 장량(張良)의 〈오중부〉를 차운한 〈오중부차〉로서 행당의 이와 같은 20편의 부 문학은 다음과 같은 몇 가지 점에서 연구 의의를 지닌다.

우선 그가 영남 사림의 맥을 호남에 계승시킨 금남 최부의 제자인 어초은 윤효정의 자제라는 점에서 그의 문학전통과 문학정신에 대한 탐구가 요구된다. 또한 두구춘(斗衢春) 삼걸(三傑)[20]로 칭송된 호남삼걸의 한 사람이요, 기묘사화에 연루되어 억울하게 유배갔던 귤정(橘亭) 윤구(尹衢)의 아우이자 제자로서, 부당한 정치현실에 염증을 느낀 나머지 '불락사환상유퇴서지지(不樂仕宦常有退棲之志)'를 바랐던 인물 곧 조선시대 유학자들이 그랬던 것처럼 언필칭 귀거래를 노래하는 등 현실정치에 참여하기보다는 조용히 물러나 살기를 바랐던 인물의 작품이란 점에도 관심 가질 만하다.

뿐만 아니라, 박상(1474~1530), 임억령(1496~1568), 나세찬(1498~1551)

---

19 목포대학교, 『목포대학교박물관 20주년 기념논총』, 2003.

20 최산두, 윤구, 유성춘 등 이름의 끝 자를 따서 두구춘 삼걸이라 불렀음.

등 호남의 선비들이 주로 언간(言諫)직에 있으면서 바른말을 아끼지 않고 서술시를 통해서 당대 모순된 현실을 고발, 풍자, 비판하고 개혁하고자 했던 것처럼, 행당 역시 정승 이기(李芑)의 부당한 거선(巨船) 요구 행동 등에 대해 의연하게 거절하는 등 강직한 성품으로 불의에 맞섰던 용기 있고 신념 굳은 선비의 현실 모순에 따른 개혁 의지를 서술시에 담았을 것 이라는점, 호남 한시문학사의 한 특징인 서술시의 전통을 양응정(1519~1581), 생질 풍암 문위세(1534~1600), 집안의 사위 다산 정약용(1762~1836) 등에게 이어주었다는 점, 특히 풍암에게는 선비의 자세와 임무를 가르쳐 뒷날 임진왜란 당시 의병활동으로 나라를 구하는데 앞장서도록 했다는 점, 퇴계선생과 논했던 경의(經義), 시무(時務), 변석(辨析) 등의 내용이 함축되어 담겨져 있을 것이리라는 점 등에서 그의 부 문학은 일정한 담론적, 시문학사적 연구 의의를 지닌다고 하겠다. 다음에서 절을 달리하여 행당 부 문학 세계의 미학을 살펴보기로 한다.

5. 행당 서술시의 미학 세계

앞서 말한 바와 같이 행당은 20 편의 부(賦)를 남겨놓았다. 필자는 부(賦)를 서술시로 개념 규정하였는바[21] 행당의 서술시는 크게는 호남 시단의 서술시 전통을 이었다는 점에서 주목되며, 작게는 그만의 독특한 서술시적 세계를 열어 보여 다음 세대인 풍암 문위세(1534~1600) 등에게 이어주었다는 점에서 뜻 깊다 할 수 있다. 행당의 서술시는 그만의 독특한 미학 세계를 이루었는데 그 실상은 다음과 같다. 1. 역사의 전범과 교훈, 2. 종경(宗經) 정신 함양의 지향, 3. 성선과 의리 중시, 4. 귀거래와 내성

21 졸고, 「송재 나세찬의 부 문학 세계」, 박준규 · 최한선, 『송재 나세찬』, 태학사, 2000, 376~378면.

지향, 5. 군자도와 수신 지향 등이 그것이다.

1) 역사의 전범과 교훈

오국성부五國城賦[22]

勃海東涯 발해의 동쪽 끝은
肅愼遺墟 숙신의 옛 터이니
背長白之岌嶪 장백산의 위용을 뒤에 두었고
帶混洞之紆如 혼동강[23]의 굽이침을 띠처럼 둘렀다
孤城塊兮周遭 외로운 성터는 여러 차례 변고를 당했으니
故堞頹其隱嶙 그 까닭에 성채는 무너져 숨겨진 듯 희미하다
山茂鬱兮獸萃 산이 빽빽하니 짐승들이 모여들고
野莽蒼兮無人 들은 넓은데 사람들이 없도다
曰昔宋帝之攸囚兮 옛날 송제[24]가 갇힌 곳이라고들 하는데
至今蕭瑟其風烟 지금에 이르러선 쓸쓸히 안개만 무성하네
彼金虜之桀驁 저 금나라 오랑캐의 노략질은 사납고 흉악했으니
自東荒之窮邊 동쪽의 거칠고 궁벽한 곳으로부터 시작되었다
用二千以肇起兮 2천의 군사를 써서 처음 일어났는데
敢滑夏而滔天 여름의 이점을 틈타 하늘을 뒤엎는 듯 했다
況趙氏之立國 조씨가 송나라를 세운 것은
本仁深而德宏 인을 깊게 하고 덕을 넓게 하는 데 근본을 두었으니
藝祖定其遠規 예조[25]는 멀리 내다볼 줄 아는 규칙을 정하였고

22 趙, 秦, 漢, 隋, 唐 등 5개국의 성터를 두고 읊음.
23 흑룡강, 송화강, 압록강 등 설이 많음.
24 북송의 8대 휘종과 9대 흠종이 여진족이 세운 금나라에 붙들려갔던 사실을 말한 듯.
25 송나라 태조 조광윤.

三宗養其治平 세 임금은 그 치세의 평온을 취하였도다
胡不拔之鞏基 어찌하여 뽑히지 않을 굳건한 기초가
奄一朝而自傾 문득 하루아침에 기울어져
俾中葉之天王兮 중간의 왕들로 하여금
作孤囚於胡城 오랑캐 성에 갇히게 하였을까
慨此禍之醞釀 개탄스럽게도 이런 재앙의 빚어짐은
始安石之紛 왕안석의 분란에서 비롯된다
更甘自同於商賈 더욱 장사치의 이욕과 하나 되기를 달게 여겨
致鷄狗之失寧 닭과 개들도 편안함을 잃어버린 데에 이르고 말았다
繼道君之荒亡兮 임금의 도리를 이어감은 황망하였고
意不在於天下 뜻 또한 천하를 위함에 있지 않았다
信紹述之邪論 꼬리를 무는 사악한 논의를 믿어
崇奸回而滿暇 간사한 무리를 숭상하니 한직(閒職)들만 가득했고
籍忠賢爲奸黨 충신과 어진 이는 간사한 무리가 되게 하여
貶黜遍於存亡 쫓겨나고 강등되어 존망의 기로에 놓였다
矧道教以心蠱兮 하물며 도덕과 교화도 마음을 미혹시켜
又花石焉志喪 꽃과 돌조차도 뜻을 잃었을 정도였다
土木從以幷興 토목 사업을 연이어 일으키니
戕國本以不遑 나라의 근본이 죽여져도 어찌할 겨를이 없었다
民旣怨兮盜起 백성은 원망하고 도적들은 일어서니
天亦怒兮示異 하늘이 성내어 이변을 보였으나
猶不知夫內脩之疎闊 되레 안을 다스림이 소홀함을 알지 못하고
耀好大之夸志 크게 드러내어 자랑하기를 좋아하였다
委閫外於刑餘 도성의 밖은 형여[26]에 맡기어
俾爭鋒乎豺狼 이리와 승냥이 같이 사나운 적과 싸우게 하였으니

26 환관 또는 승려.

助狃勝之猾虜 버릇 나쁜 교활한 오랑캐를 도우는 격이 되었고
背舊好於鄰疆 사이좋던 이웃 나라를 등지게 하였다
殆發釁於一州 거의 한 고을에서 싸움의 시초가 생기면
旋毒鋩之自當 독의 칼날이 저절로 돌아올 것이요
勢日就夫瓦解 형세는 날로 더하여 나라는 무너지고
已無救於顚墜 이미 구할 수 없이 넘어지고 추락할 것이다
雖汲汲於遜位兮 설사 임금의 자리를 넘겨주기에 급급하여도
疇敗禍之能避 누가 패배한 화를 피할 수 있으리요
嗟淵聖之重昏 아, 성총은 거듭 어두워지고
又日惑於和議 또 날마다 화의에 유혹되어
瀕危亡而不懲 위급하고 망함에 이르러서는 징계하지 못하고
拒忠諫其益篤 충성스러운 간언을 거부함이 더욱 심해졌다
竟父子之同囚 마침내 父子가 같이 갇히는 몸이 되었으니
啜其泣兮 그 눈물을 삼킴이여
何嗟及嗚呼 한스럽고 슬픔이여
自古及今 예로부터지금까지
國破家殃 나라가 망하고 집이 망함이 있었으니
有秦有漢 진이 있었고 한이 있었으며
曰隋曰唐 수라고 하고 당이라고 말한다
或軫臂而被奪 혹은 팔이 잘리고 수탈을 당하며
或面縛而牽羊 혹은 손을 뒤로 묶고 양처럼 질질 끌리고
雖各備其慘楚 그 참혹한 고통은 각기 다를지라도
至窘辱乎一場 군색하고 욕됨은 한결같이 똑 같았다
豈有萬乘天子 어찌 만승천자가 있겠는가
係累醜虜 추한 포로처럼 결박될 뿐이었다
父兮子兮 아버지와 아들이여
諸姑諸母 여러 시어머니와 여러 어머니여

王子皇孫 왕자여 황손이여

妃嬪媵嬙 비빈이여 잉첩이여

擧族播越 모든 피붙이가 방랑객 신세가 됨이여

冒犯風霜 온갖 풍상을 무릅쓰고

萬里沙漠 만 리 사막에서

氈裘駱漿 흉노의 털옷 입고 낙타 젖을 먹어야 함이여

音問難通 소리로 물어도 소통이 어려운 땅

况望生還 황차 살아서 돌아가길 바라겠는가

夢四日於故國 고국에서는 나흘 안으로 돌아가길 꿈꾸었으나

寄哀怨於金環 금나라가 막음에 슬픈 원한에 잠길 수밖에

賴冷山之孤臣 냉산의 외로운 신하를 힘입고 싶음이여

始桃李之一達 처음에는 어진 선비로 천거된 인물이었다

夏之日兮 여름의 태양이여

冬之夜苟延 겨울의 밤이 구차스럽게 뻗어남이여

羈窮之歲月 궁벽한 처지에 묶여진 세월이여

三十有餘年 삼십 년이 넘음이여

寄命於幽閉 목숨을 유폐된 곳에 의지함이여

有甚於懷愍之在晉室者哉 회제와 민제 때 진나라에서 있었던 일보다 심함이여

幸重耳之尙在 다행히 진나라 문공[27]이 살아 있어서

紹墜緖於已絶 실추됨을 잇고 이미 끊어짐을 잇는다 하여도

然猶惑於奸邪 그런데 되레 간사하고 사악함에 유혹되어

沮忠臣而自縮 충신은 막히고 저절로 위축되었도다

偸一隅之偏安 구차하게 한 귀퉁이에 편안한들

忘戴天之大恥 하늘에 닿는 큰 부끄러움을 잊을 수 있으랴

---

27 중이: 진나라 문공의 이름.

秖日事於奉貢 단지 날마다 공물을 바치는 것을 일삼는다면
終不能救其拘囚 끝내 갇힌 사람을 구할 수 있겠는가
豈皇天之不佑 어찌하여 황천은 도움이 없고
胡多昏其算謀 그 책략은 어찌 그리 어두운지
噫戎夷之爲患 아, 오랑캐의 환란을 일삼음이여
自前古而固然 예로부터 진실로 그러했도다
仰先王之御宇 선왕의 나라를 다스림을 우러르니
咸內脩之是先 모두 안의 닦음을 우선하였으며
又克詰其戎兵兮 군비와 군대를 자세히 묻고 살피어서
嚴守禦以外備 엄중하게 외부의 침입에 대비하였으니
彼桀驁而鷙猛 저들의 매우 사납고 엄청나게 거침이여
信非我之族類 실로 우리의 겨레붙이와는 다르도다
旣失治而啓釁 이미 다스림을 실패하여 틈이 열리면
宜受禍之至是 화를 받음은 이와 같은 지경에 이른다
荒凉古城 황량한 옛 성이여
塞於頹闉 무너진 성터에 길이 막히니
去國孤魂 나라를 떠난 외로운 신하여
萬里無歸 만 리 땅에서 돌아가기 어렵도다
噫後來之人牧 아, 후래의 목민관이여
盍知鑑而 어찌 알아서 이를 거울삼지 않을 것인가
三思鑑之 세 번 생각하고 거울삼게나
如何願先盡其自治 어찌 하여튼 스스로 다스림을 다하도록 원하게나
苟自治之已盡 진실로 스스로의 다스림을 이미 다 했다면
守固在於四夷 사방의 오랑캐를 굳건히 지킬 수 있으리라

위에서 본 〈오국성부〉는 117행의 장편이다. 중국의 송, 진, 한, 수, 당 등 오국의 성터를 대상으로 나라의 흥망에 대한 이유를 차분하고 침착하

게 서술하고 있다. 우선 시의 처음과 중간 그리고 끝이 있다는 점에서 이야기 시인데 이야기를 묘사보다는 서술에 의존하고 있는[28] 훌륭한 서술시 이다. 무리한 토목 사업 등으로 나라의 근본이 무너지자 백성들이 원망하며 도둑이 되어도 어찌할 수 없었기에 하늘이 이변을 보여 노함을 나타냈지만, 되레 그것을 상서로운 징조하며 자랑하고 좋아하다가 오랑캐에게 나라를 통째로 빼앗기게 되었다는 설화적 요소를 삽입하여 전달의 효과를 살렸다.

다섯 나라의 흥망은 결국 내수(內修)의 유무에 달려 있음을 강조하고 있는데 내수가 되지 않으면 아무리 공물을 바쳐도 간힌 사람을 구할 수 없고, 그런 자에게는 하늘의 도움도 없다는 준엄한 교훈을 말하고 있다. 이어 군비(軍備)를 극진히 하여 외침에 대비해야 함도 강조했다. 행당은 임진왜란이 일어나기 전 15년 전에(1577) 세상을 떴지만 이미 유비무환의 국방을 말하였다.

나라는 "이미 다스림을 실패하여 틈이 열리면, 화를 받음은 이와 같은 지경에 이른다. 황량한 옛 성이여, 무너진 성터에 길이 막히니, 나라를 떠난 외로운 신하여, 만 리 땅에서 돌아가기 어렵도다, 아, 후래의 목민관이여, 어찌 알아서 이를 거울삼지 않을 것인가, 세 번 생각하고 거울삼게나, 어찌 하여튼 스스로 다스림을 다하도록 원하게나, 진실로 스스로의 다스림을 이미 다 했다면, 사방의 오랑캐를 굳건히 지킬 수 있으리라" 마지막 결론 부분인데 일방적 선언의 주장이라기보다는, 설득적인 서술의 힘으로 자신의 주장을 차분히 펼쳐 보인 점은 행당 특유의 독특한 글쓰기 방식이라 하겠다. 이와 같이 역사적인 사실을 전범으로 내세워 교훈을 삼고자 창작한 것으로 〈엄격부〉〈항해부〉〈인부〉〈오중부차부〉〈축망부〉 등이 있다.

---

28 김준오, 「서술시의 서사학」, 현대시학회편, 『한국서술시의 시학』, 태학사, 1998, 27면.

2) 종경정신 함양의 지향

이남부二南賦[29]

咨詩歌之永言 아, 시와 노래의 말은

所以發其心志 마음과 뜻이 우러나는 것이다

故有正兮有邪 그러므로 바르기도 하고 사악하기도 하여

隨所感而異致 느끼는 바에 따라 다르게 나타난다

余於詩兮觀二南 내가 시경의 이남 장을 보았는데

夫何性情之純粹 성과 정이 매우 순수하였다

哀已至而不傷 슬픔이 커도 상하는 데까지는 이르지 않고

樂亦極而不淫 즐거움이 많아도 음탕함에까지는 이르지 않았다

盖得眞而得中 대개는 진실을 얻고 중정을 잡고 있으니

信風詩之正音 참으로 풍시[30]의 바른 소리라 하겠다

玆醞釀之有 이는 오랜 시간 숙성된 것과 같으니

自想文王而起敬 주 문왕을 생각하면 공경심이 절로 인다

承累世之積德 여러 대를 이어 덕을 쌓았고

施至仁而發政 지극한 어짐을 베푸는 정치를 하였다

美有莘之窈窕 신나라[31]의 아름다운 미인[32]이 있었으니

乃上帝之作合 상제가 짝을 구하여 주었도다

信君子之好逑 참으로 군자의 훌륭한 짝이었으니

---

29 시경의 주남과 소남을 이남이라 하고 正風으로 여김.

30 민가에서 불려지는 가요의 시를 말한다. 윗사람의 교화를 입어서 말이 있고, 그 말이 족히 사람을 감동시키므로, 마치 물건이 바람의 움직임으로 인하여 소리가 있고, 그 소리가 족히 물건을 움직이는 것과 같아서 풍이라 한다. 『시경』, 〈국풍〉.

31 주 무왕의 어머니 太姒와 하 우왕의 어머니는 모두 이 나라 출신이었다.

32 문왕의 비인 태사를 가리킴.

德幽閑而貞淑 덕이 깊고 품행이 정숙하였다
車百兩而將之 수레 일백 량으로 시집을 보냈으니
爰友之而琴瑟 이로써 우애롭고 금실이 좋았도다
嗣聖母之徽音 성모의 아름다운 가르침을 이어
化尤弘於內助 내조의 공을 더욱 크게 이루었고
儼莊敬於閨闈 궁중의 일들을 엄숙하고 공경하게 하니
造大道之權輿 대도의 시초[33]가 이루어졌도다.
身旣脩而家齊 몸이 닦아지고 집안이 다스려지니
又何有於治平 나라를 다스림에 무슨 걱정 있으랴
命維新於舊邦 옛 나라를 새롭게 하라는 명을 받들어
國寢辟而稍宏 궁벽한 곳을 넓히어 나라가 조금씩 커지니
肇徙豊而移都 비로소 풍 땅으로 수도를 옮기어
分岐陜之西東 기협을 동과 서로 나누어서는
俾采邑而行化 채읍[34]에서 교화를 펴도록 하기 위해
委周召之兩公 주공[35]과 소공[36]에게 각각 맡기었다
或爲政於國中兮 때론 나라 안에서 정사를 보고
或諮詢於諸侯 때론 제후에게 자문을 구하면서
布君德之未宣 임금의 덕 폄이 미치지 않을까 하여
用究暢於僻陬 외지고 궁벽한 곳까지 펴지도록 힘쓰니
澤洋溢於遐邇 은혜와 혜택이 먼 데까지 양양하게 넘쳐서

---

33 권여: 시초.

34 봉해준 땅, 주나라는 본래 禹貢의 雍州 경내인 岐山의 남쪽에 있었는데 后稷의 13세 손인 古公亶父가 비로소 이 땅에 거주하였다. 아들인 王季 歷에게 전하고 손자인 문왕 昌에 이르러 나라가 넓어지자 도읍을 豊땅으로 옮긴 뒤 기주의 옛 땅을 나누어 주공 旦과 소공 奭에게 나누어 주었다. 무왕 發에 이르러 다시 도읍을 鎬로 옮기어 商나라를 이겨서 천하를 차지하였다.

35 이름은 단, 주 무왕의 동생.

36 이름은 석, 주공과 같은 姬씨.

益深廣而無遺 이익은 깊고 넓어 빠진 곳이 없었다
被江沱兮漸汝漢 강물이나 빗물처럼 점수와 여수, 한수 지방까지 혜택이 미치니
民皥皥兮物熙熙 백성들은 침착하고 물산은 풍만하였도다
彼關雎之取興 저 관저 장의 흥[37]과
及樛木而螽斯 규목 장과 종사 장에서는
諒德感於宮中 진실로 어진 덕이 궁중을 감화시켜
衆妾樂而稱之 여러 첩들이 화락하고 서로 칭찬함을 말하였다
桃夭夭兮采芣苡 도요 3장과 부이 3장
漢之廣兮遵汝墳 한광 3장과 여분 3장은
男女正而室家和 남녀가 올바르고 집안이 화락하여
變淫亂而懷夫君 음란함을 바꾸어 부군을 사모한 것이다
逮鵲巢兮草蟲 작소 3장 초충 3장에서
暨采蘋兮菜蘩 채빈 3장에 이르기까지[38]
畏厭浥之行露 엽읍행로를 두려워 한다는 행로 3장
愛蔽芾之甘棠 폐패감당을 사랑한다는 감당 3장
美羔羊之委蛇 양고위이가 아름답다는 양고 3장
感殷雷於山陽 은뢰산양에 감동받았다는 은기뢰 3장
摽有梅兮小星 표유매 3장과 소성 2장
江有汜兮野有麕 강유사 3장 야유사균 3장 등은
咸遵敎於召伯 모두 소공 백의 교화를 좇아
沐王化而自新 임금의 덕화를 입고 스스로 새로워짐을 노래한 것이다
矧茁葭之騶虞 하물며 줄가로 시작하는 추우 2장
與麟趾之振振 인지진진으로 시작하는 인지지 3장은[39]

---

37 흥은 먼저 다른 사물을 말하여 읊고자 하는 말을 일으키는 것이다. 『시경』, 〈국풍〉
38 끝의 菜蘩은 아무래도 운율 상 행당이 추가한 듯. 召南에는 없는 구절이다.

覩王化之大成 임금의 덕화가 크게 이루어져
俗已化而歸純 풍속이 이미 교화되어 순한 데로 돌아감을 보인 것이다
斯里巷之歌謠 이처럼 마을과 거리에서 불러진 노래는
咸厥言之粹 모두 그 말이 순수하도다
然因此而推之 이로써 미루어보건대
天下兮(缺) 천하여(중간 결)
唐虞之後 요임금의 당과 순임금의 우 이후에는
先故姬公之制禮 우선하여 옛 희공[40]의 예법을
采以登於管絃 채집하여 관현악기에 올렸고
用爲樂於房中 방안의 음악으로 썼으니
本鄕黨於邦國 본래는 향당에서 방국에 미치었다
明先王之風化 선왕의 풍화를 밝히어
俾後來之取法 후래자에게 취하여 법 삼게 하니
竟致雍熙於成康 마침내 성왕과 강왕 때에 이르러
甄八荒於壽域 온 나라[41]가 두루 다스려짐을 보였다
彼雅頌之和敬 저 시경의 아와 송의 화목하고 공경함은
皆由斯而乃作 모두가 이런 데서부터 연유한다
哀美人之一去兮 슬프구나 미인이 한번 돌아가시어
慨盛治之隨沒 개탄스럽게도 풍성한 다스림이 사라져버렸다
君臣紊而失道 군신이 문란하여 도를 잃었고
黍離降於列國 서리 3장과 같은 시가 여러 나라로 이어졌다[42]
紛邶鄘與鄭衛 패, 용, 정, 위나라 등이 다투어

39 인지지 3장은 주남 시인데 소남 시를 말하다가 갑자기 주남 시를 말한 것은 왕의 덕화라는 주제의 일치에서 그렇게 배열한 것으로 보인다.

40 주 왕실의 성씨는 희씨였다.

41 팔황: 온 나라, 전 세계.

42 주나라 왕실의 멸망을 슬퍼한 시이다.

又淫亂之是崇 음란한 노래를 숭상하였으니
桑間濮上之雜興 상간복상[43]과 같은 잡스러운 노래가 일어났는데
莫有彷彿乎 비슷함이 없었다[44]
二篇之正風 두 편의 정풍과는
況世遠而逾下 하물며 세상이 멀어져 하대로 오면서
詩竟以之俱亡 시는 마침내 모두 없어져버렸다[45]
歷世歸來百千載 세대가 흘러 백천 년이 지나도록
曾未覩夫哲王 밝은 왕을 보지 못하였도다
疇能齊家而治國 누가 능히 집과 나라를 다스리며
用浹化於萬方 만방에 교화를 두루 미치게 할 것인가
鄙閨門之多醜 아녀자들로 하여금 한껏 추하게 만들었고
已大本之乖張 이미 나라의 큰 근본이 어그러져
咸規規於末外 모두 그 끄트머리 것에만 집착할 뿐이니
焉古治之能望 어찌 옛날의 치세를 바랄 수 있으랴
嗟斷編之流傳 아, 단편으로 흘러 전해지는 것은
庶諷詠而想像 거의가 그때의 시를 읊고 상상할 뿐이다
喟有志於平治 아, 나라를 평화롭게 다스리고자 한다면
盍觀此而效倣 모두가 이를 보고 본받아야 할 것이다
吾夫子之撰定 우리 공자께서 시경을 찬정하실 때
冠三百之遺編 삼백여 편으로써 대강을 삼았으니
曰猶墻面而立勉 벽을 마주하고 힘쓴 것과 같다고 말할지라도
後人以學焉 후세인들은 배워야 할 것이니라
余生世之苦晚 내가 세상에 나온 지는 훨씬 뒤늦은 세상이어서

---

43 잡스러운 노래, 위 영공과 사광의 대화에 나옴. 『행당선생유고』, 47면 참조.

44 주남과 소남은 국풍이라 하여 높이고, 나머지 패나라에서 빈나라까지 12개국 시는 열국시라 하여 격이 떨어진 것으로 보았다.

45 시를 채집하여 그로써 정사를 가늠한 정치 풍토가 사라졌다는 뜻.

懷古人而已邈 고인을 생각함이 아득히 멀다
恨不生於當時 그 당시에 태어나지 못함이 한스럽기만 하다
一謳唫其聖澤 한번쯤 그 성택을 읊어보고 싶다
庶卽事而玩理 무릇 일에 나아가 이치를 완미하고
以養心而有立 마음을 길러 뜻을 세우고 싶다
試披卷而三復 시험 삼아 책을 펴서 세 번 반복하면서
極明昏而不輟 끝까지 어두운 것을 밝히고자 멈추지 않는다

〈이남부〉는 111행의 장편이다. 이는 『시경』에 대한 해설이면서 평가이며 종경(宗經) 정신의 함양을 권유하는 유학자적 자세의 발현이다. 〈이남(二南)〉은 『시경』의 국풍 가운데 〈주남(周南)〉과 〈소남(召南)〉을 말한다. 주지하는 바와 같이 〈주남〉은 문왕과 그의 비 태사(太姒)와 관련한 내용이 주를 이루는데, 주된 요지는 문왕 자신이 이미 몸이 닦여지고 집안이 가지런해진 효험을 드러내었기에, 그의 비 태사 같이 훌륭한 아내를 얻을 수 있었으며, 문왕의 덕과 태사의 덕이 합쳐져서 덕치를 할 수 있었음을 말한 것이다.

〈소남〉은 소공(召公)인 석(奭)과 관련한 채읍(采邑)에서 불려진 노래이다. 이 또한 문왕의 덕과 관련된 것이지만, 구체적으로 문왕을 내세우기보다는 대부와 그 부인을 내세워 그들의 덕이 백성에게 미침을 찬양한 것이다. 다시 말하여 여러 나라의 왕과 대부 그리고 그 부인들이 문왕의 교화를 입어 능히 몸을 닦고 그 집안을 바로잡았기에 그 교화가 백성에게까지 미루어갔다는 것을 말하여 "천하를 다스림은 집안을 바로 잡는 것이 최우선이며, 천하의 집안이 바루어지면 천하가 다스려진다."[46]는 것을 나타냈다. 〈이남〉은 집안을 바루는 도라 했기에 공자는 아들 백어(伯魚)에게 사람으로서 〈주남〉과 〈소남〉을 배우지 않으면 얼굴을 담에 맞대고

46 성백효, 『시경집전』 상, 전통문화연구회, 1993, 72면.

선 것이라고 하였을 것이다.

행당은 〈이남부〉 전반에서 『시경』의 〈이남〉에 대하여 간략하나마 비교적 적확하게 분석하고 평가를 하고 있다. 예컨대 "저 관저 장의 흥과 규목 장과 종사 장에서는 진실로 어진 덕이 궁중을 감화시켜, 여러 첩들이 화락하고 서로 칭찬함을 말하였다."라는 평설을 하고 있음이 그것이다. 여기서 행당이 전하고자 하는 메시지는 덕과 화락인데 결국 왕이 덕으로 다스리면 그를 따르는 모두가 화락하게 됨을 말하고 있다.

이른바 "선왕의 풍화를 밝히어, 후래자에게 취하여 법 삼게 하니, 마침내 성왕과 강왕 때에 이르러, 온 나라[47]가 두루 다스려짐을 보였다, 저 시경의 아와 송의 화목하고 공경함은, 모두가 이런 데서부터 연유한다."라고 한 데서 알 수 있다. 하지만 "슬프구나 미인이 한번 돌아가시어, 개탄스럽게도 풍성한 다스림이 사라져버렸다, 군신이 문란하여 도를 잃었고, 서리 3장과 같은 시가 여러 나라로 이어졌다, 패, 용, 정, 위나라 등이 다투어, 음란한 노래를 숭상하였으니"에서 말하듯 군신의 도가 무너져 버리면, 왕의 덕을 칭송하는 시가 사라짐은 물론 안방 부녀들의 행위가 추하여지는 등 나라의 큰 근본이 어그러지므로 나라를 다스릴 수 없게 된다고 했다.

결국 행당은 나라를 평화롭게 다스리고자 하면 〈이남〉 같은 시를 배워야함을 강조했는데 "아, 나라를 평화롭게 다스리고자 한다면, 모두가 이를 보고 본받아야 할 것이다, 우리 공자께서 시경을 찬정하실 때, 삼백여편으로써 대강을 삼았으니, 벽을 마주하고 힘쓴 것과 같다고 말할지라도, 후세인들은 배워야 할 것이니라"가 그것이다.

여기에서 우리는 행당의 서술시 글쓰기는 ㉠ 무엇을 원한다면, ㉡ 무엇을 해야 할 것이다, ㉢ 누가 무엇을 할 때, ㉣ 무엇을 하였으니, ㉤ 무엇 할지라도, ㉥ 무엇해야 한다는 식의 비교적 긴 호흡의 서술을 하고 있음이

47 팔황: 온 나라, 전 세계.

주목된다.

행당은 이처럼 유학 경전의 가르침을 모든 것의 중심으로 여기는 이른바 종경(宗經) 정신에 투철한 유학자였으며, 〈이남부〉 같은 서술시를 통하여선 자신의 그런 정신을 다른 사람이 함양하기를 바랐었다. 이러한 지향을 지닌 작품으로는 〈관저〉, 〈척호부〉 등을 들 수 있겠다.

3) 성선과 의리 중시

우산부牛山賦

中天地而大觀 천지의 사이를 대체적으로 바라보면
悟彼我之一理 저와 내가 하나의 이치인 것을 깨닫게 된다
要原始於發育 모름지기 발육은 원시의 상태에서 시작되는데
渾融然其生意 혼융하여 저절로 그 뜻이 생겨난다
眷齊疆之東南 돌아보건대 제나라 동남 쪽에
有隆岡之高峙 우뚝하게 높은 산이 있었는데
乃拳石之寔多 그곳에는 주먹 크기의 돌이 많았으며
信土壤之攸崇 참으로 토양이 풍족하였다
雖隤然而無眹 비록 무너질 듯 했지만 어떤 징후가 없이
具生生之元功 여러 생물이 살아가는 으뜸의 공을 가졌다
玆萬彙之根托 여기에 만물이 뿌리를 내리고
日胚胎乎其中 그 가운데서 생명을 배태하였으니
當春陽之和煦 봄이면 태양의 따스함을 만나고
靄雨露之流澤 비와 이슬의 은택도 풍족히 입었다
翕通透而無間 두루 통하여 틈이 없고
朐造化之坱圠 조화의 합쳐짐이 끝이 없으며
萌宿荄而句尖 묵은 뿌리에서 싹이 터 뾰족하고

發舊業而達蘖 옛 포기에서 피어나 움이 텄도다
長柔茂之猗猗 새싹은 자라나 아름답게 무성하고
鬱峯巒之蔭邃 봉우리는 울창하여 깊숙한 그늘을 이루었다
豈拱把之獨挺 어찌 아름드리 나무가 홀로 우뚝 솟을 손가
多尋丈之櫛比 여덟 자 길이의 나무가 즐비하니
求椽桷之無不同 연각[48]을 구함에 한결같지 않음이 없었고
材棟樑之咸備 동량의 재목들이 다 갖추어져 있었다
自都鄙之始近 도성으로부터 가까운 곳부터
爭斲伐之相尋 다투어 찍어 베기를 서로 이으나
无禁防而時入 금지하여 막는바가 없어 수시로 드나드니
孰无心於穹林 누구라도 하늘 높은 숲에 무심하였도다
但榾柮而無餘 다만 베어낸 그루터기요 남은 것이 없는데
又牛羊之來侵 또 소와 양이 와서 침범하였도다
擧甹蘖其皆盡 여러 순과 싹이 한꺼번에 없어졌으니
惜從兆之無緣 안타깝구나, 앞의 조짐을 뒤따를 인연이 없어짐이여
嗟戕賊之多路 아, 쳐서 죽인 길만 많음이여
寧獨山之性然 정녕 외로운 산의 본래 모습이랴
所以證之不遠兮 증명해 보일 까닭이 멀리 있지 않음이여
盍反觀乎吾人 어찌 우리 사람들은 되돌아 살피지 않으리요
俶初稟之無惡 처음 받은 품성은 악함이 없어
備萬善於一身 온갖 선이 한 몸에 갖추어져 있도다
彼好惡之相近 저 좋아하고 싫어함이 서로 가깝도다
懿良心之初發 아름답고 어진 마음이 비로소 움직인다
苟善養而無害 진실로 선이 길러지면 해침이 없나니
若火燃而泉達 타는 불길이 샘물에 이름과 같도다

---

48 서까래.

集衆美而卓爾 여러 아름다움이 모이어 우뚝 빼어남은
類玆山之蔭蔚 이산의 그늘지고 무성함과 닮았도다
一放心而莫省 그러나 한번 방심하여 살피지 않으면
紛多岐而投隙 여러 갈래로 나뉘어 틈이 생긴다
始氣習之內攻 기질과 습관이 안으로부터 공격을 당하면
竟物誘之外斲 마침내 사물에 유혹되어 외부의 찍힘을 받아
汨喪眞而沫流 진실을 상하고 말류의 흐름에 빠지게 된다
泯蒙蒙焉昏憒 몽몽함에 빠지고 혼매함에 물들어
滅百行而惟逞 온갖 행실이 없어짐을 오로지 편하게 여기니
何異山之濯濯 산이 민둥산 되는 것과 어찌 다르겠는가
然本善之難托 그러나 본래의 선으로 되돌리기는 어렵더라도
是夜氣之所息 이는 밤기운이 자라나는 것과 같으니
誠防物之來接 정성으로 물욕이 와서 접촉함을 막아내고
確初心而勿忘 처음의 마음을 확실히 하여 잊지 말 것이다
敦厥復而洋洋 그 초심의 회복을 두텁게 하고 양양하게 한다면
盡所爲之焉戕 행한 바의 모든 것이 어찌 상할 수 있으랴
彼根荄之托地 저 나무뿌리가 땅에 의탁함이여
猶理義之未嘗亡 의리가 아직 망하지 않음과 같도다
在所養之有道 기르는 바에는 도가 있으니
養無有此不長 기름이 없다면 이는 자라나지 않을 것이다
噫山之蘖日以耗 아, 산의 새움이 날로 줄어듦이여
貽吾黨之增傷 사람들의 더한 아픔으로 돌아오는구나

64행의 〈우산부〉는 매우 뛰어난 작품이다. 우선 그 구성의 긴밀함이 돋보이고, 다음으로 이야기의 처음과 중간 그리고 결말이 선명하며, 마지막으로 주제 전달을 위한 비유 등 표현 수법 또한 훌륭하다. 앞서 보인 작품과 달리 행당 서술시의 또 다른 모습이 잘 드러나는데 우산과 나무

와의 관계를 사람의 품수 받은 성품과 성선으로 관련지어 흥미롭게 이야기를 구성하였다.

우산의 본래 풍요로운 모습, 그를 바탕으로 나무들이 무성하게 자라나 서까래로 혹은 기둥으로 쓰여지는 관계를 말한 다음, 하지만 잠깐의 방심(放心)으로 도성 가까운 곳으로부터 우산이 파괴되고, 그에 따라 나무들이 베어져 결국 앞의 무성함을 이을 조짐이 없어지고 말았다고 했다.

성리학자들은 방심을 경계하기에 구기방심(求其放心)을 입에 달고 산다. 행당 역시 품수(稟受)된 성의 선함을 잃지 말 것을 강조하고 있는데 "처음 받은 품성은 악함이 없어, 온갖 선이 한 몸에 갖추어져 있도다, 저 좋아하고 싫어함이 서로 가깝도다, 아름답고 어진 마음이 비로소 움직인다, 진실로 선이 길러지면 해침이 없나니, 타는 불길이 샘물에 이름과 같도다, 여러 아름다움이 모이어 우뚝 빼어남은, 이산의 그늘지고 무성함과 닮았도다, 그러나 한번 방심하여 살피지 않으면, 여러 갈래로 나뉘어 틈이 생긴다."라고 한 것에서 알 수 있다.

행당은 의리의 뿌리가 성선에서 나옴을 말했는데, 사람의 착한 성에 틈이 생기면 착한 기질과 습관이 안으로부터 공격을 받은바 되어, 결국 외부에 유혹되고 찍힘을 당하게 되어 진실을 상함 곧 의리를 잃음에 이른다고 했다. 사람이 의리를 잃음은 산이 나무를 잃어 민둥산이 되는 것과 같다는 표현은 자못 그 비유가 흥미롭다.

행당은 결국 "정성으로 물욕이 와서 접촉함을 막아내고, 처음의 마음을 확실히 하여 잊지 말 것이다, 그 초심의 회복을 두텁게 하고 양양하게 한다면, 행한 바의 모든 것이 어찌 상할 수 있으랴, 저 나무뿌리가 땅에 의탁함이여, 의리가 아직 망하지 않음과 같도다."라 하여 성선은 땅이요, 의리를 지킴은 땅이 있어 나무가 뿌리를 내리는 것과 같음을 말하였다. 잔잔한 물처럼 담담하게 자신의 주장을 산과 나무의 관계에 비유하여 표현했는데, 탁월한 수사와 차분한 전개, 탄탄한 구성, 유학자다운 주제 등이 잘 조화되어 짙은 감동을 자아내는 명품이다. 이와 같은 작품으로 〈인자여사부〉, 〈윤덕천〉 등을 들 수 있겠다.

4) 귀거래와 내성 지향

남정부南征賦

哀時命之不及古人 슬프다, 시절의 명령이 고인에게 미치지 못함이여
夫何余生之苦晩 어찌 여생이 만년에 이르러 고통스러운가
燁燁其侵長兮 번쩍번쩍 빛나며 점점 자라남과 같음이여
日忽忽而不及 세월은 문득 다하는데 따르지 못함이 있네
進號呼而莫余聞 나아가 부르짖어도 내게는 들림이 없고
退靜默又莫余知 물러나 고요히 침묵해보지만 나는 알지 못하네
紛危獨離而異兮 분분한 위태로움과 유별난 헤어짐이 남들과 달랐음이여
羌衆非之所嗤 아, 온갖 잘못된 비웃음을 받음이여
雖見缺其亦何傷 비록 이지러짐을 볼지라도 어찌 상심할 것인가
惜初心之而違 처음 먹은 마음이 어긋남에 안타까워하도다
昔余之旣有知兮 예부터 나는 이미 아는 바가 있었으니
動必師乎古之人 움직일 땐 반드시 옛 사람을 스승 삼으리라
喜稷契之生虞 직설 때문에 우 임금이 나왔음에 기쁘고[49]
幸遻湯於有莘 유신씨가 탕왕을 만난 것이 다행이로다
望夫人其旣遠兮 그 사람들을 바라보니 이미 멀도다
尙遺風而增憤 아직 남긴 바가 있으니 분함이 더 하도다
味三釜之謨言 세 가마솥의 아름다운 말씀을 음미하여 보니[50]
知榮養之在訓 영화롭고 기름이 있는 훈계임을 알겠도다

---

49 요순시대의 유명한 신하인 직과 설, 직은 농업을 관장했고, 설은 교육을 관장했다.
50 은나라 탕 임금이 목욕하는 세 발 달린 가마솥에 새겼다는 글.

庶所習之有業 모름지기 익힌 바를 업으로 삼을 수 있다면
答天恩之錫余 천은이 나에게 주는 보답이 있었을 게다
何白日之莫與 어찌하여 백일하에 나누어주지 않았을까
吾謀曾十年其猶初 나의 십년 도모함은 처음과 같도다
歲辛未之首春兮 신미년[51] 초봄의 일이여
觀國光於上都 서울에서 국광[52]을 보았다네
時所美之惟賢 때는 아름다운 어진 사람들 뿐
果以我爲愚 과감히 말하건대 나는 어리석었지
君之門以九重兮 임금이 있는 곳의 문은 아홉 겹이고
又無左右爲之先容 또 좌우에서 선용해주는 이도 없었지[53]
爲孤羈而終歲 외로운 나그네로 일생을 마쳤으니
思不理之繽總 생각하니 도리에 맞지 않게 복잡했었네
旣毛檄之莫吾捧兮 이미 모의[54]처럼 내가 벼슬을 받들 수 없음이여
何獨樂斯之離居 어찌 홀로 즐기자고 이렇게 헤어져 살겠는가
嫋嫋兮秋風 하늘하늘 가을바람이 부니
木葉落兮堦除 나뭇잎은 섬돌에 떨어지네
整回駕余戒行 멍에를 단정히 걸고 행장을 단속하여
排國門而軫懷 도성의 문을 여니 근심이 일어나네
親朋慰余而求餞 친한 벗이 위로하려고 전송연을 벌이는데
列前楹之樽罍 기둥 앞에는 술단지와 술잔이 준비되었네
丈夫不慘於離別 대장부는 이별을 슬퍼하지 않는 법
間談笑云云 사이사이 담소가 오가고 말이 이어지고
其方諧澹握手 바야흐로 화락하며 담담하게 손을 맞잡고

51 1571년, 선조 4년, 행당 나이 59세.

52 임금의 성덕, 혹은 다른 것, 분명치 않음.

53 선용: 사람을 천거하기 위하여 먼저 명예를 칭찬함.

54 모격: 毛義奉檄, 후한 사람 모의고사.

而容與兮 서로를 인정하면서
間淸唱之與偕 사이사이 맑은 노래로 서로 화합하는데
馬矯首而悲鳴 말이 머리를 들고 슬피 우는도다
奚又申之以喚 어찌하여 또 거듭 부르는 것일까
催奮余袂以據鞍兮 거듭 소매를 재촉함에 안장에 몸을 실으니
腸憑互之如回 오장이 서로 의지하여 뒤틀리는 것 같구나
怊荒忽之無極兮 섭섭하고 정신의 흐릿함이 끝이 없음이여
慨余行之遲遲 서운하여 나의 발길 더디기만 하구나
粤匪吾之舊都 아, 나의 옛 도읍이 아님이여
胡隱忍而懷斯 어찌 참으면서 이를 생각하리요
惟文明之樂土兮 유일한 문명의 낙토여
翕衆美之在茲 뭇 아름다움이 여기 모여 있도다
愾守拙而莫售 슬프다, 어리석음을 지키느라 팔리지 못함이여
謂何顔於反面 무슨 낯으로 부모님을 뵈올까
望雙闕之巍巍 쌍관을 바라보니 높고도 높은데
涕淫流其若霰 눈물이 주르륵 싸락눈처럼 흐르네
慢不忍乎便辭兮 부질없이 편사[55]를 참지 못하고
勞余目於西眄 수고롭게 눈길을 서쪽으로 돌렸도다
旣去都而仰睇兮 이미 떠난 도성을 우러러 바라봄이여
羲輪半碧乎輾轉 태양은 하늘에서 돌고 돌구나
乘舲舡余泝江 배를 타고 강을 거슬러 오르는데
江容淹而不前 배가 깊이 잠기어 나아가지 못하네
固翻覆之難量 정녕 뒤집힐까 추측하기 어려워
恐摧抑而廻邅 두려워 마음 졸이며 뱃머리 돌렸네
賴棘棘而自持兮 가시나무를 의지하려고 그것을 지닌 채

---

55 교묘하게 꾸며대는 말.

夸利涉乎大川 자랑스럽게 대천을 건너서 갔네
步余馬兮平蕪 무성한 잡초 길을 걷는 나의 말이지만
按余節兮野田 나의 절개는 전야에서 증험되리라
灌莽杳而無際兮 우거진 잡목 숲은 끝이 없고
深林翳翳其依發 깊은 숲속 어둑어둑 의지하듯 펼쳐졌네
長嘯之憭慄兮 긴 휘파람 소리 추위에 떨리는 듯
聊以舒吾憂思 애오라지 나의 근심 펼쳐본다
紛佁儗而若喜兮 여러 가지 알 수 없음에 기쁘기도 하지만
迷不知余所之 혼미하니 내 갈 바를 모르겠구나
逈平野之彌迤兮 저 멀리 넓은 들은 눈에 가득 들고
佳萬英之告斂 수만 송이 예쁜 꽃은 보고하듯 모여 있다
然稊莠之尙根兮 하지만 가라지풀들은 아직도 뿌리가 남아 있고
曾又見痒於旱熖慮 일찍이 불볕 가뭄의 병폐도 보았으니
小人之失依兮 소인들의 의지할 바를 잃음이여
哀腹糲之亦歉 슬프다, 배를 굶주리고 흉년까지 듦이여
厚聖恩之益下兮 두터운 성은이여 더욱 아래로 내려서
省應助夫不贍 살피고 마땅히 도움 준다면 넉넉지 않으랴
苛威政之多虎兮 가혹하고 위협적인 정치가 호랑이 보다 무서움이여
懼不奪則不饜 빼앗지 않고선 배부르지 못한다니 두렵도다
心不怡之長久兮 마음이 편안하지 않음이 오래됨이여
憂與憂其重仍 근심이 근심을 거듭거듭 낳는구나
曜靈晼晩其易陰 해가 지면 어둠이 오는 법[56]
怨西岑之崚嶒 서쪽 산의 첩첩함이 원망스럽네
戒夕露之濕衣兮 저녁 이슬에 옷이 젖을까 조심하지만
況瘦駘之凌競 더구나 늙고 지친 말이 불쌍하여라

56 요령: 뜨는 해, 원만: 지는 해.

聊可宿於民舍兮 잠깐 민가에 들러 자고 가려는데
目耿耿其不瞑 눈이 총총하여 잠들 수 없네
望孟夏之短夜兮 초여름의 짧은 밤을 바라보니
何若歲其晦明 어찌하여 세월은 어둡고 밝음이 있는가
獨申朝而反側兮 홀로 밤새도록 뒤척이는데
哀蟋蟀之霄征 슬피 울던 귀뚜라미 하늘로 갔는가
忽僕夫之告戒兮 갑자기 종 녀석이 깨웠는데
尙晨鷄之無聲 아직 닭은 홰치지 않았네
忘脩路之夷阻兮 먼 길의 평탄함과 험함을 잊었는데
南指雲與列星 구름과 뭇별들 남쪽으로 흐르네
霜露慘悽而交下兮 서리와 이슬이 처참하게 섞여 내리니
占堅氷之將凝 아마도 단단한 얼음으로 굳어지겠지
寒風聿其永至兮 찬바람이 때맞춰 불어 닥칠 것이니
歎陰氣之憑陵 음침한 기운이 침범함을 탄식하노라
朝余行而夕至兮 아침에 떠나야 저녁에 이를 길
南路莫其羌永 남쪽을 향한 길 멀기도 하여라
願逕逝之不得兮 지름길을 원하지만 어쩔 수 없어
魂先歸而覲省 혼이 먼저 돌아가 부모님을 뵈옵네
顧隻行之無友兮 돌아봐도 홀로 가는 길에 벗 하나 없어
形顧影而相弔 몸이 그림자를 보고 서로 위로 하도다
信余性之樂水兮 나의 성품이 물을 좋아함을 믿기에
每臨溪而瀉抱 물가에 이르면 쏟아내고 움켜쥐곤 해본다네
溪流淸瑩而徹底 흐르는 시냇물 맑고 투명하여 바닥까지 보이니
庶可律乎吾心轉 바라건대 내 마음의 법도로 삼을만하네
盡原阡之曲直 언덕이란 모두 굽기도 하고 곧기도 한데
重見太嶺之嶔崟 거듭 태산의 준령이 높음을 보겠노라
一步九折而縈廻兮 한 걸음에 아홉 번 꺾이고 굽어 도니

直與太行乎爭危 곧은 길 큰 길 다투듯 위험하네
杳玄黃之力單兮 아, 말은 병들어 힘은 다 했는데
又重之以瘡痍 또 거듭 연장에 찔리는 상처를 당했네
噫昔姒氏之克勤 아, 옛날의 사씨[57]는 부지런하고 검소하여
足忘胝於乘樏 족히 부르틈도 잊고 썰매를 탔다는데
矧我馬之孔瘏兮 하물며 나의 말이 크게 지쳤으니
吾何瘱然乎載馳 내 어찌 무심히 타고 달리랴
着青鞋而捫壁兮 푸른 가죽신 신고 벽을 어루만지듯이
憩石根而支頤 돌 뿌리에 앉아 턱을 괴고 쉬었네
歌行路之方難兮 길을 가며 노래하기는 정말 어려워
仰面看乎天宇 얼굴을 들고서는 하늘을 보았네
疾黝雲之蔽明兮 검은 구름이 빠르게 다가와 밝은 빛을 가리니
寔昔人之以愁 이를 옛 사람들 근심했었네
苦步徙倚而逡巡兮 괴로이 발걸음 오락가락 머뭇거리면서
付一慨於千古 한 번의 강개함을 역사에 부쳤도다
亂錦江之瀰漫兮 어지러이 금강의 물이 가득찼는데
兀中流余孤泳 위태로이 물가운데를 혼자 헤엄쳤네
俛百丈之淵深兮 굽어보니 백 장이나 깊은 물이요
又畏夫短狐之伺影 또 단호[58]가 내 그림자를 노려볼까 두려웠었네
夕余邸乎空館兮 저녁에 집에 오니 공관처럼 텅 비웠고
人烟眇其蕭疎 밥 짓는 연기 아득히 쓸쓸하였네
在上世之淳尨兮 우리 선대 때는 순박하고 우람했는데
扉不闔而洞虛 사립문 열린 채로 마을이 비웠네
視時世之不然兮 시절이 예와 같지 않음을 보니

57 중국의 우 임금.

58 물속의 독벌레.

命鍵鎖其固如神 명운의 자물쇠가 잠김이 귀신처럼 단단하다
悸氣憤交於胸中 두려움에 두근거리는 마음과 분함이 가슴에 교차하니
喟向誰而畢攄 아, 누구를 향하여 모두 펼칠까
夜叅半而肅駕 밤이 깊으니 수레도 엄숙히
履畏途之攙巖 높은 바위 위를 가듯 두려운 걸음이다
苟亟寧之是圖兮 진실로 편안함을 위하여 이를 꾀함이여
夫孰罷瞀乎難堪 무릇 누구라도 지치고 어리석으면 감당하기 어렵다네
心長懸於桑梓兮 마음은 언제나 상재[59]에 달려있기에
忽忘夫此身之在於馬上也 문득 이 몸이 말 위에 있음을 잊었네
逝莫息其詎止兮 가면서 쉬지 않으면 어찌 멈추랴마는
固不敢或遑乎 진실로 감히 황급히 서둘지는 않으리라
自放曼余眸兮 스스로 자유롭게 눈을 돌려봄이여
流觀白雲靄靄兮飛止 흰 구름이 뭉게뭉게 흐르다가 멈춤을 보고
點露髻兮莽蒼 방울방울 상투처럼 푸른 풀잎에 맺힌 이슬
欣故山之伊邇 옛 놀던 산이 더욱 가까운 듯 기쁘도다
回首長安之風日兮 머리를 돌려 서울의 모습을 바라보니
迵復迵兮幾里 멀고 또 멀구나 몇 리나 될까
行行兮重行 가고 또 가면
北極兮南陬 북쪽 끝도 남쪽 귀퉁이 되리니
亂曰已矣 어려운 글귀에서 말한 것도 이뿐이라[60]
天長地遠歲不留 하늘은 넓고 땅은 멀지만 세월이 멈추지 않으니
過中無成 지나는 가운데 이룸이 없으면
秖挐憂欲 다만 근심이 되나니
釋階梯登九闕 (근심) 풀기 위해 사다리 타고 궁궐에 오른다

59 고향.

60 「초사」의 내용을 인용한 것이, 문장이 난해하다는 뜻인 듯.

全生實多死已綏 온 생애 실로 많은 일들, 죽어지면 편안하리
歸來舊土足自娛 옛 땅으로 돌아와 만족하며 즐기니
高堂歡合兄弟俱 부모님이 기뻐하시고 형제가 함께 하네
明昏奉省不違時 혼정신성을 밝게 하고 때 아니 어기니
和樂且湛亦可期 화락하고 즐거움을 기약할 수 있으리라
獲我所求夫何思 내가 구하는 바를 얻었으니 다른 무엇 생각하리

〈남정부〉는 172행의 긴 시다. 행당이 만년에 흠모하던 도연명의 〈귀거래사〉를 연상케 하는데 연보에 따르면 그는 64세 때인 1575년에 향이로 돌아와 임천에 거닐면서 유유자적하였다.[61] 이 작품은 연보 등 여러 사실을 살펴볼 때 행당 본인과 직접적인 관련이 있는 작품은 아닌 듯하다.

특히 신미년 이라고 말한 해는 그가 60세 되던 1570년으로 예빈시정과 종부시정에 임명되었고 그 다음 해 병환으로 잠시 백련서사에 머물면서 행당(杏堂)이라 자호(自號)하고 해빈옹(海濱翁) 윤항, 졸재(拙齋) 윤행 등 형들과 정의를 관흡하였다. 그 후 다시 벼슬에 나아가 사헌부 장령, 홍문관 수찬, 우부승지, 좌부승지 등의 벼슬을 하였는바, "과감히 말하건대 나는 어리석었지, 임금이 있는 곳의 문은 아홉 겹이고, 또 좌우에서 선용해 주는 이도 없었지, 외로운 나그네로 일생을 마쳤으니, 생각하니 도리에 맞지 않게 복잡했었네"와는 앞뒤 관계가 맞질 않다.

〈남정부〉는 행당이 평소 바라던 귀거래의 염원을 노래한 허구적 이야기로서 그 수려한 문장력이 주목된다. 글을 밀고 나아가는 힘이 잔잔하면서도 유려하여 읽는 이의 호흡을 사로잡는다. ㉠ 지르고, ㉡ 풀며, ㉢ 펼쳐서, ㉣ 맺는 문장력은 행당의 글쓰기 방식임은 앞의 다른 부에서도 익히 보아온 바다.

61 앞의 유고, 529면.

가령 "도성의 문을 여니 근심이 일어나네-지르고-친한 벗이 위로하려고 전송연을 벌이는데-풀고-기둥 앞에는 술단지와 술잔이 준비되었네-펼치고-대장부는 이별을 슬퍼하지 않는 법-맺고/ 사이사이 담소가 오가고 말이 이어지고-지르고-바야흐로 화락하며 담담하게 손을 맞잡고-풀고-서로를 인정하면서-펼치고-사이사이 맑은 노래로 서로 화합하는데-펼치고-말이 머리를 들고 슬피 우는 도다-맺고/ 어찌하여 또 거듭 부르는 것일까-지르고-거듭 소매를 재촉함에 안장에 몸을 실으니-풀고-오장이 서로 의지하여 뒤틀리는 것 같구나-펼치고-섭섭하고 정신의 흐릿함이 끝이 없음이여-펼치고-서운하여 나의 발길 더디기만 하구나-맺고/ 등이 그것이다.

다음으로 주목되는 것은 행당 시의 서정성이다. 부 문학이 서술을 주된 문체로 전개되는 서술시라 할지라도 그것이 결국 서정 갈래임을 감안할 때, 이는 함축적 또는 내포적 서정 시[62]라기 보다는 풀이적 또는 서술적 서정시임을 인정하지 않을 수 없다. 다음에서 확인해 보자. "초여름의 짧은 밤을 바라보니, 어찌하여 세월은 어둡고 밝음이 있는가, 홀로 밤새도록 뒤척이는데, 슬피 울던 귀뚜라미 하늘로 갔는가, 갑자기 종 녀석이 깨웠는데, 아직 닭은 홰치지 않았네, 먼 길의 평탄함과 험함을 잊었는데, 구름과 뭇별들 남쪽으로 흐르네, 서리와 이슬이 처참하게 섞여 내리니, 아마도 단단한 얼음으로 굳어지겠지, 찬바람이 때맞춰 불어 닥칠 것이니, 음침한 기운이 침범함을 탄식하노라"에서 보듯 마치 판소리의 계면조 가락을 읊는 듯 시적 화자의 시정(詩情)을 펼쳐 보임은 독자의 가슴을 사로잡고도 남는다. 이러한 행당 시의 서정성은 고려시대부터 백련사 등지를 중심으로 활발하게 창작, 향유되었던 선시(禪詩)적 전통과 유관할 것으로 사료 되는바, 행당은 이를 나름의 서정성으로 계승, 발전시켰는데, 이는 바로 뒤 세대인 해암 김응정(1527~1630), 청련 이후백(1520~1578), 한벽

62 김준오가 짧은 『시경』 시를 서술시라고 정의했는바 이는 서구적 개념의 서사시와는 다른 함축적 서정의 서술시를 말한다고 보여진다. 김준오, 앞의 글, 31면.

당 곽기수(1549~1616), 죽록 윤효관(1745~1823), 아암 혜장(1772~1811), 경회 김영근(1865~1934) 등에게로 이어지다가, 근. 현대에 이르러 영랑과 현구 등의 남도색 짙은 서정시의 원류가 된 것으로 판단된다.

다음에서는 행당이 바랐던 귀거래의 염원을 단적으로 만날 수 있다. "마음은 언제나 상재에 달려있기에, 문득 이 몸이 말 위에 있음을 잊었네, 가면서 쉬지 않으면 어찌 멈추랴마는, 진실로 감히 황급히 서둘지는 않으리라, 스스로 자유롭게 눈을 돌려봄이여, 흰 구름이 뭉게뭉게 흐르다가 멈춤을 보고, 방울방울 상투처럼 푸른 풀잎에 맺힌 이슬, 옛 놀던 산이 더욱 가까운 듯 기쁘도다, 머리를 돌려 서울의 모습을 바라보니, 멀고 또 멀구나 몇 리나 될까 (중략) 옛 땅으로 돌아와 만족하며 즐기니, 부모님이 기뻐하시고 형제가 함께 하네, 혼정신성을 밝게 하고 때 아니 어기니, 화락하고 즐거움을 기약할 수 있으리라, 내가 구하는 바를 얻었으니 다른 무엇 생각하리"가 그것이다.

마음은 언제나 상재 곧 고향에 달려 있다고 하여 벼슬에 있으면서도 귀거래를 향한 마음을 떨쳐낼 수 없었던 조선시대 유학자의 일반적 지향을 말한 뒤, 옛 땅으로 귀거래를 실천하여서는 만족하며, 즐긴다. 부모 형제 모두가 기뻐하고, 혼정신성을 때 맞춰하니, 자식은 제 할 일을 하여 즐겁고, 부모는 효도를 받아 기쁘다, 이것이 바로 내가 구하는 바다, 저 벼슬에서의 규보파란(跬步波瀾)과는 멀어도 아주 멀다면서 귀거래의 기쁨을 한껏 노래했다.

결국 행당은 귀거래를 통하여 자식 된 도리를 다 하고 형제의 사랑을 실천하며 내성(內省)에 힘써 완성된 인격을 바랐었다. "아침에 떠나야 저녁에 이를 길, 남쪽을 향한 길 멀기도 하여라, 지름길을 원하지만 어쩔 수 없어, 혼이 먼저 돌아가 부모님을 뵈옵네, 돌아봐도 홀로 가는 길에 벗 하나 없어, 몸이 그림자를 보고 서로 위로 하도다, 나의 성품이 물을 좋아함을 믿기에, 물가에 이르면 쏟아내고 움켜쥐곤 해본다네, 흐르는 시냇물 맑고 투명하여 바닥까지 보이니, 바라건대 내 마음의 법도로 삼을만하네"

귀거래의 실천이 쉽지 않음을 먼저 말한 뒤, 이어 투명하여 바닥까지 보이는 물을 법도(法度)로 삼고자 한 것이 그것이다. 지자요수(知者樂水)의 지혜 터득을 넘어 유학자로서의 완성된 인격을 향한 자기 수양, 곧 내성을 향한 유학자의 정신 지향이 옷깃을 여미게 한다. 이와 같은 내용의 작품으로 〈차감사불우부〉를 들 수 있다.

5) 군자도와 수신 지향

검지려부黔之驢賦

士有謝外事於形骸兮 선비는 몸뚱이 같은 바깥 치장은 떨쳐냄이 있어야 한다
獨冥觀而默會 혼자 조용히 보고서 묵묵히 깨닫기도 해야한다
喜推此而知彼兮 이것을 미루어 저 것을 앎을 기뻐함이여
亦因小而喩大 또한 작은 것으로 큰 것을 깨우치기도 한다
對柳子於几案 유자후의 글을 책상에 놓고 대하노니
何詞說之瓌怪 사설의 희귀하고 뛰어남이여
曰黔江之有驢兮 말하기를 검강에 나귀가 있었는데
始好事之船載 처음에 호사가가 배에 실었다네
旣無用於人兮 이미 사람에게는 쓸모가 없어서
空自放於山阿與水際 아무렇게나 산기슭과 물가에 버렸다네
形尨而聲宏兮 모습이 크고 소리가 우렁차며
異尋常之毛毳 털 또한 보통이 아니어서
雖猛虎亦以爲神兮 비록 사나운 호랑이일지라도 신처럼 여겨
初絶意於騰噬 처음부터 뛰어오르거나 깨물 생각 안 했었네
稍稍以近試之兮 조금씩 가까이 가서 시험해 보니
技不過於怒踶 기술이라야 고작 성내고 발길질하는 것 뿐이었네

跳踉偃冒無所不至 마구 뛰다가 넘어진 것을 무릅쓰고 이리저리 뛰어다니며
風若驚兮電若掣 바람에도 놀라곤 하니 번개처럼 달려들어 제압하였네
爪牙之莫與敵兮 발톱과 어금니는 상대와 겨룰 수가 없어서
卒頹然以斃也 마침내 벌렁 넘어져 죽고 말았네
此於一物而或然兮 이 한 사물에 관한 이야기가 혹 그럴 듯해도
理無乎不在也 이치는 거기에만 있는 게 아니도다
盖記於當時之見聞 대개 당시에 보고 들은 것을 기록한 것이지만
猶可以起警於千載 되레 천년을 두고도 경계를 일으킬만한 것이다
人固有但飾其外兮 사람은 본래 그 바깥을 꾸미고자 하여
不務修於內也 그 안을 닦는데 힘쓰지 않는다
儼形貌之曼碩 외모를 엄정하게 하여 크게 드러내고
冒赫業於先代 선대의 뛰어난 업적을 꾸며댄다
褎衣以博帶兮 큰 옷을 입고 넓은 띠를 두름이여
大言以揚喙 큰 소리로 주둥이를 드러낸다
幸而居無事之時 다행히 무사한 때를 살면서
或循道而不廢 혹 도리를 좇아 폐하여 지지 않더라도
而卒遇夫虎傷兮 마침내 호랑이에게 상처를 당하게 되어
鮮不膽裂而頭碎 쓸개가 찢기고 머리가 부수어짐을 면하기 어렵도다
竭技力而莫之禦 기술과 힘이 다하면 막아내지 못하고
渾同歸於敗也 완전히 패배의 길로 돌아가고 말 것이니
豈不於此而一噫兮 어찌 여기서 탄식이 한 번 나오지 않으랴
盖亦爲之誡也 이 또한 경계로 삼아야 한다
所貴乎君子之道 귀한 것은 군자의 도이니
誠積中而發外 정성스럽게 안에다 쌓으면 밖으로 나타난다
惟厥美之日充兮 오로지 아름다운 덕이 날로 충만해지면
粹然面而盎於背 수연함이 얼굴과 등 뒤에 나타날 것이다

其威也 그 위엄이여
如秋霜之可畏 가을의 서리 같이 두려움이 있고
其仁也 그 어짐이여
如春日之可愛 봄날의 햇살같이 사랑스럽도다
夷險乎一節兮 쉽고 어려움이 이 한마디에 있으니
外患不爲能之害也 외환이 해를 입히지 못할 것이다
噫無德以將之兮 아, 덕이 없으면서 나아가려고 하고
又無能以濟也 또 능력이 없으면서 건너려고 하도다
衣冠面目之人類兮 의관을 갖춘 사람들의 거짓된 모습이라니
苟以欺於世也 진실로 세상을 속이는 것이로다
鼎猶折足負而且乘 솥은 다리가 부러져도 음식을 담고 실을 수 있으나
夫孰救於顚沛 엎어지고 넘어진 것을 그 누가 구해줄 수 있으랴
而此事誠可爲之規兮 이 일은 참으로 규범으로 삼을 만하기에
願無忘而書諸帶 잊지 않고자 띠에다 쓰노라

56행의 〈검지려부〉는 당나라 유종원이 쓴 〈삼계(三戒)〉의 내용을 인용하여 자신의 주장을 펼치는 도구로 삼았다. 앞의 4구는 서론격이다. "선비는 몸뚱이 같은 바깥 치장은 떨쳐냄이 있어야 한다/ 혼자 조용히 보고서 묵묵히 깨닫기도 해야 한다/ 이것을 미루어 저 것을 앎을 기뻐함이여/ 또한 작은 것으로 큰 것을 깨우치기도 한다." 하여 서론으로 삼은 뒤 〈삼계〉의 내용을 소개한 것으로 본론에 들었다.

검강이란 곳에 사는 당나귀는 모습이 크고 소리가 우렁차며 털 모양이 범상치 않아 호랑이도 함부로 하지 못하는 동물이지만 이미 사람들은 그가 별 것 아니라는 사실을 알고 있다는 말로 처음을 열었다. 호랑이가 나중에 안 사실은 "기술이라야 고작 성내고 발길질하는 것 뿐이었다." 그래서 "번개처럼 달려들어 제압하였네"처럼 호랑이가 공격했지만 "발톱과 어금니는 상대와 겨룰 수가 없어서, 마침내 벌렁 넘어져 죽고 말았네"처럼

허무하게 그만 죽어버렸다는 이야기다.

행당은 이 이야기를 소개한 뒤 "대개 당시에 보고 들은 것을 기록한 것이지만, 되레 천년을 두고도 경계를 일으킬만한 것이다, 사람은 본래 그 바깥을 꾸미고자 하여, 그 안을 닦는데 힘쓰지 않는다, 외모를 엄정하게 하여 크게 드러내고, 선대의 뛰어난 업적을 꾸며댄다, 큰 옷을 입고 넓은 띠를 두름이여, 큰 소리로 주둥이를 드러낸다."라 하여 사람들이 실상과는 달리 바깥만 꾸미기에 힘쓰고, 안을 닦는데 소홀함을 경계하였다.

그러면서 "귀한 것은 군자의 도이니, 정성스럽게 안에다 쌓으면 밖으로 나타난다, 오로지 아름다운 덕이 날로 충만해지면, 수연함이 얼굴과 등 뒤에 나타날 것이다, 그 위엄이여, 가을의 서리 같이 두려움이 있고, 그 어짐이여, 봄날의 햇살같이 사랑스럽도다."라 하여 군자의 도가 귀함을 강조한 뒤 정성스럽게 안으로 쌓아두면 자연스럽게 밖으로 드러나서 그 위엄은 가을날의 서리 같고, 그 어짐은 봄날의 햇살 같이 사랑스럽다며 군자 도의 효험을 말했다.

그리고 "아, 덕이 없으면서 나아가려고 하고, 또 능력이 없으면서 건너려고 하도다, 의관을 갖춘 사람들의 거짓된 모습이라니, 진실로 세상을 속이는 것이로다."라 하여 덕과 능력이 없으면서 벼슬에 나아가 사람을 다스리려고 하는 사람들, 이른바 그럴싸하게 의관만 갖춘 사람들을 꼬집어 세상을 속이는 것이라며 일침을 놓는 것으로 결론을 삼았다. 글의 앞에서는 묵묵히 닦는 수신의 도를, 뒤에서는 덕과 능력을 갖춘 군자의 도를 수미상관으로 갖추어 말했다. 이와 같은 작품으로 〈대호부〉, 〈목무전우부〉, 〈항해부〉 등을 들 수 있겠다.

6. 논의 및 결론

필자는 이상에서와 같이 행당의 생평과 20편에 달하는 부 문학을 서술시적 맥락에서 그 미학을 살펴보았다. 행당의 학문적 뿌리는 두 갈래로 정리할 수 있을 것 같다. 하나는 점필재 김종직의 뒤를 호남에서 이었던 금남 최부의 고제가 바로 행당의 부친인 어초은 윤효정이라는 점에서 영남학의 영향이 그것이다. 만형 귤정 윤구 역시 아버지의 영향을 받았는데 행당은 형으로부터 가학을 전수받았다. 다른 하나는 행당 자신이 안동부사 시절 퇴계와의 인연을 돈독히 하면서 친자(親炙)를 받은 것인데 이 또한 영남학의 영향이라 할 수 있다. 다만 호남인 행당이 호남에서 발화하고 결실한 호남학과 어느 정도의 긴밀한 관련을 맺었는지는 앞으로 더 살펴봐야 할 것 같다.

다만 행당이 호남학에 끼친 직. 간접적인 영향은 높이 사야할 것으로 보인다. 우선 강중, 흠중, 단중 등 세 아들과 생질 풍암 문위세, 문위세의 처남인 의병장 죽천 박광전 등을 퇴계 문하에 들게 하여 영남학의 진수를 통하여 호남학을 풍요롭게 하는데 기여한 점이 그것이다. 또한 1538년 무술년 문과 별시에 동방한 미암 유희춘의 저서 「속몽구분주(續蒙求分註)」의 초고를 행당이 퇴계에게 보내어 질정을 구하는 등 두 사람을 이어주었다는 점 역시 행당의 공로라 하겠다. 뿐만 아니라 퇴계의 제자들이 중심을 잡고 있던 동인(東人) 대열에 호남인 광산 이씨 이중호와 그의 아들 동암 이발, 남계 이길 등이 참여한 점은 아마도 이중호가 행당의 만형인 귤정 윤구의 사위라는 인연이었을 것으로 판단된다.

행당은 부 문학 이외에도 유학자로서 몇 편의 시와 문을 남겼으며 〈전라도도사시일록〉과 〈은대일록〉 등의 글을 남겼다. 전자는 전라도 도사 시절의 일기인데 중종 13년(1551) 7월 13일부터 10월 19일까지의 기록이며, 후자는 62세 때인 1573년 4월 18일 승정원 동부승지로 있을 당시에 은대 곧 승정원에서 쓴 일록으로 기록하기를 좋아하고 글쓰기에 관심이 많았던 행당의 면모를 살필 수 있을 뿐만 아니라 흥미로운 여러 사건이 파노라마처럼 전개되어 읽는 맛이 진진하다.

한편 앞서 말한 바와 같이 행당은 20편의 부 문학을 창작하여 호남 서술시단의 전통을 계승, 발전시킨 공로를 남겼다. 필자는 그의 서술시 미학을 1. 역사의 전범과 교훈, 2. 종경(宗經) 정신 함양의 지향, 3. 성선과 의리 중시, 4. 귀거래와 내성 지향, 5. 군자도와 수신 지향 등으로 나누어 살펴보았다.

먼저, 역사적 사실을 말한 〈오국성부〉 등에서는 다섯 나라의 흥망은 결국 내수(內修)의 유무에 달려 있음을 강조하였는데, 내수가 되지 않으면 아무리 공물을 바쳐도 갇힌 사람을 구할 수 없고, 그런 자에게는 하늘의 도움도 없다는 준엄한 교훈을 말했다. 이어 군비(軍備)를 극진히 하여 외침에 대비해야 함도 강조했다. 행당은 임진왜란이 일어나기 전 15년 전에(1577) 세상을 떴지만 이미 유비무환의 국방을 말하였다. 그는 이러한 주장을 하면서도 일방적 선언의 주장이라기보다는, 설득적인 서술의 힘으로 자신의 뜻을 차분히 펼쳐 보였는데 이는 행당 특유의 독특한 글쓰기 방식이라 하겠다. 이와 같이 역사적인 사실을 전범으로 내세워 교훈을 삼고자 창작한 것으로 〈엄격부〉〈항해부〉〈인부〉〈오중부차부〉〈축망부〉 등이 있다.

두 번째로 종경 정신 함양의 지향은 〈이남부〉 등을 통하여 보여주었는데 결국 행당은 나라를 평화롭게 다스리고자 하면 〈이남〉 같은 시를 배워야함을 강조하였다. 시를 활용한 정치와 경영 등 오늘날 유행하는 인문학의 역할을 미리서 말해놓은 듯하다. 여기에서 우리는 행당의 서술시 글쓰기 방식은 ㉠ 무엇을 원한다면, ㉡ 무엇을 해야 할 것이다, ㉢ 누가 무엇을 할 때, ㉣ 무엇을 하였으니, ㉤ 무엇 할지라도, ㉥ 무엇해야 한다는 식의 비교적 긴 호흡의 연장체 서술을 하고 있음이 주목된다. 행당은 유학경전의 가르침을 모든 것의 중심으로 여기는 이른바 종경(宗經) 정신에 투철한 유학자였으며, 〈이남부〉 같은 서술시를 통하여선 자신의 그런 정신을 다른 사람이 함양하기를 바랐었다. 이러한 지향을 지닌 작품으로는 〈관저〉, 〈척호부〉 등을 들 수 있겠다.

세 번째로 〈우산부〉 등은 성선과 의리를 중시한 것이다. 행당은 의리의 뿌리가 성선(性善)에서 나옴을 말하고, 사람의 착한 성에 틈이 생기면 착한 기질과 습관이 안으로부터 공격을 받은바 되어, 결국 외부에 유혹되고 찍힘을 당하게 되며 진실을 상함 곧 의리를 잃음에 이른다고 했다. 사람이 의리를 잃음은 산이 나무를 잃어 민둥산이 되는 것과 같다는 표현은 자못 그 비유가 흥미롭다.

행당은 결국 성선은 땅이요, 의리를 지킴은 땅이 있어 나무가 뿌리를 내리는 것과 같은 것임을 말하였다. 잔잔한 물처럼 담담하게 자신의 주장을 산과 나무의 관계에 비유하여 표현했는데, 탁월한 수사와 차분한 전개, 글의 탄탄한 구성, 유학자다운 주제 등이 잘 조화되어 짙은 감동을 자아내는 명품이다. 이 작품은 그 구성의 긴밀함이 돋보이고, 이야기의 처음과 중간 그리고 결말이 선명하며, 주제 전달을 위한 비유 등 표현 수법 또한 훌륭하다. 앞서 보인 작품과 달리 행당 서술시의 또 다른 모습이 잘 드러나는데, 우산과 나무와의 관계를 사람의 품수 받은 성품과 성선으로 관련지어 흥미롭게 이야기를 구성하여 주제 전달의 효과를 극대화하였다. 이와 같은 작품으로 〈인자여사부〉, 〈윤덕천〉 등을 들 수 있겠다.

네 번째로 귀거래와 내성 지향은 〈남정부〉 등에 잘 나타나 있다. 〈남정부〉는 행당이 평소 바라던 귀거래의 염원을 노래한 허구적 구성으로서 그 수려한 문장력이 주목된다. 글을 밀고 나아가는 힘이 잔잔하면서도 유려하여 읽는 이의 호흡을 사로잡는다. ㉠ 지르고, ㉡ 풀며, ㉢ 펼쳐서, ㉣ 맺는 문장력은 행당의 글쓰기 방식임은 앞의 다른 부에서도 익히 보아온 바다.

다음으로 주목되는 것은 행당 시의 서정성이다. 부 문학이 서술을 주된 문체로 전개되는 서술시라 할지라도 그것이 결국 서정 갈래임을 감안할 때, 이는 함축적 또는 내포적 서정시라기보다는 풀이적 또는 서술적 서정시임을 인정하지 않을 수 없을 것인데 여기서는 그런 점을 여실하게 확인할 수 있다. 행당 시의 서정성은 고려 때부터 강진의 백련사 등지를 중심으로 활발히 창작되었던 선시(禪詩)와 관련된 전통임은 두말할 필요가 없거니와, 이는 바로 뒤 세대인 해암 김응정, 청련 이후백, 한벽당 곽기수, 죽록 윤효관, 아암 혜장, 경회 김영근 등으로 계승, 발전되다가 근. 현대 시문학에서 영랑과 현구 등이 거둔 남도의 토속적 서정성을 낳게 한 것과 유관한 것으로 사료된다. 이러한 행당 시의 서정성은 호남의 다른 서술시인과는 비교되는 점이다.

또한 행당은 마음은 언제나 상재 곧 고향에 달려 있다고 하여 벼슬에 있으면서도 귀거래를 향한 마음을 떨쳐낼 수 없었던 조선시대 유학자의 일반적 지향을 말한 뒤, 옛 땅으로 귀거래를 실천하여서는 만족하며, 즐긴다. 부모 형제 모두가 기뻐하고, 혼정신성을 때 맞춰하니, 자식은 제 할 일을 하여 즐겁고, 부모는 효도를 받아 기쁘다, 이것이 바로 내가 구하는 바다 등 저 벼슬에서의 규보파란(跬步波瀾)과는 멀어도 아주 멀다면서 귀거래의 기쁨을 노래했으며, 귀거래를 통하여 자식 된 도리를 다 하고 형제의 사랑을 실천하며 내성(內省)에 힘쓰는 완성된 인격을 바랐었다.

다섯 번째 〈검지려부〉 등에서는 군자도와 수신 지향을 보였는바 행당은 이 이야기를 소개한 뒤 사람들이 실상과는 달리 바깥만 꾸미기에 힘쓰고, 안을 닦는데 소홀함을 경계하였다. 그러면서 "귀한 것은 군자의 도이니, 정성스럽게 안에다 쌓으면 밖으로 나타난다, 오로지 아름다운 덕이 날로 충만해지면, 수연함이 얼굴과 등 뒤에 나타날 것이다, 그 위엄이여, 가을의 서리 같이 두려움이 있고, 그 어짐이여, 봄날의 햇살같이 사랑스럽도다."라 하여 군자의 도가 귀함을 강조한 뒤, 정성스럽게 안으로 쌓아두면 자연스럽게 밖으로 드러나서 그 위엄은 가을날의 서리 같고, 그 어짐은 봄날의 햇살 같이 사랑스럽다며 군자 도의 효험을 말했다.

끝으로 덕과 능력이 없으면서 벼슬에 나아가 사람을 다스리려고 하는 사람들, 이른바 그럴싸하게 의관만 갖춘 사람들을 꼬집어 세상을 속이는 것이라며 일침을 놓는 것으로 결론을 삼았다. 글의 앞에서는 묵묵히 닦는 수신의 도를, 뒤에서는 덕과 능력을 갖춘 군자의 도를 수미상관으로 갖추어 말하는 등 글쓰기의 고수다운 면모를 보였다. 그가 비록 현실 정치의 모순과 불합리 등에 큰 소리로 개혁을 외치거나 비판하지는 않았어도, 그 나름대로의 방식인 점잖게 에둘러 말하거나 다른 것에 빗대어 말한 수법도 이전의 호남 서술시인들과는 다른 값진 성과라 생각된다. 이와 같은 작품으로 〈대호부〉, 〈목무전우부〉, 〈항해부〉 등을 들 수 있겠다.

이상에서 본 바와 같이 행당의 서술시는 눌재, 석천, 송재의 서술시 전통을 이었으면서도 잔잔하게 물 흐르듯 유려한 문장력, 가슴을 파고드는 계면조 같은 애련하고 짠한 서정성, 제품에 들어맞는 옷 같은 비유 등이 눈에 띈다. 행당의 서술시는 각종 수사를 통한 에둘러 말하기, 긴 호흡의 연장체적 서술 등 그만의 글쓰기 방식으로 그 나름의 독특한 미학 세계를 이루었다는 의의와 함께, 생질 풍암과 윤씨 집안의 외손인 다산 등이 호남 서술시의 전통을 계승, 발전할 수 있도록 교두보 역할을 했다는 의의도 함께 지닌다 하겠다. 앞으로 행당과 호남학에 대한 영향의 수수관계는 물론 퇴계, 미암, 풍암, 죽천, 다산 등과의 비교 연구 등 여러 후고를 기약한다.

영·호남사림과 금남(錦南) 최부(崔溥)

1. 서언

흔히들 호남 사람(士林)을 논하면 거의 고려 조 호남 인물에 대해서는 간과하기 십상이다. 이를테면 호남 사림은 호남지방을 중심으로 조선 中宗 代에 성립되어 성장한 사림이라고 할 수 있다.[1] 이 경우 호남이란 주로 전라남도를 일컬으며 그들은 조선 건국과 더불어 그 명분 없는 정권 교체에 반기를 들고 고려 왕조에 절의(節義)를 지키거나 정쟁(政爭)의 피해를 면하고자 전라도로 이주해 온 사대부 가문의 후예들로서 中宗反正(1506) 이후 본격적으로 흥기(興起)한 세력을 말한다는 것이다.

이러한 연구는 학계의 대세로서 여러 가지 아쉬움을 남긴다. 왜냐하면 앞의 주장대로 호남으로 입향(入鄕)한 여러 명문가의 후손들이 많은데 그들이 호남으로 입향하여 활동할 수 있도록 발판이 되어준 토반(土班) 세력에 대한 이해가 너무 박약(薄弱)하기 때문이다. 고려 왕실에 대하여 절의를 지켜 호남으로 낙남을 했든, 정쟁을 피해 호남으로 입향을 했든 간에 어쨌든 호남엔 그 들을 수용할만한 기반(基盤)이 있었기에 그들이 터를 잡고, 세력을 키워 中宗 대에 화려한 정계 진출을 할 수 있었지 않았겠는가?

따라서 우리는 앞선 주장들 외에 고려 때부터 호남 지역에 기반을 두고 중앙의 정치 세력과 교분을 맺으면서 일정한 세력으로 성장한 집안

1 고영진, 『호남 사림의 학맥과 사상』, 혜안, 2007, 24면.

또는 중앙의 선진 문화 활동에 관심을 가지고 서적(書籍)이나 향약(鄕約) 등을 통하여 지역을 교화(敎化)한 집안에 대한 고려가 있어야 할 것으로 판단된다. 예컨대 곡성의 신숭겸(申崇謙), 영암의 최지몽(崔知夢), 나주의 문극겸(文克謙)과 정가신(鄭可臣), 나주의 정지(鄭地), 담양의 전녹생(田祿生), 고흥의 유탁(柳濯) 등의 집안에 대하여 일정한 정도의 성리학적 수용에 대한 긍정적 역할과 기여를 소홀히 해서는 곤란할 것이다. 이런 데에 대한 연구는 아직 미미한 편인데 앞으로 심도 있는 연구를 기대해 본다.

이와 함께 조선 초기에 이 지역에서 활발하게 활동했던 집안들의 역할도 중요하게 인식되어야 마땅할 것이다. 곧 광주에서 보용정(芙蓉亭)을 짓고 향약을 통하여 향촌 교화 등으로 초기 성리학을 전파한 김문발(金文發), 정인지 등과 『고려사(高麗史)』를 수찬하고 권근(權近)과 권우(權遇) 등에게 수학한 뒤 광주에 희경당(喜慶堂)을 짓고 향약을 시행한 이선제(李先齊)는 동인(東人)의 중심인물이었던 이발(李潑)과 이길(李洁)의 선조이다. 이들은 영남에서 발흥한 김종직의 학맥을 직접적으로 거치지 않았음에도, 이 지역 사림 발전에 공헌한 실상이 다대하므로 그에 대한 연구가 많아야 할 것으로 판단된다.

앞서 말한 바와 같이 영호남에서 사림(士林)을 논하려면 그 시기를 고려 시대로 거슬러 올라가야 한다. 고려 말 어수선한 정국(政局)에서 배극렴·조준·정도전 등이 이성계(李成桂)를 왕으로 추대(1392년 7월)하려 하자, 공양왕(恭讓王)은 왕위를 물려 줄 수밖에 없는 급박한 상황이 전개되었는데, 포은(圃隱) 정몽주(鄭夢周, 1337~1392)는 조준을 제거하려는 동시에 고려를 끝까지 받들고자 하다가 이방원의 자객 조영규 등에게 선죽교에서 피살되고 말았다.

성리학자로서 오부학당(五部學堂)·향교(鄕校) 등을 설치하여 유학을 진흥시켰던 정몽주가 의리와 명분론을 앞세워 조선의 이성계를 못마땅하게 여기고 따르지 아니한 점은 어쩌면 자연스러운 반항이었는지도 모를 일이다.

어쨌든 조선이 개국하자 명분과 의리를 배반한 조선이라고 비난하면서, 고려의 충신들은 절개(節槪)와 지조(志操)를 내세워 송학산 두문동(杜門洞)으로 은둔하는 등 조선의 정치에 참여치 않았으며, 정몽주와 뜻을 같이한 그의 제자들은 낙남(落南)의 길에 들어 영남과 호남으로 귀양 아닌 귀양의 길을 떠났다. 영남으로 낙남한 대표적 인물이 포은의 제자 야은(冶隱) 길재(吉再, 1353~1419)이거니와 그는 스승인 정몽주를 죽인 이방원이 태상박사라는 벼슬을 주었으나, 두 임금을 섬길 수 없다면서 받지 아니하고, 고향인 영남(선산)으로 내려가 성리학의 탐구와 제자들을 양성하면서 좋은 날이 오기를 기다렸다. 이것이 훗날 조선조 사림의 시원이 되었다.

이와는 달리 호남에는 고려왕조에 대한 충성심과 새로운 조선은 명분없는 쿠데타(병변(兵變)) 왕조라 멸시하고 호(湖, 김제의 벽골제)를 건너 남으로 남으로 발길을 옮겨 가급적 한양으로부터 멀리 떠나고자 했던 절의파(節義派) 선비들이 왔는데 이들은 크게 왕조 교체기(1392)와 수양대군의 왕위 찬탈 사건(1455)으로 나눌 수 있다. 전자 때에는 광주 출신 금성(錦城) 범씨(范氏)의 범세동(范世東), 나주 출신 하동(河東) 정씨(鄭氏)의 정지(鄭地), 천안(天安) 전씨(全氏)의 전신민(全新民), 순창에 은거한 옥천(沃川) 조씨(趙氏)의 조유(趙瑜), 영암에 은거한 광산(光山) 김씨(金氏) 김자진(金子進), 장성에 은거한 김인후(金麟厚)의 선조 울산(蔚山) 김씨(金氏) 김온(金穩), 광주 탁씨(卓氏)의 탁광무(卓光武) 등과 장성 삼계와 담양 봉산으로 내려온 신평(新平)인 송구(宋龜)와 송희경(宋希璟) 형제 등이 그들이다.

송희경과 송구 형제는 충남 연산(連山)을 세거지로 하는데, 이들은 송구진(宋丘進)을 시조로 하며, 전남 남평(南平)을 세거지로 하는 신평 송씨는 송자은(宋自殷)을 시조로 한다. 그 가운데 희경과 구는 송구진으로부터 6세손이다. 희경은 예문관 수찬 등을 지냈으며 성절사(聖節使)로 명나라에, 회례사(回禮使)로 일본에 다녀오는 등 외교에도 능했던 인물이다.

일본에 다녀와서 남긴 〈노송당일본행록(老松堂日本行錄)〉은 기행문학 및 수필 문학 등에서 중요한 작품으로 평가된다. 그는 아우 구와 더불어 우의가 두터웠는데 벼슬을 그만 두고 담양에 은거하여 신평 송씨 담양의 입향조(入鄕祖)가 되었다.

그의 후손 가운데 지지당(知止堂) 송흠(宋欽)이 있는데 그는 한헌당(寒暄堂) 김굉필(金宏弼)과 종유(從遊)한 인물로 그의 문하에서 면앙정(俛仰亭) 송순(宋純)과 눌재(訥齋) 박상(朴祥), 학포(學圃) 양팽손(梁彭孫) 등이 배출되어 명실 공히 호남 사림 原流의 하나를 이루게 하였을 뿐만 아니라 수많은 인물을 배출하여 호남의 선비 숲 곧 湖南 士林을 일구는데 핵심적인 역할을 하였다.

또한 수양대군의 왕위 찬탈이 명분 없음을 통탄하고 호남으로 낙남한 명문 세력들은 순천과 해남에 은거한 順天 金氏의 김종서(金宗瑞), 長興에 유배된 晉州 鄭氏의 정분(鄭苯), 靈巖에 은거한 南平 文氏의 문맹화(文孟和), 光山에 은거한 朴祥의 아버지 忠州 朴氏의 박지흥(朴智興), 務安에 은거한 務安 朴氏의 박익경(朴益卿), 長興에 은거한 忠州 金氏의 김린(金麟), 高興에 은거한 礪山 宋氏의 송간(宋侃), 淳昌에 은거한 高靈申氏의 신말주(申末舟), 羅州에 은거한 慶州 李氏의 이석(李碩), 海南에 은거한 原州李氏의 이영화(李英華), 潭陽에 은거한 洪州宋氏의 송평(宋坪), 咸平에 은거한 陽城李氏 종생(從生), 靈巖에 은거한 咸平魯氏 노종주(魯宗周) 등을 들 수 있겠는데[2] 이들 또한 훗날 호남 사림의 성장에 크게 기여한다.

한편, 고향으로 내려간 길재는 강호(江湖) 김숙자(金淑滋), 최운룡(崔雲龍) 등 제자들을 양성하였는데, 그가 체득한 낙천지명(樂天知命)의 태도와 우국우민의 충정은 후일 사림 정신의 뿌리가 되었다. 정종(定宗)에게 올린 소(疏)에서는 불사이군의 충과 절을 백이(伯夷)와 숙제(叔齊)에게 비유하여 사군(事君)에서의 의리를 내세웠다. 그는 정주학(程朱學)에 바탕을

2 고영진, 앞의 책, 17~29면.

두고 충과 효를 위주로 하는 도학을 밝혔으며 이단 배척을 주장하였다. 그의 학문은 정신적인 면과 실천적인 면을 강조하는 것으로서, 조선 성리학의 실천적인 면을 강조하는 근거를 제시하였다. 그의 제자 김숙자(金淑滋, 1389~1456, 호 강호, 시호 문강)는 아들 점필재(佔畢齋) 김종직(金宗直, 1431~1492, 본 선산, 시호 문충)에게 길재의 학통을 전수하여 영남학파의 종조(宗祖)가 되게 하였다.

김종직은 효제충신(孝悌忠信)을 주안으로 하는 실천적인 학문을 강조하였으며 인정(仁政)의 실시를 정치의 이상으로 삼았다. 다시 말해서 오륜(五倫)이 각각 질서를 얻고 사민(四民; 士農工商)이 각각 그 직업에 안정케 하는 정치를 표방했는바, 그런 정치의 근본은 교육이라 하여 향교 교육을 강조하였다. 또한 인재 등용의 중요성과 원훈후예(元勳後裔)의 세습적인 등용에 반대하였다. 후에 성종의 총애를 받아 자신의 문인들을 많이 등용시킨 반면, 훈구파(유자광, 이극돈 등)의 심한 반발을 사서 훗날 무오사화(1498)의 빌미가 되게 하였다. 호남의 사림을 말하는 자리에서 늘 앞자리에 언급되는 김종직에 대하여 절을 달리하여 살피기로 한다.

2. 김종직과 호남 사림

안유(安裕)-권부(權溥)-이곡(李穀)-정몽주(鄭夢周)-길재(吉再)-김숙자(金淑滋)-김종직(金宗直)[3]으로 이어지는 김종직의 문하에는 탁영(濯纓) 김일손(金馹孫)·일두(一蠹) 정여창(鄭汝昌)·한훤당(寒暄堂) 김굉필(金宏弼)·추강(秋江) 남효온(南孝溫)·금남(錦南) 최부(崔溥) 등 훌륭한 선비들이 있었거니와 그 중에서 소학동자(小學童子)로 일컬어진 김굉필(1454~1504, 본 서흥, 호 한훤당, 사옹, 서울 출생)은 스승과 마찬가지로 호남의 인재

3 『東國文獻錄』, 〈門生編〉.

를 직접 가르쳐 스승의 학문이 호남에서 꽃피게 했다.

한편, 『成宗實錄』 편찬을 위한 사초(史草)에 김종직의 〈조의제문(弔義帝文)〉이 실려 있었는데 그 내용에 대해 수양대군이 단종의 자리를 빼앗은 반인륜적 행위를 비방한 것이라고 문제를 일으키는(이극돈 등) 바람에, 이미 죽은 김종직을 부관(剖棺) 참시(斬屍)함은 물론 그의 제자들도 죽이거나(김일손 등) 귀양을 보냈다.(김굉필, 최부 등) 이 사건이 이른바 무오사화(1498)였는데 김굉필 또한 희천(熙川)에 유배되었다가 나중에 전남 순천(順天)으로 이배되었다.

그가 순천에 있을 때 그곳의 선비 신재 최산두(崔山斗, 1483~1536, 본 광양, 호 신재, 나복산인)를 가르쳤다. 윤구(尹衢)·유성춘(柳成春)과 함께 호남의 삼걸(三傑)로 추앙된 최산두는 호남에서 유일하게 문묘에 배향된 김인후(金麟厚, 1510~1560, 본 울산, 호 하서, 시호 문정)를 가르쳤으며, 김인후는 조선시대 최고의 문장가인 정철(鄭澈, 1536~1593, 본 연일, 호 송강, 시호 문청) 등을 배출했다.

다른 한편, 호남 사람 금남 최부(崔溥, 1454~1504, 본 나주, 호 금남)는 스승 김종직의 〈조의제문〉 사건으로 함경도 단천(端川)에 유배되었다가 연산군 10년(1504) 갑자사화 때 죽임을 당했는데, 그의 문하에서 해남의 유계린(柳桂隣), 윤효정(尹孝貞), 임우리(林遇利) 등 훌륭한 인물이 배출, 호남학의 뿌리를 튼튼하게 다졌다.

유계린은 두 아들 유성춘(柳成春)과 유희춘(柳希春)에게 스승으로부터 물려받은 도학적 학풍을 잇게 했으며, 어초은(漁樵隱)이라는 호를 가졌던 윤효정은 윤구(尹衢), 윤항(尹巷), 윤행(尹行), 윤복(尹復) 등의 아들들에게 학문을 가르쳤다. 임우리는 조카 임억령(林億齡)에게 사상과 학문을 전수하여 훗날 호남 사림의 사종(詞宗)이 되게 하였다.

또한 김굉필의 학문은 조광조(趙光祖, 1482~1519, 본 한양, 호 정암, 시호 문정)에게 훌륭히 전수되었는데, 그의 학문은 호남 학자인 박상, 양산보, 최산두 등에게 이어졌다. 동국(東國)의 삼박(三朴)으로 일컬어진 박상

(1474~1530, 본 충주, 호 눌재, 시호 문간)에게서 호남의 사종(詞宗)으로 칭송된 임억령을 비롯하여 면앙정시단의 영수 송순 등이 나와 조선 중기 호남 시단을 화려하게 수놓았다.

수양대군의 왕위 찬탈(1455년)은 의리와 명분에 죽고 살았던 조선시대 선비들의 운명을 뒤바꾼 대사건이었음은 주지의 사실이다. 성삼문 등의 사육신과 김시습 등의 생육신이 목숨을 바쳤거나 혹은 세상을 버림으로써 단종에 대한 충성의 다짐은 물론 의리와 절의를 지키고자 노력하였다. 하지만 그보다 더 많은 선비들은 명분 없는 쿠데타[兵變]에 충격을 받고 벼슬길에의 염증을 느낀 채 영남 또는 호남으로 낙남의 길을 택했다.

조령(鳥嶺)과 죽령을 넘어 고향인 영남으로 내려간 선비들은 지역 향촌의 경제적 기반에 힘입어 서원(書院) 등을 설립, 후진양성과 성리철학의 연구에 전념하였다.

이와는 달리, 호남으로 낙남해간 선비들은 주로 호남지역에 처가 또는 먼 친인척을 두었을 뿐 특별한 향촌에의 경제적 기반을 갖고 있지 아니한 사람들 이었다. 그들은 단지 호남이 한양으로부터 지역적으로 원격(遠隔)한 위치에 있기에 정쟁(政爭)의 화를 피할 수 있으며, 기후가 따뜻한 탓으로 물산이 풍부하며, 그로 인해 人心이 넉넉할 것, 다도해가 많아 은둔하기에 용이할 것이라는 생각 등으로 일엽편주 같은 한 몸을 호남에 맡겼었다.

그러니까 달리 말해서 세조의 왕위찬탈 사건은 중앙의 선비들을 영남과 호남으로 은둔 또는 피세(避世)하게 만든 이른바 "선비대이동" 사건의 결정적 계기로서, 역사적 가치판단과는 다른 각도로 평가되거니와, 호남으로 낙남한 선비들은 각기 자기 씨족의 호남 입향조(入鄕祖)가 되었다. 세조의 왕위찬탈(1455)을 필두로 무오사화(1498), 갑자사화(1504), 기묘사화(1519) 등은 호남으로 선비들의 낙남(落南)을 가속화하였다.

낙남한 이들은 처(處) 또는 은둔지로서 호남을 택하였으며 그 후에는 호남에 뿌리를 박고 世居해서 훗날 곧 성종 대 이후 사림으로 성장하여,

중앙에서 호남사림 문화의 꽃을 피우는데 확실한 영향 작용을 하였던 것이다.

광주·나주·장성·창평(담양)은 호남사림의 중심지로서, 사림의 대부분은 무등산 원효사 계곡을 중심으로 활동하였다. 처음 호남 지역에 들어온 선비들은 호남에서 오랜 동안 살아온 향반가(鄕班家; 土班)의 도움을 받았으며 그 도움의 대가로 자제들의 교육을 담당, 호남의 선비가 융성할 수 있는 토양을 구축하였는데 학문의 전수 및 강학 활동은 주로 사숙(私塾), 서당(書堂), 누정(樓亭) 등에서 이루어졌다. 다시 말해서 영남의 선비가 경제적 기반을 바탕으로 오늘날의 사립종합대학교격인 서원을 중심하여 학문연구와 후진 양성을 한 것과는 달리, 호남으로 내려간 선비들은 경제적 기반이 거의 없는 낯선 지역으로 낙남했던 탓으로 경제적 여유 등이 없었으므로, 그들은 주로 그 지역 향반가의 도움으로 사숙이나 서당 혹은 누정을 기증받아 그곳에서 주로 강학 등의 활동을 펼치면서 훗날을 기약하였다.

『신증동국여지승람(新增東國輿地勝覽)』에 따르면 중종 때 전국의 누정 880여 개 가운데 약 반이 영남과 호남에 집중되어 있다고 하였는바, 실제로 호남지역 특히 호남사림의 중심 활동지였던 광주·나주·장성·담양 등에는 많은 누정이 건립되었다. 그러한 누정에서 지어진 누정 한시는 국문학사의 한 획을 지었으며 그 질과 양에서 뛰어나다는 평을 받고 있다. 그런데 누정에서 제자를 가르치고 시를 지으며 나라를 걱정했던 사림들의 활동은 단순한 현실의 도피에서 나온 패배자의 아우성이 아니라, 명분과 의리의 정치가 실천되지 못한 현실적 불합리한 여건에서 나온 우국·충정의 몸부림이었는바, 그것을 창조해 내었던 원천과 뿌리는 다름 아닌 도학의 정신과 의리의 실천적 자세였음을 간과할 수 없다.

바로 사림문화의 원천인 도학의 정신과 의리의 자세는 국가의 운명이 위기에 처했을 때는 의병활동이라는 실천행동으로 나타났으며, 평상시에는 경전의 심오한 뜻을 천착하는 강학 활동이나, 모순된 정치 현실을 개탄하고 개혁의 목소리를 높이는 대 현실 참여의 서사문학창작 및 자연적 질서와 그에 동화를 갈망하는 서정시 창작을 실천했다. 그에 대한 단적인 예가 곧 김덕령, 김천일 등 호남인의 의병 활동과 〈송대장군가(宋大將軍歌)〉〈문개가(聞丐歌)〉 등의 서사한시 및 〈식영정20영〉〈면앙정30영〉 등의 누정 한시 그리고 〈면앙정가〉〈성산별곡〉 등의 가사문학이 그것이다.

다가올 21세기는 정신문화와 정보가 주가 될 것이며, 신지식 창출의 능력이 국력을 좌우할 전망이라고들 입을 모으고 있는데, 그러한 저력은 두말할 여지없이 전통의 정신문화에 기반 한 것이 아닐 수 없다. 이는 연암 박지원(1737~1805)이 말한 법고창신의 창작적 자세를 말하지 않아도 충분히 납득되고도 남는 일일 것이다.

주지하는 바와 같이 우리의 전통 문화 가운데 성리철학에 관해서는 상당한 정도의 연구 성과가 축적되었으며 국내는 물론 국외에서도 그 가치와 명성을 인정받고 있다. 곧 한국학 이라는 이름으로 전 세계를 강타하고 있는 우리의 정신문화 유산은 조선시대 우리의 풍(風)과 속(俗)뿐만 아니라 오늘의 생활에까지 깊숙하게 영향 작용하고 있다. 이런 추세에 편승하여 '공자가 살아야 한다'느니 또는 '공자가 죽어야 한다'느니 하면서 야단법석이다.

한국학, 그것은 성리철학뿐만 아니라, 우리나라의 전통적인 신앙, 민속, 문화, 문학, 건축, 음악, 미술, 의학 등이 아닐 수 없겠는데, 그 중에서 영남과 호남이 하나의 뿌리로부터 분갈이하여 다양한 색깔의 꽃을 피우는 등 주도적인 역할을 했던 것은, 아무래도 도학사상과 그에 기반 하여 만개한 구국운동과 문학활동이라 생각하거니와, 약무호남(若無湖南) 시무국가(是無國家)로 대변되는 이 지역의 눈부신 의병 활동은, 전라도 각 고을마다 의병장 없는 고을이 없을 정도로 구국의 대열에 앞장을 섰고, 무등산 원효사 계곡으로부터 비롯된 호남의 시가 문학은 광주와 전남 담양 등의 누정을 중심으로 그 절정을 이루어, 주옥같은 명작들을 남겨서, 이 지역을 조선시대 시가의 메카로 공인케 하였다. 2000년 11월 11일 개관한 한국가사문학관은 '광.라.장.창'이 시가문학의 중핵지임을 선포함과 동시에, 전 국민의 호남 문학에 대한 인식의 틀을 바꾸게 할 계기를 마련하였다는 평을 듣고 있다. 이러한 결실의 하나가 바로 2016년에 담양군 남면 일대가 인문학 교육 특구로 지정된 것이라 하겠다.

3. 최부(崔溥)와 호남 사림의 인맥

최부는 탐진인(耽津人)으로 자는 연연(淵淵) 호는 금남(錦南)인데 진사 택(澤)의 아들이다. 나면서부터 이질(異質)하여 강의정민(剛毅精敏)했다고 한다.[4] 금남은 점필재의 문하로서 무오사화(1498) 당시 그의 집안에 점필재집이 있다는 이유로 신문을 받고 장형(杖刑)을 받은 뒤 함경남도 단천에 유배되었다가 갑자사화(1504) 때 처형되었다. 금남은 호남인으로서 점필재의 학문을 직접 받아들여, 이 고장 사림의 발흥에 크게 기여한 첫 번째 세대로 평가받고 있다. 그 당시 점필재와 어깨를 나란히 한 호남 선비로는 죽림(竹林) 조수문(曺秀文)인데 그는 담양 죽림서원(竹林書院)에서 배향되고 있거니와, 그의 아들 운곡(雲谷) 조호(曺浩)는 점필재의 문하로서 여충(汝忠), 여심(汝諶) 등 문학으로 훌륭한 후손을 많이 배출했다.

안유(安裕)-권부(權溥)-이곡(李穀)-정몽주(鄭夢周)-길재(吉再)-김숙자(金淑滋)-김종직(金宗直)-최부(崔溥)로 이어지는 도학의 학맥은 안유(安裕)-권부(權溥)-이곡(李穀)-정몽주(鄭夢周)-길재(吉再)-김숙자(金淑滋)-김종직(金宗直)-김굉필(金宏弼)로 이어지는 학맥과 함께 호남 사림의 깊이와 폭을 더하는데 크게 기여하였다.

최부는 후생의 교도(敎導)에 미미불권(亹亹不倦)하였는데 해남을 맡아 있을 때, 그곳은 바다 모퉁이에 치우쳐 있어 문학이란 게 없고 예의 또한

---

4 유희춘, 『금남선생집서』, 〈금남집〉.

망루(荒陋)했는데 금남은 정론(正論)으로써 누속(陋俗)을 변화시켰다고 한다. 이때 어초은(漁樵隱) 윤효정(尹孝貞)과 임우리(林遇利) 그리고 유계린(柳桂隣) 등을 부지런히 가르쳤는바, 이들을 보고서 온 고을 사람들이 흡연(翕然)하여 마침내 문헌지방(文獻之邦)이 되도록 노력했다고 한다.[5]

한편, 호남 사림은 크게 두 갈래로 나눠 말 할 수 있겠다. 먼저 앞서 말한 바와 같이 왕조 교체기(1392)와 수양대군의 왕위 찬탈 사건(1455) 때 입향 또는 낙남해 온 세력으로 이들은 토착 향반가와 함께 호남 사림의 커다란 강물을 만들었다. 하지만 안타깝게도 이 학맥에 대해서는 심도 있는 다양한 연구가 부족한 실정이다. 다음으로는 안유(安裕)-권부(權溥)-이곡(李穀)-정몽주(鄭夢周)-길재(吉再)-김숙자(金淑滋)-김종직(金宗直)-최부(崔溥)-김굉필(金宏弼)로 이어지는 이른바 영남을 통하여 호남에 뿌리를 내린 계열을 들 수 있겠다.

이렇게 정립된 호남 사림은 대체로 김굉필(金宏弼), 최부(崔溥), 송흠(宋欽), 박상(朴祥), 이항(李恒), 김안국(金安國) 계열 등으로 나누는데[6] 이를 자세히 들여다보면 박상을 제외한 모두가 김종직 연원임을 알 수 있다. 하지만 견해에 따라서는 송흠도 김굉필을 사숙했으니 송흠을 연원한 박상도 어떤 면에서는 같은 뿌리라고 말해도 무방하겠다.

이러한 호남의 학맥은 명종(明宗, 1545~1567)대에 이르면 서경덕(徐敬德), 이황(李滉), 조식(曺植) 등의 학파가 형성되자, 그 영향을 받으면서 성장하는데 그때 송순(宋純), 김인후(金麟厚), 나세찬(羅世纘), 임형수(林亨秀), 임억령(林億齡), 양산보(梁山甫), 양응정(梁應鼎), 오겸(吳謙) 등의 송순(宋純) 계열과 김굉필(金宏弼), 송흠(宋欽), 박상(朴祥), 이항(李恒), 김안국(金安國), 박순(朴淳), 정개청(鄭介淸) 등의 서경덕(徐敬德) 계열로 양분된다.

---

5 유희춘, 같은 곳.

6 고영진, 앞의 책, 28면.

주목되는 바는 서경덕은 김굉필(金宏弼)-이연경(李延慶)-서경덕으로 이어지는 학맥이지만, 호남 학맥을 논할 경우, 기호 사람의 좌장격인 서경덕을 대표로 앞세우곤 한다는 점이다.

한편, 여기에 최부 계열은 임억령을 빼고는 많은 사림들이 포함되지 않는다. 최부 계열은 주로 해남과 나주에서 활약한 인물들이다. 금남 학맥은 윤효정, 임우리, 유계린, 나질(羅晊), 윤구(尹衢), 윤항(尹巷), 윤행(尹行), 윤복(尹復), 유성춘(柳成春), 유희춘(柳希春), 이중호(李仲虎), 정개청(鄭介淸), 나사침(羅士忱; 錦南의 外孫子), 나덕윤(羅德明) 등 6형제, 나위소(羅緯素; 羅德埈의 子) 등으로 이어진다.

해남 연동(蓮洞)에 자리를 잡은 윤효정은 고산 윤선도의 고조부인데 해남 정씨가(鄭氏家)와 혼인을 한 배경으로 명문거족의 발판을 마련한다. 윤효정에게서 윤구, 윤항, 윤행, 윤복 등 뛰어난 형제가 나오는데 기묘명현으로 칭송되는 윤구는 고산의 증조부로서 해남 윤씨가의 명예를 계승, 발전시킨 인물이다. 기묘사화 때 영암으로 유배된 그는 그곳에서 후진 양성에 몸 바쳤으며 〈귤정유고(橘亭遺稿)〉를 남겼다.

윤구의 아들 윤의중(尹毅中)은 좌참찬(左參贊)을 지냈으며 그의 아들 윤유기(尹惟幾)는 강원도 관찰사를 역임 했는데 윤선도를 양자로 맞아들여 해남 윤씨가의 영예를 잇게 했다. 〈고산유고(孤山遺稿)〉를 남긴 고산은 〈漁父四時詞〉 40수 등 75수의 시조를 남겼는데, 長歌의 松江과 더불어 短歌의 최고봉으로 칭송되는 국문학계의 큰 별이다.

그의 손자 윤이후(尹爾厚)는 문과에 급제하였으며 〈支庵日記〉와 歌辭 〈逸民歌〉 등을 남겨 祖父의 문학적 재능을 이었다.[7] 고산의 증손 공재(恭齋) 윤두서(尹斗緖)는 조선 후기 삼재(三齋)의 한 사람으로 문인화가로서 이름을 날렸으며, 시조를 지어 알아주는 이가 없어도 초야에서 초연하게 살겠다며 증조부 고산의 시적 세계를 계승하고 있다. 그 밖에도 尹氏家는

7 전남문학백년사업추진위원회, 『전남문학변천사』, 한림, 1997, 98면.

임진왜란과 정유재란 시에는 많은 의병장을 배출하여 구국의 운동에 혁혁한 공을 세웠다.

윤구의 사위 중에는 광주에서 향약을 처음 실시하고, 광주 향교를 중심으로 유학을 크게 진작시킨, 필문(蓽門) 이선제(李先齊)의 5대손 이소재(履素齋) 이중호(李仲虎)가 있다. 이중호는 전라감사와 대제학 등을 지냈는데 네 아들 급(汲), 발(潑), 길(洁), 직(溭) 등을 두었다. 이중호는 유서(柳西) 유우(柳藕)의 門下였는데, 유서는 한훤당 김굉필의 학맥을 이은 자다. 이중호에게서는 김근공(金謹恭), 박응남(朴應男), 박응복(朴應福), 윤두수(尹斗壽), 최항(崔滉) 등 걸출한 인물들이 많이 배출되었다. 십대홍문(十代紅門)으로 이름 난 그의 집안은 남들의 부러움과 존경을 받았는데, 이중호의 아들 이발은 해남 외가인 윤구 집에서 태어났다. 그는 척암(剔菴) 김근공(金謹恭)과 습정(習靜) 민순(閔純)의 문하에서 수학하였으며 이이(李珥), 성혼(成渾) 등과 종유(從遊)했다. 그는 중후엄정(重厚嚴正)한 인품으로 宣祖에 의해 신임을 얻어 이조전랑(吏曹銓郞)이라는 요직에 앉았으나, 후일 정여립(鄭汝立)의 역모 사건에 휘말려 처참하게 죽임을 당했으며 가족들도 큰 화를 입었다.

이중호, 이발 가문의 멸문(滅門)과 신원(伸寃) 등에 대한 상세한 기록은 외가가 같은 정약용의 〈동남소사(東南小史)〉에 잘 나타나 있다. 정여립 역모 사건을 다룬 기축옥사로 이발과 정개청이 희생되자, 16세기 후반에 이르러 최부의 학맥은 크게 꺾이게 되었다.

정개청은 외가가 금성(錦城) 나씨인데, 서경덕의 문하로 이이, 윤선도, 박순, 유희춘 등에게 격찬 받은 인물이었다. 유희춘은 표종질(表從姪; 외종조카)인 나덕준(羅德峻) 형제를 그에게 맡겼다. 그는 〈동한진송소상부동설(東漢晉宋所尙不同說)〉을 지어 절의와 청담(淸談)을 구별하여 청담의 폐단을 설파하였는데 이로써 서인인 정철 등이 가단을 형성하여 무등산 주변을 중심으로 청풍명월하는 사풍(士風)을 못마땅하게 여겼다.

반면에 鄕約을 중시하고 정통 주자학을 신봉하여 거경(居敬) 궁리(窮

理)를 주종하는 도학지상주의(道學至上主義)를 표방하였으나 서인의 무함에 의해 기축옥사에 휘말려 큰 곤혹을 치렀다. 〈우득록(愚得錄)〉이 전하는데, 그 가운데 임진왜란을 예견하고 미리 대비해야한다는 주장을 편 〈도이장욕유변(島夷將欲有變)〉은 읽는 이의 간담을 서늘케 한다.

행당 윤복은 〈행당선생유고(杏堂先生遺稿)〉를 남겼고, 전라도사, 충청도 관찰사 등을 역임했는데 주옥 같은 한시를 남겨 호남시단을 풍요롭게 빛냈다.[8] 안동대도호부사 시절 퇴계와 교유하였는바, 그 인연으로 훗날 문위세 등 생질(甥姪)들이 퇴계의 문하가 되었다. 해남 윤씨가 낙천(駱川) 윤의중(尹毅中)은 윤구(尹衢)의 아들인데, 경상도 관찰사, 대사헌 등을 지냈으며 동서 분당 때 동인(東人)으로 좌정(坐定)하였다. 정여립 역모 사건(1589)에 이발의 외숙(外叔)이라는 이유로 피해를 입었으며, 동인의 남북(南北) 분당 때 남인(南人)으로 활동하였다.

행당의 생질 중에 풍암(楓菴) 문위세(文緯世)는 귤정(橘亭) 윤구와 미암(眉巖) 유희춘을 사숙했는데 외숙 행당의 소개로 퇴계 문하에 들어 〈八陣圖〉 등을 익히고, 성리학을 배웠다. 임진왜란과 정유재란이 일어나자 아들 5명과 노복, 제자 등을 이끌고 의병 활동을 벌였으며 특히 군량미를 조달하는데 큰 공헌을 했던 인물이다. 기축옥사(1589) 때 동인들이 무참히 화를 입음에 충격을 받고 두문불출 학문에만 열중하였다. 임진왜란 〈倡義日記〉와 한문 서술시를 다수 남겨, 호남시단에서 서술시의 세계를 확장했다는 評을 듣고 있다.[9]

유계린(柳桂隣)에게는 나재(懶齋) 유성춘(柳成春)과 미암(眉巖) 유희춘(柳希春) 등 뛰어난 두 아들이 있었다. 유성춘은 윤구, 최산두와 더불어 호남 삼걸(三傑)로 칭송받는 인물인데 이조전랑을 지내고 사가독서를 하는 등 촉망되는 인물이었지만, 기묘사화로 유배되어 요절하는 바람에 큰

---

8 최한선, 『윤복의 생애와 관련 유적』, 목포대박물관, 2003, 15면.

9 최한선, 「풍암 서술시의 이해론적 전제와 미학」, 『고시가연구』 11집, 한국고시가문학회, 2003.

업적을 남기지 못했다.

유희춘은 〈眉巖日記〉로 유명한 인물이다. 〈미암일기〉는 선조 즉위년(1567)에서부터 10년간의 공・사적인 내용을 적은 충실한 보고서 형식의 일기로서 〈宣祖實錄〉의 기본 사료로 활용되었다.[10] 미암은 부친 외에도 최산두와 金安國에게서도 수학했다. 양재역(良才驛) 벽서사건(壁書事件, 1547)에 연루되어 제주도로 유배되었다가, 함경도 종성(鐘城)으로 이배되었다. 19년 동안 유배 생활 중 이황과 서신으로 주자학에 대하여 토론을 하였다. 〈朱子大典〉을 교정(校訂)하고 〈國朝儒先錄〉을 편찬했으며, 〈眉巖集〉과 시조 〈獻芹歌〉 등을 남겼으며, 외조부 금남의 〈漂海錄〉을 간행했다.

그의 문하에는 이종질(姨從姪)인 나덕명(羅德明), 나덕준(羅德竣), 나덕윤(羅德潤) 형제가 있는데[11] 이들 형제는 금남의 외손자인 금호(錦湖) 나사침(羅士忱)의 아들들이다. 이들은 훗날 미암의 권유로 정개청의 문하에 들어 그의 실천적인 학문을 익혔으며 임란 때 구국 활동에 나섰을 뿐만 아니라, 스승 곤재(困齋)의 신원(伸寃)을 위한 상소를 올리는 등 많은 노력을 했다. 미암은 김굉필의 학문을 계승한 김안국에게서도 수학했는데 그 문하에 이호민(李好閔), 이선경(李善慶), 양희윤(梁希尹), 허성(許筬), 허봉(許篈) 최용봉(崔龍奉) 등을 두었다.

나사침(羅士忱)은 유희춘과 이종 형제인데 어머니 최씨에 대한 효성이 지극했다. 그는 이발의 아버지 이중호에게서 배우기도 하였는데, 김응기(金應期), 김천일(金千鎰) 등과 함께 유일(遺逸)로 천거되어 이산(尼山) 현감(縣監) 등을 역임하였고 박순과 이이를 종유하였다. 고향에서 강의계(講義契)를 만들어 후진을 양성한 그는 정여립 역모 사건에 연루되어 6명의 아들과 함께 옥고를 치렀는데 효자 집안에 역신이 없다는 宣祖의 특사로 본인은 풀려나고 아들 5형제는 귀양 보내졌다.

---

10 최한선 외, 『다시 읽은 미암일기』, 도서출판 무진, 2004, 11면.

11 이종범, 『나는 호남인 이로소이다』, 사회문화원, 2002, 561～562면.

함경도 종성(鏡城)으로 유배간 나덕명(羅德明)은 유배지에서 임진왜란을 만났는데 국경인(鞠景仁) 등이 반란을 일으켜 일본인과 내통하자 이들을 토벌하는데 공을 남겼으며, 문학에도 조예가 깊어 문집 〈嘯浦遺稿〉가 전한다.

나덕준(羅德峻)은 유성룡(柳成龍)의 천거로 망운감목관(望雲監牧官)을 지내고 후방의 군량미 비축에 많은 공을 세운 인물인데, 그의 아들 나위소(羅緯素)는 시조 〈江湖九歌〉의 작자로 널리 알려진 인물이다. 그의 時調는 그와 교분이 두터웠던 孤山의 〈漁父四時詞〉와 비교되면서 江湖詩歌의 흐름을 계승했다는 평을 듣는데 〈松岩遺稿〉가 전한다.

나덕헌(羅德憲)은 호가 장암(壯岩)인데 유배에서 풀려난 뒤 임진왜란과 이괄의 난(1624) 때 큰 공을 세웠다. 외교적 수완이 뛰어나 중국 심양을 세 차례나 다녀왔다. 그는 忠烈의 시호를 받았을 만큼 활약이 다대했다.

금성 나씨 집안은 경종 사후(1724) 커다란 정치적 시련을 겪었지만, 나덕준의 증손자인 나두동(羅斗冬)은 증조(曾祖) 3형제인 나덕명(羅德明), 나덕준(羅德峻), 나덕윤(羅德潤)의 글을 묶어 〈錦城三稿〉를 펴냈다. 여기에는 나덕명의 〈嘯浦遺稿〉, 나덕준의 〈錦巖拾稿〉, 나덕윤의 〈錦峰拾稿〉외에도 나사침의 〈錦湖遺事〉가 첨부되어 있다.

임우리(林遇利)는 선산인으로 수(秀)의 원(元), 형(亨), 이(利), 정(貞) 네 아들 중 셋째이다. 그에게는 일령(一齡)이란 아들이 있었으나, 바로 위의 형인 형(亨)의 다섯 아들만큼 이름이 높지 못했다. 형(亨)에게는 천령(千齡), 만령(萬齡), 억령(億齡), 백령(百齡), 구령(九齡) 등의 다섯 아들이 있었는데 모두 현달했다. 천령은 영의정에 추증되었는데 〈遯庵先生文集〉을 남겼고, 구령은 광주목사로서 선정을 베풀어 칭송받았다. 백령은 우의정에 추증되었으며 을사사화에 연루되어 화를 당했다.

억령은 호가 石川인데 호남의 詞宗으로 퇴계와 율곡, 청송, 옥봉, 고봉, 하서, 구봉 등으로부터 칭송 받은 대 시인이다. 석천은 어려선 임란 의병장 회재 박광옥의 부친인 외삼촌 박곤(朴鯤)에게 수학하였고 자라선 눌재 박상과 육봉 박우 형제의 문하에 들었다.

시를 잘 지었던 그는, 시에서의 천연(天然)과 무위(無爲)의 음률관(音律觀)을 주장했는데[12] 그런 내용은 〈聽松堂記〉에 잘 나타나 있다. 그에게 주목되는 바는 여럿인데 특히 퇴계와 시를 논한 〈喜林大樹見訪論詩〉는 그의 시론을 잘 나타내준다.

62세로 담양부사로 내려온 이후론 평담(平淡) 자율(自律)한 시 세계를 펼쳐보였는데, 『莊子』의 식영(息影) 사상을 수용하여 실천했다. 성산의 식영정과 서하당 생활은 호남시단을 탄탄하고 심대하게 하였다. 제봉 고경명, 송강 정철, 서하당 김성원 등과 어울려 때론 벗으로서, 때론 스승과 제자로서 교유하면서 격(格)에 구애되지 아니한, 그러면서도 기품과 격조를 잃지 않는 강학과 시 창작 활동을 펼쳤다.

담양과 강진 그리고 고향 해남을 오가며 주옥같은 한시문을 많이 남겨 명실상부하게 호남을 문향으로 자리매김 하였다. 특히 그의 〈宋大將軍歌〉〈古器歌〉와 같은 서사 한시는 한시로써 사회 현실을 고발하고 비판, 풍자한 것으로, 조선 중기에 이미 사실주의 문학관을 실천으로 보였다는 평을 받고 있다. 담양 식영정과 서하당, 환벽당, 소쇄원 등에서 읊은 〈息影亭20詠〉〈俛仰亭30詠〉 등 누정 한시는 뒷날 송강의 강호 한정의 가사문학을 잉태하는데 큰 기여를 하였다.[13] 송강은 석천으로부터는 한시를, 면앙정으로부터는 국문시가를 전수 받아, 호남 시단의 폭과 넓이를 더하면서 한국 시가사의 큰 인물로 성장하였다. 송강의 문하에서는 석주 권필, 석전 성로 등이 배출되었다.

이상에서 살펴본 바와 같이 최부의 호남 학맥은 안유(安裕)-권부(權溥)-이곡(李穀)-정몽주(鄭夢周)-길재(吉再)-김숙자(金淑滋)-김종직(金宗直)-최부(崔溥, 1454~1504)로 이어지는 사림의 정맥(正脈)이었다. 그의 문하에서

12 최한선, 「석천 임억령 시문학 연구」, 성균관대 박사학위논문, 1994.

13 최한선, 「성산별곡과 송강 정철」, 『목원어문학』 제9집, 목원대학교, 1990.

배출된 사림들은 한국 유학사 상 또는 한국 문학사상과 한국 의병사상 등에서 뚜렷한 족적을 남겼다.

그의 문하들이 이룬 호남학에서의 문학적 성과는 낭만적 정서라는 풍류성(風流性)과는 다른 차원의 세계를 열어보였다는 데서, 곧 계산풍류(溪山風流)를 표방한 부류[14]와는 시 세계를 달리 했다는 점 등에서, 그 의의를 부여할 수 있겠다. 그의 사학, 문학, 경학 등 학문적 영향은 해남과 나주를 중심으로 호남학의 정립에 큰 기여를 하였는데, 특히 文學에서는 17세기 중반까지(羅緯素, 1582～1666) 약 2세기 동안 그 전통이 활발히 이어져 나왔고, 그 이후에도 나경환(羅景煥; 性菴家藏), 정석진(鄭錫珍; 蘭坡遺稿), 나윤후(羅允煦; 錦坡集), 나수규(羅燾圭) 등으로 20세기까지 계승되면서 근현대 문학으로 이행되었다.

4. 금남과 『표해록』

『표해록』은 최부(崔溥)가 남긴 해양문학이요, 보고문학이며, 기행문학의 진수라 일컬어진다. 『표해록』은 전체 3권으로 구성되어 있다. 제1권은 금남이 제주 추쇄경치관으로 임명되어 현지에 부임하였으나, 부친상을 당하여 분상하려고 배를 띄운 1488년 정월 3일부터 전후 14일 간의 표류를 거쳐 태주부에 도착한 뒤, 2월 4일 소흥부에 이르러 왜구의 혐의를 벗을 때까지의 기록이다.[15] 제2권은 2월 5일 절강성 항주를 떠나 3월 25일 천진을 지날 때까지의 여정을 기록한 내용이다. 제3권은 3월 28일 북경 옥하관에 도착하여 약 25일 간 머물면서 황제를 만난 뒤, 북경을 떠나 요동반도를 거쳐 6월 4일 압록강을 건너 의주에 도착하는 과정의 기록이 그

---

14 최한선, 「호남 시가의 풍류고」, 『고시가연구』 창간호, 한국고시가문학회, 1993.

15 조영록, 「최부의 표해록에 나타난 조선의 선비 정신」, 서인범 · 주성지 옮김, 『표해록』, 한길사, 2004, 24면.

것이다.[16]

그의 중국 역정은 간난(艱難)의 신고(辛苦)였는데 절강성 태주 임해현 우두외양 도착(1월 16일)-영파(1월 29일)-항주(2월 6일)-강소성 소주(2월 16일)-양주(2월 23일)-회안(2월 23일)-산동성 제령(3월 9일)-덕주(3월 18일)-천진시(3월 24일)-북경시(3월 28일)-산해관(5월 7일)-광령위(5월 16일)-요동(5월 23일)-의주(6월 4일).

최부는 중국 3개성의 여러 도시와 2개의 직할시(천진, 북경)를 통과 하면서 그곳의 문화와 전통, 풍습, 인물, 명소 등을 파노라마식으로 전개하고 있는데, 금남이 바라본 15세기 당시의 시각을 중국인들은 매우 깊은 관심을 갖고 평가를 높이 하고 있다. 그 일례를 들면 『표해록』에서 정리한 표해의 전말과 풍속, 제도, 인물 등은 물론 중국 연안의 해로, 기후, 산천, 도로, 관부, 민요 등을 세밀하게 소개한 책으로, 금남이 적어둔 산동 황가문(黃家閘)의 〈미산만익비(眉山萬翼碑)〉는 북경과 항주간의 경항(京杭)운하와 관련한 유일한 기록이며, 이 외에도 귀한 유적지를 고증하는 문헌으로 활용할 가치가 크다는 평이다.

또한 조선과 중국 간의 사신에 대한 기록도 눈에 띈다. "경태(景泰; 景帝) 연간에 우리나라 급사중 장령(張寧)이 명을 받들어 당신 나라에 사신으로 가서 금정시(金亭詩) 『황화집(皇華集)』을 지었다는데 당신도 알고 있소?"라고 묻자, 금남은 "장급사중(張給事中)이 우리나라에 도착하여 『황화집』을 지었는데, 그 중 〈등한강루(登漢江樓)〉라는 시는 다음과 같은 구절로서 그 평판이 아주 자자합니다. 햇빛이 청작방을 흔드는데/ 그림자는 백구주에 떨어지네// 멀리 바라보니 저 하늘 끝 간 데 없고/ 공중에 오르고 땅에 뜨려고 하네// 라고 써 주자 그는 희색이 만면했다." 등의 기록이 그것이다.

뿐만 아니라 우리나라와 관련 있는 문화재에 대한 기록은 우리의 가슴

---

16 조영록, 앞의 글, 26면.

을 설레게 한다. 실제로 이런 기록에 의해 2007년에는 항주시 서호 주변 승경지에 '혜인 고려사'가 중창 되어 우리 교민과 유학생들 및 관광객의 휴식처가 되고 있는데 관련 내용은 다음과 같다. "항주 서산 팔반령에 오래된 절이 있는데 이름은 고려사다. 절 앞에는 옛날 사적을 적은 비석이 두 개 있으며 이곳에서 15리 정도 떨어져 있습니다. 송나라 조광윤 때 고려 사신이 조공을 바치러 왔다가 절을 세웠다고 합니다. 당신 나라 사람이 남의 나라에 와서 절을 세웠다고 하니 불교를 숭상하는 뜻을 알만 합니다."가 그것이다.

한편, 금남이 왕명을 듣고 처음 성종에게 표류의 전정(全程)을 써서 바친 글의 제목은 「中朝見聞日記」였다. 이 일기는 외손 미암 유희춘이 간행하기에 앞서, 조정에서 중종 후기에서 명종 연간 사이에 한 차례 간행한 되었던 것으로 보이나, 확실한 사정과 시기는 알려져 있지 않다.[17]

『표해록』이란 명칭은 나중에 활자본으로 간행하면서 붙인 이름이다. 지금의 『표해록』이 모습을 처음 드러낸 것은 『중조견문일기』 간행 80년 뒤인, 1569년(선조 2)에 평안도 정주에서 유희춘에 의해서였다. 발문을 쓴 유희춘은 금남의 외손인데 그는 발문에서 "대양의 변화와 절강, 산동, 연경 일대의 산천, 토산, 인물, 풍속을 찬연하게 드러냈을 뿐만 아니라, 선생의 경세제민의 재주 또한 십분의 일 정도는 갖추어져 있다."고 하였다. 이러한 미암의 술회는 금남의 일기를 기행문학, 일기문학, 해외견문록 등으로 읽히게 하는 등 그 가치 평가에 있어 정곡을 찌른 탁견이라 할 것이다.

그 뒤 4년이 지난 1573년(선조 6)에 미암은 다시 나주에서 『표해록』을 간행하면서 발문을 썼다. 『표해록』은 동활자 본 1권만이 고려대학교 도서관 화산문고에 소장되어 있을 뿐, 3권짜리는 모두 일본의 도쿄 동양문고와 교토 양명문고, 가나가와 현 금택문고에 소장되어 있다.

다른 한편, 『표해록』은 일본, 중국, 미국에서도 번역본이 간행되는 등

---

17 조영록, 앞의 글, 27면.

애독되고 있다. 『표해록』을 중국어로 번역한 중국 북경대의 갈진가(葛振家) 교수는 『崔溥 漂海錄 評注』라는 중국 번역본을 펴냈는데, 그는 '중국의 시각에서 『표해록』을 연구하면서 그 학술적 문헌적 가치는 일본 엔닌[圓仁]의 『입당구법순례행기(入唐求法巡禮行記)』와 마르코폴로의 『동방견문록』에 비견되나, 광범위한 문화적 함축성, 각 분야를 망라한 풍부한 사료적인 가치 및 중국에 대한 인식의 깊이와 시각은 『표해록』이 두 저서를 뛰어넘는 것'이라고 평가 하였다.

『표해록』은 임진왜란 중에 일본으로 흘러들어가 일본어로 번역 판매되었다. 그 이유는 외국 지리에 관심이 많은 일본인들의 관심을 끌기에 충분했을 만큼 자료적 가치가 컸기 때문으로 사료된다. 『唐土行程記』 일명 『통속표해록』이 그것인데 靑田君錦은 서문에서 "그것이 외국의 풍토에 대해서는 가히 증거로 삼을 만하다."고 했다. 또한 미국인 Jhon Meskill도 『최부의 일기: 표해록』 영문 역주본을 내는 등 국외에서의 관심도 뜨겁다.

우리나라의 경우 숙종 3년에 외손 나두춘 등이 『금남선생집』을 내면서 『표해록』을 합본했는데, 그 중 일부인 권 2와 3만이 서울대 규장각에 소장되어 있다. 이어 1724년 외손 나두동이 『금남집』과 『표해록』을 따로 분리하여 2책으로 만들었는데 현재 한국학중앙연구원 장서각에 완본이 전한다. 1873년에는 지암 박씨부인이 『언문본 표해록』이라 하여 부분 번역하여 유통하였던 것으로 보아, 부녀자들 사이에서도 『표해록』이 관심거리였던 것으로 생각된다. 또한 1896년(고종 33)에는 앞서 두 책으로 분리하여 간행한 『금남집』과 『표해록』을 강진에서 한 책으로 묶어 간행하였으며, 그 후 1964년 북한에서 김찬순이 초역하여 간행하였고, 우리나라에서는 1976년 이재호의 번역, 1979년 금남의 방손 최기홍의 번역본, 2004년 서인범. 주성지의 번역본, 2007년 박원호의 『표해록』 주석본 등이 있다.

5. 결어

우리는 앞서 湖南 士林 人脈의 형성과 흐름에 대하여 살펴보았다. 하지만 본 바와 같이 그 실체는 微弱하기 짝이 없다. 그 까닭은 위에서 언급한 비교적 잘 알려진 인물들 외에도 광주·전남지역에는 수많은 문인들이 호남시단의 傳統과 脈을 면면히 잇고 있었지만, 그에 대한 논의나 연구는 활발하게 이루어지지 않고 있는 실정 때문이다. 그렇게 된 데에는 여러 가지 이유가 있겠지만 비교적 잘 알려지지 아니한 인물에 대한 연구가 거의 진행되지 못한 것과 아직 발굴되지 못한 인물이 많기 때문이다. 따라서 현 시점에서 호남의 학맥이나 인맥 관계 등을 通時的으로 鳥瞰하기엔 아직 時機尙早라는 自愧感이 든다.

그나마 다행히도 민족문화추진회에서 『한국문집총간』을 기획하여 간행하고 있고, 景仁文化社에서 『韓國歷代文集叢書』를 간행하는 가운데 호남문인 100명의 문집을 포함시켜 100권을 출간한 것과 전라남도의 지원으로 『鄕土文化資料』 32권을 출간하였다. 그러나 아직도 빛을 보지 못하고 있는 문집이 우리 지역 곳곳에 산재해 있는 실정이다. 필자가 조사한 바에 따르면 康津郡에만도 30여 종의 미공개 문집이 있는 것으로 확인되었다. 이에 대한 影印 작업은 물론 번역작업, 기 번역된 자료의 문화 콘텐츠로의 활용방안 등 본격적인 연구가 시급히 요청된다. 이런 차원에서 전남대 김대현 교수를 중심으로 호남지역 기록문화유산에 대한 발굴과 집대성은 물론 콘텐츠화를 하고 있음은 퍽이나 반가운 일이 아닐 수 없다. 왜냐하면 지금이야말로 晩時之歎의 감이 없지는 않지만 湖南詩學, 나아가 湖南學의 특징은 무엇이며 그것의 당대적 의미와 현대적 가치는 무엇인가 등에 대한 해명작업이 있어야 하기 때문이다.

지금까지 湖南 詩壇에 대한 연구는 訥齋 朴祥의 문하에서 수학한 俛仰亭 宋純과 石川 林億齡이 개창한 俛仰亭 詩壇과 星山洞 詩壇을 중심으로 진행되어온 것이 솔직한 실정이다. 이제 우리는 호남시단의 시 창작 정신 또는 원리 등 호남시학의 특징을 밝히되 앞서 말한 바와 같이 錦南 인맥과 연계된 여러 훌륭한 시인은 물론 아직 세상에 빛을 보지 못한 많은 문인에 대한 연구를 아우르는 巨視的 시각이 요구된다.

아직 연구가 일천하여 단언하기는 어렵지만 금남의 학맥을 이었거나 영향 받은 사림들은 일기(미암), 연작시(나위소, 윤선도), 서술시(행당, 풍암) 등 풍류적, 낭만적 서정시 창작 보다는 현실적 문제와 밀착된 문제를 다루거나 서사적 서술시의 세계를 지향했다는 점에서 호남시학의 또 다른 면모임이 분명하다.

21세기 韓國學은 性理哲學의 우수성과 더불어 抒情美, 浪漫性, 風流道, 現實感, 方外氣質, 纖細함 등에서 단연 뛰어나다는 호남 시문학이 세계 문화시장을 주름잡을 수 있도록 우리 모두가 지혜를 모아야할 것으로 판단된다.

호남학은 고려시대부터 탄탄하게 기반을 다져온 지역 土班家의 自生的인 힘과 명분 없는 조선 개국과 세조의 王位 簒奪에 반대하여 落南해 온 외부 엘리트 세력, 그리고 영남에서 발원・영향 작용한 성리철학과 도학에 힘입어 형성, 발전한 것으로 정리할 수 있겠다. 호남은 조선시대 학문과 시문학의 메카로서 그 명성에 걸맞은 훌륭한 집적물을 창출하였거니와 지금 우리는 그곳에서 이루어진 학문적・문학적 성과를 바탕으로 21세기 문화의 시대를 이끌어갈 새로운 지식을 창조해야 할 책무를 떠안고 있는 것이다.

21세기는 文化戰爭의 시대라고들 입을 모으고 있거니와, 이는 달리 말하여 앞으로 다가올 시대는 훌륭한 文化遺産과 傳統을 갖고 있다는 사실 그 자체가 중요한 것이 아니라, 그런 것을 활용하여 새로운 욕구와 가치관을 지닌 새로운 시대에 맞게 민족적 에네르기화 할 수 있느냐의 역량이 관건이라는 것이다.

우리가 영・호남을 한국학 부흥의 적지성으로 꼽는 이유가 바로 이상에서 살핀 대로 학문적 전통과 인맥의 연결고리 나아가 시가문학의 찬란한 集積成果에 있거니와, 이제는 구체적 대안과 체계적이고 지속적인 연구가 뒷받침될 기반확립과 분위기 성숙이 영·호남인의 노력으로 이루어져야할 것이다. 그리하여 歷史와 傳統이 資力이 된 한국학이 새로운 세기의 가늠자가 되는데 우리 모두가 책임과 의무를 지녀야할 것으로 사료된다.

요컨대 호남학 중 사상과 문학은 그 한 뿌리가 영남학에서 내려 뻗은 것이며 그 뿌리의 건실함과 튼튼함은 가지와 잎을 무성하게 하여 아름다운 꽃을 피웠으니 이른바 深根茂葉의 전형적인 예라고 하겠다.

이제 우리에게 남은 것은 영남학과 호남학의 우열을 논하는 편협한 생각을 지우고 그 둘의 특징을 어떻게 문화 창조와 지식 창조의 에너지로 활용할 것이며, 그것들의 당대적 의미를 뛰어 넘어 현대적 가치는 무엇인가 등에 대한 해명작업에 모두가 하나 되어 심혈을 기울여야할 중요한 시점에 우리는 서 있는 것이다.

安裕-權溥-李穀-鄭夢周-權近-崔德之로 이어지는 학맥에 대한 연구가 뒤따라야할 것이다. 최덕지는 조선 초 호남에 성리학을 전파한 인물로 영암의 鹿洞書院에서 崔忠成, 金壽恒, 金昌協 등과 함께 配享되고 있는데 그의 門下와 交遊 인물에 대한 연구는 호남 사림의 일단을 살피는데 매우 유익할 것으로 사료된다. 왜냐하면 안유-권부-이곡-정몽주-김숙자-김종직의 학맥을 거치지 않고 형성된 호남 사림의 一脈이기 때문이다. 이는 영남을 거쳐 형성된 호남 사림 학맥과는 그 성격을 분명 달리할 것이므로 상고(詳考)를 기대한다.

이와 함께 광주에서 芙蓉亭을 짓고 향약을 통하여 鄕村敎化 등으로 초기 성리학을 전파한 金文發, 정인지 등과 『고려사』를 수찬하고 權近과 權遇 등에게 수학한 뒤 광주에 희경당을 짓고 향약을 시행한 李先齊는 東人의 중심인물이었던 李潑과 李洁의 선조로서 이 지역 학문 발전에 공헌한 실상이 더 연구되어야 할 것으로 판단된다.

한편, 금남의 『漂海錄』은 임란 때 중국을 체험하고 기록한 魯認의 『錦

溪日記』와 일본을 체험한 宋希璟의 『老松堂日本行錄』, 姜沆의 『看羊錄』 등과 함께 호남을 대표한 기록문학으로서 심도 있는 연구와 함께 다양한 문화 콘텐츠 개발의 原生成 資源으로 활용할 것을 제안한다.

끝으로 금남의 〈耽羅詩 三十五絶〉 등 시문학에 대한 자료 발굴은 물론 그가 남긴 소(疏), 기(記), 묘비명(墓碑銘), 표해록(漂海錄) 등에 대한 본격적인 연구도 뒤따라야 할 것으로 사료된다.

풍암 문위세의 서술시와 지향세계

1. 논의의 출발

본고는 풍암(楓菴) 문위세(文緯世, 1534~1600)의 서술시 세계의 미학을 구명하기 위하여 마련되었다. 풍암은 그의 호인데 자는 숙장(叔章)이요 본관은 남평이니 증조 창(昌)은 현감이었고 조(祖) 현(賢)은 봉사(奉事)로서 기묘사화(1519)에 연루되어 초야에 묻혀 지냈던 인물이다. 부(父) 량(亮)은 참의(參議)로 어초은(漁樵隱) 윤효정(尹孝貞)의 따님과 결혼하여 3남을 두었는데 공은 막내이다.

풍암은 전남 장흥군 부산면에서 중종 29년(1534)에 태어났다. 풍암의 아버지는 하늘과 땅 사이에 있는 것은 세대마다 날줄[經]과 씨줄[緯]을 짜는 것과 같다면서 위(緯)와 천지세(天地世) 넉 자로써 세 아들의 이름을 지었는바, 장남은 위천(緯天), 둘째는 위지(緯地)며 풍암은 셋째로서 위세(緯世)였다.

풍암은 조선 중기 호남사림의 한 사람으로 정통의 사림 학맥을 이은 학자였을 뿐만 아니라, 문인이었다. 뿐만 아니라 '약무호남시무국가(若無湖南是無國家) 곧 호남이 아니면 나라가 없다.'는 이충무공의 말대로 종묘사직을 풍전등화에서 구해낸 백의(白衣)의 의병장이기도 하였다.

풍암은 정몽주-길재-김숙자-김종직-최부-윤효정-윤구-문위세로 이어지는 도학의 정통학맥을 호남에서 계승한 학자였음에 주목을 요한다. 풍암의 어머니는 어초은(漁樵隱) 윤효정(尹孝貞)의 따님이었는데 이는 그가 호남사림의 정맥을 이을 수 있는 운명 같은 행운이었다. 그렇다면 어초은은 누구인가? 그는 다름 아닌 고산(孤山) 윤선도(尹善道)의 고조부인데 금남(錦南) 최부(崔溥)의 문하로 김종직으로부터 사림의 정맥을 이어받은 학자였다. 어초은의 네 아들 윤구(尹衢), 윤항(尹衖), 윤행(尹行), 윤복(尹復) 등은 모두 이름난 선비였는데 특히 큰 아들 윤구는 최산두(崔山斗)·유성춘(柳成春)과 함께 호남삼걸(湖南三傑)로 칭송된 인물이었으며, 막내아들 윤복은 선조 때의 문신으로 권력과 명성을 붙좇지 아니한 학자였다.

풍암이 외숙부 귤정(橘亭) 윤구의 문하에서 학문한 것은 다름 아닌 호남 사림의 본류에 든 것과 마찬가지였다. 풍암에게 『소학』을 가르친 윤구는 일찍이 생질의 재능을 알아보고 '아종필위대유(兒終必爲大儒)' 곧 '이 아이는 마침내 큰 선비가 되리라' 했는데[1] 외삼촌의 예단은 틀리지 않았다.

풍암의 평가는 크게 세 측면에서 이루어져야 한다고 생각되는 바, 첫째는 학자로서의 측면이 그것이요, 다음은 문인으로서 그의 문학적 성과와 미학에 대한 문학적 접근이 요구되며, 마지막으로 의병사적 측면에서 역사적 인물로서의 조명이 그것이다.

앞서 말한 바와 같이 풍암은 외삼촌 윤구의 문하였을 뿐만 아니라, 미암(眉巖) 유희춘(柳希春)과 퇴계(退溪) 이황(李滉)으로부터도 학문을 익혔다. 미암은 금남 최부의 제자이자 사위인 유계린(柳桂麟)의 아들로서 학행과 문학에 뛰어난 선비였다. 선조의 스승이었던 미암은 유학의 경전에 널리 통하였고 제자서와 역사서에도 능했던 인물로 선조는 항상 말하기를 "내가 공부를 하게 된 것은 희춘에게 힘입은 바가 크다."고 하였을 정도로 대단한 인물이었다. 그는 일재(一齋) 이항(李恒)·하서(河西) 김인후(金麟厚) 등과 함께 호남지방의 학풍 조성에 기여한 인물로 높이 평가되고 있다. 풍암은 외삼촌 윤구와 미암으로부터 호남사림의 정맥 계승은 물론 학문하는 방법과 태도, 나아가 학문의 깊이를 다지는 행운을 지녔다.

그뿐만이 아니었다. 그는 당대 최고의 성리학자였던 퇴계 이황의 문하

1 『풍암선생유고』, 〈행장〉.

에 들어 친자(親炙)를 받았는데 그때 나이 14세(1547)였다. 퇴계는 일찍이 귤정으로부터 풍암에 대해 들은바가 있었으므로 각별히 대해 주었다고 한다.[2] 퇴계의 언행록 교인편(敎人篇)에는 풍암과 주고받은 문답의 내용이 있는바, 특히 〈주객문답(主客問答)〉에 대한 문답은 풍암의 자질이 훌륭했음을 짐작케 하는 예라 하겠다. 퇴계의 문하에 있을 당시 풍암은 한강(寒岡) 정구(鄭逑)와 예문(禮文) 등의 서적에 대해 토론하는 등 서로 존중하는 사이로 교유하였다. 61세 이후 고향에 돌아온 풍암은 자녀들과 더불어 백운암(白雲菴)에서 조용히 성리학의 서적에 침잠하여 높은 학문을 이루었다.

이처럼 풍암은 타고난 자질에 훌륭한 스승과 뛰어난 친구를 통하여 학자로서의 역량을 갖추었는데 안타깝게도 많은 학문적 저술이 화재로 인하여 소실되고 말았으니 이 얼마나 안타까운 일인가.[3]

다음으로 풍암의 의병사적 측면의 역할과 위상에 대하여 분명 조명이 있어야 하겠는데 그는 백의 의병장(白衣義兵將)으로서 임진왜란(1592) 당시 혁혁한 공을 세운 이 땅의 믿음직한 간성(干成)이었다. 임진왜란이 일어나자 풍암은 백형 위천(緯天), 중형 위지(緯地)와 함께 청영정(淸穎亭)에 모여 시국을 한탄한 뒤, 나라를 구하기로 결심하고 장흥의 관산관(冠山館)에서 노복(奴僕)을 징발, 이웃 고을에 격문을 보내어 의병을 모았다. 그런 뒤 영개(英凱)·형개(亨凱)·홍개(弘凱)·여개(汝凱) 등 네 아들과 함께 보성으로 향하여 자형인 죽천(竹川) 박광전(朴光前)과 삼도(三島) 임계영(任啓英)의 군대와 합류하였다.[4]

풍암은 능성현령(綾城縣令) 김익복(金益福)의 군대와도 합쳐 전북 장수(長水)로 진군하여 삼계(三溪) 최경회(崔慶會)의 군대와 합류, 금산(錦山)

---

2 『풍암선생유고』, 〈연보〉.

3 『풍암선생유고』, 〈행장〉.

4 『풍암선생유고』, 〈연보〉.

·무주(茂州) 등에서 왜적을 격파하는데 공을 세웠다. 당시 김익복·임계영 등은 군량미가 모자라는 것을 크게 걱정하였는데, 풍암은 특히 군량미 조달에 헌신적 노력을 아끼지 않았다. '흰 베옷 입은 의사' 풍암 문위세, 용성부사 윤안성(尹安性)은 그를 일러 "우리나라의 제갈량이다."고 했는데, 과연 제갈량(諸葛亮)의 〈팔진도(八陣圖)〉를 이용한 순천(順天) 예교(曳橋)의 전투는 두고두고 그의 지략과 전술에 대해 회자하게 했다.

행군할 때는 부장(副將)을 먼저 보냈으나 싸움에 나아갈 때에는 반드시 자신이 병졸(兵卒) 보다 앞서서 나갔던 풍암 장군, 그의 의병장으로서의 역량과 능력은 도원수(都元帥) 권율(權慄)과 승지(承旨) 이항복(李恒福)으로부터 인정을 받아, 장군으로 추천되기까지 하였다.[5]

풍암이 왜적과의 싸움에서 매번 승리할 수 있었던 것은 그의 뛰어난 학문적 역량에서 비롯된 것이거니와 그는 만변천태(萬變千態)의 조화서인 『주역(周易)』에 밝았고 제자백서 특히 병서(兵書)에도 조예가 깊었기 때문이었다. 어린 시절 퇴계로부터 제갈량의 〈팔진도〉를 익혔던 풍암, 성리학자 퇴계는 경전이 아닌 병법을 무슨 연유로 격물치지(格物致知)의 일단 이라면서 풍암에게 가르쳤을까? 퇴계의 미래에 대한 투시와 제자의 일생에 대한 운명을 예측한 것이 아니었을까?

어쨌든 풍암은 스승의 권유에 따라 틈틈이 병서를 익혔는바 그것이 훗날 종묘사직을 풍전등하에서 구한 긴한 묘책이 되었던 것이다. 이러한 풍암의 의병사적 측면에서의 역할과 위상에 대한 역사적 평가는 시급히 이루어져야할 것으로 사료된다.

마지막으로 풍암이 거둔 문학적 성과와 그것의 시문학사적 의의에 대해 언급해 보자. 풍암은 앞서도 말한 바와 같이 문인이요, 학자며, 의병장이었다. 문인이었기 때문에 그가 남긴 작품이 적지 않았을 터인데 화재로 인한 소실 때문에 『풍암선생유고』에는 극히 적은 분량의 시문이 전할 뿐

5 『풍암선생유고』, 〈연보〉.

이다.

풍암에 대한 유집은 『풍암선생실기(楓菴先生實記)』 6권과 『풍암선생유고(楓菴先生遺藁)』 등인데 전자는 호조참의 이휘재(李彙載)와 호조참판 이헌경(李獻慶)의 서문이 있는데 순조 19년(1819)에 간행했다는 후손 기덕(基德)의 간행기가 있다. 이는 이헌경(1719~1791)이 생존했을 때 서문을 받아 두었다가 그의 사후에 간행된 것임을 알 수 있는데 풍암 선생이 세상을 떠난 뒤 219년 만에 이루어진 것이다.

『풍암선생실기』는

제일권: 서문(序文)・연보(年譜)

제이권: 시(詩)・부(賦)・행당공 행장(杏堂公行狀)

제삼권: 임진창의일기(壬辰昌義日記)

제사권: 도산답문(陶山答問)・팔진도(八陳圖)・행장(行狀)(목록만 있음)

제오권: 신도비명(神道碑銘)・묘갈명(墓碣銘)・강성사도기(江城祠圖記)
월천사춘추향축문(月川祠春秋享祝文)・
충선공합향고유축문(忠宣公合享告由祝文)・
주련(柱聯)・사군대기(思君臺記)・제현사율(諸賢詞律)・만(輓)

제육권: 부도산연원록(附陶山淵源錄) 등으로 되어 있다.

『풍암선생유고』는 단행본으로 1995년에 풍암선생유고발간위원회(회장 문재구)가 간행한 것으로 그 내용은 다음과 같다.

풍암선생유고서(이가원)・선대 문헌 중간 서문(문제성)・풍암문선생실기서문(이휘재)・문선생실기 서문(이헌경) 연보・시・부・행당윤공행장・임진창의일기・군략・도산에서의 문답・팔진도기・팔진도설・행장(채제공)・행장(문덕구)・신도비명(황경원)・묘갈명(이현일)・강성사도기・월천사춘추 제문・충선공을 합향할적의 사유를 아뢰는 축문・주련・사군대 기문・사군대 차운・부록 도산 연원록・사실을 적음(문취광)・사실을 적음(문기덕)·해제(이태길)·발문(문성식)·후기(문수정)·영인본 등이다.

여기서 주목되는 것은 『풍암선생유고』의 맨 나중에 '영인본'이라는 제명으로 합본된 풍암 선생의 행장이다. 이에는 두 개의 행장이 있는데 번암(樊巖) 채제공(蔡濟恭, 1720~1799)이 쓴 것과 후손 덕구(德龜)의 작품이 그것이다. 앞서 말한 『풍암선생실기』 가운데 제4권의 목차에는 있는데 내용이 없었던 것을 추록해 둔 것이다. 그런데 후손 덕구의 행장 말미에 기묘중추(己卯中秋) 곧 1759년 이라고 밝힌 대목은 우리에게 또 다른 사실을 알리고 있다. 다시 말해서 『풍암선생실기』가 간행된 1819년에 앞서 1759년 이전에 이미 유집이 간행되었음을 말해준다.

어쨌든 풍암의 유집 간행에 대한 자세한 고찰이 있어야 하겠거니와 『풍암선생실기』와 『풍암선생유고』에 추록된 실기는 서로 판본과 체제가 상이한 것임을 첨언해 둔다.

한편, 풍암의 문학적 성과와 시문학사적 의의를 살필 수 있는 것으로는 그가 남긴 시(詩)와 부(賦) 및 행장(行狀) 그리고 기문(記文) 등인데 앞서도 말했던 바와 같이 시문(詩文)은 소실된 까닭에 〈범호가(泛湖歌)〉라고 제목한 가(歌) 한 수와 〈사군대(思君臺)〉〈무제(無題)〉〈금강산운(金剛山韻)〉〈무제(無題)〉〈천리서회벽수추(千里書回碧樹秋)〉 등 5편, 〈연보〉에 실린 1편을 포함하여 6편뿐인데 이는 그가 성리학에 몰두한 채 시문을 즐겨 제작하지 않았던 이유와 화재로 시문이 다수 소실된 데 원인이 있는 것으로 생각된다.

풍암의 장처(長處)는 논리적 분석과 탐구정신에 있었던 것으로 보이는 바 그러한 까닭에 시문 보다는 부(賦)에 대한 관심이 많았다.

『풍암선생실기』 등에는 〈구방심(求放心)〉〈위인유기(爲仁由己)〉〈도불원인(不遠人)〉〈일신환유일건곤(一身還有一乾坤)〉〈활처관리(活處觀理)〉〈예위수신지간(禮爲守身之幹)〉〈인불가이무치(人不可以無恥)〉(2수) 〈학귀변화기질(學貴變化氣質)〉〈옥불탁불성기(玉不琢不成器)〉〈우도불우빈(憂道不憂貧)〉〈지락무여독서(至樂無如讀書)〉〈옥루(屋漏)〉〈석상진(席上珍)〉〈천작(天爵)〉〈공휴일궤(功虧一簣)〉〈삼근(三近)〉〈천불생공자만고장야(天不生孔子萬古長夜)〉〈회(晦)〉〈환해(宦海)〉〈차(茶)〉〈애실학(哀失鶴)〉〈표변(豹變)〉〈천행건(天行健)〉〈효아총(孝鵝塚)〉〈관회(管灰)〉〈퇴거(推車)〉〈제주(題柱)〉〈편주범오호(扁舟泛五湖)〉 등 28편의 많은 부가 전한다. 이와 같은 사실은 풍암을 연구하는데 있어서 그가 남긴 부 문학을 빼놓을 수 없음을 단적으로 말해줌과 동시에 그를 호남시문단의 사적인 맥락에서 열외 시켜 평가할 수 없음을 의미한다.

주지하는 바와 같이 조선 건국을 반대했던 의리와 명분 중시의 선비들은 영남과 호남으로 각기 낙남(落南)의 길을 택하여 활로를 모색했다. 그들로부터 시작된 선비의 낙남은 수양대군의 왕위 찬탈(1455)을 정점으로 계속되었는데 무오사화(1498), 갑자사화(1504), 기묘사화(1519), 을사사화(1545) 등으로부터 화를 당했거나 그 화를 피하기 위하여 남으로 피세(避世)와 피은(避隱)이 이어졌다. 그리하여 영남과 호남에 선비들의 발걸음이 잦아지자 자연 그 지역의 정서와 기질 등이 반영된 글쓰기 풍토가 형성되었다. 그 가운데 호남지방의 선비들은 누정을 통하여 시회(詩會)를 열거나 시단(詩壇)을 결성하여 독특한 시문학의 전통을 세워나갔는데 특히 면앙정(俛仰亭) 송순(宋純, 1493~1583)과 석천(石川) 임억령(林億齡, 1496~1568)은 대표적 인물이었다.

한편, 조선 중기 호남지방의 선비들은 독특한 글쓰기 방식을 통하여 당대 사회를 비판하거나 풍자 또는 깨우치고자 했는데 그것이 다름 아닌 부 문학의 창작 이었다. 물론 부(賦)는 『시경(詩經)』에서 말하는 문체의 하나이지만, 그것의 호남사림에 의한 당대적 변용은, 다름 아닌 현실 대응적 성격을 띤 하나의 글쓰기 방식으로 애용된 점이다.

눌재(訥齋) 박상(朴祥, 1474~1530)에서 개화된 호남사림의 부 문학적 글쓰기 방식은 그의 문하인 석천(石川) 임억령(林億齡, 1496~1568)을 거치면서 그 기반이 확고해 지더니 송재(松齋) 나세찬(羅世纘, 1498~1551), 송천(松川) 양응정(梁應鼎, 1519~1581) 등이 동시대 또는 조금의 선후를 두고서 활발히 부 문학을 창작함으로써 일시에 하나의 풍조를 이루었다.

호남지방의 조선 중기 선비들이 부 문학을 즐겨 창작한 데에는 여러 이유가 있겠으나 우선 그들이 언간(言諫) 직에 있으면서 당대의 불합리와 모순을 참지 못하고 직간(直諫) 또는 직언(直言)을 일삼다가 사화에 연루되거나 간신배의 참소를 입고 억울하게 뜻을 접어야만 했던 탓과, 당대의 사회가 어수선하고 혼란스러워 경국제민(經國濟民)의 뜻을 펼 수 없었던 데에서 기인한, 가슴 속에 하고픈 말이 많았던 연유 등이라 생각한다.

어쨌든 조선 중기 호남 선비의 부 문학적 글쓰기 방식은 풍암에게서도 고스란히 엿보아 지거니와 우선 그 내용이 유교 경전적 사유를 채용하고 있음과 그 편수의 풍부함에서 일맥으로 통하고 있다. 주지하는 바와 같이 부 문학은 함축과 상징에 의한 비유적 글쓰기라기보다는, 논리와 직설, 설득(說得)이나 설리(說理)에 따른 자신의 주장과 신념을 드러내고 있는 서술적 글쓰기 방식이다. 따라서 부 문학에 대한 온당한 이해를 위해서는 부 문학의 개념과 특징 및 서술시로서의 접근이 요청됨은 당연하겠는데 지금까지 이에 대한 논의는 거의 전무한 실정이다.

이에 본고에서는 풍암의 장처(長處)요, 그 문집의 가장 많은 부분을 차지하고 있는 그의 부 문학성과를 본격적이면서도 제대로 평가하기 위한 선행 작업으로서 부 문학의 서술시적 성격 규정을 먼저 하기로 한다.

한편, 풍암의 부 문학에 대한 고유한 미학과 특질에 대해서는 후고를 통하여 논의하기로 한다.

2. 서술과 서술시

앞장이 풍암시 연구를 위해 방향 설정을 논한 자리였다면, 본장은 잡혀

진 방향에 따라 그의 시세계를 온당하게 파악하기 위한 가늠자를 마련하는 자리라 할 수 있다.

앞서 밝힌 바와 같이 풍암은 근세조선을 대표한 표표(表表)한 호남 시인의 한 사람이었으며, 유학의 경전에 우뚝한 세계를 개척함은 물론 성리서의 연구에 침잠하여 고유한 경지를 개척했음은 물론 자제(子弟)를 가르치는 등 학자로서의 면모를 갖추기도 했으며, 구국의 선봉에서 〈팔진도〉를 비롯한 고도의 전술을 통한 왜적의 퇴치 등 의로운 길을 나섰던 의병장이기도 했는바, 풍암은 어느 위치에서나 뛰어난 능력으로 괄목할만한 업적을 남겼던 지행합일(知行合一)을 실천한 보기 드문 선비였다.

그가 실천해 보인 시세계는 유년기와 청소년기에 그의 인격 형성과 학문 세계에 결정적인 영향작용을 했던 외숙부 귤정(橘亭)과 미암(眉巖), 그리고 퇴계의 성리학적 사유에 말미암는다고 판단된다.

요컨대, 풍암의 시세계는 조선시대 사대부가 열망했던 경국제민의 정치철학이 좌절된 모순투성이의 정치 현실과 인간이 기본적으로 지키고 실천해야 할 예와 윤리・도덕이 무너진 불합리한 체제를 고발・시정하고 개혁하고자 펼쳐진 것이었기에 그 세계는 장편 서술시로 서술 될 수밖에 없었을 것이다.

풍암의 부 문학은 자신이 열망했던 경국제민의 정치철학을 좌절시킨 대상 또는 그런 정치가 좌절된 현실적 모순을 드러내어 지적하고 개혁하거나 시정하려는 의지를 담아낸 것 또는 예와 윤리의 기강이 무너진 불합리한 정치현실을 들춰내거나 꼬집어서 시정을 촉구하거나 풍자한 것, 소강신민(小康臣民)의 종경(宗經) 지향 정신 등의 내용이 주를 이루기 때문에 그 담론의 기저는 서술이 주를 이루고 있음이 사실이다.

서술은 그 자체 서사자가 있어서 피서사자에게 이야기를 전달하는 소통의 모델이다. 그러므로 보여주기보다는 말하기의 화법을 주로 쓰며, 작품세계에 대한 시인 자신의 직접적 개입이 이루어지는 인식의 한 양식이다. 이러한 서술은 사건을 시간적 연속과 인과성에 따라 결합시켜주는 조직의 기법으로서, 서사 갈래의 지배소로 간주되어 왔다. 긴 서사체의 경우 특히 시간의 경과 감각이 생명일 수밖에 없으며 그로써 세계의 추이를 드러내 보여야 하는 경우에 있어서의 서술이 차지하는 몫은 지대한 것으로 여겨진다.

또한 서정시에서도 시인이 시적 효과를 획득하기 위하여 사건을 도입할 수 있는 바, 그 경우 비록 완성된 구성을 갖추지는 못했다 할지라도 그 플롯은 서술에 의해서 엮어진 것이 분명한 사실이다. 이로써 볼 때 서술은 서사만 만드는 것이 아니라, 극이나 교술도 만들 수 있다는 점을 시사해 준다 하겠다. 곧 서술이 모든 시의 기저자질이라는 말인데 이에 대해서는 앞서 밝힌 바와 같다.

한편, 서술이 주가 되는 시를 서술시라고 하거니와, 이는 묘사가 주를 이룰 때 묘사시라고 부르는 것과 다르지 않다. 어느 시대이든 거기에는 당대 사람들이 지니는 삶의 조건과 삶의 과정이 있기 마련인데, 그러한 조건과 과정은 서술되어야 분명해지므로 그것을 표현하는 수단으로써 서술시가 요구된다. 이는 달리 서술이 소재에 대하여 취하는 관심의 가장 명백한 형식이라는 점에서 볼 때 매우 타당하게 여겨진다.

서술시의 문체는 수사적 비유보다는 일상인의 평이하고 단순한 회화체가 우세한 반면, 이미지는 약화되기 십상이다. 이는 서술시의 언어가 지시적 기능이 우세하여 명료도를 지님과 함께 진실에의 충실이라는 점에서 객관적 발화로서의 의미를 지니게 된다는 뜻이다.

또한 서술시는 삶의 조건과 과정이 서술되는 것인데 어느 시대에나 그 현실 사정에 따라 자연스런 진실 표현의 욕구충동 결과로써 이야기를 갖기 마련이므로 거기에는 사건의 주체가 되는 인물이 있으며 그 인물이 사건을 벌이는 배경이 있다. 그런데 사건의 내용, 인물의 특징과 성격, 배경 등은 문학 담당층이 변화할 때마다 그들의 수요와 필요에 따라 달라질 수밖에 없다.

다시 말해서 사건의 구성이 어떠 어떠하고, 주체적 인물과 그 성격이 어떠 어떠하며, 시・공간적 배경이 어떠하다는 것은 문학 담당층의 창작 정신 또는 시대정신 및 문학의 소용에 따라 각기 다르게 실현되기 마련이라는 것이다. 결국 서술이 바탕이 된 서술시는 시대와 상황, 창작층 등의 변화된 조건에 따라 또는 진실에의 충실과 객관성의 확보라는 명분으로 구비서사시・서사한시・서민가사・장편서사가사・부 문학 등 각기 다른 모습으로 실현되어 왔다.

『시경』의 시적 진술이나 일반 문학적 진술에서 가장 기본적 이면서도 보편적으로 활용되는 서술방식은 다름 아닌 부라는 말처럼 부는 작시원리로서 텍스트의 생산에 기여해 왔다. 비유 없이 직접적 서술로 이루어지는 부는 사고를 구조화하는 단위 또는 사고의 표현단위 및 사물이나 현상을 이해・해석・감지・파악하는 데 매우 유용한 양식으로 알려져 있다. 부는 직(直), 포(鋪), 부진(敷陳) 등의 개념으로써 이야기를 곧 바로 드러내어 말하거나 펼쳐서 서술한다는 의미를 지닌다. 부의 제작은 천고지재(千古之材)를 머금어서 변환지극(變幻之極)과 현란지지(絢爛之至)를 이루되 서이약지(徐而約之)하여서 사지유소재(使指有所在)하여야 하는데, 이때 무의(無意)함을 근심할 것이 아니라, 무축(無畜)함을 근심하고, 무축함을 근심할 것이 아니라, 무이운지(無以運之)를 근심하라고 했다.

결국 부는 가슴에 맺히고 쌓인 것을 서술로써 적절하게 풀어내는 데 유용한 양식임을 알 수 있겠다. 다시 말하여 흥(興)의 돈오적(頓悟的) 자각과 대비되는 점오적(漸悟的) 인식이 바로 부인데, 이는 서술이 바탕이 되어 원인-결과, 전체-결론, 추정-단언 등을 통하여 사지유소재(使指有所在)를 적절하게 주장하는 양상으로 전개하는 경향이 강한 문학이라 하겠다.

3. 풍암의 부 문학 세계

1) 위기지학(爲己之學)의 존양성찰(存養省察) 세계

앞에서 우리는 28편이라는 많은 부 문학을 남긴 호남의 문인이요, 학자였던 풍암의 부 문학 세계를 효과적이면서도 적의하게 감상하고자 부 문학에 대한 개념을 살펴보았다. 그 결과 부 문학은 서술시로서 서정시의 확장된 한 개념임을 밝혔는데 이 자리에서는 그러한 개념의 전제 아래 그의 부 문학 세계를 1. 위기지학(爲己之學)의 존양성찰(存養省察) 세계 2. 덕불고(德不孤) 필유인(必有隣)의 지향세계 3. 지예경(持禮敬)의 자강불식(自疆不息) 자세지향 등으로 나누어 살펴보기로 하겠다. 이렇게 그의 부 문학 세계를 살피는 것은 그가 퇴계의 문하로서 예경(禮敬)의 학문적·현실적 자세를 고수했던 점과 출세보다는 자신의 수양에 치중했던 이른바 위기지학(爲己之學)의 실천자로서 평생을 일관한 태도와 그의 작품 지향 세계가 일맥으로 상통하기 때문이다.

풍암은 처음부터 벼슬살이에 관심이 없었던 인물이었다. 그가 그런 생각을 갖게 된 데에는 여러 이유가 있겠으나 멀리는 조부 현(賢)이 기묘사화(1519) 때 화를 입은 것을 비롯하여 가까이는 부친 량(亮)이 간신 이기(李芑) 등의 모함을 받아 변방 장수로 좌천되었던 간접 체험의 영향과 스승이었던 퇴계와 외삼촌 귤정(橘亭)과 행당(杏堂)의 가르침 및 미암(眉岩) 유희춘의 위기지학과 예경의 학문과 생활태도 등의 영향에 힘입은 것으로 사료된다. 특히 외삼촌 귤정으로부터 『소학』을 배운 뒤로는 거경궁리(居敬窮理)의 학문하는 자세와 존양성찰(存養省察)의 자기 수양에 관심을 두었는데 기축옥사(1589) 이후로는 사람 사귀기를 좋아하지 않고 그 명성과 빛을 감추어 드러내지 않았다고 한다. 〈행장〉 한편, 위기지학의 학문하는 자세는 『논어』 〈안연〉편의 다음과 같은 말에서 말미암는다.

顔淵問仁子曰克己復禮爲仁一日克己復禮天
下歸仁焉爲仁由己而由人乎哉顔淵曰請問其
目子曰非禮勿視非禮勿聽非禮勿言非禮勿動

안연이 공자께 인(仁)에 대하여 묻는 말과 그에 대한 대답, 그리고 그 조목에 대한 문답인데 그 요체는 인(仁)을 행함이 남에게 달려있는 것이 아니라, 자기 자신에게 있음을 깊이 깨닫고 이의 실천을 강조한 것이다. 풍암은 위의 공자와 안연의 문답에서 자신의 나아갈 바와 수양할 바를 찾았던 것이다. 비례(非禮) 곧 사욕을 금지 할 수 있다면, 이른바 그 마음에 그것을 이겨낼 수 있는 수양이 되어 있어야 하는 바, 여기서 우리는 풍암의 수양과 인물됨을 알 수 있겠다. 이른바 공자가 안연에게 전해준 심법(心法)의 오묘한 가르침을 꿰뚫어 실천코자 했던 풍암의 자세를 보기로 하자.

君子之篤誠　　군자는 돈독하고 성실하여
恒拳拳於自修　　항상 자신을 정성껏 수양하고
懼或移於物誘　　물욕에 유혹될까 두려워하여
功必密於反求　　반드시 자신을 반성하는데 힘쓰면
豈克己之無準　　어찌 자기의 사욕 이김에 표준 없으리
(중략)
晨夕以致思逮　　아침과 저녁이 다 하도록 깊이 생각하여
動靜以必察　　행동을 반드시 살피는데 힘쓰고
平物欲之至險　　지극히 험한 물욕을 가라앉히어
安人心之甚危　　심히 위태로운 사욕을 안정시키고
明我天之皦日　　하늘의 환한 햇빛을 밝히어
炯中襟之無私　　사욕 없는 내 가슴 속을 드러내어
交天理之流行　　하늘 도리의 유행함과 함께 흘러

藹心君之洞澈 내 마음이 밝아지듯 온화해 진다면
茲由己而爲仁 이에 나로 말미암아 인을 행할 것이요
終成德而上達 마침내는 덕을 이루어 위에 미칠 것이니
豈啻三月之不違 어찌 단지 석 달 동안만 인에서 떠나지 않겠는가
優可入於廣居 넉넉히 인(仁)의 집에 들 수 있으리라
何賤子之躁妄 어찌 천한 자의 조급함과 경망함으로써
矇不知夫復初 사람의 본성에 돌아감을 까마득히 모르고
紛巧言而令色 어지러이 교묘한 말과 예쁜 표정을 지으리오
(중략)
幸余學之爲己 다행히도 나는 위기지학을 배워
悟仁者之斯人 인을 한 것이 사람이란 것을 깨닫고
(하략)

위는 〈위인유기(爲仁由己)〉의 일부이거니와 본 바와 같이 풍암은 인(仁)을 행한 것은 자기에게 있음을 깨닫고, 사사로운 욕심을 이겨서 천리(天理)의 순행에 따르고자 했던 인물이다. 사욕을 이겨내면 동용(動容)하고 주선(周旋)함에 있어서 예(禮)에 맞지 않음이 없고, 일상 생활하는 사이에 천리(天理)의 유행이 아님이 없음을 깊이 깨달았던 것으로 보인다. 공자가 안연에게 심법(心法)으로 전해 준 말씀을 존양성찰로 삼았기에 기시삼월불위(豈啻三月不違)라고 자신할 수 있었던 것이라 생각한다. 다시 말해서 공자가 『논어』 〈옹야(雍也)〉편에서 안연에게 그 마음이 3개월 동안 인(仁)을 떠나지 않았다고 칭찬했던 사실을 상기하면서, 풍암 자신은 그 보다 더 오랫동안 인을 간직할 수 있다는 의지적 표현을 한 것이다.

풍암의 이와 같은 세계의 설정과 실천은 앞서도 말한 바와 같이 퇴계와 귤정의 영향이 큰 것으로 사료된다. 풍암의 위기지학 곧 자신으로부터 모든 문제를 해결하려는 자세는 다음의 〈도불원인(道不遠人)〉과 〈일신환유일건곤(一身還有一乾坤)〉〈학귀변화기질(學貴變化氣質)〉〈옥불탁불성기

(玉不琢不成器)〉 등에서 두루 확인되는데 그 일단을 보이면 다음과 같다.

德已具於健順	덕이 이미 음과 양을 갖추어
萬物備於一身	만물을 한 몸에 구비하였으니
諒斯道之不遠	진실로 도는 멀리 있지 않고
在我性之攸循	내 본성의 따르는 바에 있다
	(중략)
要自反之爲先	요는 스스로 반성함을 먼저 해야 하나니
肆君子之自勖	그러므로 군자는 스스로 힘써서
恒眷眷於率性	항상 본성에 따르는 일을 살펴야 하나니
仍我心之所有	내 마음의 지닌 바에 의하여
勉吾行之攸當	내 행동의 마땅함에 힘써야 하나니라.
	(중략)
嗟匪道之遠人	아, 도가 사람을 멀리하는 것이 아니라
人自遠而莫爲	사람이 스스로 멀다 하여 하지 않음이니
幸知道之有本	다행히 도의 근본 있음을 알아서
曰余生之秉彝	내 평생에 지녀야할 도리라 하고
期自勉而自强	스스로 힘쓰고 스스로 강건할 것을 기약하리니
學爲先於爲己	학문은 자신의 수양을 먼저 할 것인데
豈舍近而取遠	어찌 가까운 것을 버리고 먼 것을 취하리.

〈도불원인(道不遠人)〉의 일부이다. 『중용』의 공자 말씀인 "道不遠人人之爲道而遠人不可以爲道"를 원용하여 자신의 의지를 서술한 것으로 그 요체는 학문이란 다름이 아니라 자신의 수양이 우선이라는 주장이다. 이는 달리 말하면 학문을 하겠다는 사람이 비근한 것을 싫어하여 멀리한 채 고원(高遠)하여 실행하기 어려운 것만을 힘쓴다면 그것은 잘못된 것이라는 말로 이해된다.

『중용』 한 구절의 내용을 이처럼 자기 것으로 소화하여 실천과 궁행의 척도로 삼기란 쉬운 일이 아닐 것이다.

다음은 〈학귀변화기질(學貴變化氣質)〉의 일부를 보기로 한다.

夙余志乎修己	내가 일찍이 내 몸 닦기에 뜻을 세워
究萬殊之一理	만 가지 다른 것이 하나의 이치임을 구명했는데
金入鎔而潤色	쇠는 용광로에 들어가야 색을 내고
玉待琢而成器	옥은 쪼아져야만 그릇이 되나니
君子之爲學	군자가 학문을 하는 데에는
貴變化其質	그 기질의 변화를 귀히 하니라
要體道而克己	요점은 도를 체득하여 자신을 이기고
自明誠而致曲	스스로 성(誠)을 밝혀 곡진함을 이뤄야 한다.
	(중략)
喟余學之雖晩	아, 나는 학문이 비록 늦었지만
志變化之不弛	기질 변화에 뜻을 두어 게을리 않고
佩克復之遺訓	극기복례의 가르침을 받들어
味博約之格說	박약의 바른 말씀을 음미하여
苟矯揉之功積	진실로 바로잡는 노력을 한다면
豈變動之無日	어찌 기질 변화의 날이 없으리
願先克偏難克處	처한바 어려운 곳을 먼저 이겨내어
終一到乎聖域	마침내 한 번 성스러운 경지에 들고파라

학문은 기질 변화를 귀하게 여긴다는 제목의 글이다. 기질의 변화에 대한 예로써 쇠-용광로-색, 옥-쪼음-그릇 등의 비유가 매우 적절하거니와 같은 원리로써 학문-극기-기질 변화의 주장을 매우 설득적으로 내세우고 있다. 위의 글에서도 풍암은 극기복례(克己復禮)라는 위기지학(爲己之學)의 요체를 설파하고 있는데 요는 그를 통하여 성인의 문하에 들고픈 소

망을 드러냈다고 하겠다. 그렇기 때문에 성인의 문하에서 많은 어진 사람들이 보였던 기질 변화의 요령을 구체적으로 열거했을 터인데, 증자(曾子)의 삼성오신(三省吾身), 안자(顔子)의 사물(四勿), 주돈이(周敦頤)의 제월(霽月), 정호(程顥)의 춘풍(春風) 등은 결국 극기복례를 하기 위한 노력이었음을 들어 보였다.

풍암이 보인 위기지학은 〈옥불탁불성기(玉不琢不成器)〉에서 구체적으로 드러난다.

覽彼玉之爲寶　저 옥의 보배 되는 것을 살피니
感一琢之丕績　쪼는 일이 큰일임을 느끼며
爰觸類而冥會　이에 종류에 따라 미루어 깨닫노니
信人物之理一　진실로 사람과 물건의 이치는 하나이다.
惟人生受天地之中　오직 사람은 천지의 중간을 받고 태어나
具本然之善性　본연의 착한 본성을 갖추었으나
然氣稟之不齊　그러나 기질이 같지 않으니
熟無學而有成　어찌 배우지 않고 이룸이 있으리요
倘未悟夫明善　혹시라도 착한 본성을 깨닫지 못하면
豈德門之可入　어찌 덕의 문에 들어가겠는가
功無著於致疑　공부를 함에 의심난 곳을 두지 않는다면
矧吾意之能實　하물며 내 뜻을 충실히 할 수 있겠는가
化未施於齊家　교화가 집안 다스림에 미치지 않았는데
教何成於治國　가르침이 어찌 나라 다스림에서 이루어지랴
是豈質之不美　이 어찌 바탕이 아름답지 못 함이리오
痛爲己之無學　자기 수양을 위한 학문 없음이 안타깝도다

옥이 쪼이지 않고 쓰이게 되면 옥으로서 귀하게 쓰이지 못하듯이, 사람도 학문을 하지 않고 쓰이게 되면 사람대접을 받지 못한다는 요지의 글

이다. 『예기(禮己)』〈학기(學己)〉편의 글을 가져와 자신의 학문하는 자세와 존성存省하는 방법을 핍진하게 그리고 있는데 이 또한 비유를 통한 설리(說理)가 돋보인다고 하겠다.

다시 말해서 요임금-선기, 순임금-서규, 주나라-면류관, 종묘-호련, 진나라-옥새 등은 그 쪼아짐에 의하여 가치가 빛났던 그릇들임을 들어 사람과 학문하는 자세의 중요성을 강조하였다.

앞서 살핀 위기지학을 통한 존양(存養)과 그것을 잃지 않기 위해 노력하는 성찰은 풍암의 인물됨을 여실히 보여주고도 남거니와 그 인품의 발현이 부(賦)라는 글쓰기 방식으로 구체화되었음은 매우 다행한 일이라 여겨진다.

여기에 드는 작품으로는 〈천불생공자만고장야(天不生孔子萬古長夜)〉〈우도불우빈(憂道不憂貧)〉 등이 있다.

2) 덕불고(德不孤) 필유인(必有隣)의 지향세계

풍암은 경전에 대해 해박한 지식을 지닌 인물이다. 그렇기 때문에 그의 글은 거의가 전거를 가진 깊이 있는 내용들로 가득 차 있다. 하지만 그의 글이 난삽하거나 궁벽한 문자의 취향에 흐르지 않고 있음은 매우 놀랄 일이다.

그가 대량으로 남긴 부 문학의 제작능력을 볼 때 문인으로서 그의 뛰어난 역량이 짐작되거니와 경전의 세계를 넘나들면서 펼쳐 보이는 무변대야의 해박한 지식에도 아연 실색할 지경이다. 그가 펼쳐 보인 부 문학의 또 다른 세계는 『논어』〈이인(里仁)〉편에서 말하고 있는 '덕은 외롭지 않고 반드시 이웃이 있다.'는 상생의 지향세계를 그린 내용들이다. 구체적으로 덕이란 무엇인가? 덕은 정치의 근본이요, 동시에 예의 근본이다. 덕과 예는 마침과 시작이 되어 백성을 선도하는 것이다. 『논어』〈위정(爲政)〉편의 주에서 말하기를 덕지위언득야(德之爲言得也)라 했다. 곧 덕은 얻는다는 뜻으로 도(道)를 행하여 마음에 얻음이 있음을 뜻한다.

마음에 얻음을 가지고 그것으로써 사람들을 인도하고 예로써 조절한다면 이른바 지치(至治)의 세계가 열릴 것이라는 신념의 지향을 나타낸 작품들이다.

여기에 드는 작품으로는 〈석상진(席上珍)〉〈공휴일궤(功虧一簣)〉〈회(晦)〉〈환해(宦海)〉〈표변(豹變)〉〈편주범오호(扁舟泛五湖)〉 등이 있다.

體皎潔而無瑕　몸은 밝고 깨끗하여 흠이 없고
質堅剛而不磷　바탕은 굳고 단단하여 닳음이 없다
歌如圭於衛詩　위나라 민요처럼 받들 듯이 노래하고
詠追琢於周雅　주나라의 아雅 같이 다듬어 읊으면서
用已周於不器　한 곳에만 한정되지 않게 두루 쓰여
德遠照於天下　덕이 멀리 천하에 비친다.
散鏗鏘之淸響　흩으면 쨍그랑 맑은 소리가 나서
絶君子之邪慾　군자의 사악한 욕망을 끊어버리니
鍊璀瓓之剛德　단단하기는 옥의 굳센 덕과 같고
煥皇猷之黼黻　빛나기는 황제 의복의 비단 같도다.
(중략)
肆明主之勞求　이에 현명한 임금은 신하 구하기에 힘써서
期玉如而勿貳　옥 같은 사람이라 여기어 의심하지 않고
探餘珠於南海　남쪽 바다에서 남아 있는 구슬을 찾으며
引暗珍於北里　북쪽 마을에서 숨은 보배를 이끌어서
俾懷瑾而握瑜　하여금 훌륭한 덕을 지니게 하고
贊都兪於紫宸　궁궐 안에서 그들을 칭찬해야 하리라

위는 〈석상진(席上珍)〉인데 『예기』 〈유행(儒行)〉편에 나오는 애공(哀公)과 공자의 대화를 인용하여 제목으로 삼은 것이다. 애공이 공자에게 자리에 앉으라고 말하자, 공자는 애공에게 "선비는 석상(席上)의 보배를 가지고 초빙을 기다립니다."라고 말한 대목의 원용이다. 이 말은 군자가 임금을 만나러 자리에 갈 때에는 군자로서의 학문과 예절 등 모든 성의와 진실을 갖추어야 함을 말한 것이다.

이른바 유행(儒行) 곧 선비의 행실은 덕을 갖추어야 한다는 것으로 옥같이 덕이 있는 선비는 임금이 저절로 찾게 될 뿐만 아니라 그를 믿고 칭찬한다는 신념에 찬 설리를 펴 보인 글이다. 풍암은 글쓰기에 장처가 있는 바, 해박한 지식과 경전의 내용을 두루 꿰뚫는 안목은 글의 깊이를 더하여 준다. 이 글은 군자에게는 덕을 쌓으면 임금이 불러줄 것이라는 권면을, 임금에게는 덕 있는 군자를 등용하면 탕왕의 이윤(伊尹)과 문왕의 태공망(太公望)처럼 나라에 이익이 될 것이라는 이른바 임금과 신하 모두를 살리는 상생의 지향 세계를 보이고 있음이 주목된다.

〈공휴일궤〉는 『서경』 〈주서(周書)〉 "여오(旅獒)"편의 말을 끌어와 제목으로 삼은 것인데 한 순간도 쉬지 않고 덕을 쌓으라는 권면의 내용이다. 『서경』의 말은 사람이 작은 행실에 긍지를 갖거나 사소한 물건에 애착을 가지면 큰 덕을 잃는다는 훈계의 글로서 소공(召公)이 무왕(武王)에게 준 말이다. 대체의 요지는 덕으로서 정치를 한다면 사방을 편히 할 뿐만 아니라, 온갖 법도가 바르게 된다는 상생의 세계를 보인 것이다. 〈공휴일궤〉를 보기로 하자.

君子之爲學	군자가 학문을 하는 데는
貴自强而不息	스스로 힘써 쉬지 않음을 귀히 여기나니
加戒勤於斯須	잠깐 사이에도 경계와 권면을 더하고
存省察於頃刻	순식간에도 살피는 마음을 간직하여
日着力於孜孜	날마다 부지런히 힘을 들여
戒無間於終始	시작과 끝맺음에 차이가 없이
學已專於日新	학문이 날로 새로워지는데 전심해야 하니

心豈放乎造次　어찌 갑작스러운 때라도 마음을 놓으리요
羌進德之不止　아, 덕에 나아가서 그치지 아니하고
至聖域而乃已　성인의 경지에 이르러서야 그만 둘 것이니
在學者而尙然　배우는 사람에게도 오히려 그러하거늘
矧爲君而敢忽　하물며 임금이야 감히 소홀히 하랴
坐一日之萬機　하루에 만 가지 일을 처리하는 자리에 앉아
摠百揆之得失　온갖 정사의 이해득실을 따지는데
苟一誠之或弛　만약 하나의 정성이라도 해이해지면
貽九廟之傾覆　나라가 무너지고 말 것이니라.

군자의 학문은 다름 아닌 도(道)의 공부이다. 그런데 도를 배워서 행한 이유는 무엇인가? 그것은 마음에 얻음을 갖고자 하기 때문이다. 눈에 보이는 크고 작은 물(物)의 집착을 벗어나 마음에서 얻음은 매우 크고 대단한 것이다. 군자의 학문하는 태도 곧 도를 깨치는 태도는 힘써 쉼이 없음을 귀히 여기는데 그 이유는 순식간의 간격만 있어도 바로 물욕이 번갈아 쳐들어오기 때문이다. 따라서 학자뿐만 아니라 임금 또한 덕에 나아가 성인의 경지에 이르기 전까지는 조금의 게으름도 없이 학문이 새로워지도록 노력해야 함을 피력하고 있다. 그렇지 않을 경우 아홉 길의 산을 만드느라 애썼던 공이 한 삼태기 때문에 무너질 것이라는 『서경』 말을 함축적으로 담았다.

功已熟兮德已成　공이 이미 익어지고 덕이 이루어지면
奚仰愧而俯怍　어찌 하늘과 사람에게 우러러 부끄러워하리요
宜玆悔之終顯　감추어도 끝내는 드러나는 것이니
有芳德之升聞　훌륭한 덕행은 소문이 나서
致其君兮澤其民　그 임금을 돕고 백성을 윤택하게 하여
竟大施於策勳　마침내 크게 공적을 이룰 것이라

胡庸夫之輕淺　　저 용렬한 사내들은 가볍고 얕아서
曚自守之程式　　스스로 지키는 법도에 어둡고
無一藝之在己　　한 가지 재주도 몸에 없으면서
有虛名之自鬻　　헛된 이름은 스스로 팔거나
紛硜硜而自高　　분분하게 주변머리 없이 스스로 높이며
安妄發之是暴　　어찌 망령되이 드러내려 하는고?

이는 〈회(晦)〉인데 재덕은 숨겨도 끝내 드러나는 것임을 말하여 헛된 이름이나 가벼운 명예를 팔려고 애쓰는 용렬한 사내들을 경계하고 있다. 부제에 이르기를 인척의 종질인 이동암(李東庵)과 그의 아우 이남계(李南溪)가 죄 없이 화의 그물에 걸린바 되었으므로 느낌이 있어 이글을 짓는다고 했다. 마무리 부분에 가서는 재덕을 감추어 기르면서 오직 천명에 맡기고 혹시 때를 만나거든 한번 떨쳐 일어나 이윤(伊尹)과 태공망(太公望)의 뒤를 따라 공을 세울 것이요, 때를 만나지 못하여 세상에서 물러나면 더러운 거리에 엎드려 죽을 것이니, 그렇게 된다면 아마도 어진 사람들의 풍도를 따르게 될 것이라고 했다.

앞의 〈회〉와 같은 부제를 가진 〈환해(宦海)〉에서는 벼슬길은 위험한 바닷길인데 임금이 지닌 덕의 선악에 따라 물결이 일거나 잘 수 있음을 들어 보이면서 우(禹)·탕(湯)·문(文)왕의 경우는 덕이 선한 경우요, 진(秦)·한(漢)·당(唐)·송(宋) 등은 악한 경우라 하여 선덕(善德)의 상생효과에 대해 구체적 실례와 적절한 비유로써 설파했다.

潮與汐之不時　　밀물과 썰물의 때가 달라서 그런 것이지
亂又靜之非風　　바람 때문에 어지러워지고 조용해짐이 아니다.
悍怒濤於競利　　이득을 다투는 데서 성난 물결이 일고
起衝波於爭功　　공을 다투는 곳에 부딪치는 물결이 일어
泛濫乎浸潤之　　넘쳐흐르고 스며들면서

口懷襄乎逆鱗之言	입으로는 임금을 거슬리는 말을 하여
旣洶湧於被逐	이미 축출 당하는 마음이 샘솟지만
又洋溢於承恩	다시 임금의 은혜 입고자 함이 넘쳐흐른다.
嗟翻覆之不常	아, 번복됨이 일정치 않는데
詎利害之可測	어찌 이익과 손해를 헤아릴 수 있으리요?
窺莫見其淺深	엿보아도 그 깊고 얕음을 볼 수 없는데
望向知乎順逆	멀리 보아서 어찌 순풍과 역풍을 알 것인가?
	(중략)
苟操心於止水	만약 잔잔한 물같이 마음을 가질 수 있다면
豈風浪之斯起	어찌 풍랑이 이에 일어날 것인가
然海水之雖險	하지만 바닷물이 비록 험할지라도
斯鎭平之自術	이것을 가라앉힐 스스로의 방법이 있나니
紛息波與陽瀾	물결을 일게 하고 물결을 자게 하는 것은
繫君德之美惡	임금이 지닌 덕의 선악에 달렸느니라.

이득과 공을 다투는 정치의 현실, 그것은 덕을 쌓고 도를 실현하려는 군자의 세상이 아니다. 그래서 상생의 세계가 실현되지 않고 어마어마한 파랑의 물결이 쉴 새가 없다. 마음으로는 임금을 욕하면서도 입으로는 임금의 은혜를 청하는 아수라장이다. 문제는 잔잔한 물결 같은 마음을 지니지 못함이다. 한마디로 덕을 쌓음이 부족한 탓이다. 그런데 더욱 안타까운 것은 임금 자신의 과덕(寡德)이다. 〈환해〉는 임금의 과덕이 가져오는 정치 현실의 불안을 은근히 비판함과 동시에 임금을 보좌하는 신하들에겐 지수(止水)같이 고요할 수 있는 마음 다잡음이 가져오는 덕의 상생(相生) 세계를 권면한 내용이라 하겠다.

懿英髦之挺出	아, 훌륭한 인물로서 우뚝 뛰어나
儲席上之奇珍	자리 위에 진귀한 보배를 쌓았는데

豈躍金而求衒	어찌 황금빛을 날려 자랑하리요?
猶自安於蘊玉	오히려 구슬을 감추듯 스스로 편안하리라
處雲林而守約	구름숲에 살면서 간약을 지키고
居陋巷而晦德	누추한 거리에 살면서 덕을 숨기며
體洙泗之道源	공자가 주장한 도의 근원을 체득하고
揖鄒魯之文風	공자와 맹자의 학문을 우러른다면
積於中者發外	안으로 축적된 것이 밖으로 드러나서
蔚文質之融融	빛나는 문질로서 온화할 것이니
詎一身之獨潤	어찌 한 몸만 홀로 빛나리요?
宜令譽之遠聞	마땅히 훌륭한 명성이 멀리 들리리라
肆一登於王庭	그러므로 한번 조정에 나아가
作股肱於人君	임금의 팔과 다리가 되어
措一世於變	온 세상을 들어 변하게 하고
擧民物而熙雍	모든 백성들을 화락하게 하면
是晦養之所致	이것은 몸을 숨겨 덕을 기른 바이며
宜德效之斯隆	마땅히 덕의 효과가 높음 이니라.

〈표변(豹變)〉의 일부인데 『주역』 〈하경(下經)〉의 "택화혁(澤火革)"에 나오는 상육(上六)의 효사(爻辭)를 인용한 것이다. 효사에 이르기를 군자표변(君子豹變) 소인혁변(小人革變) 정흉(征凶) 거정길(居貞吉)이라고 했는데 이는 다름 아닌 "군자는 표범처럼 개혁을 하고 소인은 얼굴을 바꾼다. 가면 흉하고, 안정하여 바른 도를 지키고 있으면 길하다."이다. 이는 다시 말해서 덕을 쌓은 군자가 천자를 도와서 새로운 체제에 협력하고 혁명에 공을 세우는 일이 흡사 가을이 되어 새로 솟아난 표범의 작은 털무늬처럼 아름답다는 의미이다.

이른바 덕 있는 군자가 그 덕으로써 혁명을 하면 그 효과가 천하에 미치는 것임을 말한 것인 바, 그렇게 되면 재야에 있던 소인들까지도 마음을 바꾸어 이제까지의 나쁜 방향으로 향했던 것을 고쳐서 새로운 체제에 협력하게 됨을 말했다. 덕의 외롭지 아니함 곧 필유인(必有隣)을 경전의 내용을 원용하여 설파하였다. 여기서 우리는 덕을 온전하게 기르기 전까지는 몸을 숨기고 힘을 온축해야 하는데 그렇지 못하고 성급히 그 효과만을 기대하는 당시의 어설픈 정치 풍조를 은근히 꼬집고 있음에 주목해야 한다.

이는 풍암 자신이 조부의 비극적 환로 생활과 부친의 불우한 처지 등에 말미암아 정치에 별다른 관심을 보이지 않았음에서 확인된다. 34세 되어서야 어머니 윤씨의 강권에 힘입어 향시에 응했던 점은 당시의 정치 현실에 대한 풍암의 불만을 짐작하게 한다. 위의 〈표변〉이 향시에 장원한 글임을 상기할 때 그의 정치에 대한 기대와 희망이 어떤 것이었는가를 여실히 보여줬다고 생각한다.

快輪勳於桑楡	말년에 큰 공훈을 세워
致國基之再造	나라의 기틀을 다시 만드니
功獨盛於一國	공적은 혼자서 온 나라에 성대하고
名遠振於四隩	이름은 멀리 사방에 떨치니
孰不聞而欽嘆	누가 듣고서 감탄치 않았으랴
竟主覇於列國	마침내 열국의 패왕이 되게 했으니
宜崇官而豐穀	마땅히 높은 벼슬과 후한 녹으로
表大勳之赫赫	커다란 공훈을 표창할 것이니
懿功烈之如彼	아, 공적이 저와 같음이여
誠罕世之英傑	진실로 세상에 드문 영걸이로다.
然智人之知微	그러나 지혜로운 사람이라 기미를 알아
貴勇退而韜光	용감히 물러나 자취 감춤을 귀히 여겨
念盛名之難居	성대한 이름이 오래 머물 수 없다하고
恐倚仗之無常	의지하는 바가 일정치 못함을 두려워했거늘

矧吾后之長頸　하물며 우리 임금이 목이 길어서
亶不可以共樂　진실로 함께 즐길 수 없음에랴?

〈편주범오호(扁舟泛五湖)〉인데 월(越)나라 범려(范蠡)와 그의 왕 구천(句踐)과 관련된 고사를 원용한 글이다. 범려는 나라에 공을 세움이 혁혁하여 그 이름이 사방에 떨쳤던 인물로 구천을 패주로까지 만든 인물이었다. 그러나 그는 성대한 이름은 오래 머물 수 없음이 세상의 이치임을 미리 알고 자신의 왕은 장경오훼(長頸烏喙) 곧 목이 길고 입이 까마귀처럼 뾰쪽하게 튀어나온 인물로서 어려움은 함께 할 수 있지만 안락은 같이 할 수 없다고 하고서 멀리 떠났었다. 이 글은 세상이 덕으로써 다스려지지 않음과 임금이 덕으로써 신하를 대하지 않음에 대한 간접적 풍자이다. 범려가 토사구팽의 화를 염려해 떠났던 사실을 환기시키면서 그 원인이 다름 아닌 임금과 신하의 과덕 寡德에 있음을 일깨움과 동시에 덕불고(德不孤) 필유인(必有隣)의 상생의 세계에 대한 간절한 소망을 펼쳐 보였다.

3) 지예경(持禮敬)의 자강불식(自彊不息) 자세지향

풍암은 전후 네 차례에 걸쳐 퇴계와의 만남을 가졌다. 십 세 초반에 외숙 귤정(橘亭)의 추천으로 퇴계와 처음으로 인연을 맺은 이후 삼십 세 초반에 이르러선 만남이 집중적으로 이루어지는데, 자형 죽천(竹川) 박광전과 외숙부 행당(杏堂) 윤복을 통한 일시적인 만남과, 외사촌 윤강중 · 윤흠중과 함께 계사(溪舍)에 직접 찾아가서 상당 기간 동안 배움을 청한 것 등이 그것이다.

요컨대 풍암은 퇴계의 영향을 많이 받았던 것으로 알려지는데 그 단적인 예는 퇴계가 세상을 떠났을 때 풍암이 통곡하여 말하기를 “태산이 무너졌으니 나는 장차 어디로 갈꼬? 우리 유도(儒道)가 날로 쇠약해질 것인데 나라는 앞으로 누구에게 의지할꼬”의 표명 등이 그것이다. 풍암은 퇴계가 그러하였듯이 지경(持敬)의 삶을 살려고 노력했을 뿐만 아니라 우주의 법칙에 따른 인간 예절을 매우 중시했던 인물로서, 그는 사람에게 있어서의 예와 경을 우주에 있어서의 천행건(天行健)과 같다는 생각을 가졌다. 따라서 예와 경에 대한 공부를 자강불식하고자 평생 애썼음은 그의 일생을 통하여 확인된다. 『주역』〈건위천〉의 천행(天行)과 지예경(持禮敬)은 하나의 동일 세계이다. 여기서는 풍암이 문학적 실천으로 보인 예와 경을 위해 스스로 힘써 게을리 하지 아니한 자세를 보인 작품을 살펴보기로 한다. 여기에는 〈구방심(求放心)〉〈예위수신지간(禮爲守身之幹)〉〈인불가이무치(人不可以無恥)〉〈옥루(屋漏)〉〈천행건(天行健)〉 등이 속하는데 그 가운데 몇 작품을 통해 구체적으로 실현화된 모습을 감상시키기로 하자.

然出入之無時	그러나 마음은 나듦에 일정함이 없어
鮮操存於腔內	가슴 속에 굳게 간직되는 때가 드문데
矧來功之甚衆	더구나 와서 유혹하는 것이 너무 많아
競投間而抵隙	경쟁하듯 사이에 들어와 틈을 내니
旣被引於臭味	이미 그 향기와 맛에 이끌리게 되고
又見誘於聲色	또한 아름다운 소리와 빛깔에 유혹된다.
羌逐外而忘返	아, 외물을 좇아서 돌아올 줄 모르고
汩沒於形役	마음이 육체의 부림에 빠져서
曠靈臺兮無主	주인 없는 텅 빈 가슴으로 변해
只塊然之軀殼	다만 한 덩어리 껍질처럼 되나니
視不見兮聽不聞	보아도 보이지 않고 들어도 들리지 않아
徒鶻突而老洫	한갓 미련한 늙은이가 되고 만다.
然本體未嘗泯滅	그러나 마음의 본체는 일찍이 없어지지 않아
諒求之則斯得故	진실로 그것을 찾으면 얻을 수 있으므로
君子戒之於惟危	군자는 위태로울 때에 더욱 경계하여

勖自反而警惕　스스로 반성하면서 조심하는데 힘쓰고
處屋漏而戰兢　남이 보이지 않는 곳에서 전전긍긍하여
若臨深而履薄　마치 깊은 못에서 엷은 얼음 밟듯이
際顚沛而洞屬　넘어지고 자빠질 때에도 살펴 헤아려
如奉盈而執玉　마치 가득한 물그릇 받들고 구슬을 잡듯이
思頃刻之起邪　순식간에 사특한 마음이 일어날까 염려하여
要以敬而閑之　오직 경으로써 막기를 바라노라
(중략)

위는 〈구방심(求放心)〉인데 『맹자』 〈고자(告子)〉 상구에 나오는 말로 제목을 삼았다. 『맹자』에선 학문하는 방법은 다른 것이 아니라 그 잃었던 마음을 찾는 것이라고 했다. 이에 대해 잃어버린 마음을 가져다가 묶어서 그것을 몸에 들어오게 한다면 이로써 인간의 일을 배움은 물론 하늘의 이치 또한 통달할 수 있을 것이라고 주자는 풀이하고 있다.

우리 인간은 색(色)·성(聲)·향(香)·미(味)·촉(觸)·법(法)의 육경(六境)과 안(眼)·이(耳)·비(鼻)·설(舌)·신(身)·의(意) 등의 육근(六根)에 의해 마음이 미혹되기 십상이다. 그런데 사람의 마음은 곧 인(仁)이요, 길인 의(義)와 더불어 짝을 이룬다. 다시 말해서 인(仁)은 마음의 덕으로, 곡식으로 말하면 씨와 같은 것이다. 씨앗이 없는 곡식은 다음을 기약할 수 없으므로 죽은 거나 진배없다. 그러므로 학문을 하든 정치를 하든 간에 마음을 다 잡아 매어두지 않으면 안 되는 것이리라.

풍암은 잃어버린 마음을 찾아 그것을 다시 잃지 않기 위해서 경(敬)으로써 막겠다고 다짐을 했다. 그러고도 부족했던지 잠언을 지어 스스로 경계까지 했는데 이로써 그의 지경(持敬)에 대해 전전긍긍 자강불식하는 자세는 실로 남달랐음을 알 수 있겠다.

廓始終之無間　넓어서 처음도 없고 끝도 없는데

嘆天行之至健	아, 천체의 지극히 건실한 운영이여
積玄虛而垂象	허공 속에 형상을 드리우고
乘二氣之妙變	음양을 타고 기묘하게 변하면서
體混混而無涯	본체는 힘차게 흘러 끝이 없고
用浩浩而叵測	작용은 넓디 넓어 헤아리기 어려워라
置消長於來往	오고 가는 가운데 성함과 쇠함을 두고
寓升降於開闔	열고 닫는 가운데 오르내림을 붙여
猗循序而動機	순서를 따라 기틀을 움직이면서
自無爲而功立	스스로 함이 없이도 공을 세우도다.
	(중략)

〈천행건(天行健)〉인데 『주역』 〈상경(上經)〉 "건위천(乾爲天)"의 내용을 원용하여 제목으로 삼았다. 위의 대상(大象)에 이르기를 천행건(天行健) 군자이자강불식(君子以自彊不息)이라 하였는바 군자가 천행의 건실함을 본받아 쉬지 않고 노력해야 함을 말하고 있다. 넓고 넓어서 그 처음과 끝이 없는 듯 보이지만, 그 운행이 건실한지라 허공 속에서도 음과 양의 기묘한 조화로써 변화를 일으키면서 수많은 공을 세우고 있음이 하늘 아니던가? 풍암은 하늘의 운행이 계절 따라 만물의 생성과 소멸을 관장하고 추위와 더위, 낮과 밤을 번갈아 만드는 작용을 쉬지 않고 하는 것은 마땅히 해야 할 바의 무궁한 도리라고 생각했다. 곧 하늘의 운행이 군자가 본성을 따르는 일과 같은 것이라고 본 것이다. 그런데 중요한 것은 하늘이 제자리에서 만물의 생장을 이루듯이 군자 또한 덕을 쌓아 제자리를 지켜서 공적을 이루어야 한다고 생각한 점이다. 그러나 군자가 하늘처럼 건실한 운행 곧 제자리 지키기를 온전히 하여 공적을 이루기 위해서는 요령이 있을 수밖에 없다고 전제한 뒤, 그것은 진실로 경(敬)을 주로 하여 성인을 우러르고, 나아가 반성하여 성인의 정일(精一)함을 훌륭하게 여길 뿐만 아니라, 그들의 순수함에 감탄함은 물론 공자를 숭앙하고 공경하여

야 한다고 주장했다. 이는 달리 지경(持敬)의 자세로 자강불식함을 말한 것인 바, 이의 구체적 실행으로는 증자(曾子)의 삼성(三省)과 안자(顔子)의 사물(四勿)을 들고 있다.

揣立脚之有基	설 자리를 정함에 기틀 있음을 헤아리고
悟律身之不易	몸을 단속함이 쉽지 않음을 깨달을지니
苟小踰於防範	혹시 조금이라도 방비하는 곳을 넘으면
鮮不免其顚躓	거의 넘어지는 것을 면치 못하느라
奉禮幹之昭訓	예 근간의 밝은 교훈을 받들어
感自守之要法	스스로 지키는 요긴한 법에 감동되면
功旣篤於克己	자기의 사욕을 이김에 독실하여
心自存於養德	저절로 덕을 기르는데 마음 둘지니라.
	(중략)
期勿入於非禮	예 아닌 곳에 들어가지 말기를 기약하고
罔造次之或忽	갑작스러울 때 혹시라도 소홀함이 없게 하여
苟身越乎斯幹	만약 몸이 이 근간에서 벗어나면
不旋踵而禍及	발꿈치를 채 돌리기 전에 화가 이르러
日斁敗乎天理	날마다 하늘의 도리를 무너뜨리고
致瀆亂乎人倫	인륜을 어지럽히기에 이를 것이니
在匹夫而尙然	필부에 있어서도 되레 그러하거늘
辟愈關乎爲治	임금이 정치하는 데엔 더욱 관계가 깊으리라.
欲下民之恥格	백성들이 염치를 알아 선에 이르게 하려면
務孰急乎斯道	이 길보다 급한 일이 어디 있으랴?
	(중략)
渺余生此衰季	작은 내가 이 말세에 태어나
抱遺經而探討	성현들이 남겨놓은 경서를 연구하여
佩顔氏之四勿	안자의 사물四勿을 간직하고

期以禮而自守	예로써 스스로 지키기를 기약하니
惟一身制慾之幹	오직 한 몸의 사욕 제지하는 근간이요
實千聖傳心之典	실로 많은 성현들의 마음으로 전한 바다
先用工於勿欺	먼저 속이지 않는 것에 힘을 쓰고
冀深造而力踐	깊이 이르고 힘써 실천하기를 바라나니
縱不及於古人	비록 옛 현명한 사람에겐 미치지 못하더라도
庶有超乎今俗	아마도 지금의 세상에선 벗어날 수 있으리라
懼此身之或肆	이몸이 혹시 방자해질까 두려워하여
作短賦而自飭	이 짧은 부를 지어 스스로 경계하노라

〈예위수신지간(禮爲守身之幹)〉인데 풍암의 글쓰기 실력이 유감없이 발휘된 글이다.

풍암은 41세(1574)로 어머니의 상을 벗은 뒤로부턴 부모 잃은 충격으로 더욱 벼슬살이에의 뜻을 멀리하고 백씨, 중씨와 더불어 예강(汭江)의 동쪽 청영정(淸穎亭)과 읍청정(挹淸亭) 옆에다 작은 집을 짓고 제자들과 경서를 토론하고 예의와 도의를 가르쳤다.[6] 임진왜란이 일어나기 전까지 약 18년 동안 풍암은 예교 공부에 열중하였는바, 위의 작품은 자신의 사욕 이겨냄에 독실하여 저절로 덕을 기르겠다는 의지가 곳곳에서 확인된다.

임금과 신하 사이엔 도리를 떳떳이 하고, 아버지와 아들 사이엔 떳떳한 인륜을 온전히 하며, 초상과 제사엔 슬픔과 정성을 다하고, 손님과 주인 사이엔 겸손함을 다한다면, 나아가고 물러남이 법도에 합치될 뿐만 아니라, 오르고 내림이 절도에 맞아서 아무리 작은 일이라도 어긋남이 없을 것이리라고 설파했다.

풍암은 스스로 예가 아닌 곳에 들어가지 말기를 기약하거니와 이는 자

6 『풍암선생유고』, 31면.

신 스스로의 다짐임과 동시에 임금에게 주는 긴절한 충간인 점이 주목된다. 다시 말해서 필부도 인륜을 어지럽히지 아니한 사실을 먼저 밝힌 뒤 자신의 다짐과 함께 임금이 정치하는데 도리를 무너뜨리거나 인륜을 어지럽히지 않도록 경계하고 있다.

지예(持禮)를 위해 자강불식하는 자세에서 위의 부가 탄생했음을 풍암 스스로가 분명히 밝히고 있다고 하겠다.

過因羞而必改　허물은 부끄러움에 의해 반드시 고쳐지고
義徵惡而能徙　의는 악을 징계함으로써 옮겨가나니
心苟狃於機變　마음이 혹시 임기응변에 익숙해지면
功自歸於暴棄　결과는 저절로 자포자기에 돌아간다.
稽遷善之有道　선으로 옮기는데 길이 있음을 헤아려
悟無恥之不可　부끄러워함이 없어서는 안 된다는 것을 깨달으면
誠復初之在玆　본성으로 돌아가는 것이 진실로 여기에 있나니
失本心之盖寡　본심을 잃는 것이 대체로 적을 것이다.
原天賦之正性　하늘에서 타고난 바른 성품을 살펴보면
縱均善而無惡　비록 모두 착하고 악이 없지만
緣氣稟之不齊　기질이 고르지 못하기 때문에
致粹駁之靡一　순수하고 잡박함이 한결같지 않다.
哀一心心虛靈　마음이 공허하여 형체 없음을 슬퍼하여
陷衆慾之濫觴　모든 욕망의 근원에 빠짐으로써
倘自安於作非　혹시 잘못을 저지르는데 스스로 안존하면
鮮不至於梏亡　멸망에 이르지 않음이 적을 것이다.
然羞惡之一念　그러나 수오의 한 가닥 생각은
曾未全其泯滅　일찍이 완전히 없어진 것은 아니어서
際差失而自萌　잃어버릴 즈음에도 저절로 싹이 터서
因悔悟而乃發　뉘우침으로 인해 곧 발현되나니

端常動於非禮　단서는 항상 예 아닌데서 움직이고
兆或露於無義　조짐은 간혹 의 없는데서 나타난다.
倘因此而善推　만약 이로 인해 잘 확충해 나가면
可遏慾而存理　욕심을 막아서 천리를 가질 수 있다.
聖未免乎鄕人　성인도 보통 사람만큼 면치 못한다 하시고
益做功於孜孜　더욱 부지런히 노력하셨도다.
貪以之而可廉　탐욕도 이것으로 청렴해질 수 있고
惡由是而能改　악한 것도 이것으로 고칠 수 있나니
人不入於禽獸　사람이 짐승의 무리에 들지 않게 되어
心常主乎腔內　마음이 항상 가슴속의 주인이 되느니라.

〈인불가이무치(人不可以無恥)〉 두 수 가운데 첫 번째인데 『맹자』 〈진심(盡心)〉 장의 인불가의무치(人不可以無恥) 무치지치(無恥之恥) 무치의(無恥矣)를 원용하여 제목으로 삼았다. 다시 말해서 "사람은 부끄러움이 없어서는 안 되니 부끄러움이 없음을 부끄러워한다면 치욕스런 일이 없을 것이다."의 경전의 말로써 자신의 염치 곧 예를 지니고자 애쓰는 뜻을 펼쳐 보였다.

사람에게 허물이 없을 수 없으니 이는 부끄러워함에 의해서 고쳐질 수 있으며 의로움은 능히 악을 징계함으로써 바른 길로 옮겨질 수 있게 한다는 말로써 글의 처음을 삼았다. 예의를 잃은 마음이 임기응변에 한번 빠지면 그 결과는 자포자기의 나락으로 떨어짐을 경계하였는데, 만약 하늘에서 타고난 성품, 곧 부끄러워하는 마음의 한 끝단이라도 잡고서 노력을 아끼지 않고 뉘우친다면 끝내는 이것이 발현되어 예(禮)와 의(義)의 단서가 싹틀 수 있으므로 그것을 잘 확충해 나간다면 사사로운 유혹을 물리치고 마침내 천리(天理)를 간직할 수 있다고 권면하였다.

나아가 성인도 부지런히 이를 위해 노력했다는 말을 하면서 그 효용은 마음이 가슴속의 주인이 된다고 했다. 마음이 나의 주인이 되기 위해서는 지예(持禮) 지경(持敬)의 공부를 자강불식해야 할 것인 바 〈인불가이무치〉 두 번째 수에서는 그에 대한 구체적인 실례로써 남용(南容)과 매백(梅伯)의 고사를 들었다.

남용은 공자의 제자였는데 『시경』 〈대아(大雅)〉의 "억(抑)"시 가운데 백규지점(白圭之玷) 상가마야(尙可磨也) 사언지점(斯言之玷) 불가위야(不可爲也) 대목을 하루에 세 번 반복해 외웠는데 공자가 이를 보고 형님의 딸을 그에게 시집보냈다고 『논어』 〈선진(先進)〉에 나와 있다. "억"의 시는 "백옥으로 만든 규(圭)의 흠은 오히려 갈면 될 수 있지만, 말의 흠은 갈아낼 수 없다."는 내용인데 위의 〈인불가이무치〉에서는 마음에 간직한 것을 잃어버리지 않도록 노력한다는 뜻에서 취해온 것이다.

매백(梅伯)은 주(紂) 임금 때의 충직한 제후로서 간언을 아끼지 않다가 처형된 사람인데 여기서는 옳다고 믿고 자기의 신념을 굽히지 아니한 예로서 제시하였는바 남이 보지 않는 경우에도 마음속으로 예경(禮敬)의 자세를 잃지 않으려 애써야 함을 강조한 것이다.

이상에서 풍암의 부 문학 세계에 대하여 살펴보았는데 여기에 예시한 작품의 성향과 다른 작품도 있다. 〈차(茶)〉〈지락무여독서(至樂無如讀書)〉〈애실학(哀失鶴)〉〈활처관리(活處觀理)〉 등이 그것인데 이들은 어떤 한 가지로 단정짓기 곤란한 다양한 주장을 지니고 있다. 이는 그만큼 풍암 문학 세계의 폭이 넓고 깊이 있을 뿐만 아니라 다양한 학문적 깊이를 반영한 때문이라고 사료된다.

특히 〈차〉의 경우 그 효능과 장점을 십분 이해하면서도 양기를 줄이고 음기를 돋구므로 이익보다는 손해가 크다는 의학적 견해를 제시하고 있는 것과, 〈애실학〉의 경우엔 학에 대한 섬세한 묘사가 뛰어날 뿐만 아니라, 시인의 감성이 살아서 숨 쉬는 듯한 서정성 짙은 내용을 담고 있음이 주목된다.

4. 마무리

본고는 풍암의 부 문학 28 편을 온당하게 연구하기 위하여 마련되었다. 먼저 필자는 부 문학을 서술시로 보고 서술시적 전통에서 부 문학의 의미와 특징을 개념지어 보았다. 이러한 시도는 필자가 처음 시도한 것으로서 앞으로 이에 대한 본격적인 논의와 함께 질뿐만 아니라 양적으로 엄청난 한시문 작가의 부 문학 연구에 일정한 기여를 하리라 생각한다.

풍암은 호남사림의 정맥(正脈)을 계승한 성리학자였을 뿐만 아니라, 풍전등화와 같은 사직의 운명을 구해낸 지행합일의 의병장 이었으며 28 편이나 되는 많은 수의 부 문학을 창작한 시인이었다.

본고가 조선 중기 호남시단의 본류는 아니었지만 향리인 장흥에서 개성적이며 독창적인 활동과 위상을 지녔던 풍암 문위세의 부 문학에 대하여 그 시사적 의의와 미학적 특질을 구명하기 위해 마련된 시론적 성격을 지닌 글임은 앞서 말한 바와 같다.

풍암은 눌재(訥齋)·송재(松齋)·송천(松川) 등과 어깨를 나란히 할 만큼 28수의 부(賦)를 창작했는데 그것은 대체로 다음과 같이 네 가지로 분류할 수 있겠다.

① 경전의 내용을 차용한 것.

구방심求放心(맹자)

위인유기爲仁由己(논어)

도불원인道不遠人(중용)

일신환유일건곤一身還有一乾坤(주역)

예위수신지간禮爲守身之幹(논어)

인불가이무치人不可以無恥(맹자) (2수)

옥불탁불성기玉不琢不成器(예기)

우도불우빈憂道不憂貧(논어)

옥루屋漏(시경)

석상진席上珍(예기)

천작天爵(맹자)

공휴일궤功虧一簣(서경)

천행건天行健(주역)

② 고사의 내용을 차용한 것

퇴거推車

제주題柱

편주범오호扁舟泛五湖

③ 성리서와 관련된 내용을 차용한 것

활처관리活處觀理

학귀변화기질學貴變化氣質

지락무여독서至樂無如讀書

천불생공자만고장야天不生孔子萬古長夜

④ 기타

삼근三近

환해宦海

회晦

차茶

애실학哀失狢

표변豹變

효아총孝鵝塚

이상에서 본 바와 같이 풍암은 유학의 경전과 성리서의 내용을 시의 질료로 삼아 자신의 신념과 의지를 논리적 구성과 서술시적 글쓰기 방식으로 드러냈음을 알 수 있겠는데 이는 그가 성리학과 유학의 경전에 밝았음을 반영할 뿐만 아니라, 그가 실천하였던 독창적 시학에 기인함은 재언을 요치 않는다.

지금까지 살핀 풍암의 부 문학 세계는 다음의 세 가지 지향세계를 보인 것으로 사료되는 바 1. 위기지학(爲己之學)의 존양성찰(存養省察) 세계 2. 덕불고(德不孤) 필유인(必有隣)의 지향세계 3. 지예경(持禮敬)의 자강불식(自疆不息)의 자세지향 등이 그것이다.

우선 위기지학의 존양성찰 세계를 지향한 작품은 『논어』 〈안연〉편의 극기복례위인(克己復禮爲仁)의 말씀을 실천하면서 인(仁)을 행함이 다른 데에 있는 것이 아니라 자기 자신에게 있음을 깊이 깨닫고 이를 통해 존양성찰 하고자 함을 드러낸 경우를 말한다. 〈위인유기〉는 『논어』 〈안연〉편의 말씀을 제목으로 원용한 작품인데 인(仁)을 행한 것은 자기에 있음을 깨닫고 사사로운 탐욕을 이겨서 천리의 운행에 따르고자 함을 드러내었다. 〈도불원인〉은 『중용』의 말씀을 원용한 것으로 고원(高遠)하여 실행하기 어려운 것보다는 자신의 수양에 우선 힘쓰겠다는 의지적 표현의 세계를 담고 있다. 〈학위변화기질〉은 극기복례의 학문을 통하여 성인(聖人)의 문하에 들고픈 소망을 보인 예이다. 〈옥불탁불성기〉는 『예기』 〈학기〉편의 내용을 가져와 자신의 학문하는 자세와 존성하는 방법을 핍진하게 그려냈다.

두 번째로 덕불고(德不孤) 필유인(必有隣)의 지향세계를 보인 경우 또한 『논어』 〈이인〉편의 '덕은 외롭지 않고 반드시 이웃이 있다.'는 상생의 지향 세계를 그려낸 작품들로 이루어져 있다. 덕(德)의 개념을 마음에서 얻어 충만한 상태로 이를 예로써 조절한다면 지치(至治)의 세계가 될 것이라는 신념을 담고 있는 내용이 주를 이룬다.

〈석상진〉은 『예기』 〈유행〉편의 말씀을 원용한 것인데 선비는 그 행실의 덕뿐만 아니라 학문과 예절 등에서 성의와 진실을 갖춘 뒤에 임금을 만나야 함을 다룬 작품이다. 뿐만 아니라 임금 또한 덕 있는 군자를 알아보고 등용할 줄 알아야 상생할 수 있음을 설파해 보이고 있다.

〈공휴일궤〉는 『서경』 〈주서〉의 내용을 원용하여 제목으로 삼았는데 사물의 유혹에 현혹될 것이 아니라 덕으로써 정치를 해야만 사방의 안위와 온갖 제도가 바르게 설 것이라는 신념을 드러내었다.

〈회〉는 가벼운 명예를 팔려고 애쓰는 용렬한 사내들을 경계한 것으로 재덕을 감추어 기르다가 때를 만나거든 어진 사람의 풍도를 이어 따르라고 권면한 것이다.

〈환해〉는 선덕(善德)의 상생 효과를 설파하고 임금의 과덕(寡德)이 가져오는 현실 정치의 불안을 은근히 풍자하고 있다.

〈표변〉은 『주역』 〈하경〉의 내용을 가져와 유덕한 군자의 영향이 천하에 미치는 효과와 소인들에게 끼치는 영향력을 말함으로써 덕의 상생적 위력을 설파했다.

〈편주범오호〉는 범려와 구천의 고사를 끌어와 임금과 신하의 관계가 어떠해야 하는가를 실증적으로 보인 예로써 덕에 의한 인간관계의 상생적 효과를 흥미롭게 드러내었다.

세 번째로 지예경(持禮敬)의 자강불식(自彊不息) 자세지향은 천행건(天行健)과 같은 세계로서 풍암이 평생을 두고 실천하려 했던 삶의 목표이자 방향이었다. 하늘의 운행이 건실한 것은 사람에게 있어서 예(禮)와 경(敬)의 온전함에 비견되거니와 이를 통해 자강불식한 태도는 오늘을 사는 우리에게도 시사하는 바가 크다고 하겠다.

〈구방심〉은 『맹자』 〈고자〉 장의 말로써 제목을 삼는 것인데 학문하는 자세는 다름이 아니라 잃어버린 마음을 찾는 것이며 다시 그 마음을 잃지 않기 위해서는 경(敬)을 주로 하여 성인을 우러르고, 성인의 정일(精一)함을 훌륭하게 여김은 물론, 그들의 순수함에 감탄하고 나아가 공자를 숭앙하고 공경하여야 한다는 주장을 담았다.

〈예위수신지간〉은 풍암의 글쓰기 실력이 가장 잘 드러난 작품인데 스스로 예가 아닌 곳에 들어가지 말고자 기약을 다짐과 동시에 임금에게도 인륜을 어지럽히지 않도록 경계의 말을 담았다.

〈인불가이무치〉는 『맹자』 〈진심〉장의 말을 원용한 글인데 사람에게 있는 허물을 부끄럽게 여기어 그로부터 예와 의의 단초가 싹틀 수 있게 함은 물론 그 싹을 잘 확충해 나간다면 천리를 간직할 수 있다는 신념을 담았다. 또한 『시경』 〈대아〉의 시를 암송했던 남용의 예경(禮敬)하는 마음을 통하여 마음에 간직한 바를 잃지 않도록 노력할 것을 간접적으로 강조했다.

이밖에도 〈차〉〈지락무여독서〉〈애실학〉〈환처관리〉 등에서는 다양한 세계와 깊은 내면의 모습을 그려내 보였다.

특히 풍암은 부 문학이 지니는 서술시적 성격을 십분 발휘하여 조선 중기 호남시단 글쓰기의 한 전형이었던 부 문학의 계승과 발전에 중심적인 역할을 하였으며, 나아가 서술을 바탕으로 철리적 시 세계를 개척했다는 시사를 평가를 받아 마땅하다고 사료된다. 뿐만 아니라 그가 펼쳐 보인 부 문학의 세계는 자칫 훈계와 관념 또는 설득으로 흐르기 쉬운 장르적 결함을 극복하여, 서술 위주의 서술시라는 시 세계를 훌륭히 열어 보였다는 데 그 의의를 두어야 마땅할 것으로 사료된다.

완도 보길도와 고산 윤선도

1. 시작하는 말

빙그레 웃는 섬, 완도(莞島)는 완도읍 등 3개 읍과 보길면 등 9개면으로 구성된 도서 지역이다. 전라도 서남해안에 새떼와 같이 줄을 서 있는 도서들 가운데 하나인 완도는 인접 군현이었던 나주, 영암, 해남, 장흥, 강진 등에 분할 소속되어 오다가 지도군·돌산군 등과 더불어 1896년에야 독립된 행정구역으로 승격되어 완도군이 되었다.

잘 아는 바와 같이 도서지역은 문화의 교류가 쉽지 않기에 여타 내륙지역에 비해 낙후된 면이 없지 않지만, 반면에 같은 연유로 전통이 잘 보존되고 있기도 하다. 도서지역은 교류의 불편함과 중앙으로부터의 원격성(遠隔性) 등 때문에 유배지역이 되기도 하였는바, 그로 인해 특정 부분에 있어서는 내륙의 그 어느 지역보다도 우수한 문화를 꽃피우기도 하였음은 시가문학에서의 고산 윤선도(尹善道, 1587~1671)만 보더라도 잘 입증된다.

완도는 선사시대부터 한반도 고대문화의 선진지역 이었다.[1] 신석기시대와 청동기시대를 이어 완도에서는 다양하고 풍부한 선사문화가 창출되었는데 고금도의 덕동 패총은 단적으로 그 예를 보인다. 아울러 청동기시대의 대표적 유적인 고인돌 또한 210여 기나 전하고 있어 당시의 문화수

1 이해준, 「완도의 역사적 변천」, 국립 목포대학교 박물관, 『완도군의 문화유적』, 1995, 12면.

준이 매우 높았음을 짐작케 한다.

삼국시대와 통일신라시대에 접어들어서도 도서지역은 독자적인 행정과 문화기반을 유지하였음은 백제시대와 신라시대에 이들 지역에 설치했던 군현치소(郡縣治所)에서 잘 입증된다. 그런데 특이한 점은 이곳 완도지역만은 이 시기에 군현의 치소가 하나도 설치되지 않았다는 점이다. 이는 완도가 중앙의 지배권이 미치지 못한 행정적 공백을 부를만한 어떤 강한 세력이 있었던 까닭에 있지 않았을까 추론해 볼 때[2] 완도는 이른 시기에 고급의 독자적인 문화를 창출・발전 시켰던 지역이었던 것으로 사료된다. 이런 추론을 가능케 한 것은 완도읍 장좌리 일대에 청해진을 설치하고 해로(海路)를 장악하여 군사・무역 등을 통섭했던 장보고의 활동을 들 수 있겠다. 그러나 완도의 고급문화는 장보고의 암살(841년) 이후 거의 단절되는 비운을 맞았다.

고려시대에 접어들어 삼별초의 송징(宋徵) 장군은 장보고의 뒤를 이어 완도 등 섬 주민을 위무(慰撫)하고 구휼(救恤)했던 훌륭한 인물이었는데 그가 장좌리 등지에서 성황신(城隍神)으로까지 모셔지는 점을 감안할 때, 그의 활동과 선정(善政)이 어떠했는지, 그가 실의에 가득 찼던 완도 사람들에게 어떤 존재였는지를 짐작케 한다. 어쨌든 완도는 고려시대까지 줄곧 주요한 길목 곧 해로(海路)로서 문화・군사・무역의 드날목이었다.

다른 한편, 완도가 장보고・송징 등 걸출한 인물의 눈부신 활동에도 불구하고 지속적으로 문화의 첨단에 서지 못했던 것은 이들 두 사람의 비극적 종말에 기인함도 적지 않지만, 상대적으로 완도가 갖는 지리적・경제적 중요성에 따른 이질 세력의 침탈에도 그 연유가 다분하다. 다시 말해서 고려 말 왜구(倭寇)의 침탈은 조정의 공도(空島) 정책을 불렀으며 그에 따라 전라도 도서지역은 중앙정부의 행정적 공백지가 되고 말았다.

그렇다고 이 당시 이 지역에 사람이 살지 않았다거나 문화가 창출・전

---

2 이해준, 앞의 글, 16면.

승되지 않았다고 말할 수 없는 증거가 『신증동국여지승람』 등의 기록에서 뒷받침 된다. 하지만 완도의 수난과 공도(空島)의 아픔은 명종 10년 1555년 달량진사변(을묘왜변)에서 극에 달한다. 이같이 완도가 수난의 대상이었던 것은 앞서 말한 대로 그만큼 문화·군사·경제 등 주요한 길목이었다는 점에 있다. 이는 임진왜란 당시 완도의 고금도가 이순신 장군에 의하여 수군水軍 본영이 설치된 연유에서도 알 수 있거니와, 특히 고금도는 인근 도서 및 내륙과의 관계를 고려할 때 해로의 요충지인 동시에 전략성의 요충지였기 때문으로 이해된다.[3]

그럼에도 불구하고 장보고 사후로 시작된 완도의 공도화(空島化)는, 삼별초의 송징 장군 패배 이후, 왜구의 포악한 침탈, 그리고 달량진사변(1555)에 이어 임진왜란(1592)에도 일어났다. 완도의 여러 섬에서 조석으로 쉼 없이 울어대는 파도는 아마도 저간의 슬픈 사정을 온몸으로 말하고 있는 것인지도 모를 일이지만, 완도 지역에 사람들이 다시 찾기 시작한 것은 17~18세기를 전후한 것으로 알려진다.

이렇게 입도(入道)한 완도의 주민들은 주로 내륙 해안지역인 강진, 해남, 영암, 장흥 등지에서 이주한 것으로 파악되거니와 따라서 완도의 문화 또한 이들 내륙 지역의 문화와 유관한 것으로 보여 진다. 이처럼 새롭게 사람들이 모여든 완도에 문화가 다시 꽃피고 번성한 것은 병자호란(1636) 이후 고산 윤선도의 입도와 숙종 7년(1681) 이후 설치된 수군진(水軍鎭) 등의 영향이 컸던 것으로 전해진다.

요컨대 완도의 문화사적 위상정립 특히 문학적인 면과 관련할 때 고산의 입도에 따른 영향은 다대 하였는바 이제 그가 보길도를 중심으로 이룩한 문화적 활동과 그 업적 및 그 실상에 대하여 절을 달리하여 자세하게 살피기로 하겠다.

한편, 완도가 문학으로 관심을 받기 시작한 것은 고려가요 〈청산별곡〉

---

3 이해준, 앞의 글, 24면.

에 등장하는 '청산(青山)'이 완도군의 청산도라는 주장이 제기된 이후가 아닌가 한다.[4] 하지만 완도와 문학과의 관계는 윤고산이 보길도에서 지은 〈어부사시사(漁父四時詞)〉 40수와 〈황원잡영(黃原雜詠)〉 3수 등 32편 45수에 이르는 한시로부터가 본격적이라 생각한다.[5]

그 후 조선 후기에 이르러 완도는 다시 한 번 시조문학의 집성지로 주목받기 시작하는데 그것은 다름 아닌 좌보(左甫) 이세보(李世輔, 1832~1895)가 남긴 『신도일록(薪島日錄)』과 거기에 실린 95편의 시조 때문이다. 이세보는 왕실의 후예로서 안동김씨의 세도정치에 반대하다가 미움을 사서 29세 때인 1860년(철종 11) 11월에 신지도로 유배당한 뒤, 4년째인 1863년(고종 원년) 12월에 해배된 인물이다. 경평군(慶平君)이라는 작호까지 받은 왕실의 후손이 신지도에 유배 와서 유배일기인 『신도일록』과 다수의 시조를 남김으로써 완도는 다시 한 번 문학의 산실로 주목받게 된 것이다.

요컨대 완도가 김형기의 주장대로 고려가요 『청산별곡』의 고향이라면 조선 후기 이세보까지 약 600여 년 동안 간헐적이나마 면면히 문학의 전통이 지속된 문향이었음은 관심을 끌기에 충분하다고 하겠다. 뿐만 아니라 완도에는 유배 등 다양한 연유에 의해 지속적으로 경사(京師)의 유명 인물들이 끊이지 않고 입도함으로써 세련되고 앞선 문화를 창출한 지역이기도 하다.

그들은 다름 아닌 고려시대 빈민구제의 해결사 송징 장군, 조선시대 천문에 밝았던 남사고, 임란의 일등공신 이순신 장군, 수군첨절제사 이영남, 명나라 수군도독 진린 장군, 문학인이자 정치가였던 윤선도, 노론의 영수였던 송시열, 명필로 원교체를 창안한 이광사, 학덕이 높았던 홍병례, 청산도에서 글자랑 마라는 말을 듣게 한 김류, 고금도민에게 시문과

---

4 김형기, 「청산별곡의 성격에 대하여」, 『어문연구』 제8집, 충남대학교 어문연구회, 1972, 36면.

5 박준규, 『고산 윤선도의 생애와 문학』, 전남대학교출판부, 1997, 292면.

서예 및 바둑을 가르친 이도재, 신지도민에게 신학문을 열어준 종두법과 국문연구의 선두주자 지석영 등 실로 수많은 인물들의 활동이 활발했던 곳이다.[6]

2. 보길도와 고산의 문학활동

조선시대 문관은 문자(文字)의 시호(諡號) 받음을 큰 영광으로 여겼다. 이는 예학과 성리철학 그리고 문학에서 혁혁한 공을 남긴 퇴계 이황(1501~1570)과 율곡 이이(1536~1584)가 문순(文純)과 문성(文成)의 시호를 받음에서도 입증되거니와 동국삼박(東國三朴)의 한 사람으로 칭송된 호남시단의 원조격인 눌재 박상(1474~1530)의 시호가 문간(文簡)이며 가사와 시조로 유명한 송강 정철(1536~1593)이 문청(文淸)의 시호를 받은 것 등도 같은 맥락에서 이해할 수 있다.

그런데 한국문학사에서 송강, 노계 박인로와 더불어 3대 시가 시인으로 익히 알려진 고산 윤선도의 경우엔 문자 시호가 아닌 점에 일반인들은 깜짝 놀라지 않을 수 없을 것이다. 고산은 왜 문인이었으며 시조 75수와 한시 255편에 356수 등 많은 작품을 남기는 등 문학에서 괄목할만한 업적을 드러냈음에도 문자 대신 충헌(忠憲)이라는 충자(忠字) 시호를 받았던 것일까? 문자 시호를 받지 못한 것일까? 아니면 받을 만한 자격이 없었던 것일까? 그것도 아니면 다른 원인이 있었던 것일까? 궁금하지 않을 수 없다. 여기서 우리는 고산의 생몰연도에 다시 한 번 주목하지 않을 수 없다.

그는 조선 중기에 태어나 조선 후기를 살다간(1587~1671) 이른바 외환(外患)에 따른 격랑의 세월을 겪은 인물이다. 조선 중기 이전까지의 조선

---

6 완도군지편찬위원회, 「완도군지」, 『설군전의 외래 위인명사』, 1992, 771~781면.

사는 국내적인 요인에 의한 격랑의 시간이 있었던 반면, 고산이 태어나 얼마 되지 아니하여선 국외적인 요인에 의하여 조선 땅에 격랑이 일었으니 고산의 나이 6세 때 있었던 임진왜란(1592)과 50세 때 겪었던 병자호란(1636)이 그 대표적인 예이다.

국외적인 요인에 의한 종묘사직의 위태로움은 자연 국가에 대한 충(忠)의 정신을 강조하기에 이르렀는바 그런 분위기는 임진왜란을 겪을 뒤 본격화되기 시작하여 병자호란을 당한 뒤 더욱 철저해졌다. 이렇게 보면 퇴계와 율곡, 눌재나 송강의 시대와 고산의 시대정신이 서로 상이하였으며 따라서 시호에서 문(文)과 충(忠) 가운데 자연 어느 쪽에 비중이 두어졌는가를 분명하게 일러준다. 바로 이점에서 우리를 고산의 국가 안위와 종묘사직 그리고 애민정신 등에서 기인한 충의 정신을 주목케 하며 그의 일생에서 충과 관련한 유배 그리고 충과 관련하여 보길도를 발견하게 된 연유 등에 관심이 두어지는 것임을 알 수 있을 것이다

1) 충(忠)과 의(義)로 인한 유배인생

고산은 85년의 평생 동안 도합 3회에 걸쳐 14년이라는 긴 세월을 유배지에서 보냈다. 그러니까 9년여의 벼슬살이를 하는 동안 14년의 유배생활을 맞았으니 그의 파란만장한 생의 굴곡이 어떠하였겠는가? 우리의 관심사는 그가 유배를 가게 된 원인과 배경에 있는바 그것은 다름 아닌 그의 충군(忠君)과 절의(節義)에 따른 애국의 신념에 기인한 것이었다.

고산은 해남 윤씨 시조 존부(存富)의 16세손으로 어초은(漁樵隱) 윤효정(尹孝貞)의 고손이다. 잘 아는 바와 같이 어초은은 금남(錦南) 최부(崔溥)의 문하로 사림(士林)의 정맥을 이어 받은 학자였다. 금남 최부는 점필재(佔畢齋) 김종직(金宗直)의 친자(親炙)를 받은 호남 선비였는데 점필재는 포은-야은으로 이어져 내려온 도학(道學)의 정맥을 이은 영남의 학자로서 고려 멸망 이후 야은(冶隱) 길재(吉再)가 고향 선산으로 은둔하여 길

러낸 첫 제자이자 사림의 영수였다. 그는 영남에서 수많은 선비를 양성하여 선비의 숲 곧 사림을 형성한 장본인이자 성종대에 재야에서 실력을 닦은 선비들이 조정에 들어가 유학의 이념에 입각하여 경국제민(經國濟民) 할 수 있는 소양과 기틀을 닦은 인물이다. 그러나 그의 많은 업적과 공로에도 불구하고 그는 사후에 부관참시를 당하기도 하였다.

하지만 그의 부관참시는 결국 애국과 충의의 신념에 따른 것이었는데 사건의 발단은 〈조의제문(弔義帝文)〉에 의해서였다. 김종직은 수양대군의 왕위 찬탈은 중국의 항우(項羽) 장군이 초나라 회왕(懷王)을 죽인 것과 같다는 비유로써 단종을 애도하고 세조를 풍자하는 내용의 〈조의제문〉을 지었다. 훗날 이 글은 그의 제자 김일손(金馹孫)이 사관으로서 사초(史草)에 넣었는데 연산군 시절에 『성종실록』의 편찬 과정에서 이극돈과 유자광이 그것을 발견, 연산군을 움직여 그 내용이 단종을 조상(弔喪)하고 세조를 음기(陰譏)한 것이라 하여 무오년(1498)에 김종직의 제자 김일손 등을 죽이고 최부 등 많은 제자를 귀양 보낸 무오사화의 원인이 되었다.

결국 김종직의 〈조의제문〉은 충군과 애국에 의하여 지어진 피로 얼룩진 글이 되고 말았지만, 이 대목에서 우리는 고산의 고조부 윤효정이 무오사화로 인해 유배를 당했던 금남의 제자라는 점이다.[7]

윤효정은 네 아들을 두었는데 그들은 윤구, 윤항, 윤행, 윤복 등인데 모두 학행으로 이름이 높았다. 특히 큰 아들 윤구는 최산두(崔山斗)·유성춘(柳成春) 등과 더불어 호남삼걸(湖南三傑)로 칭송된 인물인데 바로 고산의 증조부이다. 고산의 증조부 귤정(橘亭) 윤구는 생질 풍암 문위세가 의병장이 되도록 많은 영향을 미쳤음에서 집안 내력이 충과 애국을 신념으로 삼았음을 알 수 있게 한다.[8] 이와 같은 집안의 분위기와 내력 등에서 우리는 고산의 나라와 임금에 대한 우국충정의 연원을 추적할 수 있으리

7 최한선, 「풍암 서술시의 이해론적 전제와 미학」, 『고시가연구』 11집, 한국고시가문학회, 2003, 270면

8 최한선, 앞의 글, 270~271면.

라 생각된다.

선조 20년(1587)에 고산은 유심(唯深)의 세 아들 가운데 둘째로 서울 연화방(蓮花坊)에서 태어났다. 유심은 의중(毅中)의 세 아들 중 장남으로 예빈시부정의 벼슬을 지냈다. 의중의 둘째 아들 유기(唯幾)는 백부 홍중(弘中)에게 입양되었는데, 유기 또한 후사(後嗣)가 없어 고산을 입적하여 종손의 가통을 잇게 함으로써 8세의 어린 고산은 친어버이의 곁을 떠나 종손으로서의 수양과 학문 연마를 하게 된다.

앞서 우리는 고산이 세 차례에 걸쳐 도합 14년의 유배 생활을 했다고 하였거니와 그의 유배는 모두 충군과 애국의 신념이라고도 했다. 그것은 가문의 내력과 전통에 의한 것이겠지만 다른 한편, 그가 애독하여 체득한 『소학』 정신에 의한 것이기도 하였다. 기묘사화(1519)로 『소학』 정신으로 무장한 도학파가 사사되거나 유배당한 이후 『소학』은 금서였다.

주자는 후생초학차간소학서(後生初學且看小學書) 곧 후생의 초학자는 우선 『소학』을 보아야 한다고 하였는바[9] 이처럼 『소학』은 몸을 닦는 큰 법으로 일컬어진 일종의 수신 교과서였다.

고산이 『소학』 정신을 체득하여 실천했음은 임금을 섬기고 부형(父兄)을 섬기는 일에서 시작하여 본심을 보존하여 성(性)을 기르는 기반이 튼튼하였다는 말과 다르지 않다. 그런 탓이었을까? 고산은 입신양명의 과거 공부에는 관심이 적었다고 한다.[10]

26세의 나이로 진사시에 합격한 고산은 30세 때까지 과거를 포기하였는데 그 까닭은 광해군의 혼정과 이이첨의 횡포 등 시대가 혼란하였기 때문이었다. 불의와 모순 그로 인한 백성의 참상을 좌시하지 못한 고산은 광해군 8년(1616)에 〈병진소(丙辰疏)〉를 올리는데 그로 인해 30세의 나이로 함경도 경원으로 유배를 당한다. 이듬해 경상도 기장으로 옮기여 도합

9 『소학 집주 총론』, 〈소학〉.

10 박준규, 「고산 윤선도의 시문학」, 『호남시단의 연구』, 전남대학교출판부, 1998, 439면.

6년의 세월을 시련 속에 보냈는데 유배지에서 〈견회요(遣懷謠)〉 등의 시조를 남겼다.

인조반정(1623)으로 광해군이 쫓겨나자 37세이 나이로 유배에서 풀린 고산은 제수 받은 의금부도사를 사임하고 해남으로 돌아가 약 5년간 독서에 정진하면서 은둔했다. 42세 때 별시초시(別試初試)에서 장원급제하고 봉림대군과 인평대군의 사부(師傅)가 되는 등 약 7년 간 한성서윤(漢城庶尹)을 비롯 순탄한 벼슬살이를 하였다. 그러다가 갑자기 성산현감(星山縣監)으로 좌천되자 경세(經世)의 뜻을 접고 해남으로 돌아왔다. 그때가 49세 되던 겨울이었다.

하지만 고산의 운명에 또 다른 시련이 기다리고 있었다. 그것은 다름 아닌 병자호란(1636)과 그로 인한 모함이었다. 가문의 전통과 『소학』 정신으로 단련한 그의 신념 등은 그를 해남에 가만 눌러 앉혀 두지를 못하게 했다. 왕을 구하고 종묘사직을 보전키 위해 의병을 이끌고 배를 통해 강화도 가까이 갔던 고산은 그만 비보를 접하고 만다. 다름 아닌 강화도는 이미 함락되고 왕자들은 붙잡혀 갔으며 왕은 영남으로 몽진(蒙塵)했다는 것이었다. 남쪽으로 가다보면 왕을 알현할 수도 있을 것이라는 기대로 급히 뱃머리를 돌려 남쪽을 향하던 중, 삼전도에서 그만 굴욕적인 항복을 했다는 소식을 들은 고산은 세상을 개탄하며 탐라(耽羅)에 갇혀 평생 살 것을 결심하였다. 항해하던 도중 완도의 보길도를 보고 그곳의 승경에 들게 되었는데 그것이 그와 보길도와의 첫 만남이었다.

문제는 고산이 보길도의 승경에 사로잡혀 수차례에 걸친 나라의 부름에도 응하지 아니한 데서 발생 하였다. 고산에게 대동찰방(大同察訪), 사도시정(司導寺正) 등의 벼슬을 내렸으나 이에 나아가지 않자 병자호란 때 해로를 따라 강화도 근처까지 왔으면서도 서울을 지척에 두고 끝내 달려와 문안하지 않았으며, 피난 중이던 처녀를 잡아 배에 싣고 돌아갔는데 그런 일들이 남들에게 알려질까 봐 두려워 섬으로 깊이 들어가 종적을 숨기려 했다[11]는 등의 비방이 쏟아지자, 인조는 하는 수 없이 그를 경상도 영덕으로 유배 보냈다. 52세 때인 1638년의 일이다. 1년간의 유배였지만 통탄할 일이었을 것이다. 다음 해에 풀려난 고산은 해남의 현산면 산중을 찾아 그곳에서 수정동 등 천석(泉石)을 벗 삼아 은둔하였다.

그러나 고산은 은둔으로 망세(忘世)까지 하지는 못했다. 그의 은둔은 후한(後漢) 때 광무제(光武帝)의 친구 엄광(嚴光; 子陵)처럼 망세한 것이 아니었다. 중국 절강성 자계(慈溪) 출신 엄자릉은 광무제가 간의대부(諫議大夫)를 제수하였으나 끝내 사양하고 부춘산(富春山)에 은거하여 그곳에서 일생을 마쳤던 인물이다.

앞서 말한 바와 같이 고산은 『소학』 정신에 따라 경국제민을 모토로 여기고 있던 선비였다. 따라서 그의 은둔은 망새라기보다는 자신을 알아서 불러줄 현군이 나타나기를 기다리는 동안의 피세(避世)였다. 이른바 강태공 류의 은둔과 그 성격이 유사하다고 하겠다. 강태공으로 알려진 강상(姜尙)은 중국 산동성 치박(淄博) 출신으로 주(周)나라 초기의 인물이다. 위수(渭水)가에서 곧은 낚시를 드리우고 자신을 알아 줄 인물이 나타나기를 기다리던 중 주나라 문왕(文王)을 만났는데 뒤를 이은 무왕(武王)을 도와 은(殷)나라를 멸하고 제(齊)에 봉해져 그 시조가 된 인물이다.

고산은 자신이 가르쳤던 봉림대군이 효종이 되어 벼슬로써 부르자 다시 환로(宦路)에 나서게 되었으며 그의 『소학』으로 무장한 지치(至治)와 애민의 신념은 마침내 세 번째의 유배를 부르고 말았다.

효종이 세상을 떠나고(1659) 다음 해에 현종이 즉위하였는데 문제의 발단은 효종의 계모후(繼母后) 조대비가 아들의 상을 당했음에 상복을 어떻게 입어야 하느냐에서 시작되었다. 이은상, 김수항 등 서인들은 효종이 인조의 둘째 아들이므로 조대비의 복상(服喪)은 기년(朞年; 만 1년)이면 된다는 주장을 폈다. 반면, 고산을 위시한 남인들은 효종이 둘째 아들일지라도 왕위를 계승했으므로 큰 아들과 다름없이 왕통의 정통이니 삼년

---

11 『인조실록』, 16년 3월 15일 기록.

복상(만 2년)을 해야 한다는 것이었다.

이 때 고산은 현직 벼슬에서 물러나 있었는데 그의 과격한 언어에 의한 상소는 그를 다시 한 번 유배 길에 오르게 하였다. 그의 나이 74세 되던 1660년 4월 함경도 삼수로 유배를 떠나 5년 뒤 79세 되던 해에 전남 광양으로 이배 되어 2년간 지내다가 81세 때인 1667년 7월에 풀려나 해남으로 돌아와서는 9월에 다시 완도의 보길도 부용동(芙蓉洞)에 들었다. 실로 오랜만의 만남 이었다. 보길도에 들자마자 고산은 무민당(無悶堂) 동쪽 시냇가에 작은 집을 짓고 곡수(曲水)라 이름 지었다.[12]

결국 고산은 71세 되던 해 9월에 상경하여 74세 4월에 유배를 가고 81세 7월에 해배되기까지 8년에 걸쳐 7년 4개월을 귀양살이 하고 보길도에 다시 돌아오기까지 꼬박 10년이 걸린 셈이다.[13]

2) 보길도에서의 문학 활동

지금까지 고산의 파란만장한 생에 대하여 간략하게 살폈거니와 본 절에서는 고산이 완도의 보길도에 들어 생활하면서 벌였던 문화 활동과 창작 활동에 대하여 살피기로 하겠다.

앞서 말한 바와 같이 고산이 처음 완도에 든 것은 51세 되던 인조 15년(1637)의 일이다. 다시 말해서 병자호란(1636)이 일어나(6월) 육로가 막히자, 고산은 향족(鄕族)과 가복(家僕)들을 중심으로 의병을 모아 해로(海路)를 통하여 강화도에 거의 다다랐으나(1637년 1월) 강화는 이미 함락되고 임금이 영남으로 몽진(蒙塵)하였다는 소식을 듣고 제주도에 은거하려고 항해하던 도중, 태풍을 피하려다 보길도를 보고 황원포(黃原浦)에 내려 터를 잡아 부용동(芙蓉洞)이라 이름 한 뒤 낙서재(樂書齋)를 짓고 우거한

---

12 이형대 외 역, 『국역 고산유고』, 2004, 562면.

13 윤승현, 『실록 고산 윤선도』, 도서출판 삼문, 1993, 397면.

것이 보길도와 인연의 시작이다.

고산은 보길도에서 약 1년 지낸 후 다시 52세 4월에 유배에 들어 53세 되던 1639년에 풀려났는데 고산은 해배되자 해남군 현산면의 수정동, 문소동, 금쇄동 등에 회심당, 휘수당, 인소정 등을 짓고 은거하면서 〈산중신곡〉〈속산중신곡〉 등을 지으면서 5년여 세월을 보내다가 60세 되던 1646(인조24) 년에 다시 부용동에 들어 2년여 지냈다. 이후 63세에는 금쇄동으로 나오는데 이때가 바로 자신이 가르쳤던 봉림대군 곧 효종이 즉위하던 1649년이다. 다음 해 다시 부용동에 들었는데 일 년 뒤인 1651년 고산 나이 65세 되던 가을에 대작 〈어부사시사〉 40수를 짓는다.

66세 되던 1652년에 성균관사예(成均館司藝) 등을 지내다가 이내 그만두고 다음 해에 다시 부용동에 들어 무민당 등을 건립, 자제 문인들을 가르친다. 68세까지 2년여 지내다가 다시 나온 뒤 71세에 잠시 들었으나 11월에 첨지중추부사(僉知中樞府事), 다음해 공조참의(工曹參議)에 제수되어 보길도를 비운다. 72세 때인 1658년 4월 공조참의를 그만두고 74세로 함경도 삼수에 유배되기까지 경기도 양주 고산에 머무른다.

어쨌든 고산은 71세(1657)에 보길도를 나와 만 10년 만인 81세 되던 1667년에야 또 다시 보길도 부용동에 들 수 있었다. 그 후 85세로 낙서재에서 운명하기까지 약 4년여 세월을 보길도 부용동과 현산면의 금쇄동 등지를 오가며 시문을 즐겼다. 이상에서 말한 바와 같이 고산과 완도 보길도 부용동과의 인연은 전후 여섯 차례에 걸친 15년여의 세월이었다. 『고산유고』를 중심으로 그의 입도 사실을 살피면

① 1637: 51세~52세

② 1646: 60세~62세

③ 1650: 64세~65세

④ 1653: 67세~68세

⑤ 1657: 71세

⑥ 1667: 81세~85세 등으로 나타난다.[14]

이상에서 본 바와 같이 고산은 그의 85년 인생살이 동안 15년에 불과한 세월을 완도의 보길도에서 보냈지만 그의 인생에서 가장 값진 시절인 지천명을 넘긴 직후부터 세상을 마칠 때까지 35년여의 시간 가운데서 거의 반인 15년 이라는 세월을 보길도와 인연하였으니 이는 결코 가벼이 넘길 사안이 아니다. 더군다나 65세 때 지은 〈어부사시사〉 40수를 포함한 한시 45수는 그 어느 때 제작된 작품보다 작품의 구성과 언어의 질감, 비유의 뛰어남, 자연과의 친화, 내용의 심오함 등에서 탄성을 자아내기에 손색이 없다고 하겠다.

3) 서산지미(西山之薇)와 선경(仙境)의 흥취

고산이 인조의 성하지맹(城下之盟) 소식을 접하고 평생 동안 탐라에 들어 살고자 결심했음은 앞서 말한 바와 같다. 남하하던 도중 보길도에 배를 정박했는데 산봉우리와 골짜기가 수려함을 보고 배에서 내려 격자봉(格紫峯)에 올라 산 기운이 뛰어나게 맑고 수석(水石)이 기이하게 빼어남을 보고 탄식하되 '하느님께서 나를 기다리던 곳이니 여기에 머무는 것이 좋겠다.' 하고 살 곳을 가려 정했다고 한다.[15]

고산이 탐라에 들어 평생을 숨어 살려고 했음은 은(殷)나라 고죽군(孤竹君)의 아들 백이숙제(伯夷叔齊)가 주나라 무왕(武王)이 선왕(先王)의 장례도 치르지 아니하고, 은나라를 공격하여 무너뜨리자 이를 만류하는 간(諫)을 하다가 듣지 아니하자, 주(周)나라 곡식을 먹지 않겠다며 서산 곧

---

14 이에 대하여 박준규 교수는 전후 일곱 차례라 하면서 56세 되던 1642년에 유람 차 잠시 들렀다고 했다. 고산유고에도 이 때 지은 한시가 있기도 하다. 박준규, 『고산 윤선도의 생애와 문학』, 전남대학교출판부, 1997, 288면.

15 윤위, 『보길도지』, 영조 24년(1748).

수양산(首陽山)에 들어 고사리를 캐먹고 살다가 죽은 충신의 고사를 떠올리며 자신도 그렇게 하리라는 결심 때문이었다.

이른바 서산지미(西山之薇)가 그것인데 앞서 소개한 고산의 5대손 윤위의 「보길도지」에 의하면 고산은 강도(江都)가 이미 함락되고 임금의 행차가 영남으로 갔다는 말을 듣고 급히 호남으로 돌아가면, 영남으로 가는 길과 통할 수 있을 것이며, 조정의 명령도 반드시 들을 수 있으리라고 판단했다는 것이다. 그렇지 못할 경우 서산지미(西山之薇)와 기자지금(箕子之琴), 관녕지탑(管寧之榻)의 일들이 바로 자신의 뜻이라고 생각하고 남쪽으로 뱃머리를 돌려 전라도 영광으로 돌아왔는데 인조의 굴욕적인 항복 소식을 접했다는 것이다.[16]

고산의 사후(1671) 78년만인 1748년에 윤위는 고산의 발자취를 답사하고 후세에 전하고자 「보길도지」를 남겼다. 이에 따르면 고산은 인조가 삼전도에서 굴욕적인 항복을 하자 백이와 숙제처럼 깊은 산속에 숨어 고사리나 캐먹으며 살겠다며 제주도로 향하던 중 보길도의 선경에 매료되어 머물러 살게 되었음을 알 수 있다.

고산은 천석(泉石)의 빼어난 승경이 있는 보길도에서 새로운 삶의 원리를 추구하는 여러 일을 추진하였는데 그것은 다름 아닌 조원(造苑)이었다.[17]

다시 말해서 고산은 나라 잃은 서러움으로 백이숙제처럼 삶을 체념하려고 제주도를 향하던 중, 보길도의 선경(仙境)을 찾아내고는 그만 그 품속에 안겨 벅차는 흥취를 다음과 같이 토해내었다.

수능창차박이공 誰能創此朴而工 누가 이렇게 질박하고 공교하게 만들었을까

16 앞의 책, 「보길도지」.

17 박준규, 앞의 책, 284면.

호종유래조화옹	豪縱由來造化翁	자유롭고 분방함이 조화옹의 솜씨 일세
방일임풍약운곡	傍日臨風若雲谷	해 있고 바람 있으니 주자의 운곡과 같고
택유세조승반중	宅幽勢阻勝盤中	깊숙한 곳 집 있는 형세 이원의 반곡보다 낫구나
옥조비폭천향무	玉槽飛瀑穿香霧	옥구유에 나르는 폭포 향기로운 안개를 꿰뚫고
석옹한담영벽공	石甕寒潭暎碧空	돌단지의 시원한 물에는 푸른 하늘 비쳐 있네
십리봉호천사리	十里蓬壺天賜履	십리 앞의 봉호는 하늘이 주신 영토이니
시지오도미전궁	始知五道未全窮	이제야 내 길이 완전히 막히지 않을 줄 알겠네

위는 〈황원잡영(黃原雜詠)〉 3수 가운데 첫 번째 인데 전체 시는 7언 율시 2수와 5언 율시 1수로 되어 있다. 질박한 듯 공교한 솜씨, 자유롭고 분방한 솜씨로 만든 천혜의 땅, 해, 바람, 구름이 조화를 이루고 그 가운데 깊숙이 자리 잡은 집과, 그 주위에 우뚝 솟아오른 바위, 어디 그뿐인가? 옥구유와 돌 단지의 시원하고 맑은 물에 비치는 하늘, 고산은 결국 보길도의 부용동을 봉호(蓬壺) 곧 신선이 사는 삼신산의 하나인 봉래산(蓬萊山)으로 결론짓고 '하늘이 자신에게 내린 영토'라고 단정적으로 말하고 있다.

여기에서 주목되는 점은 승경에 대하여 주자(朱子)의 운곡과 같다는 표현과 신선이 사는 삼신산의 하나인 봉호와 같다는 상치되는 듯한 이미지의 창출이다. 이는 이질적인 이미지의 폭력적인 결합이 빚어낸 고산 한시의 독특한 매력이기도 하거니와, 하나의 경景을 유교적 질서와 노장적 분방(奔放)으로 풀어내어 결국 자기가 처한 이곳이 더 없는 승경임을 말하는 동시에, 시인의 마음속에 자리한 유가적 질서의 욕구 충족은 물론, 현실에서 막혀버린 질서 유지의 불만을 자유로운 노장적 분방으로 보상받고자 했음을 알 수 있다.

고산과 보길도의 등식에서 가장 주목할 점은 부용동 원림의 경영과 문학적 활동이다.

고산은 부용동에 세연정(洗然亭), 동천석실(洞天石室), 낙서재(樂書齋), 무민당(無悶堂), 곡수당(曲水堂) 등의 건물을 짓고 생활하였을 뿐만 아니라, 그곳의 자연물에 합당한 이름을 붙여주는 등 자연과의 친화를 추구했는데 혁희대(赫曦臺), 미산(薇山), 소은병(小隱屛), 낭음계(朗吟溪) 등의 명명이 그것들이다. 부용동 자연과의 친화를 추구했던 고산, 그렇기에 자신은 스스로를 부용조수(芙蓉釣水)라고 자신 있게 말하곤 했다. 〈어부사시사〉 발문에서도 그랬지만 시를 지으면서도 자신을 부용동의 낚시꾼으로 말하기를 아끼지 않았다.

아래의 〈희차 방장산인 부용조수가(戲次方丈山人芙蓉釣叟歌)〉를 보자.

부용성시부용동　芙蓉城是芙蓉洞　중국의 부용성은 곧 부용동 이러니
금아득지고소몽　今我得之古所夢　내가 지금 얻었으니 옛사람이 꿈꾸던 곳
세인불식봉래도　世人不識蓬萊島　세상 사람들은 봉래섬을 알지 못하고
단견기화여여초　但見琪花與瑤草　다만 기이한 꽃과 아름다운 풀만 찾네
유래신선기이인　由來神仙豈異人　예부터 신선이 어찌 남다른 사람이었으랴
행의구지비이도　行義求志非二道　의를 행하고 뜻을 구함은 다른 길이 아니라네

전체 16행의 가(歌) 형식인데 앞 6행 부분만 인용했다.[18]

위에서 보는 바와 같이 고산은 보길도의 부용동은 다름 아닌 중국의 부용성과 같다고 하면서 소식(蘇軾)의 〈부용성(芙蓉城)〉 시를 생각하고 동년 급제자인 방장산인(方丈山人) 최유연(崔有淵)의 시에 차운했다. 고산은 평소에 중국의 소식을 좋아했다. 그렇기에 소식의 시 〈부용성〉의 내용을

18 『국역 고산유고』, 222면.

잘 알고 있었으며 거기에 나오는 왕자고(王子高)와 주요영(周瑤英) 등 신선의 이야기는 물론, 선경(仙境)에 대한 동경과 선망도 적지 않았으리라 짐작된다. 따라서 보길도의 승경지를 선경(仙境)으로 여기고 그 이름을 신선들이 사는 동네 곧 부용동이라 명명한 것은 자신과 소식을 동등하게 여겼음은 물론 중국의 승지에 못지아니한 조선의 승지라는 은근한 자부심의 발로라 여겨진다.

신선이 사는 선경 부용동에서 낚시하는 어부 곧 부용조수였던 고산, 그는 승경과 하나가 되고자 그것들에 각각의 이름을 붙이고 그것도 모자라 시까지 남겼다.

격자봉(格紫峯), 소은병(小隱屛), 구암(龜巖), 미산(薇山), 낭음계(朗吟溪), 혁희대(赫曦臺), 혹약암(或躍巖), 오운대즉사(五雲臺卽事), 조주(釣舟), 낙서재(樂書齋), 석실(石室), 황원잡영(黃原雜詠), 희황교(羲皇橋) 등의 이름과 한시가 그 대표적인 것들이다. 다음에서 몇 수 살펴보기로 한다.

서산호왈미 西山號曰薇 서산을 미산이라 하는데
막막연하리 邈邈烟霞裡 저 멀리 연하 속에 있다네
시사이제간 試使夷齊看 백이숙제에게 보게 할 수 있다면
상휴정등피 相携定登彼 서로 손잡고 꼭 함께 오르련만

〈미산(薇山)〉인데 5언의 절구이다. 미산은 부용동의 서쪽에 있는데 다름 아닌 백이숙제가 고사리를 캐먹다 죽은 수양산의 다른 이름과 같다. 고산은 늘 연하 속에 가려져 있는 산을 보고 백이숙제를 떠올린 뒤 산의 이름을 미산이라고 명명하였음을 알겠거니와 그렇다면 그 속에 살고 있는 자신을 누구에게 견주었는지는 묻지 않아도 자명하리라.

고산은 보길도의 일구일학(一丘一壑)에 대하여 관심 가진 나머지 자연친화의 서정을 몇 가지로 드러냈는데 자연에의 명명(命名), 영물작시(詠物作詩), 원림의 형성 등이 그것이다.[19]

자연에의 명명은 앞서 말한 바와 같거니와 영물작시는 한시 32편에 45수와 〈어부사시사〉 40수 등이 그것이며, 원림의 형성 곧 조원(造苑) 이른바 부용동 원림은 낙서재 지역, 동천석실 지역, 세연정 지역 등이 그 대표이다. 차례로 그와 관련된 작품을 보기로 한다.

일파모수저 一把茅雖低　한 묶음 띠집 비록 나직하여도
오거서역과 五車書亦夥　다섯 수레의 책이 꽉 차 있다네
기도소아우 豈徒消我憂　어찌 내 근심만을 없애주리요
서이보오과 庶以補吾過　모름지기 내 허물도 기워주리라

〈낙서재(樂書齋)〉라 제한 5언 절구이다.

고산이 처음 보길도에 내렸을 때를 〈보길도지〉에서는 다음과 같이 적고 있다. "수목이 울창하여 산맥이 보이지 않았다. 사람을 시켜 장대에 깃발을 달게 하고 격자봉을 오르내리면서 그 고저와 향배를 헤아려 낙서재 터를 잡았다. 처음에는 초가를 짓고 살다가 그 뒤에는 잡목을 베어 거실을 만들었다. 그러나 견고하게만 만들었을 뿐 조각은 하지 않았다. 낙서재는 세 칸으로 사방에 퇴를 달았으며 칸살이 매우 컸다. 낙서재의 남쪽에 외침(外寢)을 짓고 한 칸으로 사방에는 퇴를 달았으며 칸살이 매우 컸다. 두 침소사이에 동와(東窩)와 서와(西窩)를 지었다. 각기 한 칸씩인데 사방으로 퇴를 달았다. 늘 외침에 거처하면서 세상을 피해 산다는 뜻으로 무민(無悶)이라는 편액을 달았다."[20]

위에서 본 바와 같이 낙서재는 초가 3칸이었으며 가장 먼저 지은 건물임을 알 수 있다. 또한 무민당은 낙서재의 외침인데 조망이 좋아 절승을 한눈에 볼 수 있는 공간이었던 것으로 「보길도지」는 적고 있다.

---

19 박준규, 앞의 책, 289면.

20 「보길도지」.

〈낙서재우음(樂書齋偶吟)〉을 보자

안재청산이재금 眼在青山耳在琴 눈은 청산에 귀는 거문고에 있으니
세간하사도오심 世間何事到吾心 세상의 무슨 일이 내 마음에 닿으랴
만강호기무인식 萬腔浩氣無人識 가득한 호연지기를 아는 이 없으니
일곡광가독자음 一曲狂歌獨自吟 노래마다 미친 노래 홀로 읊조리네

위의 시는 고산이 시의 주에 임오년(1642) 10월 16일에 보길도에서 놀았다고 밝히고 있어서 연보에는 나타나지 않았지만 이때도 그가 보길도에 다녀왔음을 알게 한다. 낙서재에 다섯 수레에 실을 만큼의 많은 서적을 쌓아 두고 청산과 거문고를 벗 삼아 기른 호연지기, 하지만 그것을 알아 줄 사람이 아무도 없으니 입에서 나오는 소리마다 광가(狂歌)란 말이 뼈에 사무친다. 앞의 〈낙서재〉는 51세 작이요, 위의 〈낙서재우음〉은 56세의 작인데 시간의 차이에 따라 세상에 대한 불만이 노출되고 있음이 주목된다. 보길도의 주산(主山)은 격자봉(格紫峯)이다. 그 격자봉에서 세 번 꺾어져 정북향으로 혈전(穴田)이 있는데 그곳이 다름 아닌 낙서재의 양택이다. 격자봉에 대한 시는 다음과 같다.

홍도거랑중 洪濤巨浪中 큰 파도 높은 물결치는 가운데
특립부전각 特立不前却 우뚝 선 채 꼼짝도 않는구나
욕격자미심 欲格紫微心 임금 앞에 벼슬하러갈 마음 있거든
요선치차격 要先恥且格 먼저 부끄러운 줄 알고 선을 행하시게나

〈격자봉〉이라 제목한 시인데 정축년(1637) 51세 때 보길도에 처음 입도하여 지은 것이다.

인조의 굴욕에 대한 부끄러운 마음, 그에 대한 분함은 임금에 대한 것이라기 보다는 북쪽 오랑캐의 부덕(不德)에 의한 외침과 신하된 자신이

부덕에 따른 것이라는 자책이 드러나고 있는데 마지막 구절이 그것이다. 『논어』 〈위정〉편에 "도지이덕제지이례유치차격(道之以德齊之以禮有恥且格)"의 말을 인용하였는데 백성 인도하기를 덕으로 하고, 통일시키기를 예로써 한다면, 그들이 부끄러워함이 있을 뿐 아니라, 선에 이르게 될 것이라는 말이 그것이다. 3구와 4구의 내용으로 미루어 짐작컨대 고산의 보길도 입도는 망세(忘世) 곧 세상을 완전히 잊기 위함이 아니라, 잠시 피해 있는 피세(避世)임을 알게 해준다. 그렇다고 보길도에서의 생활에 어떤 뚜렷한 불만이나 불평이 있었다는 의미는 결코 아니다.

고산은 보길도 부용동에서도 유가적 질서와 세계를 완전히 부정하거나 망각하지 않았는데 그런 모습은 다음 〈소은병(小隱屛)〉의 주에서 잘 나타난다. 뿐만 아니라 작품의 내용을 보면 자신이 몸담고 있는 부용동의 자연물에 기꺼운 마음으로 애정과 관심을 쏟고 있음도 여실하게 보여준다.

창병자천조	蒼屛自天造	푸른 바위는 하늘이 지었지만
소은인인명	小隱因人名	소은병이란 이름은 사람이 지었네
막의진범격	邈矣塵凡隔	아득히 멀리 세상일 막아주니
유연심지청	油然心地淸	순식간에 내 마음 맑아진다네

유가적 질서의 상징인 송나라 주자, 그가 경영하던 무이산(武夷山)과 대은병(大隱屛)을 연상한 위의 〈소은병〉은 대은병에 비해 규모가 작아서 소은병이라 한다고 고산 스스로 밝히고 있다. 결국 고산은 부용동의 자연물을 사랑하여 친화적인 뜻으로 이름을 붙이되 유가적 질서에 입각하고 있음이 주목된다.

다음은 낙서재 앞뜰에 있었던 거북 바위를 두고 읊은 〈구암(龜巖)〉이다.

단지참사령	但知參四靈	단지 사령에 속한 줄만 알았는데
수식개우석	誰識介于石	바위보다 굳은 줄 누가 알았으랴

진이복거시 振爾卜居時　집터를 정할 때에 너를 뽑아내었는데
의오완월석 宜吾玩月夕　달구경하는 날 도울 줄 몰랐네

기린, 봉황, 거북, 용을 사령물(四靈物)이라고 하거니와 일반 사람들은 거북이 영물인 줄만 알 뿐 그것의 굳음이 바위 보다 더함은 잘 모른다는 말로써 시상을 일으켰다. 이어 집터를 정할 때에 그 거북바위를 뽑아 낙서재 앞에 두었는데 그것이 완월(玩月)에 도움이 된다는 상징적 의미를 담아 시상을 마무리 하였다. 이른바 절의(節義) 굳은 자신과 자신의 쓰임새에 대한 비유를 그렇게 나타낸 것이라 생각된다.

다음은 동천석실(洞天石室)과 관련한 내용을 보기로 한다. 「보길도지」에 따르면 동천석실이 있는 곳은 온통 바위로 된 공간임을 알려준다. 이른바 석문(石門), 석제(石梯), 석정(石井), 석천(石泉), 석담(石潭) 등이 그것인데 돌로 된 큰 함 속에 한 칸의 집을 짓고 동천석실이라 명명한 뒤 유유자적 했던 고산의 모습을 상상해 본다. 석실의 바로 앞 벼랑 위에 서 있는 용두암은 멀리 아래로 낙서재와 세연정을 조망하기에 알맞은 곳이다. 고산이 이곳을 매우 사랑했음은 시원한 조망과 스스로 석실에 든 모습이 속세를 벗어난 신선의 경지에 이른 흥취를 맛볼 수 있음에서였으리라.

용거파노시 容車坡老詩　용거는 소동파의 시에 나오고
측호문공기 側戶文公記　측호는 주자의 기문이로다
나유육중문 那有六重門　어찌 여섯 겹문이 있으리오마는
정천대소비 庭泉臺沼備　뜰에는 샘, 대, 연못이 갖추어 있다오

〈석실(石室)〉이라 제한 것인데 동천석실을 두고 지은 것이다. 소동파의 〈화채경번해주석실(和蔡景繁海州石室)〉 시에 '화간석실가용거(花間石室可容車)'라는 구절이 있는데 '꽃 사이에 있는 석실은 수레를 들일만하네'가 그것이다. 여기서는 용거(容車)를 인용하여 자신의 석실이 해주에 있던

채경번의 석실과 다를 바 없음을 말하고 있는데 꽃 사이에 있는 석실과 돌 사이에 있는 석실의 선명한 대조가 이미지 이상의 무엇인가를 상징하고 있어 주목된다. 또한 주공기(朱公記)는 다름 아닌 주희(朱熹)의 글을 말하는데 자신의 석실 생활이 주자의 그것과 다르지 않음과 아울러 제3구와 관련하여 유가적 질서에 순응하고 있음도 보이고 있다.

다시 말해서 육중문(六重門)은 천자 곧 임금이 계시는 궁궐의 문인데 여기 석실에 어찌 감히 그런 문을 만들 수 있겠느냐며 단지 뜰 하나 만들어 그 속에 샘, 대, 연못 정도 둔다는 이른바 자연의 질서와 그것이 가져다주는 생활에 자족하고 있음을 나타냈다.

다음은 세연정(洗然亭)과 관련된 작품을 보기로 한다. 세연정은 황원표에서 약 2킬로미터 쯤 떨어진 곳에 자리하고 있다. 이른바 부용동 원림의 입구인데 고산의 유적이 가장 잘 남아 있는 곳이기도 하다. 격자봉에서 흘러내린 물이 맑고 시원한 낭음계(朗吟溪)를 이루어 흐르고 잠시 지하로 스며들어 건천(乾川)이 되어 흐르다가 세연지 가까이서 다시 샘처럼 솟아올라 주위의 여러 골짝물과 만나 계류를 형성하면서 수경(水景)을 이루는 지역이다.[21]

세연정은 고산의 과학정신이 바탕이 되어 조성된 정자인데 그 주변의 조원(造苑) 의식은 실로 감탄을 자아내고도 남음이 있다.

「보길도지」에서 이와 관련된 기록을 보면 "부용동에서부터 협로(夾路)에는 장송(長松)이 즐비해 있고 제방에 이르면 점점 평평하여 널따랗다. 정자의 서쪽, 제방의 동쪽에는 물이 즐펀한대 그 크기가 한 칸 정도이다. 그 가운데 엎드린 거북과 같은 돌이 있다. 돌등에 다리를 놓고 비홍교(飛虹橋)라 하였다. 이 다리를 지나서 정자에 오르는데 다리 남쪽에는 혹약암(或躍岩) 등 일곱 바위가 있으므로 정자 서쪽에 칠암(七岩)이라고 편액했다. 정자의 중앙을 세연(洗然)이라 하고 그 남쪽은 낙기(樂飢), 서쪽은

---

21 박준규, 앞의 책, 313면.

동하(仝何), 동쪽은 호광(呼光)이라 했다.”

자연물과 인공물의 유관(遊觀) 공간이었던 세연정, 이는 어쩌면 학문하던 낙서재 공간, 신선을 그리며 탈속을 지향한 동천석실 공간과는 거리가 있었는지도 모른다.

그렇기에 동서남북 각기 다른 편액을 걸었으며 비홍교 등 다리는 물론 동서에 대(臺)를 설치하고 아울러 운치 있는 꽃과 나무를 식재 하지 않았겠는가?

아래에서 〈동하각(仝何閣)〉을 본다.

아기능위세	我豈能違世	내가 어찌 세상을 등지랴만
세상여아위	世上與我違	세상이 바야흐로 나를 등졌네
호비중서위	號非中書位	이름이야 중서의 지위 아니건만
거사녹야규	居似綠野規	거처는 녹야의 규범과 같다네

1669년 83세에 지은 시이다. 이해 8월에 아들 예미(禮美)가 세상을 떠났는데 자신의 오랜 시련과 자식의 불행이 겹쳐진 상황에서 나온 탄식으로 유관(遊觀)에 따른 흥취나 낭만적 도도함이 전혀 찾아지지 않음 등이 주목되는데 인생을 차분히 회고하면서 현재적 삶의 모습을 잔잔하게 드러내 보였다. 중서(中書)는 곧 높은 벼슬의 상징이요, 녹야(綠野)는 자연에 순응하는 현재적 삶을 가리킨다. 평생을 돌아보건대 자신의 뜻과는 달리 늘 세상이 자신을 등진 생평이 아니었던가? 생김새 각기 다른 사람의 마음에 있어서 같은 바는 무엇인가? 곧 동하(仝何)란 다름 아닌 이(理)와 의(義)임을 강조하여 세연정의 서쪽 편액 동하(仝何) 곧 이의(理義)로 붙인 것이라 여겨진다.

『맹자』〈고자〉장 상편에 사람의 입과 맛, 귀와 소리, 눈과 미인 등과의 관계에 있어 그것을 느끼는 것은 같은 것은 곧 동(同)하거늘 홀로 마음만이 어찌 공통되지 않겠느냐며 심지소동연자 하야(心之所同然者 何也) 위이야의야(謂理也義也) 곧 마음의 공통점이란 무엇인가? 이요 의라고 말한 것을 원용하여 말해 놓았다.

다음은 〈혹약암(或躍巖)〉을 중심으로 세연정 주변의 경관을 보다 밀착하여 살피기로 한다.

원영수중석	蜿然水中石	꿈틀꿈틀 거리는 물속의 바위
하사와룡암	何似臥龍巖	어찌 그리 와룡암과 닮았을까
아욕사제갈	我欲寫諸葛	나 거기 제갈량 상을 그려두고
입사방차담	立祠傍此潭	여기 연못가에 사당을 세우리라

혹약은 『주역』의 〈건(乾)〉괘에 나오는 '혹약재연무구(或躍在淵无咎)'에서 따온 말인데 상전(象傳)에 이르기를 "연(淵)에 있어 날기를 의심한다한 것은 무리하게 전진하지 않는 것이 화를 면하는 길이라는 뜻"이라고 풀이했다. 이른바 갈림길에서 때를 잘 분별하여 진퇴하면 해가 없다는 뜻이니 고산의 진퇴(進退)에 대한 고민이 단면을 잘 보여 준다고 하겠다.

또한 혹약암의 모습을 와룡암에 비유함으로써 삼고초려의 간청이 있기 전에는 다시는 출사에 응하지 않겠다는 이른바 출사(出仕)에의 진중함을 드러내 보이고 있다. 실로 이 시는 병자호란을 겪고 보길도에 입도하여 제작한 시로써 마치 자신의 회선(回船)에 따른 비방을 예측이나 한 것처럼 처사에서의 신중함을 드러내고 있기에 앞일에 대한 그의 탁월한 예감에 숙연해지는 대목이다.

이상에서 본 바와 같이 세연정 부근은 물, 바위, 나무, 산, 화초, 정자, 누각, 대 등의 유관(遊觀) 할 수 있는 조건이 잘 갖추어진, 이른바 자연과 인공이 적절하게 조화를 이루면서 아우러진 풍류를 즐길만한 공간이었음을 알게 한다.

지금까지 고산의 보길도 제작 한시를 중심으로 그 성격과 내용을 살펴보았거니와 고산의 전후 15년여에 걸친 생활치고는 32편 45수라는 기대에 미치지 못하는 작품량이 아쉽기 짝이 없다. 더구나 가장 왕성한 시절, 곧 〈어부사시사〉를 창작할 즈음에 한시 또한 다량 제작 되었을 가능성이 크기 때문에 그 아쉬움은 강도를 더한다. 아마도 72세 이후 약 10여 년간 보길도와의 왕래가 소원했던 탓으로 이전에 창작한 작품의 유실이 있었던 것으로 사료된다.

앞서 말한 바와 같이 고산은 72세 이후 보길도를 떠나 74세에 유배를 당한 뒤 81세가 되어서야 해배, 보길도 부용동을 찾을 수 있는 몸이 되었다.

부용동에서 지어진 고산의 한시는 대체로 선경(仙境)에서 피세(避世)하는 자적(自適)한 모습, 자연과의 친화를 통한 조화로움의 추구, 유교적 질서의 유지와 그 세계의 지향, 절의(節義)를 추구하고 실천코자 애쓰는 자신과의 신의, 자연의 경치를 통한 인간사의 정의 추구, 자연과 인공의 조화로운 경치를 통한 풍류의 만끽 등 다양하게 그 내용이 실현되고 있음을 알 수 있겠다. 이제 절을 달리하여 고산의 국문시에 대하여 〈어부사시사〉 40수를 중심으로 살펴보기로 한다.

4) 〈어부사시사〉와 뱃노래의 진수

앞서 말한 바와 같이 〈어부사시사〉 40수는 고산의 나이 65세 되던 가을에 지은 것이다.

51세에 보길도에 입도한 지 15년째 되던 해에 지은 이 노래는 단적으로 말한다면 뱃노래다.

우리의 뱃노래 전통은 실로 오래인데 그 성격은 둘로 나뉜다, 순수 뱃노래와 한시문으로 뱃노래가 그것인데 전자는 〈빅뻐라 빅뻐라〉〈지곡총 지곡총〉 등의 뱃노래임을 드러내는 시어가 노랫말에 실현되는 경우인 반면, 후자는 사(詞) 또는 사(辭)라는 제목을 가지면서 중국 시인 굴원의 〈어부사(漁父辭)〉 또는 장지화의 〈어부(漁父)〉 등의 영향으로 이루어진 한시문으로 된 것을 일컫는다. 이밖에도 어부사는 여러 종류가 있는데 그에 대한 상론은 박완식 교수의 논저가 주목된다.[22] 고산의 뱃노래 〈어부사시사〉는 그 전통적 연원이 매우 오래이다. 어부사시사→농암 어부가→악장가사 어부사 등으로 그 연원을 소급해 갈 수 있는 바, 이들의 친연성이나 전통적 맥락은 노랫말에 앞서 말한 대로 뱃노래임을 시사하는 시어가 들어 있다는 점이다.

『악장가사』는 주지하는 바와 같이 고려시대부터 조선 초기까지의 노래들이 실려 있는 가곡집이거니와 여기에 〈어부사〉가 실려 있음은 적어도 조선 초기 이전에 이 노래가 널리 유행하고 있었음을 알게 한다. 따라서 고산의 〈어부사시사〉와의 시대적 거리는 250여 년 이상의 간격이 존재한 것으로 중간에 농암(聾巖) 이현보(李賢輔, 1467~1555)의 장편 〈어부가〉와 〈어부단가〉를 상정할 수 있겠는데 어부가의 전통 계승에 있어서 농암의 공로는 적지 않았다.

한편, 『악장가사』의 〈어부사〉와 농암의 〈어부가〉 등은 고시(古詩)를 모아서 이룬 집고시(集古詩) 형식인데 이런 전통은 우리나라뿐만 아니라 중국의 경우에도 3가지 유형이 있으며 소동파, 황산곡, 서사천 등의 집구체 〈어부사〉 등이 여기에 속한다고 한다.[23]

어쨌든 『악장가사』의 〈어부사〉와 농암의 〈어부가〉는 집고시의 형식임을 알 수 있는데 이는 고산과 농암의 증언에 잘 나타나 있다. 다시 말해서 고산이 〈어부사시사발문(漁父四時詞跋文)〉에서 "동방 고유 어부사 미지하인 소위 이집고시 이성강자야(東方古有漁父詞未知何人所爲而集古詩而成腔者也)"라 말한 것과 농암이 〈어부가병서〉에서 "여퇴 노전간 심한무사 부집고인 상영간 가가시문 약간수(予退老田間 心閒無事 裒集古人觴詠間可歌詩文 若干首)"에서 보는 바가 그것이다.

이처럼 『악장가사』의 〈어부사〉와 농암의 〈어부가〉는 집고시 형식으로

---

22 박완식, 『한국한시어부사연구』, 이회, 2000.

23 박완식, 앞의 책, 285면.

그것은 주로 7언 4구의 한시체 영향임은 다음에서 여실히 드러난다.

雪鬢漁翁이 住浦間ᄒᆞ야셔 自言居水勝居山이라 ᄒᆞᄂᆞ다
빈떠라 빈떠라 早潮纔落거를 晩潮來 ᄒᆞᄂᆞ다
지곡총 지곡총 어ᄉᆞ와 어ᄉᆞ와 一竿明月이 亦君恩이샷다

『악장가사』에 전하는 〈어부사〉 1장인데 한글 토씨를 빼고 나면 7언4구의 한시로서 위의 노래는 곧 한시문과 국문의 집구시(集句詩) 형태임이 자명하게 드러난다.

雪鬢漁翁住浦間
自言居水勝居山
早潮纔落晩潮來
一竿明月亦君恩

이같이 7언4구 한시를 통해 이루어진 『악장가사』의 〈어부사〉는 한시의 본래 속성상 가창(歌唱)하기에 부적절하였으므로 노래로서의 〈어부사〉를 만들기 위해서는 수정이 불가피하였음은 두 말할 여지가 없겠다. 이에 대해 퇴계(退溪)와 농암(聾巖)의 지적은 주목되거니와[24] 특히 농암은 수정의 필요성에 따라 다음과 같이 개찬했다.

雪鬢漁翁이 住浦間 自言居水이 勝居山이라 ᄒᆞᆺ다
빈떠라 빈떠라
早潮纔落晩潮來ᄒᆞᄂᆞ다
至匊悤 至匊悤 於思臥

24 박완식, 앞의 책, 287~288면 참조.

倚船漁父이 一肩高로다

위는 농암의 〈어부장가〉 9장 가운데 제1장인데 『악장가사』의 〈어부사〉를 수정하여 개찬한 것이라고 표방은 하였지만 7언 4구의 한시투에서 앞의 것과 크게 달라진 것이 없다. 다만 마지막 한시구의 一竿明月亦君恩이 倚船漁父一肩高로 바뀐 점이 눈에 띌 정도라 하겠다.

이처럼 종래의 뱃노래 형식이 한시와 국문의 집구체(集句體)인 까닭에 빚어진 한계를 고산은 분명하게 인식하고 있었으며 이에 대한 극복적 대안으로 새로운 노래 형식인 〈어부사시사〉를 상재하기에 이른다.

고산은 〈어부사시사〉 발문에서 옛부터 전해오는 어부사는 음향音響이 서로 호응되지 아니하고 말의 뜻도 제대로 갖추지 못하였는데 그 까닭은 옛 시만을 모으는데 얽매인 까닭으로 옹색하게 된 흠을 면치 못했기 때문이라고 했다. 이어서 그는 내용의 뜻이 풍부하고 넓은 우리말을 사용한 〈어부사〉를 짓는다고 했다.[25]

이는 곧 고산의 어부사에 대한 작시(作詩) 태도를 극명하게 보여준 진술이거니와 그 요지는 내용과 시상에서 한시 투의 집고시 틀에서 벗어나고자 한 점과 순 우리말을 사용하여 노래하기에 적합토록 창작한다는 것 등으로 압축된다.

이제 〈어부사시사〉를 통하여 고산이 의도했던 바의 작품의 성취도와 그것의 미학에 대하여 살펴볼 순서이다. 주지하는 바와 같이 〈어부사시사〉는 춘사(春詞), 하사(夏詞), 추사(秋詞), 동사(冬詞) 각 한편인데 각 편은 10수로 구성되어 있는 도합 40수의 뱃노래이다. 이 노래에 대하여 혹자는 생활의 실상을 노래했으며, 묘사의 적확과 기교의 탁월성, 해양문학의 백미 등이라고 말하며[26] 혹자는 자연애의 극치, 풍류스런 생활태도의

---

25 박준규, 앞의 책, 340면 재인용.

26 문영오, 『고산문학상론』, 태학사, 2001, 189~200면.

반영 등이라 한다.[27]

〈어부사시사〉는 그 형식의 파격에서 시조로 보기 어렵다는 주장[28] 이 제기된 이후 가사 유형설과 시조 유형설 또는 지국총 노래설 등 다양한 입론이 개진되어 있다.[29]

어쨌든 〈어부사시사〉에 대한 장르적 속성은 그 논의가 미완인 상태인데 이 작품의 성격은 물론 작품 구조 및 시어간의 다양한 유기적 질서, 내용의 심오함과 미묘함 등에 그 까닭이 있다 하겠다. 특히 1편이 10수로 되어 전체 4편 40수인 〈어부사시사〉는 각 편의 노랫말 전후 부분이 질서 있는 대응 구조를 이루면서 나뉘어 있음이 주목된다. 다시 말해서 각 편의 10수 가운데 1~5수와 6~10수가 순차적인 관계의 대응을 이루는데 이는 각기 5단계의 과정으로 전자는 배띄워라→돛달아라→노저어라→노저어라가 그것이며 후자는 돛내려라→배띄워라→배매어라→닻내려라→배붙여라 등이 그것이다. 위의 사실을 〈어부사시사〉를 통하여 다시 살펴보자.

압개예 안개것고 뒫뫼희 ᄒᆡ비췬다
ᄇᆡ떠라 ᄇᆡ떠라
밤믈은 거의디고 낟믈이 미러온다
至지匊국悤총 至지匊국悤총 於어思사臥와
江강村촌 온갓고지 먼빗치 더옥됴타 〈춘사〉 제1수

夕셕 陽양이 빗겨시니 그만ᄒᆞ야 도라가쟈
돋디여라 돋디여라

27 원용문, 『윤선도 문학연구』, 국학자료원, 1989, 96~127면.

28 김대행, 「어부사시사의 외연과 내포」, 『고산연구』 창간호, 고산연구회, 1987, 467~469면.

29 박준규, 앞의 책, 347면.

岸안柳류汀뎡花화ᄂᆞᆫ 고븨고븨 새롭고야
至지匊국悤총 至지匊국悤총 於어思ᄉᆞ臥와
三삼 公공을 불리소냐 萬만 事ᄉᆞᄅᆞᆯ ᄉᆡᆼ각ᄒᆞ랴 〈춘사〉 제6수

위에서 본 바와 같이 〈춘사〉의 경우뿐만 아니라 〈어부사시사〉 40수 모두는 춘하추동의 각 10수가 공히 1~5/ 6~10의 대응형식의 순환구조로 짜여져 있다.

다음으로 〈어부사시사〉는 춘하추동 네 편이 각기 10수씩 독립적 시형으로 완결된다는 점을 들 수 있다. 각 편은 전체 10수로 구성되어 있으며 10수는 1수~10수까지 유기적 의미망으로 밀접하게 연결되어 있다.

四ᄉᆞ 時시 興흥이 ᄒᆞᆫ가지나 秋츄 江강이 읃듬이라(1)
人인 間간을 도라보니 머도록 더옥됴타(2)
白ᄇᆡᆨ 蘋빈 紅홍 蓼료ᄂᆞᆫ 곳마다 景경이로다(3)
夕셕 陽양이 ᄇᆞ ᄋᆞ니 千쳔 山산이 錦금 繡슈로다(4)
딜병을 거후리혀 박구기예 브어다고(5)
紅홍 樹수 淸청 江강이 슬믜디도 아니ᄒᆞ다(6)
玉옥 도 도이 떤ᄂᆞᆫ 藥약을 豪호 客ᄀᆡᆨ을 먹이고쟈(7)
ᄃᆞ론말이 업서시니 모뢰도 이리ᄒᆞ쟈(9)
白ᄇᆡᆨ 雲운이 좃차오니 女녀 蘿라 衣의 므겹고야(10)

위는 〈추사〉의 종장 부분만을 옮겨 본 것인데 보는 바와 같이 전체 10수가 내용상 유기적 관계를 이루고 있으며 앞서 말한 바와 1-5/6-10의 대응 관계로 이루어져 있다. 그 내용의 핵심은 아마도 8수와 9수가 되겠는데 8수는 중국 堯임금 때 허유(許由)와 관련된 고사를 인용하였는데 허유는 요임금이 그에게 천하를 줄려고 한다는 말을 듣고 기산(箕山)에 숨어 버렸으며 그 뒤에 다시 구주(九州)의 장(長)을 맡기려 한다는 말을 듣고는

영수(潁水)에서 귀를 씻었던 인물이다. 고산이 위의 고사를 끌어들인 이유는 의롭지 아니한 일을 경계하겠다는 의지적 표명인 동시에 9수를 통하여선 현자피세(賢者避世)의 의지를 굳건하게 드러낸 것이라 여겨진다.

또한 〈어부사시사〉는 금지, 명령, 의문, 의지, 청유 등 다양한 화법적 시형을 취하여 화자와 청자와의 관계를 더욱 긴밀하게 형성하고 있다.

반찬으란 쟝만마라-㉠
닫드러라 닫드러라-㉡
綠녹 蓑사 衣의 가져오냐-㉢
내좃는가 제좃는가-㉣

〈하사〉 2수인데 ㉠은 금지, ㉡은 명령, ㉢은 의문, ㉣은 의지 등으로 청자 지향형 화법이 주목되는데 이러한 표현법은 〈어부사시사〉 전편에 공히 실현되고 있다.

또한 〈어부사시사〉의 각 시행은 한결같이 종결되는 서법을 취하고 있음이 특징이다. 이는 물론 여음구를 빼고서 한 말이거니와 이와 같이 시행 구성을 초장-중장-종장의 장단위로 종결지음으로써 시상의 순차적 전개에 효과를 거둘 수 있다는 주장이다.[30]

다시 말해서 고산은 〈어부사시사〉에서 종결형의 어사를 통하여 시상의 전개를 연쇄적이면서도 동의(同意)적으로 진행시키는 미감을 획득한 것이다.

마지막으로 〈어부사시사〉는 서시서경(敍時 敍景)의 뱃노래인 동시에 서경(敍景)에 의한 회화적(繪畫的) 흥취를 노래한 이른바 시(時), 경(景), 흥(興)의 노래로서 결국 그림 속에 서시서경의 흥이 있는 화중유시(畵中有詩)이며 시 가운데 서시서경에 의한 그림이 있는 시중유화(詩中有畵)의

30 박준규, 앞의 책, 373면.

노래라는 사실[31]을 첨언해 둔다. 요컨대 고산은 보길도 부용동에서 〈어부사시사〉라는 독특한 형식의 노래를 창작하였는바, 이는 시가상 장르 귀속의 문제, 구성상 유기적 형식의 미학, 내용상 추구한 세계의 의미 등 여러 면에서 쉽사리 어느 한쪽으로 결론지을 수 없는 걸작을 남겼다고 하겠다.

3. 마무리하는 말

지금까지 필자는 고산의 보길도 입도와 관련하여 한시문과 국문시를 중심으로 살펴보았거니와 앞의 내용을 요약하여 제시함으로써 마무리에 대신하고자 한다.

완도는 도서지역으로서 해로의 중요성 등 때문에 늘 사람들의 관심이 되었는 바, 특히 장보고와 송징 그리고 이순신 등에 의하여 전략적 요충지로서 널리 알려졌다. 알려진 결과 침탈의 대상이 되기도 하였지만 다른 한편 그 원격성으로 인하여 유배지가 되어 송시열, 이광사, 이도재, 김류, 지석영 등 유배객에 의한 우수한 선진의 내륙문화가 입수되어 잘 보전될 수 있는 여건을 지니기도 하였다.

고산은 유배객은 아니었지만 보길도의 문화 발전에 공헌한 인물인데 특히 조선후기 신지도에 유배와 『신도일록』과 95편의 시조를 남긴 이세보(1832~1895)와 더불어 문학의 산실로서 완도를 세상에 빛나게 한 인물이다. 고산 윤선도(1587~1671)는 서울에서 태어나 8세에 종손으로 입적된 뒤 해남의 연동에 있는 종중宗中과 깊은 인연을 맺는다. 그의 시호(諡號)인 충헌(忠憲)이 말해주듯 고산은 문인(文人) 보다는 무인(武人)이 더 절실하게 요구되는 시대를 살았는데 다름 아닌 6세 때 겪은 임진왜란과

---

31 박준규, 앞의 책, 389면.

50세 때 당한 병자호란이 그것이다. 이와 같은 격동기를 살았던 고산은 고조부 윤효정 이래 정통도학으로 무장한 가문의 내력과 전통 그리고 본인이 체득한 『소학』의 정신에 의하여 절의(節義)를 신념으로 평생을 당당하게 살고자 했는데 그로 인한 지나친 엄격함과 과격한 언론으로 화를 당하기도 하였다.

고산은 85년의 생평 동안 3회에 걸쳐 14년이라는 긴 세월을 유배지에서 보냈는데 이는 벼슬살이 9년에 대한 보답치고는 너무나 잔혹한 것이었다. 고산이 보길도와 인연을 맺은 것은 병자호란(1636)과 관련해서이다.

병자호란의 소식을 접한 고산은 왕을 구하고 종묘사직을 보전키 위해 의병을 이끌고 배를 통해 강화도 가까이 갔지만 그만 비보를 접하고 만다. 다름 아닌 강화도는 이미 함락되고 왕자들은 붙잡혀 갔으며 왕은 영남으로 몽진(蒙塵)했다는 것이었다. 남쪽으로 가다보면 왕을 알현할 수도 있을 것이라는 기대로 급히 뱃머리를 돌려 남쪽을 향하던 중 삼전도에서 그만 굴욕적인 항복을 했다는 소식을 들은 고산은 세상을 개탄하며 탐라(耽羅)에 갇혀 평생 살 것을 결심하였다. 항해하던 중 완도의 보길도를 보고 그곳의 승경에 들게 되었는데 그것이 그와 보길도와의 첫 만남이었다.

그 후 고산은 다음에서 보듯 전후 6차례에 걸쳐 보길도를 드나들면서 그곳의 문화 발전에 기여했다.

『고산유고』를 중심으로 그의 입도 사실을 살피면 ① 1637: 51세~52세 ② 1646: 60세~62세 ③ 1650: 64세~65세 ④ 1653: 67세~68세 ⑤ 1657: 71세 ⑥ 1667: 81세~85세 등으로 나타난다.

고산은 위 기간 동안에 보길도에서 〈어부사시사(漁父四時詞)〉 40수와 〈황원잡영(黃原雜詠)〉 3수 등 32편 45수에 이르는 한시를 제작했다. 하지만 그의 거주 기간에 비해 작품수가 그리 많지 아니한 것은 10여 연간 그곳을 찾지 못한 데 따른 일실로 보여지는바 심히 안타까운 일이 아닐 수 없다.

한편, 고산의 보길도 입도는 은둔으로 망세(忘世)까지 하지는 못했다.

그의 은둔은 후한(後漢) 때 광무제(光武帝)의 친구 엄광(嚴光; 子陵)처럼 망세한 것이 아니었다. 그는 어디까지나 현자피세적(賢者避世的) 자세에서 은둔했거니와 그로 인한 출사에의 미련은 잦은 유배로 이어지기도 했다.

고산은 보길도에서 의료 봉사는 물론 그곳의 자제들을 모아 두고 강학을 하는 등 많은 문화 활동을 하였지만 가장 두드러진 활동은 부용동 원림 조영과 그를 배경으로 한 시문 창작이라 하겠다. 고산과 보길도의 등식에서 가장 주목할 점은 부용동 조수 곧 부용동에 사는 낚시꾼으로서 부용동 원림의 경영과 문학적 활동이다.

고산은 부용동에 세연정(洗然亭), 동천석실(洞天石室), 낙서재(樂書齋), 무민당(無悶堂), 곡수당(曲水堂) 등의 건물을 짓고 생활하였을 뿐만 아니라 그곳의 자연물에 합당한 이름을 붙여주는 등 자연과의 친화를 추구했는데 혁희대(赫曦臺), 미산(薇山), 소은병(小隱屛), 낭음계(朗吟溪) 등의 명이 그것들이다. 부용동 자연과의 친화를 추구했던 고산, 그렇기에 자신은 스스로를 부용조수(芙蓉釣水)라고 자신 있게 말하곤 했다.

고산이 보길도에서 지은 한시는 45수인데 그것들은 주로 다음과 같다.

신선이 사는 선경 부용동에서 낚시하는 어부 곧 부용조수였던 고산, 그는 승경과 하나가 되고자 그것들에 각각의 이름을 붙이고 그것도 모자라 시까지 남겼다.

격자봉(格紫峯), 소은병(小隱屛), 구암(龜巖), 미산(薇山), 낭음계(朗吟溪), 혁희대(赫曦臺), 혹약암(或躍巖), 오운대즉사(五雲臺卽事), 조주(釣舟), 낙서재(樂書齋), 석실(石室), 황원잡영(黃原雜詠), 희황교(羲皇橋) 등의 이름과 한시가 그 대표적인 것들이다. 이들 한시는 부용동을 선경(仙境)으로 보고 거기에 신선으로 사는 자신의 모습을 그린 것, 일구일학一丘一壑의 자연물에 유가적 질서를 투영하고 그 질서에 순응하는 자신을 말한 것, 스스로 충신인 백이숙제가 되어 절의를 지키며 사는 모습, 자연물 하나하나에 이름을 붙여주고 더불어 사는 모습, 낙서재에 다섯 수레 분량의 책을 쌓아두고 근심 없이 사는 모습, 호연지기 가득한 자신의 호기를 감출 수 없음을 드러낸 것, 자신의 부덕과 오랑캐의 부덕에 따른 비운의 처지를 읊은 것, 때를 기다리면 크게 쓰일 날이 있으리라는 기대를 담은 것 등 다양하게 실현되는데 그것은 크게 유가적 질서에의 순응과 신선 사상의 동경이라는 두 축으로 요약된다.

고산의 보길도 생활은 세연정의 건립과 그 주변을 중심한 정원의 조영에서 정점에 이르는데 그곳을 배경으로 한 여러 편의 시문이 있음직하지만 〈동하각〉 등 약간 편에 불과하여 아쉬움을 더한다.

한편, 고산의 보길도 업적에서 문학적으로 으뜸인 〈어부사시사〉는 여러 면에서 의의와 함께 논란을 제공하고 있다. 우선 이 작품이 종래 어부사 곧 뱃노래의 전통을 이은 것이면서도 한시의 집구 방식을 따른 『악장가사』의 〈어부사〉나 농암 〈어부가〉의 난삽하고 거친 시적 한계를 극복하여 우리말의 리듬과 어감, 그리고 말결을 십분 살려냈다는 점 등에서 주목된다. 논쟁은 이 노래의 장르 귀속 문제였는데 가사라는 설과 시조라는 설, 둘 도 아닌 새로운 지국총의 노래라는 설 등이 대두되어 아직 결론을 짓지 못하고 있는 형편이다. 이는 이 노래가 시조의 정형에서 너무 벗어나 있어 시조라 하기 곤란하다는 측면인데 노래로 불리워졌음을 감안할 때 한시문과는 분명 차이가 있는, 그러면서도 정격의 시조와는 다른 이른바 뱃노래라는 점에서 그 논란의 결말은 쉽지 않을 것으로 전망된다.

〈어부사시사〉는 종래 어부사류가 7언 4구의 한시문을 집구한 방식에서 벗어나 우리말의 어감과 결을 십분 활용한 새로운 뱃노래라 했거니와 그것에 대해 혹자는 생활의 실상을 노래했으며, 묘사의 적확과 기교의 탁월성, 해양문학의 백미, 자연애의 극치, 풍류스러운 생활태도의 반영 등이라는 평을 하기에 주저치 않는다.

주지하는 바와 같이 〈어부사시사〉는 춘사(春詞), 하사(夏詞), 추사(秋詞), 동사(冬詞) 각 한편인데 각 편은 10수로 구성되어 있는 도합 40수의 뱃노래이다.

이 작품의 성격은 물론 작품 구조 및 시어간의 다양한 유기적 질서, 내용의 심오함과 미묘함 등에서 늘 논쟁의 까닭이 있다 하겠다. 특히 1편이 10수로 되어 전체 4편 40수인 〈어부사시사〉는 각 편의 노랫말 전후 부분이 질서 있는 대응 구조를 이루면서 나뉘어 있음이 주목된다.

다시 말해서 각 편의 10수 가운데 1~5수와 6~10수가 순차적인 관계의 대응을 이루는데 이는 각기 5단계의 과정으로 전자는 〈배띄워라→닻올려라→돛달아라→노저어라→노저어라〉가 그것이며, 후자는 〈돛내려라→배세워라→배매어라→닻내려라→배붙여라〉 등이 그것이다.

또한 〈어부사시사〉는 금지, 명령, 의문, 의지, 청유 등 다양한 화법적 시형을 취하여 화자와 청자와의 관계를 더욱 긴밀하게 형성하고 있다. 뿐만 아니라 〈어부사시사〉의 각 시행은 한결같이 종장이 있음이 특징이다.

이는 물론 여음구를 빼고서 한 말이거니와 이와 같이 시행 구성을 초장-중장-종장의 장단로 종결지음으로써 시상의 순차적 전개에 효과를 거둘 수 있다는 주장이다.

다시 말해서 고산은 〈어부사시사〉에서 종결형의 어사를 통하여 시상의 전개를 연쇄적이면서도 동의(同意)적으로 진행시키는 미감을 획득한 것이다.

마지막으로 〈어부사시사〉는 서시서경(敍時 敍景)의 뱃노래인 동시에 서경(敍景)에 의한 회화적(繪畫的) 흥취를 노래한 이른바 시(時), 경(景), 흥(興)의 노래로서 결국 그림 속에 서시서경의 흥이 있는 화중유시(畵中有詩)이며, 시 가운데 서시서경에 의한 그림이 있는 시중유화(詩中有畵)의 노래이다.